पेंगुइन स्वदेश
वयं रक्षामः

आचार्य चतुरसेन शास्त्री का जन्म उत्तर प्रदेश के बुलन्दशहर जिले के चांदोख में हुआ था। ये हिन्दी भाषा के एक महान उपन्यासकार थे। आचार्य चतुरसेन के उपन्यास रोचक और दिल को छूने वाले होते हैं। इनका अधिकतर लेखन ऐतिहासिक घटनाओं पर ही आधारित है। *आभा* इनकी पहली रचना थी। इनकी प्रमुख कृतियाँ *गोली, सोमनाथ, वयं रक्षामः* और *वैशाली की नगरवधू* इत्यादि हैं।

आचार्य चतुरसेन शास्त्री की अन्य पुस्तकें

ईदो
मोती
गोली
नरमेध
धर्मपुत्र
सोमनाथ
पूर्णाहुति
वयं रक्षाम्
आलमगीर
रूठी रानी
आवारागर्द
स्वास्थ्य रक्षा
चिता की लपटें
बगुला के पंख
हृदय की परख
वैशाली की नगरवधू
आचार्य चतुरसेन की श्रेष्ठ कहानियाँ

वयं रक्षामः

आचार्य चतुरसेन

पेंगुइन स्वदेश
पेंगुइन रैंडम हाउस इंप्रिंट

पेंगुइन स्वदेश

यूएसए | कनाडा | यूके | आयरलैंड | ऑस्ट्रेलिया | सिंगापुर
न्यू ज़ीलैंड | भारत | दक्षिण अफ्रीका | चीन

पेंगुइन स्वदेश, पेंगुइन रैंडम हाउस ग्रुप ऑफ़ कम्पनीज़ का हिस्सा है,
जिसका पता global.penguinrandomhouse.com पर मिलेगा

पेंगुइन रैंडम हाउस इंडिया प्रा. लि.,
चौथी मंजिल, कैपिटल टावर -1, एम जी रोड,
गुड़गांव 122 002, हरियाणा, भारत

पेंगुइन
रैंडम हाउस
इंडिया

प्रथम हिन्दी संस्करण हिन्द पॉकेट बुक्स द्वारा 2002 में प्रकाशित
प्रस्तुत हिन्दी संस्करण पेंगुइन स्वदेश में पेंगुइन रैंडम हाउस द्वारा 2024 में प्रकाशित

10 9 8 7 6 5 4 3

ISBN 9789353490027

टाइपसेटः www.maniworks.com
मुद्रकः रेप्रो इंडिया लिमटेड

www.penguin.co.in

FSC www.fsc.org
MIX
Paper from
responsible sources
FSC® C047271

This is a legitimate digitally printed version of the book and therefore might not
have certain extra finishing on the cover.

सकलकलोद्भासित-पक्षद्वय-सकलोपधा-विशुद्ध-मखशतपूत-प्रसन्नमूर्ति-स्थिरोन्नत-होमकरोज्ज्वल-ज्योतिर्ज्योतिमुख-स्वाधीनोदारसार-स्थगितनृपराजन्य-शतशतपरिलुण्ठन् मौलिमाणिक्यरोचिचरण-प्रियवाचा-मायतन-साधुचरितनिकेतन-लोकाश्रयमार्गतरु-भारत-गणपतिर्भौब्रह्ममहाराजाभिध - श्रीराजेन्द्रप्रसादाय ह्यजातशत्रवे अद्य गणतन्त्राख्ये पुण्याहे भौमे माघमासे सिते दले तृतीयायां वैक्रमीये कलाधरेश्वरशून्यनेत्राब्दे निवेदयामि साञ्जलिः स्वीयं साहित्य-कृतिं 'वयं रक्षाम' इति सामोदमहं चतुरसेनः ।

पूर्व निवेदन

मेरे हृदय और मस्तिष्क में भावों और विचारों की जो आधी शताब्दी की अर्जित प्रज्ञा-पूंजी थी, उस सबको मैंने 'वयं रक्षामः' में झोंक दिया है। अब मेरे पास कुछ नहीं है। लुटा-पिटा-सा, ठगा-सा श्रान्त-क्लान्त बैठा हूं। चाहता हूं—अब विश्राम मिले। चिर न सही, अचिर ही। परन्तु यह हवा में उड़ने का युग है। मेरे पिताश्री ने बैलगाड़ी में जीवन-यात्रा की थी, मेरा शैशव इक्का टांगा-घोड़ों पर लुढ़कता तथा यौवन मोटर पर दौड़ता रहा। अब मोटर और वायुयान को अतिक्रान्त कर आठ सहस्र मील प्रति घंटा की चाल वाले राकेट पर पृथ्वी से पांच सौ मील की ऊंचाई पर मेरा वार्धक्य उड़ा चला जा रहा है। विश्राम मिले तो कैसे? इस युग का तो विश्राम से आचूड़ वैर है। बहुत घोड़ों को, गधों को, बैलों को बोझा ढोते-ढोते बीच राह मरते देखा है। इस साहित्यकार के ज्ञानयज्ञ की पूर्णाहुति भी किसी दिन कहीं ऐसे ही हो जाएगी। अभी उसे अपने तप का सम्पूर्ण पुण्य मिलेगा।

गृत ग्यारह महीनों में दो-तीन घण्टों से अधिक नहीं सो पाया। सम्भवतः नेत्र भी इस ग्रन्थ की भेंट हो चुके हैं। शरीर मुर्झा गया है, पर हृदय आनन्द

के रस में सराबोर है। यह अभी मेरा पैंसठवां ही तो वसन्त है। फिर रावण जगदीश्वर मर गया तो क्या? उसका यौवन, तेज, दर्प, दुस्साहस, भोग और ऐश्वर्य, जो मैं निरन्तर इन ग्यारह मासों में रात-दिन देखता रहा हूं उसके प्रभाव से कुछ-कुछ शीतल होते हुए रक्तबिन्दु अभी भी नृत्य कर उठते हैं। गर्म राख की भांति अभी भी उनमें गर्मी है। आग न सही, गर्म राख तो है।

फिर अभी तो मुझे मार खानी है, जिसका निमन्त्रण मैं पहले दे चुका हूं। मार तो सदैव खाता रहा हूं। इस बार का अपराध तो बहुत भारी है। 'वयं रक्षामः' में प्राग्वेदकालीन जातियों के सम्बन्ध में सर्वथा अकल्पित-अतर्कित नई स्थापनाएं हैं,

मुक्त सहवास है, विवसन विचरण है, हरण और पलायन है। शिश्नदेव की उपासना है, वैदिक-अवैदिक अश्रुत मिश्रण है। नर-मांस की खुले बाजार में बिक्री है, नृत्य है, मद है, उन्मुख अनावृत यौवन है। यह सब मेरे वे मित्र कैसे बर्दाश्त करेंगे भला, जो अश्लीलता की संभावना से सदा ही चौंकायमान रहते हैं।

परन्तु मैं तो भयभीत नहीं हूं। जैसे आपका शिव-मन्दिर में जाकर शिव-लिंग पूजन अश्लील नहीं है, उसी भांति मेरा शिश्न-देव भी अश्लील नहीं है। उसमें भी धर्म-तत्त्व समावेशित है। फिर वह मेरा नहीं है, प्राचीन है, प्राचीनतम है। सनातन है, विश्व की देव, दैत्य, दानव, मानव आदि सभी जातियों का सुपूजित है।

सत्य की व्याख्या साहित्य की निष्ठा है। उसी सत्य की प्रतिष्ठा में मुझे प्राग्वेदकालीन नृवंश के जीवन पर प्रकाश डालना पड़ा है। अनहोने, अविश्रुत, सर्वथा अपरिचित तथ्य आप मेरे इस उपन्यास में देखेंगे; जिनकी व्याख्या करने के लिए मुझे उपन्यास पर तीन सौ से अधिक पृष्ठों का भाष्य भी लिखना पड़ा है।[1] फिर भी आप अवश्य ही मुझसे सहमत न होंगे। परन्तु आपके गुस्से के भय से तो मैं अपने मन के सत्य को मन में रोक रखूंगा नहीं। अवश्य कहूंगा और सबसे पहले आप ही से।

साहित्य जीवन का इतिवृत्त नहीं है। जीवन और सौन्दर्य की व्याख्या का नाम साहित्य है। बाहरी संसार में जो कुछ बनता-बिगड़ता रहता है, उसपर से मानव हृदय विचार और भावना की जो रचना करता है, वही साहित्य है। साहित्यकार साहित्य का निर्माता नहीं, उद्गाता है। वह केवल बांसुरी में फूंक भरता है। शब्द-ध्वनि उसकी नहीं, केवल फूंक भरने का कौशल उसका है। साहित्यकार जो कुछ सोचता है, जो कुछ अनुभव करता है; वह एक मन से दूसरे मन में, एक काल से दूसरे काल में, मनुष्य की बुद्धि और भावना का सहारा लेकर जीवित रहता है। यही साहित्य का सत्य है। इसी सत्य के द्वारा मनुष्य का हृदय मनुष्य के हृदय से अमरत्व की याचना करता है। साहित्य का सत्य ज्ञान पर अवलम्बित नहीं है, भार पर अवलम्बित है। एक ज्ञान दूसरे ज्ञान को धकेल फेंकता है। नये आविष्कार पुराने आविष्कारों को रद्द करते चले जाते हैं। पर हृदय के भाव पुराने नहीं होते। भाव ही साहित्य को अमरत्व देता है। उसीसे साहित्य का चिर सत्य प्रकट होता है।

---

1. उक्त भाष्य इसी उपन्यास के शारदा प्रकाशन, भागलपुर द्वारा प्रकाशित दूसरे संस्करण में देखा जा सकता है।

परन्तु साहित्य का यह सत्य नहीं है। असल सत्य और साहित्य के सत्य में भेद है। जैसा है वैसा ही लिख देना साहित्य नहीं है। हृदय के भावों की दो धाराएं हैं; एक अपनी ओर आती है, दूसरी दूसरों की ओर आती है। यह दूसरी धारा बहुत दूर तक जा सकती है–विश्व के उस छोर तक। इसलिए जिस भाव को हमें दूर तक पहुंचाना है, जो चीज़ दूर से दिखानी है, उसे बड़ा करके दिखाना पड़ता है। परन्तु उसे ऐसी कारीगरी से बड़ा करना होता है, जिससे उसका सत्य रूप बिगड़ न जाए, जैसे छोटे फोटो को एन्लार्ज किया जाता है। जो साहित्यकार मन के भाव से छोटे-से सत्य को बिना विकृत किए इतना बड़ा एन्लार्ज करके प्रकट करने की सामर्थ्य रखता है कि सारा संसार उसे देख सके, और इतना पक्का रंग भरता है कि शताब्दियां-सहस्राब्दियां बीत जाने पर भी वह फीका न पड़े, वही सच्चा और महान् साहित्यकार है।

केवल सत्य की ही प्रतिष्ठा से साहित्यकार का काम पूरा नहीं हो जाता। उस सत्य को उसे सुन्दर बनाना पड़ता है। साहित्य का सत्य यदि सुन्दर न होगा तो विश्व उसे कैसे प्यार करेगा? उसपर मोहित कैसे होगा? इसलिए सत्य में सौन्दर्य की स्थापना करनी पड़ती है। सत्य में सौन्दर्य की स्थापना के लिए आवश्यकता है संयम की। सत्य में जब सौन्दर्य की स्थापना होती है, तब साहित्य कला का रूप धारण कर जाता है।

सत्य में सौन्दर्य का मेल होने से उसका मंगल रूप बनता है। यह मंगल रूप ही हमारे जीवन का ऐश्वर्य है। इसीसे हम लक्ष्मी को केवल ऐश्वर्य की ही देवी नहीं, मंगल की भी देवी मानते हैं। जीवन जब ऐश्वर्य से परिपूर्ण हो जाता है, तब वह आनन्द रूप हो जाता है और साहित्यकार ब्रह्माण्ड के प्रत्येक कण को 'आनन्द-रूपममृतम्' के रूप में चित्रित करता है। इसीको वह कहता है 'सत्यं शिवं सुन्दरम्'।

'वैशाली की नगरवधू' लिखकर मैंने हिन्दी उपन्यासों के सम्बन्ध में एक यह नया मोड़ उपस्थित किया था कि अब हमारे उपन्यास केवल मनोरंजन की तथा चरित्र-चित्रण-भर की सामग्री न रह जाएंगे। अब यह मेरा नया उपन्यास 'वयं रक्षामः' इस दिशा में अगला कदम है। इस उपन्यास में प्राग्वेदकालीन नर, नाग, देव, दैत्य, दानव, आर्य, अनार्य आदि विविध नृवंशों के जीवन के वे विस्मृत पुरातन रेखाचित्र हैं, जिन्हें धर्म के रंगीन शीशे में देखकर सारे संसार ने उन्हें अन्तरिक्ष का देवता मान लिया था। मैं इस उपन्यास में उन्हें नर-रूप में आपके समक्ष उपस्थित करने का साहस कर रहा हूं। 'वयं रक्षामः' एक उपन्यास तो अवश्य है; परन्तु

वास्तव में वह वेद, पुराण, दर्शन और वैदेशिक इतिहास-ग्रन्थों का दुस्सह अध्ययन है। आज तक की मनुष्य की वाणी से सुनी गई बातें, मैं आपको सुनाने पर आमादा हूं। मैं तो अब यह काम कर ही चुका। अब आप कितनी मार मारते हैं, यह आपके रहम पर छोड़ता हूं। उपन्यास में मेरे अपने जीवन-भर के अध्ययन का सार है, यह मैं पहले ही कह चुका हूं।

उपन्यास में व्याख्यात तत्त्वों की विवेचना मुझे उपन्यास में स्थान-स्थान पर करनी पड़ी है। मेरे लिए दूसरा मार्ग था ही नहीं। फिर भी प्रत्येक तथ्य की सप्रमाण टीका के बिना मैं अपना बचाव नहीं कर सकता था। अतः ढाई सौ पृष्ठों का भाष्य भी मुझे अपने इस उपन्यास पर रचना पड़ा। अपने ज्ञान में तो मैं सब कुछ कह चुका। पर अन्ततः मेरा परिमित ज्ञान इस अगाध इतिहास को सांगोपांग व्यक्त नहीं कर सकता था। संक्षेप में मैंने सब वेद, पुराण, दर्शन, ब्राह्मण और इतिहास के प्राप्तों की एक बड़ी-सी गठरी बांधकर इतिहास-रस में एक डुबकी दे दी है। सबको इतिहास-रस में रंग दिया। फिर भी यह इतिहास-रस का उपन्यास नहीं 'अतीत-रस' का उपन्यास है। इतिहास-रस का तो इसमें केवल रंग है, स्वाद है अतीत-रस का। अब आप मारिए या छोड़िए, आपको अख्तियार है।

एक बात और, यह मेरा एक सौ तेईसवां ग्रन्थ है। कौन जाने, यह मेरी अन्तिम कलम हो। मैं यह घोषित करना आवश्यक समझता हूं कि मेरी कलम और मैं खुद भी काफी घिस चुके हैं। प्यारे पाठक, लगुड़हस्त मित्र यह न भूल जाएं।

—चतुरसेन

ज्ञानधाम-प्रतिष्ठान
शाहदरा, दिल्ली
26 जनवरी, 1955

वयं रक्षामः

1 तिल तंदुल

कज्जल-कूट के समान गहन श्यामल, अनावृत, उन्मुख यौवन, नीलमणि-सी ज्योतिर्मयी बड़ी-बड़ी आंखें, तीखे कटाक्षों से भरपूर–जिनमें मद्यसिक्त, लाल डोरे; मदघूर्णित दृष्टि, कम्बुग्रीवा पर अधर बिम्ब-से गहरे लाल, उत्फुल्ल अधर, उज्ज्वल हीरकावलि-सी धवल दन्तपंक्ति, सम्पुष्ट प्रतिबिम्बित कपोल और प्रलय-मेघ-सी सघन, गहन, काली, घुंघराली मुक्तकुन्तलावलि, जिनमें गुंथे ताज़े कमल-दल-शतदल, कण्ठ में स्वर्णतार-ग्रथित गुंजा-माल; अनावृत, उन्मुख, अचल यौवन-युगल पर निरन्तर आघात करता हुआ अंशुफलक, मांसल भुजाओं में स्वर्णवलय और क्षीण कटि में स्वर्णमेखला; रक्ताम्बरमण्डित सम्पुष्ट जघन-नितम्ब, गुल्फ में स्वर्ण-पैजनियां, उनके नीचे हेमतार-ग्रथित कच्छप चर्म-उपानत्-आवृत चरण-कमल। सद्यः किशोरी।

नृत्य कर रही थीं चतुष्पथ पर। विषधर भुजंगिनी के समान दोनों अनावृत भुज-मृणाल हवा में लहरा रहे थे। उंगलियां चर्मटिका खंजरी पर मृदु आघात कर चरणाघात के सम पर ध्वनित कर रही थीं। चारों ओर आबाल-वृद्ध, नगर-नागर, नर-नाग, देव-दैत्य-गन्धर्व-किन्नर-असुर-मानुष, आर्य-व्रात्य।

बहुत देर तक वह नृत्य करती रही, गाती रही, हंसती रही, हंसाती रही, लुभाती, रिझाती रही। सभी नर नाग, देव-दैत्य, असुर-मानुष, आर्य-व्रात्य विमोहित हो उस कज्जल-कूट गहन श्यामल अनावृत उन्मुख यौवन के विलास को देख हर्षोन्मत्त हो गए। नृत्य की समाप्ति पर बालिका पर स्वर्ण-खण्ड बरसाने लगे। किसीने आंखों से पिया वह रूप-ज्वाल, किसीने हंसकर आत्मसात् किया उसे, किसीने स्वर्णदान

देते हुए स्पर्श किया उसका कमल-कोमल करतल। किसी पर उसने भ्रूपात किया, किसी पर कटाक्षपात। किसीपर बंकिम-दृष्टि दी और किसीको देखकर हंस दी।

स्वर्ण-खण्ड कमर में बांधे चर्मकोष में रखे, और स्वर्ण-पैजनियों को कच्छप-चर्मउपानत् पर किंकिरित करती हुई वह चली मद्य की हाट पर। बहुत जन विमोहित-विमूढ़ हो उस उन्मत्त अनावृत उन्मुख यौवन को आंखों से पीते आगे-पीछे इधर-उधर चले। मद्य की हाट पर जाकर उसने पीठपुरुष से कहा–"दे मद्य!"

"ला स्वर्ण।"

"कैसा स्वर्ण?"

"वह, जो अभी चर्मकोष में बांधा है।"

"वह तो मातृ-चरण के लिए।"

"तो मद्य यहां कहां है?"

"इन भाण्डों में क्या गरल है?"

"स्वर्ण जो नहीं देते उनके लिए गरल है।"

"तो गरल ही दे।"

"गरल देने की नगरपाल की आज्ञा नहीं। मद्य लेना हो तो ले।" पीठ-पुरुष ने दांत निकाल दिए।

"ला फिर मद्य दे।"

"तो ला स्वर्ण।"

"अरे मूढ़, कैसा स्वर्ण?"

"मद्य क्या यों ही बंटता है, शुल्क दे।"

"नृत्य क्या देखा नहीं तूने?"

"क्यों नहीं, नेत्रों को अवश्य देखना पड़ा, पर इसमें मेरा दोष नहीं। तू मेरी हाट के सामने आकर क्यों नाची?"

इतने में एक तरुण भीड़ से आगे आया। उसका किशोर वय था, उज्ज्वल श्याम वर्ण, काकपक्ष ग्रीवा पर लहरा रहे थे, कमर में कृष्णाजिन, कन्धे पर धनुष-तूणीर, हाथ में शूल, विशाल वक्ष, बड़ी-बड़ी आंखें, प्रशस्त ललाट, भीगती मसें, कुंचित भृकुटि, केहरि-सी कटि, कठोर पिंडलियां, अभय मुद्रा, सुहासिक्त अभिनन्दित मुखश्री।

तरुण ने एक स्वर्ण पीठ-पुरुष के सामने फेंककर कहा–"स्वर्ण, मैं देता हूं–उसे तू मद्य दे।"

पीठ-पुरुष ने हंसकर स्वर्ण को परखा और मंजूषा में रख मद्यभाण्ड उठाकर तरुणी को दे दिया। भाण्ड को मुंह में लगाकर तरुणी गटागट मद्य पीने लगी। आधा भाण्ड पीकर उसने तृप्त होकर सांस ली, जीभ से होठों को चाटा –हंसी, फिर दो कदम आगे बढ़, अपना अनावृत, उन्मुख यौवन तरुण के वज्र वक्ष से बिल्कुल सटाकर घूर्णित, मदरंजित कटाक्ष तरुण पर फेंक, दोनों भुजाओं में मद्यभाण्ड थाम, ऊंचाकर उसे तरुण के होठों से लगाकर कहा–"अब तू पी।"

तरुण ने अपनी भुजाओं में तरुणी को समेट लिया। एक ही सांस में वह सारा मद्य पी गया। फिर उसने तरुणी के लाल-लाल होठों पर अपने मद्यसिक्त अधर रखकर कहा– "अब चल।" तरुणी हंस दी। उज्ज्वल हीरकावलि के समान उसकी धवल दन्तपंक्ति बिजली-सी कौंध उठी। उसने मद्यभाण्ड फेंक तरुण के कंठ में अपनी भुजवल्लरी डालकर कहा–"चल।"

दोनों परस्पर आलिंगित होकर एक ओर को चल दिए। नर-नाग-देव-दैत्य-असुर-मानुष-आर्य-व्रात्य सब नगर-नागर पीछे रह गए।

तरुण ने पूछा—"तेरा ग्राम यहां कहां है?"

"उस उपत्यका में, अर्जना के तट पर।"

"और गोत्र?"

"गोत्र भी वहीं है।"

"कब वह आया है?"

"इसी शरद् ऋतु में।"

"कहां से?"

"काश्यप सागर-तट से।"

"काश्यप सागर-तट पर क्या तेरा पुर है?"

"वहां मातृकुल रहता है।"

"किस पुर में?"

"हिरण्यपुर में।"

"तू क्या असुर-कुल से है?"

"नहीं, दैत्य-कुमारी हूं, और तू?"

"मैं ऋषिकुमार हूं। पर मातृकुल मेरा भी दैत्य-कुल से है।"

"और पितृकुल?"

"आर्य-व्रात्य।"

"कहां का है तू?"

"आंध्रालय का।"

"तो यहां बलिद्वीप में कैसे घूम रहा है?"

"तेरे ही लिए"–तरुण ने हंसकर उसे और कसकर वक्ष से सटा लिया। "तरुणी ने उसे ठेलते हुए कहा–"धिग्विपन्न, सत्य कह।"

"अब तो सत्य यही है, मैं तुझ पर विमोहित हूं।"

"कब से?"

"इसी क्षण से।"

"तो उधर चल।"

"क्या ग्राम में?"

"नहीं, उपत्यका के उस अंचल में।"

"वहां क्या है?"

"विजन वन है, सघन छाया है, एक सरोवर है, उसमें शतदल कमल खिले हैं। चक्रवाक, सारस का आखेट वहां बहुत है। हिरण भी हैं। आखेट अच्छा होगा। आखेट खाएंगे और रमण करेंगे, चल।"

"चल।"

दोनों उस गहन वन में घुस गए।

2 तू न प्रथम है न अन्तिम

उपत्यका का वह प्रान्त विजन और सघन था। वहां निर्मल जल का सरोवर था, सरोवर में शतदल कमल खिले थे। ताल-तमाल-हिन्ताल की सघन छाया में मध्याह्न की धूप छनकर–शीतल होकर सोना-सा बिखेर रही थी। मन्द पवन चल रहा था। सरोवर में चक्रवाक, सारस, हंस आदि नाना विहंग थे। तरुणी एक विशाल शाल्मली वृक्ष के नीचे सूखे पत्तों पर लेट गई। हंसते हुए उसने कहा–"अब तू आखेट ला।"

तरुण ने धनुष डाला। गर्दन ऊंची कर इधर-उधर देखा। वह लम्बे-लम्बे डग भरता हुआ वन में घुस गया। एक हरिण और कुछ पक्षी मारकर वह लौटा। तरुणी ने फुर्ती से अरणी घिसी–सूखे ईंधन में अग्न्याधान किया। तरुण ने आखेट के मांस

खण्ड किए। दोनों ने मांस भून-भूनकर खाना आरम्भ किया। तरुणी बहुत भूखी थी, वह रुच-रुचकर मांस खाने लगी। कभी आधा मांस खण्ड खाकर वह तरुण के मुंह में ठूंस देती, कभी उसके हाथों से छीनकर स्वयं खा जाती। खा-पीकर तृप्त होकर वह तरुण की जांघ पर सिर रखकर लेट गई। दोनों भुजा ऊंची करके उसने तरुण की कटि लपेट ली। वह बोली–"बड़ा हस्तलाघव है तुझमें।"

"मुझे प्रयास करना ही न पड़ा। आखेट सहज ही मिल गया।" तरुण ने हंसकर कहा।

"तू किस कुल का आर्य है?"

"वैश्रवण पौलस्त्य हूं।"

"तूने कहा था–तेरा मातृकुल दैत्यकुल है।"

"हां।"

"कहां का?"

"लंका का। लंकापति सुमाली दैत्य का दौहित्र हूं।"

"अरे वाह प्रिय"–तरुणी हर्षोल्लास से चीख उठी। आनन्दातिरेक से उसने धक्का देकर तरुण को भूमि पर गिरा दिया। फिर उसके वज्र-वक्ष पर अपने अनावृत उन्मुख यौवन युगल ढालकर तरुण के अधर चूमकर बोली– "सुपूजित है तू।"

उसे अपने में प्रविष्ट-सा करता हुआ युवक बोला–"तू क्या लंकाधिपति सुमाली को जानती है?"

"सुपूजित है लंकाधिपति दैत्येन्द्र सुमाली का कुल। मेरा पिता दैत्येन्द्र का सेनापति था। हिरण्यपुर के देवासुर-संग्राम में उसने विष्णु से युद्ध किया था।"

तरुण ने दोनों भुजाओं में उसे लपेट वक्ष में दबोच लिया ओर उसके सघन जघन को अपनी सुपुष्ट जंघाओं में आवेष्टित करते हुए बोला–"तब तो तू मेरी ही है।"

उसने अपना शिथिल गात्र जैसे तरुण को अर्पण करते हुए सुरा-सुरभित, आवेशित गर्म श्वास लेते हुए कहा–"आज मैं तेरी हूं। तू स्वच्छन्द रमण कर।"

"और आज के बाद?" तरुण ने अपने दांत तरुणी के दांतों पर रगड़ते हुए कहा।

"जैसा मेरा मन होगा। जैसा मुझे रुचेगा।" उसने नेत्र निमीलित कर लिए।

तमाल की सघन छाया में से छनकर अपराह्न की सुनहरी धूप उनके अनावृत, विवसन सम्पुटित अंगों पर पड़ रही थी। सरोवर में पक्षी कलरव कर रहे थे। दोनों निश्चल, निस्पन्द उस विजन वन में पर्णशय्या पर एक-दूसरे में समाये हुए-से,

आनन्दातिरेक से तृप्त-सुप्त-विस्मृत पड़े थे। तरुणी ने तरुण के कान मैं अधर लगाकर कहा–"अब उठ।"

तरुण ने तरुणी के होंठों पर होंठ रखकर वक्ष पर भार डालते हुए होंठों ही में कहा–"ठहर तनिक।"

"अब नहीं। देखता नहीं। सूर्य की किरणें तिरछी हो चलीं।"

उसने धकेलकर तरुण को अपने से पृथक् किया और हंसती हुई खींचकर जल में धंस गई।

दोनों विवसन विजन वन के अगम जल में क्रीड़ा करने लगे। अमल नील जल आन्दोलित हो उठा। दोनों एक-दूसरे के पूरक–एक-दूसरे के एकान्त साक्षी थे। दोनों के मुक्त यौवन कभी जल-तल पर और कभी जल-गर्भ में मिथुन मीन-से विचरने लगे। कभी तरुणी जल में डुबकी लगाती–तरुण उसे ढूंढ़ लाता। कभी दोनों तैरने चले जाते दूर तक कभी दोनों संश्लिष्ट हो तैरते। कभी उनके वक्ष परस्पर टकराते, कभी अधरोष्ठ। कभी तरुणी जल की बौछार तरुण पर मारती। कभी तरुण उसके विवसन अनावृत गात्र को दोनों बलिष्ठ भुजाओं में सिर से ऊंचा उठाकर ज़ोर से किलकारी मारता।

सूर्य क्षितिज पर झुका चला। श्रान्तक्लान्त तरुणी तरुण का हाथ थाम जल से निकली। जल-बिन्दु दोनों के अंगों पर ढर-ढर कर मोती की भांति इधर-उधर भूमि पर बिखरने लगे।

वह एक शिलाखण्ड पर अलस भाव से उत्तान लेट गई। अपराह्न की पीली धूप उसके सम्पूर्ण विवस्त्र गात्र पर फैल गई। तरुण भी वहीं आ खड़ा हुआ। जल उसके लौहगात से टपक रहा था। उसके बाहुपाश में बहुत-से शतदल कमल पुष्प थे। उन्हें उसने तरुणी पर बिखेर दिया। तरुणी ने उसके गात को भरपूर दृष्टि से पीते हुए कहा–"कमनीय है तू रमण, प्रिय है, प्रियतम है। आ, श्रृंगार दे मुझे। कपोलों पर लोध्र-रेणु मल दे, कुचों को शैलेय से चित्रित कर, सघन जघन को अरविन्द-मरकन्द से सुरभित कर, चरणतल को लाक्षारंजित कर, कुन्तल वृत्त में ये शतदल कमल गूंथ, पिंडलियों में मृणाल मसल। आ, मेरे निकट आ, परिरम्भण दे मुझे, विश्रान्त कर, ओ प्रिय–प्रियतम।"

तरुण ने विधिवत् रमणीय रमणी को श्रृंगारित किया। कुचों को शैलेय से चित्रित किया। कपोलों में लोध्र-रेणु मला, अधरों पर लाक्षारस दे केशों में कमल गूंथे। जघन को मकरन्द से सुरभित किया। भुजाओं में मृणाल-वलय लपेट दिए। वह रमणीय रमणी श्रृंगारित हो, मूर्तिमती सान्ध्य-वनश्री-सी दिप उठी। तरुणी

का श्रृंगार सम्पन्न करके तरुण ने हंसते-हंसते पूछा–"अब और तेरा क्या प्रिय करूं?" तरुणी ने अपनी भारी-भारी पलकों में बंकिम कटाक्ष भरकर, तरुण को आपाद विवसन देख, दांतों में लाल-लाल जीभ को दबाकर सीत्कार-सी करते हुए मन्द स्वर में कहा–"अब परिरम्भण दे, आप्यायित कर, चुम्बन कर सर्वांग चुम्बन कर।" उसने दोनों भुज-मृणाल ऊंचे फैला दिए। तरुण ने आह्लाद अतिरेक से आवेशित-सा हो सान्ध्य-वनश्री-सी उस कमनीय कामिनी को अपनी बलिष्ठ बाहुओं में अधर उठाकर वक्ष में समेट लिया और उसके प्रत्येक अंग के अगणित चुम्बन ले डाले। आनन्दविभोर हो रमणी ने अपनी भुजवल्लरी रमण के कण्ठ में लपेट शत-सहस्र प्रतिचुम्बन लिए। वह जैसे तरुण के अंग-प्रत्यंग में सम्पूर्ण धंस गई। जगत् जैसे खो गया।

अस्तंगत सूर्य की रक्तिम रश्मियां वनश्री को रंजित करने लगीं। तरुण ने धीरे से रमणी को शिलाखण्ड पर बैठाकर अधोवस्त्र दे नीवी बन्धन किया। स्वयं कटिबन्ध पहना–मृगांजिन धारण किया, फिर उसके लाक्षारंजित चरणयुगल गोद में लेकर कच्छप चर्म-निर्मित उपानत् चरणों में डाल चर्मरज्जु बांधने लगा। तरुणी ने चरण-नख का तरुण के वक्ष पर आघात करके कहा–

"कमनीय है तू रमण।"

"सच?"

"सच, ऐसा और नहीं देखा।"

"और भी देखे हैं तूने?"

"बहुत।"

"कितने?"

"मैंने गिने तो नहीं।"

"इतने ही से यौवन में?"

"मुझे इसमें अभिरुचि है।"

"काहे में?"

"नित नये यौवनों के आस्वादन में।"

"पर अब तो तू मेरी है?"

"वाह, ऐसा भी कभी होता है? मैं दैत्यकन्या हूं दैत्यबाला की यह मर्यादा नहीं है।"

"कैसी मर्यादा?"

"जहां मेरा मन होगा रमण करूंगी।"

"और मैं?"

"तू कमनीय है, रमणीय है, तेरा मातृकुल और पितृकुल वरिष्ठ है, तेरा सहवास सुखकर है, तू भी आ जब जी चाहे।

"मैं तुझे प्यार करता हूं।"

"प्यार क्या होता है?"

"जो प्राणों में प्राणों का विलय करता है।"

"तो तू प्यार कर, अनुमति देती हूं। किन्तु तू ही कुछ पहला पुरुष नहीं है, तुझसे पहले बहुत आ चुके हैं, तू ही अन्तिम नहीं है, और अनेक आएंगे।"

तरुण के नेत्रों से अग्निस्फुलिंग निकलने लगे। क्रोध से उसके नथुने फूल गए। उसने तरुणी के चरण गोद से गिराकर उसे ज़ोर से शिलाखण्ड पर धकेल दिया और खड़े होकर कहा–"नहीं, अब और नहीं आएंगे। अब जो तुझे छुएगा उसीके साथ तेरा भी मैं तत्क्षण वध करूंगा। मेरी यह मर्यादा है कि एक स्त्री एक ही पुरुष की अनुबन्धित हो।"

धक्का खाकर गिरने से तरुणी को आघात लगा। उसका श्रृंगार खण्डित हो गया। उसने सर्पिणी की भांति चपेट खाकर उठते हुए वेग से तरुण के वक्ष पर पदाघात किया। पदाघात खाकर तरुण लुढ़कता हुआ भूमि में गिर गया। उसके उठने से प्रथम ही तरुणी ने फिर पदाघात किया–फिर किया–फिर किया। तरुण का सारा शरीर धूल में भर गया। उसके मुख से खून झरने लगा। इससे तनिक भी विचलित न होकर तरुणी ने भुजंगिनी की भांति फूत्कार करते हुए कहा–"दैत्यकुलपति की कुमारी पर मर्यादा बांधनेवाला तू होता कौन है रे अधम?" पदाघात के लिए फिर चरण उठाए।

तरुण उछलकर एक ओर खड़ा हो गया। मुख का रक्त पोंछकर उसने कहा—"तेरे साथ मैंने रमण किया है–अब तेरा वध नहीं करूंगा। पर तू मेरी है–केवल मेरी। स्पर्श तो दूर, अब तू किसी पुरुष का ध्यान भी नहीं कर सकती।"

"रमण किया है तो रमण की भांति बात कर, मूर्खता न कर। मुझे भी तेरा विग्रह स्वीकार नहीं है, मैं तुझपर प्रसन्न हूं।"

"तो मांग ले।"

"क्या?"

"जो तुझे चाहिए।"

"मुझे देगा तू?" वह ज़ोर से अट्टहास कर उठी।

"दूंगा, मांग ले।" तरुण ने आवेश में आकर कहा।

“इस मरकत–मेखला पर इतराता है तू!” तरुणी ने उसकी कमर में बंधी महार्घ मरकतमणि की मेखला को हाथ से छूकर कहा।

“तो यही ले।”

“धिग्विपन्न, तू दाता है कि याचक?”

“तेरे प्यार का याचक हूं।”

“तो याचक ही रह। दाता का दम्भ न कर।”

“उसने आगे बढ़कर तरुण की कमर में बांह डाल दी और हंसकर कहा–“आ चल, ग्राम चल, एक भाण्ड मद्य पी आ।”

“ग्राम आऊंगा, पर मद्य पीने नहीं, तुझे हरण करने।”

“यह कैसी बात?”

“यह मेरी संस्कृति है–रक्ष-संस्कृति। कुमारी का हरण हमारे लिए वैध है–हरण की हुई कुमारियां हमारी अनुबंधित होती हैं।

“और तू मुझे अनुबन्धित करेगा? तेरा साहस तो कम नहीं है रे, रमण।”

“मैं रमण नहीं, रावण हूं, पौलस्त्य वैश्रणव रावण। भूलना नहीं यह नाम।”

वह तेज़ी से एक ओर को चल दिया। तरुणी अकेली उस विजन वन में खड़ी, उसे अनिमेष देखती रही। अन्धकार उपत्यका को अपने अंक में समेट रहा था।

3 अब से सात सहस्राब्दी पूर्व

अब से सात सहस्राब्दी पूर्व जब बालीद्वीप के विजन वन में सरोवर के तट पर दैत्यबाला का अभिसार सम्पन्न हुआ तब तक नृवंश में विवाह-मर्यादा दृढ़बद्ध नहीं हो पाई थी। नर-नाग-देव-दैत्य-असुर-मानुष-आर्य-व्रात्य सभी में ऐसे ही मुक्त सहवास का प्रचलन था। उन दिनों भारत की भौगोलिक सीमाएं भी आज के जैसी न थीं। आंध्रालय से लेकर आंध्रद्वीप तक–बाली, यवद्वीप, स्वर्णद्वीप, लंका, सुमात्रा आदि द्वीप-समूह स्थल संश्लिष्ट थे और इन द्वीपों में नर-नाग-देव-दैत्य-दानव-असुर-मानुष-आर्य-व्रात्य सभी नृवंश के जन एक साथ ही रहते थे। कुशद्वीप भी तब तक भारतवर्ष से भूमि-संश्लिष्ट था। उस समय तक

विन्ध्य के उस पार भारतवर्ष के उत्तरापथ में आर्यावर्त था, जिसमें सूर्यमण्डल और चन्द्रमण्डल नाम से दो आर्य राज्यसमूह थे। सूर्यमण्डल में मानव-कुल और चन्द्रमण्डल में इला से बना एलकुल राज्य करता था। उत्तरापथ से ऊपर भारतवर्ष के सीमान्त पर पिशाचों, गन्धर्वों, किन्नरों, देवों और असुरों के जनपद थे। एलावर्त आदित्यों का मूल स्थान था, उरपुर और अत्रिपत्तन में देवों का आवास था और उनके पास काश्यप तट पर चारों ओर दूर तक असुर, गरुण, नाग, दानव, दैत्यों के खण्डराज्य फैले हुए थे।

जिस तरुण ने दैत्यबाला को पौलस्त्य रावण वैश्रवण कहकर अपना परिचय दिया था, उसीकी बात कहते हैं। वह मेधावी और तेजस्वी तरुण उन दिनों आन्ध्रालय महाद्वीप से अपने साहसिक वीर साथियों सहित उत्तर-पश्चिमी द्वीप-समूहों को जय करता हुआ स्वर्ण लंका की ओर जा रहा था। उसने भारत के समस्त दक्षिणी द्वीप-समूहों–अंगद्वीप (सुमात्रा), यवद्वीप (जावा), मलयद्वीप (मलाया), शंखद्वीप (बोर्नियो), कुशद्वीप (अफ्रीका) और वाराहद्वीप (मेडागास्कर) पर अधिकार कर लिया था। अब उसकी नज़र चारों ओर समुद्र से घिरी हुई, बड़े-बड़े सोने के प्रासादों से सज्जित हुई स्वर्ण लंका पर थी, जिसे उसने अपनी राजधानी बनाने को चुना था। उन दिनों लंका का अधिपति इस तरुण का सौतेला भाई लोकपाल धनेश वैश्रवण कुबेर यक्षराज था।

आजकल जिस महाद्वीप को आस्ट्रेलिया कहते हैं, उस काल में उसका नाम आन्ध्रालय था। उन दिनों भारत और आस्ट्रेलिया के बीच इतना अन्तर न था। लंका और मेडागास्कर की भूमि भी बहुत विस्तृत थी तथा भारत को आस्ट्रेलिया से जोड़ती थी। उन दिनों ये सब द्वीप भारत के अनुद्वीप माने जाते थे तथा ये द्वीपपंज जो एक दूसरे से मिले-जुले थे, इनका विशाल भू-भाग लंका महाराज्य के अन्तर्गत था।

जिस समय की घटना इस उपन्यास में वर्णित कर रहे हैं, उससे कुछ दशाब्दी पूर्व ही कान्यकुब्जपति कौशिक विश्वामित्र ने अपने पचास परिजनों को दक्षिणारण्य में निर्वासित कर दिया था। उन दिनों ऐसी परिपाटी आर्यावर्त में थी। आर्यजन दूषितजनों को दक्षिणारण्य में निर्वासित कर दिया करते थे। इन निर्वासित जनों के दक्षिणारण्य में बहुत जनपद स्थापित हो गए थे। इन बहिष्कृत प्रचार कौशिक परिजनों के सब परिवार दक्षिणारण्य में ही न बसकर आगे आन्ध्रालय तक चले गए और वहीं बस गए। आर्यसभ्यता और संस्कृति के कारण ही उनके जनपद सुसंस्कृत और सुसम्पन्न हो गए और इन परिवारों ने वहां की मूल जातियों से सम्पर्क स्थापित

कर अपने को आन्ध्र घोषित कर दिया तथा उस महाद्वीप का नाम भी आन्ध्र ही रख लिया। इस जनपद का प्रमुख पुरुष महिदेव कहलाने लगा। जिस समय की घटना हमारे इस उपन्यास में वर्णित है, उस समय से कुछ प्रथम आन्ध्रालय का महिदेव तृणबिन्दु था। तृणबिन्दु मनुपुत्र नरिष्यन्ति का पुत्र था। इसीके काल में देवर्षि पुलस्त्य वहां गए और महिदेव तृणबिन्दु के अतिथि बने। उन दिनों सभी आर्य-अनार्य जातियों में राजसत्ता और धर्मसत्ता संयुक्त ही थी। अधिकांश में ऐसा ही होता था। तृणबिन्दु भी धर्म और राज्य का अधिकारी था। ऋषि पुलस्त्य आर्य और युवक थे, सुन्दर तथा सुप्रतिष्ठित थे। संयोगवश उनका तृणबिन्दु की कन्या से प्रेम हो गया। तृणबिन्दु ने अपनी पुत्री इलविला उन्हें ब्याह दी तथा उनसे वहीं रहने का अनुरोध किया। पुलस्त्य भी वहीं अपना आश्रम बना पत्नी सहित रहने लगे।

कालान्तर से तृणबिन्दु की कन्या इलविला से पुलस्त्य को पुत्र हुआ। पुत्र का नाम उन्होंने विश्रवा रखा और यत्न से वेद पढ़ाया। उन दिनों आर्यों का एकमात्र साहित्य वेद था। वह भी लिखित न था, न आज की भांति चार वेदों के रूप में परिपूर्ण था। केवल थोड़ी-सी अस्त-व्यस्त ऋचाएं थीं जो कण्ठगत रहती थीं तथा कण्ठपाठ ही ऋषिकुमार पढ़ते थे। आयु पाकर उनमें जो नवीन ऋचाओं का सर्जन कर सकते थे, वे स्वयं ऋषिपद धारण करते थे। युवा होने पर इस तरुण को भारद्वाज ने अपनी कन्या दे दी। उससे वैश्रवण का जन्म हुआ। वैश्रवण बड़ा तेजस्वी, मेधावी और उत्साही तरुण था। तृणबिन्दु और पुलस्त्य के समुद्योग से आर्य दिक्पालों ने उसे धनेश कुबेर का पद दे लोकपाल बना दिया। पुष्पक विमान भी उसे भेंट किया। पिता के परामर्श से वह दक्षिण समुद्र के कूल पर त्रिकूट पर्वत पर बसी हुई अपनी राजधानी लंकापुरी में रहकर परम ऐश्वर्य भोगने लगा। इस समय यह नगरी सूनी पड़ी थी। उसके चारों ओर सुदृढ़ दुर्ग था। गहरी खाई थी। अस्त्र-शस्त्र और स्वर्णमणि वहां भरपूर थे। वैश्रवण कुबेर ने लोकपाल होकर नगरी को फिर से बसाया। उसे उन्नत किया और देव, गन्धर्व, यक्ष, अप्सरा और असुर-दानवों से सम्पन्न किया।

वास्तव में यह नगरी दैत्यों की थी। हेति और प्रहेति नामक दो सम्पन्न दैत्य सरदार थे। हेति ने काल दैत्य की बहिन भया से विवाह किया था। उससे उसे विद्युत्केश नामक पुत्र उत्पन्न हुआ, जिसका विवाह सन्ध्या की पुत्री सालकटंकटा से हुआ। उससे सुकेश नामक पुत्र उत्पन्न हुआ। उसे विश्वासु गंधर्व ने अपनी पुत्री वेदवती दे दी, जिससे उसके तीन पुत्र हुए—माली, सुमाली और माल्यवान्। ये तीनों भाई बड़े वीर्यवान् और तेजस्वी हुए। अवसर पाकर इन्हीं तीनों भाइयों ने दक्षिणी

समुद्र-तट पर त्रिकूट सुबेल पर्वत पर तीस योजन चौड़ी और सौ योजन विस्तार की लंकापुरी बसाई और उसे विविध भांति सम्पन्न किया। हिरण्यपुर का अतोल हिरण्य ला-लाकर उन्होंने सुवर्ण ही के प्रदीप्त प्रासादों का निर्माण किया। धन, रत्न, मणि से वे प्रासाद आपूर्यमाण किए। इन्हें नर्मदा नाम के गन्धर्वी ने अपनी रूप-यौवनसम्पन्ना तीन पुत्रियां दे दीं। गन्धर्वपुत्रियों से माल्यवान् को सात पुत्र और एक पुत्री हुई। सुमाली को ग्यारह पुत्र और चार पुत्रियां हुई। माली को चार पुत्र हुए। इस प्रकार इन तीनों भाइयों का दैत्य-परिवार वृद्धिगत होकर सुपूजित हुआ। सम्पदा भी बहुत बढ़ी। अपने प्रबल पराक्रम से इन तीनों भाइयों ने पुत्र-पौत्र-परिजनों के साथ आसपास के द्वीपों को विजित कर अतोल मणि, माणिक्य, स्वर्ण एकत्र कर लिया।

इसी समय तृतीय देवासुर-संग्राम का संकट आ उपस्थित हुआ। इस संग्राम का मूल कारण काश्यप सागर तट में प्राप्त वे स्वर्ण की खाने थीं, जो हिरण्यकश्यप को प्राप्त हुई थीं और जिनपर अभी तक दैत्यों ही का अधिकार था। जिस समय समुद्र-मंथन हुआ और देवों, असुरों तथा नागों ने मिलकर प्रथम बार काश्यप सागर को पार किया तो भाग्य से दैत्यों ही को ये स्वर्ण खानें मिलीं। धर्मतः उन्हीं का उनपर आधिपत्य रहा। परन्तु देवों के नेता विष्णु ने छल-बल से वह प्राप्त सुवर्ण हथिया लिया। वह लक्ष्मी शायद वही थी। इसपर द्वितीय देवासुर संग्राम हुआ और हिरण्यकश्यप की मृत्यु हुई। परन्तु इसके बाद हिरण्यकश्यप के पुत्र प्रह्लाद ने विष्णु से मैत्री-सन्धि कर ली तथा देवों की ओर से दैत्यों को विष्णु ने यह वचन दिया कि अब दैत्यों का रक्त पृथ्वी पर नहीं गिरेगा।

परन्तु हिरण्यपुर और वहां का सारा स्वर्ण-भण्डार दैत्यों ही के अधिकार में था। दैत्य उसके कारण अधिक सम्पन्न थे। यह बात देवों के नेता विष्णु को बहुत खल रही थी। उसका तर्क यह था कि दैत्यपति हिरण्यकश्यप का वंश और उसका वंश एक ही दादा की सन्तान हैं। दोनों ही के दादा मरीचि-पुत्र कश्यप हैं। अत: हमें आधा स्वर्ण-प्रदेश और काश्यप सागर-तट मिलना चाहिए। उधर विष्णु (सूर्य) पुत्र वैवस्वत मनु (एलम) का निवास छोड़ भारत में आर्यावत की स्थापना कर चुके थे। इसलिए दैत्यों का यह जवाब था कि प्रथम तो सूर्य (विष्णु) का मूलवंश यहां अब है ही नहीं, दूसरे स्वर्ण-प्रदेश हमारे दादा का पैतृक नहीं है, हमारा अपना अर्जित है। इसमें आधा हम देवों को क्यों दें? झगड़ा बढ़ता ही गया। प्रह्लाद की मैत्री कुछ काम न आई और प्रथम प्रह्लाद-पुत्र विरोचन का समर-क्षेत्र में देवों ने वध किया। फिर तुमुल देवासुर-संग्राम में देवों की छलबल से जय हुई। बलि बन्दी हुआ। ये

तीनों दैत्य-बन्धु भी इस विकट संग्राम में सेना सहित पराजित हुए। इस संग्राम में इनके सारे भट और परिजन मारे गए। बड़ा भाई माली तो रणभूमि में ही काम आया। सुमाली और माल्यवान् सब सहायक सेना और परिजनों का विनाश तथा दैत्यराज के पतन से हतप्रभ, विक्षिप्त और शोकग्रस्त हो, लज्जा, क्षोभ, भय तथा ग्लानि के मारे लंका लौटे ही नहीं–पाताल में जाकर छिप गए। कुछ ग्लानि से और कुछ देवों के भय से उनका साहस लंका में जाने का न हुआ। आजकल जिस स्थान को अबीसीनिया कहते हैं, उन दिनों वही पाताल कहाता था। सुमाली के इस स्थान को आज भी सुमालीलैंड कहते हैं। वह स्थान अफ्रीका के पूर्वीय भाग में है। इससे लंका चिरकाल तक सूनी, उजाड़ और अरक्षित, बिना स्वामी की नगरी की भांति विपन्नावस्था में पड़ी रही। उसी सूनी लंका पर वैश्रवण ने लोकपाल धनेश कुबेर होकर आर्य नेताओं और देवों की सहमति से अधिकार कर लिया।

बहुत काल बीतने पर सुमाली फिर अपने गुप्तवास से प्रकट हुआ। इस समय सुमाली वृद्ध हो चला था। उसके साथ उसकी षोडशी पुत्री कैकसी और ग्यारहों पुत्र थे। वे सभी तरुण थे। उसकी इच्छा थी कि वह किसी प्रकार अपनी लंका का उद्धार करे और उसीमें अपने इस प्रतिष्ठित दैत्यवंश को फिर से स्थापित करे। परन्तु अग्नि के समान तेजस्वी कुबेर लोकपाल को देख उसका साहस न हुआ। वह सोचने लगा कि अब मैं ऐसा कौन-सा काम करूं जिसमें मेरे कुल की भलाई हो। उसने दूरदर्शिता से विचारकर अपनी प्राणाधिका पुत्री कैकसी से कहा–"हे पुत्री, तू रूप और गुण में लक्ष्मी के समान है। अब तू युवावस्था को प्राप्त हुई। मैं चाहता हूं कि प्रजापति के वंश में उत्पन्न पुलस्त्य के पुत्र विश्रवा मुनि के पास जा और उसको पति बनाकर कुबेर के समान तेजवान् पुत्र उत्पन्न कर। जब तक तू ऐसा न करेगी, हम बन्धनमुक्त न होंगे।" इस प्रकार कैकसी को सब आगा-पीछा समझा-बुझाकर उसने उसे पुलस्त्य-पुत्र विश्रवा के पास उसके आश्रम में भेज दिया। कैकसी ने विश्रवा के पास जाकर कहा—"हे तपोधन, मैं दैत्य महा सेनापति सुमाली की कन्या हूं और आपके पास पिता की आज्ञा से पुत्र प्राप्ति की अभिलाषा से आई हूं।" विश्रवा मुनि अधेड़ावस्था में थे। इस रूपसी तरुणी दैत्यबाला के ये वचन सुन और उसका तारुण्य देख मोहित हो गए। उन्होंने उसका प्रस्ताव स्वीकार कर लिया और उसे अपने निकट आश्रम में रख लिया। सुमाली दैत्य भी पुत्रों सहित वहीं विश्रवा के आश्रम में जाकर रहने लगा। सुमाली बड़ा दूरदर्शी और राजनीतिज्ञ पुरुष था। इस कार्य से उसका सम्बन्ध प्रजापति के वंश से स्थापित हो गया। अब वह पुत्री के पुत्र की धैर्यपूर्वक प्रतीक्षा करने लगा। समय प्राप्त होने पर विश्रवा को

कैकसी से तीन पुत्र और एक पुत्री हुई। पुत्रों में रावण, कुम्भकर्ण और विभीषण तथा पुत्री शूर्पणखा। विश्रवा ने तीनों पुत्रों को विधिवत् वेद पढ़ाया। परन्तु इन बालकों के नाना सुमाली को तो कुछ दूसरी ही अभिसन्धि थी। ये बालक अपने मामाओं के साथ खेलते-खाते बड़े होने लगे। रात-दिन उन्हींका साथ उन्हें रहने लगा। उन सबपर नाना सुमाली का प्रभाव रहा। इन सबके बीच माता कैकसी का नियन्त्रण। इस प्रकार मां-मामा-नाना इस मातृकुल का ही सांस्कृतिक प्रभाव इन बालकों पर पितृकुल की अपेक्षा अधिक रहा। दैत्यकुल में मातृकुल की प्रधानता की परम्परा थी ही। विश्रवा मुनि ने इस बात पर अधिक ध्यान नहीं दिया। एक बार धनेश्वर कुबेर पुष्पक विमान पर चढ़कर अपने पिता से मिलने आया। कैकसी ने उसे दूर से दिखाकर रावण से कहा–"अपने भाई धनेश्वर कुबेर को देख और अपनी ओर देख। इसकी अपेक्षा तू कितना दीन-हीन है। मेरी अभिलाषा है कि तू उद्योग करके इसके समान हो जा।" माता के ये वचन सुन तथा कुबेर का ऐश्वर्य देख रावण को बड़ी ईर्ष्या हुई। उसने हुंकार भर के कहा–"माता, तू चिन्ता न कर, मैं अपने इस भाई के समान ही नहीं, इससे भी बड़ा बनकर रहूंगा।" अब ज्यों ही रावण और उसके भाई युवा हुए, उनके नाना सुमाली ने अपनी पैतृक नगरी लंका लेने के लिए उन्हें उकसाया। बहुधा सुमाली रावण को छाती से लगाकर और लम्बी-लम्बी उसासें लेकर कहता–"अरे दौहित्र, मैं तुझसे क्या कहूं, हम तीनों भाइयों ने अपने भुजबल से हिरण्यपुर की अतुल सम्पदा, कोटि भार स्वर्ण इस लंकापुरी में लाकर इसे सम्पन्न किया। इसके हर्म्य-सौध सब हिरण्यपुर के अनुरूप स्वर्ण ही से निर्मित कराए, उसे मैंने सब भांति सुपूजित, सुप्रतिष्ठित किया। परन्तु भाग्यदोष से वह मेरी स्वर्ण लंका अब मेरी न रही। आज यदि वह मेरी होती, तो पुत्र, तू ही उसका स्वामी और अधिपति होता। वह सब धन-रत्न, मणि-माणिक्य हिरण्यमय सौध-हर्म्य सब तेरे ही तो हैं। पुत्र, तू ही उनका स्वामी है। वहां के सब स्वर्ण-भण्डार, शस्त्रागार एवं वैभव का मैं तुझसे कहां तक वर्णन करूं। आज तुझे, प्राणों से प्रिय अपने दौहित्र को, अनाथ की भांति देख मेरी छाती फटती है। परन्तु मैं कहता हूं–"पुत्र, एक दिन तू ही लंका का अधीश्वर, दक्षिण का लोकपाल और इन सब द्वीप समूहों का स्वामी होगा, सर्वजयी, यशस्वी नरपति होगा। मैं तेरे अंग में ऐसे लक्षण देख रहा हूं और मेरे ये पुत्र तेरे मामा प्रहस्त, अकम्पन, विकट, कालिकामुख, धूम्राक्ष, दण्ड, सुपार्श्व, महाबल, संह्रादि, प्रहस्त और भासकर्ण तेरे अधीन मन्त्री होंगे।" रावण महत्त्वाकांक्षी, साहसी और मेधावी था। इस प्रकार नाना और मामाओं से बारम्बार उकसाये जाने से उसके मन में

महाराज्य संगठन की आकांक्षा उत्पन्न हो गई। उसमें तीन रक्तों का मिश्रण था। प्रजापति के वंश का सर्वोत्तम आर्य रक्त, बहिष्कृत व्रात्य रक्त और दैत्य रक्त। वह अपने भाइयों, मित्रों और तरुणों को लेकर आंध्रालय से निकला। उसका प्रधान सलाहकार उसका नाना सुमाली उसके साथ था। सुमाली के दो पुत्र प्रहस्त और अकम्पन तथा माल्यवान् के पुत्र विरूपाक्ष तथा मारीचि सहोदर मन्त्रियों की भांति उसके साथ थे। वह एक-एक करके सब द्वीपसमूहों को जय करता हुआ इस समय यवद्वीप में आ पहुंचा था।

यहां तत्कालीन वातावरण और प्राचीन इतिहास पर थोड़ा प्रकाश डालना आवश्यक है। उस विस्तृत प्रागैतिहासिक युग का यत्किञ्चित् दिग्दर्शन कराने के बाद हम अपने उपन्यास को आगे चलाएंगे।

4 मनुर्भरत

हमारे पाश्चात्त्य गुरुओं ने हमें बचपन में पढ़ाया था कि आर्य लोग खानाबदोश गडरियों की भांति भद्दे छकड़ों में अपने जंगली परिवारों और पशुओं को लिए इधर से उधर भटकते फिरा करते थे। पीछे लोगों ने पत्थरों के नुकीले हथियारों से काम लेना सीखा। मानवों की इस सभ्यता को वे यूथिल सभ्यता कहते हैं। इनमें कुछ सुधार हुआ तो फिर 'चिलियन' सभ्यता आई। इन हथियार-औजारों की सभ्यता के समय का मनुष्य अधिक अंशों में नर-वानर ही था। उसमें वास्तविक मनुष्यत्व का बीजारोपण नहीं हुआ था। 'मुस्टेरियन' सभ्यता के पश्चात् 'रैनडियन' सभ्यता का प्रादुर्भाव हुआ। इस समय लोगों में मानवोचित बुद्धि का विकास होने लगा था। फिर इसके बाद सभ्यताएं वास्तविक सभ्यताएं कहलाईं। इनमें से पहली सभ्यता नव पाषाणकालीन कही जाती है। इस युग का मनुष्य अपने ही जैसा वास्तविक मनुष्य था। यह यूथिल सभ्यता से लेकर नव-पाषाण सभ्यता तक का काल पाषाण-युग कहलाता है।

पाषाण-युग के बाद मानव-जाति में धातु-युग का प्रादुर्भाव हुआ। धातु-युग का प्रारम्भ ताम्रयुग से होता है। नव-पाषण युग के अन्त तक मनुष्य की बुद्धि बहुत कुछ विकसित हो गई। इसी समय कृषि का आविष्कार हुआ। कृषि ही सभ्यता

की माता है। आर्य ही संसार में सबसे प्रथम कृषक थे। कृषि के उपयोगी स्थानों की खोज में आर्य पंजाब की भूमि में आए। इसीका नाम सप्तसिन्धु देश रखा। वे सारे सप्तसिन्धु देश में फैल गए। परन्तु उनकी सभ्यता का केन्द्र सरस्वती-तट था। सरस्वती-तट पर ही आर्यों ने ताम्रयुग की स्थापना की। यहां उन्हें तांबा मिला और वे अपने पत्थर के हथियार छोड़कर तांबे के हथियारों को काम में लाने लगे। इस ताम्रयुग के चिह्न अन्वेषकों को 'चान्हू-डेरों' तथा 'विजनौत' नामक स्थानों में खुदाई में मिले हैं। ये स्थान सरस्वती-प्रवाह के सूखे हुए मार्ग पर ही हैं। मैसोपोटामिया तथा इलाम में यही सभ्यता प्रोटोइलामाइट सभ्यता कहाती है। सुमेरु जाति प्रोटोइलामाइट जाति के बाद मैसोपोटामिया में जाकर बसी है। सुमेरु सभ्यता के बाद मिस्र की सभ्यता का उदय हुआ। प्रसिद्ध पुरातत्त्वविद् डा० डी० टेरा, जो अमेरिकन विद्वान् हैं, निश्चित रूप में सिन्धु-प्रदेश को पत्थर और धातु-युग में मिलाने वाला कहते हैं, ताम्र-सभ्यता के बाद कांसे की सभ्यता आई। कांसे की सभ्यता संभवतः सुमेरियन लोगों की थी। उनका यह भी कहना है कि कांसे की सभ्यता वाली ये सुमेरु-खत्ती (हिटाइट) क्रीटन-मिस्री आदि जातियों की सभ्यताएं किसी अन्य अज्ञात देश में तांबे की सभ्यता में विकसित हुई थीं। मैसोपोटामिया के उर-फरा-किश तथा इलाम के सुसा और तपा-मुख्यान आदि देशों में उन्हें खुदाई में कांसे की सभ्यता के नीचे ताम्र-सभ्यता के अवशेष मिले हैं। मैसोपोटामिया में जहां-जहां इस प्रोटोइलामाइट कही जाने वाली ताम्र-सभ्यता के चिह्न मिले हैं, उसके और सुमेरु जाति की कांसे की सभ्यता के स्तरों के बीच में किसी बहुत बड़ी बाढ़ के पानी द्वारा जमी हुई चिकनी मिट्टी का चार फुट मोटा स्तर प्राप्त हुआ है। यूरोपीय पुरातत्त्ववेत्ताओं का यह मत है कि मिट्टी का यह स्तर उस बड़ी बाढ़ द्वारा बना था, जिसको प्राचीन ग्रन्थों में नूह की प्रलय कहते हैं। ताम्रयुग की प्रोटोइलामाइट सभ्यता के अवशेष इस प्रलय के स्तर के नीचे प्राप्त हुए हैं। इसका यह अर्थ लगाया गया कि इस प्रलय से प्रथम ही प्रोटोइलामाइट सभ्यता का अस्तित्व था। इस सभ्यता के अवशेषों के नीचे कुछ स्थानों में निम्न श्रेणी की पाषाण-सभ्यता के चिह्न प्राप्त हुए हैं। यह पाषण-सभ्यता अत्यन्त निम्न श्रेणी की थी। इसमें प्रोटोइलामाइट सभ्यता के विकसित होने के कुछ प्रमाण नहीं मिले। इसपर से पुरातत्त्व के इन विद्वानों ने यह निष्कर्ष निकाला है कि प्रोटोइलामाइट लोग अपनी ताम्र-सभ्यता के साथ किसी अन्य देश से इलाम और मैसोपोटामिया में आकर बसे थे। यहां आकर उन्होंने यहां की मूल निवासी पाषाण-सभ्यता वाली जाति को नष्ट कर दिया और स्वयं यहां बस गए। ये खेती करते, पशु पालते तथा

ऊनी वस्त्र पहनते थे। तांबे के हथियार और औज़ार इस्तेमाल करते थे। ये किस देश के मूल निवासी थे इसका पता ये महानुभाव पुरातत्त्ववेता नहीं लगा सके हैं। यह जाति इस प्रलय में नष्ट हो गई। प्रलय के बाद एक जाति कहीं से कांसे की सभ्यता वाली आई और मैसोपोटामिया में बस गई। यही जाति सुमेरु कहाई। डाक्टर फ्रेंकफोर्ट, डी मार्गन, डा० लेंग्डन आदि विद्वानों ने यह निर्णय दिया है। परन्तु यह प्रोटोइलामाइट जाति कौन थी, प्रलय के बाद वह कहां चली गई, इसका कुछ पता ये महानुभाव नहीं पा सके।

इसके बाद सर जान मार्शल ने सिन्ध के आमरी प्रदेश की खुदाई की। उन्होंने उस ताम्र-सभ्यता को आमरी-सभ्यता का नाम दिया और भूभर्ग में प्राप्त अनेक वस्तुओं के साम्य से उन्होंने यह निष्कर्ष निकाला कि प्रोटोइलामाइट सभ्यता तथा आमरी-सभ्यता एक ही है। यही सभ्यता सप्तसिन्धु में सरस्वती-तट पर विकसित हुई थी। वास्तव में ये लोग आर्य ही थे जो बिलोचिस्तान और ईरान होते हुए इलाम तथा मैसोपोटामिया में प्रलय के बाद जाकर बस गए थे।

अब मैं इन सब पुरातत्त्ववेत्ताओं की इन गवेषणाओं पर हर्फ मारने की धृष्टता करता हूं। जिन सूत्रों को हाथ में लेकर मैं आगे बढ़ना चाहता हूं, उनमें इन पाश्चात्य विद्वानों के वर्णित स्थान सुषा, एलम, सप्तसिन्धु प्रलय और इन प्रदेशों में जातियों के आवागमन की मान्यताओं के अतिरिक्त ऋग्वेद, ब्राह्मण, विष्णुपुराण, मत्स्यपुराण तथा पुराणों के अस्तव्यस्त–अव्यवस्थित वर्णन हैं। इन्हीं सूत्रों पर मैं इस प्रागैतिहासिक काल के कुछ धुंधले रेखाचित्र यहां उपस्थित करता हूं। मैं इन आगत आक्रान्ता-समागत जनों के नाम-धाम जाति तथा उनके और भी महत्त्वपूर्ण विवरण यहां उपस्थित करूंगा, जिनके मूल वक्तव्य पुराणों आदि में हैं, और जिनका समर्थन पर्शिया, अरब, अफ्रीका, मिस्र और अरब तथा मध्य एशिया के प्राचीन इतिहासों से होता है।

सबसे पहले मैं समय-निरूपण के सम्बन्ध में यह कहना चाहता हूं कि पुराणों में प्राचीन समय का विभाग मन्वन्तरों की गणना के अनुसार किया गया है। मन्वन्तर को छोड़कर अतीत काल की स्थिति जानने का कोई और उपाय नहीं है। परन्तु पुराणों में यह काल-गणना इतनी बढ़ा-चढ़ाकर की गई है कि उनकी वर्णित काल-गणना बेकार ही है। परन्तु मन्वन्तरों के कथन से हमें यह लाभ अवश्य हुआ कि वैवस्वत मनु से पहले हमें छः मन्वन्तर मिलते हैं। इतने ही आधार को लेकर, जिसमें जो घटनाएं वर्णित हैं, उनका पूर्वापर सम्बन्ध मिलाकर मैं उसीके आधार पर यह काल-गणना कर रहा हूं।

ईसा से कोई चार हज़ार वर्ष पूर्व भारतवर्ष के मूल पुरुष स्वायंभुव मनु उत्पन्न हुए। इनकी तीन पुत्रियां तथा दो पुत्र हुए। पुत्रों का नाम प्रियव्रत और उत्तानपाद थे। प्रियव्रत के दस पुत्र हुए। इन्हें प्रियव्रत ने पृथ्वी बांट दी। ज्येष्ठ पुत्र अग्नीध्र को उसने जम्बूद्वीप (एशिया) दिया। इसे उसने अपने नौ पुत्रों में बांट दिया। बड़े पुत्र नाभि को हिमवर्ष-हिमालय से अरब समुद्र तक देश मिला। नाभि के पुत्र महाज्ञानी-सर्वत्यागी ऋषभदेव हुए। ऋषभदेव के पुत्र महाप्रतापी भरत हुए—जिन्होंने अष्टद्वीप जय किए और अपने राज्य को नौ भागों में बांटा। इन्हीं के नाम पर हिमवर्ष का नाम भारत, भारतवर्ष या भरतखण्ड प्रसिद्ध हुआ। इसके अनन्तर इस प्रियव्रत शाखा में पैंतीस प्रजापति और चार मनु हुए। चारों मनुओं के नाम स्वारोचिष, उत्तम, तामस और रैवत थे। इन मनुओं के राज्यकाल को मन्वन्तर माना गया। चाक्षुष रैवत मन्वन्तर की समाप्ति पर छत्तीसवां प्रजापति और छठा मनु, स्वायंभुव मनु के दूसरे पुत्र उत्तानपाद की शाखा में चाक्षुष नाम से हुआ। इस शाखा में ध्रुव, चाक्षुष मनु, वेन, पृथु, प्रचेतस आदि प्रसिद्ध प्रजापति हुए। इसी चाक्षुक मन्वन्तर में बड़ी-बड़ी घटनाएं हुई। भरत वंश का विस्तार हुआ। राजा की मर्यादा स्थापित हुई। वेदोदय हुआ। इस वंश का प्रथम राजा वेन था। इस वंश का पृथु वैन्य प्रथम वेदर्षि था। उसने सबसे प्रथम वैदिक मन्त्र रचे। अगम भूमि को समथर किया गया। उसमें बीज बोया गया। इसीके नाम पर भूमि का पृथ्वी नाम विख्यात हुआ। इसी वंश के राजा प्रचेतस ने बहुत-से जंगलों को जलाकर उन्हें खेती के योग्य बनाया। जंगल साफ कर नई भूमि निकाली। कृषि का विकास किया। इन छहों मनुओं के काल का समय—जो लगभग तेरह सौ वर्ष काल है—सतयुग के नाम से प्रसिद्ध है। मन्वन्तर—काल में वह प्रसिद्ध प्रलय हुआ जब कि काश्यप सागर तट की सारी पृथ्वी जल में डूब गई। केवल मनु अपने कुछ परिजनों के साथ जीवित बचा।

सतयुग को ऐतिहासिक दृष्टि से दो भागों में विभक्त किया जाता है—एक प्रियव्रत शाखा-काल, जिसमें पैंतीस प्रजापति और पांच मनु हुए। दूसरा उत्तानपाद शाखा-काल, जिसमें चाक्षुष मन्वन्तर में दस प्रजापति और राजा हुए।

सांस्कृतिक दृष्टि से भी इस काल के दो भाग किए जाते हैं। एक प्राग्वेद काल—उन्तालीसवें प्रजापति तक; दूसरा वेदोदय काल—इसके बाद। भूमि का बंटवारा, महा जलप्रलय, वैकुण्ठ का निर्माण, भूसंस्कार, कषि, राज्य- स्थापना वेदोदय तथा भारत और पर्शिया में भरतों की विजय इस काल की बड़ी-बड़ी सांस्कृतिक और राजनीतिक घटनाएं हैं। वेदोदय चाक्षुष मन्वन्तर की सबसे बड़ी सांस्कृतिक घटना है। सबसे बड़ी ऐतिहासिक घटना पर्शिया पर आक्रमण भी इसी युग की है।

चाक्षुष मनु के पांच पुत्र थे। अत्यराति जानन्तपति, अभिमन्यु उर, पुर और तपोरत। उर के द्वितीय पुत्र अंगिरा थे। इन छहों वीरों ने पर्शिया पर आक्रमण किया था। उस काल में पर्शिया का साम्राज्य चार खण्डों में विभक्त था, जिनके नाम सुग्द, मरु, वरवधी और निशा थे। पीछे हरयू (हिरात) और वक्रित (काबुल) भी इसी राज्य में मिला गए थे। यहाँ पर प्रियव्रत शाखा के स्वारोचिष मनु के वंशज राज्य कर रहे थे। जानन्तपति महाराज अत्यराति चक्रवर्ती कहे जाते थे। आसमुद्र क्षितीश थे। भारतवर्ष की सीमा के अन्तिम प्रदेश और पर्शिया का पूर्वी प्रान्त जो सत्यगिदी के नाम से विख्यात है, उस समय सत्यलोक कहाता था। उसीके सामने सुमेरु के निकट वैकुण्ठधाम था, जो देमाबन्द–एलबुर्ज पर्वत पर अभी तक 'ईरानियन पैराडाइस' के नाम से प्रसिद्ध है। देमाबन्द तपोरिया प्रान्त है। इसी प्रान्त के तपसी विकुण्ठा और उसके पुत्र बैकुण्ठ थे। वैकुण्ठधाम उन्हीं की राजधानी थी।

चक्रवर्ती महाराज अन्यराति जानन्तपति के दूसरे भाई का नाम मन्यु या अभिमन्यु था। प्राचीन पर्शियन इतिहास में उन्हें मैन्यु और ग्रीक में 'मैमनन' कहा गया है। अर्जनेम में अभिमन्यु (Aphumon) दुर्ग के निर्माता तथा ट्राय-युद्ध के विजेता यही अभिमन्यु हैं। प्रसिद्ध पुराण-काव्य 'ओडेसी' में इन्हीं अभिमन्यु महाराज की प्रशस्ति वर्णन की गई है। इन्होंने ही सुषा नाम की नगरी बसाई जो सारे संसार-भर में प्राचीनतम नगरी थी। इसी का नाम मन्युपुरी था। अत्यराति के तृतीय भाई उर थे। इन्होंने अफ्रीका, सीरिया, बैबीलोनिया आदि देशों को जीता और ईसा से 2000 वर्ष पूर्व इन्हीं के वंशधरों ने अब्राहम को पददलित कर पूर्वी मिस्र में अपना राज्य स्थापित किया। इस कथा का संकेत ईसाइयों के पुराने अहदनामे में मिलता है। आज भी उर बैबीलोनिया का एक प्रदेश है। प्रसिद्ध उर्वशी अप्सरा इसी उर प्रदेश की थी। ईरान के एक पर्वत का नाम भी उरल है। उरफाउरगंज नगर है। उसका-उरखेगल प्रदेश है। उरमियाप्रदेश भी है, जहाँ जोरास्टर का जन्म हुआ था। अफ्रीका में भी एक प्रान्त रायो-डि-ओरो है। उर-वंशियों के ईरान में–उर, पुर और वन–ये तीन राज्य स्थापित हुए।

उर के दूसरे भाई पुर थे। अब भी एलबुर्ज के निकट इनकी राजधानी पुरसिया है। इन्हींके नाम पर ईरान का नाम पर्शिया पड़ा। पुर और उर के भाई तपोरत थे। उन्होंने 'तपोरत' नाम से अपना राज्य स्थापित किया जो अब तपोरिया प्रान्त कहाता है। वहां के निवासी अब तपोरत कहाते हैं। इसी प्रदेश में वैकुण्ठ है, जो देमाबन्द पर्वत पर है। तपसी वैकुण्ठधाम थी। तपोरत के राजा आगे देमाबन्द कहाने लगे, जिन्हें हम देवराज कहते हैं। आजकल इस तपोरिया भूमि को मजांदिन कहते हैं।

जानन्तपति अत्यराति के वंशज अर्राट हैं। आरमेनिया इनका प्रान्त है। अर्राटों ने आगे असुरों से भारी-भारी युद्ध किए हैं। अर्राट पर्वत भी अत्यराति के नाम पर ही है। सीरिया का नगर अत्यराल (Adbrot) भी इन्हीं के नाम पर है।

उर के पुत्र अंगिरा थे, जिन्होंने अफ्रीका को जय किया। अंगिरा-पिक्यूना के निर्माता और विजेता यही थे। अंगिरा और मन्यु की विजयों–युद्धों और अभियानों–के वर्णनों से ईरानी-हिब्रू धर्मग्रन्थ भरे पड़े हैं।

इन छहों भरतों ने ईरान पर इतना उग्र आक्रमण किया था कि वहां के सब जन और शासक उनसे अभिभूत हो गए। उनके सर्वग्राही और भयानक आक्रमण से पददलित होकर वे उन्हें अहित देव–दुखदायी अहरिमन और शैतान कहकर पुकारने लगे। अवेस्ता में अंगिरामन्यु–अहरिमन कहा है। बाइबिल में उन्हें शैतान कहा गया है। मिल्टन के 'स्वर्ग-नाश' की कथा में इसी विजेता को शैतान कहा गया है। पाश्चात्त्य देशों के पुराण-इतिहास इन्हीं छह विजेताओं की दिग्विजय के वर्णनों से भरे हुए हैं। पाश्चात्त्य पुराण-साहित्य में इन्हें विकराल देव और सैटानिक होस्ट का अधिनायक कहा गया है। ये छहों अमर अनहितदेव की भांति ईरान के प्राचीन उपास्यदेव हो गए थे। इन्हीं की विजय-गाथा मिल्टन ने चालीस वर्ष तक गान की है। पाश्चात्त्य इतिहास-वेत्ता इस आक्रमण का काल ईसा से कोई तेईस सौ वर्ष पूर्व बताते हैं। हमारा अनुमान है कि प्रलय से कुछ ही वर्ष पूर्व चाक्षुषों का यह आक्रमण ईरान के निवासी अपने ही भाईबन्धों पर हुआ था और इनके वंशधर वहीं बस गए थे। यही कारण है कि भारतीय पुराणों में इनके पूर्वजों का वंशवृक्ष तो है, परन्तु इनके वंशजों का वंश-विस्तार नहीं है। इनका वंश-विस्तार इन विजित उपनिवेशों के प्राचीन इतिहास में मिलता है।

5 प्रलय

मसीह से लगभग बत्तीस सौ वर्ष पहले यह जगद्विख्यात प्रलय हुई थी, जिसका वर्णन संसार की सब प्राचीन पुस्तकों में है। इस प्रलय का वर्णन हमारे ब्राह्मण-ग्रन्थों तथा पुराणों में तो है ही, प्राचीन पर्शिया के इतिहास-लेखक जैनेसिस ने भी इस सम्बन्ध में बहुत कुछ लिखा है। यह प्रलय संभवतः वर्तमान

मेसोपोटामिया और पर्शिया के उत्तर-पश्चिम प्रदेश में हुई थी। पाठक यदि नक्शे में ध्यान से देखेंगे तो उन्हें पता लगेगा कि पर्शिया का यह भाग दक्षिण में फारस की खाड़ी और उत्तर में काश्यप सागर से दबा हुआ है। पर्शिया के पश्चिमोत्तर कोण में जो अरमीनिया प्रदेश है, वहां के बर्फीले पर्वतों से फरात नदी निकलकर मेसोपोटामिया में आई है, जो मेसोपोटामिया की खास नदी है। यह नदी बहुत बड़ी और विस्तार वाली है। मेसोपोटामिया में और भी नदियां हैं। शतुल अरब ऐसी नदी है जिसमें समुद्र में चलने वाले जहाज़ आ जा सकते थे। कहते हैं, प्राचीन बसरा नगर, जो ईसा की छठी या सातवीं शताब्दी में बसाया गया था, में एक लाख बीस हज़ार नहरें थीं, जिनमें नावें चलती थीं। इससे हम समझ सकते हैं कि ये नदियां समुद्र के समान ही गहरी और बड़ी थीं। सम्भवतः बर्फ के बांध टूट कर इसी दजला नदी में बाढ़ आई और उस प्रदेश को, जो फारस की खाड़ी और काश्यप सागर के बीच है, समूचा डुबो दिया। इस भूस्थल में कुछ ऐसे स्थल थे, जो समुद्रतल से अठारह हज़ार फुट तक ऊंचे थे। वहां संभवतः जल नहीं पहुंचा। परन्तु वृक्ष, वनस्पति और मनुष्य, पशुपक्षी इस देश के भी नष्ट हो गए। पैलेस्टाइन का वह भाग, जो फारस की खाड़ी के पश्चिम-दक्षिण में है, समुद्रतल से केवल छः हजार फुट ऊंचा है। वह सर्वथा जलमग्न हो गया और वहां के सब जीव-जन्तु-वनस्पति नष्ट हो गए। यह नष्ट होनेवाली जाति अर्राट थी जो महाराज अत्यराति जानन्तपति की वंशज थी। दक्षिण रूस का नाम उन दिनों उत्तर मद्र था। यहीं से मद्र–मेडेज–ईरान में आए थे, जिनके मद्रपति वंशधर महारथी शल्य महाभारत संग्राम में सम्मिलित हुए थे।

इस प्रलय में सारा ईरान जलमग्न हो गया और वह मृत्युलोक बन गया। उस प्रलय का कारण वहां के किसी ज्वालामुखी का स्फोट था। ज्वालामुखी के स्फोट से बर्फ की चट्टानें टूट गईं और दजला नदी का उद्गम, काश्यप सागर और फारस की खाड़ी इन सबने मिलकर ईरान को जलमग्न कर दिया। काश्यप सागर-प्रदेश में एक स्थान बाकू है, जहां अब भी पृथ्वी से अग्नि निकलती है। इस अग्निदृश्य को देखने सिकन्दर भी गया था। यह अग्निदृश्य संभवतः उसी ज्वालामुखी के स्फोट का अवशेष है। शतपथब्राह्मण में तथा मत्स्यपुराण में इस प्रलय की जो घटना वर्णित है, उसमें लिखा है कि मनु के हाथ एक मछली–मत्स्य लगी जिसने उसकी रक्षा की। इस मत्स्य का भी इतिहास सुनिए। यह मनु संभवतः मन्यु–अभिमन्यु या उसके वंशधर थे। बाइबिल में तथा अवेस्ता में इसे 'नूह' का नाम दिया गया है। बेबीलोनियन दन्तकथा के अनुसार प्रलय से पूर्व बेबीलोनिया में मत्स्य जाति के

लोगों का ही राज्य था। यह प्राचीन जाति चिरकाल से उस देश पर शासन करती थी। यह जाति प्रसिद्ध नाविक थी। प्रलय के समय मन्यु ने इसी जाति के किसी नेता की सहायता से अपने परिवार की प्राण-रक्षा की होगी।

मन्यु ने सुषा नगरी बसाई और उसे अपनी राजधानी बनाया था। पुराणों तथा प्राचीन पर्शिया के इतिहासों में इस पुरी के वैभव का बड़ा भारी वर्णन है। यह प्रसिद्ध नगरी बेरखा नदी के तट पर थी, जो उस काल में सभ्यता का केन्द्र थी। संभवतः सुषा तक प्रलय का जल नहीं पहुंचा। फिर भी नगरी प्रलय के बाद उजड़ गई। बहुत लोग मर गए–शेष उसे छोड़कर चले गए। इस उजड़ी हुई नगरी पर धूल के स्तर जमते चले गए। कालान्तर में यह स्तर पांच फुट मोटा हो गया।

6 वरुण-ब्रह्मा

प्रलय का जल बेरखा नदी-तट पर बसी सुषा नगरी तक नहीं पहुंचा था। फिर भी लोग कुछ मर गए, कुछ छोड़कर चले गए। सुषानगरी, जो मन्युपुरी भी कहती थी, उजाड़ और वीरान बहुत दिन तक पड़ी रही। उसपर पांच फुट मोटा धूलिस्तर जम गया। इसके बाद जब स्वायंभुव मनु के अन्तिम प्रजापति दक्ष का अधिकार समाप्त हुआ, तब दक्ष की पुत्री अदिति का पुत्र वरुण, सूर्य का सबसे बड़ा भाई, सुषानगरी में आया। उसने उसे खुदवाकर साफ किया–धूल-मिट्टी दूर की। ऊंची-नीची भूमि समथर की। रुके हुए जलों को नहर खुदवाकर समुद्रों में बहा दिया और सुषा-प्रदेश और मेसोपोटामिया में आदित्यों की बस्तियां बसाईं। पाठकों को ज्ञात हो, अदिति से मरीचि को बारह पुत्र हुए, जो आदित्य कहाए। वरुण उनमें सबसे बड़े और सूर्य सबसे छोटे थे। परन्तु आगे चलकर जैसे सूर्यकुल ने आर्य जाति का निर्माण किया, उसी प्रकार वरुण ने सुमेर जाति को जन्म दिया। यह सुमेर जाति–सुमेर-सभ्यता की प्रस्तारक और ईरान की प्राचीन शासक हुई। संसार के पुरातत्त्वविद् डाक्टर फ्रेंकफोर्ड और लेंग्डन आदि कहते हैं कि प्रोटोइलामाइट सभ्यता का ही विकसित रूप सुमेरु-सभ्यता है; अर्थात् प्रोटोइलामाइट सभ्यता से ही सुमेरु-सभ्यता का जन्म हुआ। प्रोटोइलामाइट जाति

प्रलय के कारण स्वदेश वापस चली गई और वहां इसकी सभ्यता का विकास हुआ। इस विकसित सभ्यता का ही नाम सुमेरु-सभ्यता हुआ। सुमेरु जाति फिर प्रोटोइलामाइट लोगों के निवास-स्थान पर इलाम और मेसोपोटामिया में बस गई। प्रोटोइलामाइट जाति का स्वदेश कौन था और वह प्रलय के बाद कहां चली गई, तथा कहां से पुनः सुमेरु-सभ्यता को लेकर मेसोपोटामिया में आ गई, संसार के पुरातत्त्वविद् अभी इस प्रश्न का उत्तर नहीं दे पाए हैं। परन्तु इस प्रश्न का उत्तर हमारे पुराणों में है, और वह यह, कि जिसे प्रोटोइलामाइट जाति कहा गया है वह चाक्षुष जाति थी, जिसके छः महारथियों ने बिलोचिस्तान और ईरान होते हुए इलाम और मेसोपोटामिया को जय करके अपने राज्य स्थापित किए थे तथा वह भारतवर्ष के ही दक्षिण-पश्चिम इलाके में उससे पूर्व विकसित हुई थी। तथा सुमेरु-सभ्यता के संस्थापक–एक प्रकार से दुबारा नई सृष्टि रचने वाले–सूर्य के ज्येष्ठ भाई वरुण थे, और उन्हें ही ब्रह्मा के नाम से विख्यात किया गया है। यह एक मार्के की बात है कि केवल सूर्य के ही वंशधर भारत में आर्य-जाति में संगठित हुए। परन्तु शेष ग्यारहों आदित्य, ईरान, मिस्र, मैलेस्टाइन, अरब और चीन, तिब्बत तक फैल गए। इन सबने देव जाति का संगठन किया। संक्षेप में देव का अर्थ है–आदित्य। मन्युपुरी वरुण के काल में सुषा के नाम से विख्यात रही, पीछे इन्द्रपुरी अमरावती के नाम से विख्यात हुई।

पाश्चात्त्य जन वरुण को लार्ड क्रियेटर कहते हैं–जिसका अर्थ है देवकर्तार–ब्रह्मा। अवेस्ता में वरुण के अरूंज्द कहा है। इलोहिम—इलाही भी वरुण ही को कहते हैं। इलाही या इलोहिम का अर्थ है इलावत के उपास्य देव–वरुण। शतपथ-ब्राह्मण में और जैनेसिस के इतिहास में समान रूप से कहा गया है कि वरुणदेव ने पृथ्वी और आकाश को सम किया। वरुण ने प्रलय के रुके हुए जलों को समुद्र से नहरें खुदवाकर बहा दिया–समुद्रों की सीमा बांधी–जल को अधिकार में किया–पृथ्वी को सूखी, सम और उपजाऊ बनाकर उसमें बीज बोए। इसी से वरुण को जलों का देव कहते हैं।

उन दिनों अरब और फारस के बीच का सारा इलाका सुषा स्थान कहाता था। उसी को छल देश–चल्डिया कहते थे। वरुण का एक नाम अवेस्ता में 'उरमज्द' भी प्रसिद्ध है। नवीन सृष्टि रचने और देवों का आदित्यों का ज्येष्ठ पुरुष होने से वरुण को ब्रह्मा कहा है, तथा जल का विभाजन करने से नारायण कहा गया है। जल को संस्कृत में नारा भी कहते हैं। श्रीनार–क्षीर-सागर–सिरी का समुद्र–पर्शिया की खाड़ी और उरमजसागर का नाम था। मत्स्य-पुराण के

अनुसार ब्रह्मा ने ब्रह्माण्ड के अर्थात् अपने राज्य के दो खण्ड किए–एक ऊपर का पार्वत्य प्रदेश–खण्ड, दूसरा नीचे का भूमिखण्ड। ऊपर का खण्ड स्वर्ग और नीचे का भूमि कहाया। ठीक इस पुराण के अनुसार ही जैनेसिस आदि पाश्चात्त्य पुराण-शास्त्री भी कहते हैं। वरुण या अवेस्ता में बह्मा को 'उरमज्द' कहा गया है। यह 'उर महाध्य' का बिगड़ा नाम है जो पुराणों में आया है। पुराणों में ब्रह्मसंकट का उल्लेख है। यह वह घटना है जब ब्रह्मा ने जलों को दो समुद्रों में विभाजित किया। अंग्रेज़ इतिहासकार जैनेसिस कहता है–'इलाही ने कहा कि जल से जल पृथक् होना चाहिए।' इसके लिए एक शब्द अंग्रेज़ी का है Ordeal; इस शब्द का अर्थ कोष में लिखा है–जल और अग्नि की परीक्षा। जैनेसिस कहता है–'इलाही ने कहा–स्वर्ग के जलों को एक जगह एकत्र होने दो और शेष पृथ्वी को सूखने दो।'

प्राचीन ईरानी इतिहासकार और अवेस्ता दोनों ही में स्वीकार किया गया है कि लोग वरुण को ही सृष्टि का रचयिता मानते हैं। प्राचीन ईरान के कापाडोसिया प्रान्त में इन्द्र और वरुण की शपथ के शिलालेख मिले हैं। वरुण के इस समूचे साम्राज्य का नाम पहले अमरदेश था और सुषा का नाम अमरावती भी था। अब भी वहां के प्राचीन अमरों के वंशधरों की अमरेह जाति बसती है। पीछे मनुपुत्री इला के नाम पर इस प्रदेश का नाम एलम या इलावत हुआ। आजकल यह प्रदेश किरमान इलाका कहाता है। यही सुमेरु-सभ्यता का केन्द्र सुमेरु-साम्राज्य था। यह स्थान फारस की खाड़ी के ऊपर है। जैनेसिस ने पर्शिया के इतिहास में इसे शीनार भूमि–शीशतान कहा है। पुराणों में इसे श्रीनार लिखा है। फारस की खाड़ी ही क्षीर-सागर कहाती थी। जोरास्टर वरुण के उपासक थे। इनके समय पर्शिया में वरुण ही महाराज, महाउपास्य, देव, विधाता कहे जाते थे। इसी धर्म को ईरानी लोग अनइटारियानिज्म कहते थे।

वरुण ब्रह्मा के पुत्र अंगिरा और भृगु हुए, जो देवर्षि तथा याजक कुलों के संस्थापक हुए। अंगिरापुत्र बृहस्पति देवों के याजक हुए। भृगु को दैत्यपति हिरण्यकश्यप ने अपनी पुत्री दिव्या दी और दानवराज पुलोम ने अपनी पुत्री पौलोमी। दिव्या से भृगु को शुक्र-काव्य-उशना प्रसिद्ध पुत्र हुआ, जो दैत्य-दानव-कुल का याजक हुआ। शुक्र का एक पुत्र अत्रि हुआ। उसका पुत्र चन्द्र। चन्द्र प्रसिद्ध चन्द्रवंश का मूल पुरुष हुआ। दूसरा पुत्र त्वष्टा हुआ जिसका पुत्र प्रसिद्ध शिल्पी हुआ। देवों में उसका नाम विश्वकर्मा और दैत्यों में मय प्रसिद्ध हुआ। पौलोमी की संतानों में च्यवन ऋचीक, जमदग्नि और परशुराम हुए।

7 आदित्य

प्रचेता के पुत्र दक्ष ने साठ कन्याओं का दान किया। उसने तेरह कश्यप को, दस यम को, सत्ताईस चन्द्र को, चार अरिष्टनेमि को, दो भृगुपुत्र को, दो कृशाश्व को और दो अंगिरा को दीं। आज के विश्व का सम्पूर्ण नृवंश इन्हीं की संतति है।

अदिति में कश्यप ने बारह पुत्र उत्पन्न किए। ये बारह आदित्य के नाम से प्रसिद्ध हुए और इनके कुलों का संयुक्त नाम आदित्य-कुल पड़ा। इनमें जो देवभूमि में रहे, वे देव कहाए, और जो भारतवर्ष में आए वे आर्य कहाए। वरुण सबसे ज्येष्ठ थे और विवस्वान् सबसे छोटे। विवस्वान् का ही नाम सूर्य था। असुरयाजक भृगुवंशी शुक्र-उशना के पुत्र त्वष्टा ने अपनी पुत्री रेणु सूर्य को ब्याह दी। रेणु का ही नाम संज्ञा और अश्विनी भी था। वह जैसी रूपवती स्त्री थी, वैसी रूपगर्विता भी थी। विवस्वान् का रंग श्याम था और वह सुन्दर भी न था। इससे वह मानिनी सदैव ही सूर्य का तिरस्कार करती रहती थी। काल पाकर

सूर्य से इस स्त्री के एक पुत्र हुआ जो वैवस्वत मनु के नाम से प्रसिद्ध हुआ। इसके बाद यम और यमी दो जुड़वां सन्तानें हुईं। अभी ये तीनों बालक ही थे कि किसी बात पर ठिनककर रेणु पति से गुस्सा हो पिता के घर चली गई। तीन बच्चों को अपनी मुंहलगी दासी सवर्णा को सौंप गई। सवर्णा बड़ी रूप-लावण्यवती स्त्री थी। वह नवयौवना भी थी। संज्ञा की मुंहलगी थी। शीघ्र ही वह विवस्वान् की कृपापात्री हो गई और फिर प्रेयसी बन स्वामिनी ही की भांति ठाठ से रहने लगी। समय पाकर विवस्वान् से सवर्णा के गर्भ से एक पुत्र, दो कन्याएं हुई। पुत्र का नाम शनैश्चर रखा गया, और तपती तथा विष्टि कन्याओं का। वैवस्वत मनु अपनी विमाता के नाम पर सावर्णि मनु भी कहाया। किन्तु सवर्णा एक तो दासी थी, दूसरे विवस्वान् का प्रेम और आदर पाकर उसका मन बढ़ गया था। फिर यह स्वाभाविक था कि वह संज्ञा की सन्तान की अपेक्षा अपनी ही संतति से अधिक ममता रखती थी। यम उग्र स्वभाव का बालक था। उसे विमाता का यह पक्षपात सहन नहीं हुआ और एक दिन बातों ही बातों में गुस्सा होकर यम ने विमाता सवर्णा को लात मार दी। सवर्णा इसपर आपे से बाहर हो उठी और उसने यम की टांग तोड़ दी।

घर की कलह विवस्वान् तक पहुंची। सब बातें सुनकर उसे बड़ा क्रोध आया। उसने सवर्णा को इस बात पर बहुत लानत-मलामत दी कि वह क्यों सब बालकों

में समान स्नेह नहीं रखती। अन्ततः विवस्वान् उससे क्रुद्ध होकर रेणु को लाने के लिए उच्चैःश्रवा पर सवार होकर अपने श्वसुर त्वष्टा के घर असुर भूमि में गया। ससुराल में जाकर उसने अपनी मानवती स्त्री रेणु को अत्यन्त कृश, दीन, जटाधारिणी तथा हाथी के शुण्ड से व्यथित पद्मिनी की भांति मलिन और संतप्त पाया। त्वष्टा ने दामाद का बहुत सत्कार किया, अपनी पुत्री की उपेक्षा करने पर उलाहना भी दिया। रेणु के साथ बहुत मान-मनव्वल हुआ। अन्ततः उस मानवती पत्नी को प्रसन्न कर सूर्य ने उसे श्रृंगार कराया और स्वयं भी गन्ध, पुष्प, रत्नाभरण धारण कर, अपनी प्रियतमा रेणु को उत्तर कुरु के मनोरम प्रदेश में उसका मन बहलाने और उसके साथ विहार करने के लिए ले गया। आजकल का कुर्दिस्तान आरमीनिया के नीचे का प्रदेश ही उन दिनों उत्तर कुरु कहाता था, और सूर्य विवस्वान् का श्वसुर त्वष्टा, जो विश्वकर्मा के नाम से भी विख्यात शिल्पी था, इस रियायत का स्वामी था। इसकी राजधानी का नाम 'वन' था। सूर्य के उस तेजस्वी अश्व को देख रेणु बहुत प्रसन्न हुई और स्वयं उसपर सवार होकर वन-विहार करने लगी। विवस्वान् हंस-हंसकर उसे चिढ़ाने के लिए 'अश्विनी-अश्विनी' कहकर पुकारने लगे। यहीं उत्तर कुरु में विहार करते हुए उसने फिर दो जुड़वां बालकों को जन्म दिया, जो आगे चलकर अश्विनी कुमार के नाम से विख्यात हुए और बड़े वीर योद्धा, चिकित्सक तथा ऋषि हुए। ये अत्यन्त रूपवान् थे। इन्होंने करन्ध्र, वय और वशिष्ठ को अपना मित्र बनाया। सुदास को उनकी स्त्री सुदेवी प्राप्त करने में सहायता दी। अन्धे और लंगड़े परावृज को चंगा किया। विस्पला की टूटी हुई टांग अच्छी कर दी। बद्धमती को सोने का हाथ लगा दिया। ऋज्राश्व के नकली नेत्र लगाए। रेमा, बन्दन, कण्व, अन्तक, मज्यु, सुचन्त, पृश्निगु, अत्रि, श्रेतर्य, कुत्स, न्यर्य, वसु, दीर्घश्रवस, औशिज, कक्षीवान्, रसा, तृशोक, मान्धाता, भरद्वाज, अतिधिग्व, दिवोदास, कशोजु, तृषदस्यु, वम्र, उपस्तुत, कलि व्यस्व, पृथुराजर्षि, सपु, मनु, सर्यात्, विमद, आधिग्र, सूभर, ऋतस्तूप, कृशानु, पुरुकुत्स, ध्वशान्ति, पुरुषान्ति, अन्ध्रश्व, च्यवन, आदि गण्यमान्य जनों से मित्रता की। दस्युओं से युद्ध भी किए। ये दोनों अश्विनीकुमार कहाते थे, परन्तु इनके वास्तविक नाम नासत्य और दस्र थे।

विवस्वान् के ज्येष्ठ पुत्र यम माता-पिता दोनों की अपने प्रति उपेक्षा के भाव के बहुत खिन्न हुए। अपने शुभाचरण से देवों में यह धर्मराज कहाने लगे थे। समर्थ होने पर ये अपने ताया वरुण के पास चले गए। उन्होंने इन्हें पितृलोक का अधिपति और लोकपाल बना दिया और ये नरक नामक नगर बसा वहां रहने लगे। अपवर्त

वर्तमान ईरान का एक प्रदेश था—जो कलातनादरी के निकट था। आजकल इसे अवर्द या अविवर्द—दोज़ख—कहते हैं। जिस समय यम ने वहां जाकर अपने नवीन राज्य की स्थापना की, उस समय से कुछ पूर्व ही महा जलप्रलय हो चुका था। वहां के अधिकांश लोग उस जल-प्रलय में मर चुके थे, इसलिए यम के राज्य को मृत्युलोक कहने लगे। इन्होंने प्राचीन ईरान और यूनान की ऋचाएं तैयार कीं। इन्होंने दक्ष प्राचेतस के कुल की दस कन्याओं को ग्रहण किया। इनकी एक पत्नी संध्या से सांध्य जाति के अग्रज हुए जो इतिहास में सीथियन प्रसिद्ध हुए। इन्हीं के वंश के नीप व पाल के वंशधरों ने मिस्र और यूनान में फैलकर मिस्र का प्रथम राजवंश 2188 ई० पू० में और असुरों का प्रथम राजवंश 2059 ई० पू० में स्थापित किया। आगे नीप-वंश को जनमेजय ने विजित किया। समस्त असुर-प्रदेश में फैली हुई वसु, मरु, भानु घोष, सांध्य, हंस, विश्वकर्मा, मनीषि, द्रविड़, हूण, मंगोल, रमण, धर, हयताल आदि शाकद्वीपी जातियां यम के ही वंश की हैं। ये अपने पूर्वज तथा कुलदेव सूर्य की उपासक थीं। सूर्य ही को ये नृवंश का पूज्य पुरुष मानती थीं। कुशान-हयताल, जो इतिहास में व्हाइट-हुन और तुर्क बताए गए हैं, यम के ही वंशधर हैं।

वसु के आठ पुत्र वसु कहाए। इनमें ज्येष्ठ का नाम धर था। धर का पुत्र रुद्र हुआ, जो देव-दैत्य पूजित महाबली दुर्धर्ष देव हुआ। द्रविड़ और हव्यवाह, धर के ये दो और पुत्र हुए। अग्नि भी आठ वसुओं में एक था। उसका पृथक् अग्निवंश चला। सांध्य के पुत्र हंस संभवतः जर्मन हैं। हयतालों का राज ईरान में ही था। धर के पुत्र रुद्र के उत्तराधिकारी मरुत् गण हिरात आदि देशों के निवासी थे।

आज भी ईरान का 'यमथल' स्थान यम की स्मृति नई करता है। ईरानी इतिहास में 'यमशिद' का नाम विख्यात है। ईरानी लोग उसी नाम पर अपने नाम 'जमशेद' रखते हैं, तथा यमशिद की पूजा करते हैं।

प्रसिद्ध है कि यमी ने यम से विवाह करने की याचना की थी, जिसे यम ने अस्वीकार कर दिया था। दैत्य-कुल में भाई-बहन, माता-पुत्र में विवाह का प्रचलन था। देवकुल में भी वैयक्तिक विवाह का रिवाज न था। सारी जीवन-प्रणाली सामूहिक थी। सम्पत्ति भी सामूहिक थी। इसलिए यौन-सम्बन्ध भी यौथ थे। यह वास्तव में वेश्यावृत्ति न थी, क्योंकि शरीर का क्रेता और विक्रेता कोई न था। यौन-सम्बन्ध पर कोई रोक-टोक न थी। जहां पुरुष के लिए भगिनी-गमन और मातृ-गमन भी कोई दोषपूर्ण नहीं माना जाता था, वहां स्त्री के लिए भ्रातृ-गमन

और पितृ-गमन में भी कोई दोष न था। उस युग में एक गर्भ से उत्पन्न होने वाली संतान अपने को भाई-बहन जान सकती थीं। पर औरस से उत्पन्न भाई-बहनों का आपस में किसी प्रकार का यौन-सम्बन्ध नहीं हो सकता था। क्योंकि यह कोई जान ही न सकता था कि कौन किस औरस से उत्पन्न हुआ है।

यही कारण था कि संतान का परिचय मां के नाम अथवा कुल से होता था। उस युग में देवों और दैत्यों में कोई भी व्यक्ति किसी व्यक्ति का पिता हो सकता था। यों कहना चाहिए कि एक ग्राम के सब लोग पिता कहे जा सकते थे। भगिनी-गमन बाद तक भी जायज़ रहा।

शनि का दूसरा नाम श्रुतिकर्मा भी था। उसे यूनान देश का राज्य मिला। यूनान को हैलीओडे राज्यवंश शनि ही के खानदान में था। सूर्य की चार राजधानियां थीं : आदित्य नगर कश्यप नगर, इन्द्रवन और भण्डार। उसने बेबीलोनिया, सीरिया और मिस्र को जय करके त्रिविक्रम की उपाधि पाई थी। आगे चलकर आदित्यों का यह कुल सारे ही संसार में व्याप गया जिसमें सबसे अधिक विस्तार सूर्य ही का हुआ। सीरियानिवासी और अरब प्राचीन काल से सूर्य के उपासक हैं। पर्शिया के डेज़र्ट के निवासी प्राचीन काल में 'आदित्य' कहलाते थे। अदन में आद का विश्वविश्रुत मन्दिर था जो सोने-चांदी की ईंटों से बना था, और छत में मोती और रत्न जड़े थे। 'आद' अरबी भाषा में सूरज ही को कहते हैं। 'आदम', जिसकी कथा बाइबिल में है, सूर्य का ही नाम था। अरब या यारा भी अरबी भाषा के सूर्य ही के नाम हैं। अरबी में आद एक गोत्र भी है। संभव है, सूर्यवंशी अरब किसी प्राचीन बात को सूर्य के समान पुरातन कहा करते हों। अरब में एक खोटप्रान्त भी है। खोट सूर्य ही का नाम है। अदन का प्राचीन नाम आदित्यपुर था और यह सूर्य की एक राजधानी थी।

8 दैत्य-दानव

दक्ष की सबसे बड़ी पुत्री दिति थी। उसका वंश दैत्यवंश कहाया। दिति के मरीचि से चार पुत्र हुए–हिरण्यकशिपु, हिण्याक्ष, वजांग और अन्ध्रक। हिरण्यकशिपु के चार पुत्र हुए–प्रह्लाद, अनुह्लाद, ह्लाद और संह्लाद।

प्रह्लाद के चार पुत्र हुए—आयुष्मान, शिवि, वाष्कलि और विरोचन। विरोचन का पुत्र बलि हुआ। बलि के बहुत पुत्र हुए, ज्येष्ठ पुत्र बाण हुआ : बाण अजेय योद्धा था। उसे महाकाल कहते थे। वज्रांग का पुत्र तारक था। ये सब अपने-अपने समय के प्रतापी दैत्य राजा हुए।

हिरण्याक्ष के उत्कूर, शकुनि, मूतसंतापन, महानाभि, महापाहु और कालनाभ ये पराक्रमी पुत्र हुए, जिनके पुत्र-पौधों का अनन्त विस्तार हुआ।

दक्ष की तीसरी कन्या दनु भी कश्यप को ही दी गई थी। दनु को कश्यप से शम्बर, शंकर, एकचक्र, महाबाहु, तारक, वृषपर्वा, पुलोमा, विप्रचित्तिमय आदि पुत्र हुए। वृषपर्वा की पुत्री शर्मिष्ठा से ययाति का ब्याह हुआ। पुलोमा और कालिका नामक दो कन्याएं भी दनु को हुईं, जिनके पृथक् वंश पौलोम और कालिकेय चले। ये सब दानव-वंश कहाए। हिरण्यकशिपु की एक बहन थी, जिसका नाम सिंहिका था। दानव विप्रचित्ति को ब्याही थी। इसके वंश में शल्य, वातापि, नमुचि, इल्वल, नरक, कालनाभ, चक्तयोधी, राहु आदि तेरह वीर पुत्र हुए। ये सब सैंहिकेय कहाए, जिनमें राहु अत्यन्त भयंकर प्रसिद्ध हुआ। निवित और कवच, जो संह्लाद के वंश में थे, तपस्वी हो गए।

काश्यप सागर-तट से लेकर गज़नी, हिरात, हरम, कुंजशहर, खुरासान, बुखारा, गलदमन, शंकारा, इक, शाकटारिया, वशपुर, वास्पोरस, कश आदि देशों में इसी दैत्य-वंश का विस्तार हुआ। वृषपर्वा सीरिया का राजा था।

हिरण्यकशिपु ने अपनी नई राजधानी हिरण्यपुर बसाई थी, जो एक सम्पन्न नगरी हो गई थी। उधर उसका भाई हिरण्याक्ष बेबीलोन का अधिपति था। दैत्यों और दानवों के और भी राज्य आसपास थे। इस प्रकार समूचे एशिया माइनर का प्रदेश इन दो महाशक्तियों में बंटा हुआ था। एक तरफ दैत्य-दानवों के राज्य थे, दूसरी ओर आदित्यों के, जो देव कहाते थे। बल के संतुलन में दैत्यों ही का पासा ऊंचा था, क्योंकि एक तो वे ज्येष्ठ थे, दूसरे उनके राज्य सम्पन्न थे। उनका संगठन अद्वितीय था। परन्तु इस भूमि में दो जातियां और भी निवास करती थीं : एक गरुड़ और दूसरी नाग। दिति, अदिति, दनु—इन तीन स्त्रियों के अतिरिक्त कश्यप की दो स्त्रियां और थीं—एक कद्रू, दूसरी विनता। कद्रू की संतानों में छब्बीस नागवंश चले। नागों में शेष, वासुकि, कर्कोट, तक्षक, धृतराष्ट्र, धनंजय, महानील, अश्वतर, पुष्पदन्त, शंखरोमा आदि प्रबल राजा थे। विनता के दो पुत्र थे—गरुड़ और अरुण। अरुण के दो पुत्र हुए—सम्पाति और जटायु। इनके भी अनेक पुत्र हुए।

9 देवासुर संग्राम

देवों, दैत्यों तथा उनके मित्रों के राज्यों का ज्यों-ज्यों विस्तार होने लगा, त्यों-त्यों ऐसे राजनीतिक और आर्थिक कारण उत्पन्न होने लगे कि इन दायाद बान्धवों का मित्रभाव से मिलजुलकर रहना असंभव हो गया।

हिरण्यकशिपु की राजधारी हिरण्यपुरी काश्यपसागर तट पर थी। पर्शिया का लूट या लट प्रदेश जहां है और जिसे कबीर भी कहते हैं, वही कालान्तर में नन्दनवन प्रसिद्ध हुआ। काश्यप सागर की जो भूमि आजकल औक्सस या पारदरिया कहाती है, उसी के ऊपरी भाग में दाह-स्थान या नन्दनवन था। इसी महामरुभूमि को ग्रेट डेजर्ट और साल्ट डेजर्ट भी कहते हैं। यहीं सर्वप्रथम स्वर्ण की खान का पता लगा, जिसे प्राप्त कर दैत्य का नाम हिरण्यकशिपु पड़ा। इसी के कारण प्रथम देवासुर-संग्राम हुआ, जिसकी परम्परा लगभग तीन सौ वर्षों तक चलती रही। चौदह-दारुण देवासुर-संग्राम इस बीच में हुए तथा देव, दैत्य, आदित्य जो परस्पर दायाद बान्धव थे, चिर शत्रु हो गए।

बहुत-सा स्वर्ण पाकर और अपने बलवान् भाई हिरण्याक्ष की सहायता से हिरण्यकशिपु ने चारों ओर अपने राज्य की सीमाएं बढ़ानी आरंभ कीं। अनेक देवलोकों को विजित किया। देवों को मार भगाया। इससे देवों पर हिरण्यकशिपु का भारी आतंक छा गया। इस समय तक हिरण्यकशिपु के अधीन सम्पूर्ण उत्तर-पश्चिम का फारस और समूचा अफगानिस्तान हो चुका था। बेबीलोन और उसके आस-पास के प्रदेश उसके भाई हिरण्याक्ष के अधिकार में थे। देवगण चारों ओर से दबते चले जा रहे थे और विष्णु इससे बहुत चिंतित थे। वे देवों का संगठन करके प्रत्येक मूल्य पर स्वर्णस्थान तथा दैत्यभूमि का अधिकृत करना चाह रहे थे।

इस समय यूरोप के उत्तरी-पश्चिमी प्रदेश में जो नारवे द्वीप है, उसे उस काल में कोलावराह या केतुमाला द्वीप कहते थे। आजकल भी उस अंचल को कोला पैनिन्सुला (द्वीप) कहते हैं। यहां कोला–वराह-वंशियों का राज्य था। अतिप्राचीन काल से यहां यह जाति रहती थी। आज तक भी यहां के निवासी कोल–कोल्ट-कैल्ट कहाते हैं। उनके नाम भी वाराह के नाम पर होते हैं। प्रलयकाल के बाद वराह-राज से वरुणदेव को एकार्णव के जल से पृथ्वी को उबारने में बड़ी सहायता मिली थी। तभी से देवों के इस जाति से मैत्री-सम्बन्ध हो गए थे। अब देवों के उकसाने से वाराहों ने आक्रमण करके हिरण्यकशिपु के वीर भाई हिरण्याक्ष को

मार डाला और बेबीलोन पर सूर्यपुत्र मनु के द्वितीय पुत्र नृग का आधिपत्य हो गया। वाराहों के वंश की एक शाखा नृग के साथ मिल गई और उसकी उपाधि देवपुत्र कहाई। आगे चलकर ईरान के क्षेत्रप इसी वंश में हुए, जो देवपुत्र कहाते तथा वाराह की मूर्ति पूजते थे। यही सूर्यवंशी नृग नृसिंहदेव के नाम से विख्यात हुए और हिरण्याक्ष के निधन से दुर्बल हिरण्यकशिपु को नृसिंह ने अपने प्रबल पराक्रम से आक्रान्त करके मार डाला। नृसिंग या नृग के वंशज आज भी ईरान में रहते हैं और नृग्रिटो कहाते हैं। नृसिंह के सैन्य-संचालन के शिलाचित्र और शिलालेख लुलवी और बेबीलोनिया प्रान्त में मिले हैं। नृग्रिटो-जाति के लोग कश्यप सागर के उत्तरी तुर्किस्तान से फारस की खाड़ी तक फैले हुए थे। ईरानी इतिहासकार नृगवंशियों के अधिनायक का नाम 'नरमसिन' बताते हैं। वहां नरमसिन की अर्धसिंह मूर्ति है। नरमसिन एक प्रान्त का नाम भी प्रसिद्ध हुआ जो इस्टखर के निकट परसा प्रान्त में है। वास्तव में खरों के इस्ट हिरण्यकशिपु ही थे। इस्टखर का अर्थ है–मूल पुरुष। यही इस्टखर हिरण्यकशिपु की दूसरी राजधानी थी। इस्टखर में इस्तखारी जाति अब भी रहती है, नरमसिर या नरमसिन नृसिंहदेव ही का अपभ्रंश है।

हिरण्यकशिपु का वध सुमना पर्वत पर हुआ था। यह पर्वत काश्यप सागर के निकट ही है। इसी के पास देमाबन्द स्थान है, जिसे ईरानियन स्वर्ग कहा जाता है। पर्शिया के प्राचीन इतिहास में नृसिंह के इस अभियान को नरमसिन के नेतृत्व में नृग्रिटों का विजय-अभियान कहा गया है, जिसका एक भित्तिचित्र लुलवी प्रान्त में बगदाद व करमनशाह के मध्यवर्ती देश में मिला है। इसमें नृसिंह सूर्य का झण्डा लिए सैन्य संचालन कर रहे हैं। परसा प्रान्त ही में परसी राजधानी है जहां यमराज का सिंहासन जमशेद का तख्त है, जिसपर सिंह और गिरगिट के चित्र बने हैं। नृगों का चिह्न गिरगिट था। पुराण में संकेत भी है कि नृग शापवश गिरगिट हो गए थे।

दैत्यों ने दानवों को अपने साथ मिलाकर अपना बल बढ़ाया। उसी प्रकार नागों और गरुड़ों को आदित्यों ने अपने साथ मिलाकर संगठित किया। वरुण इस समय ईरान के सबसे बड़े कर्ता, धर्मा, विधाता और राजा थे। सभी लोग उन्हें अपना ज्येष्ठ मानते थे। इन्हीं का नाम ब्रह्मा, अल्लाह, इलाही, इलौही, कर्तार आदि था। आजकल जिसे करमान प्रदेश कहते हैं, वहीं उनकी राजधानी सुषा थी। उधर क्षीरसागर–पर्शिया की खाड़ी में उनके छोटे भाई सूर्य का आधिपत्य था, तथा अपवर्त में उनके भतीजे सूर्यपुत्र यम का अधिकार था, एवं यवन यूनान में उनके दूसरे भतीजे शनैश्चर का राज्य था।

नागों के राज्य सीरिया, कोचारिस्तान, हसनअब्दाल, पाताल, अबीसीनिया और तुर्किस्तान में थे। तुर्किस्तान उनकी सबसे बड़ी राजधानी थी। गरुड़ों का देश गरुड़ धाम था, जिसे आजकल गरडेशिया कहते हैं। यह तुर्किस्तान के ऊपर है। यद्यपि गरुड़ और नाग दोनों ही जातियां आदित्यों की मित्र और सहायक रहीं, पर ये दोनों जातियां परस्पर शत्रु रहीं। गरुड़ नागों के लिए कालस्वरूप ही रहे।

दैत्यों के साथ इस विग्रह के नेता विष्णु ही थे। वरुण मिलकर रहना ही ठीक समझते थे। इस बढ़ती हुई कलह को रोकने के लिए वरुणदेव ने एक प्रयत्न किया। उन्होंने एक महायज्ञ का आयोजन किया जिसमें सब दैत्यों, दानवों और देवों को आमन्त्रित किया गया। उस समारोह में मरीचि, अंगिरा, पुलस्त्य, पुलह, क्रतु आदि याजक और दक्ष प्रजापति, बारहों आदित्य, ग्यारहों रुद्र, दोनों अश्विनीकुमार, आठों वसु, मरुद्गण, शेष, वासुकि आदि बड़े-बड़े नाग, तार्क्ष्य, अरिष्टनेमि, गरुड़, वारुणि आदि युगपुरुष आए। अभि, चन्द्र, बृहस्पति और पितृजन भी आए। शनैश्चर, यम-धर्मराज तथा विप्रचित्ति, शिवि, शंकु, केतमान, राहु वृत्र आदि अनेक दानव आए।

यहां देव-दैत्यों में राजलक्ष्मी के सम्बन्ध में बहुत-कुछ विवाद हुआ। दैत्यों ने कहा—हमारा अपराध नहीं है। देवों ने हम पर अन्याय से आक्रमण किया और हमारी स्वर्णलक्ष्मी छीन ली है। हमारे छोटे भाई होने पर भी देवों ने दैत्यों का रक्त बहाया है। ये सदैव हमसे अपमानित होते और मारे जाते रहेंगे। परन्तु आप हमारे सबके पितामह हैं। आपके यज्ञ में हम चुपचाप यज्ञ को देखेंगे, देवों से विग्रह नहीं करेंगे। यज्ञ समाप्त होने पर स्वर्णलक्ष्मी के विषय में हमारा देवों सें विरोध-विग्रह होगा। अभी हमें आप आज्ञा कीजिए कि यज्ञ में हम क्या सेवा करें। अपने कर्तव्य का निर्णय करने में हम समर्थ हैं—स्वतन्त्र हैं।

दैत्यों के इन गर्वीले तथा रोषपूर्ण शब्दों को सुनकर विष्णु ने रुद्र से सलाह ली। तब रुद्र ने कहा—इस समय आप चुप रहें। ये सब दैत्य, ब्रह्मा-वरुण के नियन्त्रित हैं। हमारे बान्धव हैं। इस समय आप कुछ बोलेंगे तो ये क्रुद्ध हो सकते हैं। आपने इनकी लक्ष्मी हरण की है। अतः इन्हें क्रुद्ध करना उचित नहीं है। यज्ञ की समाप्ति पर युद्ध विग्रह या सन्धि जो कुछ होगा, देखा जाएगा।

वरुण ने भी दैत्यों को समझा-बुझाकर शान्त किया और कहा—देवों के साथ विरोध-भावना त्याग दो और मित्रभाव से यज्ञ में भाग लो। दैत्यों ने कहा—देव हमारे छोटे भाई हैं, उन्हें यहां हमारी ओर से कोई भय नहीं है। आप अपना यज्ञ सम्पन्न कीजिए। अन्ततः बहुत वाद-विवाद के बाद दैत्यों के नेता हिरण्यकशिपु के

पुत्र प्रह्लाद से देवों की सन्धि हुई। विष्णु ने वचन दिया कि अब दैत्यों का रक्त पृथ्वी पर नहीं गिरेगा। इसके बाद प्रह्लाद ने भी विष्णु को मित्रता का वचन दिया। इस प्रकार देवों और दैत्यों में एक बार सन्धि हो गई।

10 वज्रपाणि दैत्येन्द्र

दैत्यबाला के रमण से तृप्त और लातों के आघात से प्रहर्षित रावण लम्बी-लम्बी डगें भरता हुआ नगर की दक्षिण दिशा में स्थित समुद्र-तट की ओर बढ़ा चला गया। समुद्र तट से कुछ हटकर छोटी-बड़ी चट्टानों की ओट में वन के एक दुर्गम प्रदेश में उसका शिविर था। शिविर तक आने में बहुत रात बीत गई। आकर उसने देखा–आग पर समूचा भैंसा भूना गया है, और दैत्य-दानव अब भोजन की तैयारी कर केवल उसीकी प्रतीक्षा में बैठे हैं। मद्य-भाण्ड भरे धरे हैं। बड़ी-बड़ी अग्निराशि यत्र-तत्र जल रही है। रावण के वहां पहुंचते ही एक वृद्ध दैत्य ने आगे बढ़कर उसका कन्धा थामकर कहा–"इतना विलम्ब करके तूने हमें चिन्ता में डाल दिया पुत्र।"

"चिन्ता काहे की मातामह!"

"पुत्र, अपना देश नहीं है। वन, वाट वीथी अज्ञात हैं, और तू हमारे प्राणों से भी अधिक मूल्य का है।"

तरुण ने हंसकर वृद्ध का हाथ पकड़ लिया। कहा–"बहुत श्रम करना पड़ा मातामह, भोजन दो।"

"पहले कण्ठ सिक्त कर।"–वृद्ध दैत्य ने एक असुर को संकेत किया। असुर ने मद्य-भाण्ड लाकर प्रस्तुत किया। समूचा भाण्ड ही एक सांस में पीकर एक बड़ा-सा छुरा ले भैंसे की ओर बढ़ा। उसने मांसखण्ड काटा। फिर तो सभी असुर भैंसे पर पिल पड़े। वे अन्धाधुन्ध मद्य पीने और मांस खाने लगे। वे हर्षआवेग से चीखने-चिल्लाने, छीना-झपटी करने और आपस में रेलमपेल करने लगे। देखते ही देखते वह समूचा भैंसा और वे सबके-सब मद्यभाण्ड उनकी उदर-दरी में समा गए। खा-पीकर निवृत्त होकर वृद्ध दैत्य तरुण के निकट खिसक आया।

वह सुमाली था। उसने खींचकर तरुण को अंक में भरकर छाती से लगाकर कहा–"पुत्र, बहुत दिन के हमारे मनोरथ अब पूरे होंगे। ये सब द्वीपसमूह हमने जय कर लिए। यह बाली द्वीप भी आज रात जय हुआ समझ। परन्तु अब तू सामने इस स्वर्ण-लंका को देख। मेरी इस लंका में अब तेरा भाई कुबेर रहता है। वह हमारा नहीं, देवों–आर्यों का बान्धव है। आर्यों और देवों ने उसे धनेश बनाकर अपना लोकपाल नियुक्त कर दिया है। वह हमारे ही धन से सम्पन्न है। हमारी ही लंका में सुप्रतिष्ठित है। यह मैं अब नहीं सह सकता। विष्णु का अब हमें भय रहा ही नहीं। अब यदि कुबेर धनपति राजी से मेरी लंका तेरे लिए छोड़ दे तो ठीक है, नहीं तो हम उसे शस्त्र से मार तुझे लंकाधीश्वर बनाएंगे। पुत्र, तू ही डूबते हुए दैत्यवंश का सहारा है।"

तरुण रावण नाना की बात सुनकर चुप हो गया। वह गहरे सोच में पड़ गया। इस पर सुमाली ने कहा–"अब क्या सोच रहे हो पुत्र? तुझे चिन्ता किस बात की है!"

रावण ने कहा–'मातामह, कुबेर मेरा बड़ा भाई है, कैसे मैं उससे ऐसा प्रस्ताव करूं?"

इसपर रावण का मामा प्रहस्त उत्तेजित होकर बोला–"अरे भागिनेय, वीर पुरुषों में भाईचारा नहीं होता।"

सुमाली ने भी उसे बढ़ावा देते हुए कहा, "निस्सन्देह, दिति और अदिति दोनों सगी बहनें ही तो थीं। दोनों ही प्रजापति कश्यप की पत्नी थीं। पर अदिति से देवों और दिति से दैत्यों का कुल चला। अपने पराक्रम से तथा मातृपक्ष सें ज्येष्ठ होने से सारी पृथ्वी दैत्यों ही के अधिकार में थी। पर विष्णु ने छलबल से दैत्यों का नाश करके देवों को आगे बढ़ाया। इसलिए हम यह कोई नई मर्यादा नहीं स्थापित कर रहे हैं।"

इतना कहकर सुमाली ने अपने ज्येष्ठ पुत्र प्रहस्त की ओर मर्मभेदिनी दृष्टि से देखा। प्रहस्त ने कहा–"यही तो बात है भागिनेय, फिर तेरे साथ तो हमारा–सब दैत्य-दानवों का रक्त भी है, बल भी है। फिर लंका तो हमारी ही है। न्यायतः उसपर तो हमारा ही अधिकार है। अतः इस सम्बन्ध में तुझे सोचने-विचारने की कोई बात ही नहीं है।"

मामा के ये वचन सुनकर रावण ने कहा–"तो मातुल, तुम्हीं अब हमारे दूत बनकर लंका जाओ और जिस प्रकार ठीक समझो, कुबेर धनपति से प्रस्ताव करो।"

सुमाली ने कहा–"ऐसा ही हो। पुत्र प्रहस्त, तू यह मत भूलना कि यदि लंका हमारे हस्तगत न हुई–तो फिर दैत्यों को कहीं खड़े रहने को स्थान नहीं है। मैंने बड़ी साधना की है और बहुत दूर तक विचार किया है। अब मेरी जीवन-भर की तपस्या को फलीभूत करना तेरा ही काम है, प्रहस्त!"

प्रहस्त ने कहा–"आज ही, अभी मैं लंका को तरणी द्वारा प्रस्थान करता हूं और आशा करता हूं, आगामी ज्वार से पहले ही आ उपस्थित होऊंगा। तब तक आप सब बालि द्वीप पर ही रहना, तथा बालि द्वीप को अधिकृत करने में विलम्ब न करना।"

"विलम्ब कैसा पुत्र, हम तो आज रात ही यह अभियान कर रहे हैं।"

सुमाली ने साभिप्राय पुत्र को देखा–और फिर रावण की ओर देखकर कहा–"नगर तो तूने देख ही लिया?"

रावण ने हंसकर कहा–"देख लिया, सब राह-बाट देख आया हूं। किन्तु मातामह, हमें अभी एक और अभियान करना है।"

"कहां रे?"

"उधर, पर्वत की उपत्यका में, अर्जना-तट पर एक ग्राम है।"

"असुरों का है?"

"न, दैत्यों का?"

"कहां के हैं वे?"

"काश्यप-तट से आए हैं।"

"परन्तु दैत्यों का है, तो विग्रह क्यों?"

"ऐसे ही। वह फिर कहूंगा। तो मातुल, शुभास्ते सन्तु पन्थानः!"

प्रहस्त ने चर्म का कटिबंध कमर में लपेटा और शूल हाथ में लेकर वह उठ खड़ा हुआ।

"एक योद्धा ले ले साथ"–सुमाली ने कहा।

"नहीं, एकाकी ही जाऊंगा। योद्धा यहां कम हैं। यहां उनकी आवश्यकता है।" प्रहस्त यह कह अन्धकार में विलीन हो गया।

रावण ने खड़े होकर कहा–"चलो, अब हम भी चलें। सब योद्धा तैयार हो जाएं।" उसने अपने साथी सुभटों पर दृष्टि डाली, और परशु कन्धे पर रख चल खड़ा हुआ। उसके पीछे दैत्य, दानव, असुर योद्धा, शक्ति, शूल, खड्ग, परशु, ऋष्टि, पाश, मूसल, गदा, परिघ, बाण, धनुष, दण्ड ले चले। सबके पीछे वृद्ध व्याघ्र दैत्येन्द्र लंकापति सुमाली–वज्रपाणि था।

11 स्वर्णपुरी लंका

प्रहस्त ने लंका में प्रवेश किया। जब वह विशाल नगरद्वार पर पहुंचा तो उसने देखा–द्वार पर दृढ़ लौह-कपाट लगे हैं। कपाटों में मोटी-मोटी अर्गलाएं लगी हैं। अर्गलाओं पर विराट् उपलयन्त्र जुड़े हुए हैं। ऊपर की बुर्जियों पर अग्निभुशुण्डिकाएं रखी हैं। नगर के परकोटे के भीतरी भाग में स्वर्णखचित दिव्य कारीगरी चित्रित है। बीच-बीच में मणिमूंगा जड़े हैं। परकोटे के बाहर विशाल खाई जल से परिपूर्ण है। खाई पर द्वार तक विशाल फलकमार्ग हैं–जिनमें दुर्भेद्य सुदृढ़ संक्रमयन्त्र लगे हैं। संक्रम स्वर्ण के खम्भों और स्वर्णवेदियों पर आधारित हैं। प्राचीरों पर दुर्जेय सुभट चौकसी कर रहे हैं।

प्रहस्त ने सोचा–इस दुर्भेद्य सुपूजित, सुरक्षित लंकापुरी पर आक्रमण करने का साहस देव, दैत्य, नर, नाग कोई नहीं कर सकता। लंका के चारों ओर समुद्र, वन और खाई तथा दुर्भेद्य प्राचीर, विशाल चतुष्पथों पर अश्व, रथ, गज पर आरूढ़ योद्धा–यक्ष-किन्नर, देव-दैत्य, नगरजन–मणि-माणिक्य-मुक्तासज्जित अभय-आनन्दित मुद्रा में मत्त–आ-जा रहे हैं।

नगर की वीथी, पथ, चतुष्पथ, राजपथ पार करता हुआ प्रहस्त धनपति कुबेर के अलौकिक दिव्य प्रासाद के सम्मुख जा खड़ा हुआ। उस प्रासाद का वैभव देख प्रहस्त आश्चर्यचकित रह गया। प्रासाद के सिंहद्वार पर वैडूर्यमणि और मूल्यवान् मुक्ताओं की कलात्मक चित्रकारी हो रही थी। वहां के खम्भे कुन्दन के बने थे। ऊपर जाने के लिए स्फटिकमणि की रत्नजटित सीढ़ियां थीं। ठौर-ठौर पर यज्ञशाला और वेदिकाएं सुसज्जित थीं जिनमें अनेक आसन रखे हुए थे। वह भव्य प्रासाद मन्दराचल के समान विशाल था।

प्रहस्त ने साहस करके उस दिव्य प्रासाद में प्रवेश किया। द्वार पर उसे किसी ने न रोका। वह सात कक्षों को पार करता हुआ चला गया। सातवें कक्ष में उसने देखा–एक विराट्काय पुरुष स्वर्ण की माला पहिने और हाथ में वज़नी लोहे का मुद्गर लिए बैठा है। अग्नि की लपट के समान उसकी जिह्वा थी। उसके बड़े-बड़े लाल-लाल नेत्र थे। होठ बिम्बाफल के समान तथा दांत बड़े पैने थे। गर्दन शेर के समान तथा नाक उभरी हुई। वह बहुत मोटा-ताज़ा था, तथा उसकी खूब घनी काली दाढ़ी थी। उस यमराज के समान विराट् कालपुरुष के विकराल रूप को देखकर प्रहस्त कांप गया। परन्तु उस पुरुष ने, जैसे मेघ गर्जे उस भांति गर्जना

करके कहा–"तू कौन है, और दिक्पति लोकपाल कुबेर धनेश के इस आवास में तेरे आने का कारण क्या है?"

"प्रसीदतु प्रसीदतु दिक्पति-लोकपाल-धनेश-कुबेर!"–प्रहस्त ने दोनों हाथ उठाकर कहा।

उस पुरुष ने संदेह से उसकी ओर देखकर कहा– "किन्तु अपना अभिप्राय निवेदन कर, क्या तू लंका का नागर है?"

"नहीं, मैं आगत पुरुष हूं।"

"यक्ष है?"

"नहीं, रक्ष हूं।"

"कहां का?"

"आन्ध्रालय का।"

'आह, वह तो धनेश दिक्पाल के मातृकुल का प्रदेश है।"

"मैं धनेश दिक्पाल के मातृकुल का पुरुष हूं।"

"तो तेरा स्वागत है! मातृकुल से तेरा क्या सम्बन्ध है?"

"मैं धनेश दिक्पाल का मातुल हूं।"

"अहा, मातुल!" वह पुरुष अट्टहास करके हंस दिया।

"एहि, एहि, अपने जन्म से किस कुल को धन्य किया मातुल!"

"मैं दैत्यपति सुमाली का पुत्र हूं और धनेश दिक्पाल की विमाता कैकसी का अनुज।"

"अभिवादन करता हूं अभिनन्दन करता हूं! किन्तु क्या कहकर आपको पुकारूं?"

"मेरा नाम प्रहस्त है, मैं धनेश दिक्पाल के अनुज रक्षपति रावण का अमात्य हूं। रक्षपति का संदेश लेकर ही मैं धनेश दिक्पाल के चरणों में उपस्थित हुआ हूं।"

"स्वस्ति, यक्षपति दिक्पाल अभी सोमरस पान करने नन्दन वन गए हैं। अब उनके आने का समय हो रहा है। महापराक्रमी दिक्पाल धनेश के आते ही मैं उनसे आपका शुभागमन निवेदन करता हूं। तब तक आप यहां रत्नपीठ पर बैठकर विश्राम कीजिए या यथेच्छ महालय में विचरण कीजिए। शुक, सारिका, चक्रवाक, कोकिल आदि विहंगों में मन बहलाइए।"

प्रहस्त उस पुरुष के वचन से आश्वस्त हो, चारों ओर घूम-फिरकर उस अपूर्व सौंध को देखने और मन में यह सोचने लगा–यह सारी ही सम्पदा मेरे पिता की है, अतः मैं ही इसका वास्तविक स्वामी हूं। परन्तु कालविपाक से यह

धनेश कुबेर इसका अधिपति बना है और मैं अपरिचित अतिथि की भांति यहां उपस्थित हूं।"

प्रहस्त अभी इन बातों पर विचार ही कर रहा था कि उसने देखा–एक मणिकांचननिर्मित रथ पर चन्द्रमा के समान एक कान्तिमय पुरुष सिर पर किरीट, कानों में कुण्डल और कमर में मेखला धारण किए, अनेक दिव्यांगनाओं, अप्सराओं और गन्धर्वों से घिरा चला आ रहा है। अनेक किन्नर और गन्धर्व नृत्य करते और गाते चले आ रहे हैं। उस तेजस्वी पुरुष के तेज से जैसे वह स्थान ही आलोकित हो रहा है।

रथ से उतरते ही द्वार-पुरुष ने आगे बढ़कर उस दिव्य पुरुष को अभिवादन कर कहा–"धर्मावतार, यह महात्मा प्रहस्त, दैत्य-पति सुमाली का पुत्र आपकी विमाता कैकसी का अनुज, और आपका प्रतिष्ठित मातुल यहां उपस्थित है। यह आपके अनुज आयुष्मान् रावण का संदेश लेकर देव के सम्मुख आया है। आगे देव प्रमाण हैं।"

द्वारपुरुष के इतना कहते ही, लोकपाल दिक्पति कुबेर दोनों भुजा पसारकर अपने स्वर्णतारों में झिलमिल उत्तरीय को तथा कुंचित घन-सघन कृष्ण काक-पक्ष को सुरभित हवा में फहराता हुआ हंसकर बोला–"आओ मातुल, इस स्वर्ण लंका में आपका स्वागत है! कहिए मेरे पितृचरण तो कुशल से हैं? और मेरा प्रिय भाई रावण प्रसन्न है न? मेरे सब सम्बन्धी, मित्र, बन्धु सुखपूर्वक हैं न?"

प्रहस्त ने हाथ जोड़कर विनय की–"धनेश दिक्पाल कुबेर, आपकी कृपा से सब भांति कुशल है। मैं आपकी सेवा में आपके प्रिय अनुज रावण का संदेश लेकर आया हूं।"

"अहा, रावण, वह मेरा वीर भाई प्राणों से भी अधिक प्रिय है। कहो, मैं उस प्रियदर्शी रावण का क्या प्रिय करूं? मेरे प्रिय अनुज की क्या अभिलाषा है जिसे मैं पूर्ण करूं?"

प्रहस्त ने कहा–"देव धनपति, अपने अग्रज के चरणों में अनुगत रावण ने अनेक बार अभिवादन करने के बाद मुझे देव-चरण में यह विनीत निवेदन करने के लिए भेजा है कि लंकापुरी और लंका-साम्राज्य हम दैत्यों का है। इसलिए इसे आप हमें लौटा दें तो ठीक है। यह एक धर्म की बात है। इसमें हमारा आपका प्रेम भी बना रहेगा।"

प्रहस्त की बात सुनकर धनेश कुछ क्षण चुप रहा। फिर उसने धीरे से कहा–"मातुल, रावण दशग्रीव के शौर्य का बखान हम सुनते रहते हैं। उस आयुष्मान् ने हमारे आसपास के सभी द्वीप जय कर लिए हैं। यह ठीक है कि पहले

यह लंकापुरी आपके पिता दैत्यराज सुमाली की थी। परन्तु,जिस समय मेरे पिता ने निवास के लिए यह लंकापुरी मुझे दी थी, उस समय यह सूनी थी। यहां कोई राजा नहीं था। मैंने ही इसे फिर बसाकर धन-जन से सम्पन्न किया है। यद्यपि तुम्हारे हमारे आचार में अन्तर है, तुम रक्ष-संस्कृति के प्रतिष्ठाता हो और मैं यक्ष-संस्कृति का। परन्तु इससे क्या? हम सब दायाद-बान्धव तो हैं ही तथा इस लंकापुरी में इस समय देव, दैत्य, किन्नर, असुर, नाग सभी जाति के जन रहते हैं। सबका समान ही अधिकार है। इससे तुम मेरे अनुज रावण से कहो कि इस मेरी बसाई हुई लंका में वह भी आकर सुख से रहे। बाधा कुछ नहीं है। लंका जैसी मेरी है वैसी–उसकी भी है। क्योंकि अभी पिता ने रावण के साथ हमारा कोई बंटवारा नहीं किया है। अभी तक हमारे पिता का सारा धन और राज्य बिना बंटा हुआ ही है।"

धनपति कुबेर से यह सारगर्भित और युक्तियुक्त वचन सुनकर प्रहस्त के मुख से बोल नहीं निकला। वह नीची गर्दन किए कुछ सोचता रह गया।

कुबेर ने प्रहस्त का खूब आत्मीयता से सत्कार किया और सब भांति पूजित कर उसे विदा किया।

12 लघु अभियान

दैत्यों का वह छोटा-सा दल निश्शब्द, नीरव, समुद्र-तट से तनिक हटकर घाटी में टेढ़े-तिरछे मार्ग में तीव्र गति से नगर की ओर बढ़ रहा था। दल के आगे रावण कन्धे पर भीमकाय परशु रखे चल रहा था। उसके पीछे वृद्ध व्याघ्रदैत्य सेनापती सुमाली था। दैत्यदल की ये काली काली छायाएं चतुर्थी की चन्द्र-ज्योति में हिलती हुई-सी विचित्र प्रतीत हो रही थीं। दैत्यों के इस दल को विकट निर्जन तथा ऊबड़-खाबड़ मार्ग में चलने से कुछ भी कष्ट नहीं हो रहा था। दल का प्रत्येक भट विजय के विश्वास से ओत-प्रोत था।

सुमाली ने आगे बढ़कर रावण के कन्धे पर हाथ रखा। रावण ने तनिक कान पीछे झुकाकर कहा–"कुछ और आदेश है मातामह!"

"नहीं पुत्र, सब पूर्व-नियोजित है। किन्तु तेरे भट यथासमय उपस्थित मिलेंगे न? ऐसा न हो कि वे सब उत्सव के हुड़दंग में मद्यपान कर मत्त हो जाएं।"

"ऐसा न होगा मातामह। उनका नेतृत्व मातुल अकम्पन कर रहे हैं।"

"तब ठीक है, हमारे मद्यभाण्ड भी नागराज को समय पर मिल जाएंगे। परन्तु पुत्र, ठीक क्षण आने तक धैर्य रखना। इन नागों को मैं भलीभांति जानता हूं। विष और मद्य इन्हें अभिभूत नहीं करते। ये दिव्यौषधि सेवन करते तथा सोमपान करते हैं। इसीसे एक प्रकार से वे सब मृत्यंजय हैं।"

"चिन्ता न कीजिए मातामह, रावण का यह परशु किसी मृत्युंजय की आन नहीं मानता और फिर हमें उनके प्राण लेने से क्या प्रयोजन है! हम तो द्वीप पर अधिकार चाहते हैं। यदि नाग हमारी रक्ष-संस्कृति को स्वीकार कर लें, तो हमारी ओर से वे ही द्वीप पर शासन करें।"

"यह पीछे देखा जाएगा पुत्र, पहले युद्ध, पीछे राजनीति। यह देखो, सामने ही पुर है। आशा करता हूं, नगर-द्वार पर हमें अपने भट मिल जाएंगे।"

"द्वार के निकट ही हमारे भट छिपे हुए हैं।"

"तो अब हमें सावधान रहना चाहिए।"

"आप केवल दल का पृष्ठ भाग संभालिए। मैं सब निबट लूंगा। नगर में हमारे मित्र बहुत हैं। राजसभा में भी हमारे मित्र हैं। सब दैत्य असुर, दानव और राक्षस तो अपने मित्र हैं ही। यक्ष, देव और गन्धर्व भी विरोध न करेंगे। फिर नर, नाग ही रहे। सो उनका बल ही क्या?"

"ठीक है, पर पुत्र, शत्रु को कभी लघु न गिनना, सावधान रहना!"

उत्तर में रावण ने वृद्ध नाना का हाथ कसकर पकड़ तनिक मुस्करा दिया। दैत्य आश्वस्त हो गया।

कुछ ठहरकर रावण ने हंसकर कहा–"मातामह, आप तो नागपति के पिता के मित्र हैं। वज्रनाभ आपका तो स्वागत ही करेगा।"

"नहीं तो क्या? और जब मैं उससे कहूंगा कि यह दिक्पति धनेश कुबेर का अनुज–दशानन रावण है, तो वह ससम्भ्रम तुझे अभ्युत्थान देगा।"

'स्वस्ति, तो हमारे सर्वोपरि अस्त्र ये मद्यभाण्ड हैं।"

"ये रत्नमणि भी अस्त्र ही समझ पुत्र। जब हम यह सब स्वर्ण, रत्नमणि और मद्यभाण्ड उसे मैत्रीभाव से भेंट करेंगे, तो आनन्द से उन्मत्त होकर वह हमारी ही लाई हुई सुरा का सब सचिव-सहित पान करेगा। इन नागों को हमारे मसालेदार मद्य बहुत प्रिय हैं, और मेरी बनाई हुई सुवासित मद्य जो एक बार पी लेगा, उसे भूलेगा नहीं, वह असंयत हो जाएगा। बस, हम ज्यों ही उन सबको मदमत्त और असावधान देखेंगे, अपने कार्य पूर्ण कर लेंगे।"

"इससे उत्तम युक्ति क्या हो सकती है मातामह, किन्तु आप क्या नागपति वज्रनाभ को पहचानते हैं?"

"न, उसका पिता मेरा कृपापात्र तथा मित्र था। उसकी एक बार असुरों के विरुद्ध सम्मुख युद्ध में मैंने सहायता की थी। वज्रनाभ यह जानता है और हमें मित्र-भाव से आया जान, हमारा सत्कार करेगा।"

"तो हम उसे जय करके मित्र ही बना लेंगे मातामह?"

"जैसा संयोग होगा, वध भी करना पड़ सकता है। देख, यह सम्मुख ही तो नगरद्वार है। अब सब कोई सावधान हो जाओ। मैं आगे चलकर द्वार खुलवाता हूं।"

वृद्ध असुर आगे बढ़ा। अवरुद्ध द्वार पर आकर उसने पुकारा– "अनवरुद्ध-कपार्ट द्वारं देहि, द्वारं देहि, द्वारं देहि!"

द्वारपाल ने गोखे से सिर निकालकर कहा–"कौन हो तुम?"

"नागराज के सम्माननीय अतिथि हैं, क्या तू नहीं जानता, आज नागराज हमारी अभ्यर्थना करेगा? बोल, तुझे आदेश मिला है?"

"आदेश नहीं मिला है; चिह्न है?"

"चिह्न भी देख ले"–बूढ़े दैत्य ने बगल से एक नरसिंहा निकालकर ज़ोर से फूंका। इधर-उधर छिपे, बहुत से दैत्यों ने आकर उस सुभट का सिर काट लिया और द्वार खोल दिया।

सभी दैत्य नगर में घुस गए। द्वार-अवरोधकर्त्ता युद्ध करने लगे। परन्तु रावण द्वार पर रुका नहीं, वेग से अपने सुभटों को संग लिए राजप्रासाद की ओर बढ़ता चला गया। जो दो-चार नाग सुभट द्वार-रक्षा में उपस्थित थे, उन्हें मार कर असुरों ने द्वार अधिकृत कर लिया। किसी को भी यह बात कानों-कान न सुनाई दी।

अब भेरी और नगाड़े बजाते हुए दैत्य राजद्वार में घुस गए। प्रासाद में किसीने उनका विरोध नहीं किया। कुछ इधर-उधर बिखरकर भीड़ में मिल गए। प्रासाद में बहुत भीड़भाड़ थी। बहुत लोग प्रासाद में आ जा रहे थे। लोग ठौर-ठौर मद्यपान करके कोलाहल मचा रहे थे। ये असुर भी जहां-तहां इनमें घुसकर कोलाहल मचाने और मद्य पीने-पिलाने लगे। वास्तव में आज नाग संवत्सर-समारोह मना रहे थे। राजप्रासाद खूब सजा था। विविध वाद्यों के निनाद और लोगों के शोर के कोलाहल से कान नहीं दिए जाते थे। सभाभवन और मण्डप खूब ठाठ से सजाए गए थे। सारे सभा-मण्डप में रंग-बिरंगी पताकाएं फहरा रही थीं। बीच में रत्न-जटित मण्डप था, उसपर स्वर्णतार-खचित वस्त्र पड़ा था। सभा में नर, नाग, दैत्य, दानव, असुर, देव

सभी उपस्थित थे। नागराज का सिंहासन सिंहल के बड़े-बड़े मुक्ताओं से सजाया था। वहां अनेक प्रकार के सुगन्ध-द्रव्य जल रहे थे।

सभा-मण्डप के एक कोने में वादकों का एक दल मधुर वाद्य बजा रहा था। कुछ देर बाद एक प्रौढ़ पुरुष स्वर्ण-विमान पर सवार सभामण्डप में आया। दिव्याङ्गनाएं वह स्वर्ण-विमान उठाए हुए थीं। बहुत-सी वारवनिताएं उसके आगे मंगलगान करती आ रही थीं। विमान के चारों ओर शुभ्रवसना कुमारिकाएं मंगलचिह्न लिए लाज-विसर्जन करती चल रही थीं। यही भोगिराज नागपति वज्रनाभ था।

वज्रनाभ के सभामण्डप में आते ही सब बाजे बड़े ज़ोर से बज उठे। सिंहद्वार पर दुन्दुभि गर्जने लगी। सभी लोग जयजयकार करते उठ खड़े हुए और घुटनों पर हाथ टेक खड़े रह गए। भोगिराज के सम्मुख सीधा खड़ा होने का किसी को आदेश न था। ठीक इसी समय मण्डप के बाहर दूसरी ओर दुन्दुभि बज उठी। और एक ही क्षण बाद वज्रवक्ष दशानन रावण हाथ में भीमकाय परशु और दैत्यपति सुमाली विकराल खड्ग लिए लाल वस्त्र पहने सभामण्डप में आ खड़े हुए। इन दो महातेजस्वी पुरुषों को देखकर सभा भीत चकित रह गई। जो वाद्य सभा में बज रहे थे, स्तब्ध हो गए। आगन्तुक शत्रु हैं या मित्र, यह कोई भी न जान सका। नागराज वज्रनाभि घूर-घूरकर रावण की वज्रमुष्टि में गहे हुए परशु को देखने लगा।

परन्तु इसी समय दैत्य सुमाली ने आगे बढ़कर कहा–“स्वस्ति नागराज, मैं दैत्य सुमाली हूं और यह आयुष्मान् दशानन रावण मेरा दौहित्र तथा दिक्पति धनेश कुबेर का अनुज है। रावण का कुछ अभिप्राय है, जिसे वह अभी निवेदन करेगा। अभी आप हमारी यह स्नेहभेंट स्वीकार कीजिए।” इतना कहकर दैत्य पति ने संकेत किया। दैत्य अनुचरों ने मद्यभाण्ड ला-लाकर नागराज के सम्मुख धर दिये। रत्नमणि की मंजूषाएं भी नागराज के सम्मुख खोल दीं।

यह मूल्यवान् स्नेहभेंट देख नागपति प्रसन्न हो गया। वह सिंहासन छोड़ उठ खड़ा हुआ। आगे बढ़कर उसने रावण को छाती से लगाकर सिर सूंघा और आंखों में आंसू भरकर गद्गद होकर कहा–“स्वागत भद्र, जैसे लोकपाल धनेश मेरा मित्र है, वैसा ही तू है। तेरे पिता विश्रवामुनि को मैं जानता हूं।” फिर उसने दैत्येन्द्र की ओर मुंह फेरकर कहा–दैत्यपति, आप तो मेरे पूज्य पितृव्य ही हैं। पितृ-चरणों ने आपसे मैत्री-लाभ किया है। आपका स्वागत, यह आसन है, विराजिए।”

नागपति ने दैत्येन्द्र सुमाली और दशानन रावण को अपने साथ सिंहासन पर बैठाया। सिंहासन पर बैठते ही बन्दीजन ने नागराज की वन्दना की। किन्नर और गन्धर्व गाने लगे। अप्सराएं नृत्य करने लगीं। इसके बाद नागराज के आदेश से

मद्यपान चला। मरकत के पात्रों में मद्य भर-भरकर नागों ने अतिथियों के हाथ में दिए।

मद्य पीकर दैत्य संप्रहर्षित हुए। अवसर पाकर सुमाली ने दैत्यों को संकेत किया। दैत्यों ने मद्यभाण्डों से मद्य उंडेल-उंडेल नागों को पिलाना आरम्भ कर दिया। नागराज ने हंसकर सुमाली दैत्य के हाथ से सुवासित मद्य लेकर पिया। धीरे-धीरे पान में संयत भाव लोप होने लगा तथा मद्य भी नागों के मस्तिष्क में पहुंचकर ऊधम मचाने लगा। इसी समय सब बाजे ज़ोर-ज़ोर से बज उठे। नृत्यांगनाओं ने भावनृत्य आरम्भ किया। प्रत्येक नृत्यांगना हाथ जोड़ दोनों हाथों के अंगूठे नाक से लगाकर प्रथम नागराज को और फिर उसके मान्य अतिथियों को प्रणाम करती–तब नृत्य करती। अनेक प्रकार के सज्जा-नृत्य, विलास-नृत्य और भाव-नृत्य होते रहे। फिर भंगिमा नृत्य होने लगे। प्रत्येक नृत्य-नाटक में गायक और वादक के साथ कहानी भी चलती थी। इसके बाद युद्धाभिनय हुआ। देवासुर संग्राम की भूमिका चलने लगी। धीरोदात्त पात्र अभिनय करने लगे। मद्यपान धूमधाम से चल रहा था। नागराज आनन्दातिरेक से बहुत-सा मद्य पी चुके थे। दैत्य उन्हें ढाल-ढालकर और भी मद्य देते जा रहे थे। सुमाली उन्हें बढ़ावा दे रहा था। अकस्मात् बाहर बहुत-सा गोलमाल सुनाई दिया। और, सावधान होने से प्रथम ही चारों ओर से दैत्य-सुभट भारी-भारी खड्ग, परशु, त्रिशूल, मुद्गर लिए सभा मंडप में घुस आए और लगे मारकाट करने। देखते ही देखते नागों का विध्वंस होने लगा। चारों ओर कोलाहल मच गया। नागराज ने विस्मित होकर रावण की ओर देखकर कहा–"पुत्र, यह क्या?" रावण ने अपना परशु उठाया। वह उछलकर सिंहासन पर खड़ा हो गया। हवा में उसने चारों ओर परशु हिलाकर जलद-गम्भीर स्वर से गर्जकर कहा–"वयं रक्षामः!"

उसने फिर हवा में परशु हिलाया। संकेत से उसने दैत्यों को रोका। क्षण भर को मारकाट रुक गई। परन्तु दैत्येन्द्र सुमाली अपना विकराल खड्ग नागराज के सिर पर तानकर खड़ा हो गया।

रावण ने कहा–"सब कोई सुने, आज से यह बाली-द्वीप रक्ष-संस्कृति के अधीन हुआ। हम राक्षस इसके अधीश्वर हुए। जो कोई हमसे सहमत है, उसे अभय। जो कोई सहमत नहीं है, उसका इसी क्षण शिरच्छेद होगा। पहले तुम, नागराज, अपना मन्तव्य प्रकट करो। यदि तुम हमारी रक्ष-संस्कृति स्वीकार करते हो तो हमारी ओर से इस द्वीप के स्वामी तुम्हीं हो।"

"किन्तु, पुत्र, यह कैसा अत्याचार है? यह तो विश्वासघात है।"

"इस प्रकार की बातें मित्रता-विरोधिनी हैं नागराज! जहां समान बल नहीं होता, वहां यह युक्तियुद्ध ही श्रेयस्कर है, ऐसा नीति का वचन है। कहो तुम, क्या तुम्हें रक्ष-संस्कृति स्वीकार है?"

क्रोध-अभिभूत होकर नागराज ने हाथ झटककर कहा–"नहीं।"

और उसी क्षण वज्रपात की भांति रावण का कुठार नागराज के कण्ठ पर पड़ा। उसका सिर कटकर दूर जा पड़ा। सज्जित सिंहासन खून से लाल हो गया, इसके साथ ही सब दैत्य नागों पर पिल पड़े। न जाने कहां से दैत्यों के दल बादल-जैसे भूमि फाड़कर निकल-निकलकर आने लगे। कुछ क्षणों में ही नागों का सफाया हो गया। बचे हुए नाग-गन्धर्व-यक्षों ने रावण की अधीनता स्वीकार कर ली। नागराज के कटे हुए सिर को उठा, उसीके रक्त से रावण के मस्तक पर तिलक देकर तथा उसे रक्तप्लुत सिंहासन पर बैठाकर दैत्येन्द्र सुमाली ने विकराल खड्ग हवा में हिलाते हुए ज़ोर से चिल्लाकर कहा–"वयं रक्षामः? दैत्यों, नागों, दानवों, गन्धर्वों यक्षों ने एक स्वर से यही स्वर ध्वनित किया। बालि द्वीप में रावण की आन फिर गई। नागों के उस भव्य प्रासाद को रावण और उसके साथी दैत्यों ने अधिकृत कर, अन्तःपुर पर अपने पहरे बैठा दिए। इस समय तीन पहर रात व्यतीत हुई थी।

13 दानव मकराक्ष

भोर होते ही रावण ने रक्ताम्बर धारण किया। गोह-चर्म के दस्ताने पहिने। कृष्णाजिन वक्ष पर बांधा। सिर पर किरीट, पैरों में चर्म-रज्जु के दृढ़ उपानह। कमर में दुकूल और उसपर मरकतमणि का कटिबन्ध। कन्धे पर धनुष और हाथ में वही विकराल परशु–जिसका नागरक्त अभी सूखा न था।

उसने अपने मामा अकम्पन को बुलाकर कहा–"मातुल, नागपति की अश्वशाला से सर्वश्रेष्ठ चार अश्वतरी छांट लो, और नागराज का स्वर्णरथ मेरे लिए तैयार करो। उसे शक्ति, शूल, परिघ, बाण और तोमर से सज्जित कर शीघ्र उपस्थित करो।"

अकम्पन के जाने पर उसने वृद्ध दैत्य सुमाली से कहा–"मातामह, एक छोटा-सा अभियान है, मैं जाता हूं। बाली-द्वीप और नागराज के अवरोध का आप यथारुचि विघटन कर लीजिए।"

सुपाली ने कहा–"तुझे क्या कुछ भेंट चाहिए पुत्र?"

"नहीं, मातुल अकम्पन मेरे साथ हैं।"

सुसज्जित रथ आ उपस्थित हुआ। वह मणि-कांचन के सहयोग से विचित्र चित्रकला द्वारा विश्वकर्मा ने बनाया था। चर्मफलक और यर्मरज्जुओं से वह बंधा था। उसमें सहस्त्र स्वर्णघंटिकाएं लगी थीं, जिनकी रणध्वनि शतसहस्र भ्रमरों के गुंजन की भांति कर्णप्रिय थी।

काले रंग की चार अश्वतरी, जो उसमें जुती थीं, वे विद्युत् की भांति, चपल थीं। उनके कान खड़े थे और थूथन बड़ी थीं। वे अपने खुरों से भूमि को खोद अपनी आतुरता प्रकट कर रही थीं।

रावण रथ पर सवार हुआ और अकम्पन ने वल्गु ली। अश्वतरियां वायुवेग से चलीं। रावण के संकेत पर, पर्वत की उपत्यका की दिशा में, अर्जना-तट की ओर।

देखते ही देखते, वन, वीथी, हाट, मार्ग पीछे रहते चले गए। पार्श्व में समुद्र को गर्जन करते छोड़, समुद्र-गर्जना से होड़-सी करती हुई रथ की स्वर्ण-घण्टिकाएं–क्वणनवनि करती हुई चली जा रही थीं, धनुष से छूटे हुए साठ टंक के बाण के समान वेग से, सीधे अर्जना-तट की ओर–जहां रावण की अभिसारनायिका–वही, उन्मुख, अनावृत यौवन वाली दैत्यबाला थी, जिसने रावण के वक्ष पर स्तन-विक्षेप के बाद लात मारकर उसे सम्पन्न किया था, और जिसने उसके महार्घ मरकत के कटिबन्ध के दान को अस्वीकार कर, कल अस्तंगत सूर्य के सान्निध्य में एक भाण्ड मद्य पीने के लिए उससे अनुरोध किया था।

वह उन्मुख, अनावृत यौवन, वह चरणाघात, वह उन्मुक्त हास और जलगर्भ का विलास, जैसे शतसहस्र मुख से रावण के वज्रवक्ष को आन्दोलित कर रहा था। उसे एक-एक क्षण का विलम्ब भी सह्य न था। वह असंयत-सा कह रहा था–"सर्प, मातुल! सर्प!" और दैत्य अकम्पन की चर्मरज्जु के कड़े आघात शपाशप अश्वतरी की पीठों पर पड़ रहे थे, जिनसे प्रताड़ित हो उनके खुर जैसे भू-स्पर्श छोड़ वायु में अधर उड़े चले जा रहे थे।

अर्जना का तट आया। तट पर एक सघन मनोरम वन था। वन में अनेक ताल, तमाल हिन्ताल के वृक्ष थे, हिरण थे, पक्षी थे, उनका कलरव था। स्थान-स्थान पर वहां इस समय अग्निदाह हो रहा था। कुछ हाथ, पैर, गर्दन-कटे शव पड़े थे। स्त्रियों के शंखचूड़, गुंजामाल, वस्त्रखण्ड, स्वर्णवलय टूटे-फूटे इधर-उधर पड़े थे। टूटे हुए शक्ति, परशु, खड्ग और मरे-अधमरे पशु सिसक रहे थे।

रावण ने रथ से उतरकर देखा। उसने कहा–"मातुल, यहां तो विकट संग्राम हुआ प्रतीत होता है। सभी शव गर्म हैं। युद्ध सम्भवतः अभी हुआ है। देखो तो, कोई जीवित पुरुष भी है जिससे घटना का ज्ञान हो।"

अकम्पन्न ने बारीकी से देखा। एक बूढ़े असुर में अभी प्राण थे। उसी ने टूटे-फूटे स्वर में बताया कि दानवों के एक दल ने आक्रमण करके उनका ग्राम-गोत्र लूट लिया है। ग्राम का सब स्वर्ण, अन्न और स्त्रियों को वे लूट ले गए हैं तथा सब जीवित पुरुषों को बांधकर बन्दी बना ले गए हैं। दैत्य ने बताया–वे दक्षिण दिशा में समुद्र तीर-तीर गए हैं।

रावण ने हुंकृति भरी। रथ पर खड़े होकर दक्षिण दिशा की ओर देखा। उसने उसी दिशा की ओर परशु उठाकर कहा–"चलो तो मातुल देखो, वह धूल उठ रही है।"

और अश्वतरी उसी दिशा में उड़ चलीं। अधीर होकर रावण रथ पर खड़ा होकर व्यग्रभाव से उधर देखने लगा। देखते-देखते धूल का बवंडर निकट होता गया। थोड़ी ही देर में देखा–दानवों का एक सम्पन्न संगठित दल सब दैत्यों, स्त्री-पुरुषों को रस्सियों में बांधे, उनका अन्न-स्वर्ण गठरियों में लादे, उनका पशुधन आगे कर परिघ, शूल, कृपाण, शक्ति, शूल, खड्ग हवा में उछालता व के गहनतम प्रदेश में बढ़ता जा रहा है।

आगे बढ़कर रावण ने ललकारा। साथ ही उसने दश बाण दस-दस टंक के छोड़े। बाणविद्ध होकर दानवदल घूमा। उन्होंने देखा–एक दुर्धर्ष तरुण योद्धा दिव्य रथ पर आरूढ़ धंसा चला आ रहा है।

दलपति ने दानवों को तुरन्त व्यूहबद्ध खड़े होने की आज्ञा दी। बन्दियों और आहतों को दूर खड़ा किया। पलटकर उसने पुकारकर कहा–"यह अकारण हम पर आक्रमण करके वैर करनेवाला महाभाग कौन है? इसी अकारण के वैर का कारण क्या है? वह कहे कि हम उसका बाणों से सत्कार करें, या मधुपर्क से?

रावण ने कहा– "मैं रक्षाधिप वैश्रवण रावण हूं–इन सब द्वीप समूहों का स्वामी। तुमने मेरे द्वीप पर अनाचार किया। कहो तुम्हारा ग्राम, गोत्र कहां है?"

"इसी द्वीप के उस ओर हमारा द्वीप है और गोत्र भी है। परन्तु तुम कैसे इस द्वीप के स्वामी हो! द्वीप का अधिपति वज्रनाभ है। वह हमारा मित्र है।"

"वज्रनाभ का सिर इसी परशु से मैंने गत रात्रि काटकर द्वीप पर अपना अधिकार किया है। सो अब तक तुमने यदि राक्षसपति रावण दशग्रीव का नाम न सुना हो, तो अब सुनो, और जान लो, कि आज से यह बाली-द्वीप रक्षसंस्कृति

के अधीन हुआ है। हम राक्षस इसके अधीश्वर हैं। जो कोई हमसे सहमत है, उसे अभय। हो सहमत नहीं है, उसका इसी परशु से, इसी क्षण शिरच्छेद होगा।"

दानवेन्द्र का नाम मकराक्ष था। वह बालीद्वीप के आसपास के छोटे-छोटे द्वीपों का स्वामी था। नागराज का वह मित्र था। वह एक तेजस्वी योद्धा था। उसने कहा–"अरे, विश्रवा के पुत्र, तू तो बड़ा ही धृष्ट दीख पड़ता है। क्या दानवों से भी तू भय नहीं खाता? तू वीर और प्रियदर्शन है, पर तूने हमारे मित्र नागपति वज्रनाभ को मारा है, इसका दंड मैं तुझे दूंगा। इसके अतिरिक्त तूने मेरे काम में प्रत्यवाय किया है। आज मैं तेरे ही स्वादिष्ट मांस का भोजन करूंगा। बोल, मरने से प्रथम तू क्या चाहता है? मैं मकराक्ष दानवराज हूं। कह, तुझ शत्रु का क्या प्रिय करूं?"

"दानवराज मकराक्ष! भले मिले। आपका नाम मैंने सुना है। युद्धं देहि! मैं आपसे युद्ध मांगता हूं। पर आप विरथ हैं, इसलिए मैं रथ पर नहीं लड़ूंगा।" रावण रथ से कूद पड़ा। दानव ने कहा–"नहीं विश्रवामुनि के पुत्र, तू रथ पर ही रह। हम विरथ हैं, पर संख्या में बहुत हैं। तू एकाकी है, सो रथ पर अयुक्त नहीं है।"

परन्तु रावण ने स्वीकार नहीं किया। अकम्पन्न की बात भी नहीं मानी। उसने कहा–"मातुल, तुम खड़े रहकर मेरा युद्ध देखो।"

इतना कहकर वह अपना परशु घुमाता हुआ दानवों के दल में घुस गया। और रणोन्मत्त हो दानवों के सिर अपने परशु से काटने लगा। दानव भी तोमरभिन्दिपाल आदि शस्त्र ले रावण पर टूट पड़े। परन्तु रावण इससे तनिक भी भयभीत न हुआ। यह देख दानवेन्द्र ने पांच तोमरों से रावण पर प्रहार किया, इससे रावण रक्त में सराबोर हो गया। परन्तु उसे तनिक भी संभलने का अवसर न दे दानवेन्द्र ने यमदण्ड के समान भारी मुद्गर घुमाकर रावण के वक्ष पर प्रहार किया। इससे रावण रक्त-वमन करने लगा और थोड़ी ही देर में मूर्च्छित हो पृथ्वी पर गिर गया। दानव-सेना हर्ष से चीत्कार उठी। मकराक्ष ने कहा–"अब इस मत्त गयन्द को लौह-श्रृंखलाओं में बांध लो।" परन्तु इसी समय रावण चैतन्य हुआ। क्रोध से थरथराता रावण फणी की भांति हुंकार करके खड़ा हुआ और उसने प्रचण्ड वेग से मकराक्ष पर शक्ति चलाई। शक्ति के छाती पर लगते ही दानवेन्द्र घूमकर पृथ्वी पर गिर गया। यह देख हाय-हाय करते बहुत-से दानवों ने अपने राजा को घेर लिया उन्हें क्रुद्ध रावण ने इस प्रकार दलन करना प्रारम्भ किया कि वे, जिसका जिधर सींग समाया, भाग खड़े हुए।

इसी समय दानवेन्द्र की मूर्च्छा टूटी। उसने अपनी भागती हुई दानवेन्द्र की सेना का निवारण किया। फिर रावण से कहा–"वीर विश्रवापुत्र, तू धन्य है। तेरे

वीरत्व पर मैं प्रसन्न हूं। परन्तु तुम एकाकी विरथ रथी से हम सबका युद्ध करना न्यायसंगत नहीं है। इसलिए वीर, तू हममें से जिसे चाहे, उसी से द्वन्द्वयुद्ध कर। रावण ने मुंह का रक्त पोंछते हुए कहा–"ऐसा ही सही। तब दानवेन्द्र मकराक्ष स्वयं ही मेरे साथ युद्ध करके मेरी प्रतिष्ठा बढ़ाएं।"

यह सुनकर दानवेन्द्र ने कहा–"तथास्तु!" दोनों वीर गदा लेकर परस्पर गुंथ गए। उनकी गदाएं जब आपस में टकराती थीं तो उनमें से अग्निस्फुलिंग निकलता था और बड़ा घोर शब्द-होता था। दोनों वीर एक-दूसरे के वक्ष को ताक-ताककर वार करना चाहते थे। परन्तु दोनों में से कोई किसी को अवसर न देता था। बहुत देर तक यह असह्य युद्धं होता रहा। अन्त में अवसर पाकर दानव मकराक्ष ने गदा घुमाकर रावण के वक्ष पर प्रहार किया। प्रहार से गदा के दो टुकड़े हो गए। रावण दर्द से कराहकर भूमि पर गिर गया और रक्त वमन करता हुआ मूर्छित हो गया। दानवेन्द्र मकराक्ष ने उसे अच्छी तरह रस्सियों से जकड़कर बांध लिया।

यह देख अकम्पन रथ को त्याग हाथ में शूल ले आगे बढ़ा। दानवेन्द्र मकराक्ष ने कहा–"अब तुम्हारे प्राण देने से क्या प्रयोजन है, वीर? हमने अपने पराक्रम से द्वन्द्वयुद्ध में वैश्रवण रावण को बन्दी किया है। तुम्हें उचित है, अपनी नगरी को लौट जाओ।" रावण ने मूर्च्छा भंग होने पर अपने बन्धन देख अकम्पन्न से कहा–"मातुल, मातामह से कहना–मकराक्ष दानव ने मुझे द्वन्द्वयुद्ध में बन्दी किया है।" अकम्पन्न भी कुछ सोचकर रुक गया। दानव रावण को बांधकर सब बन्दियों के साथ समुद्र-तीर पर ले चले। समुद्र-तट पर तरणी बंधी थी। अपने बन्दियों और लूटे साज-सामान के साथ दानवेन्द्र मकराक्ष दलबल सहित तरणियों पर चढ़ अपने द्वीप की ओर चल दिया।

14 जल-देव

दानवों का यह दल अपने बन्दियों और लूटे हुए माल को लेकर तरणियों में बैठ तेज़ी से समुद्र-गर्भ में अग्रसर होने लगा। बन्दियों के बीच रस्सियों से बंधी हुई अपनी प्रेयसी–उस तरुणी को रावण ने अपने परिजनों के साथ बैठे देख

लिया। रावण को देखते ही तरुणी की आंखें चमकने लगीं। उसने पास बैठे एक बूढ़े दैत्य के कान में कुछ कहा। दैत्य ने आंख उठाकर रावण को देखा।

छाती में करारी चोट लगने और रक्त-वमन के कारण रावण अस्वस्थ और श्रमित हो रहा था। परन्तु उसने अकेले ही दानवेन्द्र से रथारूढ़ होने पर भी विरथ होकर युद्ध किया था। इसलिए दानवेन्द्र ने उसे आदरपूर्वक सब बन्दियों से पृथक् बैठाया तथा पीने को एक भाण्ड मद्य दिया। परन्तु रावण ने अस्वीकार करते हुए कहा–"सभी बंदियों के समान मैं भी हूं अनुग्रह मुझे नहीं चाहिए।" दानवेन्द्र ने फिर आग्रह नहीं किया। धीरे-धीरे सूर्य अस्त होने लगा और सागर में भी तूफान के चिह्न प्रकट होने लगे। तरणियों पर सभी पाल चढ़ा दिए गए। बन्दी, स्त्रियां और धन की मजूषाएं बीच में रख ली गईं। सभी तरणियों को एक में बांध दिया गया। देखते ही देखते वायु का वेग बढ़ गया। प्रचण्ड वायु हल्की वस्तुओं को उठाती और भारी वस्तुओं को गिराती प्रलय-गर्जना करने लगी। सागर में चट्टानों की भांति बड़ी-बड़ी लहरें उठकर क्षुद्र तरणियों को आकाश में उछालने और गिराने लगीं। बन्दी और अबन्दी सभी जन चीत्कार करने लगे। सबके कोलाहल से वह समुद्र का गर्जन-तर्जन और भी भयावह हो उठा। चर्म-रज्जुओं के सुदृढ़ बन्धन टूट-टूटकर तरणियां दूर-दूर बहने और उलट-पलट होने लगीं। दानवेन्द्र ने बन्दियों को बन्धनमुक्त करके अपनी-अपनी सुरक्षा करने को उत्साहित किया। इसी क्षण वह तरणी जिसमें असुर बन्दी थे, एक पर्वत के समान लहर पर बहुत ऊंची चढ़कर पलट गई। लहर के थपेड़ों से उसके टुकड़े-टुकड़े हो गए। तरणी के सब आरोही महासागर के उस प्रलय-तूफान में खो गए। सबसे पृथक् बंधे रहने के कारण रावण बन्धनमुक्त न हो सका। रावण की अभिसार-सखी उस दैत्यबाला ने गिरते-गिरते यह देखा। पर्वत-समान विशाल एक लहर ने उसे बहुत ऊंचा उछालकर दूर फेंक दिया था। वह उस अनन्त सागर के सघन अन्धकार में आंखें फाड़-फाड़कर अपने चारों ओर अपने रमण को देखने लगी। समुद्र-जल की सारी बौछारें चारों ओर से उसकी आंखों को अन्धा कर रही थीं। लहरों के थपेड़े उसे स्थिर रहने नहीं देते थे। वह बार-बार अपना वक्ष ऊपर उठा अपने प्रियतम को निहार रही थी। एकाएक एक तरंग ने रावण को उछाला और फिर वही जल-गर्भ में ही उसे ले गई। यह देख दैत्यबाला ने अपने कमर में छुपा हुआ छुरा दांतों में दबाया और डुबकी ली। दुर्धर्ष प्रयास के बाद उसने रावण को पकड़ा। रावण मूर्च्छित था। उसने झट उसके बन्धन काटे और वेग से धकेलती हुई लहरों के सहारे उसे ले चली। इसी समय एक काष्ठ फलक बहता हुआ उसके हाथ लग गया। उसने ज़ोर लगाकर रावण के शरीर

को उसपर टेक दिया, और एक भुजा से उसे संभालती हुई तथा दुसरी से लहरों को काटती हुई वह महासागर से कठिन जीवन-युद्ध करने लगी।

थोड़ी ही देर में रावण की मूर्छा भंग हुई। इससे दैत्यबाला अत्यन्त आशान्वित हो उसके बिलकुल निकट आकर बोली–"साहस कर रमण, और अपने भार को ठीक तौर से इस काष्ठ-फलक पर रख।"

रावण ने अपने भार को ठीक तरह काष्ठ फलक पर डाला। फिर एक हाथ से उसे निकट लाते हुए बोला–"तूने मेरी प्राण-रक्षा की है।"

"मातृचरण को खोकर, हन्त! एक ही क्षण में मुझे तू दिखाई पड़ा और माता भी। मैं एक ही की रक्षा कर सकती थी–सो मैंने तुझे ही सहायता दी। तू चैतन्य है, स्वस्थ है–मैं इससे प्रसन्न हूं। पर तू इन दानवों में कैसे आ फंसा रमण?"

"तेरे ही लिए। एक भाण्ड मद्य पीने के लिए तेरा निमन्त्रण था, और तुझे हरण करने का मेरा आग्रह था। इसीसे तेरे ग्राम में आया था। पर जब देखा, मेरे अभिसार को कोई और ही हर ले गया तो मैं संयत न रहा, दानवों का मैंने पीछा किया।"

"तू तो रथी था, विरथ क्यों हुआ? रथ पर रहते क्या वे तुझे पराभूत कर सकते?"

"पर वे सब तो विरथ थे। विरथ से रथ लेकर युद्ध करना मेरी मर्यादा नहीं।"

"तेरे पराजय के शौर्य से मैं आनन्दित हूं रमण।"

"किन्तु पराजय किया किसने?"

"दानवेन्द्र ने तो।"

"न, तूने।"

"वह क्या आज? न-न, उसी विजन वन में सरोवर के तीर पर।"

"उसीकी खीझ उतारने तो तेरे ग्राम आया था।"

"सो यहां तक साथ है।"–दैत्यबाला हंस दी।

तूफान गर्जन-तर्जन कर रहा था–लहरें आकाश-पाताल एक कर रही थीं, पर ये युगल वीर जलदेव को तालों से तिरस्कृत करते दिल की घुण्डी खोलते जाते थे।

"अभी आगे भी साथ रहेगा।" रावण ने लापरवाही से कहा।

"कब तक भला।"

"इसका उत्तर तो पीछे–इस जलदेव से रक्षा होने पर दिया जाएगा। अभी तू अधिक प्रयास न कर, काष्ठ-फलक पर सहारा ले चुपचाप तैरती चल। चिन्ता न कर।"

"मुझे भय था कि अब कहां तू मिलेगा।"

"एक क्षण भी मैंने तुझे नहीं भुलाया और अवकाश पाते ही मैं तेरे लिए भागा आया हूं।"

"तू वीर है रमण!"

"किन्तु आज रात ही कहीं जल-समाधि हुई तो?"

"मैं प्रसन्न हूं, हो जाए।"

"नहीं, मेरा कार्य अभी सम्पूर्ण नहीं हुआ। मैं इस दानव को बिना जय किये लौटूंगा नहीं।"

"क्या तू इतना सम्पन्न है, ऐसी तेरी सामर्थ्य है?"

"अभी बहती चल, अपने को डाल दे इस काष्ठ-फलक पर। और मेरे कण्ठ में डाल दे अपने भुज-मृणाल। बस, चिन्ता न कर।"

दोनों ही उस अगम महासागर में उस क्षुद्र काष्ठ-फलक के सहारे तैरते जा रहे थे। आहत और अशक्त रावण थक गया था। पर उसका साहस अपूर्व था। इसी समय अचानक तरुणी ने चीत्कार करके कहा–

"वह काली वस्तु क्या है, देख!"

रावण ने सिर उठाकर देखा, भुनभुनाते हुए कहा–"तरणी है।" दोनों ने प्रयास करके तरणी को अधिकृत कर लिया। वह उलट गई थी। उसे सीधा किया और स्वयं उसपर चढ़कर उसने तरुणी को भी खींच लिया। और फिर गिर गए तरणी पर निश्चेष्ट, परस्पर-संश्लिष्ट, आबद्ध, मूर्छित।

समुद्र शान्त था और तरणी जलतरंगों पर थिरकती अपनी राह जा रही थी, तीर की ओर।

15 वाचे पुरुषमालभेत

ज्यों ही दोनों की मूर्च्छा भंग हुई, उन्होंने देखा, सूर्य की चमकती हुई सुनहरी धूप में दोनों तीर की रेती पर पड़े हैं, और बहुत से दानवों ने उन्हें घेर रखा है।

रावण उठकर बैठ गया। तरुणी को सम्बोधन करके उसने कहा–"हम कहां हैं?"

"सम्भवतः दानवों के द्वीप में।"

रावण ने आंख उठाकर अपने चारों ओर खड़ी भीड़ को देखा। उनमें आबाल वृद्ध सभी थे। बहुतों का रंग गोरा और मुख सुन्दर था। अपने को बन्धनरहित देख रावण हंसा; उसने हंसकर युवती से कहा–"देखना यह है कि हम बन्दी हैं या अतिथि।"

इस समय शस्त्रधारी दानवों की एक टोली वहां आई। टोली के नायक ने अपना शूल रावण के वक्ष पर रखकर कहा–"चलो, दानवेन्द्र की सेवा में।

रावण ने संगिनी की ओर देखा और चुपचाप खड़ा हुआ। दानवों की एक टोली दोनों बन्दियों को घेरकर ले चली। टेढ़े-मेढ़े रास्ते पार करते हुए वे एक पर्वत पर चढ़ने लगे। बन्दियों के पीछे दानव आबाल वृद्ध थे। सभी कौतूहल से पूर्ण थे। शीघ्र ही यह दल उस छोटी-सी पहाड़ी के शिखर पर चढ़ गया। शिखर पर एक छोटा-सा मैदान था। मैदान के बीचों-बीच जलदेव की विकराल मूर्ति थी। उसके आगे दो यूप थे। दानवों ने दोनों बन्दियों को यूपों से कसकर बांध दिया। थोड़ी देर में दानवेन्द्र मकराक्ष गाजे-बाजे के साथ आया। दानवेन्द्र के साथ ही उसकी महिषी भी थी। महिषी प्रौढ़ावस्था की थी। कभी वह सुन्दरी रही होगी। उसके अंग पर रत्न-मणि-स्वर्ण का बाहुल्य था। वह सुकोमल चर्मसज्जा से सज्जित थी। दानवपति मकराक्ष ने भी मस्तक पर, भुजाओं में वक्ष पर स्वर्ण धारण किया था। उसके एक हाथ में स्वर्ण दण्ड था, दूसरे में मणिकलश। वह धीरे-धीरे कोई मन्त्रपाठ करता आ रहा था। उसके साथ एक ठिगने कद का वृद्ध पुरुष था। उसकी खूब बड़ी लम्बी सफेद दाढ़ी थी। वह कमर में व्याघ्रचर्म पहने था। उसके हाथ में बहुत बड़ा खड्ग था।

दोनों पुरुष यूप के आगे आकर रुक गये। दानवेन्द्र ने महिषी-सहित देवता का पूजन किया। फिर दोनों बन्दियों को मुक्त कर स्नान कराकर उन्हें नवीन वस्त्र धारण कराए। हविष्यान्न खाने को दिया। इसके बाद दानवेन्द्र ने महिषी सहित हवन किया। अग्नि-प्रदक्षिणा करके उसने बलि का पूजन किया। वृद्ध दाढ़ीवाला व्यक्ति 'चरक' था। उसने मन्त्रपाठ करते हुए कहा–

"वाचे पुरुषमालभेत।"

दैत्येन्द्र ने अंजलि में जल भरकर कहा–"वाग्देवतायै पुरुषं पूरकम् आलभेत।" इतना कहकर उसने अंजलि का जल रावण के सिर पर छिड़क दिया।

दाढ़ीवाले पुरुष ने फिरकर कहा–"प्रतीक्षायै कुमारीम्।"

दैत्येन्द्र ने उसी भांति अंजलि में जल भरकर कहा–"प्रतीक्षायै लब्धव्यस्य वस्तुनो लाभप्रतीक्षणाभिमानिन्यै कुमारीमनूढां कन्यामालभेत।

इसके बाद दाढ़ीवाले पुरुष ने पुकारकर कहा–"पशु लाओ।"

तुरन्त ही गाय, घोड़ा आदि सात ग्राम्य पशु और हरिण आदि सात जंगली जीव रस्सियों से बांधकर लाए गए। दाढ़ीवाले पुरुष ने मन्त्र पाठ किया–

"पशूनेवावरुन्धे सप्त ग्राम्याः पशवः सप्तारण्याः सप्तछदांस्युभयस्यावरुध्यै।"

इसके बाद उसने रस्सी लेकर मन्त्र पाठ करते हुए बलि-जीवों को बांधना आरम्भ किया।

पुरुष ने मन्त्र-पाठ किया–

"आददे ऋतस्य त्वा देव हविः पाशेनाऽऽरभे सावित्रेण रशनामादाय पशोर्दक्षिणा बाव्हौ परिवीयोर्ध्वमुत्कृष्य आददे।"

इन मन्त्रों को पढ़कर दानवेन्द्र ने रावण की तथा महिषी ने दैत्यबाला की दाहिनी भुजा रस्सी से बांधकर ऊपर को खींची।

चरक ने फिर मन्त्र-पाठ किया–

"दक्षिणेऽधः शिरसि पाशेनाक्ष्णया प्रतिमुच्य धर्षा मानुषा नित्यमुत्तरतो यूपस्य नियुनक्ति दक्षिणत एकादशाननान्।"

यह मन्त्रपाठ होने पर उन्होंने वही रस्सी सिर की तरफ से लाकर पीछे से पैरों को भी बांध दिया। वध्यों का अंग जकड़ गया।

चरक ने अन्य पशुओं को भी इसी भांति दूसरे यूपों से बांध दिया, जिससे वे हिल-डोल न सकें।

अब उन्होंने मन्त्रपाठ कर फिर अग्निहोत्र किया।

चरक ने उठकर खड्ग उठाया और मन्त्र पढ़ा–

"वज्रो वै स्वधितिः शान्त्यै पार्श्वत्॰।"

और एक पशु का सिर एक ही बार में धड़ से जुदा कर दिया। उसका मांसखण्ड लेकर यजमान दैत्येन्द्र और महिषी ने आहुति दी।

इसी प्रकार मन्त्रपाठ करके एक-एक कर सभी पशुओं को मार-मारकर यज्ञ करना आरम्भ कर दिया।

इस समय बहुत-से दानव वहां आ जुटे थे। उनमें बहुत-से उन मारे हुए पशुओं की खाल उधेड़-उधेड़कर उनका मांस साफ करके बड़े-बड़े भाण्डों में भरकर चूल्हों पर चढ़ाने लगे। चरक ने मन्त्र-पाठ किया–"सुकृताच्छमितारः कृण्वन्तूत मेघं श्रृतपाकं पचन्तु।"

इसके बाद अब दानवेन्द्र मकराक्ष विकराल खाण्डा हाथ में लेकर रावण के सम्मुख आया। उसने कहा–"अरे विश्रवा मुनि के पुत्र, वाणी के देवता के लिए,

जलों के देवता के लिए, अलभ्य वस्तु उपलब्ध होने के लिए मैं तेरी बलि देता हूं। अन्तरिक्ष के देव प्रसन्न हों। जल के देवता प्रसन्न हों। तुझे स्वर्ग मिले। यह पूत खड्ग तुझे पूत करे।"

महिषी ने दैत्यबाला के सम्मुख आकर कहा–

"लब्ध प्रतीक्षा वाले देवता के लिए तुझे मैं बलि देती हूं।"

उसने अपने खड्ग की नोक से उसे छूते हुए अक्षत उसपर फेंके। इसके बाद चरक ने उन्हें पुष्पमाला अर्पित की और सौत्रामणि सुरा दी। बहुत से बाजे ज़ोर से बज उठे।

सुरा पीकर रावण चैतन्य हुआ। आसन्न विपत्ति को उसने देखा। सामने

दूर समुद्र के शान्त जल पर क्षितिज के उस छोर पर जाकर उसकी आंखें ठहर गईं। आशा और उल्लास से उसका हृदय धड़कने लगा। उसने देखा–नील जल-राशि पर सुदूर क्षितिज के पास श्वेत-श्वेत धब्बे दीख रहे हैं। उसने नेत्रों के संकेत से दैत्यकुमारी को भी बता दिया। उसके होंठों के स्फुरण से तथा नेत्रों के आह्लाद से वह समझ गई कि कुछ आशाजनक संदेश है। थोड़ी ही देर में उसने देखा–बहुत-से पोत अपने पाल उड़ाए इधर बढ़े आ रहे थे।

दानवों का उधर ध्यान न था। वे ज़ोर-ज़ोर से बाजे बजा और चिल्ला रहे थे। चरक मन्त्र-पाठ कर रहा था। नरबलि की पूरी तैयारी हो चुकी थी। खड्ग मन्त्रपूत किए जा रहे थे। कुण्ड में बहुत-सी चर्बी, तिल, मांस और ईंधन जल रहा था। बड़े-बड़े भांडों में बलि हुए पशुओं का मांस पकाया जा रहा था। उस भीड़ भाड़ में सब कुछ अव्यवस्थित-सा दिख रहा था।

अब चरक की आज्ञा से दैत्येन्द्र खड्ग लेकर रावण को वध करने आगे बढ़ा। यूप से बद्ध रावण ने अपनी आंखें फैलाकर फिर विस्तृत समुद्र की ओर देखा। अनगिनत तरणियां तीव्र गति से चली आ रही थीं। रावण ने कहा–

"दानवेन्द्र से मेरा एक अनुरोध है। वह धर्मानुबन्धित है।"

"वह क्या है, कह?"

"मैं मुनिकुमार हूं मुझे वेदपाठ करना है।"

"सो तू कर, पर अधिक समय मैं ठहर नहीं सकता।"

"वेदपाठ से दानवेन्द्र का भी कल्याण होगा। चरक से पूछो।"

चरक ने दाढ़ी पर हाथ फेरकर कहा–"विश्रवा मुनि का पुत्र ठीक कहता है, वह वेदपाठ करे।"

रावण ने उच्च स्वर से वेदपाठ करना आरम्भ किया। परन्तु तरणियां अभी बहुत दूर थीं।

मकराक्ष ने कहा–"बस अब और नहीं ठहर सकता।" वह खड्ग लेकर आगे बढ़ा।

रावण की दृष्टि में व्यथा व्याप गई। दैत्यबाला की दृष्टि भी उन्हीं तरणियों पर थी। संकट समुपस्थित देखकर उसने कहा–"मैं कुमारी हूं दैत्यकन्या हूं लब्धव्य की प्राप्ति के लिए पहले मेरी बलि हो।"

चरक ने हाथ उठाकर कहा–"कुमारीमनूढां कन्यामालभेत।"

उसने महिषी की ओर संकेत किया और यज्ञपूत खड्ग महिषी को दिया। महिषी खड्ग लेकर आगे बढ़ी। रावण कुछ प्रतिक्रिया करे, इससे प्रथम ही दानव महिषी का खड्ग बलि पर पड़ा। दैत्यबाला का सिर कटकर नीचे लटक गया। धड़ से रक्त की धारा उमड़ चली। रावण के नेत्रों में अन्धकार छा गया। यूप को उखाड़ने और बन्धनमुक्त होने के उसके सारे ही प्रयत्न निरर्थक गए। दानवों ने देखते ही देखते दैत्यबाला का सिर काटकर यज्ञ वेदी पर चढ़ा दिया। चरक ने मन्त्र पढ़ा–"आदद ऋतस्य त्वा देव हविः।"

देखते ही देखते दैत्यबाला के छटपटाते शव के दानवों ने टुकड़े-टुकड़े कर डाले। मांस-खण्डों को एक बड़े भाण्ड में भरकर पाक करने को आग पर चढ़ा दिया। चरक ने मन्त्र पढ़ा–"शुक्लोदनः शुक्लपुष्पं शुक्लसप्तध्वजाः सप्त प्रदीपाः सप्त स्वस्तिकाः सप्त वाटिकाः सप्त शष्कुलिकाः सप्त जम्बुडिकाः सप्त मुस्तकाः गन्धं पुष्पं ताम्बूलं मांस, सुराग्रभक्तं च बलिर्दातव्यः। ततः सम्पद्यते शुभम्।"

रावण का सारा अंग जड़ हो गया। इस काम में बहुत समय व्यतीत हो गया। अतः रावण के भाव परिवर्तन को किसी ने नहीं देखा। अब चरक ने मन्त्र पढ़ा–"वाचे पुरुषमालभेत।" मकराक्ष चरक के हाथ से पूत खड्ग लेने को आगे बढ़ा। परन्तु इसी समय एक बाण चरक के हलक और तालु को फोड़ता हुआ निकल गया।

मकराक्ष ने देखा–अनगिनत राक्षसों ने चारों ओर से वह यज्ञस्थल घेर लिया है, और वे चारों ओर से बाण-वर्षा करते तथा दानवों का निर्दय संहार करते बढ़े चले आ रहे हैं। यह देखते ही मकराक्ष ने अपनी बगल में पड़ा नरसिंह फूंका। पार्वत्य उपत्यकाओं तथा नगरवीथियों से सहस्रों दानवों के दल-बादल निकल-निकलकर राक्षसों से भिड़ गए। एक तुमुल संग्राम छिड़ गया। मकराक्ष वही मन्त्रपूत यज्ञ-खड्ग लिए हुंकार कर शत्रुओं पर पिल पड़ा। अकस्मात् अकम्पन उछलकर शक्ति

लेकर मकराक्ष के सम्मुख आया। रावण ने चिल्लाकर कहा–"उसे मेरे लिए छोड़ दो मातुल! दानवेन्द्र मेरा पशु है।" और क्षण-भर ही में उन्मुक्त होकर रावण ने अकम्पन के हाथ से शक्ति लेकर मकराक्ष के हृदय में हूल दी। परन्तु मकराक्ष उछलकर बगल में हट गया। इससे प्रहार पूरा न पड़ा। अब वह एक परिघ लेकर रावण पर दौड़ा। रावण ने वज्र के समान तोमरों के निरन्तर आघात से मकराक्ष को जर्जर कर दिया। मकराक्ष लोहू-लुहान होकर भूमि पर गिर गया। इसपर अनगिनत दानवों ने शक्ति, परिघ, शूल, मुद्गर, लेकर रावण पर संयुक्त आक्रमण किया। यह देख सुमाली दैत्य गदा हाथ में ले उनपर टूट पड़ा। दैत्यपति की भीषण गदा की चोट से दानव चटापट मरने लगे। मकराक्ष उनकी लोथों में ढंप गया। परन्तु रावण ने उसका पैर खींचकर बाहर निकाला, फिर उसे अपने सिर के चारों ओर घुमाया और भूमि पर दे मारा। मकराक्ष का सिर फट गया। फिर भी वह मरा नहीं पड़े ही पड़े उसने रावण का पैर खींचकर उसे गिरा दिया। अब दोनों योद्धा परस्पर गुंथ गए। रावण ने मकराक्ष का कवच नाखूनों और दांतों से चीर डाला तथा दोनों वीर निरस्त्र हो मुक्कों और लातों से एक-दूसरे को मारने तथा गुंथकर लुढ़कने लगे। रावण ने क्रोधोन्मत्त होकर इस प्रकार दानव को मथा जैसे आटा गूंथा जाता है। मकराक्ष ने बल लगाकर रावण को दूर धकेल दिया। परन्तु रावण ने तुरन्त उछलकर एक लात दानव की छाती में मारी। लात खाकर दानव रक्त-वमन करने और कराहने लगा। अब रावण ने मुक्के मार-मारकर उसकी पसलियां तोड़ डालीं। दानव की जीभ बाहर निकल पड़ी, वह हांफने लगा। उसकी नाक-कान और मुख से रक्त की धार बह निकली। इसी समय रावण ने अपनी वज्र भुजाओं में उसे सिर से ऊपर उठा लिया और धधकते हुए विराट्-हवन-कुण्ड में फेंक दिया।

दानवेन्द्र मकराक्ष का ऐसा भयानक अन्त देख दानव चारों ओर भयभीत होकर भागने लगे। उन भागते हुए दानवों को राक्षसों ने पटापट मारना आरम्भ कर दिया। शेष दानवों ने शस्त्र भूमि पर रख, भूमि में गिरकर प्रणिपात किया। रावण ने हाथ का खड्ग हवा में ऊंचा उठाकर कहा–"वयं रक्षामः! सब कोई सुनो, आज से यह सुम्बा द्वीप और दानवों के सब द्वीपसमूह रक्ष-संस्कृति के अधीन हुए। हम राक्षस इसके अधीश्वर हुए। जो कोई हमसे सहमत है उसे अभय; जो सहमत नहीं है, उसका इसी क्षण शिरच्छेद हो।"

सभी आबाल वृद्ध दानवों ने भूमि पर लोटकर रक्षपति रावण की अधीनता स्वीकार कर ली। राक्षसों ने वह सुन्दर द्वीप, हर्म्य, सौध, स्वर्ण, रत्न, राज्य अपने अधीन कर लिया। द्वीपों में सर्वत्र रावण की दुहाई फिर गई।

16 सुम्बाद्वीप में

दानवों के उस क्षुद्र द्वीप का नाम सुम्बा था। वह छोटा-सा द्वीप बालिद्वीप के दक्षिणांचल में थोड़ा पूर्व की ओर मुड़कर था। भारतीय महासागर में जो असंख्य अज्ञात छोटे-छोटे द्वीपसमूह हैं, उनमें से एक यह था। द्वीप प्राकृतिक सौन्दर्य से ओत-प्रोत था। सारे द्वीप की परिधि एक योजन से भी कम थी। द्वीप के बीचों-बीच एक लम्बी-चौड़ी झील थी, जिसमें चारों ओर से झरने का पानी आकर जमा होता था। झील के चारों ओर दानवों के पुर थे। द्वीप का आकार अंडे के समान था। द्वीप चुम्बक पत्थर का था, इससे जलयान और तरणी बहुधा यहां नहीं आती थीं। आने से, उनका जलमग्न चुम्बकीय चट्टानों से टकराकर डूब जाने का भय था। परन्तु दानव यहां निर्भय आते-जाते थे। दानवों की यहां सम्पन्न बस्तियां थीं। उनके घर पक्के, राजमार्ग प्रशस्त और पुर में स्थान-स्थान पर हरे-भरे उपवन थे, जिनमें अनेक मौसमी फल और फूल लगे थे। द्वीप की जलवायु अत्यन्त स्वास्थ्यप्रद थी। पुर, घर, हर्म्य, सौध, वन बाग, उपवन, उद्यान, तड़ाग, राजमार्ग सभी कलापूर्ण थे। ऐसा प्रतीत होता था, दानव अत्यन्त कलाप्रेमी हैं–सम्पन्न भी हैं। उनकी सम्पन्नता का तो यही प्रमाण यथेष्ट था कि दानवों तथा उनकी पत्नियों के अंगों पर बहुत से स्वर्ण-आभूषण थे। रत्नाभरण भी वे पहने थीं। दानव-कन्याएं दैत्यों के समान कृष्णवर्णा नहीं होती थीं। उनका रंग तपाए सोने के समान तथा उठाव आकर्षक होता था। दैत्यों की अपेक्षा वे सभ्य और सुसंस्कृत भी थे। दानव जैसे वीर थे, वैसे ही हंसमुख और कलाप्रेमी थे। संगीत नृत्य उन्हें अत्यन्त प्रिय था। उनकी भाषा कर्णमधुर थी और वे प्राकृत बोलते थे।

इस द्वीप के निवासी अत्यन्त परिश्रमी और सहिष्णु थे। वे दोपहर की धूप और गर्मी की परवाह न करके अपने कार्यों में व्यस्त रहते थे। बहुत दानव प्रभात की सुनहरी धूप में अपने खेतों, बगीचों और खलिहानों में काम कर रहे थे। नगर हाट में पण्यक भी थे, शिल्पी भी थे। वे सभी अपने-अपने काम में व्यस्त थे। स्त्रियां भी पुरुषों ही के समान परिश्रमशीला थीं। ये दानव जैसे स्वस्थ और परिश्रमी थे, वैसे ही हंसमुख और मिलनसार भी थे। उच्च रक्त के चिह्न उनमें प्रकट थे।

सुन्दर प्रभात था। प्रभात के इन क्षणों में समुद्रतट की प्रकृति-शोभा देखते ही बनती थी। सर्वत्र एक माधुर्यपूर्ण आलोक छाया था। सुदूर क्षितिज पर फैले हुए फेनिल सागर की गम्भीर तरंगों पर प्रभातकालीन सूर्य की रक्तिम किरणें थिरक

रही थीं। लाल-पीली आभा से उद्भासित आकाश अनन्त की ओर एक धूमिल रेखा बनाता हुआ समुद्र से जा मिला था। इसके नीचे सफेद पक्षी जहां-तहां जल-क्रीड़ारत थे। पछवा हवा कुछ वेग से बह रही थी, और उसके झोंकों से तटवर्ती वृक्ष झूमते हुए एक सीत्कार-सी कर रहे थे। प्रबल वात के थपेड़ों से आन्दोलित महासागर की ज्वार की रौद्र लहरें गम्भीर गर्जन-तर्जन करती हुईं अनवरत गति से तटवर्ती काली और लाल-लाल चट्टानों से टकरा रही थीं। सारा उपकूल श्वेत झागों से भरा था।

रावण अपनी अभिसारिका उस दैत्यबाला का अपनी ही आंखों के सम्मुख निधन देख अत्यन्त व्यथित हुआ। दानवों का दलन करने तथा मकराक्ष की जीवित आहुति देने से उसका क्रोध यद्यपि कम हो गया था, परन्तु उसका मन शोकदग्ध हो रहा था। वह इस समय एकाकी समुद्रतीर पर चित्त शान्त करने और स्वस्थ होने के लिए आया था। वह आज अपने स्वभाव के विपरीत दुःखित था। रह-रहकर उसे दैत्यबाला के साहस और उत्सर्ग की याद आती थी। यद्यपि बलिमांस के साथ उस बाला का मांस भी उसने सब राक्षसों के साथ खाया था, और यह उसके विश्वास के अनुसार उसके प्रति सबसे अधिक पवित्र-व्यवहार था, परन्तु उस प्रियतमा का अभाव उसे इस समय खटक रहा था।

इसी समय उसने देखा, एक दीर्घकाय दानव उसी की ओर चला आ रहा है। उसके साथ ही एक परम सुन्दरी सलोनी बाला है। दानव बहुत लम्बा और कृशकाय था। उसकी साथवाली बाला अनूढा थी। तपाए हुए सोने के समान उसका रंग था। क्षीण कटि और स्थूल नितम्ब थे। वह सोलह सुलक्षणों से युक्त थी। उसके केश काले, सघन, चिकने और घुंघराले थे। वे पाद-चुम्बन कर रहे थे। भौंहें जुड़ी हुई, जंघाएं रोम-रहित, गोल, दांत सटे हुए थे। नेत्रों के समीप का भाग, नेत्र, हाथ, पैर, टखने और जंघाएं सब समान और उभरे हुए थे। नख अंगुलियों की गोलाई के समान गोल थे। हस्ततल उतार-चढ़ाव वाला, चिकना, कोमल और सुन्दर था। उंगलियां समान थीं। शरीर की कान्ति मणि के समान उज्ज्वल थी। स्तन पुष्ट और मिले हुए थे। नाभि गहरी थी तथा उसके पार्श्व भाग ऊंचे थे। वक्षस्थल और दोनों पार्श्व उतार-चढ़ाव वाले थे। शरीर के रोम कोमल थे। दोनों चरणों की उंगलियां और तलुए ये बारहों भूमि से भली भांति सट जाते थे। हाथ-पैर लाल थे। उनमें यवन की रेखाएं थीं। मन्द मुस्कान निरन्तर उसके होंठों पर खेल रही थी। ऐसी ही सुलक्षणा सुकुमारी दानव की वह बेटी थी।

दानव ने धीरे-धीरे रावण के निकट आकर उसे 'स्वस्ति' कहा। लाज से सिकुड़ी हुई तथा शोभा और कोमलता से परिपूर्ण उस बाला को नीची आंखें किए

उस दानव के पास खड़ी देख एक बार रावण चमत्कृत हो गया। उसने दानव से कहा—"महाभाग! आप कौन हैं, और मेरे निकट आने में आपका क्या प्रयोजन है?"

"आप विश्रवा मुनि के पुत्र रावण पौलस्त्य हैं न?"

"वही हूं।"

"तो मेरा आप ही से काम है रक्षराज!"

"आपने क्या रक्ष-संस्कृति स्वीकार कर ली है?"

"निस्संदेह, और मैं आपके अधीन हूं।"

"तो महाभाग, यह वैश्रवण रावण पौलस्त्य आपका क्या प्रिय कर सकता है? परन्तु आप कौन हैं? पहले यह कहिए।"

"मैं दनुपुत्र मय हूं।"

"आप प्रजापति के वंश के हैं, मैं आपको अभिवादन करता हूं।"

"तो सौम्य रावण, मेरी कथा सुनो।"

"सुन रहा हूं।"

"काश्यप सागर-तट पर हिरण्यपुर के निकट मेरा पुर है, और मैं दैत्यपति विरोचन का बान्धव हूं। कदाचित् तुमने सुना हो, एक हेमा नाम की अप्सरा उरपुर की निवासिनी थी। उसे देवों ने मेरे लिए दे दिया था। चिरकाल तक मैं उसके साथ आनन्द से रहा। परन्तु आज चौदह वर्ष बीत रहे हैं, वह मुझे छोड़कर फिर देवों के पास चली गई। उसके सुख-विलास के लिए मैंने एक अतिसुन्दर नगर की रचना की थी, जो स्वर्णमय था। उसमें मैंने उस सुन्दरी के लिए मणि-महल बनवाया था, जो आज चौदह वर्षों से सूना हो रहा है। मैं उस प्रिया के विरह से व्याकुल, असमय ही में वृद्ध हो गया हूं, और द्वीप-द्वीप में भटक रहा हूं।"

"यह कन्या उसी के गर्भ से उत्पन्न हुई है। अब यह युवती हुई। तुम ऋषिपुत्र हो, विक्रमशील हो तथा प्रजापति के वंश का रक्त तुममें है, इससे मैं यह अपनी सुलक्षणा कन्या तुम्हें देता हूं। मेरे पास बहुत स्वर्ण-रत्न है—वह सब भी मैं तुम्हें देता हूं। मेरे दो पुत्र, इस कन्या के भाई, बड़े वीर और मेधावी हैं। राजसभा के नियमों को जानते हैं, उन्हें भी मैं तुम्हारी सेवा में नियुक्त करता हूं। अब तुम यह मेरा उपहार स्वीकार करो, मुझे सम्प्रहर्षित करो, अनुबन्धित करो।"

बूढ़े दानव की यह बात सुनकर रावण ने कनखियों से चरण-नख से भूमि कुरेदती हुई उस नव किसलय-कोमल तन्वङ्गी बाला की ओर देखा तो उसका सम्पूर्ण तारुण्य जाग्रत् हो गया।

रावण ने पूछा–"महाभाग, आपकी इस कन्या का नाम क्या है?"

मय दानव ने कहा–"इसका नाम मन्दोदरी है।"

"तथास्तु महाभाग, अग्नि प्रज्वलित करो, मैं उसकी साक्षी में धर्मपूर्वक आपके कन्यारत्न को ग्रहण करूंगा।" बूढ़े दानव ने तत्काल सूखी समिधाएं चुन लीं और अग्नि-पाषाण से अग्न्याधान किया। रावण ने कन्या का हाथ पकड़कर कहा–"गृह्णामि ते सौभगत्वाय हस्तम्"। दानव मय ने एक अमोघ शक्ति उसे भेंट देकर कहा–"स्वस्ति, तुम्हारा कल्याण हो, पौलस्त्य मुनिकुमार, यह दिव्य शक्ति लो। इसके रहते तुम विश्व में अजेय हो। अब मैं चला।"

वृद्ध दानव एक ओर जाकर पर्वत–श्रृंखलाओं में गायब हो गया।

रावण ने नववधू की ओर देखकर कहा–"वरं ब्रूहि।"

वधू ने तिरछी दृष्टि से उसकी ओर देखकर कहा–"अलमलम्। प्राप्तं सर्वम्।"

तब रावण ने अपनी उत्तरीय के छोर से बाला का उत्तरीय बांध लिया और खड्ग कोष से खींच उसकी धार बाला के चरणनख से छुआकर उसे अंक में समेटते हुए कहा–"चलो फिर, रक्षकुलमहिषी मन्दोदरी!"

और दूसरे ही क्षण सद्यः विजित दानवों की वह सुरम्य पुरी, प्रासाद, हर्म्य, सौध सब रंग-विरंगी पताकाओं और दीपावलियों से चित्रित-विभूषित, विविध वाद्यों और हर्ष कोलाहल से आपूर्यमाण हो गए।

17 मधुयामिनी

वक्रगतिका, क्षीण-कलेवरा, विमल-सलिला, शैल नदी के समान दानव की बेटी मन्दोदरी की देहयष्टि थी। माधुर्य और सौकुमार्य का उसमें विचित्र सामंजस्य था। दानवों के राजप्रासाद में मणि-माणिक्य और श्रृंगारसज्जा की कमी न थी। दासियों और चेटिकाओं का भी अभाव न था। रावण की आज्ञा से दानवेन्द्र का मणिमहालय मन्दोदरी के लिए सज्जित किया गया। एक सहस्र दानव कुमारियां उसकी सेवा-शुश्रूषा के लिए नियुक्त कर दी गईं। उन्होंने कृशांगी मन्दोदरी को सुगन्धित उबटन लगा, सुगन्धित जलों से स्नान कराया। केशों में मधूच्छिष्ट-मृगमद लगा, चोटी गूंथ, उनमें मुक्ता गूंथे। कपोलों पर रोध्रसंस्कार

किया, मस्तक पर हीरकचन्द्र, कानों में नीलमणि कुण्डल और कण्ठ में महार्घ मुक्ताओं की माला धारण कराई। कोमल क्षौम कंचुक से उन्नत स्तनबन्ध किए। वक्ष पर कुंकुम-कस्तूरी-अगुरु का लेप किया। भाल पर गोरोचन की श्री दी। अधरोष्ठों को ताम्बूल-रंजित किया। सर्पिणी के समान उसकी पदचुम्बिनी वेणी लटकने लगी। इन्द्रनीलमणि की मेखला धारण करने से उसकी कटि की शोभा सागर के समान हो उठी। उसकी उज्ज्वल धवल दन्तपंक्ति, उसके लाल अधरोष्ठों से यत्किंचित् सीत्कार-सी करती हुई प्रश्वासों के साथ निकलती हुई अप्रतिम सुषमा प्रसार कर रही थी। उसके कमल के समान बड़े-बड़े नयनों में काजल की रेख ऐसी प्रतीत होती थी। जैसे नई कटार पर फिर धार चढ़ा दी गई हो। उसकी बंकिम भौंहों के नीचे मदिर दृष्टि मदवर्षा कर रही थी। वह पूर्ण चन्द्र के समान सुषमावाली, कृशोदरी नख-शिख श्रृंगार कर विश्रुत विश्रवापुत्र मुनिकुमार रावण पौलस्त्य के सान्निध्य में जाने के कारण लाज के भार से सिकुड़ी-सी जा रही थी।

इस प्रकार अतर्कित, आकल्पित रीति से प्राणरक्षा होने, अपनी अभिसार-नायिका का देखते-देखते ही वध होने तथा दानवों के द्वीप के साथ दानवपुत्री मन्दोदरी को प्राप्त करने के कारण रावण एकबारगी ही अस्त-व्यस्त हो उठा। अभी वह स्वस्थ नहीं था। परन्तु दिव्यस्वरूपा मन्दोदरी के लिए उसका सम्पूर्ण तारुण्य विकल हो रहा था। मनोरम सान्ध्यवेला थी। प्रबल पराक्रमी रावण उस समय प्रमदवन में विचरण कर द्वीप की सुषमा देख रहा था। चन्द्रमा की किरणें पर्वतीय प्रदेश में रजत-कण बखेर रही थीं। शीतल-मंद-सुगन्ध समीर से हिल-हिलकर, वृक्षों से झड़-झड़कर, पुष्प बिखर रहे थे, जिनके कारण वहां का प्रदेश पुष्पमय हो गया था। चारों ओर पर्वत की छोटी-बड़ी, परस्पर गुंथी हुई श्रृंखलाएं, उनके बीच में कान्तिमान् कर्णिकार के सघन वन, कदम्ब, मौलसिरी, चम्पा, नागकेसर, अशोक, आम, केवड़ा, चिरोंजी, नारियल और कटहल के वृक्ष शोभा दे रहे थे। रावण द्वारा अभय पाए हुए सुभट दानव तारुण्य से परिपूर्ण मदमाती स्त्रियों के साथ जहां-तहां विहार कर रहे थे। मधुर कण्ठवाली किन्नरियों की स्वर लहरी वायु में तैर रही थी, जिससे रावण का तारुण्य शत-सहस्र-मुख होकर जाग रहा था। प्रासाद में अप्सराएं तथा दानव-किशोरियां राजमहिषी मन्दोदरी का श्रृंगार करती हुईं वीणा, मृदंग, मुरज, मुरली के साथ कोकिलकण्ठ से गान कर रही थीं। मौलसिरी और बकुल के पुष्पों की भीनी महक से वातावरण सुरभित हो रहा था। वसन्त की मकरन्द-गन्ध और विविध पुष्पों के सौरभ से रावण मस्त हो गया। वह सुवासित मद्य पी-पीकर कामदग्ध हो विरहियों के समान लम्बी-लम्बी सांसें लेने लगा।

आकाश में चन्द्रोदय हुआ। कभी वह चन्द्रमा की ओर देखता, कभी दूर तक फैले हुए सागर विस्तार को।

इसी क्षण लाज के भार से सिकुड़ी, पुष्पभार से लदे वृन्त की शोभाधारिणी मन्दोदरी को सखियों समेत धीरे-धीरे प्रमदवन में आते देखा। वह अधीर होकर दोनों हाथ फैलाकर आगे बढ़ा किन्तु कुछ सोचकर जहां का तहां रह गया। इस समय मन्दोदरी के अंग पर जैसे छहों ऋतुएं वास कर रही थीं। विविध पुष्पों के मनोरम और कलापूर्ण आभूषण धारण किए, जिन्हें किन्नरियों और दानव-कुमारियों ने गूंथा था, वह मूर्तिमती वनश्री-दीख रही थी। उसकी देह में अंगराग लगा था, केशों में कल्पवृक्ष के फूल गुंथे थे। उसके नेत्र ऐसे थे जो बरबस मन को खींच लेते थे। पुष्ट नितम्ब, पूर्णचन्द्र-सा मुख, धनुष-सी बांकी भौंहें, गजराज की सूंड-सी सटकारी जंघाएं और नवपल्लव से भी कोमल उसके हाथ अनायास ही देखनेवाले के मन को मोह लेते थे।

एक चेटी ने कहा—"भर्तृदारिके, देखो, वह सागर-तीर पर धवल रमणीय सारसों की पंक्ति कैसी भली लग रही है।

मनोरम है किन्तु मैं श्रमित हूं; आओ, यहाँ माधवी-लतामण्डप में विश्राम करें।"

मन्दोदरी लतामण्डप में रखी स्फटिक-शिला पर बैठ गई। सखियों ने उसे चारों ओर से घेर लिया। इसी समय एक चेटी ने आड़ में खड़े रावण को देख लिया।

उसने मन्दस्मित संकेत करते हुए कहा—"अरे, वह कौन है?"

मन्दोदरी ने बड़े-बड़े कमल-से नेत्र उठाकर देखा—उसके नेत्र लाज और चाह से भर गए।

मन्द मुस्कान करके उसने कहा—"आर्यपुत्र ही तो हैं। अब क्या करूँ?" रावण ने भी यह देखा। वह धीरे-धीरे आगे आया। मन्दोदरी ने खड़ी होकर कहा—

"जयत्वार्यपुत्र! इदं आसनम्।"

"अये मन्दोदरि! आस्यताम्।"

"यदार्यपुत्र आज्ञापयति।" दोनों स्फटिक-शिला पर बैठे। चेटियां दूर खिसक गईं। मन्दोदरी ने कहा—आपका मुख जल से भरे हुए मेघों के समान अश्रुक्लिन्न है, इसका क्या कारण है?"

"आहा काशकुसुम-रेणु आंख में गिर गया, उसी से।"

मन्दोदरी ने व्यग्रभाव से चेटी को पुकारकर कहा—"अरी, सुखोदक लाओ।"

चेटी दौड़कर गई। सुखोदक ले आई। रावण ने मुख-प्रक्षालन किया। वह मन में सोचने लगा—यह नवोढ़ा बाला मेरे मन की सच्ची व्यथा सुन क्या कहेगी? यों तो

यह धीर स्वभाव की दीख पड़ती है, परन्तु स्त्री स्वभाव ही अधीर है। इसीसे प्रिया से मुझे झूठ बोलना पड़ रहा है।

इसी समय चेटी ने आकर निवेदन किया– "समुद्र-गृह में शय्या-सज्जित है।"

सखियों ने रावण के संकेत से मन्दोदरी को उठाया और समुद्र-गृह की ओर ले चलीं। समुद्रगृह के द्वार पर जाकर सब ठिठक गईं। रावण ने हाथ पकड़कर मन्दोदरी को भीतर लिया। सखी-चेटिकाएं लौट गई। प्रासाद में मंगलवाद्य बज रहे थे तथा नृत्यांगनाएं मंगल-गान कर रहा थीं। कक्ष में सुगन्धित तेल के दीप बड़े-बड़े दीपाधारों पर चल रहे थे। कृशोदरी मन्दोदरी को अंक में भरकर रावण ने उसके शतसहस्र चुम्बन ले डाले। फिर उसने उसकी आंखों में आंख डालकर कहा–"प्राणसखि! क्या यह स्वप्न नहीं है? क्या सचमुच ही तुम, मूर्तिमती कौमुदी आज मेरे सान्निध्य में हो? तब क्या दानव मकराक्ष ने मेरी बलि नहीं दी? वह सब स्वप्न था?"

मन्दोदरी ने पलकों में मुस्कान भरके कहा–"सत्य था। मैंने आपको बलियूप में बंधे देखा।"

"तब तुमने यह भी आशा की थी कि यह यूपबद्ध बलि-पुरुष तुम्हारा पति होगा?"

"आशा नहीं, कामना की थी। पितृचरण से मैंने आग्रह किया था, वे तुम्हारी रक्षा करें।"

"फिर?"

दानवेन्द्र मकराक्ष ने पितृचरण का अनुरोध नहीं माना। इसी से पितृचरण ने अपने बान्धव दानवों से विद्रोह किया। उन्होंने दानवेन्द्र के विरुद्ध तुम्हारे पक्ष में युद्ध किया था।"

"कहां? यह तो उन्होंने कहा नहीं।"

"न कहने से क्या, पितृचरण आत्मश्लाघा नहीं चाहते।"

"मैं उनका उपकृत हूं; क्या मैं उनका कुछ प्रिय कर सकता हूं?"

"यदि तुम मातृचरण का उद्धार कर सको।"

"कहां हैं वे?"

"उरपुर में, देवों के सान्निध्य में।"

"किसके?"

"वारुणों के।"

"किन्तु···"

"क्या?"

"वहां वे क्या स्वेच्छा से हैं?"

"मैं नहीं जानती; जब वे गई, मैं बहुत छोटी थी।"

"कोई सन्देश मिला?"

"नहीं।"

"अच्छा, समय पर याद दिलाना। दिक्पाल वारुणों को देखूंगा मैं।"

"अनुगृहीतास्मि।"

"क्या तुम मुझे पाकर प्रसन्न हुईं प्रिये?"

"यह तो अधिक से भी अधिक है।"

"तुमने पहले कभी मेरा नाम सुना था?"

"केवल क्षण-भर मैंने तुम्हें बलि-यूप में बंधा हुआ देखा था, उसी क्षण मैंने अपने को तुम्हारे पादपद्म में अर्पित कर दिया।"

"यदि मैं बलि हो जाता।"

"तो मैं भी · · ·।"

रावण ने प्यार-छलकती आंखों से मन्दोदरी की ओर देखकर कहा–

"अपरिचिता ही?"

"अब और परिचय क्या?"

"एक और ने भी कदाचित् यही सोचा।

"कौन?"

"वह दैत्यबाला।"

"वह बलि?"

"हां प्रिये!"

"कौन थी वह?"

"अभिसार-सखी। दो दिन पूर्व उसे प्रथम क्षण देखा, प्रणय हुआ, विग्रह हुआ, बन्दी हुआ। जलदेव से उसने मेरे जीवन की रक्षा की, और यहां बलि-यूप में बंधे-बंधे अपना जीवन दे मेरे प्राणों की रक्षा की।"

"अहा, सुपूजिता है वह दैत्यबाला। अभिनन्दन करती हूं। इसीसे आर्यपुत्र के नेत्र वाष्पाकुल हैं?"

"इसीसे। कल भोर में उस हुतात्मा की स्मृति से विकल-विदग्ध जब मैं शून्य हृदय, शून्य दृष्टि से सूने सागर की लहरों को देख रहा था, दिव्यांगने, तूने न जाने

कहाँ से पारिजात कुसुमकलिका-सी कहीं से अवतरित होकर मेरे विदग्ध प्राणों को शीतल कर दिया। कह सुभगे, किस देव की कृपा से ऐसा हुआ?"

"जलदेव की कृपा से–जिसे तुमने जीवित दानवेन्द्र की आहुति दी" –वह हंस पड़ी। कुन्द-कली-सी धवल दन्तपंक्ति से रावण ने विमोहित हो मन्दोदरी को वक्ष से लगाकर कहा–"उस जलदेव की जय हो!"

"अरे, यह क्या कह दिया?"

"क्या हुआ?"

"अनर्थ, अनर्थ!"

"कैसा?"

"तुमने जलदेव का जय-जयकार किया।"

"तो फिर?"

"जलदेव तो दिक्पति वरुण हैं, वारुणेयों ने मेरी माता का हरण किया है। उन्हें तो तुमने विमर्दित करने का वचन दिया है।"

"अवश्य दिया है, किन्तु उनके विमर्दित होने पर जो नये जलदेव होंगे उनकी जय, जय!"

"वे कौन?"

"तेरे पितृचरण, वैश्रवण रावण पौलस्त्य के अकारण मित्र।"

"तुम धन्य हो आर्यपुत्र!"

"परन्तु मैं आर्य नहीं।"

"आर्यपुत्र!"–मन्दोदरी रावण के वक्ष से जा लगी।

"अच्छा, अभी यही सही। भविष्य में मुझे रक्षपति कहना।"

स्निग्ध चांदनी रात थी। समुद्र की आनन्ददायक वायु के झोंके आ-आकर युगल दम्पती के हृदयोल्लास को आन्दोलित कर रहे थे। रावण मुग्ध दृष्टि से मन्दोदरी को देख रहा था, जो चन्द्रज्योत्स्ना की रजत-प्रभा में हीरक मणि-सी दिप रही थी।

दानव कन्याएं अलक्ष रहकर मंगल गान कर रही थीं। सिंहद्वार पर बादलों की गर्जना के समान नगारे बज रहे थे। रावण अतृप्त दृष्टि से लज्जावनमिता क्षीण कटिवाली मन्दोदरी को दृष्टि से मानो पी रहा था। मन्दोदरी ने मन्द मुस्कान से कहा–

"अब क्या सोच रहे हो?"

"तू ही कह।"

"उसी महाभागा अभिसार-सखी की बात।"

"नहीं, तेरी।"

"मेरी क्या?"

"तेरा कुसुम-कोमल, अमल-धवल-तरल गात्र है; जैसे छूने से ही मैला हो जाएगा।"

मन्दोदरी ने बंकिम कटाक्ष करके पति की ओर देखा, फिर हंसकर कहा–"छूकर देखा।"

"इतना तो यथेष्ट नहीं होगा प्रिये।"

"यथेष्ट कितना होगा?"

"तुझे समूची ही यदि मैं अपने में समा पाऊं तो।"

"तो?"

"आह, परम सुख की उपलब्धि हो।"

"परम सुख की उपलब्धि करो तुम।"

"तेरी अनुमति है, पर मेरा साहस कहां है?"

"दानवेन्द्र मकराक्ष की जीवित आहुति देने में सब समाप्त हो गया?"

"नहीं। देख रहा हूं तुझे आक्रान्त करने योग्य साहस मुझमें कभी का है ही नहीं।"

मन्दोदरी रावण के वक्ष से आ लगी। उसने मृदुल कण्ठ से कहा–"मैं तो तुम्हारी अनगुता हूं, दासी हूं। मुझसे तुम्हें सुखोपलब्धि हो तो अहोभाग्य!"

रावण ने मन्दोदरी का चुम्बन किया और फिर कहा–

"सब कुछ अनिर्वचनीय-सा प्रतीत हो रहा है।"

"क्या?"

"जैसे आज तेरे सान्निध्य में मेरा अहं गला जा रहा है। मैं जैसे खोया जा रहा हूं।"

"ऐसा ही तो मैं अनुभव करती हूं आर्यपुत्र!"

"क्या तेरे लिए भी यह नई अनुभूति है?"

"है तो।"

"अहा, तो चल, वह पुष्पशय्या है, सुखासन है, सुरभित मद्य है, वासन्ती पवन है, प्राणों में प्राणों के लय होने का क्षण है।" उसने उस अनिन्द्यदानवनन्दिनी कृशोदरी मन्दोदरी को हृदय से लगाकर कहा–

"समापो हृदयानि नौ!"

18

स्वर्ण-लंका में

सम्पूर्ण वसन्त बीत गया। उसी मनोरम द्वीप में ताल, तमाल, हिन्ताल की सघन छायावाले स्थलों से परिपूर्ण उस रम्यस्थली में नव-वधू दानव-नन्दिनी मन्दोदरी के साथ रावण ने स्वच्छन्द मधुकाल व्यतीत किया। कभी मणिमहल के प्रतिबिम्बित कक्ष में, कभी उज्ज्वल फेनराशि से भरे हुए समुद्र-तट पर, कभी विहंगजन-कूजित वनस्थली में, कभी किसी शीतल पर्वत की उपत्यका में, कभी उस शान्त-स्निग्ध झील के निर्मल जल में, प्रतिबिम्बित चन्द्र के कांपते हुए प्रतिबिम्ब के सान्निध्य में, युगल प्रेमियों ने अपने मधु-दिवस यापन किए। दोनों ने दोनों में अपने प्राणों का विलय किया। दोनों ने दोनों को अपना आत्मार्पण किया। रावण और मन्दोदरी का संयोग–शौर्य और श्रृंगार का संयोग था। अभाव में भाव की पूर्ति थी। कुलिश-कठोर पौरुष नारी की आंच पाकर पिघलकर मोम हो गया। यह रक्षपति रावण, जिसने अब तक अपने उदग्र जीवन में परशु और धनुष ही स्पर्श किया था, इस रमणीरत्न दानवनन्दिनी कृशोदरी मन्दोदरी को स्पर्श कर आप्यायित हो गया।

सम्पूर्ण वसन्त की मधुयामिनी सुवासित मद्य, सुधा-संगीत और पुष्पवल्लरी-सी प्रिया के मृदु-मधुर आलिंगन में व्यतीत हुई। यहीं उसने मातुल प्रहस्त द्वारा कुबेर धनपति का निमन्त्रण पाया। उसने अपने नाना से परामर्श कर सब मनोरथ संकल्प सोच-विचार कर लंका में प्रवेश करने का निर्णय किया। धूर्त सुमाली ने देखा यही वह स्वर्णलक्ष है। अब सभी पार्श्ववर्ती द्वीप जय कर लिए गए थे। सभी जगह रावण की रक्ष-संस्कृति की दुहाई फिर गई थी। देव, दैत्य, दानव, नाग, असुर, यक्ष, जो रावण की रक्ष-संस्कृति स्वीकार कर लेता था, वही राक्षस नाम से अपने को सम्बोधन करता था। इस प्रकार राक्षसों की एक नई संयुक्त महाजाति संगठित हो चली थी, जिसमें भारतीय महासागर के दक्षिणांचल में फैले हुए द्वीपों में बसनेवाले देव, दैत्य, दानव, नाग, असुर, यक्ष–सभी सम्मिलित थे। सभी का एक ही नारा था–"वयं रक्षामः!" इसी नारे के नाद पर रावण के विकराल परशु के नीचे दक्षिणांचल में फैली हुई सारी ही असुर जातियां एक सूत्र में गुंथ रही थीं। यह सूत्र था "रक्ष-संस्कृति" और उसका प्रस्तोता था रावण पौलस्त्य–राक्षसों का अधिपति।

उसने उन द्वीपों के राज्य-प्रबन्ध, व्यवस्था और सुरक्षा का उत्कृष्ट प्रबन्ध किया। दानवों के इस द्वीप-समूह का राज्याधिकारी मामा अकम्पन को बनाया,

तथा बालीद्वीप, यवद्वीप, मलयद्वीप के राज्यभार विश्वस्त राक्षसों को देकर, सुमाली को संग ले, रावण ने बहुत-से विश्वस्त और सुभट राक्षसों के साथ तरणियों में बैठ, द्वीपों से प्राप्त बहुत-सा स्वर्णरत्न साथ ले लंका की ओर प्रस्थान किया। सुमाली दैत्य की चिर अभिलाषा सम्पूर्ण हुई। लंका में रावण का कुबेर ने यथावत् सत्कार किया। उसे पृथक् महल रहने को दिया। प्रेम और सौहार्द से सब सुविधाएं प्रस्तुत कर दीं। साथ ही बहुत सी धन-सम्पदा भी दी। उसने स्पष्ट कहा–"भाई, यह लंका जैसी मेरी है, वैसी ही तुम्हारी भी है। इसलिए मेरे राज्य में तुम सुख से रहो।"

परन्तु रावण के तो उद्देश्य और दृष्टिकोण ही कुछ और थे। वह न केवल दक्षिण की इन सब अनार्य जातियों को एक सूत्र में बांधकर एक सम्मिलित नई जाति राक्षसों की बनाना चाहता था, वरन् वह आर्यों और अनार्यों के भेद को भी नष्ट कर देना चाहता था, वास्तव में उसमें आर्य और अनार्य दोनों ही रक्तों का मिश्रण था, इसलिए वह चाहता था कि दोनों जातियां सब भेदभाव भूलकर एक हो जाएं। इसीलिए उसने वैदिक-अवैदिक सारी प्रथाओं और परम्पराओं को मिला-गलाकर 'रक्ष-संस्कृति' की स्थापना की थी।

'वयं रक्षामः' उसका नारा था। वह कोई राज्य का वैसा लोलुप न था, परन्तु शौर्य-विक्रम उसमें बहुत था। वह जानता था, जब तक लंका पर राक्षसों का अकंटक राज्य न हो जाएगा, राक्षसों की यह जाति प्रतिष्ठित नहीं होगी। इसी से वह सुमाली के बढ़ावे में आ गया।

परन्तु अब, जब उसने लंका की समृद्धि देखी, कुबेर का वैभव देखा, सौध, हर्म्य, वीथी, राजमार्ग देखे, मणिरत्न और स्वर्ण के भण्डार देखे, नगर-कोट, राजप्रासाद, नन्दन वन, अशोक-वन और हाट देखे, तो वह लंका पर मोहित हो गया। उसने यह दृढ़ निश्चय कर लिया कि लंका की केवल भौगोलिक स्थिति ही नहीं, उसकी राजनीतिक स्थिति भी ऐसी है कि इसी द्वीप से सारे दक्षिणतट पर राक्षसों का अनुशासन कायम किया जा सकता है।

परन्तु कुबेर उसकी सबसे बड़ी बाधा था। कुबेर ही क्यों, यक्ष जाति ही उसके उद्देश्य की पूर्ति में बहुत बड़ी बाधा थी। रावण ही की भांति कुबेर दिक्पाल ने भी यक्षों की एक नई जाति देव, दैत्य, दानव, असुर और नागों में से संगठित की थी। उसका नारा था–'वयं यक्षामः' अर्थात् हम भोगेंगे। इसका अभिप्राय यह था कि विश्व के भोग-ऐश्वर्य हम भोगेंगे। यह नारा बुरा न था। फिर धनपति कुबेर, किसे नहीं रुचेगा। बस, बहुत से नाग, देव, दैत्य, असुर उसकी यक्ष-संस्कृति के अधीन हो गए। यक्षों का काम खूब भोग-विलास करना, मद्य पीना, खूब खाना-पीना

और मौज करना था। कुबेर ने सभी यक्षों को धन-सम्पदा से सम्पन्न कर दिया था। इसीसे लंका में यक्ष खूब मौज-मजा करते थे। दिक्पति कुबेर की छत्र-छाया में उन्हें किसी बात का भय न था। परन्तु रावण ने आकर उनकी सारी व्यवस्था ही भंग कर दी। उसके नव-दीक्षित राक्षस 'वयं रक्षामः' का नारा लगाते, जहां-तहां उपद्रव करते, यक्षों को चिढ़ाते, कभी-कभी मारपीट भी कर बैठते थे। शस्त्राघात भी होने लगे। यक्षपति ने समझा था कि जैसे शान्तिपूर्वक हम यहां रहते हैं उसी तरह रावण भी रहे, खाए-पिए मौज-मज़ा करे। सभी तो कहते हैं–'वयं यक्षामः' बहुत अच्छा मूलमन्त्र है। तभी तो नाग, असुर, देव, दैत्य, दानवों ने अपने कुलधर्म का यक्ष जाति में संगठित होना पसन्द किया है। फिर यह रावण क्यों नये उपद्रव खड़ा करता है? यह नई 'रक्ष-संस्कृति' क्या बला है?

धीरे-धीरे लंका में बहुत उपद्रव होने लगे। वहां का वातावरण बहुत क्षुब्ध हो उठा। यक्ष लोग राक्षसों से डरकर घर में छिपकर बैठने लगे। राक्षस जहां किसी इक्के-दुक्के यक्ष को देखते, वे 'वयं रक्षामः' का नारा उठाते। समर्थन न होने पर परिघ, शूल, परशु चला उसे मार डालते। फिर भून-पकाकर खा डालते थे। धीरे-धीरे राक्षसों के ये अत्याचार इतने बढ़ गए कि एक बार धनपति कुबेर ने रावण से बातचीत की। कुबेर ने कहा–आयुष्मान् रावण! तू यह क्या अनर्थ करता है, नगर के शान्त जीवन को अशान्त बनाता है। तुझे चिन्ता क्या है? रहने को तेरे पास महालय है। धन-धान्य, दास-दासों का अभाव नहीं। खा-पी और मौज कर। हम यक्षों की यही संस्कृति है। यही नारा है—'वयं यक्षामः'।

रावण ने कहा–आप ज्येष्ठ हैं, पूज्य हैं, परन्तु हम आपसे सहमत नहीं हैं। खाना-पीना, मौज करना जीवन का ध्रुव ध्येय नहीं। मेरा नाम है–'वयं रक्षामः।' हम प्रजापति के वंशधर हैं। एक ही पिता कश्यप से भिन्न-भिन्न माताओं से दैत्य, दानव, नाग, असुर और आदित्यों की उत्पत्ति हुई है। हम दायाद बान्धव हैं। मैं नहीं चाहता कि आदित्य, देव, दैत्य, दानव, नाग, असुर अपनी पृथक् जाति बनाएं उनमें संघर्ष हो, युद्ध हो। मैं विश्व में नृजाति को एक ही संस्कृति के अधीन करना चाहता हूं और वह संस्कृति मेरी स्थापित की हुई रक्ष-संस्कृति है। हम कहते हैं–'वयं रक्षामः' और हमारी संयुक्त जाति है–'राक्षस'।

"परन्तु हम तो यक्ष हैं। हमारा नारा भी पृथक् है। हम तुमसे सहमत नहीं हैं।"

"आप मेरे ज्येष्ठ भ्राता हैं, पूज्य हैं, इसी से मैं आपको छोड़ता हूं। नहीं तो मेरा एक यह भी नियम है कि हमसे–हमारी रक्ष-संस्कृति से–जो सहमत है, वह

अभय। जो सहमत नहीं है, उसका उसी क्षण हम परशु से शिरच्छेद करते हैं; जैसा कि हमने नागराज वज्रनाभ और दानवेन्द्र मकराक्ष का किया।"

"तो आयुष्मान्! यह तो स्पष्ट युद्ध-निमन्त्रण है। मैंने तुझे इसलिए तो लंका में बुलाया नहीं है।"

"आपने मुझे लंका में बुलाकर अपनी ही मर्यादा की रक्षा कर ली। आप "यदि ऐसा न करते तो मैं स्वयं आता–उसी प्रकार जैसे मैं अन्य द्वीपों में गया हूं।"

"समझ गया, आयुष्मान् मुझसे युद्ध चाहता है।"

"नहीं, बस आप हमारी रक्ष-संस्कृति स्वीकार कर लें।"

"परन्तु मैं यक्षपति, दिक्पाल धनेश कुबेर हूं।"

"सो ठीक है, वह रहें। केवल आप कहिए–'वयं रक्षामः।'

"नहीं, तुम्हीं कहो–'वयं यक्षामः'।"

"वयं रक्षामः।"

"वयं यक्षामः।"

"नहीं।"

"नहीं।"

"तो आपकी सेवा में मेरा यह परशु है।" रावण ने अपना विकराल परशु कुबेर के सम्मुख हवा में घुमाया।

कुबेर ने भी अपनी वज्र गदा लेकर उसे वायु में घुमाकर कहा– "तुम्हारे इस परशु का जवाब मेरी यह गदा है।"

इसी समय सुमाली झपटता हुआ आकर दोनों क्रुद्ध सरदारों के बीच में खड़ा हो गया उसने दोनों के शस्त्रों का निवारण करके कहा–"ऐसा नहीं रक्षपति! ऐसा नहीं यक्षपति!"

"तो फिर कैसा?"

"आप दोनों के बीच एक मर्यादा है। रावण आपका अनुज है–छोटा भाई है।"

"इसीसे क्षमा करता हूं। इसीसे मैंने उसे अपनी लंका में आने दिया।"

"लंका आपकी नहीं, मेरी है। परन्तु इस बात को जाने दीजिए। इस द्वन्द्व का कैसे निराकरण हो, इसका निर्णय अपने पूज्य पिता पर छोड़िए। उनसे जाकर परामर्श लीजिए। वे जैसा कहें वही कीजिए। आप दोनों ही के वे समान हितैषी हैं। पिता हैं।"

कुबेर ने कहा–"तथास्तु!"

रावण ने भी कहा–"तथास्तु!"

कुबेर ने कहा–"वयं यक्षामः।"

रावण ने कहा–"वयं रक्षामः।"

दोनों एक-दूसरे को घूरते हुए क्रुद्ध और क्षुब्ध अपने-अपने निवास पर चले गए। कुबेर सब बातों का आगा-पीछा समझ और रावण तथा उसके साथी राक्षसों का उद्धत स्वभाव देख पुष्पक पर सवार हो अपने पिता विश्रवा मुनि के आश्रम में आन्ध्रालय में पहुंचा। पिता का विधिवत् पूजन कर, बद्धांजलि हो कुबेर ने कहा–"रावण को मैंने अपना अनुज समझ लंका आदरसहित बुला स्थान दिया था। अब वह वहां नित नये उपद्रव मचा रहा है। उसने वहां की एक रक्ष-संस्कृति स्थापित की है, वह परशु ऊंचा करके कहता है–'वयं रक्षामः।' जो कोई असहमत होता है उसका तत्काल शिरच्छेद कर देता है। मुझसे वह युद्ध करने को तैयार है और उसके साथी राक्षसों ने यक्षों के नाक में दम कर रखा है। न रावण न उसके ये राक्षस लंका में किसी की आन मानते हैं। जिसका जी चाहे, उसी का सिर काट लेते हैं। देखते ही देखते बहुत-से लंका के शान्त, शिष्ट निवासी, देव, दैत्य, असुर, नाग, दानव, उसकी रक्ष-संस्कृति में सम्मिलित होकर 'वयं रक्षामः' का नाद करते और जो विरोध करे उसी का सिर काटते फिरते हैं। बालक और छोटा भाई जानकर मैंने उसे अभी दण्ड नहीं दिया है।"

सारी बातें सुनकर दूरदर्शी विश्रवा मुनि बोले–"पुत्र, तुमने जो कहा, वह मैंने सुना। इस सम्बन्ध में सब बातें मैं जानता हूं। अब तुम मेरी बात ध्यान से सुनो! यह रावण बहुत खटपटी, उग्र स्वभाव और उच्चाकांक्षी है। उसके पास वीरों का अच्छा दल है। उन्हीं की सहायता से उसने भारतसागर के सभी द्वीप-समूहों को जीत लिया है। ऐसी अवस्था में अब लंका में अकेला तुम्हारा रहना सुरक्षा के विचार से ठीक नहीं है।"

"दूसरी बात यह कि सब झगड़ों की जड़ उसका नाना सुमाली और उसके पुत्र उसके साथ हैं यह लंका तो पुत्र, पहले सुमाली दैत्य ही की थी। जब मैंने वहां तुम्हें बसाया था, तब सुमाली का कुछ पता ही नहीं था। मैं जानता था कि वह हिरण्यपुर के देवासुर-संग्राम में मारा गया। अब यह न जाने कहां से धरती फोड़कर निकल आया। इसकी पुत्री ने मुझसे ऋतुकामना की–सो मैंने धर्म के विचार से वह स्वीकार कर ली। इसीसे यह रावण और इसके भाई-बहिन उत्पन्न हुए। मैंने इन्हें वेद पढ़ाया, पर ये सब मेरे प्रभाव में नहीं–अपने नाना और मामा के प्रभाव में हैं। वही उसे उकसाकर ले गया और लंका पर उसका दांत है। लंका के निवासी भी सब उन्हीं के भाई-बन्धु दैत्य, असुर, नाग और दानववंशी हैं। इससे पुत्र, तेरे भले की बात मैं तुझसे कहता हूं कि तू इस उपद्रवी से युद्ध के झंझट में न फंस।

तू लंका को छोड़ दे और गन्धमादन पर अलकापुरी बसा वहीं सुख से रह। वह स्थान बड़ा मनोरम है। शंकर का सान्निध्य है। मन्दाकिनी–गंगा है, यमुना है। वहां अनेक सरोवर हैं जिनमें अनेक कमल खिले हैं। वहां भांति-भांति के रंग-बिरंगे पुष्प सुशोभित हैं। देवता, गन्धर्व और किन्नर जो वहां हैं, देवों की उपजातियां ही हैं। उनसे तेरी संस्कृति का मेल भी है। इससे पुत्र, तू यही कर। लंका को छोड़ दे। यह रावण दशग्रीव बड़ा अभिमानी और क्रोधी है। वह न किसी की सुनता है, न किसी मान्य-अमान्य को मानता है। इसीलिए मेरी तुम्हें यह हितकारी सीख है।”

और कुबेर ने यह सीख मान ली। इसका मर्म वह समझ गया। उसने चुपचाप लंका खाली कर दी। अपने यक्षों को तथा सब सम्पदा को लेकर वह पुष्पक विमान में चढ़ गन्धमादन पर्वत पर चला गया और वहां अलकापुरी बसा कर निवास करने लगा।

रावण ने भी उससे अधिक छेड़-छाड़ नहीं की। उसे अपने सब धन, रत्न और परिजनों सहित चला जाने दिया। कुबेर के लंका छोड़ते ही राक्षस बहुत प्रसन्न हुए। रावण ने आज्ञा दी–जिसे हमारी रक्ष-संस्कृति स्वीकार नहीं, वह लंका छोड़ दे, नहीं तो उसका शिरच्छेद होगा। सभी देव, दैत्य, दानव, असुर, नागों ने उसकी रक्ष-संस्कृति स्वीकार कर ली। ‘वयं रक्षामः’ का मूल मन्त्र लंका का ध्रुव ध्येय बना। अब लंका को सुदृढ़-सुगठित कर विश्वस्त राक्षसों को राज्य के भिन्न-भिन्न भाग दे अपने ग्यारह मामाओं को राजसचिव बना–वह रावण लंकापति, राक्षसेन्द्र-पद पर अभिषिक्त हुआ मन्दोदरी उसकी राजमहिषी।

19 इन्द्र

यदि आप ध्यान से पर्शिया के नक्शे के पश्चिम की ओर झुकते हुए उत्तर में काश्यप सागर के निकटवर्ती भूखण्ड पर दृष्टि डालेंगे, तो आप देखेंगे कि काश्यप सागर का सम्पूर्ण दक्षिणी तट काकेशस पर्वत-श्रेणियों की श्रृंखला से आच्छादित है। यहीं पर जार्जिया प्रदेश है और उसीके नीचे उपत्यकाओं में एक स्थान ‘अजरबेजान’ है, जो आजकल सोवियत राज्य की सीमा में है। इसका प्राचीन नाम ‘आर्यवीर्यान्’ था।

प्रलय के बाद इस स्थान का नाम आर्यवीर्यान् इसलिए पड़ा कि प्रलय के बाद ही इस भूखण्ड पर वरुण के नेतृत्व में आदित्यों ने प्रलय में बचे हुए परिवारों को स्थापित किया था। यहीं पर अत्रि नदी है, जिसके तट पर प्रलय के बाद अत्रि ऋषि ने अपना उपनिवेश स्थापित किया था। अत्रि भृगुपुत्र शुक्र के पुत्र थे। शुक्र भी दैत्यों के याजक थे, आजकल काकेशस पार्वत्य प्रान्त प्राचीन काल में 'देमाबन्द' कहलाने लगा था, जो देवस्थान का बिगड़ा हुआ रूप था, और जिसके सम्बन्ध में इस परिच्छेद में चर्चा की जाएगी।

जिस स्थान पर अत्रि का उपनिवेश था, उसका नाम अत्रिपत्तन था। आज वह स्थान 'एट्रोपेटन' के नाम से प्रसिद्ध है। इस प्रदेश में जो नदी 'आट्रीक' प्रसिद्ध है, वह नदी हमारे पुराणों में विख्यात अत्रि नदी थी। अत्रि की यह भूमि तपोवन या तपोभूमि कहाती थी। इसी स्थान पर आज भी 'वन' नाम का प्राचीन नगर है। मार्के की बात है कि इस 'एट्रोपेटन' प्रदेश का 'देमाबन्द' पर्वत सारे संसार में एक ऐसा स्थान है जहां रात-दिन सूर्य अस्त नहीं होता। रात-दिन प्रकाश रहता है। इस तपोभूमि को आजकल 'तपुरिया' प्रान्त कहते हैं, जो वास्तव में तपपुरी का बिगड़ा हुआ रूप है। ईरान के निवासी इस स्थान को 'पैराडाइज' या स्वर्ग कहते हैं। इसके आसपास का प्रदेश 'मीडिया' प्रदेश के नाम से प्रसिद्ध है। पुराणों में अत्रि का स्थान–परेण हिमवन्तम् कहा है। इसका अर्थ 'अपवर्त' है। पर्शियन इतिहास में 'एट्रोपेटन' और अजरबेजान को आट्रीक नदी के तीर पर काश्यप सागर के निकट बताया गया है। यहीं पर बैकुण्ठ, बहिश्त और सत्यलोक भी था। पुराणों में इस भूमि को 'कामधराधरा' कहा गया है, जिसके समर्थन में पर्शियन इतिहासकार उसे उपजाऊ फलों से लदी हुई बताते हैं। यहीं सोम पैदा होता था। यहीं कल्पतरु थे, जो यथेष्ट फल देते थे। यहां के निवासियों की जाति और गोत्र आज भी अत्रियस है।

यहीं पर, अपवर्त में तपोभूमि के निकट काश्यप सागर तट के किसी ग्राम में किसी कौशिक ग्रामपति के वीर्य से एक कन्या को गर्भ रह गया। उसने अपवाद के भय से छिपकर किसी गोशाला में चुपचाप पुत्र को प्रसव किया। बालक के जन्म के बाद उसके पिता ने न पुत्र को स्वीकार किया, न उस कन्या को। उसके बालक को मार डालने की भी चेष्टा की।

आयु पाकर उस बालक ने पैर पकड़कर पिता को मार डाला, और स्वयं उस ग्राम का पति बन गया। शीघ्र ही यह साहसी, पराक्रमी वहां के आदित्यों का नेता बन गया। वरुण और विष्णु को उसने अपने ऊपर प्रसन्न कर लिया, और अपने इलाके के पश्चिम प्रदेश के मित्तन्नु और उरु, उमा आदि बेबीलोनिया जाति के

जत्थेदारों से उसने मित्रता कर ली। परन्तु उत्तर के दैत्य और दानव उसके विरोधी हो गए और उनसे उसके विग्रह भी प्रारम्भ हो गए।

इस साहसी तरुण ने इन्द्र की पदवी धारण की। उसने अपने पड़ोसी और मित्र बेबीलोनियन सम्राटों की भांति अपने को देव कहना प्रारम्भ कर दिया। बेबीलोनियन सम्राट् देव कहाते थे तथा सोमपान का भारी उत्सव किया करते थे; उन्हीं की देखा-देखी इन्द्र ने देवभूमि में अपनी पूजा प्रचलित की, तथा बेबीलोनियन लोगों की भांति सोमपान की परिपाटी देवों में चलाई। अब तक उस प्रान्त के सब अदिति-पुत्र आदित्य ही कहाते थे; अब उसने उस भूमि का नाम देवभूमि रखकर देवभूमि के सब निवासियों को देव संज्ञा दे दी, और वह स्वयं देवराट् बन गया।

इस समय तक वेदों की कुछ ऋचाओं का निर्माण हो चुका था, और कुछ ऋषि ऋचाओं का निरन्तर निर्माण करते जाते थे। इसी काल में मैत्रावरुण वशिष्ठ ने ऋग्वेद की कुछ ऋचाओं का निर्माण किया था, और एक विशिष्ट वैदिक विधि आदित्यों में प्रचलित की थी। परन्तु वशिष्ठ के ही सौतेल भाई नारद ने–जो वरुण का पुत्र था–भृगुओं के सम्पर्क में आकर कुछ ऋचाएं बनाकर वेदों की वामविधि प्रचलित की। धीरे-धीरे वशिष्ठ और नारद, इन दोनों में वैदिक विधि और ऋचाओं को लेकर अच्छा-खासा विवाद होने लगा। नारद एक भुक्खड़ और आवारागर्द मनमौजी प्रकृति के ऋषि थे। शीघ्र ही वे वशिष्ट का विरोध करने और वेदविधि में वामविधि की स्थापना करने के कारण वामदेव के नाम से भी प्रसिद्ध हो गए। इन्द्र ने इन नारद अथवा वामदेव को अपना मित्र बना लिया, और उसे मधु और पुरस्कार देकर उनसे अपनी स्तुति में एक समूचे सूक्त की रचना करा ली, जो आगे चलकर ऋग्वेद का एक सूक्त हो गया। नारद वामदेव को जब दूसरे ऋषियों ने, जो वैसे ही भुक्खड़ थे, इन्द्र के द्वारा पुरस्कृत होते देखा, तो उन्होंने भी इन्द्र की स्तुति में ऋचाएं रचीं। इस प्रकार इन्द्र ने नारद और दूसरे मित्रों की सहायता ले देवभूमि में एक नई वैदिक संस्कृति की नींव डाली। यद्यपि इन्द्र का यह प्राधान्य आदित्यों को पसन्द न था। परन्तु इन्द्र एक खटपटी और धूर्त व्यक्ति था। उसने आदित्यों के नेता मित्रावरुण को लल्लो चप्पो के द्वारा और दूसरे आदित्यों को मान-पुरस्कार देकर अपने अनुकूल कर लिया, और उसका यह ढंग देवलोक में इतना पसन्द किया गया कि उसके अनुकरण पर मित्र, वरुण, यम, अग्नि आदि दिक्पालों ने भी अपनी-अपनी स्तुति की ऋचाएं ऋषियों से बनवाईं।

इन्द्र का यह राज्य दैत्यों और दानवों की राज्य-सीमाओं से लगा हुआ था, जो काश्यप सागर-तट पर दूर तक फैले हुए थे। यद्यपि ये देव, दैत्य, दानव परस्पर सम्बन्धी और दायाद बान्धव थे, तथापि उनमें सांस्कृतिक एकता न थी–विग्रह ही

था। परन्तु फिर भी कौटुम्बिक सम्बन्ध उनमें प्रचलित थे। इन्द्र ने पुलोमा दैत्य की पुत्री से विवाह किया था। फिर भी दैत्य और दानवों से उसके युद्ध-विग्रह चलते ही रहे। दैत्य लोग दितिपुत्र होने के कारण अपने को श्रेष्ठ और ज्येष्ठ समझते थे। आदित्यों में वरुण की नीति तो समन्वयमूलक ही थी। परन्तु आदित्य विष्णु से, जो कि अत्यन्त महत्त्वाकांक्षी था, दैत्यों के संघर्ष-विग्रह स्वर्ण प्राप्ति पर आरम्भ हो चुके थे। जिसमें इन्द्र ने यथेष्ट आग्रह प्रदर्शित करके विष्णु को प्रभावित किया था। इसी विग्रह के फलस्वरूप हिरण्यकश्यप का वध हुआ। यद्यपि प्रह्लाद से विष्णु ने संधि कर ली थी, परन्तु विग्रह बढ़ते ही गए और इस समय तक चार देवासुर-संग्राम हो चुके थे। अब अकस्मात् ही पांचवें देवासुर- संग्राम का संयोग आ जुटा।

20 तारकामय

यह पांचवां देवासुर-संग्राम तारकामय के नाम से प्रसिद्ध हुआ। पाठकों को स्मरण होगा कि भृगु के पौत्र और शुक्र के पुत्र महर्षि अत्रि थे, जो देवलोक में अति प्रतिष्ठित और प्रसिद्ध थे। उनके पुत्र का नाम चन्द्र था। आज भी ईरान में चन्द्र की पूजा होती है, तथा वहां चान्द्रवंश का ही प्रचार है। चन्द्र ही वहां का राज्यचिह्न है। ईरानी लोग रोज़ा या व्रत को सोम कहते हैं। सम्भवतः यह रोज़ा सोम चान्द्रायण व्रत है। ईरान में सोमआरा नगर, सोमस नदी और ग्रीस में सोमास द्वीप है। यह चन्द्र की ही प्रतिष्ठा में है। काश्यप सागरतट पर जन्म होने से चन्द्र का नाम अम्बुधि भी विख्यात हुआ।

चन्द्र असुर-याजक कुल में होने के कारण अत्यन्त प्रतिष्ठित पुरुष माने गए। वे विद्वान् और वीरों के नेता थे। चिकित्सा, औषधि और वनस्पतियों के गुणदोषों को भी जानते थे। वे वनस्पतियों के स्वामी कहाते थे। दक्ष ने इन्हें सत्ताईस कन्याएं दी थीं। वरुणदेव को इनसे प्यार था। अग्नि के ये मित्र थे। चन्द्र इन्द्र के अभिन्न मित्र थे और उसने चन्द्र को देवभूमि में वनस्पतियों का स्वामी नियुक्त किया था। इस प्रकार चन्द्र के ही पास देवभूमि में रहते थे।

देवों के याजक अंगिरा-पुत्र बृहस्पति थे। उनकी स्त्री का नाम तारा था। बृहस्पति की पत्नी इस तारा से चन्द्र का गुप्त प्रेम-सम्बन्ध हो गया, और एक दिन

अवसर पाकर चन्द्र तारा को भगा ले गया। इस बात को लेकर जो झगड़ा आरम्भ हुआ, उसका आगे चलकर एक विराट् रूप हो गया। बृहस्पति का पक्ष सब देवों और इन्द्र ने लिया और चन्द्र का पक्ष सब दैत्यों और दानवों ने। घातक देवासुर-संग्राम हुआ। इस युद्ध में देव हारे, परन्तु प्रह्लाद का पुत्र विरोचन इस युद्ध में काम आया। यही युद्ध पांचवें तारकामय-देवासुर-संग्राम के नाम से प्रसिद्ध हुआ।

अन्त में सन्धि हुई। तारा बृहस्पति को लौटा दी गई। परन्तु जब तारा वापस आई, तो वह गर्भवती थी। आग्रहपूर्वक पूछने पर तारा ने स्वीकार किया कि गर्भ चन्द्र का है। चन्द्र ने तारा को लौटाते समय देवों से यह शर्त करा ली थी कि पुत्र का जन्म होने पर उसका पुत्र उसे लौटा दिया जाए। इस शर्त के कारण तारा के पुत्र-प्रसव करते ही वह बालक चन्द्रमा को दे दिया गया।

इस बालक का नाम बुध हुआ। युवा होने पर सूर्य पुत्र वैवस्वत मनु ने अपनी पुत्री इला उसे ब्याह दी, और तपोभूमि का वह प्रदेश, जो आदित्यों के अधिकार में था, इसे दहेज में दे दिया। तब से यह प्रदेश इलावते कहाया। जिसे प्राचीन पर्शिया के इतिहास में एलम कहा गया है, और जिसके कारण वरुण को पर्शियन इतिहास में 'इलोही' अथवा 'इलाही' के नाम से पुकारा गया। इला के नाम पर, मातृगोत्र के आधार पर यह वंश भी एल के नाम से प्रसिद्ध हुआ। तपोभूमि के अतिरिक्त वह असुर-प्रदेश भी, जहां के अधिपतियों का याजक चन्द्रकुल था, इलावर्त ही के नाम से विख्यात हुआ। इस प्रकार वह सारा असुर-प्रदेश, जो भारत के उत्तर-पश्चिम में था, तथा आधुनिक गिलगित के समीप तक का भूभाग एवं एशियाई रूस का दक्षिण-पश्चिम भाग और ईरान का पूर्वी भाग समूचा ही इलावर्त देश के अन्तर्गत था।

21 आर्यावर्त

चन्द्रपुत्र बुध असुर-याजक ऋषिकुल में होने से सब दैत्य दानवों में प्रतिष्ठित था, अब सूर्यपुत्र मनु की पुत्री से विवाह हो जाने से उसकी और भी प्रतिष्ठा बढ़ी और देव-भूमि तथा असुर-भूमि पर एक प्रकार से उसका पूरा अधिकार हो गया। परन्तु बुध के जन्म-सम्बन्धी अपवाद और देव-दैत्यों के वैमनस्य के कारण दोनों ही श्वसुर-दामाद, बुध और मनु को वहां रहना असह्य हो गया और

वे पश्चिमोत्तर के दुर्जय दर्रों को पार करते हुए इलावर्त को त्याग भारत में चले आए। भारत में आकर मनु ने तो सरयू-तीर अयोध्या नगरी बसाकर अपने पिता के नाम से सूर्यवंश की गद्दी स्थापित की, और बुध ने अपने पिता चन्द्र के नाम पर चन्द्रवंश की स्थापना करके गंगा-यमुना के संगम पर प्रतिष्ठान नगरी बसा, अपनी राजधानी बसाई। नृवंश में यह एक नई स्थापना थी कि पिता के नाम पर नये कुल और नये वंश स्थापित हुए। भारत में आकर दोनों ही कुलों ने वेद को अंगीकार किया, तथा वर्ण-मर्यादा और परिवार-व्यवस्था प्रचलित कर आर्य जाति की एक नवीन संस्कृति स्थापित की, जो वैदिक थी, इस आर्य संस्कृति में अनेक नई बातों का समावेश था। प्रथम तो यह कि उसमें विवाह-मर्यादा दृढ़बद्ध की गई थी, और कुल-परम्परा पितृमूलक निश्चित की गई थी। यहां तक कि यदि वीर्य किसी अन्य पुरुष का भी अनुदान लिया हो तो भी सन्तति का पिता उस स्त्री का विवाहित पति ही माना जाएगा। दीर्घतमा ऋषि ने तो यह काम अपना पेशा ही बना लिया था। वशिष्ठ और दूसरे ऋषियों ने भी इस प्रकार दूसरों की पत्नियों को वीर्यदान दिया और उसकी सन्तान अपने पिता के कुल-गोत्र को चलानेवाली प्रसिद्ध हुई। इस परिपाटी से आर्य जाति के संगठन को बहुत लाभ मिला। वह एक संगठित जाति बनती गई। यह स्वाभाविक था कि उनके राज्य, सम्पत्ति आदि सब वैयक्तिक होते गए और देखते-देखते आर्यावर्त में मानवों और ऐलों के महाराज्यों का विस्तार हो गया। आर्यों में धीरे-धीरे इन दोनों वंशों की उत्तर भारत में अनेक शाखाएं फैली, जो चन्द्रमण्डल और सूर्यमण्डल के नामों से विख्यात हुईं। दोनों मण्डलों का संयुक्त नाम आर्यावर्त पड़ा।

22 मानव

मनु का नाम विमाता के नाम पर सावर्णि मनु और पिता के नाम पर वैवस्वत मनु प्रसिद्ध हुआ। वास्तव में मनु ने ही आर्य जाति की स्थापना की, जिसमें पितृमूलक कुल-वर्ण-व्यवस्था और वेद-प्रामाण्य की विशेषता थी। अन्य वैदिक ऋषियों के अतिरिक्त वरुण, सूर्य, यम, शनि आदि की भांति मनु भी मन्त्रद्रष्टा वेदर्षि थे। परन्तु उन्होंने दण्डव्यवस्था और राजव्यवस्था का शास्त्र

प्रसारित किया, जो मानव धर्मशास्त्र कहाया। मनु के नौ वंशकर पुत्र हुए जो सूर्यवंश की नौ शाखाओं के मूल पुरुष थे। इन्हीं के वंशज मानव कहाए। संक्षेप में यह कहा जा सकता है कि केवल सूर्यवंशी ही अपने को 'मानव' कह सकते हैं, दूसरे नहीं।

मनु के इन वंशकर पुत्रों में नरिष्यन्त, नाभाग, धृष्ट, शर्याति, करेषु और पृष्ठध्रु के पृथक्-पृथक् कुल चले; जिनमें नाभाग और शर्याति के कुल अधिक प्रसिद्ध हुए। इस कुल में भी अनेक मन्त्रद्रष्टा ऋषि हुए। मानवों का सातवां कुल नाभानेदिष्ट का था। इसका पुत्र भलनन्दन वैश्य हो गया। परन्तु वह ऋषि था। नाभानेदिष्ट को कोई राज्य नहीं मिला, उसके पुत्र भलनन्दन को कुछ धन मिला, उससे उसने वैश्यवृत्ति अधिकृत कर ली। भलनन्दन का पुत्र वत्सप्रि भलनन्दन वैश्य ऋषि था। पृष्ठध्रु की सन्तान शूद्र हो गई।

मनु के आठवें पुत्र का कुल प्रांशु का है। यही कुल पीछे वैशाली का प्रख्यात कुल हुआ। इसी कुल में चक्रवर्ती मरुत् राजा हुआ।

मनु का सबसे ज्येष्ठ पुत्र इक्ष्वाकु अयोध्या में रहा। यही सूर्यकुल प्रसिद्ध हुआ, और बहुत प्रसिद्ध हुआ। इस कुल की अनेक शाखाएं चलीं। इसी कुल में 39वीं पीढ़ी में राम ने जन्म लिया। प्रसिद्ध पुरुषों में विकुक्षि, शशाद, ककुत्स्थ, आर्द, युवनाश्व, बृहदश्व, मान्धाता, पुरुकुत्स, अम्बरीष, रघु, अज और दशरथ हुए।

इस कुल की तीसवीं पीढ़ी में अनरण्य राजा हुआ। उसकी पृथक् गद्दी उत्तर कोशल की दूसरी शाखा स्थापित हुई। विख्यात त्रैयारुण, सत्यव्रत और हरिश्चन्द्र इसी शाखा में हुए। राम से केवल एक ही पीढ़ी पहले बाहु ने उत्तर कोशल वंश की तीसरी नई शाखा स्थापित की, जिसमें सगर और भगीरथ हुए। पैंतीसवीं पीढ़ी में अयुतायुस ने दक्षिण कोशल राजवंश की नींव डाली, जिसमें ऋतुपर्ण, सुदास, मित्रसहकल्माषपाद राजा प्रसिद्ध हुए। यह राज्य वर्तमान रायपुर, विलासपुर और सम्भलपुर के आसपास था। उसकी राजधानी श्रीपुर थी। इसी वंश की विदेह में मैथिल शाखा, इक्ष्वाकु के भाई ने स्थापित की, जिसमें निमि, मिथि, जनकसीर-ध्वज, वीतहव्य प्रसिद्ध राजा हुए। मैथिली की एक शाखा मूल शाखा से सैंतीसवीं पीढ़ी में बसी, जिसमें कुशध्वज, कृतध्वज, आदि हुए। तीसरी मैथिली शाखा ऋतुजित् की फटी जिसमें सीरध्वज जनक–राम के श्वसुर हुए।

दक्षिण कोशल राजवंश के राजा ऋतुपर्ण के यहां नल ने गुप्तवास किया था। नल उत्तर पांचाल-नरेश के सम्बन्धी थे, उनकी पुत्री इन्द्रसेना पांचाल-नरेश के पुत्र मुद्गल को ब्याही थी, जो वेदर्षि थे।

मुद्गल के पुत्र वधग्रश्व के पुत्र और पुत्री दिवोदास और अहल्या थे। अहल्या का ब्याह शरद्वन्त गौतम से हुआ था। इक्ष्वाकु के बाद तीसरी पीढ़ी ही में विदेह का सूर्यवंश स्थापित हो चुका था जिसकी तीन गद्दियां थीं–एक मैथिल, दूसरी संकाश्य, तीसरी ऋतुजित्।

मनु के नौ कुल मानव कहाते थे। परन्तु इक्ष्वाकु की सबकी सब शाखाओं कुल सूर्यवंशी कहाते थे। उनका संयुक्त नाम सूर्यमण्डल था।

23 पुरुरवा और उसके वंशधर

चन्द्र-पुत्र बुध अपने श्वसुर वैवस्वत मनु के साथ भारत में आ बसे थे–यह पाठक जानते हैं। उन्होंने गंगा-यमुना के संगम पर प्रतिष्ठान नगरी बसा चन्द्रवंश की स्थापना की थी। बुध बड़े भारी अर्थशास्त्री और हस्तिशास्त्री थे। अपने दादा दैत्य-गुरु शुक्र से उन्होंने ये विद्याएं सीखी थीं। उनके पुत्र पुरुरवा और भी प्रतापी हुए। उन्हें अपने पिता का प्रतिष्ठान का राज्य तो मिला ही, पितामह का इलावर्त का राज्य भी मिला। अतः उनका महत्त्व असुर-प्रदेश से आर्यावर्त तक व्यापक हो गया। उन्होंने चौदह द्वीप जय किए। केवल इतना ही नहीं, पुरुरवा मन्त्रद्रष्टा ऋषि भी थे। वे बड़े ही तेजस्वी, सत्यवान्, अप्रतिम स्वरूपवान् और दानशील थे। उन्होंने अनेक यज्ञाग्नियों का आविष्कार किया था। पुरुरवा के दादा चन्द्र ने उन्हें एक दिव्य रथ दिया था, जिसका नाम सोमदत्त था। यह रथ हरिण-केतन का था। उनके प्रासाद का नाम मणिहर्म्य था।

मरीचि-पुत्र सूर्य दिक्पति वरुण भाई भी थे और बान्धव भी। वरुण दैत्यगुरु शुक्र के दामाद थे और सूर्य शुक्रपुत्र त्वष्टा के दामाद। इस प्रकार वरुण सूर्य के फूफा हो गए थे। एक बार ऐसा हुआ कि मरीचि-पुत्र सूर्य ने उरपुर की अप्सरा उर्वशी को अपने विलास-कक्ष में बुलाया। देवलोक में ऐसी ही परिपाटी थी। उन्होंने वैयक्तिक कुटुम्ब-प्रथा पूर्णतः स्थापित नहीं की थी। धन-सम्पत्ति, स्त्री पुत्र, किसी पर भी देवलोक में व्यक्तिगत अधिकार न था। सब कुछ सार्वजनिक था। उर्वशी सोलह शृंगार कर मरीचि पुत्र सूर्य के पास विलास कक्ष में जा रही थी। छहों ऋतुओं में खिलने वाले सुगन्धित पुष्पों के आभूषण पहिने, देह में अंगराग लगाए,

केशों में अम्लान पारिजात-पुष्प गूंथे, वह अपूर्व शोभा की निधि लग रही थी। उसके बड़े-बड़े नेत्र आकर्षक थे। उसका चन्द्रबिम्ब-सा मुख, बंकिम भौंहें, गजराज की सूंड के समान जंघाएं, सुडौल भारी नितम्ब और स्वर्ण कलश से सुढार कुचों को देख प्राणिमात्र में काम-संचार हो रहा था। मार्ग में उसे दिक्पाल वरुण मिल गए। उस समय उर्वशी के श्रृंगार और रूप वैभव को देख दिक्पाल वरुण काम-विमोहित हो गए और उसे अपने विलास-कक्ष में चलने को कहा। परन्तु उर्वशी ने विनम्र भाव से दिक्पाल वरुण से कहा– "देव इस समय तो मेरी यह देह आपके छोटे भाई सूर्यदेव के अधीन है। उन्हीं के लिए मैंने यह श्रृंगार किया है। उन्हींके बुलाने पर मैं उन्हें रति-संतुष्ट करने को जा रही हूं। इसलिए आपका मनोरथ मैं पूरा नहीं कर सकती।" परन्तु वरुण ने उसका अनुनय स्वीकार नहीं किया। उसे जबर्दस्ती अपने विलास-कक्ष में ले गए। वरुण देव की सेवा से निवृत्त होकर जब वह सूर्यदेव के निकट पहुंची, उस समय उसका श्रृंगार खण्डित हो गया था, आभूषण तितर-बितर हो चुके थे, पुष्पाभरण दलमल कर श्रीहीन हो गए थे। उसकी यह दशा मत्त गज द्वारा मथित कमलिनी की-सी हो रही थी। उसकी यह दशा देख और इतने विलम्ब से आने के कारण सूर्यदेव अत्यन्त क्रुद्ध हुए। वह पीपल के पत्ते की भांति कांपती हुई सूर्यदेव के चरणों में गिर गई, और कहा–"है सुव्रत, मेरा दोष नहीं है, मैंने आप ही के लिए श्रृंगार किया था, और आप ही के पास आ रही थी कि आपके भाई और फूफा दिक्पाल वरुण मुझे जबर्दस्ती पकड़कर अपने विलास-कक्ष में ले गए। अवश मुझे यह श्रृंगार उन्हें अर्पित करना पड़ा।" इसपर अत्यन्त क्रुद्ध होकर सूर्यदेव ने कहा–"अरी दुराचारिणी, मुझसे वादा करके दूसरे के पास क्यों गई?" उन्होंने उसे देवलोक से निकाल दिया। काल पाकर उसने एक बालक को प्रसव किया। और फिर नवीन श्रृंगार कर सूर्यदेव को प्रसन्न कर उन्हें तृप्त किया। सूर्यदेव के औरस से भी उसे एक 'पुत्र' की उपलब्धि हुई। कालान्तर में वे दोनों बालक युवा होने पर महर्षि अगस्त्य और महर्षि वशिष्ठ के नाम से प्रसिद्ध हुए। कालान्तर में सूर्य से उसने एक अनिन्द्य सुन्दरी कन्या को भी जन्म दिया, जो यौवन का प्रसाद पाकर अपनी माता से भी अधिक दिव्यरूपा हुई। उरपुर के निवासी देव उस प्रस्फुटित कुन्दकली-सी सुकुमारी–उस उर्वशी पर मुग्ध हो उठे। उन दिनों ऐसी ही परिपाटी थी। अप्सराएं नगर-वधू होती थीं। इसीसे इस अप्सरा का नाम भी माता के नाम की भांति 'उर्वशी'–उर में रहने वाली–देवलोक में प्रसिद्ध हो गया। इस नवीना पर बहुत लोलुप दृष्टि पड़ने लगी, पर यह बड़ी मानिनी थी। इसने किसीको भी अपना शरीर अर्पण नहीं किया।

उन्हीं दिनों दैत्यों की राजधानी हिरण्यपुर में केशियों का एक सम्पन्न यूथपति रहता था। उन दिनों बेबीलोनिया और इलावर्त के बीच का सारा इलाका केशी लोगों के अधीन था। केशी प्रसिद्ध घुड़सवार थे–संभवतः वर्तमान कज्जाक इन्हीं के वंशधर हैं। इस केशी यूथपति ने देवताओं को परास्त कर बहुत ख्याति प्राप्त की थी। उसका बाहुबल असीम था। बहुत दिनों से उसकी दृष्टि उरनगर निवासिनी इस उर्वशी पर थी। पर सूर्य के भय से वह उससे दूर ही रहता था, फिर भी वह उसे हरण करने की ताक में था। उन दिनों असुर-प्रदेश का उरनगर बड़ा प्रसिद्ध नगर था। आज भी पर्शिया में हिरण्यपुर के स्थान पर 'हिरन' नगर बसा है, तथा वहीं पर उरनगर भी अभी तक है। दैवसंयोग से उसे एक अवसर मिल गया। उस नगर के बाहर वन में विचरण करती हुई अकेली देवबाला उर्वशी को उसने घेरकर पकड़ लिया, और उसे बलात् हरण करके हिरण्यपुर की ओर ले भागा। सिंह के पंजे में फंसी हिरणी की भांति उर्वशी उसके अंक में फंसी छटपटाने तथा बाज पक्षी के पंजों में फंसी कुकरी की भांति चिल्लाने लगी। संयोग ऐसा हुआ कि इसी समय महाराज पुरुरवा उसी राह से रथ पर सवार जा रहे थे। उन्होंने उर्वशी का क्रन्दन सुना। सुनकर उन्होंने उस केशी का पीछा कर उसे ललकारा। अपने काम में व्याघात पाकर केशी यूथपति क्रुद्ध हो अपना शिकार छोड़ पुरुरवा पर झपटा। दोनों महावीरों में तुमुल संग्राम छिड़ गया और बड़े भारी प्रयास के बाद पुरुरवा ने केशी को मार डाला।

यूथपति केशी से छुटकारा पाकर उर्वशी भय से पीली, कांपती हुई राजा के पास आ खड़ी हुई। उसने मौन हो केवल वाष्पाकुल नेत्रों से राजा के प्रति कृतज्ञता प्रकट की। वह राजा के रूप और शौर्य पर रीझ गई। राजा उसे रथ में बैठाकर उरपुर में आया तथा उसे देवों के सुपुर्द कर दिया। उर्वशी के मुख से घटना का पूरा विवरण सुन तथा महाराज पुरुरवा का शौर्य वंश और स्वरूप देख देवों ने उन्हें ही उर्वशी दे दी। अग्नि को साक्षी कर महाराज पुरुरवा उर्वशी को अपने मणिहर्म्य में ला उसके साथ विलास करने लगे। पुरुरवा ने साठ वर्ष उर्वशी के साथ कालयापन किया। इस बीच उर्वशी से उनके आठ तेजस्वी पुत्र उत्पन्न हुए। बहुत वृद्ध होने पर एक दिन महाराज पुरुरवा मृगया-विनोद करने परिवार-सहित नैमिषारण्य वन गए। वहां कुछ ऋषि यज्ञ कर रहे थे। उनके यज्ञवाट हिरण्यमय थे। हिरण्यमय वाट देख राजा को लोभ हो आया। उसने कहा–"अरे ऋषियो, हिरण्यमय यज्ञ वाट रखने से तुम्हारा क्या प्रयोजन है? यह स्वर्ण राजा का है। तुम मृत्-वाट से यज्ञ करो।"

ऋषियों ने विरोध किया। इस पर ऋषियों से राजा का विग्रह हो गया। विग्रह में ऋषियों के हाथ से राजा मारा गया।

पुरुरवा के आठ पुत्रों में जेष्ठ आयु था। आयु का पुत्र नहुष था। नहुष बड़ा ही प्रतापवान् राजा हुआ। उसका विवाह पितृकन्या विरजा से हुआ था। उसने पृथ्वी के राजाओं को जीतकर चक्रवर्ती पद पाया। सम्भवतः वही प्रथम आर्य चक्रवर्ती नरेश था।

24

वार्त्रघ्न

मनु और बुध का इलावर्त छोड़कर भारत में चला आना इन्द्र के लिए एक प्रिय और महत्त्वपूर्ण कारण बन गया। यह महत्त्वाकांक्षी और खटपटी तो था ही, अब वह इस समय देवों का एकमात्र कर्ता-धर्ता और नेता बन गया। विष्णु में अब विरोध की सामर्थ्य नहीं रही थी और उसका उत्तराधिकारी भारत में आर्यावर्त की स्थापना कर चुका था। इस प्रकार एक प्रबल प्रतिस्पर्धी उसके मार्ग से हट गया था। अब उसने भी अपने साम्राज्य के विस्तार पर दृष्टि डाली।

इस समय इलावर्त में एक बड़ी घटना घटी। पाठक इन्द्र की महत्त्वाकांक्षा को भूले न होंगे। वह इस समय देवों का नेता बन गया था। पाठक यह भी जानते हैं कि इलावर्त के पश्चिम प्रदेश के मितन्नु और दक्षिण के उस ओर उमा आदि बेबीलोनियन जाति की रियासतें उसकी मित्र थीं, तथा उत्तर के पर्शियन प्रबल शत्रु थे। अतः उसने अब पूर्व की ओर अपना प्रसार किया और पंचसिन्धु की सीमा पर अपनी देव-सेना लेकर आ धमका। उस समय, वर्तमान सिन्ध और पंजाब के उस संयुक्त क्षेत्र को, जिसे आज पाकिस्तान कहते हैं, सप्तसिन्धु कहते थे। उसका अधिपति असुर-याजक भृगुवंशी–त्वष्टा का पुत्र वृत्र था। यह दासों का नेता था। वृत्र बड़ा धर्मात्मा, तेजस्वी और बलवान् था। मरीचि-पुत्र सूर्य–विष्णु, वृत्र को बहुत मानते थे। वृत्र का तेज अपरिसीम था। सप्तसिन्धु प्रदेश में उन दिनों दासों के अनेक खण्डराज्य थे, जिनका नेता और अधिपति वृत्र था।

इन्द्र से त्वष्टा का मित्रभाव न था, द्वेष ही था। इसी बहाने को लेकर इन्द्र ने वृत्र पर चढ़ाई कर दी। इन्द्र पर सूर्य-विष्णु की कृपा थी। उनसे इन्द्र ने स्पष्ट कह दिया

कि आप इस मामले से दूर रहें, मैं वृत्र का वध कर उसके राज्य को जय करूंगा। वृत्र विष्णु को बहुत मानता था। सारे दास ही विष्णु को वृत्र बहनोई समझकर मान करते थे। यह किसी को आशा न थी कि विष्णु की सलाह से सब काम करने वाला इन्द्र उसपर आक्रमण कर देगा। परन्तु सूर्य-विष्णु बड़े दीर्घदर्शी थे। उन्होंने सोचा, हमारे पुत्र मनु और दामाद बुध भरतखण्ड में आर्य-राज्य स्थापित कर चुके हैं। अतः यह अच्छा ही है, यदि सप्तसिन्धु में देवों की जय हो जाए। इससे आर्यावर्त और देवलोक दोनों ही परस्पर सम्बन्धित हो जाएंगे तथा दैत्यों और असुरों से युद्ध के समय देव और आर्य परस्पर सहायता कर सकेंगे। इन्हीं सब बातों को विचार कर विष्णु ने चुप्पी साध ली।

दुर्भाग्य से दासों में परस्पर फूट थी। उसके सब खण्डराज्य स्वतन्त्र थे। इसीसे वे सम्पन्न होने पर भी अपना साम्राज्य न बना सके। इसीसे इन्द्र को उन्हें नष्ट करने में बहुत सुविधा मिली। उसने त्वष्टा के पुत्र त्रिशिरा–विश्वरूप को अपना पुरोहित बनाने का प्रलोभन दे, अपने पिता से वज्र ला देने को राज़ी कर लिया। विश्वरूप त्वष्टा का ज्येष्ठ पुत्र असुरों का भांजा था। इन्द्र ने दासों में से दिवोदास और सुदास–तुर्वशु और यदु को अपने साथ मिलाकर उन्हें अभय वचन दिया। अर्ण और चित्ररथ नामक दो भरत-राजाओं ने उसका विरोध किया; इस पर उसने उन्हें मरवा डाला।

इन्द्र बड़ा खटपटी और क्रूर पुरुष था। अपनी कार्य-सिद्धि के लिए वह सब कुछ कर गुज़रता था। उसने इस अभियान में मरुतों से सन्धि कर उन्हें भी अपने साथ ले लिया। आजकल का बिलोचिस्तान उन दिनों मरुतों का ही देश था। इन्द्र ने बड़ी बुद्धिमानी से यह युद्ध-योजना बनाई थी। देवों और असुरों के दो अयोध्य नगर थे। उनके बीच में इन्द्र ने उरग, करोटि, पयस्सहारी मदनयुत और महन्त–ये पांच रक्षक सैनिक केन्द्र नियत किए। इस प्रकार यह दसवां महत् देवासुर-संग्राम सप्तसिन्धु में छिड़ गया। दासों में फूट होने पर भी वृत्र ने ऐसा विकट युद्ध किया कि देवसेना छिन्न-भिन्न हो गई और इन्द्र युद्धभूमि छोड़ भाग खड़ा हुआ। अब सब खिन्न और खण्डित देवगण मन्दराचल के शिखर पर एकत्र हो वृत्र को जय करने के सम्बन्ध में परामर्श करने लगे।

इन्द्र ने कहा, "देवगण, इस समय हम पराजित और खण्डित हैं। हमारे सामर्थ्य का क्षय हो चुका है। वृत्र हमसे बहुत प्रबल है। वह बड़ा विक्रमशाली है। वह देव-दैत्य सभी से पूजित है, इसलिए इस सम्बन्ध में हमें क्या करना चाहिए– इसपर विष्णु का परामर्श लेना हितकर होगा।"

विष्णु ने देवों को सलाह दी कि अच्छा यही है कि वृत्र से सन्धि कर ली जाए। वह अजेय पुरुष है और उसकी पीठ पर पराक्रमी दैत्य-दानवों का वंश है। दास भी कम विक्रमशाली नहीं हैं। फिर वैजयन्तपुर का तिमिध्वज शम्बर उसका मित्र है। इन सब बातों पर विचार कर उससे सन्धि कर लो।

देवों को सूर्य-विष्णु की सलाह पसन्द आई। उन्होंने वृत्र के पास सन्धि के दूज भेजे। दूतों में ऋषिगण भी थे–देवगण भी। वृत्र ने देव-दूतों का अर्ध-पाद्य से सत्कार करके कहा, "हे ऋषियो, हे देवो, आपके आने का क्या अभिप्राय है? मैं क्या करके आपको प्रसन्न करूं?"

ऋषियों और देवों ने कहा–"हमारे आने का अभिप्राय यह है कि यह देवासुर-संग्राम समाप्त हो जाए। देव-दैत्य सभी दायाद-बान्धव हैं, बन्धुभाव से रहें। आप कृपाकर देवराट् से सन्धि कर लीजिए।"

वृत्र ने कहा–"दो तेजस्वी पुरुषों में मित्रता नहीं हो सकती।"

"किन्तु एक बार तो सज्जनों का संग हो ही जाए, पीछे जो होगा वह होगा। सत्संग ही हमारी प्रार्थनीय वस्तु है। सत्संग से मित्रता दृढ़ होती है। धीर पुरुष के लिए मित्रता संकट में सहारा देती है अर्थकष्ट के समय वही धनरूप हो जाती है। सज्जनों का समागम अमूल्य और प्रयोजनीय है। आप धीर, वीर, सत्यवादी और ज्ञानी हैं। आपका पवित्र याजक कुल है। आप देव-दैत्य दोनों के पूज्य पुरुष हैं, धर्मज्ञ और सूक्ष्मदर्शी हैं। इसीसे हम विश्वास कर आपकी सेवा में आए हैं।"

ऋषियों और देवों के ये वचन सुन वृत्र ने हंसकर कहा–"इन्द्र बड़ा कुटिल है। वह पीछे विश्वासघात करेगा–इसका विश्वास क्या? अतः आप सत्य ही मुझसे मित्रता चाहते हैं, तो मैं प्रसन्न हूं। परन्तु सूर्यदेव हमारे बहनोई और आपके बान्धव हैं। वे हमारे बीच रहें।"

देवों ने स्वीकार किया। इन्द्र और वृत्र में सन्धि हो गई। इन्द्र ने बड़ा शिष्टाचार प्रकट किया। देवगण दासों से हिलमिलकर सोमपान करने और हास-विलास करने लगे। इन्द्र भी वृत्र के साथ जनविहार, मृगया और जल-क्रीड़ा करने लगा। परन्तु वह वृत्र के मारने की घात में था। अवसर पाकर उसने एक दिन समुद्रतीर पर उसे असावधान देख वज्र-प्रहार से मार डाला। फिर संकेत पाते ही सब देवगण शस्त्र ले-लेकर दासों पर पिल पड़े। दास असावधान और नेत्रहीन हो गए थे। फिर भी उन्होंने डटकर युद्ध किया। परन्तु उनके पास अश्व न थे। देवों को अश्व दौड़ाते देख वे भयभीत हो गए। उन्होंने अश्व और योद्धा को कोई विचित्र जीव समझकर पलायन करना आरम्भ किया। नमुचि दास स्त्रियों तक को खड्ग लेकर युद्ध में

भेजा। परन्तु नमुचि का युद्धस्थली में निधन हुआ और अन्त में देवों ने दासों के दोनों अयोध्य नगरों को जलाकर खाक कर डाला तथा वृत्र का दास-साम्राज्य छिन्न-भिन्न कर दिया।

आज उन्हीं दो अयोध्य नगरों के ध्वंसावशेष मोहन और हड़प्पा के नाम से विख्यात हैं, जिनकी खुदाई आज हो रही है और इस प्रतापी आक्रान्ता इन्द्र के घोड़ों से खुदी हुई दासों की वह भूमि नये-नये रहस्यों को प्रकट कर रही है। आगे इलावर्त में परिवर्तन होने के कारण इन्द्र उनके अनुयायी देव और सहायक मरुतों का नामोनिशान भी पर्शिया और बलूचिस्तान में नहीं रहा, परन्तु भारत में मोहनजोदड़ो और हड़प्पा के रहस्यमय ध्वंस पुकार-पुकारकर उस अतिपुरातन घटना की साक्षी दे रहे हैं।

अपने भाई वृत्र के मरने पर त्वाष्ट्र विश्वरूप बहुत क्रुद्ध हुआ। इसपर इन्द्र को इस बात का भय उत्पन्न हो गया कि कहीं विश्वरूप विद्रोह न खड़ा कर दे। विश्वरूप त्वाष्ट्र साधारण पुरुष न था। वह असुर-याजक कुल का था–देव-दैत्य सभी का वह पूज्य था। इसलिए इन्द्र ने अपने अनुगत तक्ष को बुलाकर कहा–"तू सोते हुए विश्वरूप का सिर काट डाल।"

"किन्तु इसके कंधे बड़े मोटे हैं, ये मेरी कुल्हाड़ी से न कटेंगे।"

"डर मत, तेरी कुल्हाड़ी पैनी और दृढ़ है।"

"परन्तु मेरी कुल्हाड़ी बेकार हो जाएगी।"

"नहीं होगी।"

"आप भयंकर काम कराना चाहते हैं, आपको इस क्रूर कर्म के करने में लाज नहीं आती?

"लाज कैसी रे, मनस्वी कार्यार्थी कर्मसिद्धि को प्रथम देखते हैं।"

"किन्तु यह ऋषिपुत्र है, याजक है, इसे मारने में आपको ब्रह्महत्या का भय नहीं है?"

"मैं कठिन कर्म करके पीछे उससे छुटकारा पा लूंगा। तू अपना काम कर।"

"यह तो घोर कृत्य है।"

"मैं तुझे यज्ञ बलि के पशु का सिर यज्ञ-भाग में दूंगा। वह सदैव तेरे वंश को मिलता रहेगा, तू इसका सिर काट।"

इसपर तक्ष ने कुल्हाड़े से विश्वरूप त्रिशिरा का सिर काट लिया। इसपर बड़ा हल्ला मचा और जगह-जगह लोग इन्द्र को 'ब्रह्महा-ब्रह्महा' कहने और विद्रोह करने लगे। इससे भयभीत होकर इन्द्र भागकर छिप गया।

25 देवेन्द्र-नहुष

इन्द्र के इस प्रकार पलायन करके छिप जाने से देव-लोक में अव्यवस्था फैल गई। अन्त में देवों ने नहुष को ही ऐन्द्राभिषेक कराकर इन्द्रासन पर बैठा दिया। सभी देव-दैत्य, ऋषि, पितृगण, दानव और असुरों ने एकमत हो चक्रवर्ती नहुष को इन्द्र स्वीकार कर लिया। इन्द्र-पद पाकर राजर्षि नहुष त्रिभुवन के स्वामी हो गए। वे अप्सराओं के साथ नन्दनवन में विहार करने लगे। उन्होंने कैलाश, हिमवान्, मन्दराचल, श्वेतपर्वत, सह्याद्रि, महेन्द्र, मलय आदि पर्वतों, समुद्रों, नदियों में विविध भांति विहार किया। सब प्रकार ऐश्वर्य और विलास के साधन पा, दिव्यांगनाओं और अप्सराओं के सान्निध्य में रहकर महावीर्यवन्त नहुष क्रीड़ा और कामभोग में रत रहने और सोमपान करने लगे।

अब उन्होंने इन्द्राणी पौलोमी शची को श्रृंगार करके अपनी शय्या पर आने की आज्ञा दी। परन्तु पौलोमी शची ने नहुष की अंकशायिनी होना स्वीकार नहीं किया। उसने कहा–"मैं अपने प्रिय देवराट् इन्द्र की पत्नी हूं। मैं उसी की शय्या पर आ सकती हूं।"

नहुष ने कहा–"मैं ही अब देवराट् इन्द्र हूं। मैं देवलोक और मनुष्य-लोक का स्वामी हूं। इन्द्राणी अब मेरी भोग्या है। यह मर्यादा के विपरीत नहीं है।"

इन्द्राणी ने कहा–"आपने मेरे पति को न युद्ध में जीता है, न उसने मुझे जुए के दांव में हारा है। फिर कैसे आप मुझ पर अधिकार रखते हैं?"

किन्तु नहुष ने अपना हठ नहीं छोड़ा। देवों ने समझा-बुझाकर पौलोमी शची को नहुष के पास भेजने का निश्चय कर लिया। देव-याजक अंगिरस बृहस्पति ने भी नहुष को समझाया कि पौलोमी शची के साथ बलात्कार करना ठीक नहीं है। परन्तु नहुष ने यही कहा–"वह मेरी विजित वस्तु है। उस पर मेरा वैसा ही अधिकार है, जैसा इन्द्र के इन्द्रासन पर।"

आंगिरस बृहस्पति ने कहा–"देवराज, प्रसन्न होकर क्रोध रोकिए। प्रसन्न हूजिए। इन्द्राणी पुलोमा दैत्यराज की पुत्री है। उसने देवराट् को वरण किया था। इसलिए आप उसपर बलात्कार न करें।"

नहुष ने कहा–"देवराट् बड़ा ही निन्दित, गर्हित पुरुष था। उसने पितृवध किया, यतियों को कुत्तों को खिलाया और ब्रह्महत्या की। मैं देवराट् हूं फिर क्यों नहीं शची मुझे पतिभाव से ग्रहण करेगी? क्यों मैं इन्द्र नहीं हूं?"

बृहस्पति ने कहा–"आप महातेजवान् हैं, इन्द्र से भी बढ़कर हैं?"

"तो शची को मेरी शय्या पर आना चाहिए।"

विवश देवों ने शची को नहुष के पास भेज दिया। क्रोध और शोक से अभिभूत शची पौलोमी आंसू बहाती नहुष के पास जा खड़ी हुई। परन्तु उसने नहुष की शय्या का आरोहण स्वीकार नहीं किया। नहुष के आग्रह और अनुनय सभी को उसने अस्वीकार कर दिया। उधर नहुष के इस कार्य से देव, दैत्य, ऋषि सभी अप्रसन्न हो गए। अन्त में देवों ने मिलकर नहुष को इन्द्रपद से च्युत कर दिया और उसे देवलोक से निष्कासित कर दिया।

नहुष का छोटा भाई रजि बड़ा पराक्रमशील तरुण था। उसने देवासुर-संग्राम में देवों का पक्ष लेकर विकट युद्ध किया था। देवासुर-संग्राम में प्रथम रजि से दैत्यों ने अपने पक्ष में होकर युद्ध करने की प्रार्थना की थी। तब रजि ने यह शर्त रखी थी कि यदि दैत्य मुझे अपना इन्द्र बनाएं तो मैं अपने सौ परिजनों सहित उनका पक्ष लेकर देवों से युद्ध करूं। परन्तु दैत्यों ने स्पष्ट कह दिया कि हमारा इन्द्र प्रह्लाद है और हम उसीके इन्द्रपद के लिए देवों से युद्ध करते हैं। इसपर रजि ने देवों का पक्ष लिया। इन्द्र ने रजि से कहा–"आप ही सब देवों के इन्द्र हैं और मैं आपका पुत्र हूं।" इससे प्रसन्न होकर रजि ने इन्द्र के लिए युद्ध किया। पर पीछे इन्द्र के भाग जाने और त्रिशीर्ष को मरवा डालने के कारण देवों और ऋषियों ने उसके बड़े भाई नहुष को ही इन्द्र बना दिया था। अब नहुष को इन्द्रासन से च्युत कर देवलोक से निकाल देने पर क्रुद्ध होकर रजि ने इन्द्रासन पर जबर्दस्ती अधिकार कर लिया और अपने सौ परिजनों को देवलोक की सारी व्यवस्था दे दी। उसके भय से इन्द्र इधर-उधर मारा-मारा फिरने लगा। तब उसने आंगिरस बृहस्पति से कहा–"हे देवगुरु, आप किसी तरह रजि से मेरा इन्द्रासन मुझे दिलाइए।" बृहस्पति ने तब युक्ति कर चार्वाक- दर्शन का निर्माण किया, जिसमें वाद-प्रतिवाद-प्रयोजन से संयुक्त, वेदविरोधी तर्कों और अतितर्कों से संयुक्त हेतुवाद निहित था। उसने उसीके अनुसार राज-काज चलाने की रजि को सलाह दी। इसके परिणामस्वरूप रजि से सब देव-ऋषि बिगड़ गए और उसके परिजनों में भी रागद्वेष उत्पन्न हो गया, उनमें फूट पड़ गई। फलस्वरूप फिर बारहवां देवासुर-संग्राम हुआ।

इस प्रकार बारह देवासुर-संग्राम होने के बाद रजि की जय के साथ उनकी समाप्ति हुई। ये देवासुर-संग्राम तीन सौ वर्षों तक निरन्तर चलते रहे और परिणाम अन्त में यह हुआ कि देवों तथा दानवों का सारा भाईचारा टूट गया। वे दायाद-बान्धव न रहकर अब पृथक् स्वतन्त्र जातियों में विभाजित हो गए। उनके पारस्परिक रोटी-बेटी-सम्बन्ध भी बन्द हो गए।

26 पौरव

नहुष का बड़ा पुत्र ययाति ऋषि था। ययाति, दूसरे पुत्र उसके उत्तराधिकारी हुए। ये बड़े भारी धर्मात्मा, मन्त्रद्रष्टा और समर्थ पुरुष थे। इनका सैन्यबल भी असीम था। इन्होंने पृथ्वी को जीतकर धर्मराज स्थापित किया। ये अभिमानी थे। इनकी दो स्त्रियां थीं–एक दैत्य-याजक शुक्र की कन्या देवयानी, दूसरी दैत्य-राज वृषपर्वा की कन्या शर्मिष्ठा। देवयानी से यदु और तुर्वशु दो पुत्र तथा शर्मिष्ठा से अनु, द्रुह्यु और पुरु ये तीन पुत्र हुए। पुरुरवा, नहुष और ययाति तीनों ही वेदर्षि थे। पाठकों को स्मरण होगा कि पुरुरवा का वंश असुर-याजक अत्रि से सम्बन्धित था। अब ययाति का विवाह दैत्यराज की पुत्री तथा दैत्यगुरु की पुत्री से होने तथा वैवस्वत मनु की पुत्री के कुल में होने के कारण वे दैत्यों और आर्यों के सब कुलों में सुपूजित हो गए। वे बड़े भारी शासक और दृढ़चित्त पुरुष थे। इनकी रुद्र से मित्रता हो गई। रुद्र ने इन्हें एक दिव्य रथ दिया। यह रथ जनमेजय द्वितीय तक उनके वंशधरों के पास रहा। पीछे बृहद्रथ द्वारा जरासन्ध को मिला। इनके पांचों पुत्र भी वंशकर हुए। परन्तु इसी इसी समय एक खेदजनक असाधारण घटना हो गई। एक बार चैत्ररथ वन में मृगया करते हुए उसकी भेंट विश्वाची अप्सरा से हो गई। राजा विश्वाची के रूप यौवन को देखकर मोहित हो गया और उससे रति की याचना की। विश्वाची ने कहा–"हे धर्मात्मा, आप सब धर्मों के ज्ञाता–महाराज हैं। मैं गन्धर्वी हूं और पितृसंज्ञा में हमारी कुल-परम्परा है। तुम भार्यारूप में अग्नि की साक्षी देकर मुझे ग्रहण करो तो मैं तुम्हारे साथ रति करने में प्रसन्न हूं।" राजा ने यह बात स्वीकार कर ली और अग्न्याधान कर अग्नि की साक्षी में विश्वाची को ग्रहण किया। परन्तु वृद्ध और मन्दवीर्य शिथिलेन्द्रिय ययाति उस कामोन्मत्ता, रूपगर्विता, मुखरा-नायिका विश्वाची के साथ-रति करने में असमर्थ रहा। इसपर विश्वाची ने उसकी हंसी उड़ाई और कहा–"राजन् धर्मात्मा होकर, यह जानते हुए भी कि तुम वृद्ध और शिथिलेन्द्रिय–हतकाम पुरुष हो, तुमने मेरे यौवन को कलंकित किया। अब कहो, कुलवती होकर मैं कैसे किस पुरुष से रति-याचना करूं? इससे तुम्हारा इसी में भला है कि तुम्हीं इसका प्रबन्ध कर दो जिससे कुल-मर्यादा भी रहे और धर्म भी रहे।"

ययाति ने सोच-विचार कर एक उपाय स्थिर किया। उस काल में असुरों में ऐसा करना निन्दनीय नहीं गिना जाता था। उसने एक-एक कर अपने पांचों पुत्रों

से अनुरोध किया कि वे अपना यौवन मुझे दें अर्थात् मेरे स्थान पर विश्वाची को रतिदान करें। परन्तु ययाति के चार पुत्रों ने मातृगामी होना स्वीकार नहीं किया। किन्तु पांचवां पुत्र पुरु राज़ी हो गया और उसने रति-दान से विश्वाची अप्सरा को संतुष्ट कर दिया।

इस घटना से ययाति को बड़ी ग्लानि और क्षोभ उत्पन्न हुआ। वह आप ही आप कहने लगा–हाय-हाय! कामोपभोग से कामशान्ति नहीं होगी। भोग-तृष्णा प्राणों को नाश करने वाली है। इससे इसे प्रथम ही से त्याग देना अच्छा है। यह कैसा आश्चर्य है कि शरीर जीर्ण होने पर भी कामतृष्णा जीर्ण नहीं होती।

इस प्रकार ययाति के मन में घोर ग्लानि हुई, और अपने पुत्रों को राज्य बांट भृगुतुंग पर अन्न-जल त्याग प्राण त्यागने जा बैठा और अन्त में वहीं प्राण त्याग दिए।

महाराज ययाति चौदह द्वीपों के स्वामी थे। उन्होंने अपना राज्य इस प्रकार अपने पुत्रों को बांट दिया–दक्षिणपूर्व के भूभाग का राज्य तुर्वशु को दिया। जहां आजकल रीवां रियासत है। चंबल के उत्तर, यमुना के पश्चिम की दिशा में द्रुह्यु को दिया। गंगा-यमुना के द्वार उत्तर में अनु को राज्य दिया और ईशान में चम्बल-बेतवा और केन का मध्यवर्ती देश यदु को। अन्त में मध्य देश में पुरु को राज्य दे, उसे अपनी प्रधान गद्दी दी। इस प्रकार पुरु, द्रुह्यु, अनु, तुर्वशु और यदु इनके पृथक्-पृथक् राज्य स्थापित हो गए और उनके मुख्य घराने के शासक ययाति के सबसे छोटे पुत्र पुरु हुए। उन्हीं के नाम पर पौरव वंश चला। पुरु प्रतिष्ठान में राजधानी बना, गंगा-यमुना के मध्यवर्ती द्वाबे पर शासन करने लगे।

27 दाशराज-संग्राम

नाहुषों द्वारा देवलोक को अधिकृत करने की बात पाठक भूले न होंगे। नहुष को जब अपमानित करके देवों ने देवलोक से निकाल दिया तो उसके भाई रजि ने नाहुषों को लेकर बलात् उसपर अधिकार कर लिया। रजि और देवों में घनघोर युद्ध हुआ, जिसमें असुरों-दैत्यों ने रजि का साथ दिया। असल में दैत्यों का असुर-भूमि–अपवर्त–से एक प्रकार से बहिष्कार ही हो गया था। इससे देवों के प्रति असुर इस प्रकार खीझ गए थे कि वे युद्ध का कोई अवसर ही

न चूकते थे। नाहुषों के प्राबल्य और असुरों के सब राज्यों की सहायता से बलिष्ठ नाहुष देवभूमि को छोड़ते न थे। उनके भय और अत्याचारों से तंग प्रताड़ित देव मारे-मारे फिरते थे। इन्द्र की भी बड़ी दुर्दशा हो गई थी। वह सर्वत्र मुंह छिपाता फिर रहा था। अब उसने पैजवन सुदास को उभारा। पाठक जानते हैं कि वृत्र-युद्ध में सुदास को इन्द्र ने मित्रवत् माना तथा उसे राज्याधिकार दिया था। सुदास इन्द्र के इस उपकार को भूला न था। फिर इन्द्र ने वशिष्ठ को समझा-बुझाकर सुदास के पास भेज दिया था। वशिष्ठ के कहने से सुदास इन्द्र के लिए युद्ध करने को सन्नद्ध हो गया। परन्तु केवल इन्द्र ही के लिए नहीं सुदास ययाति-पुत्रों के राज्य-विस्तार को भी सहन नहीं कर सकता था।

रावी नदी का नाम उन दिनों परुष्णी था। परुष्णी के दोनों किनारों पर सुदास का राज्य था, जो उत्तर पांचाल राज्य कहाता था। सुदास पिजवन के पुत्र थे। पिजवन राजा न थे, परन्तु प्रचण्ड युद्धकर्ता थे। सुदास को प्रसिद्ध वैदिक विजयी महाराज दिवोदास ने गोद लिया था तथा अपना पुत्र बनाया था। दिवोदास मुद्गल के पुत्र वध्यश्व के पुत्र थे। ये वध्यश्व विदर्भ के राजा नल के नवासे थे। पांचाल देश में मुद्गल, सृञ्जय, बृहद्रिपु, क्रिमिलाश्व और जयीनर के खण्डराज्य थे, जिनके प्रमुख सुदास थे। सुदास को गौरव इन्द्र की सहायता से ही प्राप्त हुआ था। अब वही इन्द्र देवलोक से भ्रष्ट हो मारा-मारा फिर रहा था। संवर्ण का राज्य इनकी राज्य-सीमा से मिला हुआ था। उधर आर्यावर्त पर ही देवलोक की भांति नाहुषों का प्राबल्य हो रहा था। जो सीमाएं ययाति ने पुत्रों को दी थीं वे उनसे सन्तुष्ट न थे। इन सब कारणों से दाशराज महासंग्राम की भूमिका बंधी। नहुषवंशियों में यदु, तुर्वशु, अनु और द्रुह्यु थे तथा नाहुषों के सहायतार्थ मनुर्भरत और बहुत-से अनार्य राजा एकत्र हुए थे। इन अतिरिक्त नाहुषों के झण्डे के नीचे भार्गव, पुरोदास, पक्थ, भलान, आलन, शिव, विशात, कवष, युध्यामधि, अज, शिग्रु और चक्षु आए थे। दानव वार्चिन अपने एक लाख दानवों को लेकर आया था। बहुत से सिम्यु जाति के मुखिया भी आए थे। केवल पौरवों ने इस युद्ध में भाग नहीं लिया था। दस्युराज वार्चिन ही इस संयुक्त महासैन्य का नेता था।

सुदास की सहायता इन्द्र और अनेक आर्य राजाओं ने की। इस तुमुल संग्राम में नाहुषों ने रावी नदी को दो भागों में विभक्त करके उसे पार करने की चेष्टा की, किन्तु सुदास ने तत्काल धावा बोल दिया जिससे दबाव में पड़कर नाहुष की बहुत-सी सेना नदी में डूब मरी। कवष और द्रुह्यु वंशी सभी डूब मरे। अनु और द्रुह्युओं के छियासठ सेनानायक और छः हजार वीर सेनापति खेत रहे। राजा वार्चिन के

एक लाख पांच सौ सैनिक मारे गए। इस युद्ध में सात दुर्ग सुदास के हाथ लगे। युध्यामधि का उसने युद्धस्थल में वध किया। अब सिगरु और चक्षु ने अधीनता स्वीकार कर ली। भृगु लोग सर्वथा परास्त हो गए। तुर्वशु, और चाव्ह का अहंकार चूर्ण हुआ। कुछ नाहुषों ने कर देना स्वीकार किया। पुरोदास, भृगु और द्रुह्यु ने अधीनता स्वीकार कर ली। इस युद्ध में इक्कीस जातियों के वैकर्ण पराजित हुए। सुदास ने शत्रुओं के सात दुर्ग और जीती हुई सामग्री त्रस्यु को दे दी। अज, शिग्र और चक्षु ने सुदास को कर दिया।

प्रिव के पचास हजार मनुष्य मारे गए। इस युद्ध में धनुष, बाण, खड्ग, ढाल, कवच, शिलाप्रक्षेपक और आग्नेयास्त्रों का प्रयोग हुआ। बरछों और भालों का भी प्रयोग हुआ। निशित बाण चलाए गए। इन युद्ध को जय कर सुदास ने पूर्व की ओर बढ़कर भेद से युद्ध किया। भेद के साथ अज, शिग्रु और पवथों ने यमुना के कछार में सुदास का सामना किया, परन्तु पराजित हुए। भेद का भारी खजाना लूट लिया गया और किले छीन लिए गए। युद्ध की समाप्ति पर विजयोत्सव हुआ, जिसमें पराशर, वशिष्ठ और सत्ययात को बहुत-सा दान दिया गया। देववात अभ्यावर्तिन चायमान ने यव्यावती नदी पर वृचीनवों को हराया तथा सृञ्जय को तुर्वशु का देश दिया। चायमान ने बीस घोड़े तथा दासियां भरद्वाज को दीं। ये चायमान मनुर्भरतों में पृथुवंशी थे। दिवोदास ने भी भरद्वाज को धनी बना दिया। सृञ्जय के पुत्रों ने भी भरद्वाज को दान-मान से सत्कृत किया। इस प्रकार यह उस काल का सबसे बड़ा युद्ध समाप्त हुआ, जिसका बड़ा भारी सांस्कृतिक प्रभाव आर्यों और आर्यावर्त पर पड़ा।

वशिष्ठ ने इस युद्ध में सुदास की बहुत सहायता की थी। सुदास ने भी उन्हें बहुत धन, गौ-दान दिया। परन्तु किसी कारण से वशिष्ठ उनसे नाराज़ होकर पौरव संवर्ण के पास चले गए। संवर्ण को एक बार सुदास हरा चुके थे। वही बैर उभाड़ कर वशिष्ठ उसे सुदास पर चढ़ा लाए। तब संवर्ण ने युद्ध क्षेत्र में सम्मुख युद्ध में सुदास का वध किया।

अब उत्तर पांचाल में अजमीढ़ के पुत्र बृहदश्व ने दक्षिण पांचाल का नया राज्य स्थापित किया। भरत के पौत्र सुहोत्र ने काशी में एक पौरव राज्य की स्थापना की थी, जिसे दुर्दम हैहयों ने आक्रान्त किया। पीछे प्रतापी प्रतर्दन ने तालजंघ के पुत्र वीतिहव्य को हैहयों की राजधानी में घुसकर हराया। पीछे वीतिहव्य ऋषि हो गए। प्रसिद्ध वेदर्षि गृत्समद् वीतिहव्य के दत्तक पुत्र हुए। प्रतर्दन राम के राज्यारोहण में भी आए थे। प्रदर्दन के पुत्र वत्स ने प्रतिष्ठानपुर के कौशाम्बी प्रान्त को अपने राज्य में मिला लिया। काशी की शाखा में सुहोत्र के पुत्र बृहत् ने कान्यकुब्ज में पौरव

राज्य की स्थापना की। इन्हीं के पुत्र जह्नु थे, जिन्हें प्रतापी सूर्यवंशी मान्धाता की पौत्री ब्याही थी। यदु को चम्बल, बेतवा और केन वाला प्रदेश मिला था। इससे दो पुत्र हुए–क्रोष्टु और सहसजित्। इनके दो वंश चले–पहले से यादव-वंश, दूसरे से हैहय-वंश। वे यज्ञ नहीं करते थे तथा उन्होंने असुरों से विवाह-सम्बन्ध स्थापित किए थे। यदुवंशी हयश्व मधु दैत्य का दामाद हुआ। पीछे इस वंश में शशिबिन्दु प्रसिद्ध यज्ञकर्ता हुआ। इसके पुत्र ज्यामघ ने दक्षिण में ऋक्ष पर्वत पर मृत्तिकावती बसाकर राजधानी बनाई। हैहयों ने अपने भाई-बन्द यादवों से उनके पैतृक राज्य छीनकर साहंजनी और माहिष्मतीपुरी बसाई। पीछे सूर्यवंशी शर्यात भी इन्हीं में मिल गए। इसके बाद भार्गवों से हैहयों का विग्रह हुआ। तुर्वशु का वंश उत्तरी बिहार में राज्य करने लगा। इस वंश में प्रसिद्ध यज्ञकर्ता मरुत् चक्रवर्ती हुआ। इन्होंने दीर्घतमा ऋषि के चचा संवर्त से यज्ञ कराया। इन्हें ही हिमालय में भारी खज़ाना मिला। मरुत् से कुछ ही पूर्व मान्धाता ने पौरव कुल को राज्यच्युत किया था। अब मरुत् ने अपना तुर्वशु वंश राजकुमार दुष्यन्त को गोद लेकर पौरव कुल में मिला दिया। इस वंश की शाखाएं–पाण्ड्य, चोल और केरल–दक्षिण में फैल गईं।

द्रुह्यु के वंशधर अंगार को आगे मान्धाता ने पराजित किया। इससे यह वंश और पीछे हटकर गंधार तक पहुंचा। पीछे इन्होंने मान्धाता के पुत्र पुरुकुत्स को सपरिवार बन्दी किया। बन्दी–अवस्था में ही त्रसदस्यु का जन्म हुआ। समय आने पर इसी त्रसदस्यु ने द्रुह्युओं को चम्बल के किनारे करारी हार दी। इसके बाद यह वंश और भी पश्चिम की ओर हटकर म्लेच्छदेश में चला गया। कुछ द्रुह्यवंशी महाभारत में आ बसे, जहां वे भोज कहलाए। अनु को गंगा-यमुना के द्वाबे का उत्तरी भाग मिला था। इस वंश का राजा महामनस पंजाब की ओर बढ़ा। वह चक्रवर्ती तथा सात समुद्रों का स्वामी प्रसिद्ध हुआ। इसने सिन्धु, सौवीर, कैकेय, मद्र, वाल्हीक, शिवि और अम्बष्ठ राज्यों की स्थापना की। इस वंश के राजकुमार तितिक्षु ने पूर्व की ओर आकर अंग राज्य वर्तमान भागलपुर के निकट स्थापित किया। इसी वंश के राजा बलि की रानी सुदेष्णा में अन्धे वेदर्षि दीर्घतमा ने वीर्यदान दे पांच पुत्र उत्पन्न किए जो क्रमशः अंग, बंग, कलिंग, सुम्ब और पौण्ड्र राज्यों के संस्थापक हुए। इसी वंश के प्रसिद्ध नरेश लोमपाद दशरथ के मित्र थे।

दीर्घतमा, वीतिहव्य, जमदग्नि, राम, परशुधर और शिवि, यदु, द्रुह्यु, अनु और तुर्वशु नाम वेद में बहुत विख्यात हैं। गान्धार में रावलपिण्डी और पेशावर के ज़िले लगते थे। उसमें तक्षशिला और पुष्करावती प्रमुख थे। आजकल इसे चारसद्दा कहते हैं। कैकेय लोग गान्धार और व्यास के मध्यवर्ती क्षेत्र में थे। उशीनर, कैकेय

और मद्रक आनव ही थे। यह वंश देर तक मध्य पंजाब में राज्य करता रहा। उत्तर मद्र हिमालय के उस पार था। दक्षिण मद्र का राज्य स्यालकोट के निकट था। इन राज्यों की पांच श्रेणियां थीं–साम्राज्य, भौज्य, स्वराज्य, वैराज्य और राज्य। उन दिनों राजाओं की रानियों की भी चार श्रेणियां थीं–स्वराज्य, महिषी, परिवृत्ता, बावाता, पालागली। मुख्य रानी महिषी, प्रेमहीना परिवृत्ता, मुख्य प्रेमिका बावाता और अन्तिम–मन्त्री की कन्या–पालागली। महान् सम्राट् का ऐन्द्राभिषेक होता था। इन बड़े-बड़े राजवंशों के अतिरिक्त उस काल में गान्धार, मूजवन्त, मत्स्य, तृत्सु, भरत, भृगु, उशीनर, चेदि, क्रिवि, पांचाल, कुरु, सृञ्जय, धर, पारावत आदि वंशों की अनेक छोटी-छोटी गद्दियां भरतखण्ड में स्थापित थीं।

28 आनर्त

वैवस्वत मनु के एक पुत्र शर्याति थे। इन्होंने गुजरात प्रान्त में खम्भात की खाड़ी के पास अपना आनर्त राज्य स्थापित किया था। शर्याति बड़े भारी सम्राट् हुए। पीछे इनका ऐन्द्राभिषेक हुआ। शर्याति के पुत्र का नाम आनर्त था, उसी के नाम पर इस राज्य का नाम भी आनर्त रखा गया था। शर्याति की एक पुत्री सुकन्या नाम की थी, जिसे भृगुपुत्र च्यवनऋषि को ब्याहा गया था। भृगु ऋषि अति प्रतिष्ठित, देव-असुर-पूजित थे। उनके तीनों पुत्र–शुक्र, अत्रि और च्यवन विख्यात पुरोहित याजक हुए। शुक्र और अत्रि असुर-याजक थे, शुक्र हिरण्यकशिपु और बलि के पुरोहित थे, जिनके पुत्र सुन्द और मकरन्द को दैत्यपति हिरण्यकशिपु ने अपने प्रह्लाद का शिक्षक नियत किया था। शुक्र वृषपर्वा दानव के भी पुरोहित थे। शुक्र और वृषपर्वा दोनों की कन्याएं देवयानी और शर्मिष्ठा ययाति ऐल को ब्याही थीं। शर्याति ने च्यवन को अपनी पुत्री सुकन्या ब्याह दी, उन्हें अपना पुरोहित भी बना लिया। च्यवन आनर्त राज्य के दामाद और गुरु बनकर राजसी ठाठ से रहने लगे। शर्याति की गणना वेदर्षियों में थी। च्यवन और सुकन्या की सन्तानों ही में दधीचि, ऊर्व, ऋचीक, जमदग्नि और परशुराम उत्पन्न हुए।

कुछ काल बाद पुण्यजन राक्षसों के राजा मधु ने इस राज्य पर अधिकार कर लिया। मधु यादवों की शाखा में कुन्तराज्य का स्वामी था। मधुपुरी उसी ने

बसाई, पीछे जिसका नाम मथुरा प्रसिद्ध हुआ। मधु साहस करके लंका से रावण के रंगमहल में से रावण के नाना सुमाली के बड़े भाई माल्यवान् की पुत्री कुम्भीनसी को चुरा लाया था। पीछे रावण के क्रोध से बचने के लिए उसने राक्षस-धर्म स्वीकार कर लिया था। फिर मधु ने हैहयों से भी वैवाहिक सम्बन्ध स्थापित किए। अन्त में यह राज्य हैहयों के राज्यों में मिल गया। भार्गव लोग भी शर्याति की भांति हैहयों के पुरोहित बने रहे। हैहयों ने उन्हें खूब सम्मानित किया धन भी खूब दिया। पीछे हैहयों को निरन्तर की चढ़ाइयों और युद्ध के कारण धन की बड़ी आवश्यकता पड़ी। उन्होंने प्रजा से धन मांगा। इसी भांति भार्गवों से भी मांगा। परन्तु भार्गवों ने धन देने से इन्कार कर दिया। प्रथम तो उन्होंने आनर्त के राज्य पर अपने दायाद होने का अधिकार प्रदर्शित किया, पुरोहित और गुरुपद का भी अधिकार मांगा। बहुत हठ करने पर कहा–धन हमारे पास नहीं है। इस प्रश्न पर भार्गवों और हैहयों में झगड़ा हो गया भार्गवों ने अपना धन भूमि में छिपा दिया। हैहयों ने उनके घर खोद डाले। फिर उन्हें लूट लिया घरों को खोदने से बहुत धन मिला। इस पर क्रुद्ध होकर उन्होंने भार्गवों को मार डाला। उनकी स्त्रियों के गर्भ फाड़ डाले। उनमें केवल एक और्व बचकर निकल भागे और सुमेरुभूमि में काव्यशुक्र के आश्रय में रहने लगे। पीछे और्व ही के नाम पर सुमेरु-भूमि का नाम 'अरब' पड़ा।

उनके साथ उनकी सगर्भा पत्नी भी थी। कालान्तर में उसने पुत्र प्रसव किया, और समय पाकर वह उसी भूमि में बढ़कर गुप्तवास में ही युवा हुआ। उसका नाम ऋचीक रखा गया। युवा होने पर और्व ने उसे सब ऊंच-नीच समझाकर माहिष्मतों के राज्य से दूर सरस्वती-तीर पर आश्रम बनाकर रहने की सलाह दी। सरस्वती-तट पर बस जाने के कुछ काल ही बाद कान्यकुब्ज के राजा गाधि ने उन्हें अपनी पुत्री सत्यवती ब्याह दी। समय पाकर जिस समय सत्यवती ने पुत्र प्रसव किया, उसी समय उसकी माता ने भी किया। सत्यवती के पुत्र का नाम जमदग्नि हुआ और गाधिपुत्र का विश्वामित्र। दोनों मामा-भांजे सरस्वती पर ऋचीक ऋषि के आश्रम में पलने और शिक्षण पाने लगे। और्व ने अपने पुत्र ऋचीक को वेदज्ञ बनाया था। ऋचीक ने भी अपने पुत्र और साले को वेदविद् बनाया। फलतः जमदग्नि और विश्वामित्र उसी समय ख्यातनामा पुरुष हो गए थे। आगे चलकर दोनों मामा-भांजों ने मिलकर वेद की ऋचाएं बनाईं और वेदर्षि प्रसिद्ध हुए।

यह वह काल था, जब आर्यों के राज्यों ने गंगा और यमुना के तट छू लिए थे। दैत्य और असुर अनार्य मधुपुरी मथुरा से पीछे हटते और नर्मदा-तट पर अपने आवास बनाते जाते थे। सरस्वती और दृषद्वती का मध्यवर्ती प्रदेश आर्यों का

केन्द्रस्थल बनता जा रहा था। सूर्य और चन्द्रवंश के खंडराज्यों के अतिरिक्त यहां यदु, पुरु, भरत, तृत्सु, तुर्वशु, द्रुह्यु, जह्नु जातियों के जनपद स्थापित हो चुके थे। उधर वाराणसी के गंगा तट से नर्मदा तक आर्यों के योद्धा आगे बढ़ते जा रहे थे। नये-नये राज्यों की स्थापना हो रही थी।

विश्वामित्र के पिता गाधिन् जह्नु वंश के राजा थे। एक बार ऋचीक और्व उनके यहां आए और एक सहस्र श्यामकर्ण घोड़े गाधि को देकर उनकी पुत्री सरस्वती मांग ली। इस प्रकार गाधिपुत्री से उसका विवाह हुआ।

उस युग में भृगुवंश महामहिमावान् था ही। च्यवन के सौतेले भाई उशनस शुक्र जहां सब दैत्यों के याजक गुरु थे, वहां महामहिमावान् ययाति के श्वसुर भी थे। ये ययाति भी साधारण राजा न थे, अपितु पुरु, यदु, अनु, दुरू और तुर्वशु इन पांच वंशों के मूल पुरुष थे। यद्यपि उनके आचार आर्यों से भिन्न थे, परन्तु इससे उनकी प्रतिष्ठा में कमी नहीं आती थी। हैहयों से विग्रह होने पर उन्होंने यदु, तुर्वशु और द्रुह्युओं का आश्रय लिया। ऋचीक ऋषि का असुर याजकवंशी होने से आर्यावर्त के बाहर दूसरी जातियों पर भी भारी प्रभाव था।

जमदग्नि का विवाह इक्ष्वाकुवंश की राजकुमारी रेणुका के साथ हुआ था। उसके पांच पुत्र हुए, सबसे छोटे परशुराम थे। परशुराम उदग्र प्रकृति के थे। ऋचीक ऋषि ने हैहयों द्वारा अपने कुलनाश और अपमान की इतनी भावना उनके मन में भर दी कि तरुण परशुराम का रक्त खौलने लगा और उसने शास्त्रों के साथ शस्त्रों की भी सम्पूर्ण शिक्षा प्राप्त की। संयोग ही से एक दुर्घटना के कारण परशुराम का उग्र स्वभाव प्रकट हो गया। परशुराम की माता रेणुका का मृतिकावती के राजा चित्ररथ के साथ गुप्त सम्बन्ध अकस्मात् प्रकट हो गया। जमदग्नि यों शान्त पुरुष थे, पर इस घटना से वे इतने उत्तेजित हुए कि उन्होंने अपने पुत्रों को आज्ञा दी कि वे तुरन्त ही अपनी माता का सिर काट लें। सभी पुत्र इस जघन्य कार्य को न कर सके। किन्तु परशुराम ने परशु उठा खट से माता का सिर काट लिया।

जब सरस्वती-तीर पर जमदग्नि के आश्रम में यह खेदजनक घटना घट रही थी, हैहयों का प्रबल प्रताप भारत पर छा रहा था। उनका राज्य मथुरा में नर्मदा तट तक के प्रदेशों में फैल गया था। उधर खम्भात से काशी तक उनका विस्तार था। कोई भी अकेला आर्य राजा उनके सम्मुख आने का साहस न कर सकता था। इस प्रकार से समूचे ही मध्य-प्रदेश का स्वामी हैहय कार्तवीर्य सहस्रार्जुन था। इसके राज्य का विस्तार पूर्व में चर्मण्वती नदी–चम्बल, पश्चिम में समुद्र, दक्षिण में नर्मदा और उत्तर में आनर्त तक था। उसकी विपुल पोतवाहिनी सेना थी और

उसका हयदल अजेय था। वह प्रतापी, साहसी और मानी था। फिर शर्याति भी उसके साथ थे।

हैहयों से हारकर यादव ज्यामघ अपना पैतृक राज्य छोड़कर मृत्तिकावती में विदर्भ के निकट जा छिपा। सूर्यवंशी राजा बाहु और्व ऋषि के आश्रम में आ छिपा। विश्वामित्र के पुत्र लौहि का कान्यकुब्ज राज्य उन्होने नष्ट कर दिया। केवल अयोध्या का सूर्यवंशी राज्य इनके उत्पात से बचा रहा।

परन्तु परशुराम विश्वामित्र की बहिन के पौत्र और इक्ष्वाकु राजा के दौहित्र तथा गरिमामय भृगुवंश के उत्तराधिकारी थे। वे हैहयों को अपना चिरशत्रु समझते थे, और ज्यों-ज्यों वे सहस्रार्जुन की ख्याति तथा शौर्य-चर्चा सुनते जाते थे, उनके मन में उससे मुठभेड़ करने की इच्छा प्रबल होती जाती थी। उन्होंने यादवों को अपना साथी बना लिया था। ये दोनों ज्वलन्त पुरुष इन दिनों परस्पर टकराने के लिए शक्ति-संचय कर रहे थे।

संयोगवश जमदग्नि की स्त्री रेणुका की बहिन सहस्रार्जुन को ब्याही थी। इस प्रकार यद्यपि जमदग्नि अर्जुन के साढ़ू थे, फिर भी प्राचीन वंश-वैर तो था ही। अब जो उन्होंने अपनी पत्नी का वध कर डाला, तो इससे क्रुद्ध होकर सहस्रार्जुन ने चढ़ाई करके जमदग्नि का आश्रम जला डाला, गौएं लूट लीं और मनुष्यों को मार डाला। इसपर पिता की आज्ञा से परशुराम ने अपने मौसा–इस विख्यात योद्धा सहस्रार्जुन को सम्मुख युद्ध में मार डाला। कुपित होकर अर्जुन के उत्तराधिकारी हैहयों ने राम की अनुपस्थिति में निरस्त्र जमदग्नि को मार डाला। इसपर क्रुद्ध हो हैहयों का बीजनाश करने का संकल्प कर परशुराम ने निरन्तर कठिन युद्ध करके हैहयवंश का समूल उच्छेद करके समन्तक तीर्थ में उनके रक्त से पांच कुण्ड भरे।

29 उत्तरकोशल

अयोध्या की मुख्य उत्तर कोशल की गद्दी पर जिस समय दशरथ अबाध शासन कर रहे थे, उसी समय उत्तर कोशल-वंश के कुछ शाखा-राज्य भी बहुत सम्पन्न थे, जिनका उल्लेख हम कर चुके हैं। इन्हीं में से एक राज्य अनरण्य ने स्थापित किया था। यह अनरण्य राजा दशरथ से छः-सात पीढ़ी प्रथम सिन्धु

द्वाप राजा का पुत्र था। यह राज्य कान्यकुब्ज के निकट कहीं था। इस शाखा का त्रैयारुण राजा वेदज्ञ और प्रतापी था। त्रैयारुण का पुत्र सत्यव्रत था, जिसका त्रिशंकु नाम युवराज-काल ही में प्रसिद्ध हो चुका था। इसका कारण यह था कि उससे तीन गुरुतर अपराध हो चुके थे। प्रथम तो उसने एक ऋषि की नवपरिणीता वधू के साथ बलात्कार किया। दूसरे चाण्डालों के साथ रहने तथा खाने-पीने लगा। तीसरे कुलगुरु वशिष्ठ की एक गाय को मारकर वह खा गया। इन तीन गुरुत्तर अपराधों के कारण उसके पिता ने उसे त्रिशंकु का दुर्नाम दिया और कुलगुरु वशिष्ठ की सलाह से उसे यौवराज्य-पद से च्युत कर दिया। त्रिशंकु पिता का कोपभाजन तथा राज्याधिकार से च्युत होकर वन में भाग गया।

कालान्तर में त्रैयारुण की मृत्यु हुई। परन्तु त्रिशंकु को राज्य नहीं मिला। मन्त्री, वशिष्ठ ही राज्य चलाने लगे। इसी समय एक भयंकर बारह वर्ष का अकाल पड़ा, जिससे प्रजा वशिष्ठ से असन्तुष्ट हो गई। इस समय घात पाकर कान्यकुब्ज नरेश विश्वामित्र ने इस राज्य पर आक्रमण कर दिया। वशिष्ठ ने शबरों और म्लेच्छों की सेना संग्रह कर विश्वामित्र को पराजित किया। युद्ध में पराजय से लज्जित और लांछित होकर विश्वामित्र अपने राज्य में नहीं लौटे–वन में चले गए। राज्य पर उनका पुत्र अधिकारी हो गया। वन में त्रिशंकु ने विश्वामित्र की अच्छी आवभगत की। उन्हें बहुत सहायता पहुंचाई। उनके परिवार का पालन किया। इसके बाद विश्वामित्र और त्रिशंकु के सम्मिलित उद्योगों से त्रिशंकु अपने पिता की गद्दी पर आसीन हुआ। इसपर वशिष्ठ, त्रिशंकु और विश्वामित्र, दोनों ही के वैरी बन गए, परन्तु राज्य के मन्त्री और पुरोहित बने ही रहे। कुछ दिन बाद त्रिशंकु ने यज्ञ करना चाहा, परन्तु वशिष्ठ ने यज्ञ कराने से साफ इन्कार कर दिया। इस त्रिशंकु ने विश्वामित्र से ऋत्विज बनकर यज्ञ करने को कहा। विश्वामित्र राजी हो गए। परन्तु वशिष्ठ का विरोध साधारण न था। वे एक सहस्र वटुकों के कुलपति थे। वेद-निर्माता ऋषि थे। राजमन्त्री थे। उनके प्रभाव से कोई ऋषि और देवता त्रिशंकु के यज्ञ में नहीं आया। इसपर विश्वामित्र ने कुपित होकर कहा–"मैं नये देवताओं की स्थापना करूंगा।" अन्त में देवताओं ने यज्ञ-भाग ग्रहण किया, परन्तु इस राज्य की पुरोहिताई वशिष्ठ ने छोड़ दी–विश्वामित्र उसके पुरोहित हो गए।

वह राज्य त्याग कर वशिष्ठ उत्तर पांचाल-नरेश सुदास के राज्य में पहुंचे और उस राज्य के मन्त्री और पुरोहित बन गए। दश राजाओं के युद्ध में वशिष्ठ ने सुदास की बड़ी सहायता की। उसे जिताया तथा अपने हाथ से उसका राज्याभिषेक किया। परन्तु कुछ काल बाद यहां भी विश्वामित्र ने बाधा उपस्थित कर दी। सुदास ने यज्ञ

कराने को विश्वामित्र को बुलाया। यज्ञ के मध्य में वशिष्ठपुत्र शक्ति ने विश्वामित्र को निरुत्तर कर दिया। इसपर विश्वामित्र ने शक्ति को अवसर पाकर जीवित ही जलवा दिया। झगड़ा इतना बढ़ा कि सुदास ने वशिष्ठ-परिवार के सौ पुरुषों को मरवा डाला।

अब वशिष्ठ खिन्न होकर दक्षिण कोशल-नरेश कल्माषपाद के यहां चले गए। वहां विश्वामित्र ने एक विचित्र युक्ति की। किंकर नामक एक राक्षस को राजा का अन्तरंग मित्र बना दिया। उसके संसर्ग से उस राजा को नर-मांस खाने का चस्का लग गया और उस राक्षस की सलाह में आकर राजा कल्माषपाद वशिष्ठ के सब पुत्रों को मारकर खा गया।

वशिष्ठ वहां से भी हटकर अब हस्तिनापुर के राजा संवर्त के राज्य में आए। संवर्त को एक बार सुदास ने युद्ध में हराया था। वही वैर उकसाकर वशिष्ठ ने संवर्त को सुदास से भिड़ा दिया, जिसमें सुदास मारा गया।

इसके बाद वशिष्ठ फिर उत्तर कोशल की अपनी जगह पर आ गए। इस समय तक त्रिशंकु की मृत्यु हो चुकी थी और अब उनके पुत्र हरिश्चन्द्र राज्याधिकारी हुए थे। हरिश्चन्द्र बड़े योद्धा और दानी थे। इन्होंने अश्वमेघ यज्ञ किया। यज्ञ में इन्होंने विश्वामित्र को बुलाना चाहा, परन्तु वशिष्ठ ने इसका घोर विरोध किया। विश्वामित्र ने भी वह सुना। इस अपमान को उन्होंने मन ही में रक्खा। इसी समय एक विचित्र घटना घटी। हरिश्चन्द्र के कोई पुत्र नहीं हुआ। तब उन्होंने वरुण की उपासना की और प्रतिज्ञा की कि मैं प्रथम पुत्र को वरुण को बलि दूंगा। कालान्तर में पुत्र उत्पन्न हुआ और उसका नाम रोहिताश्व हुआ। परन्तु हरिश्चन्द्र ने वरुण को पुत्र की बलि नहीं दी। इससे उसे जलोदर का रोग हो गया और उसका कारण 'संकल्प-छेदर' से वरुणदेव का कोप ही माना गया। बहुत सोच-विचार के उपरान्त वशिष्ठ की सलाह से यह निर्णय हुआ कि पुत्र के स्थान पर किसी अच्छे कुल का दूसरा लड़का बलि देने से भी वरुणदेव संतुष्ट हो सकते हैं। इसपर खोज-खाजकर भृगुवंशी अजीगर्त वेदर्षि को लाया गया और उसने एक हज़ार गाय लेकर अपने मंझले पुत्र शुनःशेप को बलि होने के लिए बेच दिया।

संभवतः इस कार्य में वशिष्ठ की अभिसन्धि थी, क्योंकि यह बालक विश्वामित्र का भागिनेय था। बालक विश्वामित्र के पास जाकर बहुत रोया-पीटा और कहा– मेरे दुष्ट लालची पिता ने मुझे बलि होने के लिए बेच दिया है, आप मुझे बचाइए।

विवश विश्वामित्र यज्ञ में आए। चालाकी से वशिष्ठ इस यज्ञ में ऋत्विज नहीं बने थे। अयास्य–आंगिरस को बनाया था। जब बालक को लाल वस्त्र पहनाकर

बलिस्थल लाया गया, तो कोई पुरोहित उसे यूप से बांधने को राजी नहीं हुआ। जिस पर अजीगर्त वेदर्षि ही और सौ गाएं लेकर इस काम को भी तैयार हो गया और उसने लड़के को यूप से बांध दिया। परन्तु विश्वामित्र के प्रभाव से वरुण ने बिना बलि के यज्ञ की पूर्णता मान ली और शुनःशेप बच गया। बच जाने पर अजीगर्त वेदर्षि–'हा पुत्र हा, पुत्र!' कहकर उसकी ओर दौड़ा। तब उस बालक ने घृणापूर्वक उसे पिता मानने से इन्कार कर दिया और वह विश्वामित्र का पुत्र बन गया।

30 अनार्य जन

अनार्यों की भी भारत और भारत की सीमाओं पर उन दिनों अनेक जातियां थीं। इनमें महिष, कपि, नाग, मृग, ऋक्ष, व्रात्य, आर्जिक, राक्षस, दैत्य, दानव, कीकट, महावृष, वाह्लीक, मूंजवन आदि प्रमुख थीं। इन सबका संयुक्त नाम अनार्य ही था। इनमें ही कुछ जातियों को यातुधान, दस्यु और सिम्यु भी कहा जाता था।

मानवशास्त्रियों का कहना है कि आजकल शुद्धतम आर्यों के वंशधर केवल कश्मीर, पंजाब और राजस्थान की कुछ जातियां हैं। गंगा-यमुना की घाटियों और बिहार की जातियों में आर्यों और द्रविड़ों का मिश्रण है। कीकट गया प्रान्त के निवासी थे। गुजरात, सिन्ध, बम्बई में सीदियन तथा द्रविड़ों की मिश्रित जातियां हैं। नेपाल, भूटान, आसाम आदि में मंगोल-द्रविड़ों का मिश्रण है। वायव्य सीमाप्रान्त के लोग तुरुष्क हैं, जिन्हें तुर्की-ईरानी भी कहा जाता है।

मैसूर प्रान्त ही महिषमण्डल था। अत्यन्त प्राचीन काल में यहां आर्यों की विरोधिनी महिष जाति रहती थी। रावण के काल में हैहय कार्तवीर्य अर्जुन यहां राज्य करते थे। कपि या वानरों का राज्य किष्किन्धा में था। वर्तमान टोडा जाति के लोग, जो दक्षिण भारत में हैं, संभवतः इन्हीं के वंशधर हैं। ऋक्ष भी उन्हीं प्रान्तों में एक जाति थी। ये वास्तव में द्रविड़ जातियों के बान्धव थे। कपियों की राजधानी किष्किन्धा बहुत सम्पन्न था और वहां का स्वामी बाली अजेय योद्धा था। नागों में शेष वासुकि, तक्षक, धृतराष्ट्र आदि प्रमुख राजा थे। इनके वंश दक्षिण के द्वीप-

समूहों में तथा समुद्री तट-प्रान्तों में राज्य करते थे। पाताल नाग-लोक कहाता था। सम्भवतः सिन्ध में एक नगर पाताल नामक था, जहां वासुकि राज्य करता था। वहां से बेबीलोन तक भारतीय व्यापार होता था। पूर्वी बंगाल के समुद्र-तट पर भी नागों की बस्तियां थीं। छोटा नागपुर का उत्तरी अंचल इनका मुख्य केन्द्र था। नागों के वैवाहिक सम्बन्ध आर्यों और अनार्यों में समान भाव से होते थे। सर्वप्रथम काश्यप सागर का मन्थन देवों, दैत्यों और नागों ने ही मिलकर किया था। उत्तंक ऋषि ने अपने खोए हुए कुण्डल किसी नाग नरपति से ही छीने थे। लंका के समुद्र की रक्षिका सुरसा नागमाता थी, जिससे हनुमान् की मुठभेड़ हुई थी। बलि को कैद करके आदित्यों ने नागों ही के संरक्षण में पाताल भेजा था। आर्य युवनाश्व और हर्यश्व ने अपनी बहिन धूम्रवर्ण नाग को ब्याही थी। उसीकी पांच कन्याओं का विवाह हर्यश्व के दत्तक पुत्र यदु के साथ हुआ था। आस्तीक इन्हीं का पुत्र था। नागों का यह वंश बहुत आधुनिक काल तक भारत में चलता रहा। कृष्ण ने वृन्दावन के निकट कालीय नाग को पराजित किया और उसे वहां से खदेड़कर समुद्रतट पर बसने को विवश किया था। रामपुत्र कुश ने भी एक नागकन्या से विवाह किया था। आगे चलकर महाराज जनमेजय से नागों का घोर युद्ध हुआ, जिसने अनगिनत नागों को हवनकुण्ड में जीवित ही झोंक दिया था। इतिहासकार कहते हैं कि नागों ने ही कुशान वंश को पराजित करके भारत में अपना साम्राज्य स्थापित किया था। इसी वंश का दौहित्र तृतीय वाकाटक नरेश था।

दैत्यों, दानवों और नागों का जो परिचय हम दे चुके हैं, आर्यों से उनके कौटुम्बिक सम्बन्ध भी थे। ये आदित्यों के दायाद बान्धव थे–इनसे इसमें और आर्यों तथा देवों में बहुत-कुछ सांस्कृतिक साम्य था। प्रह्लाद और बलि प्रसिद्ध यज्ञकर्ता थे। उनके आर्यों के साथ सम्बन्ध भी होते थे। पुलोमा दैत्य की कन्या शची पौलोमी इन्द्र को ब्याही थी। उसकी कन्या जयन्ती प्रथम शुक्र उशना को ब्याही थी। वृषपर्वा दैत्य की कन्या शर्मिष्ठा का विवाह ययाति से हुआ था। दैत्य-दानवों का मेल था, यह बात भली-भांति कही जा चुकी है। आदित्यों से उनकी लड़ाई बहुत करके जातीय थी–धार्मिक नहीं। परन्तु राक्षसों ने उनके साथ धर्मयुद्ध छेड़ दिया था।

व्रात्य बहिष्कृत–क्रियारहित आर्य थे। महावृष, मूंजवन, वाह्लीक पंजाब, दक्षिणी जनस्थान, पच्छिमी पंजाब और पूर्वी अफगानिस्तान में रहते थे। पारावत रावी-तट पर, आर्जिक भारत के उत्तर-पश्चिम में रहते थे। संभवतः वर्तमान भील, गोंड, संथाल, सौर, कोल उस काल के कपि, महिष, ऋक्ष, राक्षस, कोल आदि जातियों ही के वंशधर हैं।

दक्षिणारण्य में यद्यपि बहिष्कृत आर्य ही जाते थे, परन्तु वहां कुछ आर्यजन स्वेच्छा से भी बस गए थे। अगस्त्य मुनि राम के दक्षिणारण्य में जाने से पूर्व ही वहां पर आर्यों का एक उपनिवेश स्थापित कर चुके थे। शरभंग ऋषि तथा परशुराम भी यहां रहते थे। जनस्थान में बहुत–से ऋषि आश्रम बनाकर रहते थे। पुलस्त्य के वंशज तो वहां थे ही। इस प्रकार इस काल में, जिसका वर्णन इस उपन्यास में है, दक्षिण का आर्यावर्त से बहुत घनिष्ठ सम्बन्ध हो चुका था। ये सभी आर्य ऋषि-मुनि बहिष्कृत आर्यजनों की बड़ी भारी सहायता करते थे।

संक्षेप में, उस काल में दैत्य-दानव श्वेत पर्वत–सफेद कोह पर, देवगण सुमेर पामीर पर, राक्षस लंका और दक्षिणारण्य में, पिशाच-यक्ष हिमालय के अंचल में, गन्धर्व और अप्सरा हेमकूट–कराकुरम पर, नाग और तक्षक निषेध–निस्सा पहाड़ पर, ऋषि नीलांचल में, पितृ श्रृंगवान् पर्वत पर, जो सुमेरु से पच्छिम और काश्यप सागर के निकट है, रहते थे। कालान्तर में इन स्थानों में हेरफेर हुआ। भूतगण भूटान में रहते थे।

हमने पीछे बताया है कि आर्यों के भारत में आने से पूर्व मनुर्भरतों का भारतवर्ष में राज्य था। जिस भूभाग में ये मनुर्भरत राज्य करते थे, वह भरतखण्ड कहाता था। प्रियव्रत के पुत्र नाभि को यह देश मिला था और पीछे भरत के नाम पर उसे भारत नाम दिया गया था। इन भरतों के भी यहां के अनार्यों से बहुत युद्ध हुए। संभवतः स्वारोचिष मन्वन्तर में चैत्रवंशी राजा सुरथ कोला नामक प्रान्त का स्वामी था। उससे संभवतः महिषों के नेता महिषासुर का युद्ध हुआ। राजा भयभीत हो जंगलों में भाग गया और उसकी महिषी दुर्गा देवी ने सम्मुख युद्ध में महिषासुर का वध किया। इसी वीर देवी ने शुम्भ और निशुम्भ नामक दो असुरों सरदारों तथा चण्ड-मुण्ड नामक उनके दो सेनापतियों का हनन किया। पीछे यही राजा सुरथ दैत्य मधु–कैटभ के साथ प्रलय-काल में विष्णु-सूर्य से लड़े थे।

इस समय भी आर्यावर्त के बाहर भरतखण्ड के पश्चिमोत्तर खण्ड में मनुर्भरतों के तथा पूर्व के आर्यजनों के जनपद और राज्य थे। दक्षिणारण्य में बहिष्कृतों, आर्यों तथा समागत अनार्यों की नई जातियां बस रही थीं। इस प्रकार जिस समय राक्षसेन्द्र रावण अपना नवीन सार्वभौम धर्मराज्य स्थापित करने का उद्योग कर रहा था, अयोध्या की मुख्य गद्दी पर दशरथ राज्य कर रहे थे। दशरथ योद्धा और प्रतापी राजा थे। उनकी तीन महिषियां थीं। प्रथम–दक्षिण कोशलाधिपति भानुमान् की पुत्री कौशल्या। दूसरी–मगधराजकुमारी सुमित्रा। तीसरी–उत्तरी पश्चिम आनव-नरेश केकय की पुत्री कैकेयी। दशरथ ने सिन्धु, सौवीर, सौराष्ट्र, मतन्यु, काशी,

दक्षिण कोशल, मगध, अंग, बंग, कलिंग और द्रविड़-नरेशों को जीता तथा दिवोदास की सहायता की थी और वैजयन्ती के कुलीतर के वंशधर तिमिध्वज शम्बर असुर को, जो रावण का साढू था, मारा था। अंग-नरेश लोमपाद इनके मित्र थे। अब राम यौवराज्य पा रहे थे।

आर्यावर्त में इस काल में सूर्यवंशी राजाओं के अतिरिक्त उत्तर कोशल की दूसरी शाखा में हरिश्चन्द्र-रोहिताश्व, तीसरी शाखा में सगर, दक्षिण कोशलराज्य में सुदास या मित्रसह कल्माषपाद, विदेह में सीरध्वज, विदेह की संकाश्य शाखा पर धर्मध्वज, वैशाली में प्रमति, शर्यात शाखा में मधु यादव राज्य कर रहे थे। सूर्यवंश की इन गद्दियों के अतिरिक्त जो समृद्ध राज–वंश थे, उनमें प्रमुख चन्द्रवंश था, जिसकी मुख्य गद्दी पर प्रतिष्ठान में सार्वभौम, विदर्भ में धृतिमन्त, उत्तर पांचाल में शौनक सुदास, दक्षिण पांचाल में रुचिराश्व, मगध में सुधन्वा, काशी में ऋतुध्वज, माहिष्मती में सहस्रार्जुन, मालव में दुर्जय तथा उत्तरी बिहार में सुबाहु राज्य कर रहे थे। दुर्जय सुप्रतीक, लोमपाद और युधाजित् भी इसी काल के नरेश थे। इन राज्यों में विचरने वाले ऋषियों में वशिष्ठ, विश्वामित्र, वामदेव-ऋष्य-श्रृंग, मित्रभ काश्यप, सामकाश्व, देवाट् मधुच्छन्दस्, प्रतिदर्श, गृत्समद अलर्क और भरद्वाज प्रमुख थे।

31 राक्षसेन्द्र रावण

रावण ने अब अपनी अजेय सामर्थ्य और प्रबल प्रतिभा से लंका का महाराज्य सुदृढ़ किया। मय दानव की पुत्री मन्दोदरी से विवाह करके उसने दैत्यपति विरोचन की दौहित्री वज्र-ज्वाला से अपने भाई कुम्भकर्ण का और गन्धर्वों के राजा शैलूष की पुत्री सामा से विभीषण का विवाह किया। इससे ये दोनों प्रबल और प्रतिष्ठित कुल भी उसके सम्बन्धी बन गए। राक्षस जाति का भली भांति संगठन कर वह रक्ष-संस्कृति का प्रतिष्ठाता हो गया। इस तेजस्वी महापुरुष ने अपने को समुद्र का रक्षक घोषित कर राक्षसेन्द्र की उपाधि धारण की। और अपने बाहुबल से लंका महाराज्य की स्थापना कर ली, जिसके अन्तर्गत यवद्वीप, सुमात्रा, मलाया, कुशद्वीप और मेडागास्कर आदि सात महाद्वीप तथा अन्य अनगिनत छोटे-छोटे द्वीपसमूह भी थे। उसने अपने नाना सुमाली को अपना प्रधान सलाहकार बनाया

तथा प्रवण, प्रहस्त, महोदर, मारीच, महापार्श्व, महादंष्ट्र, यज्ञकोप, दूषण, खर, त्रिशिरा, दुर्मुख, अतिकाम, देवान्तक, अकम्पन आदि महारथी, रणमत्त, नीतिवन्त, यशवन्त, अनुगत उच्चवंशीय राक्षसों को अपना मन्त्री, सेनापति, नगरपाल आदि बनाया। ये सब मन्त्री और सेनापति राजनीति के महापण्डित थे। स्वयं रावण भी नीति और वेद का महान् पण्डित था। वह दुर्मद रावण अकेला ही अजेय योद्धा और नीतिविशारद था। अब कुम्भकर्ण जैसे वीर भाई, ऐसे योग्य मन्त्री और सेनानायकों को पाकर उसका बल बहुत बढ़ गया। शीघ्र ही उसे पुत्ररत्न की उपलब्धि हुई। उसका नाम रखा मेघनाद। वह द्वितीया के चन्द्रमा की तरह बढ़कर सब शास्त्रों तथा शस्त्रों में निपुण हो गया। रावण के इस पुत्र में पिता का शौर्य और तेज था। इसके अतिरिक्त दूसरी पत्नियों से रावण को त्रिशिरा, देवान्तक, नरान्तक, अतिकाम, महोदर, महापार्श्व आदि अनेक और पुत्र भी हुए जो महाकाल के समान दुर्जय योद्धा थे। रावण के रनवास में अनेक दैत्य, दानव, नाग और यक्ष-वंश की सुन्दरियां थीं। रावण ने मेघनाद का विवाह भी दानव की कन्या सुलोचना से किया। इस प्रकार पुत्र, परिजन, अमात्य, बान्धव और राक्षसों से सम्पन्न वह रावण परम ऐश्वर्य और सामर्थ्य का प्रतीक हो गया।

इस प्रकार स्वर्ण-लंका में अपना महाराज्य स्थापित करके तथा सम्पूर्ण दक्षिणवर्ती द्वीपसमूहों को अधिकृत करके अब उसका ध्यान भारतवर्ष की ओर गया। लंका भारत ही के चरणों में थी।

उन दिनों तक भारत के उत्तराखण्ड में ही आर्यों के सूर्य-मण्डल और चन्द्र मण्डल नामक दो राजसमूह थे। दोनों मण्डलों को मिलाकर आर्यावर्त कहा जाता था। उन दिनों आर्यों में यह नियम प्रचलित था कि सामाजिक श्रृंखला भंग करने वालों को समाज-बहिष्कृत कर दिया जाता था। दण्डनीय जनों को जाति-बहिष्कार के अतिरिक्त प्रायश्चित जेल और जुर्माने के दण्ड दिए जाते थे। प्रायः ये ही बहिष्कृत जन दक्षिणारण्य में निष्कासित कर दिए जाते थे। धीरे-धीरे इन बहिष्कृत जनों की दक्षिण और वहां के द्वीपपुंजों में दस्यु, महिष, कपि, नाग, पौण्ड्र, द्रविड़, काम्बोज, पारद, खस, पल्लव, चीन, किरात, मल्ल, दरद, शक आदि जातियां संगठित हो गई थीं। प्रारम्भ में केवल व्रात्य ही जातिच्युत किए जाते थे। पर पीछे यह निष्कासन उग्र होता गया। सगर ने अपने पिता के शत्रु शक, यवन, काम्बोज, चोल, केरल आदि कुटुम्बों को जीतकर उनका समूल नाश करना चाहा, पर वशिष्ठ के कहने से उन्हें वेद-बहिष्कृत करके दक्षिण के अरण्यों में निकाल दिया। इसी प्रकार नहुष–पुत्र ययाति ने नाराज होकर अपने पुत्र तुर्वशु को

सपरिवार जातिभ्रष्ट करके म्लेच्छों को दक्षिण दिशा में खदेड़ दिया था। विश्वामित्र ने भी अपनी आज्ञा का उल्लंघन करने पर अपने पचास कुटुम्बों को दक्षिणारण्य में निष्कासन दिया था जिनके वंशधर दक्षिण में आकर आन्ध्र, पौण्ड्र, शबर, पुलिन्द आदि जातियों में परिवर्तित हो गए थे।

इस काल में लोभी, धोखेबाज़, ठग, व्यापारी, वणिक् को पणिक कहते थे। इसका अर्थ 'पणलोभी' है। ऐसे लोभी पणिकों को भी आर्य लोग बहिष्कृत करके दक्षिण में निष्कासित करते थे। दक्षिण में आकर भी ये लोग पुण्यकर्म करने लगे–माल खरीदने-बेचने का व्यापार करने लगे। आगे चलकर इनकी एक जाति 'पाय' ही बन गई और जिस प्रदेश में ये बसे वह प्रदेश भी 'पाण्यन्य' के नाम से विख्यात हुआ।

ऐसे ही निष्कासित चोरों की एक शाखा दक्षिण में आकर 'चोल' जाति और प्रान्त में परिणत हो गई। पणियों ने सागवान के जहाज बनाकर समुद्र के द्वीप-पुंजों में दूर-दूर तक जाकर व्यापार-विनिमय आरम्भ कर दिया। उनमें से बहुत-से पणिक मध्यसागर के किनारे बस्तियां बसाकर बस गए। आगे समुद्र के उस पार जाकर इन्हीं 'पणियों' और 'चोलों' ने उन देशों को आबाद किया जिन्हें आज हम 'फिनीशिया' और 'चाल्डिया' कहकर पुकारते हैं। इस समय कोलों और द्रविड़ों से लेकर लंका, मैडागास्कर, अफ्रीका और आस्ट्रेलिया तक जितना 'इथियोपिक' उप-जातियां हैं, वे सब इन्हीं बहिष्कृत आर्यों की परंपरा में हैं तथा उन सबका एक ही वंश और संस्कृति है। इनमें बहुत-सी तो भारत ही में दक्षिण में बस गई थीं और बहुत-सी अन्य द्वीपसमूहों तक फैल गई थीं, जिनके उत्तराधिकारी आज समस्त एशिया, अफ्रीका, अमेरिका और यूरोप के देशों में मिलते हैं।

रावण के शरीर में शुद्ध आर्य और दैत्यवंश का रक्त था। उसका पिता पौलस्त्य विश्रवा आर्य ऋषि था और माता दैत्यराज-पुत्री थी। उसका पालन-पोषण आर्य विश्रवा के आश्रम में उसीके तत्त्वाधान में हुआ। उसे शिक्षा-दीक्षा भी उसके पिता ने अपने अनुरूप ही दी थी। उस समय वेद का जो स्वरूप था, उसे उसने अपने बाल्यकाल में अपने पिता से पढ़ लिया था। उस काल तक वेद ही आर्यों का एकमात्र साहित्य और कर्म-वचन था जो केवल मौखिक था–लेखबद्ध न था। रावण के मातृपक्ष में दैत्य-संस्कृति थी। दैत्य और असुर, देवों तथा आय के भाई-बन्द ही थे, परन्तु रहन-सहन, विचार-व्यवहार में दोनों में बहुत अंतर था। विशेषकर बहिष्कृत जातियां आर्यों से द्वेष और घृणा करती थीं। बहिष्कार का सबसे कटु रूप ऋषियों-पुरोहितों द्वारा संस्कार क्रिया से उन्हें वंचित रखना तथा यज्ञों से बहिष्कृत समझना था। यद्यपि अभी यज्ञों का

भी विराट् रूप न बना था जो आगे बना, फिर भी यह एक ऐसी अपमानजनक बात थी जिसने इन जातियों में आर्यों के विरुद्ध दैत्यों और असुरों से भी अधिक–जो आर्यों के दामाद बान्धव थे–विद्वेष और विरोध की ज्वाला सुलगा दी थी।

रावण के मन में तीन तत्त्व काम कर रहे थे। उसका पिता शुद्ध आर्य और विद्वान् वैदिक ऋषि था, उसकी माता शुद्ध दैत्यवंश की थी, उसके बन्धु-बान्धव बहिष्कृत आर्यवंशी थे। उन्हें क्रियाकर्म तथा यज्ञ से च्युत कर दिया गया था। अब उसने भारत और भारतीय आर्यों को दलित करने, उनपर आधिपत्य स्थापित करने और सब आर्य–अनार्य जातियों के समूचे नृवंश को एक ही रक्ष-संस्कृति के अधीन समान भाव से दीक्षित करने का विचार किया। तत्कालीन परम्पराओं के अनुसार उसने नृवंश का सारा धार्मिक और राजनीतिक नेतृत्व अपने हाथ में लेने का संकल्प दृढ़ किया।

देवों और आर्यों का संगठन उस काल में अत्युत्तम था। उन्होंने लोकपालों, दिक्पालों की स्थापना की थी, जो देवभूमि और आर्यदेश के प्रान्त भाग की रक्षा करते थे। देवों की प्रवर जातियों में तब मरुत्, वसु और आदित्य ही प्रमुख थे। चोटी के पुरुषों में इन्द्र, यम, रुद्र, वरुण, कुबेर आदि थे। यम, वरुण, कुबेर और चन्द्र ये चार वंश-परम्परा से लोकपाल थे।

रावण ने देवों और आर्यों के इस संगठन को जड़-मूल से उखाड़ फेंकने की योजना बनाई। उसने सांस्कृतिक और राजनीतिक दोनों ही प्रकार के विप्लवों का सूत्रपात किया। उसका मेघावी मस्तिष्क और साहसिक शरीर ही यथेष्ट था, तिसपर उसके साथी-सहयोगी, सुमाली, मय, प्रवण, प्रहस्त, महोदर, मारीच, महापार्श्व, महादंष्ट्र यज्ञकोप, खर, दूषण, त्रिशिरा, अंतिकाय, अकम्पन आदि महारथी सुभट और विचक्षण मन्त्री थे। कुम्भकर्ण-सा भाई और मेघनाद-सा पुत्र था। रावण की सामरिक शक्ति अब चरम सीमा तक पहुंच गई थी। खूब सलाह-सूत करके और आगा-पीछा विचारकर उसने रामेश्वर के निकट मन्दराचल की समुद्रमग्न पर्वत-श्रृंखला के सहारे दक्षिण भारत से सम्बन्ध स्थापित किया। इस समय दक्षिण भारत में दो प्रधान दल थे–एक वे जो बहिष्कृत आर्य थे; दूसरे वे जो विदेशों से आकर भारत-समुद्र के उपकूलों पर आ बसे थे। ये दल आर्य अनार्य के नाम से पुकारे जाते थे। रावण ने दोनों को अपने साथ मिला लिया।

सबसे प्रथम उसने यम, कुबेर, वरुण और इन्द्र के चारों देवलोकों के लोकपालों को और फिर आर्यावर्त को जय करने का संकल्प किया। अब वह खूब चाक-चौबन्द होकर सुअवसर और घात लगाने की ताक में बैठ गया।

32 रावण का भारत-प्रवेश

रावण अपनी सब तैयारी कर चुका था। उसने समुद्र-मार्ग से अपने सम्बन्ध दक्षिण भारत से जोड़ लिए थे। इसके अतिरिक्त उसने सहस्रों समर्थ राक्षसों को विविध छद्म वेश धारण करके भारत के भिन्न-भिन्न प्रदेशों में भेज दिया था, जो सब जातियों में रावण द्वारा स्थापित राक्षस-धर्म का प्रचार करते तथा लोगों को राक्षस बनाते थे। इस प्रकार इस समय समूचे दक्षिणारण्य में ही नहीं, आर्यावर्त में भी बहुत-से राक्षस घूम रहे थे। अब रावण किसी सुयोग की तलाश में था। वह उसे अकस्मात् ही मिल गया। एक दिन एक दूत रावण के भाई धनपति कुबेर का संदेश लेकर आया और उसने रावण को कुबेर का यह संदेश दिया कि 'तुम्हारा आचरण और व्यवहार तुम्हारे कुल के योग्य नहीं है। तुम दैत्यों के संग में बहुत गिर गए हो। दक्षिणारण्य में और भरतखंड में तुम्हारे भेजे हुए राक्षस बहुत उत्पात मचाते हैं। वे ऋषियों को मारकर खा जाते हैं। यज्ञ में रुधिर-मांस की आहुति देते हैं और अनार्यों से मेल रखते हैं। तुम्हारे ये कार्य देवों और आर्यों को अप्रिय हैं। मैं तुम्हारा बड़ा भाई हूं तो भी तुमने मेरा बड़ा अपमान किया; फिर भी मैंने अपनी लंका खुशी से तुम्हें दे दी और तुम्हें अज्ञानी बालक समझकर तुम्हारे अपराध सहे हैं। परन्तु अब तुम्हारे कृतपाप असह्य होते जाते हैं। इससे मैं कहता हूं कि तुम अपने आचरणों को सुधारो और अपने कुल के अनुसार कार्य करो।"

दूत के ये वचन सुनकर रावण ने कहा—"अरे दूत, तेरी बात मैंने सुनी।

न तो तू, मेरा भाई धनाध्यक्ष कुबेर ही—जिसने तुझे यहां भेजा है—मेरे हित को समझता है। तू जो मुझे भय दिखाता है सो मुझे तेरा यह आचरण सह्य नहीं है—फिर भी तुझे दूत समझकर सहता हूं और कुबेर धनपति मेरा भाई है इसीलिए उसे नहीं मारता। किन्तु तू उससे जाकर कह कि रावण शीघ्र ही तीनों लोकों को जीतने के लिए आ रहा है। तभी वह मेरी बात का जवाब देगा।"

दूत को विदा कर रावण ने अपनी योजना आगे बढ़ाई। सब बातों पर सोचविचार करके उसने दण्डकारण्य का राज्य अपनी बहिन सूर्पनखा को दिया और अपनी मौसी के बेटे खर और सेनानायक दूषण को चौदह हज़ार सुभट राक्षस देकर उसके साथ भेज दिया। इस प्रकार जनस्थान और दण्डकारण्य में राक्षसों

का एक प्रकार से अच्छी तरह प्रवेश हो गया तथा भारत का दक्षिण तट भी उसके लिए सुरक्षित हो गया।

बहुत दिन से लंका में ताड़का नाम की एक यक्षिणी रहती थी। यह यक्षिणी जम्भ के पुत्र सुन्द यक्ष की स्त्री थी। एक पुत्र-प्रसव होने के बाद एक युद्ध में अगस्त्य ऋषि ने सुन्द यक्ष को मार डाला था। अगस्त्य के साथ शत्रुता होने के कारण ताड़का ऋषियों से घृणा करती थी। उसने यक्षपति कुबेर से कहा था कि वह उसके पति के वैर का बदला अगस्त्य से ले, परन्तु कुबेर अगस्त्य का मित्र था। इससे उसने उसकी बात पर कान नहीं दिया। जब रावण ने नई रक्ष-संस्कृति की स्थापना की और कुबेर को लंका से खदेड़ दिया, तो यह यक्षिणी लंका से नहीं गई–उसने अपने पुत्र मारीच-सहित उसका राक्षस-धर्म स्वीकार कर लिया। मारीच को साहसी तरुण देख रावण ने उसे प्रथम अपने सेनानायकों में और फिर मन्त्रियों में स्थान दे दिया। अब जब रावण का अभिप्राय ताड़का ने सुना तो उसने रावण के निकट जाकर कहा–"हे रक्षराज, आप अनुमति दें तो मैं आपकी योजनापूर्ति में सहायता करूं। आप मेरी बात ध्यानपूर्वक सुनिए। मेरा पिता सुकेतु यक्ष महाप्रतापी था। भरतखण्ड में–नैमिषारण्य में उसका राज्य था। उसने मुझे सब शस्त्र-शास्त्रों की पुरुषोचित शिक्षा दी थी और मेरा विवाह धर्मात्मा जम्भ के पुत्र सुन्द से कर दिया था जिसे उस पाखण्डी ऋषि अगस्त्य ने मार डाला। अब उस वैर को हृदय में रख मैं अपने पुत्र को ले जी रही हूं। जो सत्य ही आप आर्यावर्त पर अभियान करना चाहते हैं, तो मुझे और मेरे पुत्र मारीच को कुछ राक्षस सुभट देकर नैमिषारण्य में भेज दीजिए, जिससे समय आने पर हम आपकी सेवा कर सकें। वहां हमारे इष्ट-मित्र, सम्बन्धी-सहायक बहुत हैं, जो सभी राक्षस-धर्म स्वीकार कर लेंगे।" ताड़का की यह बात रावण ने मान ली; उसे राक्षस भटों का एक अच्छा दल देकर तथा उसी के पुत्र मारीच को उनका सेनानायक बनाकर तथा सुबाहु राक्षस को उसका साथी बनाकर नैमिषारण्य में भेज दिया। आजकल बिहार प्रान्त में जो शाहाबाद ज़िला है–वही उस काल में नैमिषारण्य कहाता था। इस प्रकार भारत में रावण के दो सैनिक-सन्निवेश स्थापित हो गए। एक दण्डकारण्य में–जहां आज नासिक का सुन्दर नगर है; दूसरा नैमिषारण्य में–जहां आज शाहाबाद शहर बसा हुआ है–सोन और गंगा संगम के निकट।

33

दण्डकारण्य

रणशास्त्र और नीतिशास्त्र का महापण्डित रावण जब दण्डकारण्य और नैमिषारण्य में अपने सबल सैनिक-सन्निवेश स्थापित कर चुका और समूचे भरतखण्ड और आर्यावर्त एवं देवभूमि में अपने राक्षसों के जाल फैला चुका, तो वह अपने नाना सुमाली को लंका का प्रबन्ध सौंप एकाकी ही अपना परशु हाथ में ले चुपचाप छद्म-वेश धारण कर भरतखण्ड में प्रविष्ट हुआ।

प्रथम उसने दण्डकारण्य में घूमना आरम्भ किया। इस महावन का नाम महाकान्तार भी था। यह अति दुर्गम वन था। इसका प्राकृत सौन्दर्य भी अपूर्व था। वन में बड़े-बड़े पर्वत-शृंग, झरने, झील और नदी-नाले थे। दक्षिणारण्य में अभी तक दण्डकारण्य ही ऐसा स्थान था, जहां बहुत विरल बस्ती थी तथा जहां राक्षसों का प्राबल्य था। यहीं रावण की बहिन सूर्पनखा खर-दूषण तथा चौदह सहस्र राक्षस सुभटों के साथ रहती थी। इसके अतिरिक्त यहां कुछ और भी विकट राक्षस थे, जिनमें एक प्रबल पराक्रम तुम्बुरु गन्धर्व था, जिसे कुबेर क्रुद्ध होकर लंका से निकाल दिया था और अब वह यहां दण्डकारण्य में विराध नाम धारण कर विकट राक्षस की भांति रहता था। वह बड़ा ही धूर्त, नरभक्षी साहसी तथा दुराचारी राक्षस था। रावण और सूर्पनखा की आन में वह निर्भय विचरण करता हुआ, ऋषियों को तंग करता तथा अवसर पाकर उन्हें मार भी डालता था। ऐसे ही और भी अनेक राक्षस थे। इसके अतिरिक्त वन में बाघ, सिंह, शूकर, भैंसा, गेंडा आदि हिंस्र जन्तुओं की कमी न थी। फिर भी यहां कुछ ऋषिगण अपने आर्य उपनिवेश स्थापित किए हुए थे, जिनमें प्रमुख शरभंग और सुतीक्ष्ण ऋषि थे। सुतीक्ष्ण ऋषि का उपनिवेश मन्दाकिनी नदी के तट पर एक मनोरम स्थल पर था। यह उपनिवेश बहिष्कृत आर्यों का सबसे बड़ा आश्रयस्थल था। यह उपनिवेश अत्यन्त रमणीय था। यहां सुगन्धित पुष्पों और फलों के लताद्रुम बहुत थे। शीतल स्वच्छ जल के जलाशय थे। दण्डकारण्य के भीतर ही एक उपनिवेश माण्डकर्ण का भी था। माण्डकर्ण राजसी प्रकृति के ऋषि थे। अतः इनके उपनिवेश में सुन्दर अप्सराएं नृत्यगान करतीं और ऋषि उनके साथ स्वच्छन्द विहार करते थे, परन्तु इस दुर्गम अंचल में सबसे अधिक महिमावान् अगस्त्य का उपनिवेश था। महर्षि अगस्त्य बड़े प्रतापी ऋषि थे। अगस्त्य के आश्रम के पास ही उनके भाई का भी उपनिवेश था। वहां के सभी जन उनकी अगस्त्य के समान ही प्रतिष्ठा करते थे। यों तो ये सभी ऋषि राक्षसों से लड़ते-झगड़ते

रहते थे, पर अगस्त्य ने वीरतापूर्वक अनेक राक्षसों का वध कर डाला था, जिनमें वातापि और इल्वल प्रमुख थे। इससे अगस्त्य का आतंक राक्षसों पर भी था।

आजकल जहां नासिक है, उसी के इधर-उधर पंचवटी के निकट ही अगस्त्य का उपनिवेश था। पंचवटी में ही विनता के पुत्र श्येनवंशी गरुड़ के भाई अरुण के पुत्र जटायु का उपनिवेश भी था, जो गोदावरी के तट पर एक मनोरम स्थान पर था। यह स्थान प्राकृतिक सौन्दर्य से ओत-प्रोत था। वहां अनेक पर्वतीय गुफाएं थीं। इन गुफाओं में अनेक ताल, तमाल, खजूर, कटहल, आम, अशोक, तिलक, केवड़ा, चम्पा, चन्दन, कदम्ब, लकुच, धर्व, अश्वकर्ण, खैर, शमी, पलाश, और बकुल के सघन वन थे। वहां हंसों, सारसों और जल-कुक्कुटों का कलरव परिपूर्ण रहता था।

रावण ने भी अपनी बहिन सूर्पनखा के नेतृत्व में दण्डकारण्य में एक उपनिवेश भी स्थापित किया था, यद्यपि वास्तव में वह था सैनिक-सन्निवेश। ये राक्षस केवल अपनी संस्कृति का प्रचार बलात् करते और वहां के लोगों को राक्षस बनाने की चेष्टा करते थे। रावण की आज्ञा युद्ध करने की न थी। इसी कारण यद्यपि यहां खर-दूषण चौदह हज़ार राक्षसों के साथ रहते थे, परन्तु वे लोग लड़ते-भिड़ते न थे। केवल ऋषियों के यज्ञों में आकर बलि-मांस बलात् डालते, उन्हें पकड़ ले जाते, उनकी बलि देते तथा नरमांस खाते थे।

रावण दण्डकारण्य की सुषमा पर मोहित हो गया। इस समय शरद् ऋतु बीत गई थी और हेमन्त आ गई थी। परम रमणीय गोदावरी के निर्मल जल में रावण स्वच्छन्द विहार करता और वहां की स्वस्थ वायु में स्फूर्तिलाभ करता था। इस समय वहां वन-उपवनों की शोभा भी निराली हो रही थी। सूर्य दक्षिणायन थे। यह काल हिमालय की ओर बढ़ने योग्य न था। वहां की वायु समशीतोष्ण थी। हेमन्त में रात्रि अधिक अन्धकारयुक्त हो जाती है। रात्रि का समय भी दिन बढ़ गया था। चन्द्रमा का सौभाग्य भगवान् भास्कर ने हरण कर लिया था। कोहरे तथा पाले के कारण पूर्णिमा की रात्रि भी मलिन-धूमिल-सी प्रतीत होती थी। वन-प्रदेश की शस्य-श्यामला भूमि सूर्य के उदय होते ही सुहावनी प्रतीत होने लगती थी। इस समय सूर्य आकाश पर चढ़ जाने पर भी चन्द्रमा के समान प्रिय लगता था। मध्याह्न का सूर्य भी प्राणियों को प्रिय होता था। जल इतना शीतल हो गया था कि गजराज प्यास लगने पर जब अपनी सूंड जल में डुबाते थे, तब तुरन्त ही बाहर निकाल लेते थे। जल के पक्षी जल के समीप बैठे हुए भी उसमें चोंच डालने का साहस नहीं कर सकते थे। शीत के कारण वन में फल-मूल की कमी हो गई थी। नदियां कोहरे के कारण ढकी-सी दीख पड़ती थीं। सरोवर में कमल-वन श्रीहत हो गए थे।

रावण इन सब प्राकृत दृश्यों का आनन्द लेता तथा छद्म वेश में ऋषियों के उपनिवेशों में आता-जाता, मतलब की बातों की खोज-खबर लेता रहता था। इसी प्रकार उसने दण्डकारण्य में रहते हुए आर्यावर्त और भरतखण्ड के राज्यों का बहुत-सा ज्ञान सम्पादन कर लिया था।

34 असुरों का देश

इस काल में भरत-खण्ड में असुरों के भी अनेक राज्य थे। परन्तु मूलतः असीरिया ही असुर भूमि थी। यह स्थान भूमध्य सागर के पूर्वी भाग में स्थित है। आजकल यह देश फारस और थोड़ा शाम देश की सीमाओं के अन्तर्गत है। इसका यह नाम शेम के पुत्र असुर के नाम पर हुआ। इतिहासकार सैलिन का मत है कि असीरियन साम्राज्य की स्थापना ईसा से कोई ढाई हज़ार वर्ष पूर्व हुई है। यह असुर साम्राज्य संसार की ऐतिहासिक सीमा में आए हुए तीन प्राचीनतम साम्राज्यों में एक था। इसकी आरम्भिक राजधानी 'असुर' नगर था, जो असुर ने अपने नाम पर बसाया था। समय-समय पर इसकी भौगोलिक सीमा घटती गई। जब यह साम्राज्य उन्नति के शिखर पर था, उस समय इसका विस्तार भूमध्य सागर के दक्षिण से लेकर पूर्व में मनाई पर्वत तक था। मूल असीरिया की सीमा वर्तमान कुर्दिस्तान से मिलती-जुलती थी। उस समय यह उत्तर में जाग्रीस पर्वत तथा पश्चिम में दजला नदी तक को स्पर्श करता था। इस असुर-भूमि में पार्वत्य देश, समतल मैदान और कृषकोपयोगी भूमि भी देखने को मिलती थी। यहीं पर सिमरा नामक पर्वत से रात में प्रकाश निकलता दीख पड़ता है, जो वर्षाकाल में बढ़ जाता है। होमर ने अपने काव्य में इस देश को ऐसे राक्षस का रूपक देकर वर्णन किया है, जिसका सिर सिंह का, धड़ बकरे का और पूंछ सांप की हो।

यहां के पर्वत अनेक खनिज पदार्थों से भरे पड़े हैं और मैदान चूना और बालू से। सेब, अंजीर, बड़, बैर और ताल के वृक्ष पाए जाते हैं। कृषकोपयोगी भूमि में फसलें उपज़ती हैं। पहले घने जंगल भी थे। इस देश की जलवायु भिन्न प्रकार की है। पहाड़ी हवा शीतकाल में ठंडी रहती है। बर्फ भी गिरती है, पर गर्मियों में पहाड़ तप जाते हैं। कहीं मौसम मध्यम रहता है। फरात, दजला और ज़ैब यहां की

प्रधान नदियां हैं। इसकी दोनों प्राचीन राजधानियां–निनवे और बेबीलोन क्रमशः दजला और फरात नदी पर स्थित थीं। फरात नदी तो बेबिलोन के बीच में होकर गई थी।

कहा जाता है कि पहले यहां अकाद नाम की कोई पहाड़ी जाति बसती थी। बाद में उत्तर से सेमेटिक लोगों का आगमन हुआ। कुछ काल बाद ये दोनों जातियां परस्पर आचार-विचार से मिल गईं। इन्हीं दोनों जातियों के मिश्रण से असुर जाति और आसुरी भाषा का निर्माण हुआ। असुरों ही की एक शाखा सीरिया में जा बसी, जो फोनिशियन के नाम से प्रख्यात हुई थी। फोनिशियन बड़े नाविक, वणिक् व शिल्पकार थे। कुर्दिस्तान का प्राचीन नाम निमरी है। यह स्थान आरमीनिया के नीचे कुरु प्रदेश–पौराणिक उत्तर कुरु है, जिसे आजकल नमरूद कहते हैं। उसे उस काल में कलेरबी कहते थे। नमरूद से हटकर असुर निमरी में बस गए। आगे यही प्रदेश असीरिया–असुरों का देश प्रसिद्ध हुआ। यहां के निवासियों की जाति पाश्चात्त्य इतिहासवेत्ता 'असी' बताते हैं। यह 'असी' असुर का ही लघु रूप है। सूर्य के श्वसुर विश्वकर्मा–त्वष्टा यहीं के महिदेव थे। ईसा से कोई सत्ताईस सौ वर्ष पूर्व असुर स्वन्त्र राजा हो गए थे। असुर रानी शशि और आदित्यों में ईसा से पन्द्रह सौ वर्ष पूर्व एक सन्धि हुई और ईसा से तेरह सौ वर्ष पूर्व असुरों ने बेबीलोनिया को देवों से छीन लिया, परन्तु फिर हारकर वे देवों की प्रजा बन गए। ईसा से पूर्व ग्यारहवीं शताब्दी में असीरिया फिर स्वतन्त्र हो गया। मितानिहितैति, ईलाम, बेबीलोनिया और मिस्र देशों को असुर नरेश सरगन व उसके उत्तराधिकारियों ने ईसा पूर्व 722 में छीन लिया। फिर असुर वेणीपाल ने ई॰ पू॰ 648 में बेबीलोनिया तथा 645 में सुआ इंदावोगश इन्द्रदेव से छीनकर देवों के राज्य इन्द्रासन का सदा के लिए अन्त कर दिया। इसके बाद सम्भवतः ये आदित्य मुलतान होकर भारत में आए। उन्होंने सिन्ध के तट पर मूलस्थान नगर बसाया जो आगे चलकर मुलतान के नाम से प्रसिद्ध हुआ। यहां जगद्विख्यात सूर्य का मन्दिर महमूद गज़नवी के अंतिम आक्रमण तक स्थापित था तथा तब भी उसकी वैसी ही ख्याति थी।

इस प्रकार ई॰ पू॰ 2400 से ई॰ पू॰ 345 तक सुषा प्रदेश सुरों का सुरपुर बना रहा–पीछे वह असुरों का प्रदेश बना। संभवतः सुरों का विरोधी होने से ही इन्हें असुर कहा गया है। प्राचीन इतिहासकार डियोडोरस, प्लाहमी, टालोमी, टाड, कनिंगहम और चीनी विद्वान् प्राचीन ईरान के लोगों की दो जातियां बताते हैं–एक सुर और दूसरी असुर। पर वे यह नहीं बता सके कि वे कौन थे। वास्तव में ये दोनों जातियां सुर और असुर ही थीं।

ये असुर ही सेमेटिक सभ्यता के जनक हैं, जिस प्रकार सुमेर सभ्यता के जन्मदाता आदित्य देव हैं। असुर सम्राट् नमरूद ने राज्यशक्ति प्राप्त कर दजला के किनारे निनवे को अपनी राजधानी बनाया। पहले असीरिया का राज्य बेबीलोनिया साम्राज्य के अन्तर्गत था। बाद में स्वतन्त्र हो गया। बेबीलोनिया का राजा धर्माध्यक्ष के अधीन होता था, परन्तु यहां का राजा स्वयं धर्माध्यक्ष बन गया और वही राज्य में सर्वेसर्वा हो गया। धीरे-धीरे असुरों का बल बढ़ता गया और बेबीलोनिया की शक्ति का ह्रास होता गया। प्रथम तिगथल पिलेसर ने साम्राज्य-विस्तार का कार्य प्रारम्भ किया। उसने कई स्थान असीरिया में मिला लिए। बाद में मिस्त्र को भी जय किया। द्वितीय असुर नासिरपाल की विजयिनी सेनाओं ने चारों ओर आतंक जमा दिया। यह एक निर्दयी राजा था, जिसने नगर-देश जलाकर छार कर डाले। लोगों को तलवार के घाट उतार दिया। परन्तु द्वितीय शालमनसेट के काल में असुरों की सेना लूट-मार छोड़कर देशों को विजय करने में जुट गई। फलतः असुर-राज्य साम्राज्य में परिवर्तित हो गया। कला-कौशल को भी प्रश्रय दिया गया। अनेक राजाओं ने अधीनता स्वीकार कर ली। फिलस्तीन का युद्ध-स्थल अधिकृत होने के बाद तो पश्चिमी एशिया में यह साम्राज्य सर्वप्रथम हो गया।

ईसा से पूर्व आठवीं शताब्दी में यह साम्राज्य ढीला हुआ। सेना और करद राज्यों ने विद्रोह कर दिया। धीरे-धीरे पुराने राज्यवंश लुप्त हो गए और पुलु नामक एक सैनिक ने सिंहासन हस्तगत कर लिया। इसने इसके विद्रोही राज्यों को दबाकर असीरिया का साम्राज्य फिर दृढ़ किया। इसके वंश में अनेक राजा हुए और उनके काल में बहुत उलट-फेर होते रहे। अन्त में ई॰ पू॰ 637 में इस साम्राज्य ने मिस्र को जय किया और साम्राज्य को बारह प्रदेशों में बांटकर प्रत्येक पर एक-एक शासक स्थापित कर दिया। सेमाचेरिव ने प्राचीन नगर बेबीलोन का विध्वंस कर दिया। इसके उत्तराधिकारी इशारदन के राज्यकाल में साम्राज्य की दो राजधानियां हो गईं। पीछे इसके मरने पर साम्राज्य दो टुकड़ों में बंट गया। एक भाग का स्वामी असुर वेणीपाल हुआ। वह बड़ा विद्याव्यसनी था। इसने बड़ा पुस्तकालय संचित किया। कुछ दिन बाद इसका भाई विद्रोही हो गया और राजभवन में जल मरा। मिस्र भी हाथ से चला गया। अन्त में ईसा से कोई छह सौ वर्ष पूर्व निनवे पर सबने मिलकर चढ़ाई की। राजा हारा और उसका राजमहल मटियामेट कर दिया गया। इस प्रकार सात सौ वर्षों तक अखण्ड रहकर इस असुर साम्राज्य का ऐसा पतन हुआ कि इसका नामोनिशान संसार से उठ गया।

35 वैजयन्तीपुरी

दण्डकारण्य के दक्षिण भाग के पास एक वैजयन्तपुर था, जहां का स्वामी असुरों का एकाधिपति, कुलीतरवंशी तिमिध्वज शम्बर था जो सौ दुर्गों का स्वामी था। शम्बर की राजमहिषी दितिपुत्र मय दैत्य की पुत्री तथा रावण की महिषी मन्दोदरी की सगी बड़ी बहिन थी। उसका नाम माया था। माया अपूर्व रूपसुन्दरी थी। उसका रंग तपाए हुए सोने के समान कान्तिमान् था और उसके अंग-प्रत्यंग इतने सुडौल थे कि देखकर उसके रचयिता को धन्य कहना पड़ता था। असुरराज शम्बर जैसा प्रतापी और सम्पन्न था, वैसा ही शालीन वीर और महिमावान् भी था। रावण विचरण करता हुआ अकस्मात् ही शम्बर की राजसभा में जा पहुंचा। ज्वलन्त अग्नि-शिखा के समान तेजस्वी एक तरुण को बहुमूल्य मणियों के भुजबंद और महार्घ मरकतमणि का कटिबन्ध पहिने, विशाल बाहु, प्रशस्त वक्ष, उन्नत ललाट, उत्फुल्ल नयन और कृष्णकाकपक्ष पर मणिमुकुट पहिने, कन्धों पर दुर्धर्ष परशु रखे, लापरवाह से नगर के राजपथ पर अग्रसर होते देखा तो बहुत जन कौतूहल से उसके पीछे हो लिए। रावण चारों ओर नगर की सुषमा निहारता हुआ, गवाक्षों से झांकती हुई पुरवधुओं पर कटाक्ष करता हुआ, असुर बालकों, याचकों और कन्याओं को स्वर्ण देता हुआ, हंसता-मुस्कराता, हंस की चाल से चलता राजपथ पर राज-महालय की ओर चला जा रहा था। असुर नागर आश्चर्यचकित हो इस तेजस्वी आगन्तुक एकाकी परदेशी को देख रहे थे। किसीका भी साहस उससे परिचय पूछने का न होता था।

राजद्वार तक पहुंचते-पहुंचते बहुत भारी भीड़ उसके साथ लग गई। राजद्वार पर द्वार-पुरुष ने पूछा–"महाभाग, आप कौन हैं और किस अभिप्राय से आप राजद्वार पर पधारे हैं? आपने अपने जन्म से किस कुल को धन्य किया है? आज्ञा कीजिए तो मैं स्वामी से निवेदन करूं।"

द्वार-पुरुष का ऐसा विनय देख रावण प्रसन्न हो गया। उसने अपने कण्ठ से बड़े-बड़े मोतियों की माला उतार उसके कण्ठ में डाल दी और हंसकर कहा– "तेरे विनय से संतुष्ट हूं। तू अपने स्वामी से जाकर कह कि द्वार पर एक अतिथि आया है, राजदर्शन का इच्छुक है। अपना शेष परिचय मैं तेरे स्वामी ही को दूंगा।"

ऐसा बहुमूल्य उपहार पाकर और रावण के गरिमामय वचन सुनकर द्वार-पुरुष ने झुककर रावण का अभिवादन किया और कहा–"जैसी आपकी आज्ञा! मैं अभी स्वामी से जाकर निवेदन करता हूं। तब तक महानुभाव इस आसन पर

विराजमान हों!" यह कर द्वारपुरुष शम्बर की सभा में गया। जाकर उसने करबद्ध प्रार्थना की–"महीपाल, एक महिमावान् तेजस्वी अतिथि राजद्वार पर उपस्थित है। वह राजदर्शन की प्रतिष्ठा प्राप्त करना चाहता है। मुझ दास को उसने यह मुक्तामाल प्रसन्न होकर प्रदान की है। अपना परिचय वह स्वयं देना चाहता है। आगे देव प्रमाण हैं?"

द्वारपुरुष का यह वचन सुनकर और मोतियों की वह बहुमूल्य माला देख, उस असुरराज ने आश्चर्य प्रकट किया। फिर अपने मन्त्रियों की ओर देखकर उसने कहा, "ऐसी मुत्कामाल द्वार-पुरुष को देने वाला अवश्य ही कोई महिमावान् है। तुम स्वयं उसकी अभ्यर्थना कर उसे मेरे पास ले आओ।"

मन्त्रिगण अर्घ्य-पाद्य ले द्वार पर आए। रावण का अर्घ्य-पाद्य से सम्मान किया और कहा–"महाभाग, अब आप चलकर हमारे असुरपति से भेंट कीजिए।"

हंसते-हंसते शम्बर के सम्मुख जाकर रावण ने कहा–"असुरराज शम्बर की जय हो! मैं पौलस्त्य विश्रवा मुनि का पुत्र रावण, लंकापति, राजमहिषी मायादेवी का बहिनोई, आपका साढ़ू, आपके दर्शनार्थ आया हूं। आप मेरे ज्येष्ठ हैं। मैं आपका अभिवादन करता हूं।" रावण के ऐसे वचन सुनकर शम्बर दोनों हाथ फैलाकर आसन से उठकर रावण की ओर दौड़ा। उसने अंक में भरकर रावण को बारंबार आलिंगन करके कहा–"आज मैं धन्य हुआ, प्रतिष्ठित हुआ। पौलस्त्य रावण, तुम पूजार्ह हो। अभ्यर्थना करता हूं। इस असुरपुरी में तुम्हारा स्वागत है। भाई, यह तुम्हारी ही पुरी है। तुम अपने ही घर आए हो।"

आनन्दातिरेक से शम्बर के नेत्रों से जलधार बह चली। उसने अपने मन्त्रियों को आज्ञा दी कि नगर में उत्सव मनाया जाए, सब कोई आज दीपावली करें। यह हमारा प्रिय सम्बन्धी पौलस्त्य रावण प्रजापति के वंश का है–सुप्रतिष्ठित है। इसके आने से मेरा कुल धन्य हुआ—मेरा यह नगर पवित्र हुआ। फिर उसने रावण को अपने पास आसन पर बैठाकर हंसते हुए कहा–"किन्तु यह क्या? लंकाधीश एकाकी, बिना ही परिच्छद?"

रावण ने भी हंसते-हंसते कहा–"घर में आने के लिए परिच्छद की क्या बात! आपके दर्शनों का चाव खींच लाया। देवी मन्दोदरी भी अपनी प्राणाधिका बहिन को बहुत याद करती है। मैंने सोचा–पूज्या हैं वे, श्लाघ्या हैं वे, चलकर पद-वन्दना कर आऊं।"

शम्बर ने कहा–"तो चलो बन्धु, अन्तःपुर में देवी तुम्हें देखकर प्रसन्न होंगी।" उसने चेटिका की ओर देखकर कहा–"अरी जा, देवी से निवेदन कर हमारा बन्धु लंकाधिपति पौलस्त्य रावण आया है और अब हम अवरोध में आ रहे हैं।"

चेटिका मस्तक अवनत कर, 'जो आज्ञा' कह चली गई और असुरराज शम्बर रावण के कन्धों पर हाथ रखकर धीरे-धीरे बातें करते हुए अन्तःपुर में प्रविष्ट हुए।

36 मायावती

अपराह्न की मनोरम वेला में मायावती अन्तःपुर की मदनवाटिका के माधवी मण्डप में अकेली ही कुछ विचारमग्न-सी बैठी थी। आयु उसकी अभी अट्ठाईस ही वर्ष की थी, परन्तु अपनी आयु से वह बहुत कम दीख पड़ती थी। उसका रंग तप्त कांचन के समान देदीप्यमान था ही, उसकी भाव-भंगिमा भी बड़ी मोहक थी। उसका शरीर उठानदार था, कद कुछ लम्बा था। ऐसा प्रतीत था जैसे अंग से रक्त फूटकर बाहर निकलना चाहता है। लावण्य और स्वास्थ्य की कोमलता का उसके शरीर में कुछ ऐसा सामंजस्य था कि किसी भी तरह सुषमा का वर्णन नहीं किया जा सकता। उसके नेत्र काले और बड़े थे। कोये दूध जैसे सफेद थे। दृष्टि में कुछ ऐसी मादक भाव-भंगिमा थी कि जिससे उसकी आग्रही और अनुरागपूर्ण भावना का प्रकटीकरण होता था। केश उसके भौंरें के समान, दो भागों में बटे थे। उनमें बड़ी कारीगरी से मोती गूंथे गए थे। ध्यान से देखने पर उसकी बाकी भौंहें कुछ घनी प्रतीत होती थीं। कान छोटे, पतले और कोमल थे। शंख के समान कण्ठ, भरावदार उन्नत उरोज और छरहरी देह थी। उसकी देह की सुडौलता देखते ही बनती थी। वह ग्रीष्मकालीन बहुत ही महीन कौशेय शरीर पर धारण किए हुए थी, जिसमें से छन-छनकर उसके शरीर की लावण्य-छटा दुगुनी-चौगुनी दीख पड़ रही थी। उसके छोटे-छोटे सुन्दर पैरों में पड़े सुनहरी उपानहों के लाल माणिक्य नेत्रों में चकाचौंध उत्पन्न कर रहे थे।

शम्बर एक प्रतापी पुरुष अवश्य था पर उसकी अवस्था पचास वर्ष से अधिक थी। वह राजकीय आवश्यकता और युद्धों से घिरा रहता था। यद्यपि वह प्रेमी, भावुक और स्वच्छ हृदय का पुरुष था; परन्तु सच्चे अर्थों में मायावती की मांग का वह पूरक न था। वह एक अच्छा पति था, पर मायावती की उद्दाम वासना पति के स्थान पर प्रेमी चाहती थी। इतने बड़े राज्य का अधिपति पचास वर्ष की ढलती आयु में प्रेमी नहीं हो सकता था। मायावती को कोई संतान भी नहीं हुई थी, इससे

भी उसकी वह पिपासा भड़की हुई थी। फिर भी मायावती के चरित्र में कोई दोष न था। उसकी मानसिक भूख मन ही में थी। अपनी मर्यादा, चरित्र तथा दायित्व का उसे पूरा ज्ञान था।

रावण की अवस्था अभी लगभग मायावती के बराबर ही थी। कहना चाहिए–एकाध वर्ष कम ही थी। रावण निर्द्वन्द्व, हंसमुख, विनोदी, वीर और साहसी था। उल्लास और आकांक्षाओं से उसके रक्त के प्रत्येक बूंद भरपूर थी। माया को देखते ही रावण के नेत्रों में मद छा गया। माया उसकी साली–पत्नी की बड़ी बहिन थी, अतः माया से वह न केवल खुलकर हास्य-विनोद ही करता, व्यंग्य-विनोद भी करने लगा। रावण के स्वभाव, विनय, स्वास्थ्य, सौन्दर्य और पौरुष–इन सब पर मायावती विमोहित हो गई। एक अज्ञात आकर्षण रावण के प्रति उसके मन में उत्पन्न हो गया। वह रावण को चाहने भी लगी और प्यार भी करने लगी।

माधवी-मण्डप में अकेली वह असुर-सम्राज्ञी रावण के विचार में कुछ अनमनी-सी बैठी थी। उसका मन परस्पर-विरोधी भावों में आन्दोलित हो रहा था। उसके आग्रही स्वभाव और दुर्दमनीय इन्द्रिय-लालसा का नारी-धर्मनीति से द्वन्द्व चल रहा था। उसका प्रेमी रमणी-हृदय परस्पर-विरोधी आवेगों से अधीर हो रहा था। एकाध बार रावण से उसकी कुछ एकान्त-वार्ता हुई थी। असुरराज शम्बर ने उसका आत्मीय की भांति अपने घर में स्वागत किया था और सम्राज्ञी को अपने बहिनोई का सब भांति सत्कार कर उसे संतुष्ट रखने का बारंबार अनुरोध किया था। उस समय असुरराज पर देवों और आर्यों का एक अभियान होने वाला था। उसके लिए समूची असुरपुरी वैजयन्ती में भारी तैयारियां हो रही थीं। दूर के असुर भट सन्नद्ध होकर रणरंग मचाने वैजयन्ती में आ रहे थे। असुर-सम्राट् इस बार शत्रु से कठिन मोर्चा लेने की भीषण तैयारियों में लगे थे। उसका प्रबल शत्रु देव मित्र पांचाल-नरेश दिवोदास था। यह एक निर्णायक युद्ध का सूत्रपात था, इसीसे असुरराज इस युद्ध की ओर से बेखबर नहीं था। इसीसे उसने अपने साढू लंकापति रावण के आतिथ्य का भार अपनी पत्नी मायावती पर डाल दिया था। शम्बर मायावती को अत्यन्त प्रेम करता था। उन दिनों असुर दैत्यों और दानवों की अपेक्षा संस्कृति में आर्यों से अधिक साम्य रखते थे। वे अपने को आर्यों ही की शाखा में मानते थे। इसीसे विवाह-मर्यादा उनमें आर्यों ही के समान थी। मायावती भी आर्य-ललना की भांति स्त्री-नीति तथा स्त्री-धर्म को समझती थी, यद्यपि आर्यललना होने से वह अपने अवरोध में स्वतन्त्र थी–बन्धनमुक्त थी। उन

दिनों असुर महिलाएं आर्यपत्नियों से अधिक स्वाधीनता तथा समानता का उपभोग करती थीं।

मायावती जैसे आग्रही स्वभाव की थी, वैसे ही मानवती भी थी। जब वह अपनी गर्वीली चाल से हंसिनी अथवा हथिनी की भांति चलती थी, तब उसकी शोभा देखते ही बनती थी। इस समय अपने मन की चंचलता को छिपाने के लिए उसने सभी दासी-चेटियों को अलग कर दिया था। केवल एक दानवी किंकरी नंगी तलवार लिए लतागृह के द्वार पर पहरा दे रही थी। अपराह्ण की सुनहरी धूप छन-छनकर लता-मण्डप में आ रही थी। इसी समय रावण भी उपवन में घूमता हुआ वहीं आ पहुंचा। किंकरी को नंगी तलवार लिए मण्डप के द्वार पर खड़ी देख उसने अनुमान किया कि अवश्य ही मायावती मण्डप में है। वह तेज़ी से कदम बढ़ाकर उसी ओर चला। किंकरी को देखकर उसने हंसकर कहा–"लता-मण्डप में यदि स्वामिनी हैं तो उनकी सेवा में रावण का अभिवादन निवेदन कर दें।"

किंकरी ने जब मायावती को रावण की विज्ञप्ति की, तो उसकी बड़ी-बड़ी चमकीली आंखों में एक मंद आ गया। उत्तेजना के मारे उसके उरोज उन्नत-अवनत होने लगे। वह ससम्भ्रम उठ खड़ी हुई। किंकरी पीछे हट चली गई। इसी समय रावण ने हंसते-हंसते मण्डप में प्रवेश करते हुए कहा–"देवी प्रसन्न हों, इस मंगलमयी सान्ध्य वेला में वनश्री की शोभा को आपने अपनी उपस्थिति से कैसा सजीव कर दिया है! ऐसा प्रतीत होता है कि इस माधवी-लता से आवेष्टित मण्डप में छन-छनकर जो अस्तंगत मरीचिमाली की स्वर्णिम रश्मिराजि एकत्र हो गई है, उसे किसी जादूगर ने जैसे एकत्र कर मूर्त रूप दे दिया है।"

"ओह, लंकेश्वर केवल वीर शिरोमणि ही नहीं हैं— चाटुकार भी वैसे ही। इसी गुण ने शायद मन्दोदरी को मोह लिया है कि कभी वह अपने आत्मीयों को याद भी नहीं करती।"

"परन्तु आपकी आनन्द और श्रद्धा की मूर्ति तो उसीने मेरे हृदय में अंकुरित की है। तभी तो आपके चरणों में श्रद्धांजलि अर्पण करने इतनी दूर आया हूं।"

"जाइए, बातें न बनाइए। श्रद्धांजलि उन्हीं चरणों में अर्पित कीजिए जो नूपुरध्वनि से लंका के मणिमहालय को मुखरित करते हैं। अपात्र में दान करने से पुण्यक्षय होता है–ऐसा नीतिकारों का वचन है।"

"आपका वचन प्रमाण है। किन्तु अभयदान मिले तो कुछ निवेदन करूं!"

मायावती हंस दी। उसने हाथ उठाकर अभिनय-सा करते हुए कहा– "अभय, लंकाधिपति, आपको अभय!"

"तो मुझे कहने दीजिए कि रावण लंकाधिपति नहीं, आपका दास है, उसे इन चरणों में श्रद्धांजलि अर्पित करने दीजिए।" हठात् रावण मायावती के सम्मुख घुटनों के बल बैठ गया।

मायावती ने भयभीत होकर इधर-उधर देखा। उसका मुंह लज्जा से लाल हो गया। उसने कहा–"उठिए, यह आप क्या कर रहे हैं?"

"आराधना कर रहा हूं–उस देवी की, जिसकी अप्रतिम छवि मेरे रक्त के प्रत्येक बिन्दु में व्याप्त हो गई है। क्षमा करो सुन्दरी, यह आपका दास है।" इतना कहकर उसने उसके दोनों हाथ अपने हाथों में लेकर होंठों से लगा लिए।

हठात् रावण के इस आचरण से मायावती विचलित-विस्मित हो गई। वह भीत-चकित हरिणी की भांति कांपने लगी। उसके मुंह से बात न निकली। एक अकथनीय आनन्द से वह विह्वल हो उठी, पर तुरन्त ही सावधान होकर उसने अपना हाथ खीच लिया और कहा–"यह क्या लंकेश्वर?"

"स्वीकार करता हूं, मैंने अपराध किया है। किन्तु यह आपकी इस अतुलनीय रूप-माधुरी का सत्कार है। इस दिव्य ज्योति की मानसी पूजा है। आप रुष्ट क्यों हो गई?"

"रुष्ट नहीं हूं, परन्तु आप मर्यादा से बाहर आचरण कर रहे हैं।"

"देवी प्रसन्न हों, निस्सन्देह अकिंचन आपकी कृपा के योग्य नहीं, पर इस दिव्य सौन्दर्य की पूजा से तो आप मुझ दास को वंचित मत कीजिए।"

"यह क्या आप व्यंग्य कर रहे हैं लंकेश?" मायावती ने अपनी प्रशंसा सुनकर असंयत होकर धड़कते हुए हृदय से कहा।

"नहीं देवी, मैं सच कह रहा हूं। मैं चाटुकारिता नहीं करता। मैं आप पर मुग्ध हूं मेरा हृदय आप पर न्योछावर है।"

"यह तो आप मन्दोदरी के प्रति अन्याय कर रहे हैं।"

"मन्दोदरी को निस्सन्देह मैं प्राणों से अधिक प्यार करता हूं पर आपके दिव्य रूप की तो मैं पूजा करता हूं, परन्तु आपके क्रोध से भय खाता हूं।"

मायावती के आग्रहशील हृदय में प्रवृत्ति की लहरें उमड़ने लगीं। उसने मन्द-मन्द मुस्कराकर कहा–वीरध्वज लंकेश भी भय खाते हैं स्त्रियों से, यह तो लंकेश के लिए प्रशंसा की बात नहीं है।" रावण के नेत्रों की तृष्णा उभर आई, उसने कहा–"आह, तब आप मुझपर एकदम निर्दय नहीं हैं।"

"यह आपने कैसे समझ लिया?"

"आपके इस चन्द्रच्छटा-सम उज्ज्वल हास से।"

"किन्तु मैं ऐसी अकृतज्ञ नहीं हूं कि आपकी स्तुति के लिए आपका आभार न मानूं।"

"यह तो मेरे अन्तःकरण की श्रद्धा है।" फिर एकाएक उत्तेजित होकर उसने कहा–"सच तो यह है कि मेरा मन तुमपर अनुरक्त है सुन्दरी! कहो, वह कौन बड़भागी है जिसके लिए तुमने यह साज सजा है? वह कौन भाग्यवान् है जो तुम्हारे इन कमल-सी सुगन्धवाले अधर-पल्लवों का चुम्बन करेगा? स्वर्णघट के समान तुम्हारे यह उभरे हुए कठोर कुच आज किसके आलिंगन की प्रतीक्षा में हैं? प्रिये, आज तुम मुझे रति दो। मैं लंका का स्वामी, पौलस्त्य रावण काम-पीड़ित हो तुमसे नम्रतापूर्वक रतिदान मांग रहा हूं। मैं जब से यहां आया हूं–तेरी मनोहारी मूर्ति हृदय में रख, रात-दिन उसकी आराधना करता हूं।" इतना कहकर रावण अत्यन्त उदग्र भाव से दोनों हाथ फैलाकर मायावती को अपने आलिंगन में बांधने को आगे बढ़ा। उसका यह भाव देख और उसका अभिप्राय समझ मायावती थर-थर कांपने लगी। उसने कहा–"लंकेश, यह तुम क्या कर रहे हो? तुम मेरी छोटी भगिनी के पति, मेरे सम्बन्धी हो। मैं धर्म से तुम्हारी ज्येष्ठा हूं। सोचो तो, मेरे पति यह सुनेंगे तो क्या कहेंगे! तुम्हारे भाई कुबेर लोकपाल त्रिलोकी में विख्यात हैं। तुम भी धर्माधर्म को समझते हो–ऋषिकुमार हो। इसलिए ऐसा न करो। जो मेरा पति है, उसी के लिए मैं श्रृंगार करती हूं। मैं असुर कुल की स्त्री हूं–पत्नी हूं। तुम्हारी रक्ष-संस्कृति है, मेरे सत्त्व की तुम रक्षा करो। कहो–वयं रक्षामः।"

रावण ने हंसकर कहा–"कहीं असुर-रमणियों के भी पति हुआ करते हैं? फिर यह एकान्त रति का नियम तो मानवों में है। इसलिए मेरी अभिलाषा तुम्हें पूर्ण करनी पड़ेगी।"

इतना कहकर रावण ने झपटकर मायावती को अंकपाश में दबोच लिया। मायावती बाज़ के पंजे में दबी हुई कबूतरी की भांति छटपटाने लगी। उसका श्रृंगार अस्तव्यस्त हो गया, वस्त्र फट गए। केश बिखर गए। वह केले के पत्ते के समान कांपने लगी। मायावती की दुर्दमनीय प्रवृत्ति भी तीव्र अभिलाषाग्नि से उद्दीप्त हो उठी। उसने कांपते हुए मृदु-मन्द स्वर में कहा–"नहीं, नहीं, मत करो, ऐसा मत करो!"

इसपर रावण ने उसे और भी कसकर अपनी बलिष्ठ भुजाओं से भर लिया। और उसके होठों के निकट अपने उत्तप्त होंठ ले जाकर कहा–"प्रिये, तू मेरी आराध्या है!"

उसने अपने अधर मायावती के अधरों से मिला दिए। मायावती भी आवेश में रावण के अंक में समा गई। वह भूल गई अपना स्त्री-धर्म, राजपद-मर्यादा,

असुरराजमहिषी का गौरवमय पद। अपने पति असुरराज को वह भूल गई। कर्त्तव्याकर्त्तव्य को भूल गई। विश्व की सब बातों को भूल गई। उसने उन्मत्त हो सब कुछ भूल, उस नायक के आलिंगन में अधखुले नेत्रों के साथ अपना शरीर अर्पित कर दिया।

37 असुर का विक्रम

वज्र-गर्जना के समान शम्बर के शब्द दोनों के कानों में पड़े। असुरराज कह रहा था–"अरे विश्रवा मुनि के पुत्र, तेरे शस्त्र कहां हैं, शस्त्र ले। तू कुलीन है, प्रजापति का वंशधर है, लोकपाल का भाई है। मैं तेरा निरस्त्र वध नहीं करूंगा।"

असुर-सम्राट् के ये वाक्य सुनते ही मायावती मुर्च्छित हो गई। रावण ने उसे छोड़ दिया। वह नीची आंखें करके शम्बर के आगे खड़ा हो गया।

शम्बर ने कहा–"शस्त्र ग्रहण कर रावण!"

"नहीं, आप मेरा निरस्त्र ही वध कीजिए।"

"यह मेरे कुल की मर्यादा नहीं।"

"किन्तु मैं शस्त्र ग्रहण नहीं करूंगा।"

"तो मल्लयुद्ध कर।" शम्बर ने अपने हाथ का शूल दूर फेंक दिया। परन्तु रावण उसी भांति सिर नीचा किए खड़ा रहा।

शम्बर ने कहा–"मैं विलम्ब और आज्ञा की अवज्ञा सहन नहीं कर सकता रावण।"

"मैं आपसे युद्ध नहीं करूंगा।"

"नहीं कैसे करेगा रे, लम्पट, परस्त्रीगामी, चोर!" असुर ने एक लात मारी। लात खाकर रावण भूमि पर जा गिरा। असुर ने कहा–"युद्ध कर!"

"नहीं, किन्तु तुम अब मेरा वध करो असुरराज।"

"वध नहीं, पाद-प्रहार करूंगा।"

"पाद प्रहार नहीं। अनुग्रह मांगता हूं तुम मेरा वध करो।"

परन्तु असुर ने फिर रावण की छाती पर लात मारी। इस बार रावण लात खाकर गिरा नहीं। दो कदम पीछे हट गया। उसने कहा–"असुर शम्बर, अब

बस करो। बहुत हुआ। दोष-निवारण हो गया। मैं तुम्हें क्षमा करता हूं अब मुझे जाने दो।"

"तू ऐसा जघन्य अपराध करके जीवित जाएगा मेरी पुरी से!"

"किन्तु मैंने तुम्हारा कोई अपराध ही नहीं किया।"

"अरे लम्पट, अपराध नहीं किया? तूने मेरी पत्नी से बलात्कार की चेष्टा नहीं की?"

"स्त्री और पृथ्वी वीरभोग्या हैं–फिर असुरों की स्त्रियों पर किसीका एकाधिकार नहीं, वे सभी के लिए हैं।"

"किन्तु मेरी यह लात केवल तेरे लिए है।" असुर ने फिर रावण के वक्ष पर लात मारी। इस बार रावण ने असुर का पैर पकड़कर उसे अपने सिर के चारों ओर घुमाकर दूर फेंक दिया। शम्बर घूमते हुए चक्र की भांति एक धनुष दूर जा गिरा। इस बीच रावण ने अपना कुठार उठा लिया।

शम्बर भी उठकर शूल लेकर रावण पर झपटा। उसने भरपूर वेग से शूल रावण के ऊपर फेंका। शूल रावण के पार्श्व में घुस गया। पर रावण ने परशु सिर पर घुमाकर असुर पर आघात किया। असुर घूमकर वार बचा गया। किन्तु वह घुटनों के बल गिर गया। रावण ने फिर परशु का प्रहार किया। असुर ने लेटकर प्रहार बचा, रावण के पैरों में घुस, उसे गिरा दिया। परशु हाथ से गया। दोनों योद्धा परस्पर गुंथ गए। दोनों एक-दूसरे पर लात-मुक्कों का प्रहार करने लगे। दोनों एक-दूसरे को दलमल करने लगे। दोनों के शरीर और नाक-मुंह से रक्त झरने लगा। लड़ते-लड़ते दोनों योद्धा फिर खड़े हो गए। असुर ने विकराल खड्ग उठाया। रावण ने अपना परशु लिया। दोनों घात-प्रतिघात करने लगे। रावण प्रबल पराक्रम से भिड़ गया। अन्त में असुर ने खड्ग का रावण के सिर पर प्रहार किया। उस प्रहार से रावण का किरीट गिर गया और वह बेसुध होकर कटे वृक्ष की भांति धरती पर गिर गया। शम्बर ने उसके हाथ-पैर बांधकर अन्धकूप में डलवा दिया।

38 शम्बर-संग्राम

मायावती की ओर ध्यान देने का शम्बर को समय नहीं मिला। इसी समय चर ने उसे सूचना दी कि देवों और आर्यों की सेनाएं वैजयन्तपुरी की सीमा लांघ

चुकी हैं। गिरिव्रज में आ पहुंची हैं। शम्बर ने भी तत्क्षण ही असुरों को सन्नद्ध होने का संकेत किया। भेरी, मुरज और शंख बजने लगे। दुंदुभि धमक उठी। हाथी चिंघाड़ने लगे। घोड़े हिनहिनाने लगे। असुरवाहिनी बरसाती नदी के वेग के समान दुर्मद शत्रुओं का दर्प चूर्ण करने बढ़ चली। सिंहल के विराट् हाथी पर छत्र-चंवर लगाकर असुर-सम्राट् बैठा। वैजयन्तीपुरी और गिरिव्रज के बीच का मार्ग सेना से आपूर्यमाण हो गया। उसकी सेना में दस हजार रथ और साठ हज़ार योद्धा असुर थे। उसके मित्र, बान्धव और सेनापतियों में हृष्टरोमा, महाकाम, सिंहदंष्ट्र प्रकम्पन, तन्तुकच्छ, दुरारोह, सुभाय, वज्रपंजर, धूम्रकतु, प्रमथन और विकटाक्ष अत्यन्त पराक्रमी थे। छत्तीस छत्रधारी राजा असुर-सम्राट् के झण्डे के नीचे युद्ध करने जा रहे थे।

गिरिव्रज की उपत्यका में पांचालपति दिवोदास और महाकोशल के स्वामी राजसिह आयेन्द्र दशरथ अजेय की संयुक्त वीरवाहिनी शत्रु की प्रतीक्षा कर रही थी। दिवोदास की सेना में देव, नाग, गन्धर्व और आदित्य सभी सुभट थे। सुबाहु, निर्घात, मुष्टिक, गोहर, प्रलंब, प्रमाथ, कटकपिगल आदि एक सहस्र अर्धरथ थे। अंकुटी, सोमिल, देवशर्मा, पितृशर्मा, उग्रभट, महाभट, कुमारक, वीरस्वामी, सुराधर, भण्डीर, सिंहदत्त, क्रूरकर्मा, शबरक, हरदत्त आदि अर्धसहस्र पूर्णरथ थे। यज्ञसेन, इन्द्रवर्मा, विरोचन, कुम्भीर, दर्पित, प्रकंपन आदि तीन सौ द्विरथ और बाहुशाल, विशाख, प्रचण्ड आदि दो सौ त्रिरथ थे। प्रवीर, वीरवर्मा, अमराम, चंद्रदत्त, सिंहभट, व्याघ्रभट आदि एक सौ पंचरथ थे। उग्रवर्मा अकेला षड्थ था। राजा सहस्रायु का पुत्र शतानीक महारथों के यूथ का स्वामी था। इनके अतिरिक्त महारथों के यूथपति, अतिरथों के यूथपति, पूर्णरथों के यूथप अनेक थे। इन सब यूथपतियों के अधिपति अयोध्यानाथ दशरथ थे।

दोनों ही पक्षों के भट आमने-सामने हो युद्ध करने को विकल हो उठे। आर्यों के प्रधान सेनाधिपति ने महाशुचि व्यूह का निर्माण किया। उस व्यूह के दक्षिण पार्श्व पर साठ अतिरथ यूथप और वाम पार्श्व में साठ पंचरथ यूथप अपने यूथ सहित आसीन हुए। मध्य में गज-सैन्य और केन्द्र में पांचालपति दिवोदास और उसकी देवसेना। अग्रभाग में दशरथ अपने दस सहस्र अतिरथों के साथ। शम्बर ने अपनी सेना का अर्धचन्द्र व्यूह रचा। उसके मध्य में गज-सैन्य के साथ वह स्वयं रहा।

व्यूहबद्ध होने के बाद ही दोनों सेनाओं में रणवाद्य बज उठे। देखते ही देखते दोनों ओर से शस्त्र चलने लगे। जय-जयकार का महाशब्द होने लगा। बाणों से आकाश छिप गया। शस्त्रों के परस्पर टकराने से आग निकलने लगी। हाथी, घोड़े और सुभट मर-मरकर गिरने लगे। उनसे रुधिर की नदी बह चली, मृत

वीरों के शरीर ग्राह-से तैरने लगे। कोई सुभट सुभट से द्वन्द्व करने लगा। किसी ने अर्धचन्द्र बाण से किसी का सिर काट लिया। किसी के मर्मस्थल में बाण घुस जाने से वह चीत्कार कर घूर्णित-सा भूमि पर गिर गया। देवों की विकट मार से विकल होकर असुर इधर-उधर भागने लगे। यह देख शम्बर ने बाणों की विकट वर्षा कर दिवोदास के सारथी को मार दिया। उसके घोड़े भी मर गए। यह देख असुरों ने बड़ा भारी जयनाद किया। इसपर दिवोदास रथ से कूदकर शम्बर के रथ पर चढ़ गया। उसने उसका धनुष काट दिया तथा ध्वजा गिरा दी। यह देख बड़े-बड़े विकट असुरों ने पांचालपति को घेर लिया। विद्याधरों के राजा विकृतदंष्ट्र पंचरथ ने यह देखा तो वह समुद्र-गर्जना की भांति महानाद करता हुआ असुरों के दल पर पिल पड़ा। गन्धर्वों का विकट विक्रम देख असुर भयभीत होकर भागने लगे। शम्बर ने यह देखा तो हुंकार भरकर अपना रथ उसी ओर बढ़ाया और प्रबल पराक्रम से उनके सारथी, ध्वजा, रथ तथा घोड़ों को मार कुण्डल समेत उसका सिर काट लिया।

महाराज दशरथ के साथ कैकेयी धनुष-बाण ले राजा के पृष्ठ की रक्षा कर रही थी। महाराज दशरथ अपने यूथपों को ललकार कर विकृतदंष्ट्र का बदला लेने आगे बढ़े। उनका क्रोध देख और प्रचण्ड बाण-वर्षा से व्याकुल हो असुर चीत्कार कर भागने लगे। कुछ बाणों से विद्ध हो-होकर मरने लगे। इसपर कंकट-अंकुरी, प्रचण्ड और कालकम्पन—इन चार असुर यूथपतियों ने बाण-वर्षा से दशरथ के रथ की धज्जियां उड़ा दीं। घोडे मार डाले, चक्र तोड़ डाले। इसपर महाराज दशरथ रथ से कूदकर खड्ग और चक्र चलाने लगे। असुर यूथपतियों ने उन्हें चारों ओर से दबोच लिया। उनका अंग बाणों से बिंधकर छलनी हो गया। इसपर विकट साहस कर रानी कैकेयी ने एक हाथ से चक्र को संभालकर घायल राजा को रथ पर बैठाकर बाण-वर्षा करनी आरम्भ कर दी।

पांचालपति दिवोदास ने दूर से महाराज दशरथ का यह संकट देखा। वह अपने दस सहस्र अतिरथों को ललकारकर उधर बढ़ा। उसने विकट पराक्रम से दशरथ का मुर्च्छित शरीर अपने रथ पर डाल, उन्हें निरापद स्थान में भेज दिया। फिर वह दूसरे रथ पर आरूढ़ हुआ, जिसमें सोलह श्यामकर्ण घोड़े जुते थे। अब उसने कालचक्र धनुष पर विकट महास्त्र चढ़ाकर उसका प्रहार किया। यह महास्त्र यूथपतियों को काट-काटकर ढेर करने लगा। इस समय तक हाथी, घोड़े और योद्धा इतने मर चुके थे कि चारों ओर रणस्थली में कबन्ध दीख पड़ते थे। इस प्रकार असुरों का मर्दन देख असुरराज शम्बर दिवोदास के रथ की ओर बढ़ा। उसका सूर्य के समान ज्वलन्त रथ अपनी सहस्रों घंटियों की रणत्कार से रण-निमन्त्रण देता

हुआ-सा पांचालपति के सम्मुख आ खड़ा हुआ। अब दोनों महावीरों ने ऐसा विकट युद्ध किया कि असुर, देव, गन्धर्व, मनुष्य सब कोई हाथ रोककर उनका द्वन्द्व देखने लगे। देखते ही देखते दोनों के रथों के सारथी मर गए। रथों की धज्जियां उड़ गई और दोनों विरथ हो परस्पर खड्गयुद्ध करने लगे। दोनों ने एक प्रहर प्रचण्ड युद्ध किया। उनके शरीर से रक्त की सहस्र धाराएं बह चलीं। इसी समय अवसर पाकर दिवोदास ने शम्बर का सिर काट लिया।

सिर कटने पर भी दो मुहूर्त तक उसका कबन्ध लड़ा। असुर का कबन्ध गिरते ही देवों ने विजय-शंखध्वनि की। असुर भयभीत होकर रक्त के कीचड़ में लथपथ युद्ध-भूमि से भाग चले। इसी समय सूर्य अस्ताचल को गए। पांचालपति दिवोदास विजय के नगाड़े बजाता हुआ पीछे लौटा।

39 सहगमन

भूलुण्ठिता मायावती की उपेक्षा कर शम्बर रणक्षेत्र की ओर चल दिया था। जाने से पूर्व उसने मायावती से भेंट भी नहीं की। वह पुंश्चली थी। मानवती और भावुक मायावती पति की इस अवज्ञा, अपने पाप और रावण के अपराध से अभिभूत हो, चैतन्य आते ही मृत्यु की कामना करने लगी। शम्बर को वह प्यार करती थी। शम्बर ने भी माया को सदैव प्राणाधिक समझा था। उसके जीवन में यह प्रथम ही क्षण था, जब उसकी अवज्ञा हुई—अप्रतिष्ठा हुई। परन्तु वह जितना ही विचार करती, उसे अपना अपराध गुरुतर प्रतीत होता जाता था। उसने यह निर्णय किया कि वह पति से दण्ड की याचना करेगी, फिर अग्नि-प्रवेश करेगी। उसने मौन धारण किया, आहार भी ग्रहण नहीं किया, श्रृंगार और विलास उसने त्याग दिया। वह समरांगण से पति के लौट आने की प्रतीक्षा करने लगी। सूखे मृणाल की भांति वह सुकुमारी मायावती मुरझाकर श्रीहीन हो गई। इसी समय उसे युद्धक्षेत्र से पति के निधन की दारुण सूचना मिली। मायावती सुनकर काठ हो गई। राजमहल क्रंदन से भर गया। नगरी में विषाद छा गया। उस दिन नगरी में किसी ने दीप नहीं जलाया। किसी ने भोजन नहीं किया। उस दिन पौरवधुओं काश्रृंगार नहीं हुआ।

सम्राट् के शव को योद्धा रणांगण से ले आए। प्रतिमागृह में राजशव की प्रतिष्ठा हुई। शव का संस्कार कर, उसे अगरु कस्तूरी-चन्दन-गोरोचन से चर्चित

कर, श्वेत कौशेय से आच्छादित कर, उसके चारों ओर सहस्र घृत के दीप जलाए गए। शोकपूर्ण वाद्य गर्भगृहों में बजने लगे। असुर पुरोहितों ने मन्त्रपाठ करना आरम्भ किया। बलि, अर्चना और अन्त्येष्टि के अन्य उपचार सम्पन्न होने लगे। मायावती ने असुरराज-महिषी की गरिमा धारण की। अश्रुविमोचन नहीं किया। सहमरण को सन्नद्ध होकर चिता तैयार करने की आज्ञा दी। मज्जन किया, श्रृंगार किया, अंगराग लगाया और मंगलचिह्न अंग पर धारण किए। फिर वह पति के सिर को गोद में लेकर बैठ गई। अगरु और चन्दन की चिता रचकर तैयार की गई थी। घृत और कपूर स्थान-स्थान पर उसमें रख दिए गए थे। असुर-पुरोहित मन्त्रपाठ कर रहे थे और असुर-प्रमुख बलि-पशु ला-लाकर डाल रहे थे।

अभी रावण अन्धकूप में बन्दी था। मायावती ने उसे बन्धनमुक्त करके अपने सम्मुख लाने की आज्ञा दी। सम्मुख आने पर मायावती ने कहा– "राक्षसेन्द्र, अब तुम अपनी पुरी को लौट जाओ, मैं तुम्हें क्षमा करती हूं और तुमसे क्षमायाचना करती हूं। क्षमा करती हूं तुम्हारे अपराध-अविनय-अनीति-आचरण के लिए और क्षमा-याचना करती हूं अतिथि और आत्मीय से मेरे पति ने विग्रह किया, इसलिए इस असुरपुरी में तथा असुरराज-महालय में तुम्हारे लिए कुछ भी अदेय नहीं है। रत्न, मणि, माणिक्य, दासी, दास जो कुछ तुम्हें रुचे, ले जाओ। तुम मेरी छोटी बहिन के पति हो, मुझे उसीके समान प्रिय हो जाओ, मेरा आशीर्वाद मन्दोदरी से कहना। और कहना–उसकी बहिन ने उसके लिए सत्पथ प्रदर्शित किया है।"

इतना कहकर मायावती मौन हो गई। उसने नेत्र बन्द कर लिए। रावण ने कहा–"देवी, इस असुर-निकेतन में यदि सत्य ही मेरे लिए कुछ भी अदेय नहीं है, तो तुम अपने ही को मुझे दे दो। इसके बदले में मेरा लंका का सम्पूर्ण साम्राज्य, मेरा यह अधम शरीर, मन-वचन-प्राण से तुम्हारा है, तुम्हीं इनकी यथार्थ स्वामिनी हो। इस भयानक विचार को तुम त्याग दो। मुझ अनुगत दास पर प्रसन्न हो, अपने स्वर्णगात का यों दाह न करो। मैं मर्यादा के प्रतिकूल नहीं कर रहा हूं।" किन्तु माया ने उत्तर नहीं दिया।

रावण ने आर्तभाव से कहा–"प्रसीदतु, प्रसीदतु!" उसने कातर हो दोनों हाथ पसार दिए।

मायावती ने नेत्र खोले। उसने कहा–"हे विश्रवा मुनि के पुत्र, यह कामविकार का काल नहीं है। मैं जिस पुरुष की पत्नी हूं, उसी के साथ सहगमन करूंगी। जाओ तुम, आयुष्मान्, तुम्हारा कल्याण हो–शिवास्ते सन्तु पन्थानः!"

माया ने दोनों हाथ आकाश में उठा दिए। रावण ने अश्रुविमोचन करते हुए कहा–"प्रसीदतु, प्रसीदतु!"

माया ने उसी भांति आंख बन्द करके कहा–"माभूत्, माभूत्!"

रावण श्रद्धा से झुक गया। उसने माया की तीन परिक्रमाएं कीं। फिर दीर्घ निःश्वास लेकर बोला–"तब जाता हूं देवि, देवों और मानवों के रक्त से बन्धुवर शम्बर का तर्पण करने।"

और वह चल दिया। आंखों में अन्धकार और हृदय में तूफान भरे, अज्ञात दिशा की ओर–अपने भीषण कुठार को कन्धे पर धरे।

40 गन्धर्वों की नगरी में

विकल और व्यथित रावण कन्धे पर परशु रखे, खिन्न-मन, वन-वन भटकता-घूमता रहा–कामोन्मत्त-सा, मदगन्धमत्त गजेन्द्र-सा, जिसकी हथिनी मर गई हो। कभी वह प्रलाप करता, कभी लम्बी-लम्बी सांसें खींचता। कभी किसी शिलाखण्ड पर निश्चेष्ट पड़ा रहता, कभी किसी सागर-सरोवर के तट पर बैठ उसकी लहरें गिनता। भूख-प्यास का भी उसे ज्ञान न रहा। शरीर-विन्यास का उसे विचार न रहा। केवल मायावती की मोहिनी मूर्ति उसके नेत्रों में बसी थी। उसी को अपने प्राणों में लय किए, वह मत्त मातंग-सा राक्षसेन्द्र रावण, अपनी स्वर्ण-लंका, रक्ष-साम्राज्य और उदग्र बाहुबल को भूल गया।

घूमता-भटकता वह गन्धर्वों के देश में जा पहुंचा। आजकल पेशावर से लेकर डेरागाज़ीखां तक जो प्रदेश है, वह उस काल में गन्धर्वों का देश कहाता था। यह प्रदेश सिन्धु नदी के दोनों ओर होने से अति रमणीय था। यहां पर मनोरम वनोद्यान देख वह हर्षित हुआ। उद्यान में अनेक जाति के वृक्ष लगे थे, जिनके सुवासित मारुत ने उसके जलते हुए हृदय को शीतल कर दिया। वहां के सुपुष्पित लतागुल्म और मनोरम निर्झरों को देख वह प्रहर्षित हुआ। वहीं उसने गन्धर्वों के राजा मित्रावसु को देखा। मित्रावसु के साथ उसकी पुत्री चित्रांगदा थी। चित्रांगदा का रूप पार्वती के समान दिव्य था। उस नवल रूप-यौवन-सम्पन्ना अनिन्द्य सुन्दरी गन्धर्व-बाला को देख रावण स्तम्भित रह गया। उसका रूप संसार के नेत्रों को आनन्द देने वाला था।

मित्रावसु ने अर्ध-विक्षिप्तावस्था में रावण को उस अगम गन्धर्व-क्षेत्र में विचरण करते देख, उसके निकट आकर कहा–"तू कौन है आयुष्मान्, वीर गन्धर्वों के इस अगम क्षेत्र में कैसे निर्भय घूम रहा है? क्या तू आसन्न विपत्ति से असावधान है?"

रावण ने गन्धर्वों के राजा को और उनकी कन्या को देखकर खिन्न-मन से कहा–"मुझ विपन्न-विदग्ध, दुर्भाग्य-पीड़ित जन से आपका क्या प्रयोजन है? मनोरम स्थान समझ, हैममारुत से अपने विदग्ध प्राणों को शीतल करने यहां चला आया हूं। यह यदि अगम क्षेत्र है तो मैं अभी चला जाता हूं। आप रुष्ट न हों। विशेषकर इस सुन्दरी को तो मैं क्रुद्ध करना ही नहीं चाहता। मैं जाता हूं, आपका कल्याण हो?"

रावण के ऐसे वचन सुनकर मित्रावसु गन्धर्वराज ने हंसकर कहा–"तेरी वाणी दृढ़ है, दृष्टि में तेज है, अचल गात है, प्रलम्ब बाहु हैं, प्रशस्त ललाट है, विशाल वक्ष है, क्षीण कटि है, तू निस्सन्देह श्रेष्ठ कुल का पुरुष है। परन्तु खिन्न है, यह तेरे भारी-भारी प्रश्वासों से मैंने जान लिया। मैं गन्धर्वों का राजा मित्रावसु हूं और यह मेरी प्रिय पुत्री चित्रांगदा है। मैं तुझपर प्रसन्न हूं। कह, मैं तेरा क्या प्रिय करूं?"

रावण ने गन्धर्वो के राजा के ये वचन सुनकर कहा–"सुनकर संप्रहर्षित हुआ। मैं विश्रवा का पुत्र पौलस्त्य रावण हूं। लंका का अधीश्वर हूं। किन्तु आप ज्येष्ठ हैं, पूजार्ह हैं। मैं आपका अभिवादन करता हूं और आपकी पुत्री कमलनयनी, पुष्पलतिका-सी इस बाला का अभिनन्दन करता हूं।"

"स्वस्ति, पौलस्त्य रावण, तेरा यश मैंने सुना है। तेरा शौर्य भी मुझे अविदित नहीं है, परन्तु तू क्लिन्न-क्लान्त क्यों है?"

"भाग्यदोष से मैं प्रियजन-विछोह से दुखित हूं, मैं बड़ा भाग्यहीन हूं।"

"पौलस्त्य, इस गन्धर्व-लोक में तेरा स्वागत है। प्रसन्न हो! यह मेरी प्राणाधिका पुत्री चित्रांगदा है। यह तेरा मनोरंजन करेगी। तेरे प्रियजन-विछोह से विदग्ध हृदय को आप्यायित करेगी। इसे मैं तुझे देता हूं। तू समिधा ला, अग्न्याधान कर।"

रावण ने समिधा ला अग्न्याधान किया। गन्धर्व ने अग्नि की साक्षी में अपनी अनिन्द्य सुन्दरी कन्या रावण को प्रदान कर दी। कन्या रावण को देकर गन्धर्वराज चला गया। चित्रांगदा पुष्पभार से लदी लता-सी लज्जावगुण्ठिता रावण के पास खड़ी रही। रावण ने कहा–"कह कल्याणी, अब तेरा क्या प्रिय करूं?"

चित्रांगदा ने कहा–"हे नरशार्दूल, अब खिन्नता त्याग दीजिए। आपको किस प्रिय का विछोह हुआ, मुझसे कहिए और किस सेवा से आप संप्रहर्षित होंगे, यह बताइए।"

रावण ने कहा–"विचित्र संयोग है, प्रिये! प्रत्येक दुःख की चिकित्सा है। अन्धकार के बाद प्रकाश है। निराशा के बाद आशा है। मैं तो तेरे दर्शनों ही से सम्पन्न हो गया। तेरे सान्निध्य का सुख अवर्णनीय है।"

"वह सामने एक सरोवर है। चलिए, वहां आप विश्राम करें। वहीं मेरी सखियां भी हैं। आपको अर्घ्य -पाद्य से सत्कृत करेंगी।"

रावण ने सरोवर-तट पर जाकर देखा–उसमें नीलमणि-सा स्वच्छ जल भरा है। बड़े-बड़े रक्तकमल खिल रहे हैं, उनपर भौंरे गुञ्जार रहे हैं। लता-पुष्पों से स्थान सुशोभित है। वह बाला एक लता-मण्डप में पुष्पों के बिछौने पर बैठ गई। उस समय उसकी ऐसी शोभा प्रतीत हुई मानो शरत्काल के मेघों पर विराजमान चन्द्रमा की कला हो। उसकी इस दिव्य सुषमा को देखकर रावण आश्चर्य और उत्कण्ठा से भौचक रह गया। इसी समय उसे ऐसा प्रतीत हुआ कि मानो आकाश से उतरता हुआ तेजःपुंज आ रहा है। उसने सुन्दरी चित्रांगदा से पूछा–"प्रिये, यह क्या चमत्कार है?"

चित्रांगदा ने कहा–"आर्यपुत्र, ये सब विद्याधरी, गन्धर्वी, अप्सराएं, नाग-कन्याएं मेरी सखियां हैं।" वे सब अपने हाथों में कोई ताज़ा कमल-फूल, कोई गन्ध-पराग, कोई अंगराग, कोई वीणा-मृदंग षट्खंजरीक, कोई गोरोचन, कोई मयूरपुच्छ लिए वहां आ पहुंचीं। उस सजीव रूप-सागर को देख रावण विमूढ़ हो गया। उन सुन्दरियों के बीच घिरी हुई चित्रांगदा नक्षत्रों के बीच में चन्द्रकला के समान सुशोभित होने लगी। वह उत्फुल्ल शतदल कमल के समान प्रसन्नवदना, चलचंचल मकरन्द-लोलुप भ्रमरलोचना, हंसगामिनी, कमल-गन्धा चित्रांगदा गन्धर्वराज-कन्या, काम-संजीवनी-सी प्रतीत हो रही थी। उसके लहरों के समान मनोहर त्रिवलियुक्त मन्दोदर को देख रावण इस प्रकार चलायमान हो गया जैसे समुद्र चन्द्रकला को देख चलायमान हो जाता है। रावण अपने चारों ओर कपूर-चन्दन तथा अगर के वृक्षों से आती हुई सुगन्ध से मत्त हो गया। उसने आनन्दातिरेक से विभोर होकर चित्रांगदा से पूछा–"प्रिये, इस मनोरम स्थान का नाम क्या है?" चित्रांगदा ने कहा–"स्वामिन्, यह क्रमसर तीर्थ है। अब आप इस पुनीत सरोवर में स्नान कर अपना श्रम दूर कीजिए।" इतना कहकर उसने सखियों को संकेत किया। अब वे सब घेरकर रावण को सरोवर के तट पर ले गईं। उन दिव्यांगनाओं के साथ रावण ने यथेष्ट जल-विहार किया। फिर उन दिव्यांगनाओं ने रावण को नवीन वस्त्राभरण धारण कराए। प्रियतमा गन्धर्वनन्दिनी-सहित उसे दिव्यासन पर बैठाकर स्वर्ण थालों में विविध प्रकार के स्वादिष्ट भुने मांस, मिष्टान्न,

पकवान परोसे। सुगन्धित मसालेदार मद्य मणिकांचन पात्रों में भर-भरकर पीने को दिया। रावण उन दिव्यांगनाओं के सान्निध्य में, उस मनोरम उपवन में, स्वादिष्ट उत्तम भोजन और सुगन्धित मद्य पाकर भूल गया असुरपुरी के अन्धकूप की वेदना और परम रूपवती मायावती को।

इसी प्रकार सेवा सत्कार, स्नान-अर्चना, आहार-विहार से सब भांति तृप्त कर, रावण की सब क्लान्ति हरण कर चित्रांगदा उसे दिव्य कनकरथ में बैठाकर अपने मणिमहल में ले गई। वह मणिमहल भी बड़ा विचित्र था। उसमें अनेक गुप्त और मांगलिक भवन थे। सूर्य के समान तेजस्वी उसका प्रकाश था। उसमें इन्द्रनील और महानील मणियों की वेदियां रची थीं जिनमें सोने की सीढ़ियां बनी थीं। वेदियों में सोने की जालियां लगी थीं। उसका ऊपर का भाग स्फटिक मणि का था, जिसके जोड़ों में हाथीदांत लगा था, सीधे, चिकने और बहुत ऊंचे अनेकों मणिमय खम्भों से उसकी शोभा अकथनीय हो गई थी। छत में और दीवारों में मोती-मूंगा-माणिक्य और चांदी-सोने का काम किया हुआ था। उसमें बहुमूल्य बिछौने बिछे थे। उस मणिमहल में अनगिनत दिव्यांगनाएं रंग-बिरंगे सुन्दर वस्त्र पहने अपनी रूप-छटा से दिशाओं को आलोकित करतीं, कण्ठों में पुष्पहार पहने इधर-उधर अस्त-व्यस्त भाव से आ-जा रही थीं। उनके तेज तथा उनके पहने हुए रत्नाभरणों के प्रकाश से वह मणिमहल जगमगा रहा था। ठौर-ठौर पर अनेक मोहक और अद्भुत पक्षी स्वर्ण-पिंजरों में टंगे थे। उनके कलरव से मणिमहल मुखरित हो रहा था।

धीरे-धीरे सन्ध्या का अतिक्रमण हुआ। रात्रि हुई। महल अनगिनत सुगन्धित तेलों के दीपों तथा रत्नदीपों से आलोकित हो उठा।

सखियां चित्रांगदा और रावण को अब अपने शयनागार में ले गईं। वहां एक बहुत ऊंचा अद्भुत पलंग बिछा था, जिसपर बहुमूल्य कोमल वस्त्र बिछा था। उसपर चन्द्रमा के समान एक छत्र लगा था। चित्रांगदा पति के अंक में उस शय्या पर जा बैठी। दिव्यांगनाएं चन्दन और मयूरपुच्छ की पंखियां लेकर उनको हवा करने लगीं। कुछ चरण-सेवा में आ लगीं; कुछ मरकत के पात्रों में सुवासित मद्य ढाल-ढालकर देने लगीं, कुछ स्वर्ण-थालों में शूकर-हिरण और भैंसे का भुना मांस और विविध भोज्य पदार्थ ला-लाकर निवेदन करने लगीं। कुछ अंगराग, गन्ध-द्रव्य अंगों और वस्त्रों पर लगाने लगीं, कुछ केशर-कस्तूरी मिश्रित ताम्बूल अर्पण करने लगीं। कुछ ने कोमल तन्तुवाद्य संभाले, कुछ ने मधुर कण्ठ से आलाप लेना आरम्भ किया। कुछ मृदंग ले बैठीं। कुछ नृत्य करने लगीं। इस प्रकार रावण उस सुख-सागर में जैसे खो गया। उसने विविध रास-रंग विहार किया।

सब दिव्यांगनाओं ने चित्रांगदा की अनुमति पाकर स्वच्छन्द आहार-पान किया। सुवासित मद्य पी-पीकर तथा भुने हुए स्वादिष्ट मांस खा-खाकर वे सब भी असंयत होने लगी। वे परस्पर एक-दूसरे को आलिंगन करने, हंसने, चूमने और ठिठोलियां करने लगीं।

दिव्य गन्धर्व-कन्या चित्रांगदा के साथ रति-विलास कर श्रान्त-श्रमित रावणं सो गया। मदिरा से मत्त दिव्यांगनाएं भी उस केलि भवन में, जहां जिसे स्थान मिला, सो गईं। अर्ध रात्रि अब व्यतीत हो रही थी। हास-विलास-क्रीड़ा और विहार से वे थक गई थीं। मदिरा के प्रभाव से बेसुध हो वे सब इधर-उधर सो गईं। वह केलि-भवन उस समय शरत्कालीन आकाश की शोभा धारण कर रहा था। किसी स्त्री के केश खुलकर बिखर गए, किसीके फूलों के गजरे टूटकर गिर पड़े, किन्हीं के आभूषण इधर-उधर बिखर गए। मद्यपान के प्रभाव और नृत्य की थकावट से चूर-चूर हो दिव्यांगनाएं अचेत सोई पड़ी थीं। बहुतों के वस्त्रादि उनके शरीर से पृथक् हो गए थे। बहुतों के कण्ठहार टूट-टूटकर भूमि पर बिखरे पड़े थे। कुछ सुन्दरियों के हार उनके स्तनों के बीच में पड़े उनकी सांस के साथ ऊपर-नीचे हो रहे थे। उनके मुंह से मदिरा की मंदिर गन्ध आ रही थी। अनेकों प्रमदाएं मदिरा से मदोन्मत्त हो परस्पर आलिंगन कर एक-दूसरे से लिपटी पड़ी थीं। इस समय वे एक गुंथी हुई सुन्दर फूलों की माला-सी सज रही थीं। रात गल रही थी, सब कोई सो रहे थे। केवल कक्ष में सोने के आधारों पर रखे हुए मणिदीप ही उन सुन्दर रमणियों के रूप-सागर को देख रहे थे। इन दिव्यांगनाओं में कोई गोरी, कोई काली, कोई सांवली और कोई स्वर्णवर्णा थी। इन सुन्दरियों के कानों के हीरे के कुण्डलों की अमन्द आभा से वह कमरा ऐसा जगमग कर रहा था, मानो तारागण के प्रकाश से आकाश देदीप्यमान हो रहा हो। नशे की झोंक में वे गन्धर्व-बालाएं जहां थीं, वहीं सो गई थीं। उनकी बगल में दोनों ओर अनेक वस्तुएं पड़ी थीं। मृदंगवाली मृदंग के साथ, वीणावाली वीणा को अंक में लिए और डिमडिम बजानेवाली डिमडिम के साथ सोई पड़ी थी।

राक्षसराज रावण सो रहा था। वह उस समय सघन घनश्याम जलधर की शोभा धारण किए हुए था। उसके शरीर पर सुगन्धित रक्तचन्दन का लेप हो रहा था। उसके मदरजित निमीलित लाल नेत्र और विशाल भुजाएं इस समय अत्यन्त शोभनीय प्रतीत हो रही थीं। पर्यंक पर फैली हुई उसकी भुजाएं, जिनमें स्वर्ण के भुजबंध बंधे थे, खड़े हुए क्रुद्ध भुजंग के समान दीख रही थीं। उसके स्कन्ध वृषभ के समान थे। उसकी सांस के साथ पान, पूग और मद्य की गन्ध आ रही थी। उसका स्वर्ण-मुकुट अपने स्थान से हट गया था। सोते हुए रावण के मुख पर उसके

कर्ण-कुण्डल बड़े सुन्दर लग रहे थे। सोया हुआ रावण ऐसा प्रतीत होता था जैसे गंगा में गजराज पड़ा सो रहा हो। रावण की बगल में ही चित्रांगदा सोई पड़ी थी। उनकी सुषमा निराली थी। उनके गौर वर्ण पर पुष्पाभरण अपूर्व शोभा-विस्तार कर रहे थे। उसका लावण्य अपूर्व था। उसके अंग पर मकड़ी के जाले के समान महीन वस्त्र थे, जिनमें छनकर उसका स्वर्णगात अपूर्व शोभा-विस्तार कर रहा था। कमल की पंखुड़ी के समान उसके लाल अधर मन्द मन्द हिल रहे थे। वह कोई सुख-स्वप्न देख रही थी। ऐसा प्रतीत होता था जैसे चन्द्रमा की चांदनी वहाँ सिमटी पड़ी हो।

41 गन्धर्वपुरी से प्रस्थान

कुछ काल रावण ने गन्धर्व-कुमारी के साथ यथेष्ट विहार किया। वह उस आनन्दलोक में प्रहृष्टमन रमण करता रहा। सुवासित गन्धर्वी सुरापान कर और शील-रूप और कोमल हाव-भाव से अद्वितीय गन्धर्व-कुमारियों के साथ नानाविध हास-विलास और रति कर जब वह तृप्त हुआ, तो उसने वहां से चलने का विचार गन्धर्वी चित्रांगदा पर प्रकट किया। सुनकर चित्रांगदा विकल हो गई। गन्धर्वराज को जब राक्षसेन्द्र का यह विचार ज्ञात हुआ तो उसने प्रसन्नमन वेदी रच, ढाई-ढाई मन की हज़ार विदरी स्वर्ण, रत्नाभरणों से तथा अनेक प्रकार के बहुमूल्य वस्त्रों से भरे सौ ऊंट, सात हज़ार घोड़े, पांच हज़ार हाथी और एक हज़ार रूप-लावण्यवती किशोरी कुमारी गन्धर्व-कन्याएं तथा सात देश रावण को वेदी पर संकल्प कर दिए। सब गन्धर्वों ने उत्सव मना रात-भर पान-गोष्ठी की।

अन्त में रावण ने एकान्त पा अपने श्वसुर मित्रावसु गन्धर्व से कहा–“हे पूज्य मेरा एक गूढ़ उद्देश्य है, जिसके कारण मैं सम्पूर्ण भरतखण्ड और आर्यावर्त में प्रच्छन्न भाव से भ्रमण कर रहा हूं। शीघ्र ही राजपरिच्छद-सहित आकर आपकी पुत्री और भेंट को ग्रहण करूंगा।” उसका गूढ़ अभिप्राय समझ गन्धर्वपति ने कहा–“जैसी तेरी इच्छा, मैं तुझपर प्रसन्न हूं। कह, मैं तेरा अब और क्या प्रिय करूं?”

रावण ने बद्धांजलि हो श्वसुर को प्रणाम किया, उसकी परिक्रमा की। रावण ने पूछा–“तात, आप क्या बता सकते हैं कि इस समय भरतखण्ड में अजेय कौन है, जिनसे मैं युद्ध-याचना करूं?”

इसपर मित्रावसु गन्धर्व ने कहा–"पुत्र, आर्यावर्त में महादुर्जय सूर्यवंशी दक्षिण कोशल-नरेश अनरण्य हैं। दूसरे महाविक्रम दशरथ अयोध्यापति हैं। आर्यों का यह सूर्यवंश हमारा परम्परा का वैरी है। मैं उस पुरातन वैर की बात तुझसे कहता हूं : जब दस राजाओं के युद्ध में प्रबल प्रतापी यदु, अनु, द्रुह्यु आदि का निधन हुआ, तब द्रुह्यु के पुत्र अंगार ने पश्चिमी आनव-नरेश अरुद्ध को जीतकर वहां अपना राज्य स्थापित किया। परन्तु सूर्यकुल के चक्रवर्ती मान्धाता ने उन्हें पराजित कर खदेड़ दिया। पीछे मान्धाता का वध जब मथुरा के असुरों ने कर डाला, तब अंगार के पुत्र गन्धार ने गान्धारों का यह राज्य स्थापित किया तथा गान्धारों की यह नगरी बसाई। परन्तु ये आर्यजन जब तब हमपर आक्रमण करते हैं। अभी थोड़े ही काल पूर्व मैंने मान्धाता के पुत्र कुत्स को युद्ध में बन्दी बनाया था, जिसके मोचन के लिए उसके भाई मुचुकुन्द और अम्बरीष ने गन्धर्वों पर अभियान किया था। अब कुत्स तो लज्जा के मारे राज्य छोड़ नर्मदा तट पर चले गए हैं और मुचुकुन्द ने महिष्मती बसाई है, जिसे हैहय महिष्मन्त ने जय कर अपनी राजधानी बनाया है। अब वहां हैहय-तालजंघ के बल से बली कार्तवीर्य अर्जुन सहस्रबाहु राज्य कर रहे हैं। अम्बरीष विकट युद्धकर्ता थे। सो इस समय दशरथ-अनरण्य आर्यावर्त में और कार्तवीर्य हैहय अर्जुन भरतखण्ड में अजेय पुरुष हैं। परन्तु इनसे बिना चतुरंगिणी सेना के युद्ध नहीं हो सकता है। इसलिए यदि तेरी इच्छा इनसे युद्ध की हो तो मैं गन्धर्वों की सेना तुझे दूंगा और सब भांति तेरा प्रिय करूंगा।"

रावण ने श्वसुर को फिर अभिवादन किया और कहा–"देव, मेरा उद्देश्य केवल युद्ध-जय ही नहीं है। मैं आर्यों की परम्परा पर रक्ष-संस्कृति की स्थापना करना चाहता हूं। आर्यों की खण्डनीति मुझे सह्य नहीं है। वे अपना अंग काट-काटकर तनिक-तनिक बात पर आर्यजनों को बहिष्कृत करते हैं। मैं सब आर्य, अनार्य, देव, दैत्य, असुर, नाग, आनव, मानव और आदित्यों तथा गत, आगत, समागत जनों को एक धर्म–एक संस्कृति के नीचे लाना चाहता हूं। इसके लिए मुझे सर्वप्रथम आर्यों को और देवों के दिक्पालों को जय करना होगा। मैं शीघ्र ही अपनी चतुरंगिणी सेना लेकर आऊंगा। तभी मैं आपकी सहायता से भी लाभ उठाऊंगा।"

गन्धर्वपति ने प्रसन्न होकर कहा–"स्वस्ति, ऐसा ही कर पुत्र कामना करता हूं तेरा सदुद्देश्य सफल हो। किन्तु अब तू यहां से किष्किन्धापुरी जा। वहां के वानरों का राजा बालि बड़ा दुर्मद और बली है। उसे अपना मित्र बना। वह किष्किन्धा का राज्य दुर्गम है और तेरे मार्ग में है। उसकी मित्रता से तुझे लाभ होगा।"

"तू यहां से पश्चिम-दक्षिण दिशा में जा। सारा मार्ग पुष्प-लताओं से भरा हुआ मनोरम है। वह तुझे सुखद और सुगम होगा। वृक्षों के मधुर स्वादिष्ट फल खाता हुआ तू अपनी यात्रा कर। आगे तुझे एक महावन मिलेगा। फिर पर्वत श्रेणियां। उन्हें पार करते ही तू पम्पा सरोवर पर पहुंच जाएगा। यहीं ऋष्यमूक पर्वत पर मनोरम किष्किन्धापुरी है। वहां इन्द्र के पुत्र वानरराज बालि का राज्य है।"

रावण यह सूचना पा प्रसन्न हुआ। उसने कहा–"हे देव, मैं ऐसा ही करूंगा।" उसने गन्धर्वराज की प्रदक्षिणा की और प्रियतमा गन्धर्व-नन्दिनी चित्रांगदा को विविध भांति का आश्वासन दे चल दिया। प्रियतम-विछोह से विदग्धा गन्धर्वपुत्री चित्रांगदा कटे वृक्ष की भांति भूमि में मुर्च्छित हो गई।

42 किष्किन्धापुरी में

वन-पर्वत उपत्यका सबको पार करता हुआ। वीरशिरोमणि रावण अन्ततः पम्पा-सरोवर पर आ पहुंचा। यहां की भूमि समतल थी। घाट सुन्दर और सुगम थे। सरोवर के नीचे की भूमि बालुकामय थी। असंख्य नीलकमल और रक्तोत्पल उस सरोवर की शोभा बढ़ा रहे थे। वहां पम्पा के जल में विचरने वाले हंस, कुरर, कारण्डव और क्रौंच आदि पक्षी मधुर स्वर में कूज रहे थे। वे हिंसा को जानते ही न थे। अनगिनत वानर अपनी-अपनी पत्नियों के साथ वहां विहार कर रहे थे। पम्पा के तट पर फलों-फूलों वाले इतने वृक्ष थे कि सरोवर का तट उनसे ढंक गया था।

सरोवर के पश्चिम तट पर ही महामुनि मातंग ऋषि का आश्रम था। उस में एक हज़ार बटुक वेद पढ़ते थे और ब्रह्मचर्य धारण करते थे। आश्रम में अनेक वानर-कुमार ब्रह्मचारी वेदपाठी थे। अनेक यति, तपस्वी व्रतधारी पुरुष-स्त्री वहां तपस्वी का जीवन बिताते थे। इसी आश्रय में एक अमोघ प्रभावशाली महिला शबरी रहती थी। वह जाति की तो निषाद थी, परन्तु महाज्ञानवती एवं तपस्विनी थी। शबरी का प्रताप उस सरोवर के अंचल में विख्यात था। वह प्रत्यक्स्थली वेदी में तपस्या कर रही थी।

सरोवर के सम्मुख ही ऋष्यमूक पर्वत था। यह पर्वत जैसा मनोरम था वैसा ही दुरारोह भी था। इस पर्वत पर सर्प बहुत थे। वन में हाथियों के भी बहुत झुण्ड विचरण करते थे, जो यूथ बनाकर सरोवर के तट पर जल पीने आते थे। पर्वत के अंचल में बड़ी-बड़ी प्राकृत गुफाएं थीं। फल-फूल कन्द-मूल की तो वहां कमी थी ही नहीं। रावण ने सरोवर में स्वच्छन्द स्नान किया। तृप्त होकर कन्द-मूल-फलों का आहार किया। फिर वह मुनि के आश्रम में गया।

महामुनि मातंग ऋषि तथा शबरी ने रावण का आतिथ्य किया। उसे अर्घ्यपाद्य दिया। इसके बाद रावण ने किष्किन्धा नगरी में प्रवेश किया। उस स्वर्ण नगरी में स्वच्छ, सुगन्धित पवन प्रवाहित था, उसमें विन्ध्य पर्वत के ऊंचे गगनचुम्बी प्रासाद थे। नगर में अनेक रंगस्थलियां थीं। वानर नागरिक और उनकी पत्नियां सजी हुई पालकियों में इधर-उधर आ-जा रहे थे। वानरी महिलाओं की सवारी के आगे सैनिक शंख-ध्वनि करते जा रहे थे। ये सैनिक दैत्यों और दानवों के समान पराक्रमी और वीर थे। बालि के सेनापति का नाम विनत था। यह वीर पर्वत के समान भीमकाय था। वह मेघ की भांति गर्जना करता था। वानरगण विविध स्वर्णाभरण अंग पर धारण किए, स्वर्ण-किरीट सिर पर रखे, बड़ी आनबान से यहां घूम रहे थे। यहां इन्द्रपुत्र महाबलि बालि और सुग्रीव दो भाई राज्य करते थे। बालि का शरीर लोहे के समान कठोर था। जब वह मुद्गर लेकर युद्ध में उतरता था, तब बड़े-बड़े योद्धा भी उससे पार नहीं पा सकते थे। वह अब तक किसी वीर से परास्त नहीं हुआ था।

ऋष्यमूक पर्वत पर कभी सात ऋषियों के आश्रम थे। अब उनके स्थान पर सात विशाल ताड़ वृक्ष थे। उन्हीं के निकट किष्किन्धापुरी थी। रावण राजपथ, वीथी, अट्टालिकाएं देखता हुआ राजमन्दिर की पौर पर जा खड़ा हुआ। राजमन्त्रियों ने उसे अतिथि-अभ्यागत जान अर्घ्य-पाद्य से सत्कृत किया। परिचय पूछा, आने का कारण जाना। मन्त्री तार ने कहा–"आप तनिक विश्राम कीजिए! वानरराज बालि सन्ध्योपासना को समुद्र-तट पर गए हैं। यह उनका नित्य-नियम है, आप उनसे युद्ध-याचना कर सकते हैं अथवा किसी वानर से द्वन्द्व रच सकते हैं, इससे हमारा भी मनोरंजन होगा।"

परन्तु रावण ने कहा–"मन्त्रिवर, मुझे वानरराज के दर्शन की बड़ी उत्सुकता है, मैं वहीं जाकर उनसे युद्ध-याचना करूंगा। अन्य वानरों से द्वन्द्व करने का मेरा क्या प्रयोजन है?" मन्त्रियों ने कहा–"यदि आपको अपने जीवन का मोह नहीं है तो आप समुद्र-तट पर चले जाइए। वहीं महातेजस्वी सुभट बालि से आपका साक्षात् हो जाएगा।

समुद्र-तट पर जाकर रावण ने देखा–बालि एकाग्रमन सूर्य पर दृष्टि दिए द्वितीय सूर्य के समान अचल भाव से समुद्र जल में खड़ा है। रावण ने उच्च स्वर से कहा–"युद्धं देहि! युद्धं देहि!"

बालि ने मुंह फेरकर महावीर्यवान् रावण को देखा। सूर्य को जलांजलि दी। फिर जल से बाहर आकर कहा–"आप कौन महाभाग मुझसे युद्ध-याचना कर मेरी प्रतिष्ठा बढ़ा रहे हैं?" रावण ने कहा–"मैं सात द्वीपों सहित लंका अधीश्वर पौलस्त्य रावण हूं और गूढ़ उद्देश्य से आपसे युद्ध-याचना कर रहा हूं। आइए, आप भयभीत नहीं हैं तो युद्ध कीजिए।"

बालि ने हंसकर कहा–"अतिथि का अर्घ्यपाद्य से सत्कार किया जाता हैं। फिर आप महाप्रतिष्ठ हैं। परन्तु आप युद्ध-याचना करते हैं, आपका अभिप्राय गूढ़ है तो ऐसा ही हो। आप शस्त्र-पात कीजिए।"

"नहीं वीर, आप निरस्त्र हैं, मैं मल्ल-युद्ध करूंगा।"

"तो ऐसा ही हो।"

रावण ने अपना परशु फेंक दिया। दोनों वीर समुद्र की सोनरेत में मल्लयुद्ध करने लगे। कुश्ती के दाव-पेंच चलने लगे। दोनों अप्रतिम योद्धा थे, वे परस्पर एक-दूसरे की प्रशंसा करते हुए बड़ी दूर तक मल्लयुद्ध करते रहे। दोनों के शरीर पसीने से लथपथ हो गए। युद्ध करते-करते उन्हें दो प्रहर का काल हो गया। अन्त में बालि ने रावण को परास्त कर उसके वक्ष और कण्ठ पर अपना चरण रखकर, हंसते हुए कहा–पौलस्त्य रावण, तुम्हारी अभिलाषा पूर्ण हुई या अभी और कुछ इच्छा है?"

रावण ने भी हंसकर कहा–"सन्तुष्ट हुआ इन्द्रतनय, तू महावीर है। तुझमें अद्भुत बल है, विक्रम है। तेरी गति वायु के समान है। मैं विश्रवा मुनि का पुत्र, पौलस्त्य रावण सात द्वीपों-सहित लंका का अधिपति, तेरा अभिनन्दन करता हूँ। तेरे बल की थाह के लिए मैंने तुझसे युद्ध किया था, क्योंकि मैं तुझसे मित्रता स्थापित करना चाहता था। अब अग्नि की साक्षी में तुझे अपना मित्र बनाता हूं। अब से स्त्री, पुत्र, नगर, राज्य, भोग, वस्त्र–सब वस्तुएं तुम्हारी हमारी एक ही रहेंगी। हम-तुम दोनों मिलकर ही इनका उपभोग किया करेंगे।"

रावण के ये वचन सुन बालि प्रसन्न हो गया। उसने उसके कण्ठ से अपना चरण हटाकर कहा–"मैं तुझपर प्रसन्न हूं। तू श्रेष्ठ कुल का वीर है, पूज्य है, श्लाघ्य है। आ, अग्न्याधान कर, हम अग्नि को साक्षी बनाकर बन्धुत्व की स्थापना करें।"

दोनों ने अग्नि प्रज्वलित कर परस्पर बन्धुत्व की प्रतिज्ञा की : फिर दोनों ने एक-दुसरे का आलिंगन किया।

इसके बाद दोनों किष्किन्धा के राज-मन्दिर में परस्पर एक-दूसरे का हाथ पकड़े, इस प्रकार घुसे जैसे दो सिंह किसी गुफा में प्रवेश करते हों।

43 रुद्र

यम की पत्नी वसु से आठ वसु उत्पन्न हुए, जिनमें सबसे ज्येष्ठ धर थे। धर के पुत्र रुद्र थे।

रुद्र के ग्यारह कुल चले। इन ग्यारह कुलों के प्रवर्तक–1. अज एकपाद् 2. अहिर्बुध्न्य, 3. विरूपाक्ष, 4. त्वष्टा, 5. वीरभद्र, 6. भैरव, 7. हरमहेश्वर (शिव), 8. त्र्यम्बक, 9. सावित्र (कपाली), 10. शम्भु और 11. शर्व (पिनाकी)।

रुद्र के चार स्थान प्रसिद्ध हैं। प्रथम मूल स्थान मूजवान पर्वत हेमकूट (हिन्दूकुश) का प्रत्यन्त पर्वत, जो पश्चिम कोहसुलेमान से बहुत उत्तर–सफेद कोह (श्वेत गिरि-धवल) से भी उत्तर में है। यहां ही सोम होता था। इसी के पूर्व की ओर क्रौंचगिरि है, जिसे अब 'कराकुरम' कहते हैं। इसीका विदारण कुमार कार्तिकेय ने किया था। उमावन–शरवन इसी स्थान के आसपास है। यहां के आगे की वायु बहुत प्रचण्ड है। इसीसे रुद्र को तूफानों का देवता कहा है। इस प्रदेश में मूंजवन, महावृष, वाह्लीक तथा मरुत् जातियां रहती थीं, जो आर्य न थीं। परन्तु मरुत् लोग देवराट् इन्द्र के सहायक हुए। दूसरा भद्रवट, कैलाश के पूर्व की ओर, लौहित्यगिरि के ऊपर है। उसके नीचे ब्रह्मपुत्र नदी बहती है। तीसरा कैलाश हिमाचल-प्रदेश का–मानसरोवर के निकट का स्थान।

पर्शिया के एक प्रान्त में 'शंकरा' जाति अब भी निवास करती है। पुराणों में रुद्र को मरुतों का पूर्वज माना गया है। रुद्र को वृषभ के समान शक्तिमान् तथा दुर्धर्ष तेजवाला बताया गया है। यह जरारहित, स्थिर-यौवन तथा सर्वाधिपति माना गया है। ऋग्वेद से यह भी पता लगता है कि उसके होठ सुन्दर थे, रंग बादामी था, वह सिर पर बड़े-बड़े बाल रखता था, शरीर उसका सूर्य के समान देदीप्यमान था, वह प्रचण्ड धनुर्धारी योद्धा था।

असीरिया के फ्रीजिया देश में 'सेवा' या 'सेवाजियः' नाम के देवता की उपासना होती है। वहां तथा मिस्र में भी 'सेवा' देवता के साथ सर्प का सम्बन्ध जोड़ा गया है। अमेरिका के पेरू प्रदेश में सिवु देवता पूजा जाता है। यह सब शिव की ही पूजा है। पैलेस्टाइन देवों का 'पाल' नामक धाम था, जो दैत्यों ने छीन लिया था, उसीके उद्धार के लिए शिव ने त्रैपुर युद्ध किया था। डैड-सी–मृत्यु-सागर ही वह स्थान है जहां त्रैपुर के मृत् वीरों का जल-प्रवाह किया गया था।

मसीह से पूर्व 2189 में मिस्र के महिदेव कपोत थे, जो मिश्राइज़्म के नेता भी थे। इन्हें वहां के फरोह ने देश निकाल दिया था। तब शिश्तान के राजा शिवि ने उन्हें आश्रय दिया था। इस प्रसिद्ध ऐतिहासिक घटना को पुराणों की इस विख्यात आख्यायिका से मिलाइए कि शिवि ने कबूतर के बदले अपना मांस दिया। कपोत जाति को कबूतर बना दिया गया। यह शिवि राजा भी रुद्रों के वंश में थे। शेष रुद्रों का विस्तार सारी सुर और असुर-भूमि में हुआ और वे सभी सुरों और असुरों में समान भाव से पूजित हुए।

अफ्रीका का प्राचीन नाम शिवदान है। पीछे जब राम ने रावण को विजय किया, तथा अपने पुत्रों को राज्य दिया, तब अफ्रीका महाद्वीप कुश को दिया; तब से वह कुशद्वीप प्रसिद्ध हुआ। अफ्रीका का मध्य देश जिसे सूडान कहते हैं, शिवदान का ही बिगड़ा हुआ रूप है। यहां भूमध्य-सागर के अंचल में यवनसागर है, जिसके तट पर वह प्रसिद्ध पुरी त्रिपुरी थी, जो स्वर्णनिर्मित तथा तीन खण्डों में विभक्त थी। इसे ही शिव ने भस्म करके जलमग्न किया था। आज भी उस स्थान पर त्रिपोली नगर और प्रान्त है, उसमें 'शिव' नामक नगर भी है।

शिव के इस महाद्वीप में आने से पूर्व यहां प्रसिद्ध पृथ्वी विजयी चाक्षुष उर और उनका पुत्र अंगिरा आ चुके थे तथा तमाम द्वीप पर अधिकार कर चुके थे। उरन, रियो–उर उन्हीं की स्मृति को ताज़ा करता है। अफ्रीका का दक्षिणांचल तो अंगिरा-प्रदेश ही कहाता है। अंकोला प्रदेश तथा अंग्रा-पैकृना उसीके बिगड़े हुए नाम हैं। चाक्षुष और शिव के बाद भी सूर्यवंशी सम्राटों ने पीछे इस प्रदेश को अधिकृत किया। मान्धाता–(मांडाटे), अम्बरीष–(अम्ब्रे) मलिन्द, ताम्रकुण्ड-प्रदेश–(टेम्बटू), दमी प्रदेश आदि इसी बात के द्योतक हैं। इरिट्रिया प्रदेश भी आदित्यों ने जय किया था। इरिट का अर्थ सूर्य है।

मत्स्यपुराण में लिखा है कि ब्रह्मराक्षसों का स्थान नलिनी नदी के तीर पर है। यह सम्भवतः रावण के ऊपर ही व्यंग्य है। यदि आप अफ्रीका के नक्शे को ध्यान

से देखेंगे तो आपको ज्ञात होगा कि अबीसीनिया के मध्य में एक तन नामक झील है, जिसके पूर्वी तट पर तीन पर्वत हैं। ये तीनों पर्वत मिले हुए हैं और तीन ओर से इस झील को घेरे हुए हैं। चौथी ओर नील नदी है। यह त्रिकूट पर्वत है जिसका उल्लेख पुराण में है।

अम्बरीष मान्धाता के पुत्र थे। मान्धाता सात द्वीपों के सार्वभौम सम्राट् थे। इनके पुत्र अम्बरीष ब्राह्मण हो गए थे। शिवदान द्वीप में ब्राह्मण या ऋषि को दमी कहते थे। अफ्रीका में दमी प्रदेश भी है और अम्बरीष की खाड़ी भी है। ये दोनों ही पिता-पुत्र निस्सन्देह इस द्वीप में आए तथा उन्होंने इसे अधिकृत किया था।

मिस्र का भी प्राचीन नाम शिवदेश—ओसिस आफ शिव था। यहां के राजा पीछे महिदेव–प्रीस्ट-किंग्स कहलाने लगे। ईजिप्ट नाम भी सम्भवतः जटा के नाम पर पड़ा हो। एक रुद्र का नाम कपर्दी था। कपर्द का अर्थ है जटाजूटधारी। तृत्सु लोगों को भी ऋग्वेद में 'कपर्दियः' कहा है। सम्भवतः कपर्दी उनका नेता हो और वे यहां के आदिवासी हों। बेबीलोनिया अक्केडियन लोगों में भी जूड़ा बांधने की प्रथा थी, परन्तु सुमेरियनों में नहीं थी। सम्भव है, इसी आधार पर इसका नाम ईजिप्ट हुआ। हां, ईरान में एक प्रदेश जाटा भी है। सम्भव है, वहां के लोगों का यहां सम्पर्क रहा हो। मिस्र का नाम भी संस्कृत है और महिदेवों ने यह नाम रखा था।

मिस्र के ऊपरी भाग में एक स्थान डभीटा है। यहाँ कभी 'दमित्र' नगर बसा था, जो किसी विजेता आदित्य ने बसाया था। दमित्र, सूर्य या विष्णु का नाम है। त्रिपोली (त्रिपुर), जिसे शिव ने भस्म किया था, वह मिस्र के पच्छिम-उत्तर में प्रमुख नगर है। सब जानते हैं कि त्रिपोली प्रदेश का एक भाग सिरटियन सागर में जलमग्न है कुछ दिन पूर्व इस जलमग्न भाग की जांच-पड़ताल की गई थी। इसी के निकट कावस स्थान है, यह दैत्य याजक शुक्र के नाम पर है, क्योंकि शुक्र का नाम 'काव्य' भी है। मिस्र देश भूमध्यसागर के तट पर है। इस सागर में आद्रसागर–ऐड्रियाटिक सी है। इसी के नीचे यवनसागर है। आद्र इक्ष्वाकु के पुत्र थे और इनके पुत्र यवनाश्व थे। इन सूर्य वंशियों ने सम्भवतः अम्बरीष और मान्धाता से भी पूर्व इस द्वीप पर अधिकार किया होगा, जिनके नाम पर ये समुद्र हैं। विचारणीय बात यह है कि मान्धाता और अम्बरीष के स्मृति चिह्न प्रदेश के नीचे भाग में हैं, जब कि ये दोनों समुद्र द्वीप के सिर पर ही हैं। अग्निद्वीप भी यहीं है। मुनि नदी तथा अशान्ति नदी अफ्रीका में हैं।

44

देवाधिदेव

रुद्र के दादा यम यद्यपि आदित्य थे देवर्षि भी थे, परन्तु उन्होंने आर्य संस्कृति स्वीकार नहीं की। न ही वे आदित्यों में सम्मिलित हुए। देव, दैत्य, दानव सभी से उनका वरुण की भांति समभाव रहा। देवों में खटपट तो सूर्य ही करते थे। सूर्य यम के पिता थे, फिर भी वे पिता-माता दोनों से उपेक्षित थे। इसीसे ये वरुण के आश्रित हुए तथा वरुण की सहयोग-नीति ही इन्होंने अपनाई थी। आदित्य यम को अपना कुटुम्बी और आत्मीय समझ पूज्य पुरुष, मानते थे, पर उनकी देवों में यदा-कदा ही गणना करते थे। उनकी संतान आठ वसु भी अर्ध देव माने जाते थे। रुद्र भी देवों से पृथक् ही रहे, पर वे बड़े तेजस्वी और प्रतापी थे। देवों की भांति उनका दैत्यों से भी सद्भाव था। बलि-पुत्र बाणासुर से तो उनके प्रगाढ़ मैत्री सम्बन्ध थे। वे बहुत दिन तक उसकी नई राजधानी वन में रहे तथा बाण का बहुत बल उन्होंने बढ़ाया। उनका-शरीरबल बहुत था। उसकी तुलना सांड से की गई है। देव लोग जिन्हें दस्यु और अनार्य कहते थे, वे भी रुद्र के दरबार में अभय पाते थे। वे बड़े धनुर्धारी थे, नागों के परम मित्र और संरक्षक थे। उन्हें चोरों, डाकुओं और व्रात्यों का त्राता कहा गया है। पुंजिष्ठ और निषादों का भी उन्हें स्वामी बताया गया है। इनके क्रोध और बाणों से देव, दैत्य सभी भयभीत रहते थे और संकटकाल में देव, दैत्य, दानव, नाग–सभी रुद्र की शरण जाते थे। उनका प्रसिद्ध शस्त्र त्रिशूल था।

वे नाद-विद्या के आगम थे। डमरू उनका वाद्य था। कहते हैं, अक्षर-समाम्नाय उन्होंने प्रादुर्भूत किया और सबसे प्रथम उन्होंने वाणी को उद्घोषित किया। वनस्पतियों से भी उन्हें प्रेम था। वे वनस्पतियों के स्वामी प्रसिद्ध थे। स्वभाव उनका उदार था। वे जैसे जल्द क्रुद्ध हो जाते थे, वैसे ही झटपट प्रसन्न भी हो जाते थे। काम-विज्ञान के भी वे आविष्कर्त्ता थे। प्रसिद्ध है कि हज़ार अध्यायों का कामशास्त्र उन्होंने रचा था, इसीसे उन्हें कामजयी कहते हैं।

इन्हीं सब कारणों से देव-दैत्य उनसे भय खाते तथा उनका आदर भी करते थे, पूज्य पुरुष समझते थे; परन्तु यज्ञ में भाग देते समय देव न यम को और न रुद्र को ही अपनी पंक्ति में बैठना पसंद करते थे। पाठकों को ज्ञात है कि रुद्र को भी दक्ष ने कन्या दी थी, परन्तु रुद्र से वे कतराते भी थे। रुद्र भी दक्ष को कुछ न गिनते थे। वास्तव में रुद्र यज्ञ-पाखण्ड के समर्थक न थे। निस्संदेह उन्होंने कुछ ऋचाएं तैयार की थीं, परन्तु वे स्वयं वैदिक न थे। उनकी अपनी एक स्वतन्त्र परंपरा थी,

जो ग्यारहों रुद्रों ने उन उन देशों में, जिन-जिनमें उनका प्रस्तार हुआ, प्रचलित की। उनके समर्थक उन्हें देवाधिदेव कहते थे और वे आत्म-यज्ञ को सबसे अधिक महत्त्व देते थे जिसकी व्याख्या उनकी अपनी थी तथा उनके इस आत्म-यज्ञ के समर्थक बहुत ऋषि उन दिनों सम्पूर्ण एशिया महाद्वीप में फैले हुए थे।

अभी जब परस्पर-विरोधी भावनाएं चल ही रही थीं कि इसी समय रुद्र के श्वसुर दक्ष ने यज्ञ किया। यज्ञ में देव, पितर, ऋषि, नाग, यक्ष, वरुण आदि सभी युग-पुरुष आए। अत्रि, पुलह, क्रतु, इन्द्र, वशिष्ठ भी बुलाए गए। विधिवत् चातुर्होत्र की वहां स्थापना की गई। वशिष्ठ होता, अंगिरा अध्वर्यु, बृहस्पति उद्गाता और नारद ब्रह्मा हुए। आठों वसु, बारहों आदित्य, दोनों अश्विनीकुमार, उनचास मरुद्गण, वहां एकत्र हुए। बहुत भारी समारोह हुआ। दस योजन भूमि में यज्ञ-समारोह हुआ।

यहां यज्ञ-समारोह के सम्बन्ध में भी मैं कुछ कहूंगा। यह एक प्रकार की अग्निपूजा थी, जो इलावर्त और आसपास के देव, दैत्य सभी में प्रचलित हो गई थी। मैंने बताया है कि देमाबन्द पर्वत पर काश्यप प्रदेश में एक स्थान बाकू है, जहां भूमि से अग्नि निकलती है। इसीसे ईरानी लोग अग्नि की पूजा करते हैं। उसी अग्नि की पूजा का प्रचलन देवों, आर्यों में यज्ञ-रूप से हुआ। पारसी लोग भी अग्निपूजक हैं। उनकी अगियारी में सैकड़ों वर्ष की अखण्ड अग्नि रहती है। धीरे-धीरे यह साधारण अग्नि-पूजन, जहां-जहां आदित्य गए, यज्ञ के रूप में साथ लेते गए। पीछे इसमें और विधियों का भी समावेश हुआ और यज्ञ के समारोह धीरे-धीरे सब सामाजिक और राजनीतिक प्रश्नों के निपटारे के मूल समारोह हो गए। यज्ञों ही में देवों की भूमि तथा दाय का बंटवारा होता था। यज्ञ-भाग पाकर ही देव अपना निर्वाह करते थे।

इस यज्ञ में दक्ष प्राचेतस ने रुद्र को नहीं बुलाया। यज्ञ में न बुलाने का अभिप्राय अपमान ही न था; मुख्य अभिप्राय यह भी था कि उन्हें यज्ञ-भाग न मिले। वास्तव में देवों का सब कुछ यौथ समाज था। पृथक् संपत्ति किसीकी न थी। यज्ञ समारोहों में एकत्र सामग्री यज्ञ-भाग कहकर बांटी जाती थी। रुद्र को न बुलाना सरासर रुद्र को उनके भाग से वंचित करता था। परन्तु रुद्र की पत्नी सती, बिना ही बुलाए यज्ञ में पिता के घर चली आई। उसने पिता से कहा– "आपके यज्ञ में सम्पूर्ण देव और ऋषि पधारे हैं। हमारी सब बहिनें, बहिनोई, भांजे सपरिवार आए हैं। तब क्या कारण है कि आपने हम लोगों को नहीं बुलाया? मेरे पति को आपने यज्ञ-भाग से वंचित कर दिया?"

दक्ष ने कहा–"रुद्र वैदिक मर्यादा नहीं मानते। देवों को कुछ समझते नहीं हैं। त्रिशूल और दण्ड धारण करते हैं। आत्म-यज्ञ का प्रचार करते हैं। नागों के साथ रहते हैं। उनके गण भी चोर, डाकू, दस्यु हैं। यह सब उनका अभद्र आचरण हैं। इस अभद्र आचरण और अभद्र वेश में वे कैसे देवों के साथ बैठ सकते हैं?" इस पर सती ने क्रोधित होकर कहा–"जिन्हें आप अभद्र कहकर निन्दा करते हैं, उन्हीं के तेज और प्रभाव से देव निर्भय हैं। आप उनके प्रताप को नहीं जानते। मैं अपने पति का अपमान नहीं सह सकती।" यह कहकर वह सबके देखते-देखते ही धधकते हुए यज्ञकुण्ड में कूद गई। देव, नाग, गन्धर्व, मरुत्, गुह्यक–"यह क्या? यह क्या?' कहते ही रह गए। देव, ऋषि सब भयभीत हो गए। सती जल मरी। यह सूचना पाकर, रुद्र ने क्रुद्ध हो, नन्दीगणों को दक्ष का यज्ञविध्वंस करने को भेज दिया। गणों के दल-बादल यज्ञ पर छा गए। देखते-देखते उन्होंने दक्ष-यज्ञविध्वंस कर डाला और दक्ष का सिर काटकर यज्ञकुण्ड में झोंक दिया। रुद्र के इस कोप से सब देव शोकग्रस्त हो गए। यम और रुद्र दोनों ही के सहायक सब दैत्य, असुर और दानव थे तथा हाल ही में देवासुर-संग्रामों में वे उनसे हार चुके थे। इसके अतिरिक्त देव उनको आत्मीय भी मानते तथा दबते थे। अतः रुद्र को उन्होंने समझा-बुझाकर बड़ी कठिनाई से शान्त किया। पर प्रिय पत्नी की अपमृत्यु से रुद्र अत्यन्त सन्तप्त हुए। रुद्र एक महाप्रतापी योद्धा थे ही। उनका बल असह्य था। उनका प्रभाव मरुतों पर बहुत था। ये मरुत् वर्तमान समरकंद या बिलोचिस्तान के आस-पास कहीं रहते थे। इस घटना के बाद रुद्र भी उनके साथ चले गए। इन मरुतों से देवराट् इन्द्र ने मित्रता कर ली थी और समय-समय पर देवराट् इन्द्र तथा देव रुद्र से सहायता लिया करते थे, परन्तु रुद्र विष्णु की भांति दैत्यों और दानवों के शत्रु थे ही नहीं। दैत्य और दानव भी उन्हें उसी प्रकार पूज्य पुरुष मानते थे तथा समय-असमय मैं रुद्र दैत्य-दानवों की भी वैसी ही सहायता करते थे जैसी देवों की। इस प्रकार अपने काल में रुद्र देव, दैत्य, दानव सभी में पूजित थे। फिर भी उन्हें अत्यन्त क्रोधी समझकर संहारक ही समझा जाता था। उनका दैत्य-दानवों के गणों का संगठन इतना भयानक था कि उससे देव-दैत्य सभी भय खाते थे।

सती की मृत्यु होने के कुछ काल बाद रुद्र ने हिमाचल की राजकन्या पार्वती से विवाह किया। पार्वती ने रुद्र की यशोगाथा पर मोहित होकर स्वयं ही रुद्र से विवाह की याचना की। पार्वती की सेवा से सन्तुष्ट हो वे अब शान्त भी हो गए। अब तक उनके रुद्र नाम के अतिरिक्त भव, शर्व, पशुपति, नीलकण्ठ आदि नाम थे। अब सब लोग उन्हें शिव–शान्तिमूर्ति–कहने लगे। यहां देवी पार्वती से उन्हें दो पुत्रों की

प्राप्ति हुई : एक गणपति, दूसरे कार्तिकेय। उन्होंने हिमवान् के अंचल में अपना कैलाश नाम का मनोरम आश्रम बनाया और वहां रहने लगे। उधर रावण से खदेड़े हुए कुबेर ने भी उनके निकट ही अपनी अलकापुरी बसाई। इस प्रकार रुद्र–शिव का कुबेर और यक्षों से खूब मेल-जोल हो गया। एक प्रकार से यक्षपति कुबेर की रुद्र से मित्रता ही हो गई।

45 देव-सान्निध्य

हिमालय के अंचल में छद्मवेशी रावण कुबेर की अलका के चारों ओर घूम-फिरकर सब घाट-घर देखने लगा। घूमते-घूमते वह शरवन में जा पहुंचा। यह शरवन सूर्य की धूप में सुवर्ण, सूर्य और अग्नि के समान चमक रहा था। यहां शरवन में कास इतना ऊंचा था कि रावण को आगे की राह ही नहीं मिली। रावण अभी विमूढ़-सा हो इधर-उधर देख ही रहा था कि एक विकट पुरुष उसके पास आया। उसने रूखे स्वर से पूछा–

"तू कौन है रे पापिष्ठ, कैसे तूने इस अगम वन में आने का साहस किया?"

रावण ने उससे तनिक भी भयभीत न होकर कहा–

"तू ही कह, तू कौन है और किस अभिप्राय से तू इस वन को अगम कहता है?"

"अरे, तो तू क्या नहीं जानता यहां भगवान् रुद्र का निवास है? यह कैलास की उपत्यका है।"

"यह रुद्र कौन है, जिसका नाम लेकर तू मुझे डराता है?"

"देव-दैत्य-पूजित भगवान् को तू नहीं जानता है? अब भाग यहां से। इस अगम क्षेत्र में प्राणियों का आना निषिद्ध है। यहां मेरी चौकी है।"

"तू कौन है?"

"मैं भगवान् रुद्र का किंकर नन्दी हूं।"

"तेरे भगवान् रुद्र रहते कहां हैं? उन्हें मैं भी देखना चाहता हूं।"

"तेरा दुस्साहस है। जा, जा, भाग जा। भगवान् रुद्र के दर्शन यों ही नहीं होते, साधना से होते हैं।"

"कैसी साधना से?"

"वह तुझ अपात्र से मैं क्या कहूं! तू यदि भगवान् रुद्र के कोप का भाजन नहीं होना चाहता है तो जल्द भाग जा।"

"पृथ्वी पर विचरण करने का हर एक प्राणी को अधिकार है। और मुझे तो ऐसा विचरण प्रिय है। तेरे रुद्र के कैलाश को भी मैं देखना चाहता हूं, चल।"

इतना कहकर रावण हंसकर पर्वत पर चढ़ने लगा।

नन्दी ने बाधा डालकर कहा–"मैं कहता हूं–भाग जा, आगे न बढ़, यह अगम क्षेत्र है।" पर रावण नहीं माना, तो नन्दी ने उसे पकड़कर पीछे ठेल दिया। इस पर रावण ने अनायास ही उसे उठाकर दूर फेंक दिया। उस पुरुष का ऐसा बल देख नन्दी आश्चर्यचकित रह गया। नन्दी में अमोघ बल था। रावण की ओर देखकर बोला–"तू सत्त्ववान् पुरुष प्रतीत होता है। आ, मुझसे मल्ल-युद्ध कर।"

रावण तैयार हो गया। बहुत देर युद्ध करने के बाद रावण ने नन्दी को पछाड़ दिया। इस समय तक शोर-शराबा सुनकर बहुत-से गण वहां आ गए थे। वे सब मिलकर शोर मचाने और शस्त्र चमकाने लगे। नन्दी ने कहा– "नहीं, इसे मारो मत, यह सत्त्ववान् पुरुष है, इसे भगवान् रुद्र की सेवा में ले चलो।"

तब गण रावण को घेरकर ले चले। रावण भी अपना परशु कन्धे पर रख उनके साथ चल खड़ा हुआ। ज्यों-ज्यों वह पर्वत-श्रृंग पर आरोहण करने लगा; त्यों-त्यों वह उसका सौन्दर्य देख मोहित होने लगा। चारों और मोहक हिमाच्छादित गिरिश्रृंगों पर सुनहरी सूर्य की किरणें पड़कर रंग-बिरंगी छटा दिखा रही थीं। पर्वतीय पक्षी जहां-तहां उड़ते बड़े भले प्रतीत होते थे। ज्यों-ज्यों वह ऊपर चढ़ता जाता था, चारों ओर हिमाच्छादित पर्वत-श्रृंगों की पंक्तियां ही दृष्टिगोचर होती थीं।

उसने कैलाश-शिखर पर पहुंचकर विकट गणों से सेवित रुद्र को देखा। पिंगल जटा-जूट, कटि में बाघ-चर्म और दृष्टि में अन्तर्ज्योति। रावण ने ऐसे प्रभावशाली पुरुष को पहले कभी नहीं देखा था। फिर भी उसने रुद्र को अभिवादन नहीं किया। अपना विकराल परशु कन्धे पर रख निर्भय सम्मुख आ खड़ा हुआ। रुद्र ने देखा, देखकर नन्दी से पूछा–"यह कौन पुरुष है और किस अभिप्राय से हमारे पास आया है?"

नन्दी ने कहा–"देव, इसने परिचय नहीं दिया। किन्तु यह कैलाश के नीचे के अगम क्षेत्र में घूम रहा था। मेरे रोकने पर इसने मुझसे विग्रह किया और मुझे पराभूत किया।"

"तुझे पराभूत किया! श्लाघ्य है तब तो यह पुरुष।" फिर रुद्र ने रावण की ओर मुख करके कहा–"अपना परिचय दे पुरुष! अरे अगम क्षेत्र में विचरने का कारण भी कह।"

रावण ने कहा–"महाभाग, मैं धनेश कुबेर का भाई रक्षपति लंकेश रावण हूं मैं इस वन में स्वच्छन्द विचरण कर रहा था, तभी इस पुरुष ने मुझे रोका। इसलिए विग्रह का दायित्व मुझ पर नहीं है।"

रुद्र ने सुनकर हंसते हुए कहा–"अच्छा, अच्छा, रावण तू ही है। स्वस्ति! तू कुशलपूर्वक तो है? मैंने धनेश कुबेर से तेरी बात सुनी है। पर तूने अपने ज्येष्ठ कुबेर की अवज्ञा की है, सो क्या सत्य है?"

"इसपर कौन विचार कर सकता है? मैं तो ऐसा नहीं समझता। मेरे भाई कुबेर ने यक्ष-संस्कृति स्थापित की है, किन्तु मैंने रक्ष-संस्कृति की स्थापना की है। हमारा मूल मन्त्र है– 'वयं रक्षामः'। जो हमसे सहमत है, उसे अभय। जो सहमत नहीं है, उसके लिए मेरा यह कुठार है।"

रुद्र खूब ज़ोर से हंस पड़े। उन्होंने कहा–"आयुष्मन्, यही कुठार तेरा तर्क है?"

"मूल तर्क तो यही है।"

"किन्तु मैं तुझसे सहमत नहीं हूं।"

"तो आपके लिए भी मेरा यह कुठार है।"

"मेरे पास भी यह त्रिशूल है।"

"तो अभी हमारा-आपका शक्ति-संतुलन हो जाए।"

"पर तू मेरा अतिथि है, समागत अभ्यागत है।"

"आप इसी त्रिशूल से मेरा आतिथ्य कीजिए। मैं युद्ध की याचना करता हूं, आप दिक्पाल महाभाग यमदेव के वंशधर हैं। मैं विश्रवा मुनि का पुत्र हूं। आप मेरे ज्येष्ठ हैं। इसीसे मैं आपका शिरच्छेद नहीं करता, युद्ध की याचना करता हूं। युद्धं देहि!"

"मैं भी तेरे शौर्य से प्रसन्न हूं तेरी युद्धाभिलाषा पूरी करूंगा, अभी तू विश्राम कर।"

"नहीं महाभाग, कार्य-पूर्ति ही मेरा विश्राम है। उठाइए त्रिशूल।"

"तब जैसी तेरी इच्छा!"

रुद्र ने हुंकृति की, डमरूनाद कर त्रिशूल उठाया। डमरूनाद सुनकर बहुत से रुद्रगण, गन्धर्व, देव, यक्ष आ जुटे। वे रुद्र और रावण का वह विकट युद्ध देखने

लगे। रावण को यह देखकर बड़ा आश्चर्य हुआ कि रुद्र उसके परशु-प्रहार को कौशल से विफल कर रहे हैं और वे उसपर शूल का करारा वार ही नहीं कर रहे। उसे ऐसा प्रतीत हुआ कि जैसे कोई गुरु किसी बालक को युद्ध-शिक्षण दे रहा हो। रावण ने अपने जीवन में ऐसा विकट पुरुष नहीं देखा था। अन्त में रावण थककर हांफने लगा। उसका सारा शरीर पसीने से भर गया। उसने अपना परशु फेंक दिया और सामने खड़ा हो गया।

रुद्र ने हंसते हुए कहा–"क्या थोड़ा विश्राम चाहता है तू रावण?"

"नहीं, विराम चाहता हूं। आप युद्ध कहां करते हैं, खिलवाड़ करते हैं।"

"किन्तु तू युद्ध कर।"

"नहीं, शंकर! शंकर!!"

"यह क्या?"

"हां–कल्याणं कुरु! आप देव हैं, देवपति हैं, यह रावण आपका किंकर है, आप इसका कल्याण कीजिए–शंकर! शंकर!!"

रुद्र ने हाथ उठाकर हंसते हुए कहा– "कल्याण हो तेरा। तेरा शौर्य स्तुत्य है, तू अजेय है, किन्तु तेरी रक्ष-संस्कृति क्या है?"

"वयं रक्षामः–हम रक्षा करते हैं। यही हमारी रक्ष-संस्कृति है। आप देवाधिदेव हैं। आप देखते ही हैं कि आर्यों ने आदित्यों से पृथक् होकर भरतखण्ड में आर्यावर्त बना लिया है। वे निरन्तर आर्यजनों को बहिष्कृत कर दक्षिणारण्य में भेजते रहते हैं। दक्षिणारण्य में इन बहिष्कृत वेद-विहीन व्रात्यों के अनेक जनपद स्थापित हो गए हैं। फिर भारतीय सागर के दक्षिण तट पर अनगिनत द्वीप-समूह हैं, जहां सब आर्य, अनार्य, आगत, समागत, देव, यक्ष, पितर, नाग, दैत्य, दानव, असुर परस्पर वैवाहिक सम्बन्ध करके रहते हैं। फिर भी सबकी संस्कृति भिन्न है, परन्तु हमारा सभी का एक ही नृवंश है और हम सब परस्पर दायाद बान्धव हैं। मैं चाहता हूं कि मेरी रक्ष-संस्कृति में सभी का समावेश हो, सभी की रक्षा हो। इसी से मैंने वेद का नया संस्करण किया है और उसमें मैंने सभी दैत्यों-दानवों की रीति-परम्पराओं को भी समावेशित किया है, जिससे हमारा सारा ही नृवंश एक वर्ग और एक संस्कृति के अन्तर्गत वृद्धिंगत हो। आप देखते हैं कि गत एक सौ वर्षों में तेरह देवासुर-संग्राम हो चुके, जिनमें इन बस दायाद बान्धवों ने परस्पर लड़कर अपना ही रक्त बहाया। विष्णु ने दैत्यों से कितने छल किए। देवगण अब भी अनीति करते हैं। काश्यप सागर-तट की सारी दैत्यभूमि आदित्यों ने छल-बल से छीनी है। अब सुन रहा हूं कि देवराट् इन्द्र चौदहवें देवासुर-संग्राम की योजना बना रहा है। ये सब

संघर्ष तथा युद्ध तभी रोके जा सकते हैं, जब सारा नृवंश एक संस्कृति के अधीन हो इसीलिए मैंने अपनी यह रक्ष-संस्कृति प्रतिष्ठित की है। आगे देव प्रमाण हैं!"

रावण का ऐसा सारगर्भित भाषण सुनकर रुद्र बहुत प्रसन्न हुए और रावण के सिर पर हाथ रखकर कहा–"तेरा प्रयत्न स्तुत्य है और मैं तुझसे प्रसन्न हूं। मैं भी देव, दैत्य, असुर सबसे समान प्रीति रखता हूं।"

"तो मैं आपका अनुगत शिष्य और सेवक हूं। आपने मुझे कल्याणदान किया है, आप मुझे अनुमति दीजिए कि मैं आपको 'शंकर'–कल्याणदाता, कहकर आपकी वन्दना करूं।"

इतना कहकर रावण ने घुटनों के बल बैठकर रुद्र के चरणों में सिर नवाया। रुद्र ने दोनों हाथ उठाकर कहा–"कल्याणं ते भवतु! शिवं ते अस्तु!"

रावण ने हर्षोन्मत्त नाचते हुए कहा–"आप देव हैं, देवाधिदेव हैं, आप शंकर हैं, आप शिव हैं!"

और तब सब रुद्रगणों ने, मरुतों ने, गन्धर्वों ने, देवों ने 'शंकर, शंकर' कहकर हर्षनाद किया। फिर रक्षपति रावण का अर्घ्य, पाद्य, अक्षत और मधुपर्क से सत्कार किया। रक्षराज के स्वागत-समारोह में दिव्यांगनाओं, अप्सराओं ने नृत्यगान कर कैलाश को मुखरित कर दिया।

46 गुह्याद् गुह्यतमम्

रुद्र उवाच–"किमिदं जले विमले ह्यात्मनि पश्यसि?"

"यथैवेह भगवः साध्वलङ्कृतस्सुवसनः परिष्कृतश्च एवमेव।"

"एष आत्मेत्येतदमृतम्।"

"एष आत्मेत्येतदमृतम्?"

"आत्मैवेह महीय आत्मा परिचर्य आत्मानमेवेह मह्यन्नात्मानं परिचरन्नुभौ लोकाववाप्नोति।"

"उभौ लोकाववाप्नोतीदञ्चामुञ्चति।"

"तस्मादप्यद्ये हाददानमश्रद्दधानमयजमानं शरीरं वसतेनालङ्कारेणेति संस्कुर्वाणा ह्यमुं लोकं जेष्याम इति।"

"असत्यमप्रतिष्ठमनीश्वरमिदं जगत्।"

"ईश्वरोऽहम्।"

"एतद् गुह्याद् गुह्यतमम्।"

"का च परापरा वेति भगवन्!"

"द्वे विद्ये, पराचैवापरा च। तत्रापरा वेदोऽयं परा यया तदक्षरमधिगम्यते।"

"किमक्षरं भगवन्!"

"जीवनम्। विरामो मृत्युस्तावदुद्गमो जन्म।"

"किमु यज्ञरूपं भगवन्।"

"योषा वा अग्निस्तस्या उपस्थ एव समिल्लोमानि धूमो योनिरर्चिर्यदन्तः करोति तेऽङ्गारा अभिनन्दा विस्फुलिंगास्तस्मिन्नेतस्मिन्नग्नौ देवा रेतो जुह्वति तस्या आहुत्या पुरुषः संभवति।"

"उपमन्त्रयते स हिंकारो, ज्ञपयते स प्रस्तावः स्त्रिया सह शेते स उद्गीथः, प्रतिस्त्रिया सह शेते स प्रहारः, कालं गच्छति तत् निधनं, पारं गच्छति तन्निधनमेतद्वामदेव्यं मिथुने प्रोक्तम्।"

"सय एवमेतद्वामदेव्यं मिथुने प्रोक्तं वेद मिथुने भवति। मिथुनान्मिथुनात्प्रजायते सर्वमायुरेति ज्योग् जीवति महान् प्रजया पशुभिर्भवति महान् कीर्त्या, न काञ्चन परिहरेत् तद् व्रतम्।"

"कस्य रेतः पुरा हुतम्?"

"रुद्रेण मया त्रैलोक्यं सविकारं निर्गुणगणं रेतो हुतम्।"

"हेतुभिर्वा किमन्यैस्तैः कारणैरेतद् लिङ्गमभ्यर्चितम्?"

"अर्चयेथाः सदा लिङ्गम्। सर्वा भगाङ्काः स्त्रियः, लिङ्गेनापि प्रत्यक्ष चिह्नीकृता सर्वे पुरुषाः।

लिङ्गाङ्का भगाङ्काश्च प्रजाः। पुल्लिङ्ग सर्वमीशानं स्त्रीलिङ्ग विद्धि चाप्युमाम्। द्वाभ्यां तनुभ्यां व्याप्तं हि चराचरमिदं जगत्।

"एतद् गुह्यं गुह्यतमम्।"

"रावणः बद्धाञ्जलिः"

"ओम् प्रमत्तं शक्तिसम्पन्नं बाणाख्यं च महाप्रभुम्।

कामबाणान्वितं देवं संसार-दहनक्षमम्।

श्रृंङ्गारादिरसोल्लासं बाणाख्यं परमेश्वरम्॥

ओम् पिनाकधृक् इहागच्छ, इह तिष्ठ, इह तिष्ठ, इह सन्निधेहि, इह सन्निधेहि, इह सन्निरुद्धस्व, इह सन्निरुद्धस्व, अत्राधिष्ठानं कुरु।

स्वस्ति नो रुद्रः पात्वंहसः।
गौरीर्मिमाय सलिलानि तक्षति।

47 लिंग पूजा

पिछला परिच्छेद 'गुह्याद् गुह्यतमम्' हमने संस्कृत में लिखा है। गुह्यांग का आवरण सभ्यता का प्रतीक है। इसलिए गुह्य बातें भी अनावृत न रहनी चाहिए। इसीसे गुह्य पर हमने संस्कृत भाषा का आवरण डाला है। कोई आवश्यक नहीं कि पाठक इस अध्याय को पढ़ें ही। केवल वे लोग, जो इस गुह्योपदेश की पूरी गहराई तक पहुंचना चाहते हैं, इस अध्याय को मनन करने की चेष्टा करें। फिर भी इस गुह्योपदेश की थोड़ी-सी व्याख्या दार्शनिक और पौराणिक आधारों पर–उसमें यत्किंचित् वैज्ञानिक सम्पुष्टि देकर–हम यहां करते हैं।

इस गुह्योपदेश का अभिप्राय यह है कि जीवन और शरीर एवं मनुष्य विश्व की सबसे बड़ी इकाई है। कोई देव उससे बड़ा नहीं। मनुष्य ही सबसे बड़ा देव है और उसे अपनी ही पूजा-अर्चना करनी चाहिए। उपनिषदों में इस तत्त्व की व्याख्या इस प्रकार की गई है– "देवराज इन्द्र और देवराज विरोचन दोनों ही प्रजापति के पास आत्म-जिज्ञासा के लिए गए और प्रजापति ने उन्हें ही गुह्योपदेश दिया। इन्द्र ने शंकाएं कीं, परन्तु विरोचन अशंक भाव से चला गया और उसने असुरजनों में आत्मपूजा का प्रसार किया। यही कारण है कि मिस्र के प्राचीन असुर राजाओं ने अपने मृत शरीरों को सजाकर बड़े-बड़े पिरामिडों में स्थापित किया, जिनका आश्चर्यजनक और रहस्यपूर्ण विवरण पुरातत्त्ववेत्ताओं ने भूगर्भ से प्राप्त किया है। आत्म-पूजन का यह प्रचार वास्तव में मूल रूप में सबसे पहले रावण ने ही प्रसारित किया था और उसके आदि उद्गाता देवाधिदेव रुद्र थे।

दूसरा प्रश्न जो इसी आत्म-पूजन से सम्बन्धित है और उपनिषद् में वर्णित है, ईश्वर या देवता के तत्त्व को स्वीकार न करके इस प्रजनन-विधान को यज्ञ कहा है। प्रजनन की घटना को जो इतना महत्त्व उस युग में दिया गया, यह एक अज्ञानमूलक जंगली प्रथा थी या विज्ञान का उच्च अंग था, इस सम्बन्ध में हम अपनी कोई राय प्रकट न कर केवल तथ्य पर ही प्रकाश डालते हैं।

प्रजनन-विज्ञान चराचर प्राणियों में नर-नारी के मिथुन-संयोग से उत्पन्न होता है। इसलिए प्राचीन काल से प्रजा की वृद्धि मैथुनी सृष्टि के महत्त्व पर प्रमुख पुरुषों का ध्यान गया और उन्होंने इस घटना को एक अत्यन्त चामत्कारिक और आश्चर्यजनक पाया कि किस प्रकार नर-नारी के संयोग से गर्भ स्थापित होकर एक नवीन प्राणी का जन्म होता है और स्वाभाविक रूप से उस काल से पुरुषों का ध्यान नर-नारी के गुह्य प्रजनन-इन्द्रियों के महत्त्व की ओर गया। उन्होंने प्रजनन-इन्द्रियों को विश्व के सबसे अधिक महत्त्वपूर्ण शक्तिशाली तत्त्व के रूप में स्वीकार करके पूजित किया। कहा जाता है कि प्रजनन-विज्ञान को एक धार्मिक रूप देने का कार्य सबसे प्रथम रुद्र ने किया और उन्होंने एक हज़ार अध्याय के 'कामविज्ञान-शास्त्र' का निर्माण किया। उन्होंने जननांग को सब कारणों का कारण कहकर पूजित किया, जिसका परिणाम यह हुआ कि लिंग-पूजन की वृत्ति प्राचीन जातियों में स्थान पा गई।

हम यहां पर थोड़ी और गहराई से वैज्ञानिक विश्लेषण करेंगे। जीवित प्राणी का यह अनिवार्य लक्षण है कि वह अपनी परिस्थिति में जितने रासायनिक उपादान पाये, सबको अपने जटिल सादृश्य में परिणत कर दे। यह परिणयन पाचन करना और विसर्जन करना–इन दो क्रियाओं के रूप में अनवरत चलता रहा है। विसर्जन देर में और पाचन जल्दी होता है। परन्तु जिस तरह आयतन बढ़ता है, उसी तरह ऊपरी तल, जो आहार पहुंचाने का साधन है, अनुपात से नहीं बढ़ता। एक हद तक बढ़कर रुक जाता है। इसलिए वृद्धि अपरिमित नहीं होती। चींटी से हाथी तक व कीटाणु से किसी भी महाकाय जन्तु तक पहुंचकर व्यक्तित्व की अभिवृद्धि रुक जाती है। बाहरी तल और आयतन में शरीर के भीतर एक ऐसा अनिवार्य अनुपात है कि जिसके भंग होने से वृद्धि रुक जाती है और तब व्यक्तिगत ह्रास और वृद्धि का अनुपात समान हो जाता है। बड़े शरीरों वाले सभी जीवों को ऐसी कठिनाइयों का सामना करना पड़ता है। परन्तु सूक्ष्म देहधारी जीव, जिन्हें सेल कहते हैं, उनके सामने यह कठिनाई नहीं आती। जहां उनकी बाढ़ रुकती है, वहां वे बीच से फटकर दो हो जाते हैं। इस तरह वहां आयतन नहीं बढ़ता। आयतन बढ़ने के बदले उनकी संख्या बढ़ जाती है। एक से दो, दो से चार, चार से आठ। इस प्रकार उनकी अनन्त संख्या हो जाती है। इस वृद्धि में ह्रास नहीं होता। प्रत्येक व्यक्ति पूर्ण है और निरन्तर बढ़नेवाला है। इस प्रकार ये सेलोंवाले सूक्ष्म जीवाणु 'एकोऽहं बहु स्याम्' के सिद्धान्त को चरितार्थ करते हैं और इसी में 'पूर्णमदः पूर्णमिदम्' की घटना घटित होती है। परन्तु ज्यों-ज्यों शरीर में स्थूलता आती है, यह भेदज

उत्पत्ति कठिन होते-होते समाप्त हो जाती है। षट्पद या अष्टपद प्राणी इस तरह कट-कटकर नहीं बढ़ सकते। यहां प्रकृति अंकुरण से काम लेती है, जिसमें सारा शरीर ज्यों का त्यों रहता है। उसका केवल एक छोटा-सा अंश कटा-सा रहता है और धीरे-धीरे दूसरे शरीर का जब अच्छा-सा पूर्ण रूप तैयार हो जाता है, तब वह अंश अपने पैदा करने वाले बड़े शरीर से बिलकुल अलग हो जाता है और उसका व्यक्तित्व आगे बढ़ने लगता है। ऐसा अंकुरण मूंगों में और कुछ विशेष प्रकार के कीड़ों में और थोड़े-से रीढ़-वाले क्षुद्र जन्तुओं में होता है। परन्तु अस्थि-पिंजर की जटिलता बढ़ने पर अंकुरज प्राणियों की बाढ़ भी रुक जाती है और यह वृद्धि छोटे-छोटे उपादों तक पहुंच-पहुंचकर समाप्त हो जाती है।

इसके बाद ही जन्तुओं में मैथुन का आरम्भ होता है। मैथुन का अर्थ है जोड़ा। दो अकेली सेलें जुड़कर एक सेल बन जाती हैं। इनमें से एक सेल लिंग अथवा शुक्र होती है, दूसरी योनि अथवा डिम्ब। इस क्रिया के लिए दो व्यक्तियों के शरीर से एक-एक जनक और जननी सेलें निकलकर परस्पर मिलकर एक सेल बनती हैं। वही नये व्यक्ति का मूल रूप है। नई सेल भेदन-रीति से संख्या-वृद्धि करती-करती असंख्य सजातीय सेलें बनाकर नये स्थूल शरीर का ढांचा तैयार करती हैं। भेदन और अंकुरणवाली वृद्धि में नर-नारी का कोई भेद नहीं होता। परन्तु बड़े शरीर में, चाहे चल हो या अचल, यह भेद अनिवार्य हो जाता है कि नर का वीर्याणु हो और नारी का डिम्बाणु। वीर्याणु का रूप भी लिंगाकार होता है और डिब्ब की अनुरूपता योनि-पीठिका से मिलती-जुलती रहती है। चराचर प्राणियों में इस प्रकार वृद्धि की विधि में लिंग और योनि व्यापक हैं।

उस अत्यन्त प्राचीन काल में इसी गुह्य वैज्ञानिक और दार्शनिक प्रजनन-आधार पर नर-नारी की गुह्येन्द्रियों का पूजन आरम्भ हुआ, जिसका आरम्भ रुद्र से हुआ। इसलिए लिंगोपासना की विधि में संसार की सभी प्राचीन जातियों ने रुद्र या शिव को सम्मिलित किया और रुद्र के व्यक्तित्व को नृवंशों की समष्टि में आरोपित कर लिंग-पूजन को शिवलिंगार्चना का रूप दिया। लिंग-का धार्मिक अर्थ किया गया 'लयनाल्लिङ्गमुच्यते' अर्थात् लय या प्रलय होता है, इससे उसे लिंग कहा गया है।

कुछ अल्पायु वाले छोटे-छोटे शरीरों में मैथुनी वृद्धि में कुछ कठिनाई होती है। एक नन्ही-सी जननी एक बार में थोड़े ही डिब्ब उपजाती है। यदि जनकों की आवश्यकता न पड़े तो दूनी शक्ति वृद्धि में लग जाती है। इसलिए, जहां विभाजन या अंकुरण के लिए शरीर अधिक जटिल है और मैथुनी विधि के सुभीते नहीं है,

वहां 'प्रथा-जनन' की विधि काम आती है। इसमें शुक्र या लिंग-जीवाणु के बिना ही काम चल जाता है। ये डिम्ब ज्यों ही प्रौढ़ता को पहुंचते हैं त्यों ही शरीर की रचना होने लगती है। मधुमक्खी का नर इसी प्रथा-जनन विधि से उत्पन्न होता है। उसके माता-पिता नहीं हैं– परन्तु रानी मक्खी वीर्यरहित अण्डों से ही पैदा होती है। इस प्रकार जननक्रिया के हिसाब से चार प्रकार के प्राणी संसार में हैं–भेदज, अंकुरज, मैथनज और अनादितः अण्डज। अब विश्वसृष्टि के नियमन में मैथुनी क्रिया प्रकृति में अपने आप उपजी या किसी ईश्वर या कर्त्ता का इसमें हाथ है, यह विचारणीय है। रुद्र और रावण ने किसी दैवी कर्त्ता को स्वीकार नहीं किया। उन्होंने मनुष्य को ही अपनी सृष्टि का कर्त्ता-धर्त्ता माना और अपने ही को ईश्वर कहा। लाखों-करोड़ों वर्षों में विकसित होकर अयोनिज से योनिज सृष्टि हुई है। मनुष्य-बुद्धि की यह कल्पना है कि उसने जगत् की प्रवृत्ति काम-वासना की ओर देखकर समस्त प्राणियों को काममोहित पाकर लिंग-योनि की उपासना की नींव डाली।

ईसाई धर्म के प्रचार से पूर्व पाश्चात्त्य देशों की प्रायः सभी जातियों में किसी न किसी रूप में लिंग-पूजा की प्रथा प्रचलित थी। रोम और यूनान देशों में क्रमशः प्रियेपस और फल्लुस के नाम से लिंग पूजा होती थी। फल्लुस फलेश का बिगड़ा रूप है। लिंग-पूजा इन दोनों राष्ट्रों के प्राचीन धर्म का प्रधान धर्म-चिह्न था। वृषभ की मूर्ति लिंग के साथ ही पूज्य थी। पूजन-विधि हिन्दुओं की भांति धूपदीप आदि द्वारा होती थी। मिस्र देश में तो 'हर' और 'ईशि:' की उपासना उनके धर्म का प्रधान अंग था। इन तीनों देशों में फाल्गुन मास में, वसन्तोत्सव के रूप में लिंग-पूजा प्रतिवर्ष समारोह से हुआ करती थी। मिस्र में 'ओसिरि:' नाम के देवता इथिओपिया के चन्द्रशैल से निकलती हुई नील नदी के अधिष्ठाता माने गए थे। प्लुटार्क का कहना है कि उस समय मिस्र में प्रचलित लिंग-पूजा सारे पच्छिम में प्रचलित थी।

प्राचीन चीन और जापान के साहित्य में भी लिंग-पूजा का उल्लेख है। अमेरिका में मिली प्राचीन मूर्तियों से प्रमाणित है कि अमेरिका के आदि निवासी लिंग-पूजक थे। ईसाइयों के पुराने अहदनामे में लिखा है कि रैहीवोयम के पुत्र आशा ने अपनी माता को लिंग के सामने बलि देने से रोका था। पीछे उस लिंग-मूर्ति को तोड़-फोड़ दिया गया था। यहूदियों का देवता बैल फेगो लिंग-मूर्ति ही था। उसका एक गुप्त मन्त्र था, जिसकी दीक्षा यहूदी ही ले सकते थे। मौयावी और मारिना निवासी यहूदियों के उपास्य देव लिंग की स्थापना फेगी शैल पर हुई थी। इनकी उपासना-विधि मिस्रवासियों से मिलती-जुलती थी। पहाड़ पर जंगल में बड़े

वृक्ष के नीचे यहूदियों ने लिंग और बछड़े की मूर्ति स्थापित की थी उसे वे बाल नाम से पूजते थे। वेदी के सामने धूप देते और लिंग के सामने वाले वृषभ 'नन्दी' को हर अमावस्या को पूजा चढ़ाते थे। मिस्र के ओसिरिस के लिंग के सामने भी बैल रहता था।

अरब में मुहम्मद के प्रादुर्भाव से पूर्व 'लात' नाम से लिंग-पूजन होता था। इसी से पच्छिमी लोगों ने सोमनाथ के लिंग को भी 'लात' कहा है। 'लात' की मूर्तियां दोनों जगह बहुत विशाल और रत्न-जटित थीं। कहते हैं कि वह लिंग पचास पोरसा ऊंचा एक ही पत्थर का था। संभव है, इस विराट्काय लिंग के 'लात' नाम पर ही विजय स्तम्भों को 'लाट' का नाम दिया गया–जैसे कुतुब की लाट। यह भी सम्भव है कि ये विजय-स्तम्भ उसी देवता 'लात' के प्रतीक हों। कोषकार रिचर्डसन का कहना है कि 'लात' अल्लाह की सबसे बड़ी पुत्री का नाम था और उसका चिह्न व मूर्ति लिंग की आकृति की थी। पाठकों को यह न भूलना चाहिए कि अल्लाह, इलाही, इलोई प्राचीन वरुणदेव के ही नाम हैं।

मक्का के काबे में जो लिंग है, उसका भविष्यपुराणकार मक्केश्वर के नाम से उल्लेख करता है। यह एक काले पत्थर का लिंग है, जिसे मुसलमान संगे-असवद कहते हैं। पहले इसराइली और यहूदी इसकी पूजा करते थे। मुहम्मद के जीवनकाल में इसकी पूजा पण्डों के चार कुल करते थे। फ्रांस में भी प्राचीन काल में लिंग-पूजा का प्रचलन था। वहां के गिरजों और म्यूज़ियमों में लिंग के पत्थर स्मारक की भांति रखे हैं। पाश्चात्त्य देशों में लिंगाची एक सम्प्रदाय ही था, जिसे फालिसिज्म कहते थे। भारत में भी दक्षिण में लिंगायत सम्प्रदाय है।

इजिप्ट-मेसिफ और अशीरिस प्रान्त-वासी नदी पर बैठे हुए त्रिशूलहस्त और व्याघ्र-चर्मधारी शिव-मूर्ति की पूजा बेलपत्र से तथा अभिषेक दूध से करते थे। बेबीलोन में एक हज़ार सौ फुट का एक महालिंग था। ब्राजील प्रदेश में अत्यन्त प्राचीन अनेक शिव-लिंग हैं। इटली में अनेक ईसाई शिवलिंग पूजते हैं। स्कॉटलैण्ड के ग्लासगो नगर में एक सुवर्णाच्छादित शिवलिंग है, जिसकी पूजा होती है। फीजियन्स में 'एटिव्स' व निनवा में 'एषीर' नाम के शिवलिंग हैं। यहूदियों के देश में भी बहुत-से प्राचीन शिवलिंग हैं। अफरीदिस्तान, काबुल, बलख, बुखारा आदि स्थानों में अनेक शिवलिंग हैं, जिन्हें वहां के लोग पंचशेर और पंचवीर नामों से पुकारते हैं।

इण्डोचाइना के 'अनाम' में अनेक शिवालय हैं। प्राचीन काल में इस देश को चम्पा कहते थे। वहां के प्राचीन राजा शिवपूजक थे। वहां संस्कृत में अनेक

शिलालेख, अनेक शिवमूर्तियां तथा लिंग मिले हैं। कम्बोडिया में, जिसका प्राचीन नाम 'काम्बोज' है तथा जावा, सुमात्रा आदि द्वीपों में भी अनगिनत शिव लिंग मिले हैं। वहां के लोग लिंग-पूजन करते थे। भारत-चीन (इण्डोचीन), श्रीक्षेत्र (मध्य बर्मा), हंसावती (दक्षिण बर्मा), द्वारावती (स्याम), मलयद्वीप आदि सर्वत्र शिवलिंग और शिवमूर्तियां पाई जाती हैं।

बेबीलोनिया, मिस्र, चीन और भारत में प्राप्त शिवलिंगों को यदि ध्यान से देखा जाए तो यौन उपासना के एक अविश्वसनीय तथ्य का रहस्योद्घाटन होगा। मसीह से पूर्व से लेकर ईस्वी सन् से बहुत बाद तक भी ऐसा प्रतीत होता है कि स्त्री-पुरुष की स्वतन्त्र और मिथुन-रूप में पूजा होती रही है। इन सभी देशों में ऐसे देवताओं की पूजा प्रचलित थी, जिनके सम्बन्ध में कहा जाता है कि उनमें स्त्री और पुरुष दोनों का समान प्रतिनिधित्व था। बाइबिल में आदम, जो पृथ्वी पर आनेवाला प्रथम व्यक्ति है, स्त्री-पुरुष का समान प्रतिनिधित्व लेकर आया। उसमें स्त्री-पुरुष दोनों ही रचनात्मक शक्ति थी।

गाज़ी में एक प्राचीन सिक्का प्राप्त हुआ है। उसपर मुद्रा अंकित है, जिससे पता चलता है कि देवता 'अश्वात' की दो आकृतियां थीं। इस प्रकार के देवताओं को, जिनमें स्त्री-पुरुष दोनों तत्त्व निहित रहते थे, आत्मतुष्ट कहा जाता है। यूनान के 'अपोलो' तथा 'डायना' के सम्बन्ध में कहा जाता है कि उनमें स्त्री-पुरुष दोनों का समान प्रतिनिधित्व था। बेबीलोन वाले यह विश्वास रखते थे कि सबसे प्रथम जो पुरुष उत्पन्न हुआ, उसके दो सिर थे–एक स्त्री का, दूसरा पुरुष का। शरीर में भी दोनों लिंगों की इन्द्रियां अंकित थीं।

शैव हिन्दू शिव का एक रूप अर्धनारीश्वर मानते हैं। इलोरा की गुहा में अर्धनारीश्वर की एक भव्य मूर्ति है। वैसे भी शरीर का बायां अंग स्त्री का माना जाता है। हिन्दू पत्नियां अर्धाङ्गिनी कहाती हैं। अनेक देशों के पुरातन साहित्य में कहा गया है कि पहले स्त्री-पुरुष जुड़े हुए थे, पीछे पृथक्-पृथक् हुए। 'प्लेटो' भी इसी धारणा पर विश्वास करते थे। अनेक दार्शनिक बारहवीं शताब्दी तक यही धारणा रखते थे।

नृत्य में हाथों की उंगलियों की भाव-भंगिमा और मुद्राओं से विभिन्न यौन संकेत निकलते थे। प्राचीन काल में मिस्र में हाथों को रचनात्मक शक्ति का प्रतीक माना जाता था। तर्जनी से यदि सामने की ओर संकेत कर शेष उंगलियों को मोड़ लिया जाए तो उससे पुरुष-लिंग का संकेत होता था। भारतीय नृत्य में हाथ के दोनों अंगूठों को आपस में मिलाकर दोनों हाथों की तर्जनी को मिलाती हुई उंगलियों को सीध में तान

देने से योनि का संकेत होता है। यदि दोनों हाथों की हथेलियों को परस्पर मिलाकर, दोनों तर्जनियों को संयुक्त रूप में खड़ा कर दिया जाए, और शेष उंगलियां परस्पर आबद्ध होकर झुकी रहें, तो वे संभोग की भाव-व्यंजना का बोध कराती हैं।

शिव के साथ जहां लिंग-पूजन का एकीकरण हुआ, वहां शिव के साथ सर्प-धारण की भी बात है। प्रसिद्ध है कि शिव सर्प को धारण करते हैं। प्राचीन मिस्र के भित्ति-चित्रों में सांप को अपनी पूंछ निगलते दिखाया गया है, इसका यह अर्थ है कि वह अपने-आप में पूर्ण इकाई है। यूनान के पुराने मठों में जीवित सर्प रखे जाते थे, जिनकी रक्षा की व्यवस्था मन्दिर की देव-दासियों के ज़िम्मे होती थी। इन देवदासियों को नाग-कन्या कहते थे। खासकर 'अपोलो' के मन्दिर में सर्प पाले जाते थे, जहां स्त्रियां नंगी होकर उन्हें खाना खिलाती थीं। गेहुंअन सर्प मित्र के पुराने शिलाचित्रों में अंकित पाया गया है। बेबीलोन में देवी इस्तार के पूजक सर्प की भी पूजा करते थे। भारत में 'नाग-पंचमी' के दिन सर्प की पूजा बहुत दिन से प्रचलित है। अत्यन्त प्राचीन काल में मिस्र, यूनान, भारत, चीन और जापान के लोग कमल और कुमुदिनी के फूलों को इसलिए महत्त्व देते थे कि कमल फूल में स्त्री-पुरुष दोनों का ही प्रतिनिधित्व माना जाता था। कली में स्त्री-भाव और फूलों में पुरुषभाव माना जाता था। इन फूलों से मन्दिर का भी श्रृंगार होता था। भूमध्यसागर के अनेक देशों के प्राचीन निवासी प्राचीन काल से डायन-योजन के भय से गले में लिंग के आकार का ताबीज़ बांधते हैं। भारत में भी ऐसे तावीज़ बांधे जाते हैं। बेबीलोनिया और प्राचीन फ्रांस में लिंग और योनि के आकार की रोटियां बनाकर खास उत्सव के समय देवी-पूजा करके खाई जाती थीं। मैक्सिको और मध्य-उत्तर अमेरिका में भी लिंग-पूजा प्रचलित थी। प्रसिद्ध लेखक ब्रूसेनवर्क लिखता है कि प्लोलमी फिखाड़े लफस के समय एक बृहत् लिंग की स्थापना की गई थी, जिसकी लम्बाई 390 फुट थी। यह लिंग ऊपर से स्वर्णमण्डित था। हिरोपोलिस में वीनस के मन्दिर के सामने दो सौ फुट ऊंचा एक पत्थर का लिंग स्थापित था।

रुद्र के साथ नन्दी का सम्बन्ध बताया गया है। नन्दी को एक बैल के रूप में शिव का वाहक कहा गया है। हम बता चुके हैं कि वैदिक साहित्य में रुद्र को एक सांड के समान शक्तिशाली बताया गया है। आश्वलायन गृह्यसूत्रों में एक शूलगव यज्ञ का उल्लेख है, जिसमें एक चितकबरे बैल को मारकर "रुद्राय महादेवाय जुष्टो वर्धस्व हराय, कृपया, शर्वाय, शिवाय, भवाय, महादेवायोग्राय, पशुपतये रुद्राय, शङ्करायेशानायाशनये स्वाहा"– इस प्रकार मन्त्रों से उसकी पूंछ, चाम, सिर और पैर की आहुति देने का उल्लेख है। वैभाकद्फिसेस के सिक्कों पर महेश्वर की मूर्ति

और नन्दी बैल की मूर्ति चिह्नित मिली है। इसका राज्य-काल संभवतः ईसा की पहली शताब्दी माना जाता है। मिस्र में, जहां शिव का स्थान माना गया है, बैल-पूजा अत्यन्त प्राचीन काल में लिंग-पूजा ही के समान मानी गई थी। रोमन जूलियस सीज़र ने लिखा है कि मिस्र में एक देवता 'असीरन' माना जाता था, जिसकी आकृति सांड की सी थी। इसे उत्पादन का द्योतक माना जाता था। 'एपिस' नामक सांड के पूजन का उल्लेख मिस्र के प्राचीनतम इतिहास में है। इस बैल में पूजनीय होने के लिए कुछ खास चिह्न होने आवश्यक थे, जैसे पद का काला रंग, माथे पर उभरा हुआ सफेद चौकोर चिह्न, पीठ पर गरुड़-जैसा चिह्न। इन चिह्नोंवाला बैल ज्यों ही कहीं मिल जाता था, वह तुरन्त पिंजरे में बन्द कर दिया जाता था। उसे अच्छा भोजन और सोने को नर्म बिछौना दिया जाता था। पीने के लिए पानी भी पवित्र कुएं से पहुंचाया जाता था। लोग उसे एकान्त में रखते थे। केवल उत्सवों के समय में ही बाहर निकालते थे। मन्त्रों द्वारा उसकी स्तुति, आराधना होती थी और लगातार सात दिन तक उसका जन्मोत्सव मनाया जाता था। बाहर से आया कोई दर्शक उसका दर्शन किए बिना वापस न जा सकता था। जब उसकी मृत्यु होती थी, तो उसे सुगन्धित लेपों से अत्यन्त धूमधाम से दफनाया जाता था।

वैदिक पणि लोग, जो यूरोप में फणिश कहाते हैं और इबरानी जाति के पूर्वज हैं, वे भी लिंगपूजक थे। वे बालेश्वर लिंग की पूजा करते थे। बाइबिल में इसे 'शिउन' कहा गया है।

मोहनजोदड़ो और हड़प्पा में लिंग मिले हैं, वे तमाम थोथी दार्शनिक बातों को खत्म कर देते हैं। वे वास्तव में शिश्न की आकृतियां हैं।

48 माया का वर्ष-नक्षत्र

पुरातत्त्व और इतिहास इस बात के साक्षी हैं कि अब से हज़ारों वर्ष पहले उत्तर अमेरिका के दक्षिण सीमान्त में, जिसे आजकल मध्य अमेरिका कहते हैं, 'मय' नाम की अत्यन्त शक्तिशाली जाति रहती थी। हमारे प्राचीन पुराण-साहित्य में 'मय' एक दानवेन्द्र है, जो वास्तुशास्त्र का आदिपुरुष माना जाता है। अमेरिका की यह 'मय' जाति भी विशालकाय शिलाभवनों के निर्माण में प्रसिद्ध थी। 'मय' ने

असुरों, दानवों और दैत्यों के लिए बड़े-बड़े प्रासाद, नगर, हर्म्य और पुरों का निर्माण किया था। त्रिपुर युद्ध में इस जाति के नेता दानव को शिव ने आक्रान्त कर उसके त्रिपुर को विध्वंस किया था। वर्तमान मिस्र के पश्चिम त्रिपोली प्रदेश है व उसका मुख्य नगर त्रिपोली है। यही वह त्रिपुर है, जिसे शिव ने विध्वंस किया था। त्रिपोली प्रदेश का कुछ भाग, जो सिरटियन सागर के नाम से प्रसिद्ध है, जलमग्न है। अभी कुछ दिन पूर्व इस जलमग्न नगर का पता पुरातत्त्व के अन्वेषकों को लगा था।

अमेरिका के प्राचीन 'मय' लोगों के भवन, मन्दिर और स्तम्भ आश्चर्यचकित करनेवाले हैं। मय जाति की सभ्यता आश्चर्यजनक और रहस्यपूर्ण है। पाश्चात्त्य पुरातत्त्वविद् उसे 'अमेज़िंग और पज़लिंग' कहते हैं। इस मय जाति के साम्राज्य की प्राचीन राजधानी चिचेन आइजा थी, जिसके भग्नावशेष, ध्वस्त देव-मन्दिरों के अवशेषों तथा राजप्रसादों की खुदाई से जो सामग्री मिली है, उससे इस प्राचीन महाजाति की अद्भुत सभ्यता और कला-कौशल का कुछ अनुमान किया जा सकता है। अद्भुत रीति से निर्मित कई प्राचीन मय-नगरियों का उद्धार अभी हाल में जंगलों को तथा सदियों के पंक-प्रलेप आदि को परिष्कृत कर किया गया है। चिचेन आइजा–जो इस मय-साम्राज्य की कभी राजधानी रही थी–अतीव सुन्दर नगरी थी। उस नगरी की दीवारें रंग-बिरंगी और विविध कलाचित्रों से चित्रित थीं। ग्रीष्म ऋतु के विहार, खेल-कूद और आमोद-उत्सव के अनेकों चिह्न वहां मिले हैं। कुछ लोगों का यह भी अनुमान है कि 'ग्वाटेमाला' की उच्च सम भूमि पर अवस्थित 'वेटेन' नामक झील के निकट इन मय लोगों का प्रथम उपनिवेश था। वहां से उत्तर की ओर वे 'युकटन' तक पहुंचे और चिचेन आइजा नगरी की स्थापना की।

आरम्भिक छः शताब्दियों तक मैक्सिको की खाड़ी में लगाकर होंडुरास उपसागर-पर्यन्त भिन्न-भिन्न स्थानों में मय लोगों ने निवास किया। नगर बसाए, भवन और देवस्थान बनाए। यह वह युग था, जब वहां का यातायात अति कठिन था। यह एक चामत्कारिक बात है कि इन कठिन समयों में इस जाति ने कैसे ऐसी उन्नति कर ली? पीछे उन्हें दुर्दिनों का सामना करना पड़ा। उनमें सम्भवतः बड़े-बड़े निर्णायक युद्ध हुए। तभी अनेक सम्पन्न नगरों के साथ उनकी महा नगरी चिचेन आइजा भी उजड़ गई।

मय जाति के बनाए हुए नगरों में गगनचुम्बी अट्टालिकाएं थीं। उनके राजमार्ग शिला-फलकों से आच्छादित थे। मीलों लम्बी सड़कें थीं, जो एक नगर को दूसरे से मिलाती थीं। वे संभवतः ज्योतिष-विद्या के भी पारंगत थे। वे ग्रहणों का विवरण तिथि और वार-सहित जानते थे। इस मय जाति के वहां अनेक शिलालेख प्राप्त

हुए हैं। कुछ हस्तलिखित ग्रंथ भी हैं। उन्हीं से उनके अन्तर्विद्रोह का पता लगता है, पर वह बहुत आधुनिक ईसा की प्रारम्भिक शताब्दियों ही का है।

यह भी ज्ञात हुआ है कि उनपर स्पेन वालों ने आक्रमण कर अन्त में उनका विनाश किया और उनका इतिहास भी नष्ट कर डाला, जिससे इस जाति का पूर्ण इतिहास अन्धकार में डूब गया। प्राचीन राजधानी की सफाई और खुदाई से वहां मन्दिर, महल, पिरामिड, बाज़ार, नाट्यगृह, कब्रें तथा अट्टालिकाएं निकली हैं, जो आजकल के नगरों के समान हैं। मीलों तक बस्ती के चिह्न देखने को मिलते हैं। एक ऐसे बृहत् आकार का मन्दिर है, जिसमें हज़ार खम्मे थे। योद्धाओं के भी भवन होते थे। योद्धा बड़ी-बड़ी ढालें बांधते थे। वहां के चित्र-विद्या, मूर्ति-विद्या तथा अलंकारों की बनावट मिस्र से मिलती है। ईस्वी सन् 1782 में स्पेन के किसी सेनानायक ने किसी अलभ्य ग्रंथ के आधार पर, जो उसे वहां गुफाओं में मिला था, एक ग्रंथ लिखा था, जिसका नाम था–"टाइगर–प्राइस्टों की काली किताब '। इसी ग्रंथ के आधार पर डा० गन ने, जो अमरीका के विख्यात आर्कालॉजिस्ट और एक्सप्लोरर थे, घोर अरण्य में एक अज्ञात राजपथ का पता लगाया था। पुरातत्त्वविद् कहते हैं कि उनकी विस्मयोत्पादक सभ्यता और संस्कृति यूरोप की सभ्यता के जोड़ की थी। उनकी श्री, समृद्धि और शक्तिशालिता, उनकी उन्नत तथा संगठित जीवन-प्रणाली, उनके उत्सव-आयोग, उनकी स्थापत्य कला की अद्भुत शक्ति और निपुणता आज के सभ्य संसार की स्पर्द्धा की वस्तु थी।

वसन्त की सुषमा, वन, पर्वत, उपत्यका में फैली थी। दूर-दूर तक अन्न और कपास के खेत लहरा रहे थे। बीच-बीच में सुन्दर विशाल मैदानों में हरिण, शाबर, नीलगाय विचर रहे थे। पत्थर की बनी सड़कों पर दानव-नारियों की भीड़ लग रही थी। पुरुषों के चेहरे दाढ़ीदार न थे। उनके मस्तक पर रक्तचन्दन का लेप लगा था। वे कमरबन्द, कपास के सूती चोगे पहने हुए थे। उनके मुखमण्डल सुचिक्कण थे। युवतियों के अंगों पर रंगीन साड़ियां लिपटी हुई थीं। चन्दन, अगरु, केसर, कस्तूरी और अन्य सुगन्ध-द्रव्यों से उनके अंग सुवासित थे। उनके लम्बे-लम्बे सुचिक्कण केशों में, जो सुगन्धित तेलों से सिक्त थे, विविध पुष्प गुंथे हुए थे। वे नगर के राजपथ पर जा रहे थे। नगर में आज वर्ष-नक्षत्र था। स्त्रियों और पुरुषों की टोलियां पृथक्-पृथक् नृत्य करतीं, गाती-बजातीं, आनन्दमग्न नगर में चारों ओर से आ रही थीं। नगर-निवासी उनका गन्ध-माला आदि से सत्कार कर रहे थे।

राजभवन का आज अद्भुत श्रृंङ्गार किया गया था। देव, देवेन्द्र, दानवेन्द्र स्वर्णाभरणों से सज्जित हो रहे थे। दानव-कुल में दानवेन्द्र ही ईश्वर थे और वे

संसारव्यापी आदेश देने की क्षमता रखते थे। राजदर्शन साधारणतया प्रजावर्ग को नित्य नहीं होते थे। जिन्हें होते थे वे, उनपर अनेक प्रतिबन्ध रहते थे। परन्तु आज वर्ष-नक्षत्र के दिन सब कोई दानवेन्द्र के दर्शन-लाभ कर सकते थे। परन्तु दानवेन्द्र को कोई भी जन सीधा सम्बोधित नहीं कर सकता था, न दानवेन्द्र के सम्मुख सीधा खड़ा रह सकता था। प्रत्येक पुरुष को दानवेन्द्र के समक्ष घुटने टेककर बैठना और नतमस्तक होकर तथा राज-सचिव के माध्यम से देव कहकर निवेदन करना पड़ता था। आज राजवर्गी जन, राजपरिवार के जन, अमात्य, कोषाध्यक्ष, सेनानायक सभी सज-धजकर राजप्रासाद के बाहर मैदान में एकत्र हुए थे और होते जा रहे थे। वास्तव में आज के दिन राज्य की सारी कुमारिकाओं का नीलाम होना था। उसीका यह वर्ष-समारोह था। असुर-दानवकुल में यही नियम उन दिनों प्रचलित था। माता-पिता का सन्तानों पर कोई अधिकार न था। राजा राज-सेवा में कुमारों का स्वेच्छा से प्रयोग करता था, कुमारिकाओं का राजा की अध्यक्षता में नीलाम किया जाता था। प्रत्येक प्रान्त को निश्चित संख्या में सैनिक युद्ध के लिए देने पड़ते थे, जिनके साथ उनका शस्त्र-वाहक भी होता था।

युवती कुमारिकाओं के सम्बन्ध में नियम इस आधार पर था कि वे ही राज्य के लिए जन-संख्या की-वृद्धि करती हैं; अतः उनका मान असुर-दानव राष्ट्रों में सर्वोपरि होता था। प्रतिवर्ष वर्ष-नक्षत्र के दिन राज्य भर की युवती कुमारिकाएं राजप्रासाद के प्रांगण में राजा के सान्निध्य में ऊंची बोली पर बेच दी जाती थीं।

दानव और असुर राज्यों में एक और भी नियम था। वह यह कि कोई भी असुन्दर पुरुष राज-सेवा नहीं कर सकता था। पुरुष का मूल्य उसकी योग्यता नहीं, शरीर-गठन और रूप-सौन्दर्य पर निर्भर था। जो पुरुष जितना रूपवान् तथा गठीले शरीर का होता, उसे उतना ही ऊंचा पद मिलता था। इसलिए असुर-दानव-राष्ट्रों में शरीर-सौन्दर्य का बड़ा ध्यान रखा जाता था। कुरूप और दुर्बल व्यक्ति तिरस्कार की दृष्टि से देखे जाते थे। वे चाहे जितने उच्चकुल में उत्पन्न हुए हों, उन्हें अपने परिवार में दास-कर्म करने पड़ते थे तथा निकृष्ट भोजन और वस्त्र मिलते थे। परन्तु कुमारिकाओं के सम्बन्ध में यह बात न थी। कुमारिकाएं प्रजनन की केन्द्र मानी जाती थीं। प्रजनन ही उन दिनों सबसे महत्त्वपूर्ण ज्ञान-विज्ञान था। इसीसे जननेन्द्रियों की पूजा उन दिनों सर्वत्र असुर-दानवकुल में प्रचलित होती जाती थी। राजा चाहता था कि असुन्दर और विकलांग कुमारिकाएं भी स्वर्ण देकर सुन्दर पुरुषों को दी जाएं, जिससे वे सुन्दर बच्चों को जन्म दे सकें। कुमारिकाओं की बिक्री के लिए एक विभाग था। उसमें पुरोहितों का प्राधान्य होता था।

प्रहर दिन चढ़े कुमारिकाओं का विक्रय आरम्भ हुआ। दानवेन्द्र मय राजयाजकों तथा मंत्रियों के साथ सुसज्जित हो स्वर्णपीठ पर आ बैठे। दानवेन्द्र के साथ अनेक भविष्यवादी, दिव्य शक्तिधारी, जादूगर तथा ज्योतिषी भी थे। वे सब लाल वस्त्रों पर स्वर्णाभारण पहने हुए थे। दानवेन्द्र के प्रिय पार्षद लाल पोशाक पर सोने की सांकल गले में पहने राजा की बाट में बद्धांजलि खड़े थे। दानवेन्द्र की चेटिका भी मोरपंख और छत्र लिए दानवेन्द्र के पीछे खड़ी थी। रथदल, हयदल, गजदल और पैदल सेना पंक्तिबद्ध अपने-अपने यूथपतियों की अधीनता में सजी खड़ी थीं। आरम्भ में मन्त्रोच्चार हुआ। देवता को बलि दी गई और अतिवृष्टि, अनावृष्टि, अवर्षण, तूफान और दुर्भिक्ष से राष्ट्र सुरक्षित रहे तथा दानवेन्द्र वर्ष भर सम्पन्न, संप्रहृष्ट रहें, इन सबके लिए होम-पूजन और पृथक्-पृथक् बलि दी गई।

इसके बाद दानवेन्द्र की स्वर्ण-प्रतिमा का पूजन विविध उपचारों से हुआ। दानवेन्द्र की मूर्ति पर विविध प्रजाजनों ने अपनी श्रद्धानुसार बलि भेंट दी। बहुतों ने स्वर्ण दिया, रक्त दिया, बहुतों ने पशु-बलि दी। बहुतों ने अपनी सन्तान की बलि दी। राजदर्शन के उपलक्ष्य में दूर से आए हुए बहुत जनों ने अपना ही कण्ठ काटकर आत्मबलि दी। ये सब बलिदान बही-खातों में लिखे गए और बाद में दानवेन्द्र की ओर से जिसकी भेंट, बलि जितनी मूल्यवान् प्रमाणित हुई उतना ही उसे राजप्रासाद दिया गया। स्वर्ण, पद, भू-सम्पत्ति, पशुधन, कुमारिकाएं, आदि-आदि।

अब कुमारिकाओं का नीलाम आरम्भ हुआ। सबसे पहले सर्वश्रेष्ठ, सर्वाधिक सुन्दरी कन्याएं दानवेन्द्र और याजकों के लिए छांटकर उनके निर्धारित मूल्य का स्वर्ण नीलाम करनेवाले अध्यक्ष के पास जमा कर दिया गया। इसके बाद बची कुमारिकाओं में से सर्वश्रेष्ठ सुन्दरी कन्या का ऊंची से ऊंची बोली बोलनेवाले को स्वर्ण लेकर नीलाम कर दिया गया। उसके बाद एक सर्वश्रेष्ठ सुन्दरी फिर साधारण कन्याएं बारी-बारी से नीलाम कर दी गईं। अन्त में कुरूपाओं और विकलांगाओं की बारी आई। उनका कौन ग्राहक हो सकता था। अतः उन्हें देकर बेचा गया। अभिप्राय यह कि गरीब सुन्दर पुरुषों को स्वर्ण देकर उन कन्याओं को रखने के लिए राज़ी किया। इस प्रकार वे सब कन्याएं उसी दिन बिक गईं। वे सभी एक प्रकार से विवाहिता हो गईं। सुन्दरी कन्याओं की बिक्री से मिले स्वर्ण का एक अंश असुन्दरी और विकलांगा कन्याओं के खरीददारों को दे दिया गया, जिससे वे उनका भली-भांति पोषण कर सकें। परन्तु यह खरीद-बिक्री साधारण नहीं होती थी। इसके लिए देव-सान्निध्य में प्रतिज्ञा करनी पड़ती थी, जिसका न्यायाधीश बड़ी कड़ाई से पालन कराते थे। इस सम्बन्ध में अपील भी की जाती थी। परस्पर की

शर्तें शपथ और गवाहियों द्वारा तय होती थीं। कोई भी पुरुष इस प्रकार कन्या का पति बनकर उनके साथ अन्यायाचरण नहीं कर सकता था। उसे कन्या का समुचित भरण-पोषण करना पड़ता था।

दानवों और असुरों के राज्यशासन में उनके कानून तीन भागों में विभक्त थे– एक धनसम्पन्नों का, दूसरा धनहीनों का, तीसरा दासों का। दास अपनी निज की सम्पत्ति रख सकते थे। वे अपने दास भी खरीद सकते थे। दासों के स्वामी को दास का सभी खर्च वहन करना पड़ता था। दान के लिए कन्या भी खरीद लानी पड़ती थी। दास-पुत्र भी दास होते थे, परन्तु यदि दास का सम्बन्ध किसी अदास-स्त्री से होने पर गर्भ रह जाता था तो यह बालक दास नहीं माना जाता था। दास रुपये देकर मुक्त भी हो सकते थे। नीलाम में अदास कुमारिका खरीद सकते थे। दासों की बांहों पर उनके स्वामियों के नाम गोद दिए जाते थे। राज-कर कड़ाई से लिया जाता था; जो नहीं दे सकता था, वह अपने परिवार के साथ बेच दिया जाता था।

49 श्रेय और प्रेय

विप्रचित्त दानव की कन्या मालिनी भी नीलाम होने को आई थी। दानव कन्या का रंग तपाए हुए स्वर्ण के समान और मुख शतदल कमल के समान था। कन्या की देहश्री उषा के आलोक की भांति मनोरम थी। उसके सुचिक्कण पदचुम्बी केश भौंरों के समान काले थे। नेत्रों की उज्ज्वल ज्योति शुक्र नक्षत्र के समान थी और उसका मृदु हास शारदीय पूर्णिमा की अमल चांदनी-सा निर्मल था। उसका कण्ठ-स्वर वीणाविनिन्दित था, श्वास में पारिजात कुसुम का सौरभ था। वह षोडशी बाला वसन्त में खिले हुए फूलों से लदी-फदी एक लतिका के समान सुषमा रखती थी।

आसुरायण रैक्व असुर-याजक थे, वेदर्षि थे। श्रेय और प्रेय के रहस्य के ज्ञाता प्रसिद्ध थे। उनकी बड़ी भू-सम्पत्ति थी। विशाल हर्म्य, भूमि, हाथी, घोड़े, स्वर्ण रत्न और बहुत-सी सुन्दरी, रूपयौवनसम्पन्न बालाएं उनके पास थीं। विविध भोगों का ऋषिवर आनन्द से उपभोग करते और दानवों, असुरों की सब सेवा-अर्चना ग्रहण करते थे।

रैक्व बहुत बूढ़े और कुरूप थे। दांत उनके सबके सब सड़ गल गए थे। शरीर का मांस लटक गया था। नेत्रों की ज्योति भी धुंधली पड़ गई थी, परन्तु काम-भोग में उनकी बड़ी रुचि थी। वे बहुत बढ़िया कौशेय के वस्त्र पहनते, स्वर्ण-आसन पर बैठते, उत्तम सुवासित सोमपान करते तथा तरुणी बालाओं का सान्निध्य-सुख भोगते थे। नये-नये यौवन उन्हें बहुत पसन्द थे।

कुमारिकाओं की जो नीलामी असुरों के माया-नगर में वर्ष-नक्षत्र पर होती थी, उसमें याजकों तथा राजाओं के लिए सबसे प्रथम अपनी पसन्द की कुमारिकाएं चुनकर खरीद लेने की छूट होती थी। उनके चुन लिए जाने के बाद बची हुई कुमारिकाओं का सार्वजनिक नीलाम होता था। परन्तु एक नियम का पालन तो सर्वत्र ही होता था कि यदि कुमारिका खरीदार को स्वयं नापसन्द करे तो नीलाम रद्द हो जाता था। याजकों और राजाओं का भी कुमारिका की स्वीकृति के बिना नीलाम मंजूर नहीं होता था। आसुरायण रैक्व ने मालिनी को अपने लिए चुन लिया और नियत स्वर्ण-राशि नीलाम के अफसर के पास जमा कर दी, परन्तु कुरूप और बूढ़े रैक्व को मालिनी ने अस्वीकार कर दिया। फलतः उनकी बोली रद्द हो गई। इसपर आसुरायण रैक्व असंतुष्ट होकर चले गए। कोई अन्य कुमारिका उन्होंने नहीं खरीदी। इसी मालिनी को रैक्व से द्विगुण स्वर्ण देकर एक दानव राजा जानश्रुति ने खरीद लिया। जानश्रुति सुन्दर और तरुण था। उसकी बहुत भारी भू-सम्पत्ति थी। मालिनी ने मुस्कराकर उसके हाथ बिकना स्वीकार कर उसे उपकृत कर दिया।

कालान्तर में जानश्रुति की इच्छा हुई कि श्रेय और प्रेय के रहस्य को जाने। उन दिनों असुरों और देवों को इस प्रकार के रहस्यों को जानने की बड़ी इच्छा रहती थी, परन्तु ये ऋषिगण उसे सदा एक गोपनीय रहस्य बनाए रहते थे। उसे बड़ी टाल-टूल और भारी दक्षिणा लेकर बड़ी अटपटी भाषा में बताया करते थे। वह राजा रैक्व के पास छः सौ गाएं और बहुत-सा स्वर्ण, मणि, रथ, कौशेय और धन लेकर गया और उन आसुरायण रैक्व से याचना की कि वह यह भेंट स्वीकार करें और श्रेय और प्रेय का भेद उसे बता दें। पर रैक्व उस कुमारिका को भूले न थे। उसे राजा ने दुगुनी डाक देकर खरीद लिया था, इस कारण वे इस राजा से जले-भुने बैठे थे। उन्होंने उनकी मूल्यवान् भेंट को आंख उठाकर भी नहीं देखा और क्रुद्ध होकर कहा–"अरे शूद्र, जा भाग। यह हमको नहीं चाहिए।"

राजा निराश होकर लौट गया और ऋषि का अभिप्राय जान दुबारा एक हज़ार गाय, बहुत-सा धन और गांव का पट्टा, जिसमें ऋषि रहते थे तथा वही कुमारिका मालिनी लेकर ऋषि के पास फिर पहुंचा और प्रणाम कर कहा–"हे ऋषि, यह भेंट

आपके लिए है। मुझे श्रेय और प्रेय का भेद बताइए।" कुमारिका का मुंह देखते ही बूढ़े ऋषि खुशी से खिल गए। उन्होंने कहा– "अरे शूद्र आ बैठ, इस सुन्दर मुख-कमल की बदौलत सुन, श्रेय और प्रेय दो मार्ग हैं। श्रेय को विद्या और प्रेय को अविद्या कहते हैं। दोनों परस्पर-विरुद्ध हैं। श्रेय से निवृत्ति और निवृत्ति से मोक्ष होता है तथा प्रेय से प्रवृत्ति और प्रवृत्ति से जन्म-मरण होता है। धन, ऐश्वर्य आदि लौकिक सुखों का समावेश प्रेय में है और इन सबका त्याग श्रेय है। जा भाग, यह रहस्य इतना ही यथेष्ट है।"

जानश्रुति कृतकृत्य हो गया। वह श्रेय और प्रेय के भेद को जान प्रसन्नचित्त लौट गया। इसी ज्ञान के कारण उसका नाम 'जानश्रुति' प्रसिद्ध हो गया।

50 आरोह तल्पम्

परन्तु विप्रचित्त दानव की बेटी एकचक्र असुर पर मोहित थी। एकचक्र ही स्फूर्तिवान् तस्कर असुर था। गहन वन के उस पार दुर्गम गिरिश्रृंग पर उसका दुर्गम दुर्ग था। दुर्ग जीर्ण और अति प्राचीन था। वहां अपने एक सहस्र तस्कर दानवों के साथ वह निर्द्वन्द्व रहता था। तस्कर-वृत्ति और आखेट उसका व्यसन था। उत्तम घोड़े और सुन्दरी कुमारिकाएं, जहां से जैसे हाथ लगें, उड़ा ले जाने का उसे शौक था। वह स्वयं एक दुर्दान्त धनुर्धर योद्धा और अश्वारोही था। वैसे ही उसके संगी-साथी भी थे। उस दुर्गम दुर्ग में उसने बहुत-से अमूल्य अश्व और तरुणी कुमारिकाएं एकत्र कर रखी थीं।

वर्ष-नक्षत्र के दिन यह मायानगरी में मालिनी की डाक बोलने गया था। मालिनी से ही उसकी साठ-गांठ पहले हो चुकी थी, परन्तु उसकी डाक बहुत ऊंची बोली गई। प्रथम रैक्व ऋषि ने ही बहुत स्वर्ण दिया और जानश्रुति ने उसके लिए द्विगुण स्वर्ण का ढेर लगा दिया। इससे एकचक्र निरुपाय हो गया। इतना स्वर्ण उसके पास न था। वह हाथ मलता रह गया और जानश्रुति मालिनी को अपने गधों के रथ पर बैठाकर ले गया।

जानश्रुति बड़ा सम्पन्न दैत्य था। उसका महल, सेना, सैनिक सुरक्षा सभी कुछ था। उसके अवरोध से मालिनी को उड़ा ले जाना एकचक्र के लिए संभव न था।

जानश्रुति का डाक स्वीकार करने को छोड़ मालिनी के लिए दूसरा उपाय न था। इन्कारी का कोई कारण वह बता नहीं सकती थी। दुराग्रह करने पर उसका कौमार्य लांछित होता था। मर्यादा भंग होती थी। अतः उसने प्रचलित रिवाज के अनुसार उस समय हंसकर जानश्रुति के हाथ बिकना स्वीकार कर लिया। एकचक्र तावपेंच खाकर रह गया, फिर भी उसने मालिनी की आशा नहीं छोड़ी। वह उसकी ताक में रहा। मालिनी को यहां बहुत ऐश्वर्य प्राप्त हुआ, पर साहचर्य उसे नहीं मिला। असुर राजा जानश्रुति तरुण और सुन्दर था, पर साहसिक न था। मालिनी के मन में जो लौहपुरुष बसा था, उसका मन वहीं था। वह भी किसी तरह जानश्रुति के फंदे से छूटना चाह रही थी। इसीसे वह रैक्क को दे दी जाए, इस प्रस्ताव को उसने ज़रा ननु-नच करके झट स्वीकार कर लिया। वह जानती थी कि जानश्रुति के महल की अपेक्षा ऋषि के अवरोध से भाग जाने के उसे बहुत सुअवसर थे। यदि उसे रैक्क ने नीलाम में खरीद लिया होता, तो उसका उनके यहां से भागना एक कानूनी अपराध होता, परन्तु अब वह भाग सकती थी।

'रैक्क ने 'आरोह तल्पम्' का समारोह किया। यह समारोह असुरों में सुहागरात जैसा होता था। फूलों की शय्या रची गई। ऋषि का शयन-मन्दिर धूप-सुवास-चर्चित किया गया। इष्टजनों को सोमपान कराया गया। देव-पितृजनों को बलि दी गई। ऋषि के अवरोध में बहुत स्त्रियां थीं। वे मालिनी को स्नान-मज्जन से, वस्त्रालंकार से सज्जित-सम्पन्न करके, बूढ़े, कामुक, धनी और लम्पट उस ऋषि के शयनयार में ले गईं। ऋषि ने कहा–"आरोह तल्पम्!"

किन्तु मालिनी ने अस्वीकार करके उत्तर दिया–"भद्रा वधूर्भवति यत्सुपेशा स्वयं सा मित्रं वृणुते जने चित्।"

ऋषि ने कहा–"देवा अग्रे न्यपद्यन्त पत्नीः समस्पृशन्त स्तुन्वन्तस्तनूभिः।" मालिनी ने उत्तर दिया–"यथासौ मम केवलो नान्यासां कीर्तयाश्चन।"

ऋषि ने कहा–"सूर्येव नारी विश्वरूपा। तां पूषंश्छिवत मामैरयस्व यस्यां बीजं मनुष्या वपन्ति। या न ऊरू उशती विश्रयाति यस्यामुशन्तः प्रहराम शेपम्।"

मालिनी ने अस्वीकार करते हुए कहा–"या पूर्वपतिं वित्त्वा यानयं विन्दते परम्। पञ्चोदनं च तावदजं ददातो न वियोषत।"

इसी प्रकार बहुत प्रकार से वैदिक वाद-विवाद हुआ, परन्तु मालिनी ने शय्यारोहण नहीं किया। ऋषि को पंचोदन-अनुष्ठान स्वीकार करना पड़ा। अनुष्ठान में बहुत खटपट करनी पड़ी। बहुत देव, दैत्य, असुर, आप्तजनों को आमन्त्रित करना पड़ा। देवों को बलि दी गई। आप्तों के लिए यज्ञ किए गए। दैत्यों, असुरों,

ऋषियों को भोज दिए गए, परन्तु समारोह की इस भीड़-भाड़ में अवसर पाकर असुर दस्यु एकचक्र मालिनी को उठाकर अपने घोड़े पर बैठकर उड़नछू हो गया। सारा ही समारोह रुक गया। एकचक्र दस्यु के दुर्जय दुर्ग से मालिनी को वापस लाने का साहस किसीको न हुआ, परन्तु ऋषि रैक्व ऐसे न थे जो आसानी से उस मुख को भूल जाते। उन्होंने एकाकी ही असुर एकचक्र के उस दुरूह दुर्गम दुर्ग में जाने की ठान ली और वे खोज-पता लगाते गहन वन में घुसे। वन में असंख्य हिंस्र जन्तु थे—अनेक दुर्गम नद, नदी, पर्वत, उपत्यकाएं थीं। परन्तु ऋषिवर के हृदय में कामज्वाला धू-धू जल रही थी। वे सब कष्टों और बाधाओं को पार करते हुए अन्ततः एकचक्र के गिरिशिखर पर अवस्थित दुर्ग के द्वार पर जा खड़े हुए।

यों दुर्ग के द्वार तक पहुंचना आसान काम न था। ऋषि एकाकी थे, पादातिक थे, इसीसे जा पहुंचे। सेना-साधन होने पर नहीं पहुंच सकते थे। मार्ग संकरा था, दुरूह था, सीधी चढ़ाई थी, जगह-जगह बुर्जों पर भारी-भारी शिलाएं इस ढंग से रखी हुई थीं जो चाहे जब लुढ़का दी जातीं और सैकड़ों मनुष्यों की पिसकर चटनी हो जाती। परन्तु बुर्जों पर नियुक्त असुरों ने इस बूढ़े, निरस्त्र एकाकी ऋषि को देखकर बाधा नहीं डाली। ऋषि ने दुर्ग-द्वार पर पहुंचकर पुकार की और एकचक्र दस्युराज से मिलने की इच्छा प्रकट की। सूचना पाकर एकचक्र ने ऋषि की सादर अभ्यर्थना की। अर्घ्य-पाद्य दिया और आने का कारण पूछा।

ऋषि ने कहा–"तू मेरी एक दासी को हर लाया है।"

"कौन दासी? मुझे तो स्मरण नहीं। क्या वह यहां है?"

"मात्सर्य न कर। तूने ही उसे हरण किया है, वह अवश्य यहां होगी।"

"क्या किसीने देखा?"

"देखा नहीं, मैं जानता हूं।"

"आप उसे पहचानते हैं?"

"क्यों नहीं, वह नवकुसुम-कोमलांगी है, दिव्यरूपा है, मृग-शावक से उसके अमल नेत्र हैं, स्वर्ण-सा उसका गात्र है। भौंरों के गुंजन-सी उसकी वाणी है, पुष्प-गुम्फिता लता-सी देहयष्टि है।"

"वाह, ऐसी नवकुसुम-कोमलांगी, सुन्दरी, सुषमावती बालाओं में मेरी बहुत रुचि है। ऐसी बहुत कोमलांगियां मैंने देश-देश से हरण करके एकत्र की हैं। यहां ऐसी सुन्दरियां बहुत हैं। आइए, अवरोध में चलकर देखिए, आपकी दासी यहां है भी।"

तब वह विकट दस्यु बूढ़े ऋषि को भली भांति खिझाने के लिए अवरोध में ले गया, जहां सैकड़ों विलासवती सुन्दरियां विविध क्रीड़ाओं में मग्न थीं। वहां

रूप की हाट लगी थी। रूप के उस खेत को देखकर ऋषिवर भाव-मुग्ध ठगे-से रह गए। इसी समय उनकी दृष्टि मालिनी पर पड़ी, जो एक लता-मण्डप में पुष्पगुम्फित झूले पर आनन्द से झूल रही थी। ऋषि ने उंगली उठाकर कहा–"वह रही, वह है!"

एकचक्र ने हंसकर लापरवाही से कहा–"वाह वह तो विप्रचित्त दानव की कन्या मालिनी है।"

"हां-हां, वही है मेरी दासी, जिसे तू उड़ा लाया है। फेर दे मेरी दासी।"
"किन्तु यह आपकी दासी कैसे हुई? आपने तो उसे खरीदा नहीं।"

"उस मन्दभाग्या ने मेरे हाथ बिकना अस्वीकार कर दिया था।"

"तो फिर?"

"उसे जानश्रुति ने द्विगुण स्वर्ण देकर खरीद लिया था, फिर मुझे बेच दिया।"

"आपने स्वर्ण दिया था?"

"स्वर्ण नहीं रे, मैंने उस शूद्र को श्रेय और प्रेय का रहस्य बताया था।"

"तो यह खरीदा कहां? दान हुआ।"

"एक ही बात है; ला, लौटा दे मुझे।"

"परन्तु वह तो मेरी प्रेयसी है।"

"अरे तेरे अवरोध में तो बहुत हैं, एक उसे मुझे लौटा दे।"

"ऐसी सुन्दरी बालाओं में मेरी बहुत रुचि है, ऋषिवर! फिर वह तो मेरी प्रेयसी है। लौटा नहीं सकता।"

"अरे, तू ऋषि का भाग हड़पना चाहता है। चल, मैं तुझे भी श्रेय और प्रेय का भेद बता सकता हूं। ला, लौटा दे मेरी दासी।"

दस्यु ने हंसकर कहा–"श्रेय और प्रेय का भेद मैं जानता हूं ऋषिवर! पर आपपर मैं एक अनुग्रह कर सकता हूं।"

"वह क्या?"

"मेरा एक नियम है। मैं नित्य नई सुन्दरियां देश-देश से हरण करके लाता हूं। उनका यहां सब भांति मनोरंजन और सत्कार होता है। एक वर्ष मैं उन्हें अपने अवरोध में रखता हूं। इस वर्ष की अवधि में यदि वह गर्भवती हो गई, तो उसे सदा के लिए अपने पास रख लेता हूं और जो एक वर्ष में गर्भवती न हुई, तो उसे अपने सेवकों में बांट देता हूं। तो तुम अगले वर्ष आना। यदि तुम्हारी यह दासी तब तक गर्भवती न हुई, तो तुम्हें ही दे दूंगा। किसी दूसरे सेवक को नहीं दूंगा।"

विवश, ऋषि निरुपाय घर लौट आए।

51 राजकुमार का दूषण

दिग्दिगन्त में घूम-फिरकर रावण ने पृथ्वी की राजनीतिक और सामरिक सत्ताओं को अपने मन में तोल लिया। कहां कैसे किससे लोहा लिया जाएगा, इसकी योजना उसने मन ही मन बना ली। फिर उसने दोनों भारतीय सैनिक-सन्निवेशों–दण्डकारण्य और नैमिषारण्य–का सूक्ष्म निरीक्षण किया। दण्डकारण्य के रक्षपाल खर-दूषण को और नैमिषारण्य के रक्षपाल मारीच और सुबाहु को आवश्यक गुप्त आदेश दिए। फिर वह खूब सावधानी से लंका में लौट आया।

लंका में उसका धूमधाम से स्वागत हुआ। नृत्य, वाद्य और दीपावली से उसकी अभ्यर्थना हुई। राक्षस कुलवधुओं ने उसपर अक्षत-लाजा बरसाईं। राक्षस प्रमुख नागरों ने उसका जय-जयकार किया। हर्ष और उत्साह से अभिभूत हो रावण ने अपने स्वर्ण-महालय में प्रवेश किया।

रावण ने अपने पीछे अपने छोटे भाई विभीषण को यौवराज्य दे, अपने नाना सुमाली को प्रधानमन्त्री और सेनानायक बना दिया था। अब सबसे प्रथम इन्हीं दोनों ने खिन्न-मन आकर उसका अभिनन्दन किया। उन्हें खिन्न देखकर रावण ने कहा–"मातामह, क्या कारण है कि आप खिन्नमनस्क हैं? अरे विभीषण भ्राता, क्यों तेरा मुख वर्षोन्मुख मेघ के समान हो रहा ?"

इसपर विभीषण तो मुख नीचा कर मौन हो रहा, परन्तु सुमाली दैत्य ने कहा–

"पुत्र, हमारा कुल दूषित हो गया। घर का छिद्र हम तुझसे कैसे कहें?" "क्या हुआ मातामह?"

"तेरी अनुपस्थिति में हम अमर्यादित हो गए।"

"किन्तु किस प्रकार?"

"प्रमाद ही कहना चाहिए। और किस प्रकार?"

"किसका प्रमाद मातामह?"

"मेरा ही पुत्र, तूने मुझे ही तो लंका और राजपरिवार की रक्षा का भार सौंपा था। विभीषण तो अभी निपट बालक ही है।"

"सो लंका में कहीं कुछ दोष उत्पन्न हो गया?"

"लंका में नहीं पुत्र, राजकुल में।"

"राजकुल में क्या हुआ?"

"आनतराज मधु लंका आया था।"

"आनर्तराज मधु दैत्य तो हमारा सम्बन्धी है, आपका परिजन है, सुप्रतिष्ठित राजवर्गी है, योद्धा है। क्या उसका लंका में यथावत् स्वागत नहीं हुआ? राजकुल ने कहीं अविनय किया उस सम्मान्य अतिथि के प्रति?"

"नहीं पुत्र, आतिथ्य ही तो राजकुल का दूषण हो गया।"

"किन्तु कैसे?"

"हमने उसका लंका में भव्य स्वागत किया।"

"सुष्ठु!"

"राज-महालय और अन्तःपुर में उसे आत्मीय की भांति प्रतिष्ठित किया।"

"आप राजकुल की मर्यादा जानते हैं, आपने राजकुल की मर्यादा के अनुकूल ही किया।"

"किन्तु राजकुल की मर्यादा भंग हो गई।"

"किसने भंग की?"

"इसी अतिथि चोर ने।"

"क्या कहते हैं आप मातामह?"

"वह चोर मेरे भाई माल्यवान् की पुत्री, तेरी बहिन कुम्भीनसी में अनुरक्त हो गया।"

"सुपात्र है मधु दैत्य। उसे कुम्भीनसी देकर हमारा कुल सुपूजित होगा।""वह बात ही न रही पुत्र!"

"कैसे, क्या हमारी बहन कुम्भीनसी मधु को नहीं चाहती?"

"वह तो उसे हरण कर ले गया।"

"क्या मधु?" रावण के दोनों नेत्र जल उठे। उसके नथुने फूल गए। उसने विषधर-सर्प की भांति फुफकार मारकर कहा–"क्या आपके रहते मातामह?"

"पुत्र, मैं तो भ्रम ही में रहा। फिर उस समय मैं एक गुरुतर राज-काज से द्वीप-समूहों में चला गया था।"

"और भाई कुम्भकर्ण?"

"वह सो रहा था।"

"विभीषण?"

"वह आकण्ठ जल में तप कर रहा था।"

"पुत्र मेघनाद?"

"यज्ञ में दीक्षित बैठा था।"

"मन्त्रिगण, राक्षस योद्धा, हमारे सेनापति?"

"उन्होंने विकट युद्ध किया, पर मधु ने सभी को परास्त किया। वह हमारे सुपूजित राजकुल के मस्तक पर लात मारकर बलात् हमारी कन्या का हरण कर ले गया पुत्र!"

"वह हमारे सुरक्षित अन्तःपुर से बलपूर्वक हमारी बहिन कुम्भीनसी को हरण कर ले गया, आप यह कहना चाहते हैं?"

"हां, पुत्र!"

"और भी कुछ है?"

"हां, विद्युज्जिह्व!"

"विद्युज्जिह्व? कौन है वह?"

"एक तरुण दानव है।"

"उसके सम्बन्ध में आप क्या कहना चाहते हैं?"

"वह लंका में आया है।"

"तो अवश्य ही आपने उसका समुचित सत्कार किया होगा।"

"नहीं किया पुत्र!"

"नहीं किया?"

"हमारे ऊपर तुम गुरु भार सौंप गए थे–लंका से भी बढ़कर राजकुल की रक्षा का।"

"सो फिर?"

"राजकुल हमारी ही असावधानी से दूषित हुआ। मधु दैत्य...।"

"सो तो सुना, विद्युज्जिह्व ही की बात कहिए।"

"यह कहता हूं वह इधर बहुधा आता-जाता रहा। उसने कहा–मृगया में मेरी अभिरुचि है।"

"इसमें दोष क्या है?"

"नहीं है। दोष की बात दूसरी है?"

"क्या?"

"वह सूर्पनखा में साभिप्राय दृष्टि रखता है।"

"तो?"

"हम मधु दैत्य का कटु अनुभव ले चुके थे। हमने विद्युज्जिह्व को अन्तःपुर दूर ही रखा।"

"वह अब कहां है?"

"लंका ही में कहीं है।"

"सूर्पनखा बहिन यदि उसे पसन्द करती है तो उसे विद्युज्जिह्व को दे देंगे।"
"आपकी, बात दूसरी है, हम ऐसा करने में स्वतन्त्र न थे, हमने सावधानी रखी।"

"क्या आपने सूर्पनखा से भी बात की?"

"नहीं पुत्र, हम केवल मर्यादारक्षक हैं।"

"क्या वह कभी यहां आता है?"

"छिपकर। सूर्पनखा से मिलने।"

"किन्तु आप?"

"उसे रोक नहीं सकते। वह बड़ा चतुर है, चपल भी।"

"मैं सूर्पनखा से बात करूंगा और जिसने मेरा कुल दूषित किया है, उसे दंड दूंगा। पुत्र मेघनाद कहां है?"

"निकुम्भला-उद्यान में यज्ञदीक्षित है।"

"तो वहीं मैं उससे मिलने जाऊंगा। मेरा रथ मंगवाइए।"

सुमाली ने कहा–'अच्छा' और वह वहां से चला गया। रावण ने विभीषण की पीठ पर हाथ फेर कहा– "भाई, कातर न हो। जाओ, तुम विश्राम करो।" और वह पुत्र मेघनाद से मिलने को उठा।

52

निकुम्भला-यज्ञागार

त्रिकूट-उपत्यका में समुद्र-तीर से तनिक हटकर रमणीय निकुम्भला-उद्यान था। उद्यान में एक बड़ा सरोवर था। ताल, तमाल, हिन्ताल, मौलसिरी और चन्दन के वृक्ष थे। उद्यान अत्यन्त विस्तृत था। उसमें विविध लता-मण्डप, लता-गुल्म, वीथी और चौक थे। हरी घास के बड़े-बड़े चौगान थे। सघन छाया में नाना जलचर, नभचर, विहंग और जीव वहां विचरण करते थे। वहां का दृश्य बड़ा ही मनोरम था।

सरोवर के तीर पर एक स्फटिक-वेदी पर मेघनाद कृष्ण मृगचर्म पहने, हाथों में कमण्डलु लिए, सिर पर शिखा बढ़ाए, यज्ञसूत्र पहने, दीक्षित हो, मौन व्रत धारण किए बैठा था। पास ही दैत्य-याजक समासीन हो विधिपूर्वक उससे यज्ञ करा रहे थे।

रावण को यह सब अच्छा न लगा। उसने कहा– "पुत्र, यह तुम क्या कर रहे हो?"

परन्तु मेघनाद उसी प्रकार निश्चल बैठा रहा। इसपर रावण ने फिर प्रश्न किया–"अरे मेघनाद, यह तू कैसा अनुष्ठान कर रहा है? क्यों कर रहा है, मुझे ठीक-ठीक बता।" परन्तु मेघनाद फिर भी मौन–जड़ रहा। परन्तु याज्ञिक ने कहा–"है रक्षेन्द्र, तुम्हारे पुत्र मेघनाद ने छः यज्ञ समाप्त कर लिए हैं।"

"कैसे छः यज्ञ?"

"जैसे वेद-विहित हैं–अग्निष्टोम अश्वमेघ, बहुसुवर्णक, वैष्णव और राजसूय।"

"किन्तु इनमें तो देवों की पूजा होती है। क्या रावण के पुत्र को इन मूर्ख देवों की पूजा करना उचित है?"

"रक्षेन्द्र, अब तक की परम्परा तो यही रही है।"

"रक्ष-कुल में यह परम्परा न चलेगी, रक्ष-कुल के इस आयुष्मान् को तो इन देवताओं को शत्रु की भांति युद्ध में जय करके उन्हें बन्दी बनाना होगा।"

"किन्तु रक्षेन्द्र, देवगण बन्दी कैसे होंगे?"

"हमारे प्रबल पराक्रम से, मैंने अपनी रक्ष-संस्कृति में केवल एक ही देव को स्वीकार किया है।"

"वह कौन है?"

"महेश्वर, वृषभध्वज रुद्र, शंकर! उठ पुत्र, इन तीन देवों का आश्रय त्याग, और जा, भूतपति रुद्र की अर्चना कर। फिर उनके सान्निध्य से दुर्जय देवों को बन्दी बनाकर अपनी सेवा में रख।"

राक्षसेन्द्र के ऐसे वचन सुनकर मेघनाद हुंकृति कर, यज्ञासन छोड़, उठ खड़ा हुआ। यज्ञ-सूत्र उसने तोड़ दिया। शिखा काट फेंकी। यज्ञ-हवि पशुओं को खिला दी। फिर वह बद्धांजलि हो, पिता के चरणों में गिर गया। उसने रावण के चरणों में मस्तक टेककर कहा–"हे तात, कौन हैं वे दुर्लभ महेश्वर रुद्र?"

"वे शरवन के उस पार उत्तुंग हिम-शिखर पर रहते हैं। जा और देवजय करने निमित्त उनसे वर प्राप्त कर। उनका सान्निध्य प्राप्त करके तू कामचारी हो सकता है। उनसे खेचरमुद्रा, मृत्युंजयसिद्धि, देवसिद्धि और दिव्यास्त्रों को प्राप्त कर।" इतना कह, रावण ने भुजा उठाकर कहा–"सब देव, दैत्य, यक्ष, किन्नर, असुर, नर नाग सुनें–राक्षसों का यह वंश अब से कभी देवार्चन न करेगा। देव इस वंश के दास हैं, पूर्जार्ह नहीं। पूर्जार्ह केवल देवाधिदेव महादेव वृषभध्वज रुद्र हैं।"

मेघनाद ने अलक्ष्य रुद्र को साष्टांग प्रणिपात किया और कहा–"हे पिता, मैं यथावत् यम-नियम-अनुष्ठान करके भगवान् वृषभध्वज रुद्र की शरण में जाता हूं।"

"जा पुत्र, और महत् श्रेय को सिद्ध कर। फिर हम इन दुर्बल देवों का सम्मुख समर में निधन कर, विश्व में एक रक्ष-संस्कृति का प्रसार करेंगे।"

मेघनाद ने रावण की वन्दना की और गधों के वायुवेगी रथ में बैठ वहां से प्रस्थान किया। रावण भी अब चिर-वियोग-विदग्धा सुन्दरी सुकुमारी मन्दोदरी का ध्यान कर अपने अन्तःपुर की ओर चला।

53 अन्तःपुर में

अन्तःपुर में रक्षमहिषी मन्दोदरी ने रावण का भव्य स्वागत किया। सब मंगलोपचार किए। प्यार, विरह, उपालम्भ और मान-मनव्वल हुआ, रति-विलास हुआ। मिलन-यामिनी मधुयामिनी की भांति व्यतीत हुई। सुप्रभात हुआ। नित्य नैमित्तिक कार्यों से निवृत्त हो, रावण ने अब अपने रक्ष महासाम्राज्य के विस्तार पर ध्यान दिया। इसी महत् कार्य के लिए उसने सारी पृथ्वी की यात्रा की थी। वह धर्म और राजनीति, दोनों में सार्वभौमता की स्थापना करने का स्वप्न देख रहा था। जिस महदुद्देश्य की पूर्ति के लिए उसने अपने प्राणाधिक पुत्र मेघनाद को मृत्युञ्जय रुद्र के सान्निध्य में भेज दिया था, उसकी पूर्ति के लिए उसे अब अपने महावीर भाई कुम्भकर्ण, महाकूटनीतिज्ञ सुमाली तथा अपने मन्त्रियों से सत्परामर्श लेने थे। उसे पृथ्वी के सब दिक्पालों और लोकपालों को जय करना था। सर्वत्र अपनी रक्ष-संस्कृति का डंका पीटना था। वह अभी तक ऋषिकुमार और सप्तद्वीपाधिपति ही था। किन्तु अब वह पृथ्वी-भर के नृवंश का महिदेव बनना चाह रहा था।

रात्रि ही में उसने अपने सब प्रमुख राजपुरुषों और राक्षस महज्जनों को भोर ही में सभा करने की आज्ञा दे दी थी। अब वह प्रातःकृत्यों से निवृत्त हो ज्यों ही सभा-भवन की ओर जाने को प्रस्तुत हुआ, तभी मन्दोदरी ने आगे बढ़कर कहा–

"मुझे राक्षेन्द्र से कुछ निवेदन करना है।"

"किन्तु मैं तो अभी बहुत व्यस्त हूं, क्या अगत्य की बात है?"

"है तो।"

"किसके सम्बन्ध में?"

"रक्ष-राजकुमारी सूर्पनखा के सम्बन्ध में।"

"हमारी प्रिय बहिन के सम्बन्ध में तुम्हें क्या कहना है? क्या कुछ चिन्तनीय बात है?"

"चिन्तनीय नहीं, परन्तु विचारणीय तो है। मैं उसके भावी जीवन–उसके विवाह के सम्बन्ध में कहना चाह रही थी। अभी तक हमने इस सम्बन्ध में विचार ही नहीं किया है, परन्तु अब वह वयस्क भी तो हुई।"

"निस्सन्देह वह हम तीन भाइयों की बहिन है। उसकी कल्याण-कामना से मैं कैसे विमुख हो सकता हूं?"

"यही तो मैं भी चाहती हूं। अब हम इस प्रश्न को टाल भी तो नहीं सकते?"

"क्या कहीं हम लोगों से असावधानी हुई है?"

"नहीं, परन्तु अब हमें असावधान रहना उचित नहीं है। परन्तु राक्षेन्द्र क्या आज बहुत व्यस्त हैं?"

"ऐसा ही है।"

"परन्तु बात बहुत आगे बढ़ने से पूर्व हमें कुछ करना होगा।"

"अच्छा, विद्युज्जिह्व की ओर तो तुम्हारा संकेत नहीं है प्रिये?"

"निस्सन्देह, सूर्पनखा उससे प्रेम करती है।"

"बुरा क्या है, विद्युज्जिह्व एक उच्चवंशीय तरुण दानवकुमार है। सुन्दर और सभ्य है। यदि वह उससे प्रेम करती है तो मैं उसे अनुमति दूंगा।"

"पर मैं समझती हूं कि वह लड़की अभी प्रेम के तत्त्व से नितान्त अनभिज्ञ है। वह तो उससे विवाह करने को आतुर हो रही है।"

"तो मैं उसका अभिनन्दन करता हूं। क्यों न वे दम्पती बन जाएं?"

"आह, पर मुझे आपत्ति है, स्वामिन्!"

"क्यों प्रिये, यदि हमारी बहिन सूर्पनखा विद्युज्जिह्व को प्यार करती है, तो हमें क्यों इस सम्बन्ध में आपत्ति होनी चाहिए?"

"क्या राक्षेन्द्र ने उसे देखा है?"

"नहीं, तुमने?"

"मैंने भी नहीं, वह सदैव छिपकर गुप्त रूप से मिलता है।"

"तो न सही हम उससे परिचित। सूर्पनखा तो उससे भलीभांति परिचित है और यह उसीका विषय भी है।"

"यही तो बात है।"

"क्या सूर्पनखा से तुम्हारी इस सम्बन्ध में कुछ बात हुई है?"

"बस इतनी ही कि वह उसे प्यार करती है।"

"बस, तो ठीक है।"

"परन्तु हमें अपना दायित्व देखना है राक्षसेन्द्र, हमारे रक्ष-कुल की एक मर्यादा है।"

"निस्सन्देह, पर तुम्हारा अभिप्राय क्या है?"

"वह अभी निपट बच्ची है, नहीं जानती, प्रेम का जीवन पर कितना भार पड़ता है। यह बात तो हमारे ही सोचने की है।"

"तो प्रिये, जब तक हम विद्युज्जिह्व से मिल न लें, हमें अपनी कुछ सम्मति बनानी ही न चाहिए। वह यहीं लंका ही में तो है?"

"परन्तु उसका ठौर-ठिकाना कहां है, वह चोर की भांति आता है तथा दस्यु की भांति जंगलों में भटकता रहता है।"

"उसे आखेट में अभिरुचि है। साहसिक भी है वह।"

"ऐसे तो दस्यु होते ही हैं।"

"इनमें कदाचित् राज-परिवार की ओर से अविनय हुआ है।"

"कैसे?"

"मातामह सुमाली ने मुझे बताया था।"

"कि हमने उसका महालय में स्वागत नहीं किया?"

"तो प्रिये, तुम भी मातामह से सहमत रहीं।"

"क्यों नहीं, मधु का अविनय क्या हमारी शिक्षा के लिए यथेष्ट नहीं? हम कैसे किसी अपरिचित अज्ञात-कुल का अभिनन्दन कर सकते थे, जब कि हमने देखा कि वह राजकुमारी पर दृष्टि रखता है?"

"परन्तु वह वीर सुरुचिसम्पन्न हैं। सूर्पनखा उसे चाहती है, वह अभिजात दानव-कुल का है, फिर उसकी आयु भी तो ऐसी ही है।"

"हां, यौवन का प्रारम्भ प्रेम ही से होता है। प्रेमी समझते हैं, प्रेम ही जीवन का सार है, परन्तु रक्ष-महिदेव भी क्या यही समझते हैं?"

"कदापि नहीं।"

"मैं भी इसीसे इस प्रेम-भावना को प्राथमिकता नहीं दे सकती।"

"तो प्रिये, तुम क्या चाहती हो?"

"केवल यही कि रक्षेन्द्र इस विषय पर ध्यान दें। इस विषय को अल्पवयस्क तरुणों के ऊपर छोड़ देना खेदजनक हो सकता है। मेरा मन कहता है, हमें यह सम्बन्ध रोकना चाहिए। यह मुझे श्रेयस्कर नहीं दीख रहा है। असम्भव नहीं, एक दिन योग्य पात्र हम उसके लिए पा जाएं।"

"परन्तु उसका प्रेम?"

"बचपन का अज्ञान है।"

"प्रेम और जीवन के तथ्य का उसे अनुभव होना चाहिए। इसके लिए एक युक्ति हो सकती है कि एक ऐसा प्रभावशाली व्यक्ति हमें ढूंढ़ना चाहिए, जिसके साथ, बिना ही विवाह किए वह भाग जाए। प्रेम और जीवन का जब उसे अनुभव हो जाएगा, वह स्वयं अपना पति चुन सकने में समर्थ होगी। ऐसे किसी एक पुरुष पर दृष्टि करो प्रिये, मैं भी देखूंगा।"

"इससे क्या लाभ होगा? जब तक उसका मनोनीत पुरुष न होगा, वह उसके साथ भागेगी ही क्यों? फिर, मैं तो किसी ऐसे पुरुष को जानती नहीं।"

"विद्युज्जिह्व ही क्या बुरा है? विवाह की बात छोड़ दी जाए। प्रेम ही को आगे चलने दो, उसे तुम ढील दे दो। वह तो आज ही विद्युज्जिह्व के साथ भाग जाएगी।"

"यह रक्षेन्द्र अपनी ही बहिन का परिहास कर रहे हैं!"

"नहीं प्रिये, तुम्हें इस बात का तो भय है। तुम्हारी बात से तो मैंने यही समझा। देखा, सूर्पनखा मूर्ख नहीं है, सच्ची, भावुक और स्थिरमति लड़की है। मैं उसकी ओर से निश्चिन्त हूं। उसे तुम उसीके पसन्द के जीवन को चुनने दो। हम राक्षस स्त्रियों पर अपना अंकुश रखना नहीं चाहते।"

"मैं भी चाहती हूं कि वह अपने जीवन को स्वयं चुने। पर वह भूल नहीं कर सकती, यह तुम नहीं कह सकते। वह दुनिया के सम्बन्ध में कितना जानती है? अपने ही सम्बन्ध में उसका ज्ञान सीमित है। उसके सारे ही आदर्श भावुकता पर आधारित हैं। वह समझती है कि वह सब कुछ जानती है, परन्तु उसका हृदय सो रहा है। वह जब जागेगा, तब तक तो सम्भवतः सब कुछ समाप्त हो जाएगा। वह बड़ी तुनकमिज़ाज लड़की है। ऐसी लड़कियां प्रेम के मामले में सदा धोखा खाती हैं।"

"प्रिये, प्रेम के तत्त्व को मैं संभवतः तुमसे अधिक नहीं समझता।" रावण ने हंसते हुए मन्दोदरी का आलिंगन किया और कहा–"तुम जैसा ठीक समझो करो। पर यह न भूलो कि मैं अपनी सूर्पनखा को बहुत प्यार करता हूं और उसे सुखी देखना चाहता हूं।"

और वह एक बार फिर मन्दोदरी को आलिंगन कर तेज़ी से चला गया।

54

सूर्पनखा

खूब घने काले बाल, चमकती हुई काली आंखें, एक निराला-सा व्यक्तित्व, गहन अहम्मन्यता से भरपूर। रानी के समान गरिमा, पिघलते हुए स्वर्ण-सा रंग, आदर्श सुन्दरी न होने पर भी एक भव्य आकर्षण से ओतप्रोत। आंखों में झांकती हुई स्थिर दृढ़ संकल्प-प्रतिमा, कटाक्ष में तैरती हुई तीखी प्रतिभा और उत्फुल्ल होंठों में विलास करती हुई दुर्दम्य लालसा–यह सूर्पनखा का व्यक्तित्व था। प्रतिक्रिया के लिए सदैव उद्यत और अपने ही पर निर्भर। लम्बी, तन्वंगी, सतर और अचंचल!

उसका असली नाम 'वज्रमणि', परन्तु नाखून उसके बड़े और चौड़े–सूर्प की भांति थे, इससे बचपन ही में विनोद और प्यार से भाई उसे चिढ़ाते हुए सूर्पनखा कहते थे और अब उसका यही नाम प्रसिद्ध था। इस नाम से वह बचपन में चिढ़ती थी, परन्तु अब नहीं। वह परन्तप रावण और दुर्धर्ष कुम्भकर्ण की अकेली बहिन थी, प्यार और दुलार के वातावरण में पली हुई। प्रथम रक्षकुल, दूसरे राजकुल, तीसरे प्रतापी भाइयों की प्रिय इकलौती बहिन, चौथे निराला अहं-स्वभाव, पांचवे स्वच्छन्द जीवन, सबने मिलकर उसे एक असाधारण–कहना चाहिए लोकोत्तर–बालिका बना दिया था।

राक्षसेन्द्र रावण के सामने आकर उसने शालीनता से कहा–"जयतु देवः! जयत्वार्यः!"

"अये स्वसः! अपि कुशल ते?"

"प्रीतास्मि। किम् रक्षेन्द्र!"

"भद्रं ते पश्यामि भगिनि!"

"मेरे लिए रक्षेन्द्र का कुछ आदेश है?"

"तेरे ही कल्याण के लिए। तू राक्षसेन्द्र की प्राणाधिका इकलौती बहिन है।"

"कुछ विशेष बात है?"

"हां बहिन, तुझसे महिषी मन्दोदरी ने कुछ कहा है?"

"यही कि रक्षेन्द्र मुझे देखना चाहते हैं।"

"तो बैठ बहिन, तुझसे मैं कुछ बात करूंगा।"

"कैसी?"

"प्यार की?"

"कैसा प्यार?"

"जीवन से प्यार।"

"वह क्या होता है?"

"क्या तू नहीं जानती?"

"कदाचित्।"

"तू क्या जीवन को प्यार करती है?"

"क्यों नहीं!"

"क्या बहुत अधिक?"

"हां!"

"अच्छा, तो बता, विद्युज्जिह्व कौन है?"

"वह एक प्रियदर्शी तरुण दानव कुमार है।"

"तू उसे प्यार करती है?"

"करती हूं।"

"तो लजाती क्यों है? तेरा चरित्र निर्मल है। प्यार न अपराध है, न पाप। जो सत्य है, वह कह। क्या वह तुझसे बहुधा मिलता रहता है?"

"नहीं, कभी-कभी।"

"क्या वह कभी-कभी आता है?"

"बहुधा आता है, पर मुझसे कभी-कभी मिलना होता है।"

"ऐसा क्यों?"

"महिषी और मातामह को यह रुचिकर नहीं है।"

"क्यों भला?"

"महिषी प्यार को स्वप्न कहती हैं और सदैव मुझे डराती हैं। उनका कहना है कि किसी पुरुष को प्यार करने से जीवन का प्यार नष्ट हो सकता है।"

"किन्तु तू क्या समझती है?"

"मैं तो कुछ नहीं समझती, परन्तु मातामह की बात कुछ और है।" "वह क्या है?"

"उनकी विवाह करने की आयु बीत चुकी है, वे कहते हैं–प्रेम एक धोखा है।"

"मातामह की यह धारणा तुझे कैसी लगती है।"

"ओह, यदि उसे सत्य मान लिया जाए, तो हमें अपने ही जीवन पर अधिकार न रहे।"

"ऐसा तू क्यों सोचती है भला?"

"इसलिए कि हम जीवन में एकाकी नहीं हैं।"

"निस्सन्देह, परन्तु हमें दूसरों के साथ जीवित रहने के लिए उनके प्रति सच्चे रहना आवश्यक है। यदि दूसरों के साथ जीवन का लय करने में इतना-सा भी असत्य रह जाएगा, तो जीवन का आनन्द समाप्त हो जाएगा।"

"ऐसा समझती हूं रक्षपति!"

"तो बहिन, यह हमारे लिए आवश्यक है कि जो लोग हमारे जीवन के निकट आएं, उन्हें और अपने-आपको भी हम खूब सावधानी से देखें। निस्सन्देह, हमें अपने जीवन पर अधिकार है। उसी प्रकार तुझे उस व्यक्ति को प्यार करने का अधिकार है, जिसे तू प्रियदर्शी कहती है। तू सचेष्ट रह और यदि कहीं भूल हो तो उसे गुप्त न रख। जीवन की निष्ठा इसी में है।"

"मैं समझ गई।"

"अच्छा तो सुन, क्या विद्युज्जिह्व से विवाह करना चाहती है?"

"निस्सन्देह।"

"तब तो मुझे भय है कि तू जीवन को प्यार नहीं करती।"

"ऐसा क्यों!"

"हमें जैसे अपना सत्य देखना है दूसरों के प्रति, उसी भांति दूसरों का अपने प्रति भी तो?"

"किन्तु प्रत्येक व्यक्ति को अपने सम्बन्ध में निर्णय करने का अधिकार है।"

"अवश्य ही है।"

"तो मैं चाहती हूं कि मैंने जो निर्णय किया है, उसमें रक्षेन्द्र बाधा न डालें।"

"बाधा नहीं डालना चाहता। मैं यह देखना चाहता हूं कि तू अपने जीवन को क्या वास्तव में प्यार करती भी है। तू विद्युज्जिह्व को प्यार करती है तो तू उससे विवाह कर; किन्तु वह उपयुक्त पुरुष है—यह अवश्य देख।"

"रक्षेन्द्र क्या कहना चाहते हैं?"

"सुन, क्या तू किसी पुरुष के साथ भाग जाना पसन्द करेगी?"

"किसीके साथ मैं क्यों भागूंगी? मैं विद्युज्जिह्व के साथ विवाह करूंगी।"

"विवाह के लिए जल्दी क्या है? अभी तू किसी पुरुष के साथ भाग जा।"

"क्यों भला?"

"स्त्रियां प्रायः किसी प्रेमी के साथ भाग जाया करती हैं। कोई विवाह के पहले भागती हैं, कोई पीछे। मेरा विचार है, पीछे भागने की अपेक्षा पहले ही भाग जाना अच्छा है।"

"वाह!"

"प्रजंघ को देखा है तूने?"

"कौन है वह?"

"मेरी सेना का एक तरुण गुल्मपति है। तेजस्वी और मेधावी—चीते की भांति चंचल। वह उर नगर के अभिजात दैत्य-कुल का है।"

"तो उससे मुझे क्या?"

"तू उसके साथ कुछ दिन के लिए भाग जा। इससे तुझे लाभ होगा। दुनिया की ऊंच-नीच का ज्ञान हो जाएगा। तेरा मस्तिष्क और हृदय विस्तृत हो जाएगा। यह भी सम्भव है कि तू उसे ही प्यार करने लगे और उसी से विवाह कर ले।"

"परन्तु मैं तो विद्युज्जिह्व को प्यार करती हूं।"

"ठीक है, तो तू अभी प्रजंघ के साथ भाग जा। प्रेम-सम्बन्धी अपने अनुभव पुष्ट कर—फिर लौटकर विद्युज्जिह्व से ब्याह कर।"

"अच्छी दिल्लगी है!"

"कदाचित् तूने इसकी उपयोगिता पर ध्यान नहीं दिया। विद्युज्जिह्व से पहले तो तेरा किसी पुरुष से सम्पर्क ही नहीं हुआ। विद्युज्जिह्व को भी तू सर्वतोभावेन नहीं जानती। बहुत कम तेरा उससे मिलना हुआ है। फिर तू उसके व्यक्तित्व को किसी अन्य पुरुष से कैसे तौल सकती है? प्यार का पात्र कौन है—इसका चुनाव कैसे कर सकती है? इसीसे दूसरे पुरुष का भी तो अनुभव प्राप्त कर। फिर उससे विद्युज्जिह्व के सौष्ठव को तौल।"

"इससे क्या होगा?"

"पता चल जाएगा कि क्या वह दूसरों की अपेक्षा श्रेष्ठ गुणों का स्वामी है? क्या वह दूसरों की अपेक्षा तेरे जीवन को अधिक सुखी कर सकेगा? तू यदि अपने जीवन को प्यार करती है, तो विद्युज्जिह्व या और किसीको अपना अन्धा प्यार मत दे। उसीको अपना समर्पण कर, जो तुझे तेरा सबसे अधिक मूल्य चुकाए—सबसे अधिक प्यार करे। मैं नहीं चाहता कि तू विद्युज्जिह्व को अन्धा प्यार देकर अपने जीवन को कष्ट में डाल दे। मेरा कहना यही है कि प्राथमिकता तू अपने ही जीवन के प्यार को दे—विद्युज्जिह्व के प्यार को नहीं। जो तेरे जीवन को प्यार दे, उसे ही तू प्यार कर, पर अपने जीवन से अधिक नहीं।"

"यह सब सोचकर ही तो मैंने विद्युज्जिह्व को प्यार किया है।"

"अच्छा कह, वह कैसा पुरुष है?"

"दर्शनीय, स्फूर्तिमय और छरहरा शरीर–उदग्र और साहसिक। देखोगे तो पसन्द करोगे।"

"यह हुआ आकर्षक व्यक्तित्व। किन्तु गुण, विशेषताए, आचरण?"

"वह एक मेधावी और दूरदर्शी तरुण है। अपनी आयु से अधिक वह गम्भीर है। अपने कर्त्तव्य का उसे ज्ञान है। उसका सहवास मुझे सुखकर है, उसके सान्निध्य से मैं निश्चिन्त हूं।"

"यहीं मैं सन्दिग्ध हूं। अच्छा, क्या उसमें कुछ दोष भी हैं?"

"एक भी नहीं, वह एक आदर्श तरुण दानव है।"

"उसके पारिवारिक जीवन के सम्बन्ध में तू कुछ नहीं जानती!"

"इतना ही जानती हूं कि उसका पिता चिरप्रवासी है। घर नहीं लौटा है–और उसकी माता ने एक दुश्चरित्र और जुआरी दैत्य को घर में डाल लिया है। अब वे दोनों उसके वैरी हैं। उन्हें भय है कि अब वह समर्थ होकर उनसे अपने पिता की सम्पत्ति न छीन ले। वे उसे खपा डालने पर तुले हैं। इसी से वह भागकर लंका में आ छिपा है। वह एक उपेक्षित और अनादृत पुत्र और निराश्रय तरुण है।"

"इसीसे तेरी उसके प्रति इतनी आसक्ति है?"

"प्रथम सहानुभूति हुई, फिर प्रेम और अब आसक्ति।"

"क्या उसका कोई प्रिय बन्धु-बान्धव नहीं है?"

"मैं हूं और मैं रक्षेन्द्र से अनुनय करती हूं कि उसे अपनी शरण में ले लें।"

"वह किस वंश का है?"

"कालिकेयों के वंश का।"

"अरे, वे तो हमारे शत्रु हैं।"

"परन्तु वह तुम्हारा बान्धव है, चिर अनुगत।"

"कब से तू उसे जानती है?"

"अब यह वर्ष समाप्त होता है।"

"मातामह को तो वह भाया ही नहीं।"

"कैसे भा सकता था! तरुणों के हृदय को ये वृद्ध थोड़े ही समझते हैं!"

"ठीक है। परन्तु बहिन, मैं वृद्ध नहीं हूं–फिर भी ज्येष्ठ हूं।"

"और मैं रक्षेन्द्र की प्रजा और छोटी बहिन हूं।"

"प्रजा नहीं, बहिन, प्राणाधिक बहिन, परन्तु मेरे दायित्व को भी तो तू देख। विद्युज्जिह्व तेरे ही कथनानुसार सुन्दर और बुद्धिमान् तरुण होने पर भी विपन्न, निराश्रित है। यह तेरे लिए अनुपयुक्त पति भी प्रमाणित हो सकता है। अभी कैसे

हम निर्णय कर लें? कैसे मैं तुझे उससे विवाह करने की अनुमति दे दूं? ठीक यही है कि विवाह की बात अभी रहने दे। तू प्यार करती है तो कर। पर जल्दी न कर। मुझे भी उस पुरुष से कुछ प्रभावित होने दे।"

"किन्तु रक्षेन्द्र कैसे मुझे विवाह से वंचित रखना चाहते हैं? हम दोनों परस्पर सख्य रखते हैं। हम एक-दूसरे के पूरक हैं, ऐसा मेरा विश्वास है। इसमें बाधा उपस्थित करके रक्षेन्द्र मेरे साथ न्याय नहीं कर रहे हैं।"

"मैं स्वीकार करता हूं कि तू उस आयु को पहुंच चुकी है कि दाम्पत्य सुख को ग्रहण करे। मैं अवश्य तेरा विवाह करके प्रसन्न होऊंगा। विद्युज्जिह्व के विरुद्ध भी मुझे कुछ कहना नहीं है, पर मैं यह अवश्य चाहता हूं कि तू एक निरापद और आनन्दमय जीवन का आश्रय ले।"

"यह सब व्यर्थ है। मैंने विद्युज्जिह्व से ही विवाह करने का निश्चय कर लिया है।"

"किन्तु मैंने तुझसे प्रबंध के सम्बन्ध में जो बात कही?"

"मैं तो उस पुरुष को जानती भी नहीं।"

"क्या तू उससे मिलना चाहती है?"

"बिल्कुल नहीं।"

"तू उसके साथ भाग क्यों नहीं जाती?"

"मैं क्यों भागू? मैं तो विद्युज्जिह्व के साथ विवाह करूंगी।"

"सो उसमें क्या बाधा है? पुरुषों के गुण-दोषों का कुछ ज्ञान तो तुझे हो जाएगा।"

"मैं समझती हूं—मैं उतनी मूढ़ नहीं हूं भाई!"

"विद्युज्जिह्व के साथ तो तेरा बहुत ही अल्प सम्पर्क रहा है।"

"किन्तु आत्मा की गहराई तक। हम लोगों ने कभी भी प्रेम के सम्बन्ध में बातचीत नहीं की। केवल प्रेम किया है। किन्तु मैं उससे कितनी प्रभावित हूं यह रक्षेन्द्र सोच भी नहीं सकते।"

"बहिन, मैं तेरे प्रेम का अभिनन्दन करता हूं।"

"तो भाभी से कह दिया जाए, वे क्यों विद्युज्जिह्व को तेल में होकर देखती हैं?"

"बहिन, वह केवल तेरी भाभी ही तो नहीं, राजमहिषी हैं—तेरी अभिभावक भी हैं।"

"आप भी तो राक्षसेन्द्र हैं, सारी ही रक्ष-जाति के अभिभावक, सो आप क्या मेरे जीवन पर अपना अनुशासन रखेंगे?"

"नहीं बहिन, नहीं।"

"तो महिषी से भी कह दीजिए। वे आ रही हैं, अभी कह दीजिए।"

मन्दोदरी ने आकर पूछा–"क्या मुझसे तुम्हें कुछ कहना है?"

"मैं महिषी और रक्षेन्द्र से यही निवेदन करना चाहती हूं कि मेरे जीवन पर किसी का अनुशासन नहीं है।"

"राक्षसों की संस्कृति ही स्वतन्त्र भावनामूलक है। राक्षसों का प्रत्येक जन अपने जीवन में स्वतन्त्र है।"

"तो मैं विद्युज्जिह्व को प्यार करती हूं। उससे मैं विवाह करना चाहती हूं।"

"और मेरा यह कहना है कि प्यार-प्रीति के अनुभव लेने के लिए क्यों न सूर्पनखा किसी तरुण के साथ भाग जाए, पीछे विद्युज्जिह्व या उस तरुण में से जो उसे रुचे, ब्याह कर ले।" रावण ने मन्दोदरी को लक्ष्य करके कहा।

"बुरा क्या है? परन्तु ऐसा कोई पुरुष रक्षेन्द्र ने सोचा है क्या?"

"हमारा गुल्मनायक प्रजंघ ही है, उसीको मैं प्राथमिकता दूंगा।"

"सूर्पनखा के लिए यह उत्तम होगा।"

"पर मैं किसी के साथ भागूं क्यों? मैं जिसे प्यार करती हूं, उससे ब्याह करूंगी।"

"ब्याह करने पर उसने तेरे जीवन को संतप्त किया तो?"

"ऐसा क्यों होगा भला?"

"बहुत होता है बहिन, तुम भोली हो, समझती नहीं हो। तुम जैसी बालिकाएं इसी प्रकार प्रथम प्रेम के ज्वार में ब्याह कर बैठती हैं। फिर एक पुरुष को छोड़ दूसरे के साथ भाग खड़ी होती हैं।" मन्दोदरी ने प्रेम-मुद्रा से कहा।

"यही मैं कहता हूं–ब्याह के पीछे भागने से ब्याह से पहले भागना अच्छा है।"

"तो भागना ही है तो विद्युज्जिह्व ही क्या बुरा है?"

"हम कैसे कहें! हमने तो उसे देखा नहीं।"–रावण ने कहा।

मन्दोदरी ने गम्भीर होकर कहा–"यौवन का आरम्भ प्रेम ही से तो होता है, परन्तु युवक और युवतियां केवल जीवन को प्यार ही करना जानते हैं, उन्हें संसार का अनुभव कुछ नहीं होता, इससे उनका प्यार खोखला हो जाता है और जीवन निराश। विवाह एक दुःखद घटना हो जाती है। सूर्पनखा को मैं उससे बचाना चाहती हूं उसने अभी किसी तरुण को प्यार की दृष्टि से देखा ही नहीं है।"

कुछ रुककर उसने फिर कहा–"उसे तरुणों के प्यार का अनुभव होना चाहिए, प्यार के घात-प्रतिघातों से भी उसे अपरिचित न रहना चाहिए। फिर वह भी तो भूल कर सकती है। यह कितना अपमानजनक होगा, सोचो तो! हमारा

विश्व-विश्रुत प्रतिष्ठित रक्ष-कुल है और सूर्पनखा सप्तद्वीपपति रक्षराज की सगी बहन है। वह आत्मविश्वास से भरपूर है, परन्तु उसकी दृष्टि एकांगी है। अभी वह दुनिया के सम्बन्ध में कुछ भी नहीं जानती। उसके विचार भावुकता से ओत-प्रोत हैं। उसने अपने निकटतम वातावरण से एक योजना स्थिर कर ली है और वह समझती है कि वह सब कुछ ठीक-ठीक कर रही है। पर अभी वह बच्ची ही तो है। उसका हृदय तो अभी सो ही रहा है। एक दिन वह जगेगा तो वेदना के हाहाकार से भर जाएगा। इसीसे मैं नहीं चाहती कि वह मूर्ख, भावुक लड़कियों की भांति उसी तरुण से ब्याह कर ले जिसे उसने प्रथम बार ही जरा-सा जाना हो और ज़रा-सा ही प्यार किया हो।"

इतना कहकर मन्दोदरी ने सूर्पनखा की ओर देखा। रावण ने उसका समर्थन करते हुए कहा–

"तभी तो मैंने कहा कि वह किसी तरुण के साथ कुछ दिन के लिए पहले भाग जाए। ऐसा एक तरुण मेरी नजर में है, प्रजंघ।"

"परन्तु प्रजंघ से मेरा क्या लेना-देना है? मैं उसके साथ क्यों भाग जाऊं?" सूर्पनखा ने गुस्से होकर कहा।

"मेरी प्यारी रक्षराज-नन्दिनी, तुम्हें वस्तु का यथार्थ ज्ञान होना ही चाहिए। तुम्हारा शरीर और आत्मा परिपूर्ण होगा, तब वह आह्लाद से एक दिन ओतप्रोत हो जाएगा। तभी चैतन्य आत्माएं परस्पर मिलकर जीवन के सच्चे आनन्द को प्राप्त करेंगी। परन्तु तुमने यदि भावुकता और आवेश में आकर कुछ चूक की तो तुम्हारे इन नेत्रों में–जो आज प्रेम से उत्फुल्ल हैं–करुण विष भर जाएगा। ऐसा ही बहुधा होता है बहिन, मैं जानती हूं। मैंने देखा है।"

"क्या यह महिषी ने जीवन के प्यार की व्याख्या की?"

"नहीं, केवल प्यार की, जिसके फेर में तुम फंसी हो।"

"तो जो किसीको प्यार करते हैं, वे जीवन के प्यार से वंचित ही रह जाते हैं?"

"ऐसा ही मैं समझती हूं। जो किसीके प्यार में फंस जाते हैं, वे प्रायः जीवन को प्यार नहीं करते। जीवन का प्रेम अन्य प्रेम की भांति नहीं किया जाता। उसमें एक कलापूर्ण कौशल की आवश्यकता है–भावावेश की नहीं, कलापूर्ण कौशल तो सीखना ही पड़ता है।"

"वह चिरसाध्य है। उसे सीखने को बहुत समय चाहिए। बहुधा जब लोग उसे जान पाते हैं, उनका यौवन ढल चुका होता है। वह तुरन्त ही प्यार करने जैसी कोई छोटी चीज़ नहीं है, रक्षराज-नन्दिनी!"

"तो क्या महिषी विद्युज्जिह्व में कोई दोष देख रही हैं?"

"अनेकों। वह अप्रत्याशित रूप से गम्भीर और अन्यमनस्क है। उसे न कोई अनुभव है, न उसके अधिकार में कोई सम्पदा है, न जीवन का सहारा। वह जीवन को नहीं, जीवन के प्रवाह को देख सकता है। वह भाग्यवादी है और जीवन के भय से छिपकर रहता है। निस्सन्देह वह भावुक है। दूसरों के प्रति अपने कर्त्तव्य को समझता है। वह सच्चा और स्पष्टवक्ता है, परन्तु वह वह पुरुष नहीं है, जो हमारी बहिन को जीवन की राह दिखा सके। न वह ऐसा ही है जिसे कुछ सिखाया जा सकता है। ऐसे पुरुष को प्यार करके कौन स्त्री अपने जीवन को सुखी कर सकती है?"

सूर्पनखा रोने लगी। उसका कुछ भी विचार न कर मन्दोदरी कहती चली गई–"विद्युज्जिह्व को अपने जीवन से भी प्यार नहीं है। किसी स्त्री के प्रेम के प्रभाव में आने का अर्थ है, किसी पुरुष को प्रेम करना। परन्तु मैं नहीं चाहती कि कोई कुमारी किसी ऐसे तरुण को प्यार करे जो सब ओर से असहाय हो, अव्यवस्थित हो, अस्तव्यस्त हो।"

"तुमने तो विद्युज्जिह्व को देखा ही नहीं है!" रावण ने कहा।

"नहीं, जो सुना उसी पर मैंने सूर्पनखा को हितकर बात कही है।"

"क्यों न उसे बुलाकर उसे अपनी योग्यता प्रमाणित करने का अवसर दिया जाए।" रावण ने कहा–

"बहिन, सूर्पनखा, क्या तू उसे एक संदेश नहीं भेज सकती?"

"नहीं।"

"क्यों नहीं?"

"वह छिपकर रहता है। कहां रहता है, मैं नहीं जानती। वह अपनी सुविधानुसार आता है। वह जब तक आए–हमें प्रतीक्षा करनी होगी।"

"क्या वह तुम पर विश्वास नहीं करता? अपने भेद छिपाता है?"

"उसने अपना गुप्त स्थान मुझे बताना चाहा था। पर मैंने ही उसे रोक दिया। उसे अपने सौतेले बाप का भय है, जो उसे मारकर अपनी राह का कंटेक दूर करना चाहता है। फिर लंका में कालिकेयों का कौन मित्र है? कालिकेय तो राक्षसों के शत्रु हैं ही। उसने अपनी कुछ गुप्त बातें मुझे बताई हैं। एक प्रकार से उन्हीं पर उसका जीवन-मरण निर्भर है। मैंने ही उसका गुप्तवास नहीं जानना चाहा।"

"तब तो उसके आने तक हमें रुकना ही होगा।"

"किन्तु क्या रक्षेन्द्र उसका मणिमहालय में स्वागत करेंगे?"

"अवश्य बहिन, क्यों नहीं?"

"और महिषी?"

"मैं भी बहिन। हम दोनों ही रक्षराज-नन्दिनी के कल्याण-अभिलाषी हैं।"

"उपकृत हूं। आप्यायित हूं। आप दोनों मेरे माता-पिता हैं। मैं आपकी शरण हूं!"

55 विद्युज्जिह

राक्षसपुरी लंका अपने ढंग की बिल्कुल निराली नगरी थी। उसमें कितनी सुषमा थी और कितनी कुत्सा—यह कहना कठिन था। वहां के वन-उपवन बड़े विशाल और रमणीय थे। वे वन-उपवन, चम्पा, चमेली, अशोक, मौलसिरी, साखू, ताल, तमाल, हिन्ताल, कटहल, नागकेशर, अर्जुन, कदम्ब, तिलक, कर्णिकार आदि पुष्पित वृक्ष-लताओं से आच्छादित थे। कुबेर का चैत्ररथ नामक विहार वन ऐसा मनोहारी और अनुपम था, जिसका वर्णन हो ही नहीं सकता। उसमें सभी ऋतुओं के पुष्प पुष्पित थे। पपीहा, कोकिल और नाचते हुए मोर अपने मधुर रवों से उस उद्यान को गुंजायमान कर रहे थे। भांति-भांति के विहंगों के कलरव और भ्रमरावलि से गुंजायमान उस उपवन का पुष्पवासित शीतल, मन्द सुगन्ध समीर प्राणों में आनन्द का संचार करता था।

लंका के त्रिकूट-शिखर का विस्तार सौ योजन था। उसीके शिखर पर स्वर्णलंका बसी थी, जिसकी लंबाई बीस योजन और चौड़ाई दस योजन थी। इस नगर के प्राचीर के गगनस्पर्धी चार द्वार श्वेत वर्ण मेघों के समान प्रतीत होते थे। जैसे वर्षा ऋतु के सघन घन विविध आकृति के होते हैं, वैसे ही लंका के भवन, प्रासाद और मन्दिर थे। कुबेर का राजप्रासाद एक सहस्र खम्भों पर आधारित था, जिसकी धवल सुषमा कैलास के समान थी। इसीको रावण ने अपनी रुचि और विलास-भावना से फिर मणि-मुक्ता से सुसज्जित किया था। दस सहस्र धनुर्धर राक्षस दिन-रात उसकी रखवाली करते थे। धन, धान्य, रत्न, मणि, स्वर्ण और योद्धाओं से भरपूर, यन्त्रमुक्त कपाटों से सुरक्षित वह लंकापुरी सब पुरियों से विचित्र और शोभासम्पन्न थी।

पाठकों को स्मरण होगा कि यह लंका दैत्यों की थी। यहां हम संक्षेप में फिर उस इतिहास को दोहराते हैं। जिस समय का उपाख्यान इस उपन्यास में वर्णित है, उसके कोई डेढ़ सौ वर्ष पहले दैत्यों का साम्राज्य पृथ्वी में सर्वोपरि था। इस साम्राज्य के प्रतिष्ठाता हिरण्यकशिपु, हिरण्याक्ष, वज्रांग, अन्धक और वज्रनाभि आदि थे। इनमें हिरण्यकशिपु और हिरण्याक्ष का प्रताप सर्वोपरि था। हिरण्याक्ष की सहायता से हिरण्यकशिपु ने अपना राज्य बहुत बढ़ा लिया था, जिसका बड़ा आतंक पृथ्वी-भर के राज्यों पर था। हिरण्याक्ष ने जो अपना दूसरा साम्राज्य स्थापित किया था, वही आगे चलकर विश्रुत बेबीलोन साम्राज्य के रूप में विकसित हुआ था। इन दोनों भाइयों ने अनेक देवराजों को पदच्युत कर दिया था तथा वे त्रिलोकपति विख्यात थे। इन दोनों भाइयों का साम्राज्य वर्तमान एशियाई रूस, सफेद कोह, काकेशिया, पामीर से तुर्किस्तान और अफगानिस्तान तक फैला हुआ था। उन दिनों देवगण, जो आदित्य भी कहाते थे, सुमेरु–पामीर ही तक सीमित थे। उनका वहां एक छोटा-सा गणतन्त्र था। पीछे गन्धर्व अप्सराओं की एक नई मिश्रित जाति हेमकूट कराकुरम पर और नागों की निस्सा पहाड़ पर आ बसी थी। ऋषि नीलाचल में और पितृ श्रृंगवान् पर्वत के आंचल में रहते थे, जो सुमेरु से पश्चिम काश्यप सागर के तट पर था। वारहों का एक छोटा-सा राज्य केतुमाल द्वीप में था जो देवों के मित्र थे। वरुण ने प्रलय के बाद उनसे पृथ्वी के संस्कार-उद्धार में भारी मदद ली थी। तब से वाराहपति भी देवों की पंक्ति में गिने जाने लगे थे। वाराहों ने घात लगाकर एक दिन वन में मृगया को गए हुए हिरण्याक्ष को मार डाला। तब से हिरण्यकशिपु का राज्य डगमगा गया। फिर भी किसी प्रतापी देव ने इसपर चढ़ाई करने का साहस नहीं किया। अन्त में विष्णु के प्रयास से उनके भाई नृसिंह ने, जो हिरण्याक्ष के मरने पर बेबीलोनिया साम्राज्य के स्वामी बन गए थे, हिरण्यकशिपु को भी मल्लयुद्ध में मार डाला। लाचार, हिरण्यकशिपु के पुत्र प्रह्लाद को विष्णु से सन्धि करनी पड़ी। देवों की ओर से विष्णु ने वचन दिया कि अब दैत्यों का रक्त पृथ्वी पर नहीं गिरेगा। इसके बाद प्रह्लाद और उसके पुत्र विरोचन ने कोई राजनीतिक महत्ता नहीं प्राप्त की। आदित्यों से इसके युद्ध हुए अवश्य और उनके दबाव से दैत्यों ने पूर्व की ओर अपना प्रसार आरम्भ किया। उत्तर-पश्चिम के राज्य-समूह उनसे छिन गए और वहां देवों तथा आदित्यों के अनेक खण्ड राज्य स्थापित हो गए।

इसके बाद विरोचन-पुत्र बलि बड़ा प्रतापी हुआ। उसने अपने पिता विरोचन और पितामह प्रह्लाद के जीवन-काल में ही अपनी राजनीतिक महत्ता बढ़ा ली थी

और अपना नया साम्राज्य संगठित कर लिया था। उसने दैत्यों और दानवों को सन्धि द्वारा एक सूत्र में बांधा। उसने राजनीतिक ही नहीं, सांस्कृतिक सम्बन्ध भी स्थापित कर लिए। धीरे-धीरे उसके शौर्य, राजनीतिज्ञता, पुरुषार्थ, न्यायपटुता, धर्म, दान आदि गुणों के कारण उसका यश दूर-दूर तक फैल गया। एक बार दैत्यों का फिर बोलबाला हो गया। परन्तु देवों को यह कैसे सहन हो सकता था? उन्होंने नागों से मित्रता के सम्बन्ध स्थापित किए और अन्ततः बलि से उनका विकट समर हुआ।

इस महत्संग्राम में बलि का दोष न था। उसने अपने प्रपितामह के निधन का वैर छोड़कर देवों से सन्धि की, उनके साथ मिलकर समुद्र-मंथन किया और पूरा परिश्रम करने पर भी दैत्य खाली हाथ रह गए। सो देवों की धींगाधींगी और अपमान से खीझकर बलि ने युद्ध-दान किया जिसमें प्रह्लाद तक ने वृद्धावस्था में योग दिया। इस युद्ध में दैत्यों की कटक में महापद्मिनी, पद्म, कुम्भ, कुम्भकर्ण, कांचनाक्ष, कपिकन्ध, क्षिति, कम्पन, मैनाक, ऊर्ध्ववक्त्र, शितकेश, विकच, सुबाहु, सहस्रबाहु, व्याघ्राक्ष, वज्रनाभि, एकाक्ष, गजस्कन्ध, गजशीर्ष, कालजिह्व, कपि, हयग्रीव, प्रह्लाद, शम्बर, अनुह्लाद, नमुचि, यम, पुलोमा, विरोचन, धेनुक, युवराज बाण, अनायुषा-पुत्र बलि, वृषपर्वा, वृत्र, कनकबिंदु, कुजंभ, एकचक्र, राहु, विप्रचित्ति केशी, हेममाली, मय आदि अनेक दैत्य-दानव छत्रपति और माण्डलिक सरदार लड़े। देवों की ओर विद्याधर, गन्धर्व, नाग, यक्ष डम्बर, तुम्बर, किन्नर आदि थे। युद्ध में पहले देवों को पराजित होकर अफगानिस्तान की ओर भागना पड़ा। उन्हें अपना देव-लोक भी खो देना पड़ा। बाद में उन्होंने बृहस्पति और वामन द्वारा सन्धि कर तथा बलि को यज्ञ में फंसाकर उसका बल हरण कर अन्त में बलि को पराजित किया।

इस युद्ध में दैत्य-दानवों का बल भंग हो गया और उनका साम्राज्य भी छिन्न-भिन्न हो गया। लंकाधिपति दैत्य-बन्धु माली, सुमाली और माल्यवान् के इस युद्ध में सब परिजन खेत रहे। परन्तु बलि-पुत्र बाण ने फिर उत्कर्ष दिखाया। उसने रुद्र से मित्रता की, जिससे उसकी शक्ति अमोघ हो गई। बाण अपने काल का महान् दैत्य-सम्राट् था। उसकी शक्ति असीम थी। इसीके समय में कालिकेयों की एक नई जाति दानवों में से विकसित हुई। कश्यप की तृतीय पत्नी दनु की दो कन्याएं भी थीं जिनमें एक पुलोमा थी, दूसरी कालिका। इन दोनों की संतानों से दो नई शाखाएं चलीं—पौलोम और कालिकेय। इस समय बीस सहस्र कालिकेयों ने बाण की अधीनता स्वीकार कर उसका बल बढ़ाया, परन्तु काल पाकर बाण का भी

बल-क्षय हुआ और कालिकेयों को कश्यप-तट छोड़कर लंका की ओर भागना पड़ा। इनमें से बहुतों ने लंका के आसपास के द्वीप-समूहों पर अधिकार कर लिया। ये सारे ही द्वीप इस समय रावण के रक्ष-साम्राज्य में आ चुके थे। अतः रावण को कालिकेयों पर बहुत बार सेना भेजनी पड़ी। परन्तु हर बार कालिकेयों ने राक्षस-सैन्य को प्रताड़ित किया। कालिकेयों के आतंक का सिक्का राक्षसों पर बैठ गया, पर महत्त्वकांक्षी रावण ने अभी कालिकेयों की गतिविधि पर विशेष ध्यान नहीं दिया था। वह अपने भारत-प्रवास में चला गया था। इसी बीच विद्युज्जिह्व लंका में छद्मवेश में आने-जाने लगा। वही वास्तव में कालिकेयों का सरदार था। राक्षसों के भय से वह छिपकर लंका आता था, पर दैवयोग से उसका परिचय हो गया सूर्पनखा–राजकन्या से। इसलिए अब लंका में उसका आना-जाना और ही प्रकार का हो गया। वह सूर्पनखा से भी छिपकर मिलता था, इसलिए बहुधा कई-कई दिन तक उसे घात में लंका में छिपे रहना पड़ता था।

विद्युज्जिह्व एक प्रतिभासम्पन्न और वीर तरुण था। उसमें साहस की भी कमी न थी। अपने अदम्य साहस और उत्साह के कारण ही वह कालिकेयों का सरदार बन गया था। अपने असाधारण विक्रम से उसने वह द्वीप जय किया था और हर बार राक्षसों को उससे हार खाकर भागना पड़ता था। परन्तु उसने अभी लंका में यह प्रकट नहीं किया था कि वही कालिकेयों का सरदार है। सूर्पनखा उसे एक कुलीन दानव-तरुण ही समझती थी। उसकी उठान बड़ी सुन्दर थी, घुंघराले काले बाल तथा भरी हुई गर्दन। रंग काला था, पर दांत हीरे के समान उज्ज्वल और चमकदार थे। उसका हास्य बड़ा निर्मल था। उसका विशाल वक्ष, प्रचंड बाहु, पुष्ट जघन और तीखी दृष्टि उसके व्यक्तित्व को आकर्षक बना देते थे। वह शब्दवेधी था। धनुष भी उसका खूब बड़ा था। बाणों का तूणीर सदैव ही उसके कन्धे पर पड़ा रहता था। इसके अतिरिक्त एक विशाल शूल भी वह हाथ में रखता था। सूर्पनखा से तथा अन्यत्र भी मित्रों से उसने यही कहा था कि वह आखेट के लिए लंका के वनों में शौक से घूम रहा है। सूर्पनखा के अतिरिक्त यह कोई नहीं जानता था कि वह कालिकेय दानव है।

सन्ध्या का अंधकार गहरा होता जा रहा था। इसी समय विद्युज्जिह्व लम्बे-लम्बे डग भरता हुआ लंका की वीथियों में तेज़ी से आगे बढ़ता जा रहा था। वीथिका में अंधकार था। वह नगर का बूचड़ मुहल्ला था, जहां नर-मांस से लेकर सब पशुओं का मांस मिलता था। यहां व्याघ्र का मांस भी बिक रहा था, जिसे लोग शौर्य-वृद्धि के लिए खाना रुचिकर समझते थे।

विद्युज्जिह्व के कन्धे पर एक भारी हरिण का भार था। जो वाण उसके हृदय में पार हो गया था, वह अभी उसके शरीर में अटका हुआ था। उसमें से अभी तक रक्त टपक रहा था। उसके झोले में और भी कुछ पक्षी थे, जिनका उसने शिकार किया था। परन्तु ऐसा प्रतीत हो रहा था जैसे उसका स्नायुजाल लोहे का बना हो। वह दूर से आ रहा था और उसके साथ काफी बोझा था, परन्तु वह बिल्कुल तरोताज़ा था।

एक जीर्ण किन्तु विशाल घर के फाटक पर आकर वह तनिक ठिठका। फिर वह भीतर घुस गया। उस समय घर के विशाल प्रांगण में अंधेरा छाया था। कोई पुरुष भी वहां न था। वह दालान पारकर भीतर चला गया, जहां बहुत-से राक्षस दैत्य, दानव, नर, नारी, बालक बैठे खा-पी रहे थे। सबके हाथों में बड़े-बड़े भुने हुए मांस-खण्ड थे और मद्य के भरे भाण्ड उनके आगे धरे थे। वह उनपर भेड़ियों की भांति जल्दी-जल्दी तीखे दांतों का प्रहार कर रहे थे तथा मद्य पी रहे थे। विद्युज्जिह्व ने कन्धे का भार एक ओर सहन में पटक दिया, फिर उसने इधर-उधर देख कर राक्षस लड़की को संकेत से निकट बुलाकर कहा–अरी सरमा, इन पक्षियों को मेरे लिए झटपट अभी भून ला। जल्दी कर और नमक भी संग ही ले आ।" राक्षसबाला मृत पक्षियों से भरा चमड़े का झोला लेकर भीतर चली गई। उसने उलटकर देखा तो उसमें एक सांप भी था। सांप बहुत मोटा था और अभी तक उसके फन से विष और झाग निकल रहे थे।

वह उसे हाथ में लिए आई। विद्युज्जिह्व एक शिलाखण्ड पर बैठकर समूचे में दांत गड़ा रहा था। सरमा ने कहा–"यह सांप क्यों लाया है?"

"फनियर है, खूब चर्बी है इसमें। मेरे लिए भून ला। मज़ेदार रहेगा। मुझे इसका शौक है।"

"और यदि दूषीविष हो गया तो क्या होगा?"

"विद्युज्जिह्व मर जाएगा, और क्या होगा! तेरा बहुत झंझट छूट जाएगा। जा भाग।"–इतना कहकर उसने सूअर की उरोगुहा में हाथ घुसेड़कर उसका कलेजा खींचकर बाहर निकाल लिया और चाव से खाने और हंसने लगा।

सरमा चली गई। थोड़ी ही देर में वह उस सांप को और पक्षियों को समूचा भून-भानकर ले आई। विद्युज्जिह्व ने प्रसन्न मुद्रा से उसकी ओर देखा और सांप के खण्ड करके रुच-रुचकर खाना आरम्भ किया। सरमा खड़ी देखती रही। कहा–

"क्या मद्य लाऊं?"

"ले आ, दो भाण्ड।"

परन्तु सरमा ने एक भाण्ड लाकर उसके आगे धर दिया। विद्युज्जिह्व ने क्रुद्ध होकर कहा–

"अरी कृत्या, मैंने दो कहा था।"

"दो ज्यादा हैं। तू संयत नहीं रह सकता।"

"तो तुझे क्या! तू भाण्ड ला।"

"यह है तो।"

"एक और ला।"

"एक ही यथेष्ट है।"

"तू मुझपर अंकुश रखती है?" उसने लाल-लाल आंखों से राक्षस-बालिका को देखा। परन्तु राक्षस-बाला फिर भी नहीं गई। खड़ी रही।

यह देखकर विद्युज्जिह्व हंस दिया। उसने खाते-खाते सर्प का एक टुकड़ा उठाकर कहा–"ले, तू भी खा।"

"ऊहुंक, मैं सर्प नहीं खाती।"

"खा ले कृत्या, नेत्र-दोष दूर हो जाएगा। यह नेत्र की अच्छी ओषधि है।"

"मेरे नेत्रों में दोष नहीं है।"

"तो यह ले।" उसने एक समूचा भूना हुआ तीतर उसे दे दिया। पक्षी को लेकर भी वह खड़ी ही रही। विद्युज्जिह्व ने कहा–"जा भाग, अब क्यों खड़ी है?"

"मुझे कुछ कहना है।" उसके नेत्रों में भय और वाणी में करुणा थी।

"कह।"

"वे मुर, उसकी स्त्री और बालक पुत्र को पकड़ लाए हैं।"

"कौन?"

"व्याघ्राक्ष और विकटोदरी।"

"क्यों?"

"ऋण के लिए।"

"फिर?"

"मुर ऋण नहीं चुका सका, अब ये उसे सपरिवार मारकर खा डालना चाहते हैं।"

"किन्तु मुर तो हमारा मित्र है। उसका बालक मुझे बहुत प्रिय है। उसकी स्त्री भी मृदुभाषिणी है।"

"उसकी मुझपर भी मातृदृष्टि है। कृपा कर उसे बचा ले।"

"ऋण कितना है?"

"केवल तीन स्वर्ण।"

"इतना तो मैं अभी दे सकता हूं।"

"तब तो वे तीनों तेरे दास बन जाएंगे।"

"तो जाकर देख, वहां क्या हो रहा है और मेरे आने तक उन्हें ठहरने को कह।"

बालिका की उम्र तेरह-चौदह साल की थी। उसके अंग पर केवल अधोवस्त्र था। वह सूअर के दांतों का कण्ठ-भूषण पहने थी जो स्वर्ण में मढ़ा था। कछुए की खोपड़ी के चूड़ उसकी भुजाओं में भरे थे। मनुष्यों के दांतों की एक स्वर्ण-सूत्र-ग्रथित करधनी वह कटि में पहने थी। वह बड़ी चपल और तीव्रबुद्धि लड़की थी। गत वर्ष उसे किसी क्षुद्र द्वीप में बांधकर बलि के लिए ले जाया जा रहा था। विद्युज्जिह्व उधर आखेट को गया था, उसका आर्तनाद सुन उसने उसे पांच स्वर्ण में खरीद लिया। अब वह उसकी सेवा बड़ी लगन से कर रही थी। विद्युज्जिह्व उसपर बहुत सदय था। बालिका विद्युज्जिह्व का आदेश पा भाग गई। विद्युज्जिह्व जल्दी-जल्दी उस शूकर और पक्षियों को तथा उस मद्यभाण्ड को उदरस्थ करने लगा, परन्तु बालिका तुरन्त ही बदहवास-सी दौड़ी आई। उसने विद्युज्जिह्व के कन्धे झकझोरकर कहा–"चल-चल, जल्द!"

"क्या हुआ? अभी मेरा भोजन पूरा कहां हुआ?"

"पर उन्होंने मुर को मार डाला। वे उसे खा रहे हैं। वे उसकी स्त्री और पुत्र को भी मार डालेंगे।"

"अरे, कहकर विद्युज्जिह्व उठा। अपना भारी शूल उसने हाथ में ले लिया। बालिका उसे एक प्रकार से घसीटती हुई-सी अंधेरी और तंग वीथी में ले चली। व्याघ्राक्ष के घर जाकर उसने देखा कि मुर का मुण्ड कटा पड़ा है। और विकटोदरी उसका वक्ष चीरकर हृदय निकाल रही है। हाथ में रक्तसना खड्ग लेकर व्याघ्राक्ष मुर की स्त्री और बालक को वध-यूप से बांध रहा है, दोनों चीख-चिल्ला रहे हैं।" विद्युज्जिह्व ने ललकारकर कहा–

"यह क्या किया रे व्याघ्राक्ष?"

"तो मैं अपना ऋण छोड़ दूं?"

"छोड़ उन्हें। अभी बन्धनमुक्त कर।"

"तो ला तीन स्वर्ण मुद्राएं तू ही दे दे।"

"पर तूने मुर को तो मार ही डाला।"

"उस सूखे बूढ़े में मांस ही कितना है, एक स्वर्ण भी तो नहीं उठेगा उसका। आज युद्ध में उस द्वीप के बहुत तरुणों का वध हुआ है। वे सब बिकने हाट में आए

हैं। आज नर-मांस का भाव बहुत सस्ता हो गया है। फिर यह बूढ़ा, वह बालक। ऊहुंक् मैं बहुत घाटे में रहूंगा। सोच भला तीन स्वर्ण और ब्याज!"

"यह ले तीन स्वर्ण मुद्राएं, खोल उनका बन्धन।" उसने स्वर्ण मुद्राएं उसकी ओर फेंक दीं।

व्याघ्राक्ष ने हंसकर स्वर्ण उठा लिए। फिर कहा–"तनिक पहले आता तो यह बूढ़ा भी तेरे काम आता।" वह बालक और स्त्री को बन्धनमुक्त करने लगा। परन्तु विकटोदरी ने क्रुद्ध मुद्रा से कहा–"यह हृदय-खण्ड और इसका मांस मैं नहीं दूंगी, कहे देती हूं–सूद कितना हुआ, यह क्यों नहीं कहते?" उसने रोषभरी आंखों से पति की ओर देखा।

परन्तु विद्युज्जिह्व उससे विवाद करने को वहां रुका नहीं। सिसकते और बदहवास स्त्री और बालक को लिए, हाथ का शूल हवा में हिलाता हुआ, तेज़ी से वहां से चल दिया–उसके पीछे खुशी से ताली बजाती वह राक्षस-बालिका भी।

56 मातृवध

सरमा ने कहा–"एक भाण्ड मद्य और दूं?"

"नहीं" विद्युज्जिह्व ने लापरवाही से कहा और पीठ पर तरकस बांधा।

"तो विश्राम कर, मैंने व्याघ्र-चर्म शिलाफलक पर बिछा दिया है।

"नहीं, अभी मुझे जाना होगा, तू सो रह। अब रात को मेरा आना सम्भव नहीं है।" बालिका ने आकुल नेत्रों से तरुण को देखा। वह उदास हो गई। पर विद्युज्जिह्व ने इसपर ध्यान नहीं दिया। वह अपना शूल हाथों में तौल रहा था। बालिका ने कुछ भयभीत होकर कहा–

"क्या कोई विग्रह है? शूल तू क्यों तौल रहा है?"

"तो तुझे क्या भय है? तू सो।"

"नहीं सोऊंगी। रात-भर जागती रहूंगी जब तक तू न आएगा।"

"मैं तो रात-भर न आ सकूं–यह भी सम्भव है, कल तक भी न आ सकूं– यह भी सम्भव है।"

"तो तू रुष्ट होकर जा रहा है?"

"किससे?"

"मुझसे और किससे?"

"तुझसे क्यों?"

"मैंने तुझे दूसरा मद्य-भांड नहीं दिया, इससे!"

"नहीं रुष्ट नहीं हूं।"

"तो मत जा, विश्राम कर।"

"जाना होगा!"

"कहां?"

"द्वीप के दक्षिणांचल में। पितृचरण बहुत दिन बाद घर आए हैं। अभिनन्दन करूंगा।"

"तो अभिनन्दन करके रात को आ, न हो प्रभात में जा।"

"बहुत दूर है, रात में लौट न सकूंगा। प्रभात तक ठहर नहीं सकता–पितृचरण पर संकट आ सकता है।"

"कैसा संकट?"

"वह राक्षसों का पुर है, जहां मातृचरण का निवास है। वह पुरुष भी राक्षस है, जिसे मातृचरण ने घर में डाल दिया है। संवादवाहक ने कहा है कि पितृ-चरण पर संकट आ सकता है।"

"तो मैं तेरे साथ चलती हूं।"

विद्युज्जिह्व हंस दिया। उसने कहा–"तू क्या मुझसे अधिक लक्ष्यवेध करती है? जा, सो रह। परन्तु ठहर, मुर की स्त्री और बालक को तूने खिलाया पिलाया कुछ?"

"एक शूकर उसे दे दिया है और एक मद्य-भाण्ड।"

"तो ये स्वर्ण मुद्राएं भी उसे दे दे, कदाचित् उसे इनकी आवश्यकता है।"

उसने मुट्ठी-भर स्वर्ण मुद्राएं अपने चर्मबन्ध से निकाल बालिका की हथेली पर रख दीं। इसी समय एक वृद्ध दानव हांफता हुआ आया। उसका सारा शरीर कांप रहा था। वह कोयले के समान काला और बहुत लम्बा था। वह अत्यन्त दुर्बल था। उसके बड़े-बड़े दांत भयंकर थे, उसके सारे अंग चर्बी से तर थे और सिर पर स्वर्ण से मढ़े दो सींग बंधे थे। उसकी कमर में भैंसे का चर्मबन्ध बंधा था और हाथ में एक विकराल खाण्डा था। वह दूर से दौड़ा चला आ रहा था, इसलिए हांफ रहा था और उसका अंग चर्बी और पसीने से गीला हो रहा था। वह दौड़कर विद्युज्जिह्व के पैरों में गिर गया। उसने कहा– "विद्युज्जिह्व, उसने तेरे पिता का वध कर दिया।"

"किसने?"

"तेरी माता ने।"

"तूने देखा?"

"मैंने उसे घर के द्वार पर आते देखा। द्वार पर तेरी माता ने उसकी अभ्यर्थना की और वह उसे भीतर ले गई। ज्यों ही उसने शस्त्र खोलकर रखे, उसने उसका वध कर डाला और शव खींचकर चतुष्पथ पर डाल दिया।"

"क्या वह उसका राक्षस पति भी वहीं था?"

"नहीं।"

"तो अकेली उसीने पितृचरण का वध किया?"

"ऐसा ही मैं समझता हूं।"

"तू क्या बहुत श्रमित है?"

"श्रमित हूं, पर तू करणीय कह।"

"तो द्वीप में जाकर सब कालिकेयों को शस्त्र-बद्ध कर ले आ।"

"कहां?"

"जहां मृत पितृचरण हैं।"

यह कहकर विद्युज्जिह्व ने शूल उठाकर चरण बढ़ाया। बूढ़े दानव ने बाधा देकर कहा–"हमारे आने तक तू ठहर। एकाकी वहां जाना विपज्जनक हो सकता है। उस राक्षस के वहां बहुत परिजन हैं। वह रक्षपति का गुल्मनायक है। वह तुझे मार डालेगा।"

"मेरी चिन्ता न कर। तू अपनी राह जा।"

यह कहकर विद्युज्जिह्व तीर की भांति वहां से चल दिया। इस समय चारों दिशाओं में अन्धकार फैल गया था। विद्युज्जिह्व अंधेरी और सूनी गलियों को पार करता हुआ सीधा समुद्र-तीर की ओर जा रहा था। उसकी चाल तेज़ थी और उसका मस्तिष्क विभिन्न विचारों से गरम हो रहा था। नगर का प्रान्त-भाग आ गया और अब वह विजन वन में प्रविष्ट हुआ। यहां भी कहीं-कहीं समुद्र पर मछली मारनेवालों की झोंपड़ियां थीं। झोंपड़ियां धरती में गड्ढे खोदकर और वृक्ष की मज़बूत टहनियां उनके चारों ओर गाड़कर बनाई गई थीं। इन टहनियों के चारों ओर दरियाई जंगल की घास का जाल पुरा हुआ था, जिनपर गारे का लेप था। छत भी उनकी वैसी बनी थी। इन झोपड़ों में केवल एक छोटा-सा द्वार तथा धुआं निकलने को छत में एक छोटा-सा सूराख था। कुछ झोंपड़े बड़े थे तथा चटाइयों से बनाए गए थे। कुछ झोंपड़े झीलों में पानी पर बने थे, जो उन जंगली जानवरों से सुरक्षित रहने को बनाए गए थे, जो उनके चारों ओर रात-दिन घूमते रहते थे।

उनके डर से उन्होंने झीलों में लम्बे-लम्बे लकड़ी के लट्ठे गाड़कर पानी की सतह से ऊंचा कर चबूतरा बनाया और ऐसे ही चबूतरों पर झोंपड़ियां बना ली थीं। कहीं-कहीं तो पूरे गांव के गांव ही इस प्रकार झीलों में बने हुए थे। जगह-जगह बहुत-से लोग बकरी की खाल के डेरों में रह रहे थे, जहां सारा कुनबा एक ही जगह सिमटकर रहता था। यहां तक कि खराब मौसम में पालतू पशु भी उन्हीं में आश्रय लेते थे। सोने को घास के ढेर, बैठने को कुछ चपटे पत्थर के ढोके, खाना पकाने को मिट्टी के बर्तन और शिकार के लिए शूल, धनुष, परशु और गोफन। कहीं-कहीं नगर के प्रान्त में चपटी ईंटों के घर थे। ये घर बहुत छोटे-छोटे और एकमंजिले थे, पर इनमें सहन था और छतें लकड़ी की थीं, जिनपर गारे का पलस्तर किया हुआ था।

विद्युज्जिह्व को जैसे इन झोंपड़ों, झीलों और वहां रहनेवालों से कुछ सरोकार ही न था; वह तेज़ी से अपने गन्तव्य पर बढ़ा जा रहा था। सामने ही एक पर्वत की उपत्यका थी, वह उसी ओर बढ़ रहा था। अन्ततः वह अपने गन्तव्य पर पहुंच गया। यहां आकर उसने अपनी गति धीमी कर ली। यहां से पर्वत श्रृंखला शुरू होती थी। शीघ्र ही वह पर्वत के नीचे जा खड़ा हुआ। सामने समुद्र गरज रहा था। हवा तेज़ चल रही थी और जब वह पहाड़ से टकराती थी तो मेघ-गर्जन के समान शब्द होता था। अब उसने सावधानी से चारों ओर देखा और बिल्ली की भांति निश्शब्द पर्वत की तंग राह पर चढ़ने लगा। थोड़ी ही दूर पर उसे कुछ गुफाएं नज़र आने लगीं। छोटी-बड़ी अनेक गुफाएं थीं। उन सबमें राक्षसों और दैत्यों के परिवार रहते थे। किसी-किसी गुफा में से शोर आ रहा था। किसी में से मांस भूनने की गन्ध आ रही थी। वह पार्श्व में घूमकर उस बड़ी गुफा द्वार के सामने पहुंचा, जिसके डेढ़ सौ फुट नीचे नदी बह रही थी। इसके दोनों ओर आठ सौ गज़ के विस्तार में और अनेक छोटी-बड़ी गुफाएं थीं। द्वार के सामने आकर वह कुछ ठिठका। उसने देखा, सामने ही काली-काली कोई वस्तु बीच राह में पड़ी है। वही उसके पिता का मृत शरीर था। बहुत दिन से उसने अपने पिता को देखा नहीं था, परन्तु उसने कल्पनाओं और अनुमान से समझ लिया कि यही उसके पिता का शरीर है। उसने झुककर उसे देखा और घुटनों के बल उसके पास बैठ गया। फिर उसने एक लम्बी सांस ली और सिर उठाकर गुफा की ओर देखा।

वह गुफा के भीतर प्रविष्ट हुआ। द्वार के भीतर दालान में एक बूढ़ा राक्षस ऊंघ रहा था। वह बिना उसे जगाए आगे बढ़ गया। यहां प्रकाश था। चर्बी का दीप जल रहा था। सामने छोटी-छोटी अनेक कोठरियां थीं। बीच में बड़ा हॉल था, जो

अष्टभुज स्तम्भों पर आधारित था। इसके सामने स्तम्भों वाला एक लम्बा दालान था, वह उसी दालान में अग्रसर हुआ। स्तम्भों पर हाथी और सिंह के चित्र बने थे तथा उनपर उभरी हुई नक्काशी हो रही थी। अन्त में वह उस प्रमुख गुफा के द्वार पर पहुंच गया जिसके सामने खम्भों वाला बहुत बड़ा ओसारा था। यहां उसे एक राक्षस ने टोका। राक्षस एक अधेड़ वय का था। उसके हाथ में धनुष-बाण था। परन्तु अभी उसके मुंह से स्वर फूटा भी न था कि विद्युज्जिह्व का शूल उसकी पसलियों को पार कर कलेजे को चीर गया। वह घूर्णित हो वहीं गिर गया। इसके बाद वह रंगमहल में प्रविष्ट हुआ। द्वार पर महीन पर्दे पड़े थे। भीतर सुगन्धित द्रव्य जल रहे थे और वहीं उसकी माता बहुत-सी राक्षसी दासियों के बीच पलंग पर सो रही थी। विद्युज्जिह्व की माता का नाम विज्जला था। उसकी आयु चालीस को पार कर गई थी, परन्तु अभी उसका अंग-सौष्ठव और यौवन वैसा ही भव्य और आकर्षक था कि कोई भी तरुण उसपर मोहित हो सकता था। वह सोने के पलंग पर सो रही थी। गुहा में सुगन्धित चर्बी के दीप का मन्द प्रकाश था। पास में खड्ग और धनुष-बाण रखे अनेक तरुणी दैत्य और राक्षसबालाएं उसके चारों ओर भूमि पर सो रही थीं। विज्जला की उठान बड़ी आकर्षक थी। वह लम्बे कद की और छरछरे बदन की कमनीय स्त्री-मूर्ति थी। उसके नेत्रों में मादकता थी और होठों में रस का भण्डार। वह किसी भी तरुणी सुन्दरी से अधिक आकर्षक थी। शान भी उसकी रानियों जैसी थी। वह कण्ठ में सिंहल के बड़े मोती पहने थी तथा उसका कटिबन्ध और वलय स्वर्ण का था।

कुछ देर विद्युज्जिह्व चुपचाप खड़ा अपनी माता के इस भव्य रूप को देखता रहा। फिर उसने उसका पैर पकड़कर खींचा। एकाएक नींद से चौंककर उसने यमदूत के समान विद्युज्जिह्व को सामने हाथ में विकराल शूल लिए देखा।

यद्यपि उसने बहुत दिन बाद पुत्र को देखा था, पर उसने उसे तुरन्त ही पहचान लिया। वह हड़बड़ाकर पलंग से उठ खड़ी हुई। उसने धड़कते हुए हृदय पर हाथ रखकर कहा–जात, तू इस असमय में किस अभिप्राय से आया है?”

“मातः, मैं पितृचरण के दर्शन करने आया हूं।”

“तेरे पिता दो हैं।”

“मुझे एक ही चाहिए।”

“यदि तेरा अभिप्राय हतभाग्य मुचुकुन्द दानव से है तो उसका शव उस चतुष्पथ पर पड़ा है।”

“उसीसे अभिप्राय है मातः!”

"तो वहीं जा, यहां क्यों आया?"
"तुझे वहीं ले जाने के लिए।"
"मेरा उससे क्या सम्बन्ध रहा?"
"इसपर मैं विवाद नहीं करता।"
"तो कह, तेरा मैं क्या प्रिय करूं?"
"केवल वह शस्त्र हाथ में ले जिससे तूने उसका वध किया है।"
"किसलिए?"
"उसीसे मेरा भी वध कर।"
"तुझसे मेरा क्या विग्रह है जात?"
"पर मेरा तुझपर विग्रह है।"
"किसलिए?"
"तूने पति-वध किया।"
"मेरा पति सुकेतु राक्षस है।"
"और मेरा पिता?"
"कभी था, अब नहीं?"
"परन्तु यह सब भूमि, सम्पत्ति, पशु, स्वर्ण, रत्न, घर, भण्डार तो उसी के हैं!"
"वह मृत है, अब मैं उसकी स्वामिनी हूं।"
"और मैं?"
"तू यदि मेरा अनुगत है तो मेरा तुझपर अनुग्रह है।"
"अनुग्रह है तो शस्त्र ले।"
"कैसा शस्त्र?"
"जिससे तूने पितृचरण का वध किया।"
"किन्तु क्यों?"
"मेरा वध करने के लिए।"
"मैं तेरा वध नहीं करना चाहती जात!"
"पर मैं तेरा वध करने आया हूं मातः!"
"तेरा ऐसा धृष्ट आचरण?"
"क्रोध करने से लाभ न होगा मातः, शस्त्र ले और तनिक उधर खुले स्थान में चल।"
"क्यों?"
"यहां शस्त्र-प्रयोग के योग्य स्थान नहीं है।"

"तू क्या मुझसे युद्ध करना चाहता है?"

"तुझे वध करने से पूर्व मैं तुझे आत्मरक्षा का अवसर देना चाहता हूं।"

"अरे कालिकेय, तुझे क्या राक्षसों का भय नहीं है, जो तू यहां निर्भय चला आया? जा, अभी भाग जा।"

"विज्जला भय और क्रोध से चीख उठी। चीख सुनकर सब प्रहरी राक्षसियां जाग उठीं। वे सब शस्त्र लेकर स्वामिनी की आज्ञा की बाट जोहने लगीं।

विद्युज्जिह्व ने कहा–"अरी चेटियो, यह माता और पुत्र का विग्रह है। चली जाओ यहां से। यहां तुम्हारा कुछ काम नहीं है।"

इस समय विद्युज्जिह्व का विकराल मुख और भावभंगी देख वे सब राक्षसियां डर गईं। उनके मुंह से बात न निकली। परन्तु विज्जला ने चीखकर कहा–

"इस निर्लज्ज पुत्र को मेरे कक्ष से निकाल बाहर करो।"

परन्तु किसी का ऐसा करने का साहस न हुआ। इसका कारण विद्युज्जिह्व का आतंक तो था ही, वे सब विज्जला के दुराग्रह, निर्दय स्वभाव और पति हत्या के कारण उससे घृणा भी करती थीं।

विज्जला ने उन्हें निष्क्रिय देख गरजकर कहा–"तुम लोगों ने मेरा आदेश सुना नहीं?"

विद्युज्जिह्व ने कहा–"नाहक उनका प्राण संकट में डालती है, मातः! तू ही शस्त्र उठा।"

"मैं शस्त्र नहीं उठाऊंगी।"

"हन्त, तो मुझे शस्त्र के बिना ही तेरा वध करना पड़ेगा।" उसने हाथ का शूल दूर फेंक दिया और सिंह की भांति उछलकर विज्जला को कण्ठ से पकड़कर भूमि पर गिरा दिया। विज्जला ने छूटने की बहुत चेष्टा की, बहुत छटपटाई, पर विद्युज्जिह्व उसे उसी प्रकार घसीटकर अलिन्द के एक एकान्त स्थल में ले गया, जैसे बाघ अपने शिकार को ले जाता है। फिर उसने उसके सिर के सब बाल नोच डाले। उसके मुंह में हाथ डालकर मुंह चीर दिया। रक्त की धार बह चली। विज्जला छूटने को बहुत छटपटाई, पर विद्युज्जिह्व के लौहदण्ड से वह पार न पा सकी। अलिन्द में वह उसे कभी इधर से उधर घसीटता, कभी उठाकर पत्थर पर इस प्रकार पटकता जैसे धोबी कपड़ा पटकता है और कभी सिर से ऊपर दूर फेंक देता। फिर भी विज्जला के कठिन प्राण नहीं निकले। वह आर्त्तनाद करती रही। अन्त में विद्युज्जिह्व ने अपना चरण उसके वक्ष पर रख ज़ोर से दबा दिया। पसलियां चर्राकर टूट गईं और एक बार रक्त-वमन करके वह पतिहत्यारी सुन्दरी दानवी ठण्डी हो

गई। परन्तु विद्युज्जिह्व का क्रोध तो अभी भी शान्त न हुआ। उसने उस मृत माता का एक चरण पैर से दाब, दूसरे को हाथों से उठा बलपूर्वक उसे दो खण्डों में चीरकर दोनों खण्ड द्वार के बाहर दोनों दिशाओं में बलि-मांस की भांति फेंक दिए।

चेटियां यह घोर कृत्य देख, भय से चीखती हुई भाग खड़ी हुईं, परन्तु इसी समय बहुत-से सशस्त्र राक्षसों के साथ सुकेतु राक्षस ने उसे घेर लिया। विद्युज्जिह्व ने उछलकर अपना शूल घुमाया। अब उस अकेले के अनेकों से तुमुल संग्राम होने लगा। राक्षसों की सेना कोलाहल करती बढ़ती चली गई, परन्तु विद्युज्जिह्व के विकराल शूल के सामने राक्षस ठहर न सके। इसी समय सहस्रों कालिकेयों ने राक्षसों को चारों ओर से घेरकर काटना आरम्भ कर दिया। देखते ही देखते सब राक्षस काट डाले गए। सुकेतु का विद्युज्जिह्व से तुमुल द्वन्द्व युद्ध हुआ। अन्त में विद्युज्जिह्व का शूल उसके वक्ष को पार कर गया। अब उसका सिर काट और अपने पिता का शव कन्धे पर रख विद्युज्जिह्व अपने कालिकेय योद्धाओं के साथ समुद्रतीर की ओर लौटा, जहां उनकी नौकाएं उनकी प्रतीक्षा कर रही थीं।

57 प्रतिगमन

‘विद्युज्जिह्व ने अपनी मां को मार डाला है।”–रावण ने उत्तेजित स्वर में कहा।

“नहीं, यह सम्भव नहीं।”–सूर्पनखा ने और भी उत्तेजित होकर उत्तर दिया।

“उसने उसे मार डाला।”

“अपनी सगी मां को? नहीं-नहीं, ऐसा नहीं हुआ।”

“उसने उसे मार डाला।”

“विद्युज्जिह्व ने?”

“बहिन, यह अच्छा नहीं हुआ। बड़ी भयानक बात है।”

“किन्तु....”

“उसने सुकेतु को भी मार डाला है और उसके सब राक्षसों को भी।” “किन्तु रक्षेन्द्र . . .”

“उसे न देवता क्षमा कर सकते हैं, न मैं।”

"तो मैं रक्षेन्द्र को दोष न दूंगी, परन्तु मैं विद्युज्जिह्व के साथ हूं, यह न भूलना।"

"किन्तु मातृवध? कितना जघन्य है!"

"पुरुष पर कर्त्तव्य का भी कुछ भार है।"

"परन्तु मैं उसे अब सम्बन्धी स्वीकार नहीं कर सकता। सुकेतु हमारा वीर सेनापति ही न था, परिजन भी था।" रावण ने महिषी मन्दोदरी की ओर देखा। मन्दोदरी ने भग्न मन से कहा–

"मैं भी। विज्जला मेरी मौसेरी बहिन थी।"

"अपने सम्बन्धी और परिजन के हत्यारे का हम कैसे स्वागत कर सकते हैं?"

"यह तो बड़ी ही खराब बात हो गई, सूर्पनखा! उसने अपनी सगी मां को मार डाला। हम उसका मणिमहालय में स्वागत नहीं कर सकते।"

"मां, मैं नहीं चाहती कि वह यहां आए, मुझे ही उसके पास जाना होगा।"

"परन्तु तू निश्चय ही अब उसे पति-रूप में वरण करना न चाहेगी?"

"निस्सन्देह, वह मेरा पति है।"

"सूर्पनखा, रक्षाधिपति की कुल-कन्या, राक्षस-बाला होकर तू मातृहन्ता से विवाह करना चाहती है।?"

"मैं उसीसे विवाह करूंगी।"

"ओह, यह तो अत्यन्त अपमानजनक और त्रासदायक है। मातृहन्ता से विवाह करके फिर क्या तू राक्षसों की प्रतिष्ठित जाति में रह सकती है?"

"रक्षेन्द्र ने मुझे मेरा भविष्य बता दिया। पर मैं उसीकी हूं–उसके सब अच्छे-बुरे, पाप-पुण्य की संगिनी। उसके कार्य को रक्षेन्द्र ने देखा है, मैं उसकी मनोच्यथा देख रही हूं। इस मनोव्यथा के कष्ट को अकेला ही भोगने देने को मैं उसे अकेला नहीं छोड़ सकती। यदि मैं ऐसा करूं तो मैं अपनी दृष्टि में छोटी हो जाऊं।"

"उस आदमी के प्रेम के लिए तू यह दुस्साहस कर रही है!"

"भाई, तू रक्षेन्द्र है, साहसिक योद्धा–और मैं तेरी बहिन हूं साहसिक प्रेमिका।"

"साहसिक प्रेमिका?" मन्दोदरी ने त्योरियों में बल डालकर कहा।

"महिषी, गुस्सा करने से क्या होगा? कुछ लोग साहसिक कर्त्तव्यनिष्ठ होते हैं। वे परिणाम की चिन्ता नहीं करते, न वे लाभ-हानि का विचार करते हैं। वे केवल वही करते हैं, जो ठीक है।"

"तो तू क्या समझती है, यह मातृवध ठीक है?"

"सम्भव है। परन्तु मैं तो विद्युज्जिह्व के प्रति अपने कर्तव्य ही की बात सोचती हूं।"

मन्दोदरी ने कहा–"तो उसे बुलाकर कारण पूछ।"

"वह नहीं आएगा।"

"मेरी आज्ञा से भी नहीं?"–रावण ने क्रोध से कहा।

"और मैं भी तेरी आज्ञा से यहां रुकूंगी नहीं। उसके पास जाऊंगी।" सूर्पनखा ने शान्त मुद्रा से कहा।"

"तुझे प्रजंघ से ब्याह करना होगा।"

"कदापि नहीं, मुझे दुःख है, मेरे कारण रक्षेन्द्र को दुःख हुआ–महिषी को भी अब चिन्तित होने की आवश्यकता नहीं है, अब मैं चली।"

"कहां?"

"अपने प्रियतम के पास।"

"तो मुझे उससे युद्ध करना होगा।"

"रक्षेन्द्र, उसके पास भी शस्त्र हैं।"

"तो तू रक्षेन्द्र को चुनौती देती है?"

"चुनौती रक्षेन्द्र अपनी बहिन को देता है, जो उसका व्यापार नहीं है।"

"किन्तु!" मन्दोदरी ने कहा– "मैं एक बार विद्युज्जिह्व से बात करूंगी।"

"मैं उसे मणिमहालय की ड्योढ़ी न लांघने दूंगा।"

"जब तक रक्षेन्द्र को आपत्ति है, मैं भी उसका यहां आना ठीक नहीं समझती।"

"हम यह कैसे कहें कि वह प्रकृत मातृहन्ता है या कि कर्त्तव्यनिष्ठ पुत्र?"

"वह कर्त्तव्यनिष्ठ पुत्र है?"

"क्या माता का?"

"नहीं पिता का।"

"परन्तु हम राक्षसों में, दैत्यों में और दानवों में मातृसत्ता ही वरिष्ठ है, पितृसत्ता नहीं।"

"तो इसीसे एक पत्नी अपने पति का वध कर सकती है? उसकी सब सम्पत्ति को उसके जीते-जी लेकर दूसरे पुरुष के साथ रह सकती है?"

"यह दोषपूर्ण है।"

"तो उसे कर्त्तव्यनिष्ठ पुत्र ही कहा जाएगा। सम्भव है, उसने कर्त्तव्यवश जो कुछ किया, उससे वह दुःखी भी हो।"

"बहिन, प्रेम के आवेश में मनुष्य बहुत-सी बातें नहीं देख सकता।"

"परन्तु स्त्री को पति की अविश्वासिनी होने पर क्या दण्ड दिया ही न जाए?"

"यह तो उसके व्यक्तित्व और चरित्र पर निर्भर है।"

"तो रक्षेन्द्र समझते हैं कि उसने अपराध किया है?"

"हो सकता है; पर तू क्या समझती है कि तुम दोनों एक-दूसरे के पूरक हो?"

"हम दोनों जीवन-साथी हैं, मैं उसे वरण करके प्रसन्न हूं।"

"दुर्भाग्य है, दुःखद है!"

"तो अब मैं चली, अभिवादन करती हूं भाई!"

"आह, यह दुस्सह है बहिन!"

"अभिवादन करती हूं भाभी!"

"किन्तु तू हमें छोड़कर जा रही है?"

"तुम्हारा आशीर्वाद लेकर।"

"फिर कब आएगी सूर्पनखा!"

"कभी नहीं।"

"अस्तु! जो मणि, रत्न, स्वर्ण तुझे चाहिए, मणिमहालय से ले जा और कुछ सैनिक भी।"

"नहीं ले जा सकती।"

"क्यों?"

"विद्युज्जिह्व मेरे लिए यथेष्ट है।"

"वह तो स्वयं विपन्न है।"

"फिर भी मैं रक्षेन्द्र का दहेज नहीं स्वीकार कर सकती।"

"ज्या मेरे अनुरोध से भी नहीं, सूर्पनखा?"

"नहीं, जब तक रक्षेन्द्र मेरे पति को, अपना बहिनोई स्वीकार कर मणिमहालय में उसका स्वागत न करे।"

"यह तो कभी नहीं होने का।"

"तो भाई, विदा!"

"बहिन, क्या यह यथेष्ट नहीं कि तू उससे ब्याह कर रही है? मुझे भी उसे स्नेह करना होगा?"

"और आदर भी। तुम जब तक उसे बहिनोई और निरपराध कर्तव्यनिष्ठ पुत्र नहीं समझते, हमारी राह जुदी है–तुमारी जुदी।"

"ओह सूर्पनखा, मुझे उससे युद्ध करना ही पड़ेगा, यह मेरी कुलप्रतिष्ठा का प्रश्न है।"

"तो भाई, हम सब कालिकेय लोग अश्मपुरी में तेरा स्वागत करेंगे।"

58 यमजिह्वा

लंका में यमजिह्वा नाम की एक कुट्टिनी रहती थी। यह वृद्धा राक्षसी सर्वहारी विद्या में बड़ी कुशल थी। यह कुट्टिनी लंका में प्रसिद्ध थी। लंका की सब वेश्याओं की वह नानी थी। उस राक्षसी कुट्टिनी का रूप भी बड़ा अद्भुत था। उसकी ठोढ़ी मोटी थी, नाक चपटी और टेढ़ी थी। दांत बड़े-बड़े बाहर को निकले हुए और छीदे थे। चमड़े के खाली थैले के समान लटके हुए स्तन, लाल और भीतर को धंसी हुई लम्बी भूषणरहित कान की पाली, खिचड़ी बाल, कण्ठ की उभरी हुई नसें, उसके कद-रूप को व्यक्त कर रही थीं। धुला हुआ धवल वस्त्र पहने, विविध वशीकरण ओषधियों के तावीज़ों और रत्नों की माला पहने, उंगली में स्वर्ण की मुद्रिका और कटि में स्वर्ण-मेखला धारण किए आसन्दी पर बैठी वह कुट्टिनी यमजिह्वा अपनी पुत्री मदालसा को वेश्याधर्म सिखा रही थी—"देख, तेरे ये चिकुर-भर ऐसे हैं जैसे भस्म होते हुए कामदेव का धूम्र ही वर्तिकाकार हो गया हो। कामीजनों को किंकर बनाने को यही यथेष्ट हैं। फिर ये मन्दोल्लासित भ्रू-युगल और मन्द-स्मित अधर धीरों को भी अधीर करने वाले हैं। कामीजन तेरे इस स्वर्ण-कान्त शरीर की कान्ति सुनकर ही विह्वल हो सकते हैं, देखने की तो बात ही क्या है। फिर तेरी यह रुधिर दन्तपंक्ति, अचिर विद्युद्दाम-कान्ति को मात करती है और पुरुषों के मन में मन्मथदाह-वेदना उत्पन्न करती है। तेरा आलाप कोकिल की कुहुक को मात करता है और तेरे इन मकर-केतन-निकेतन युगल-स्तन-कान्तार में स्मर तस्कर का वास है। तेरे ये मृणाल-परिकोमल युगल बाहु भला किसे मदन-संकट में नहीं डाल सकते! तेरा यह मनोहर मध्य देश क्षीण तो है, परन्तु शरीरधारियों की अभिलाषा, चिन्ता, स्मृति, गुण-कथन, उद्वेग, संलाप, उन्माद और जड़ता की मन्मथ-दशाओं को प्राप्त कराता है। संकल्पज चापयष्टि-गुण-शोभा-धारिणी ये तेरी रोम-राशि तरुणों को कामशर-पीड़ित करती है। ये तेरे सुवर्ण-शिलातल, रमणीय पृथुल जघन यतियों की समाधि का नाश करने वाले हैं। ऐसे ही मनोहारी तेरे रम्भास्तम्भ से शीतल ऊरु-युग मदन-ज्वर-शान्ति की महौषध हैं। कनकलता के समान यौवन-कल्प-तरु तेरे ये सुडौल जंघायुगल भला किसे कामफल न देंगे? अनार और स्थल-कमलिनी के रंग को फीका करनेवाले तेरे चरण-युगल भला किसके मन को अलंकृत नहीं करते? अरी पुत्री, तेरे शरीर की इस शोभा का मूल्य पृथ्वी पर कहां है? परन्तु ध्यान से सुन! धन से सबकी प्रतिष्ठा होती है वेश्याओं की

विशेष करके। परन्तु प्रेम करने से धन नहीं मिल सकता। इससे वेश्या की बेटी को प्रेम के विषय से दूर ही रहना चाहिए। सन्ध्या के अन्धकार के समान वेश्याओं का अनुराग दोष-रूपी अन्धकार को बढ़ाने वाला होता है। इससे, वेश्या-पुत्री को प्रेम का चतुराई से अभिनय करना चाहिए–प्रेम नहीं करना चाहिए। वेश्या को चाहिए कि पुरुष के साथ अनुराग प्रकट कर उससे सब धन ले ले, फिर धन लेकर उसे निकाल दे और जो उसे फिर धन मिले; तो उसे भी स्वीकार कर ले। मुनि के समान जो वेश्या बालक में, युवा में, वृद्ध में, रूपवान् में तथा कुरूप में समभाव रखती है, उसीको परमार्थ प्राप्त होता है।

रावण का छोटा पुत्र अक्षयकुमार था। वह अभी किशोर वय का सुन्दर, भावुक तरुण था; और लीला-विलास में रुचि रखता था। मदालसा पर वह आसक्त था। वह अभी वेश्याओं की प्रवृत्तियों को नहीं जानता था। लंका में यौवन के अंधे धनी तरुण किशोरों के धन और प्राणों को हरनेवाली दो वस्तुओं का प्राबल्य था–एक वेश्यालय, दूसरे द्यूतालय। इसलिए लंका के श्रेष्ठ, चतुर नागरिक राक्षस वेद-विद्या, अश्व-विद्या, शस्त्र-विद्या और रत्न-विद्याओं के साथ–अक्ष विद्या और मोहिनी विद्याएं भी सीखते थे। परन्तु अक्षयकुमार अभी निपट बालक ही था। एक बार वाटिका में उसकी मदालसा से देखादेखी हो गई थी। सौविदों के द्वारा तीन वर्ष तक उसने उसकी आराधना की, तब कहीं उसने उसे आने की स्वीकृति दी। एक दिन विहार करते हुए वह मदालसा का अपने मित्र और मन्त्री प्रहस्त-पुत्र जम्बुमाली से वर्णन करने लगा–

"अरे मित्र, उसका भ्रूभंग, स्मित और कटाक्षपात, मृदुवक्र मनोहारी अंगहार, आलाप और अभिगमन–प्रत्येक में कुसुमायुध का वास है। अरे, जैसे तिल-तिल सब रत्नों के संग्रह का समावेश करके पितामह ब्रह्मा ने सुन्दोपसुन्द के नाश के लिए तिलोत्तमा अप्सरा की सृष्टि की थी–उसी भांति उस दुष्ट बूढ़े ब्रह्मा ने इस लंका के सब रक्ष-तरुणों का नाश करने के लिए यह मदालसा रची है। उसकी मृगशावक जैसी तरला-विलोला चाक्षुषी, फूलों से गुंथी हुई सुदीर्घा वेणी, प्राणियों को कामोचित फल देने वाली हैं। उसके चन्द्र-तिलक-शोभित ललाट और दुर्लभ रक्तोत्पलकोकनद-मुखश्री अवर्ण्य है। उसका आताम्र मधुमत्त अधरोष्ठ का अमृत-पान पुण्य-शेष जन ही कर सकते हैं। अहा, घूर्णित लोचन, अनुरागाक्रान्त कमल-द्युति, वह मुग्ध वदन सुधा-सदन ही है। उसका कृश तन तो नलिनी के समान शीतल-कोमल है और उसपर प्रफुल्ल मुख-कमल खिला है। मैं भ्रमर उसका मकरन्दपान करना चाहता हूं। उसके नितम्ब-सौन्दर्य को देखकर तो तपस्वी भी तुरन्त उत्कंठित हो

उठेंगे। वह सुवदना, प्रहर्षिणी, तनुमध्या, मृदुभाषिणी, स्रग्धरा देखने वालों को आश्चर्य-विमूढ़ कर देती है। वह जब पलक झुकाकर, प्रेमार्द्राकुलपराङमुखी हो दृष्टि-मात्र से ही हृद्गत भावों को व्यक्त करती है तब ती दशार्ण शरक्षेप से गलित, काम-वृद्ध भी उज्जीवितकाम हो जाते हैं। फिर मेरे जैसे श्रृंगारस्निग्ध तरुण की क्या कथा! उसके दिव्य रूप पर यौवन छाया ही है फिर जब वह अंग और लीला के श्रृंगारानुभावों से उद्दीप्त होता है—तब मुनियों का मन भी मुग्ध हो जाता है। अरे, तारुण्य के निर्झर झरने के अमृत से उसकी देह-श्री सिंचित हुई, तो नवीन यौवन की लीला-कलाओं की पौध फूट उठी। फिर उन्हीं तरुओं की शीतल छाया में सोता हुआ कंदर्प अकस्मात् जाग उठा। हाय-हाय, यह अब जगज्जय करना चाहता है। विधाता ने उसे लावण्य ही के कणों से बनाया है, उसके कुच-युगल निर्बाध उन्नत होकर जन-जन को पीड़ित करते हैं। क्यों, भाई यह कैसा चमत्कार है, यह कामदेव—स्मरण मात्र से तो उसकी उत्पत्ति है, फूलों के उसके बाण हैं, अबला स्त्री का उसे बल है, फिर भी वह व्यंग्य-अनंग आबालवृद्ध सभ्झी का घात करता है! उसके अकार्णान्तर्गामी नील नेत्र तो ऐसे शोभायमान हैं, जैसे उसने कानों में कमल का श्रृंगार किया हो। लंका की सब स्त्रियां तो उसकी अतुल्यता में और पुरुष भोग-विरह में सूखते जा रहे हैं। बस षण्ढ ही मज़े में हैं। उस कामिनी की क्षीण कटि आभरण-भार नहीं सह सकती थी, इसलिए विधाता ने उसे रोम-राजि के नैसर्गिक आकर्षण से सज्जित किया है। उसके सकम्प अधर, अधीर ईक्षण-युगल, बंकिम भ्रूभंग तो उस तन्वंगी को भीरु ही व्यक्त करते हैं। पर फिर भी उसने राक्षस-भटों से भरी-पूरी इस समूची लंका को जीत लिया है। उसके पुष्ट नितम्बों पर भारी स्वर्ण-रशना निर्दय आघात कर रही है और पीन कुच-युग्म मणिहार के आघात को निर्द्वन्द्व सह रहे हैं। अपनी-अपनी सामर्थ्य ही तो है। परन्तु यह जो मृणालमृदु-भुजवल्लरियों में वज़नी स्वर्णवलय पहना दिए हैं—यह तो अनर्थ ही है।"

इस प्रकार जब दोनों मित्र मदालसा का रूप-लावण्य वर्णन कर रहे थे, तभी यमजिह्वा की भेजी हुई दूती ने आकर राजपुत्र को प्रणाम कर पुष्पताम्बूलपटल का उपायन राजपुत्र के सम्मुख धरा और विनम्र मनभावन वचन बोली—"प्रियदर्शी कुमार, अब मैं तुमसे क्या कहूं? वह तो चन्द्रमा को अंक में भरना चाहती है, आकण्ठ अमृत-पान करना चाहती है और मलय-पल्लव पर शयन करके अपना दाह शान्त करना चाहती है अथवा विष्णु की कौस्तुभ मणि को हृदय में धारण करना चाहती है। भला उसकी स्पर्द्धा तो देखो। कहां हम पापिनी अस्पृश्या वेश्या जाति, और कहां आप जैसे गुण-समुद्र उदार अन्तःकरण वाले राजपुत्र! भला हम

हीन-कुल कैसे कुलवधू की प्रतिष्ठा को प्राप्त हो सकती हैं? पर कहूं क्या–यह सब उस धिक्कृत अनंग का दुष्प्रभाव है, वह विवेकी ऋषिजनों को भी विवेकहीन कर देता है, फिर युक्तायुक्त का विचार भला वे कैसे कर सकते? सो यही तो मन्मथ की 'रागरज्जु' है। उसकी उद्वेगावस्था का वर्णन मैं कैसे करूं? वह दूसरे का मन हरती है, पर स्वयं विमन रहती है। नागरों का वह मनोरंजन करती है, पर स्वयं उदासीन रहती है। हे कुमार, तेरे बिना वह ऐसी उद्विग्न हो रही है कि क्या कहूं। अपने विचित्र आचरण से वह कामीजनों के मन को मोह लेती है, परन्तु उसके सेवा-सत्कार-दान से वह प्रसन्न नहीं होती। कुमार, वह तो तेरे ही प्रेम में दीवानी हो रही है। परन्तु वह प्रेम की भोरी प्रेम का नाम ही जानती है— प्रेम के तत्त्व को नहीं पहचानती; अभी उसका अनुभव ही क्या है! अल्हड़ है। रतिवार्ता से वह कंटकित हो जाती है, रतिसुख की बात तो उसने अभी सुनी ही सुनी है। वह उसका अपना अनुभूत नहीं है। इस प्रकार यह प्रेम-मूर्ति अभी परोक्षमन्मथा है। अभी वह मदन-रुजा से अनभिज्ञ है और उस अनभिज्ञ पर पापात्मा, दग्ध मनोज ने कुसुमास्त्र से तुझसे रहित देख आक्रमण किया है। अब वह बाला मन में तेरी ही मूर्ति रखकर आते-जाते, आगे-पीछे, प्रसन्न और क्रुद्ध तेरा ही ध्यान करती रहती है। तुझे ही नाना अवस्थाओं में, नाना भावों में देखती है। ऐसी वह उत्कंठिता नायिका है। हे राजकुमार, तू कान्त है, हृद्य है, रुच्य है, सुगम है, सुखद है, मनोहर है, रमण है, इष्ट है, स्वामी है, दयिता का प्राणदाता, केलिकरण-निपुण है। सो हे राजपुत्र, तू उस प्रिया के निकट चल, अब झूठ-मूठ का विलम्ब क्यों? अरे, वह दर्पण में अपना मुख भी नहीं देखती, न चन्द्र-दर्शन करती है इससे उसे अनुताप होता है। वह सोती है तो अपनी मृणाल-भुजाओं को इधर-उधर पटकती रहती है। वह प्रकट उदासीन है, पर भीतर से अनुरक्त है। मैं कहती हूं अरी मूर्खा, वही तो तू है। वही यह विदग्ध जन-मण्डित पुरी लंका है। वही कुसुमायुध है, फिर यह नया विरह -संताप तुझे कैसे उत्पन्न हुआ। उस विरह-पीड़िता के कपोल पाण्डुर होकर और भी मनोहारी हो गए हैं, सो इसमें आश्चर्य क्या? मन्मथ-विकार तो सहज सौन्दर्य को निखारता ही है। नये कमल-पत्रों की शय्या पर उसका कृश और दुर्निरीक्ष्य पाण्डु शरीर ऐसा शोभायमान हो रहा है जैसा सन्ध्या के धूमिल प्रकाश में विकसित द्वितीया की क्षीण चन्द्र-कला; और ऐसा भी तो होता है कि 'विषस्य विषमौषधम्'। इसलिए जिस कारण से यह स्मरमान्द्य रोग हुआ है उसीसे उसका शमन भी होगा। सो राजकुमार, वह मदालसा तेरे चरण-कमल के रज की संगति की इच्छुक है, वह दासी के समान तेरी इच्छा करती है, सो तू उसकी मनोकामना पूरी कर। मैं न तो चापलूसी करती हूं, न झूठी

बड़ाई, न लोभ से कुछ प्रयोजन है। मैंने उसका सच्चा गुणगान किया है। सद्भाव ही जिसका मूल है और हंसती हुई दृष्टि का विलास ही जिसकी सघन छाया है, उस मदालसा-रूपी राग-तरु का हृद्य रसपान कर, और सब लंका के वासी श्रीमन्त राक्षस जिसकी एक झलक देखने को मर जाते हैं, तू उसका अंग-संग कर।"

दूती के ऐसे वचनों से उन्मत्त-सा हो अक्षयकुमार काम-ज्वर से दग्ध हो भारी-भारी सांसें भरने लगा। फिर उसने दूती से कहा–"हे चारुभाषिणी, जा, समय-सम्मत कर।"

59 अश्मपुरी का युद्ध

लंका-द्वीप के पूर्वी अंचल में कुछ अश्म-द्वीप-पुंज थे। ये द्वीप बहुत छोटे-छोटे थे और इनमें से अनेकों में मनुष्यों की आबादी नहीं थी। कुछ द्वीप तो ऐसे थे, जिनका पता ही नाविकों को न था। पर कुछ ऐसे भी थे, जहां जाते हुए अच्छे साहसी नाविक भी डरते थे। क्योंकि ये सभी द्वीप-पुंज चुम्बक पत्थर के द्वीप थे, इसी से ये सब अश्मद्वीप-पुंज के नाम से प्रसिद्ध थे। बहुत कम नाविक वहां जाने का साहस कर पाते थे। द्वीपों के पास जाते ही नौकाओं के अंशफलक बिखर जाते थे। इन्हीं द्वीप-पुंजों में से एक अश्मपुरी बसी थी। पहले यह पुरी राक्षसों ही की थी, परन्तु प्राचीन काल में उसमें दैत्य-दानव ही रहते थे। विद्युज्जिह्व जब कालिकेयों का नेता बना, तो उसने पुरी को कुछ समृद्ध बनाया। इस समय अश्मपुरी में बीस सहस्र कालिकेय बस रहे थे और इन सबका नेता विद्युज्जित था। अश्मपुरी समुद्र के जिस अंचल में बसी थी, उसके पास-पास का समुद्र बहुत गहरा था और वहां समुद्र में जल-दानव बहुत थे। उनके भय से भी बहुत कम नाविक वहां आने का साहस करते थे। यह जल-दानव बड़ा शक्तिशाली प्राणी था। इसकी आकृति विलक्षण और भयानक होती थी। इस जीव के आठ पैर उसके सिर पर होते थे। इन आठ विशाल पैरों के साथ दो रस्सी-नुमा मूंछें भी होती थीं। इसकी आंखें बड़ी ही भयानक होती थीं। इन जल-दैत्यों के आठों पैर बड़े ही मज़बूत और भयानक होते थे। वह इन्हींसे अपना शिकार पकड़ता था। इनका आकार छः-सात गज़ का होता था। इस जल-दैत्य की सभी बातें निराली थीं। यह आगे को न चलकर पीछे की ओर चलता था। यह जन्तु उस काल में, जब जहाज़ बिना यन्त्र के

चलते थे उनके लिए काल ही माना जाता था। यह जल-दानव अपने मज़बूत पांवों से तरणी को जकड़ लेता था और बात की बात में उसका मस्तूल तोड़ डालता था। एक विचित्र बात यह थी कि उसके शरीर में से कस्तूरी के समान सुगन्ध निकलती थी। यह दैत्य अपनी लम्बी भुजाओं में कई-कई मनुष्यों को एकबारगी ही लपेट तथा तोते के समान विराट् चोंच खोलकर उन सबको एकबारगी निगल जाता था।

दूसरी विशेषता इस द्वीप की, वन-मनुष्यों की थी। ये एक जाति के गुरिल्ले ही थे। इन वनमानुषों का आकार दो गज से भी अधिक होता था और इनका शरीर इतना सुगठित और मोटा-ताज़ा होता था कि देखने पर ये बिल्कुल भयानक दैत्य लगते थे। इनके अंग और जबड़े अत्यन्त मज़बूत होते थे और छोटे से छोटे वनमानुष में दस आदमियों का बल होता था। इनका देह-भार साठ मन तक होता था। इनके सर्वांग पर बड़े-बड़े काले बाल उगे होते थे। सिर पर कुछ लालिमा लिए लाल बाल होते थे। उनका भरा हुआ मुंह, चपटी नाक और बेढंगी आंखें होती थीं। जब ये अपना मुंह खोलते थे, तो उनकी विकराल दाढ़ें स्पष्ट दीख पड़ती थीं। ये जीव दो-चार एकत्र होकर जब बस्ती की ओर आते तो कृषि चौपट कर डालते थे। यह पशु दस-दस की संख्या में पारिवारिक ढंग पर रहता था। यह बड़ा ही विकट, साहसी और अपनी रक्षा में समर्थ होता था। जब यह क्रोध करता था तो इस प्रकार गरजता था कि वन-पर्वत प्रतिध्वनित हो जाते थे।

विद्युज्जिह्व ने कौशलपूर्वक तरणी को अश्म-द्वीप के तट पर लगाया। वह प्रथम स्वयं उछलकर उतरा और फिर उसने दोनों हाथों से सूर्पनखा को उठाकर तट पर रख दिया। धीरे-धीरे दोनों ही द्वीप की ऊबड़-खाबड़ पथरीली राह पर बढ़ने लगे।

सूर्पनखा ने पूछा–"अब क्या हम सुरक्षित हैं?"

"मैं समझता हूं अश्मपुरी में हम सुरक्षित हैं।"

"किन्तु रक्षेन्द्र से कह आई हूं कि अश्मपुरी में हम उसका स्वागत करेंगे।"

"सो तो ठीक ही कहा।"

"क्या हमारा बल इतना है?"

"बीस सहस्र कालिकेय मेरे अधीन हैं।"

"वह तो तूने पहले कभी नहीं कहा!"

"तो तूने रक्षेन्द्र को कैसे निमन्त्रण दे दिया?"

"केवल तुझीपर निर्भर होकर।"

"क्या मैं एकाकी दुर्जय रक्षेन्द्र से पार पा सकता हूं?"

"क्यों नहीं, तुझमें रक्षेन्द्र से अधिक शौर्य भी है, दर्प भी है।"

"यह तू मानती है?"

"मानती हूं।"

"अच्छा ही है, उसीमें बीस सहस्र कालिकेयों को भी जोड़ दे, जिनकी तू आज से स्वामिनी है।"

"पर मैं तो तेरी किंकरी हूं।"

"और मैं तेरा।"

"हमें कितना चलना होगा?"

"डेढ़ योजन।"

"चल फिर, सूरज का प्रखर तेज बढ़ रहा है।"

दोनों आगे बढ़ चले। अश्मनगरी की पौर पर कालिकेयों ने दम्पती का भव्य अभिनन्दन किया। नगर-भर में नृत्योत्सव हुआ। दीपावली हुई। रात्रि को मद्यभोज हुआ, जहां विद्युज्जिह्व ने सूर्पनखा-सहित स्वर्ण-सिंहासन पर बैठ सबकी अभ्यर्थना स्वीकार की।

अश्मनगर साफ-सुथरा और कलापूर्ण गवाक्षों से सम्पन्न था। कालिकेय सम्पन्न और श्रीमन्त न थे। कृषक और आखेटक-मात्र ही थे, फिर भी वे चतुर और सुरुचिपूर्ण थे। विद्युज्जिह्व से उन्हें प्रेम था। पितृहत्यारिणी माता का वध करने के कारण कालिकेयों ने उसका अभिनन्दन ही किया था।

लंका में विद्युज्जिह्व छद्मवेश में एक शिकारी के रूप में रहता था। उसने एक प्रकार से अपने वैभव और सामर्थ्य का ठीक-ठीक अनुमान सूर्पनखा को भी न दिया था। वह उसे एक विपद्ग्रस्त तरुण दानव-कुमार समझती थी। उसकी शालीनता और उसका साहसिक जीवन उसे बहुत पसन्द था। इसीसे वह उसपर इतनी मोहित थी। उसकी विपन्नावस्था, पारिवारिक कलंक और स्वयं विद्युज्जिह्व के हाथों माता का वध होने पर भी वह उसे त्याग न सकी। इतने बड़े इस साम्राज्य के अधिपति की इकलौती प्यारी बहिन, भाइयों और भाभी के परम अनुरोध को भी न मानकर एकाकी उसके साथ चल दी। परन्तु जब उसने यहां आकर अश्मपुर में उसकी सामर्थ्य और वैभव देखा, तो उसने जाना कि उसका पति एक छोटा-सा राजा ही है। वह अपने कुल का अधिपति और द्वीप का स्वामी है।

चलते समय रावण ने प्रिय बहिन को कहा था कि संकटग्रस्त होने पर वह उसकी शरण आ सकती है, परन्तु उसने अपने घमण्ड और आत्मसम्मान के आवेश में रावण का दिया उपानय भी स्वीकार नहीं किया था। अतः अब भला वह कैसे

उसकी शरणापन्न हो सकती थी! उसने उसका एक भी अनुराध नहीं माना था, तो अब वह कैसे अनुरोध कर सकती थी!

परन्तु मधुयामिनी सम्पन्न हुई ही नहीं और संकट का काल आ पहुंचा। रावण के सोलह सौ युद्ध-पोतों ने अश्मद्वीप को घेर लिया। क्षुद्रा, मध्यमा, भीमा, चपला, पटला, मया, दीर्घा, पत्रपुटा, गर्भरा, मन्थरा, तरणी, प्लाविनी, धारिणी, वेगिनी, ऊर्ध्वा, अनूर्ध्वा, स्वर्णमुखी आदि अनेकविध जल-नौकाओं ने अश्मद्वीप का तट घेर लिया। उनपर से शूल-खड्ग-मुद्गर-धनुष-बाणधारी योद्धा राक्षस तीर पर उतरने लगे।

विद्युज्जिह्व सूचना पा तुरन्त ही युद्ध को सन्नद्ध हो गया। पाठक उस क्रीता दासी राक्षस-बालिका को न भूले होंगे, जो लंका में विद्युज्जिह्व के लिए जागरण किया करती थी। यहां वह सूर्पनखा की प्रिय सखी बन गई थीं। अभी यद्यपि कुछ ही मुहूर्त का सम्मिलन था, पर दोनों ही प्रिय सखियां बन गई थी। जब विद्युज्जिह्व युद्ध-सज्जा से सज्जित हो सूर्पनखा से मिलने आया तो उसने देखा कि सूर्पनखा और सरमा परस्पर एक-दुसरे को युद्ध-सज्जा से अलंकृत कर रही हैं। विद्युज्जिह्व ने हंसकर कहा–"प्रिये, यह क्या?"

उसी प्रकार हंसकर सूर्पनखा ने कहा–रक्षेन्द्र के स्वागत की तैयारी तो मुझे ही करनी है। मैंने ही तो उसे अश्मपुरी में निमन्त्रण दिया है। मैं अपने भाई के प्रताप-स्वभाव से परिचित हूं, अतः इसका समुचित सत्कार तो मैं ही करूंगी।"

"तो प्रतिष्ठिते, तू सरमा के साथ पुर की रक्षा कर। कह, कितने योद्धा तुझे चाहिए?"

"एक भी नहीं, हमें पुरुष योद्धा न चाहिए। हम दानव-बालाएं ही अपने नगर की रक्षा कर लेंगी। हां, हमें शस्त्र चाहिए।"

"वे शस्त्रागार में यथेष्ट हैं। क्या मैं तेरी सहायता के लिए कुछ सेनापति और मन्त्री नियुक्त कर दूं?"

"नहीं, उन सबको तू ले जाकर रणस्थली में अपना शौर्य प्रकट कर, यहां हम सब यथेष्ट हैं। हमारे रहते नगर में राक्षस प्रविष्ट न हो सकेंगे।"

"तो प्रिये, कुल-पुरुष तेरी रक्षा करें। मैं चला।"

"समुद्र के दैत्य तेरी सहायता करें। जा, शत्रु-रक्त से ललाट-तिलक दे।"

समुद्र- तट से दक्षिण दिशा में विराट् समतल मैदान था। वहीं रावण ने महासूचि-व्यूह बनाकर अपनी सेना को अवस्थित किया था। व्यूह के प्रान्त-भाग में उसने सभी मामाओं को नियुक्त कर मध्य में कुम्भकर्ण को रखा, तथा सेना

के पृष्ठ भाग की रक्षा स्वयं अपने अधीन की। विद्युज्जिह्व ने अर्धचक्र-व्यूह रचा। मध्य में वह स्वयं रहा तथा प्रान्त में कुंजर और सनीथ कालिकेय सेनानायकों को नियुक्त किया।

दोनों ओर से रण-वाद्य बजे तथा सेनाएं जय-जयकार का तुमुलनाद करतीं, शस्त्र चमकातीं परस्पर गुंथ गईं। देखते ही देखते बाणों से दिशाएं व्याप्त हो गईं। शीघ्र योद्धा कट-कटकर भूमि पर गिरने लगे। लोथों के ढेर लग गए। योद्धा परचार-परचार कर भटों से जूझने लगे। शस्त्रों की मारकाट, योद्धाओं की ललकार और घायलों के चीत्कार से दिशाएं व्याप्त हो गईं। मध्याह्न तक तुमुल युद्ध हुआ। धीरे-धीरे भटों के कट जाने पर अपनी पराई सेना का भेद मालूम हुआ और लड़ते हुए प्रतिपक्षियों के नाम, रावण अपने मन्त्रियों से पूछने लगा। इस समय कुम्भकर्ण ने विकट पराक्रम ठान रखा था। उसके सम्मुख कोई भट ठहर भी न सकता था। यह देखकर विद्युज्जिह्व आगे बढ़कर कुम्भकर्ण के समुख आया। उसने खड्ग मस्तक पर लगाकर कुम्भकर्ण का अभिवादन किया और कहा–"हे राक्षसों के ज्येष्ठ, मेरा तुझसे एक अनुरोध है।"

"तो पहले अपना नाम कह, गोत्र बता और फिर प्रयोजन कह।"

विद्युज्जिह्व ने कहा–"रक्षपति, तेरी बहिन का स्वामी विद्युज्जिह्व कालिकेय हूं।"

"तो क्या तू शरणागत है?"

"नहीं रक्षेन्द्र, मैं रक्ष-कुलपति के साथ द्वन्द्व युद्ध करने की प्रतिष्ठा चाहता हूं,।"

"तो वीर, मैं भी प्रतिष्ठित सम्बन्धी हूं, तू मेरा भगिनी-पति है, तू मुझीसे द्वन्द्व-युद्ध कर।"

"यह क्रम -भंग होगा। ऐसी कालिकेयों की रीति नहीं। यह सम्मान ज्येष्ठ को ही मिलता है। भाग्य से रक्ष-कुल का अपराधी भी मैं हूं अपने कुल का ज्येष्ठ भी मैं हूं। इसीसे मैं प्रथम राक्षसेन्द्र रावण से द्वन्द्व-युद्ध करूंगा। फिर उसके बाद तेरी अभ्यर्थना करूंगा।"

"मैं तुझपर प्रसन्न हुआ। तेरी बात युक्तियुक्त, संगत और दोनों कुलों की मर्यादा के अनुकूल है। मैं रावण को तेरा अनुरोध निवेदन करता हूं।"

अनुरोध सुनकर रावण वहां आया। विद्युज्जिह्व ने शस्त्र भूमि पर रखकर निरस्त्र हो रावण का अभिवादन किया। फिर कहा–"सातों द्वीपों के स्वामी राक्षसेन्द्र का मैं अश्मद्वीप में स्वागत करता हूं।"

"स्वस्ति, तेरी विनय भी तेरे शौर्य के समान ही श्लाघ्य है किन्तु तू क्या मेरा शरणापन्न है?"

“रक्षेन्द्र, मेरी पत्नी और तेरी भगिनी सूर्पनखा ने मुझसे अश्मपुरी में तेरा स्वागत करने को कहा था।”

“वह मुझे याद है।”

“तो मैं अश्मद्वीप में तेरा स्वागत करता हूं।”

“शरणापन्न होकर?”

“नहीं, अश्मपुरी का अधिपति और तेरा भागेनीपति होने के नाते।”

“तू किस भांति स्वागत करना चाहता भगिनीपति?”

“यदि तू शस्त्र भूमि पर रख दे, जैसे मैंने रख दिया है, तो तेरा चिरकिंकर होकर; नहीं तो तू मुझे अपने साथ द्वन्द्व-युद्ध की प्रतिष्ठा दे।”

“दूसरी ही बात ठीक है भगिनीपति, तेरा द्वन्द्व मुझे स्वीकार है। शस्त्र उठा ले। परन्तु युद्ध-पूर्व कह, तेरा मैं और क्या प्रिय करूं?”

“यही यथेष्ट है रक्षपति, तुझे कौन-सा शस्त्र सिद्ध है?”

“तू स्वच्छन्द प्रहार कर। सुना है तू शक्ति का अमोघ प्रहार करता है।”

“यों ही कुछ अभ्यस्त हू। तो रक्षेन्द्र तू प्रहार कर।”

विद्युज्जिह्व ने उछलकर शक्ति उठा ली। रावण ने प्रचण्ड वेग से शक्ति फेंकी। विद्युज्जिह्व एक ओर झुक गया, शक्ति भूमि में जा धंसी। अब विद्युज्जिह्व ने शक्ति फेंकी। वह रावण के कुण्डल को छूती हुई चली गई। बड़ी देर तक दोनों योद्धा शक्ति, शूल, खड्ग और मुद्गर से युद्ध करते रहे। रक्षेन्द्र रावण थककर हांफने लगा। उसके घावों से रक्त झर-झर बह रहा था, परन्तु विद्युज्जिह्व अभी भी ताज़ा-दम था।

रावण ने हंसकर कहा–“तेरा पराक्रम श्लाध्य है वीर!”

“रक्षेन्द्र प्रसन्न हों। मुहूर्त-भर विश्राम कर लें। इसके बाद युद्ध हो।”

“जैसे तुझे प्रिय हो।” रावण ने अपने हाथ का शस्त्र रख दिया। दोनों पक्ष स्तम्भित हो वह युद्ध देख रहे थे। दोनों अप्रतिहत योद्धा आस-पास खड़े श्रम दूर कर रहे थे। रावण ने कहा–“विद्युज्जिह्व, तू क्या सूर्पनखा के लिए कुछ सन्देश देना चाहता है?”

“केवल यही कि मैं उसे प्यार करता हूं?”

“क्या उसकी कोई अभिलाषा भी है?”

“यदि रक्षेन्द्र का अकेले ही उसे अश्मपुरी में स्वागत करना पड़ा, तो उसकी अभिलाषा रक्षेन्द्र से अव्यक्त न रहेगी। फिर राक्षसराज रावण जिसका भाई और ज्येष्ठ है, उसके लिए मुझे क्या चिन्ता? परन्तु, अब तो हम सुस्ता चुके।”

"निस्संदेह? तो वीर, धनुष ले।"

"रक्षेन्द्र यदि दो शरीर रक्षक साथ ले लें तो मुझे आपत्ति न होगी।"

"वाह वीर, ऐसा भी कहीं होता है?"

इसके बाद दोनों वीरों में धनुष-बाणों से युद्ध हुआ। अनेक प्रकार के मन्त्रपूत वाणों से आकाश छा गया। दोनों वीरों के शरीर में बिंध-बिंधकर बाण शरीर का अंगभूषण बनने लगे। उनमें से रक्त की धार बह चली। अन्त में रावण ने सात अर्धचन्द्र एकबारगी ही धनुष पर चढ़ाकर विद्युज्जिह्व के धनुष की डोरी को काट टाला। यह देख राक्षसों की सेना गरज उठी। परन्तु इस समय विद्युज्जिह्व ने विकट परशु उठा रावण के सिर पर आघात किया। रावण आघात खाकर नीचे गिर गया। फिर उसने उछलकर अपना परशु संभाला, अपने सिर के चारों ओर घुमाकर रावण ने विद्युज्जिह्व पर प्रहार किया। प्रहार खाकर विद्युज्जिह्व मूर्छित हो गया। इसपर सब कालिकेय सेनापतियों ने विद्युज्जिह्व को शस्त्रों की छांह में छिपा लिया। राक्षसों की सेना एक बार फिर कालिकेयों पर टूट पड़ी। विद्युज्जिह्व का तरुण सेनापति मित्रहर्षकालिकेय विद्युज्जिह्व के चरणतल में खड़ा होकर परशु चलाने लगा। परन्तु कुम्भकर्ण ने उसका पैर पकड़कर उसे एक शिला-खण्ड पर धर पटका, जिससे उसका भेजा फट गया। अब विकृतदंष्ट्र और कुंभकर्ण में घनघोर युद्ध हुआ। अन्त में कुम्भकर्ण ने शक्ति उसके हृदय के आरपार कर दी। तब चक्रवाल, अंकुरी, प्रचंड और निर्घात कालिकेय सेनानायक एकसाथ ही कुम्भकर्ण पर टूट पड़े। शस्त्रों की प्रचंड मार ने कुम्भकर्ण को विकल कर दिया और वह चक्कर खाता हुआ भूमि पर गिर गया, यह देख कालिकेयों ने विकट हर्षनाद किया।

इसी समय विद्युज्जिह्व ने मूर्छा भंग होने पर खड्ग हाथ में ले रावण के सम्मुख आकर–"रक्षेन्द्र, आ, हम अपना अवशिष्ट धर्म पूरा करें।"

और एक बार फिर ये दोनों अप्रतिम योद्धा संग्राम में भिड़ गए। उधर सोमिल और कालकम्पन दैत्यों से प्रहस्त और विलम्बक राक्षस घनघोर युद्ध कर रहे थे।

विद्युज्जिह्व पहले भी रावण के परशु का करारा घाव खा चुका था। अब वह बारम्बार रुधिर बहने से अशक्त हो सुस्त हो गया। कई नये घाव खा गया। रावण ने कहा–"विद्युज्जिह्व, शस्त्र रख दे और शरणापन्न हो।"

"रक्षेन्द्र, जब शस्त्र-धारण में मैं समर्थ न रहूं तब तू ही मेरे शस्त्र को ग्रहण करके मुझे सम्मानित करना।" इतना कहकर उसने एक विकट वार रावण पर किया। पर रावण ने उछलकर खड्ग का एक जनेऊ हाथ दिया, जिससे विद्युज्जिह्व का सिर कटकर भूमि पर जा गिरा। विद्युज्जिह्व का कबंध ढाई घड़ी लड़ता रहा।

इसपर सब कालिकेय क्रुद्ध हो राक्षसों पर टूट पड़े। पर रावण ने युद्ध रोक दिया। उसने कहा–"अब युद्ध का कुछ प्रयोजन नहीं रहा।" विद्युज्जिह्व के सेनापति भयंकर ने कहा–"हम भद्र विद्युज्जिह्व का शरीर लेकर अश्मपुर जाते हैं। रक्षेन्द्र अश्मपुरी के द्वार पर आएं। वहां कालिकेयों की रानी सूर्पनखा उनका स्वागत करेंगी।"

कालिकेय अतिरथी विद्युज्जिह्व के शरीर को लेकर लौट गए। उनके पीछे रावण निरस्त्र हो मन्त्रियों सहित अश्मपुर को चला, उनके पीछे सब राक्षस सैन्य शस्त्र नीचे किए हुए। अश्मपुरी में विद्युज्जिह्व की चिता नगर के बाहर रची गई और सूर्पनखा ने चितारोहण की तैयारी की। सब कालिकेय निराहार रह, समुद्र-स्नान कर, चिता की परिक्रमा कर नीरव खड़े हो गए। तभी कालिकेयों की रानी सद्यः विधवा सूर्पनखा श्रृंगारित हो, चितारोहण के लिए आई। पहले उसने पति-सहित चिता की परिक्रमा की। फिर उसने रावण के निकट आकर कहा–"स्वागत भाई, अश्मपुरी में तेरा स्वागत है। परन्तु तू मुझे क्षमा कर रक्षेन्द्र, मैं अधिक विलम्ब नहीं कर सकती, तेरा कल्याण हो!"

रावण की आंखों में आंसू भर आए। उसने कहा–"बहिन, यह तू क्या करती है। मैं तुझे लंका ले जाने के लिए यहां आया हूं।"

"परन्तु वीर, मेरा पथ तुझे मालूम है। तूने अपनी मर्यादा रक्खी–कुल मर्यादा, राज-मर्यादा। मैंने अपनी मर्यादा रखी–स्त्री-मर्यादा के लिए वहां जा रही हूं, अज्ञात लोक में। भाई, रक्षेन्द्र, तू महाप्रतापी सत्त्व है, तेरे अनुग्रह से मैंने केवल एक रात का सुहाग-भोग लिया। मैंने दोनों कुलों को धन्य कर दिया। तेरे रक्ष-कुल को भी और अपने कालिकेय-कुल को भी। अब तेरी मेरी राहें दो हैं। तू अपनी राह जा और मैं अपनी।"

"यह न होगा बहिन, तुझे हम सभी भाइयों ने अपनी नेत्र-ज्योति समझा। कुल-मर्यादा का पालन न करने से कुल-क्षय होता है। इसी से तुझे यहां आना पड़ा। पर विद्युज्जिह्व सुप्रतिष्ठित है। उसके साथ विवाह करके तूने रक्ष-कुल कलंकित नहीं किया। मैं सन्तुष्ट हूं पर खेद है विद्युज्जिह्व ने मुझसे तुझे नहीं मांगा। अब तो बहिन, जो होना था सो हो गया। अब तू यह भयंकर इरादा त्याग, शोक को भी मन से निकाल बाहर कर–भस्मान्त–शरीरम्।"

"परन्तु चितारोहण राक्षसों की भी कुल-मर्यादा है और दानवों की भी। फिर मैं तो प्रिय के बिना नहीं रह सकती। जब मैंने उसके लिए तुझ रक्षेन्द्र को और लंका

के वैभव को भी त्याग दिया, तब तूने क्या यह नहीं जाना कि मैंने उसकी अपेक्षा विश्व को भी तुच्छ मान लिया है।"

"मैंने जान लिया बहिन, इसीसे तुझे रोका नहीं। पर तूने भी तो जान लिया था कि मुझे आना होगा। तूने मुझे अश्मपुरी में आमन्त्रित किया था। अब जिसका मुझे भय था, वही हो गया। अब तू भी धर्म का अनुसरण कर–

"उदीर्ष्व नार्यभिजीवलोकं गतासुमेतमुपशेष एहि"

"परन्तु–अजं ददातो न वियोषतः"

"नहि, नहि, जीवन्तप्राणसमूहमभिलक्ष्य आगच्छ!"

"रावण ने आगे बढ़कर प्रिय बहिन का हाथ पकड़ लिया, कुम्भकर्ण ने उसे अपनी प्रलम्ब बाहुओं में उठा लिया। सूर्पनखा ने रोते हुए कहा–"तो भाई, मैं कालिकेयों को नहीं छोड़ सकती।"

"ठीक है। जा तू अपने सब कालिकेयों के साथ–दण्डकारण्य में रह, दण्डकारण्य मैंने तुझे दिया बहिन! तू वहां रह चुकी है, वह प्रदेश तुझे प्रिय है। अब से तू ही वहां की स्वामिनी है। पर कालिकेय भी सब राक्षस-धर्म ग्रहण करें।"

"कालिकेय राक्षस-धर्म स्वीकार करेंगे।"

"मैं खर को आदेश दे दूंगा कि दण्डकारण्य की स्वामिनी सूर्पनखा है, वह सूर्पनखा का अनुगत होकर रहे।

सूर्पनखा ने स्वीकार किया। विद्युज्जिह्व की चिता में अग्नि दी गई। रावण ने मन्त्र पढ़ा–सूर्यं चक्षुर्गच्छतु वातमात्मा द्यां च गच्छ पृथिवीं च धर्मणा। आपो वा गच्छ यदि तत्र ते हितमोषधीषु प्रतिष्ठिा शरीरैः। ये एतस्य पथो गोप्तारस्तेभ्यः स्वाहा। ये एतस्य पथो अभिरक्षितारस्तेभ्यः स्वाहा।

रावण ने प्रथम घृत की, फिर दुध की धार से चिता को सींचा। पीछे सब राक्षसों ने, कालिकेयों ने भांति-भांति के पशुओं का आखेट करके चिता को बलि दी।

60 वशिष्ठ-विश्वामित्र

इस समय आर्यों के राज्य गंगा और यमुना की घाटियों को पार कर सोन महानद के तटों को छू रहे थे। दक्षिण में नर्मदा के किनारे तक अनेक समृद्ध

राज्य स्थापित हो चुके थे। सरस्वती और दृषद्वती की मध्यभूमि–जिसे आजकल सरहिन्द का इलाका कहते हैं–आर्यावर्त की केन्द्रभूमि थी। अनेक चक्रवर्ती राज्यों की भांति प्रभावशाली ऋषियों के अनेक आश्रम भी यहां स्थापित थे, जिनमें वशिष्ठ, विश्वामित्र, जगदग्नि, गौतम और कण्व के आश्रम बहुत प्रसिद्ध थे। वे निरन्तर असुरों, नागों, मरुतों और दस्युओं को पीछे धकेलते हुए अपनी राजश्री की वृद्धि करते जा रहे थे।

परन्तु इस समय आर्यावर्त में दो व्यक्ति ऐसे थे, जिनका माहात्म्य बड़े-बड़े चक्रवर्ती राजाओं से भी अधिक प्रभावशाली था। इनमें एक थे वशिष्ठ और दूसरे थे विश्वामित्र।

वशिष्ठ का मैत्रावरुण नाम भी प्रसिद्ध था। इनका जन्म देवभूमि इलावर्त में हुआ था तथा इनकी माता उर्वशी उन दिनों वरुण और सूर्य, दोनों ही की सेवा करती थी, इसलिए यह निर्णय नहीं हो सकता था कि वह सूर्य के औरस हैं या वरुण के। इसलिए उन्हें मैत्रावरुण–सूर्य और वरुण का पुत्र–कहते थे। वरुण के सभी पुत्र ऋषि हुए। उन्होंने राज-सत्ता स्थापित नहीं की। वशिष्ठ भी ऋषि हुए, परन्तु इलावर्त में उनका एक प्रतिद्वन्द्वी पैदा हो गया। उसका नाम नारद था। वशिष्ठ ने अग्निहोत्र की स्थापना की, और यज्ञ की प्रतिष्ठा की। शीघ्र ही वे याजक प्रसिद्ध हो गए, परन्तु नारद ने उनकी खूब खिल्ली उड़ाई। उन्होंने वशिष्ठ की यज्ञ-विधि स्वीकार नहीं की। उन्होंने वामदेव्य गान किया। इसके बाद दोनों का परस्पर संघर्ष बढ़ चला। वशिष्ठ जो भी पूजन-विधि स्थापित करते, नारद उसके विपरीत दूसरी विधि कहते। ऐसा करते-करते नारद का नाम ही वामदेव प्रसिद्ध हो गया। उन्होंने देवराट् इन्द्र को प्रसन्न कर लिया और देवराट् की प्रशंसा में अनेक सूत्र रचे। वशिष्ठ की पैठ देवराट् के दरबार में नहीं हुई। उन्होंने इलावर्त त्याग दिया और वे कुछ काल के लिए शाक-द्वीप चले आए। उन दिनों अरब का नाम शाकद्वीप ही था। वशिष्ठ के वंशज मग, मुनि मौनी प्रसिद्ध हुए। कुशद्वीप–अफ्रीका–में भी मुनिवंशी कुछ लोग जा बसे। शाक-द्वीप–अरब में वशिष्ठ ने बड़े-बड़े यज्ञ किए। उनके यज्ञों के धुएं और सुगन्ध से दिशाएं व्याप्त रहती थीं।

परन्तु भाग्य की बात देखिए–यहां भी इनका एक प्रबल प्रतिस्पर्धी उत्पन्न हो गया। ये काव्य-उशना–शुक्र थे, जो दैत्य-गुरु भृगु के पुत्र थे। भृगु का वंश प्रजापति का वंश होने के कारण अधिक प्रतिष्ठित था और शुक्र तो दैत्यपति बलि और दानवेन्द्र वृषपर्वा के याजक तथा चक्रवर्ती पौरव ययाति के श्वसुर थे ही। उनका बड़ा मान था–बड़ा नाम था। अतः अरब–शाक-द्वीप–में भी वशिष्ठ का

प्रताप फीका ही रहा। भृगुवंशियों का तेज प्रताप वहां बढ़ता गया। लोगों ने काव्य-उशना–शुक्र को अपना पूज्य याजक बना लिया। आगे चलकर उन्होंने काव्य का मन्दिर बनाकर उसमें शुक्र की मूर्ति स्थापित की। इसी मन्दिर को आज काबा कहते हैं।

वशिष्ठ फिर भारत चले आए और सुदास के कुल-गुरु और मन्त्री बने। दाशराज्ञ-युद्ध में उन्होंने बड़ा पराक्रम प्रकट किया। पीछे सुदास से भी नाराज़ होकर वे सूर्यवंशियों के कुल-गुरु हुए। पहले दक्षिण कोशल के कल्माषपाद के पुरोहित बनें। पीछे अयोध्या की मूल गद्दी पर आ दशरथ के कुलगुरु हुए। दैव-दुर्विपाक से यहां भी उनका प्रतिद्वन्द्वी मिल गया–वे थे विश्वामित्र, जिन्हें उन्होंने एक बार युद्ध में परास्त किया था, जब कि कल्माषपाद राज्य के व्यवस्थापक थे। वास्तव में फिर विश्वामित्र ने उन्हें कहीं भी जमने नहीं दिया। सर्वत्र उनसे उनकी खटपट होती ही रही। यह शत्रुता यहां तक बढ़ी की विश्वामित्र ने वशिष्ठ के सब पुत्रों को मरवा डाला।

विश्वामित्र वास्तव में कान्यकुब्ज के राजा थे। यहां प्रसंगवश हम उनके वंश का भी परिचय देंगे। शोण नद के तटवर्ती प्रदेश पर कुश नामक एक राजा राज्य करता था। उसकी पत्नी वैदर्भी से उसे चार पुत्र उत्पन्न हुए। उनके नाम कुशनाभ, कृशाश्व, अमूर्तरजस् और वसु थे। इन चारों राजपुत्रों ने अपने पिता के ही राजकाल में पिता की आज्ञा से चार नगर बसाए। कृशनाभ ने महोदय कृशाश्व ने कौशाम्बी, अमूर्तरजस् ने धर्मारण्य और वसु ने गिरिव्रज। गिरिव्रज का नाम वासुमती भी प्रसिद्ध हुआ। यह प्रसिद्ध नगर पांच पर्वतों पर बसा था। आगे यहीं पर प्रसिद्ध जरासन्ध तथा शिशुनागवंशी सम्राट हुए। कुश राजर्षि थे। उनके ज्येष्ठ पुत्र कुशनाभ को घृताची अप्सरा से अनेक कन्याएं हुईं।

इसी काल में उस क्षेत्र में एक ऋषि चूली नाम के रहते थे। वे बड़े तेजस्वी और विद्वान् थे। उर्मिला गन्धर्वी भी ऋषि के निकट ही कहीं रहती थी। उसकी कन्या सोमदा ऋषि की यदा-कदा सेवा करती रहती थी। बहुत काल बाद वह गन्धर्व–कन्या जब यौवन की देहरी पर पहुंची, एक दिन ऋषि ने कहा–मैं तुझपर प्रसन्न हूं, तू वर मांग!" इस पर सोमदा ने कहा–"हे ब्रह्मर्षि, मेरा अभी विवाह नहीं हुआ है तथा मैं किसी की भार्या नहीं हूं। अतः यदि आप मुझ पर प्रसन्न हैं, तो मुझे एक तेजस्वी पुत्र दीजिए।" ऋषिवर ने गन्धर्वी कन्या की यह याचना सहर्ष स्वीकार कर ली और यथासमय सोमदा के गर्भ से एक पुत्र हुआ, जिसका नाम ब्रह्मदत्त रखा गया। युवा होने पर ब्रह्मदत्त काम्पिल्य नगरी में रहने लगा। उन दिनों काम्पिल्य

नगरी में बहुत गन्धर्व रहते थे। शीघ्र ही वह नगरी का राजा हो गया। राजा कुशनाभ ने ब्रह्मदत्त को रूप-गुण-सम्पन्न एवं कुलीन देख अपनी कन्याएं उसे दे दीं। परन्तु बहुत काल बीत जाने पर भी राजा ब्रह्मदत्त को कोई सन्तान नहीं हुई। बड़ी आयु में उसे गाधि नाम का एक पुत्र हुआ, कृशाश्व के पुत्र कृशिक ने उसे गोद लिया। यही गाधि विश्वामित्र के पिता थे। धीरे-धीरे कृशिक ने कान्यकुब्ज में अपना राज्य स्थापित कर लिया, जिसके उत्तराधिकारी गाधि की दो सन्तानें थीं–एक पुत्री दूसरा पुत्र। पुत्री सत्यवती ऋचीक ऋषि को एक सहस्र श्यामकर्ण अश्व लेकर दे दी गई। विश्वामित्र का बाल्य-काल का नाम विश्वबन्धु था। वे ऋचीक से सब शस्त्र-शास्त्रों में निष्णात हो कान्यकुब्ज के राजा बने। राजा से अरक्षित समझकर ही उन्होंने वशिष्ठ के रक्षित राज्य पर एक अक्षौहिणी सेना लेकर आक्रमण किया था, परन्तु वशिष्ठ के आगे उन्हें हार माननी पड़ी। उन्होंने वशिष्ठ को यह भी उत्कोच देना चाहा कि यदि आप यह राज्य मेरे हवाले कर दें तो मैं आपको सोने से सुसज्जित चौदह हाथी, स्वर्ण से मढ़े हुए आठ सौ रथ, ग्यारह हज़ार अश्व और एक लाख गौएं दूंगा, इसके अतिरिक्त प्रभूत स्वर्ण भी; परन्तु वशिष्ठ ने स्वीकार नहीं किया। इस युद्ध में पल्लवों, हिरातों, किरातों, काम्बोजों, बर्बरों और यवनों ने वशिष्ठ की सहायता के लिए युद्ध किया था। इस युद्ध में विश्वामित्र के सब पुत्र-परिजन खेत रहे थे, केवल एक ही पुत्र जीवित बचा था। अन्त में विश्वामित्र पराजय की लज्जा के कारण स्त्री-सहित जंगल में जा छिपे, जहां उनके चार पुत्र हुए–दृढ़नेत्र, हविष्यन्द, महारथ और मधुष्यन्द। वन में विश्वामित्र बहुत काल तक रहे। यहीं मेनका अप्सरा उनके साथ दस वर्ष रही। यहीं त्रिशंकु से सांठ-गांठ कर उन्होंने वशिष्ठ से वैर साधा। त्रिशंकु भी वशिष्ठ से खार खाए बैठा था। यह सारी कथा पाठक जानते ही हैं।

परन्तु इस वैर-भावना के मूल में एक और भावना भी थी कि विश्वामित्र के वंश का महाप्रतिष्ठ भृगुवंशियों से सम्बन्ध हो चुका था। ऋचीक ने एक सहस्र श्यामकर्ण घोड़े देकर विश्वामित्र की बहिन से ब्याह किया था तथा बहिन के पुत्र जगदग्नि और विश्वामित्र दोनों ही ने ऋचीक के आश्रम में वेद और शस्त्र-विद्या ग्रहण की थी। साथ ही साथ हैहयों से वैर की भावना भी। इससे विश्वामित्र में जो वैर-भावना का बीज तथा शस्त्र-साधना का बल तथा राज-भोग और राज्य-भ्रष्ट होकर वन में छिपने के संयोग आए, तो उनकी क्रोध-भावना और वैर-भावना मूर्त हो उठी, जिसने वशिष्ठ का एक प्रकार से वंश-नाश ही करके दम लिया।

विश्वामित्र के बहिनोई ऋचीक जैसे वेदर्षि थे, वैसे ही मन्त्र, यन्त्र, तन्त्र और शस्त्र-विद्या में भी एक थे। उन्होंने विश्वामित्र को अनेक दिव्यास्त्र दिए। दण्डचक्र,

काल-दण्ड, कर्म-चक्र, विष्णु चक्र तथा इन्द्र-चक्र, वज्र, शिवशूल, ब्रह्मास्त्र और इषीकास्त्र जो मन्त्र-बल से चलते थे, उन्होंने दिए। मोदकी और शिखरी-भेद से दो गदायुद्धों के रहस्य सिखाए। धर्मपाश, कालपाश और वरुणपाश दिए। सूखे और गीले वज्र दिए तथा पिनाकास्त्र, नारायणास्त्र, आग्नेयास्त्र, वायव्यास्त्र, हयशिर और क्रौंच–महास्त्र यत्न से सिखाए। मुशल और किंकणी अस्त्र भी दिए। फिर विद्याधरास्त्र, नन्दनास्त्र, दो प्रकार के खड्ग, पैशाचास्त्र, मोहनास्त्र, प्रस्वापनास्त्र, वर्षास्त्र, शोषणास्त्र, संतापनास्त्र, विलयनास्त्र, भावनास्त्र, जो अति महत्त्वपूर्ण थे, सिखाए। इन महास्त्रों के कारण विश्वामित्र की शक्ति अपार हो गई। यही सब महास्त्र, उन्होंने श्रीराम को और लक्ष्मण को उस समय प्रयोग-संहार सहित सिखाए थे, जब उन्हें ताड़का-वध के लिए नैमिषारण्य में ले गए थे। इसके अतिरिक्त धृष्ट, रभस, प्रतिहारतर, पराङ्मुख, अवागुण, लक्ष्य, अलक्ष्य, दृढ़नाभ, सुनाभ, दशाक्ष, शतवक्त्र, दशशीर्ष, शतोदर, ब्रह्माभ, महानाभ, दुन्दुनाभ, स्वनाम, निष्कलि, विरुच, खार्चिमाली, धृतिमाली, षिच्य, विधूत, मकर, मोह, आवरण, जृम्भक, सर्वनाथ और वारुणास्त्र आदि की प्रयोग-विधियां भी सीखीं थीं।

इलावर्त में जो नारद–वामदेव ने वाम-पूजन विधि का प्रचलन किया था, ये उसीके समर्थक थे। उन्होंने जो ऋचाएं तैयार कीं, वे भी वामविधिमूलक थीं। कहना चाहिए, उनका वेद आर्यों के वेद से बिल्कुल पृथक् और निराला था। आर्य जन जिन ऋचाओं को वेद कहते थे, ऋचीक उन्हें नहीं मानते थे; वे अपनी ऋचाएं पेश करते थे। ऋचीक का यह वामाचार-मूलक वेद ही आगे चलकर अथर्वण या अथर्ववेद प्रसिद्ध हुआ। वशिष्ठ और विश्वामित्र जहां जिस यज्ञ में एकत्र होते-वहीं झगड़ा हो जाता; क्योंकि दोनों की वेद-विधि परस्पर वाम थी। संक्षेप में, विश्वामित्र अथर्वण थे और वशिष्ठ ऋग्वैदिक।

भृगुओं का वंश दैत्य-याजक होने तथा आर्यावर्त से पृथक् होने के कारण आर्यों से उनके संस्कार-आचार बहुत भिन्न थे। तथा एक बात और थी। विष्णु–सूर्य ने शुक्र की माता तथा भृगु की पत्नी का वध कर दिया था। भृगु की यह पत्नी दैत्यराज हिरण्यकशिपु की पुत्री थी। इसपर क्रुद्ध हो भृगु ने विष्णु की छाती में लात मारी थी। सो सूर्यवंशियों से भृगुओं का यह वैर भी पुराना था। आर्यावर्त में बसकर और आर्यों के कुलगुरु होने पर भी उनके आचार बदले नहीं। भृगुओं की सबसे बड़ी विशेषता यह थी कि वे प्रबल योद्धा भी थे। उन्होंने बड़े-बड़े युद्ध भी किए। यदु, तुर्वसु ओर द्रुह्यु जाति के वे सहायक रहे, पक्थ और शार्यातों के सम्बन्धी और कुल-गुरु रहे। इस कारण उन दिनों आर्यों के सांस्कृतिक और राजनीतिक

जीवन के इस वंश का अविच्छिन्न और महत्त्वपूर्ण सम्बन्ध रहा। विशेषकर ऋचीक के कान्यकुब्जपति गाधि की पुत्री से विवाह कर लेने के बाद जब जमदग्नि और विश्वामित्र का जन्म हुआ तथा दोनों का साथ ही साथ पालन-पोषण हुआ तो काल पाकर ये दोनों मामा-भानजे, ऋचीक के मेधावी शिष्य, आर्यावर्त में एक ऊंची प्रतिष्ठा-भूमि पर स्थिर हुए। आर्यावर्त ही क्यों, ऋचीक की सत्ता तथा प्रभाव सिन्धु से गंगा तक व काशी से नर्मदा तक फैला था। उन्हीं के कारण विश्वामित्र भी इतने प्रसिद्ध हुए। राजा की भांति उतने प्रतिष्ठित कभी नहीं हुए। सम्भवतः आगे उनके वंश में राज्य रहा भी नहीं, परन्तु वे राजाओं के शीर्ष-स्थल पर बने रहे। संक्षेप में वशिष्ठ और विश्वामित्र ये दो उस काल के अप्रतिम नक्षत्र थे, जिनमें सारे आर्यावर्त की राजनीति और सांस्कृतिक प्रतिष्ठा-भूमि आधारित थी।

61 हैहय कार्तवीर्य सहस्रार्जुन

नहुष-पौत्र और ययाति-पुत्र यदु के दूसरे पुत्र सहस्रजित् की शाखा में पच्चीसवीं पीढ़ी में हैहय नाम का राजा हुआ। इसके वंश में तैंतीसवां राजा कृतवीर्य और चौंतीसवां राजा अर्जुन था, जिसे उसके बल-प्रताप के कारण सहस्रार्जुन के नाम से पुकारा गया। हैहयों का वंश बड़ा विक्रमशाली हुआ। वैवस्वत मनु के पुत्र शर्याति ने खम्भात की खाड़ी में एक आनर्त राज्य स्थापित किया था। शर्याति बड़े सम्राट् थे। इनका ऐन्द्राभिषेक हुआ था। पाठक यह भी जानते हैं कि इनकी पुत्री सुकन्या का विवाह भृगु-पुत्र एवं शुक्र के सौतेले भाई च्यवन से हुआ था। यद्यपि च्यवन दैत्य-याजकों के वंश में थे, परन्तु मानवों की कन्या से विवाह करके आर्य ऋषि हो गए थे। किन्तु रहते थे ससुराल में, राजसी ठाट-बाट से। वे योद्धा भी बड़े बांके थे। एक बार तो उन्होंने देवराट् इन्द्र से विकट युद्ध किया था। वह काल ही ऐसा था जब प्रत्येक को शस्त्र ग्रहण करना पड़ता था। ऋषि लोग भी तब सीधे-सादे तो नहीं होते थे। वे युद्ध में राजाओं के साथ-साथ भाग लेते थे।

कालान्तर में पुण्यजन असुरों ने शार्यातों से आनर्त का राज्य छीन लिया और उनसे हैहयों ने वह राज्य छीन लिया। आनर्त-राज्य के स्वामी होकर हैहयों ने च्यवन के वंशज भार्गवों को अपना कुल-गुरु मान लिया। च्यवन के वंशधरों

में दधीचि, ऊर्व, ऋचीक, जमदग्नि और परशुराम उत्पन्न हुए। अतः हैहयवंश का भार्गवों के इस वंश से न केवल घनिष्ठ सम्बन्ध ही रहा, अपितु वे हैहयों के ही राज्य में बसे रहे। परन्तु राजपुरोहित और राज-सम्बन्धी होने के कारण भार्गव खूब सम्पन्न जागीरदार की भांति रहते थे। हैहयों ने भी उन्हें खूब धन दिया था। पीछे हैहयों ने उनसे प्रजा की भांति कर ग्रहण करना चाहा। इसपर भार्गवों ने आपत्ति की। राज्य के दायाद और गुरु होने के नाते वे इस कर से अपने को बरी करना चाहते थे। परन्तु इसपर झगड़ा बढ़कर भारी विद्रोह का रूप धारण कर गया। अन्त में भार्गवों को माहिष्मती का राज्य छोड़कर सरस्वती-तीर पर बस जाना पड़ा, जहां उनका सम्बन्ध कान्यकुब्जपति गाधि से हो गया और वे इससे फिर प्रतिष्ठित और सम्पन्न हो गए। और्व-पुत्र ऋचीक का पुत्र जमदग्नि और गाधि-पुत्र विश्वामित्र—मामा भानजे—सरस्वती-तट पर ऋचीक ऋषि के आश्रम में वेद पढ़ने लगे और शीघ्र ही दोनों विख्यात वेदर्षि हो गए। यह बात पाठक जानते ही हैं।

इस समय हैहयों का प्रताप मथुरा से नर्मदा-तट तक के प्रदेशों में फैल गया था और उधर काशी से खम्भात की खाड़ी तक उनका विस्तार था। अब कोई भी आर्य अकेला हैहयों को पदाक्रान्त न कर सकता था। कार्तवीर्य अर्जुन समूचे मध्यभारत का स्वामी था। उसकी विपुल पोतवाहिनी और अजेय हयदल थे।

जमदग्नि का विवाह इक्ष्वाकु वंश की राजकुमारी रेणु के साथ हुआ था और रेणु की सगी बहिन सहस्रार्जुन को ब्याही थी। इस प्रकार जमदग्नि और सहस्रार्जुन रिश्ते में साढू थे। परन्तु जमदग्नि हैहयों का पिछला वैर नहीं भूले। ऋचीक ने बाल्यकाल ही से उनमें हैहय-विरोधी भावना भर दी थी। वे हैहयों को अपना चिर शत्रु समझते थे। ऋचीक अप्रतिहत धनुर्धर थे। विश्वामित्र ने उन्हींसे धनुर्विद्या सीखी थी।

प्रागैतिहासिक काल में नर्मदा निःसीम नदी थी। उसीके उत्तरी तट पर अर्जुन की नई राजधानी महिष्मती थी। इस नगरी को माहिष्मत ने कर्कोटक नाग से छीनकर सम्पन्न बनाया था। बाद में उसने शकों, यवनों, कम्बोजों, पारदों और पल्लवों की सहायता से नर्मदा से मथुरा तक का समूचा प्रदेश जीत लिया था। नगरी के पास नर्मदा का विस्तार समुद्र के समान था। उसमें सदैव ही सुमेरु-पाताल, क्षीर-सागर, त्रिपुरी और सप्त महासागरों के द्वीप समूहों के यान लंगर डाले पड़े रहते थे। सहस्रार्जुन का नौ-बल अजेय था। वह लहरों का स्वामी प्रसिद्ध था। उन दिनों माहिष्मती समूचे आर्यावर्त भरतखण्ड, इलावर्त और दैत्यराज्यों के व्यापारियों से परिपूर्ण रहती थी। पण्यों में आर्य, अनार्य, असुर, व्रात्य, नाग आदि

सभी जातियों के वणिक् क्रय-विक्रय करते रहते थे। मथुरा से नर्मदा तट तक समूची पृथ्वी का स्वामी उस समय सहस्रार्जुन हैहय था।

हैहयों का जैसा राज्य-प्रताप था, वैसा ही भृगुओं का धर्म प्रताप था। अनूप देश इन दोनों प्रतापी प्रतिद्वन्द्वियों का क्षेत्र था। यहा भृगुवंशी अधिक रहते थे। अनूप देश की सीमा में चर्मण्वती, पश्चिम में समुद्र, दक्षिण में नर्मदा और उत्तर में आनर्त तक थी। भृगुवंशी यहां के हैहयों से भी पुराने निवासी थे। उनकी बहुत ज़मीन, जायदाद, जागीर और धन-सम्पत्ति यहां थी। इसीसे जब भृगुओं से सहस्रार्जुन का विग्रह हुआ तो वह बहुत उग्र रूप धारण कर गया। सहस्रार्जुन गर्वीली प्रकृति का था। वह भृगुओं का दो पीढ़ी पुराना वैर भूला नहीं–जमदग्नि के साथ रिश्ते के सूत्र में बंधकर भी नहीं। परन्तु भृगुवंशी अब उससे दूर सरस्वती तट पर रहते थे। यह विग्रह नाम ही को रह गया था कि एक घटना घटी। जमदग्नि ने अपनी स्त्री रेणु को चित्ररथ गन्धर्व के साथ व्यभिचार-रत पा उसका सिर अपने छोटे पुत्र परशुराम के हाथों कटवा दिया। इसपर क्रुद्ध उसके साढू सहस्रार्जुन ने अपनी स्त्री के अनुरोध से जमदग्नि के आश्रम को लूटकर उसे जला डाला।

मथुरा तक हैहयों की राज्य-सीमा थी। मथुरा से आर्यावर्त निकट ही था। मथुरा आर्यावर्त और भारतवर्ष की सीमा पर था। सहस्रार्जुन की इस कार्यवाही से आर्यावर्त में बहुत उत्तेजना फैल गई और जमदग्निपुत्र परशुराम सहस्रार्जुन से पिता के आश्रम जलाने का बदला लेने की सोचने लगे। पाठक जानते ही हैं कि किस प्रकार हैहयों से जामदग्नेय राम ने बदला ले उनके रक्त से समन्तक तीर्थ में पांच रक्त-कुण्ड भरे थे।

62 माहिष्मती का युद्ध

सब बातों पर भली भांति विचार-परामर्श करके, लंका का सारा राज्य-भार विभीषण को सौंप, राक्षसों की चतुरंग चमू ले; महाबली और विचक्षण महोदर, प्रहस्त, मारीच, शुक्र, सारण और धूम्राक्ष इन छः महामात्यों को साथ ले रावण ने लंका से दिक्प्रस्थान किया। वह समुद्र-पार उतर धनुष्कोटि की राह

भारत में घुसा। भारत के सम्पूर्ण समुद्र तट को उसने सुरक्षित-सुव्यवस्थित किया। फिर भाई खर को उसका सचिव और दूषण को सेनापति बनाया। सब कालिकेयों सहित, जो राक्षस होने की शपथ ले चुके थे, चौदह सहस्र राक्षस भट दण्डकारण्य की रक्षा को नियत किए, दण्डकारण्य में ठौर-ठौर पर सूर्पनखा ने सैनिक-सन्निवेश स्थापित किए। वहां आर्यों का प्राबल्य न होने पाए, इस सम्बन्ध में उसे बहुत-से महत्त्वपूर्ण आदेश दे वह नदी, नगर, पर्वत, वन, उपवन पार करता हुआ माहिष्मती नगरी के निकट आ पहुंचा।

नर्मदा-तट पर उसने अपना सैनिक-सन्निवेश स्थापित कर, निर्द्वन्द्व जल-विहार और मृगया का आनन्द-लाभ किया। दैवयोग से जहां रावण ने अपना सन्निवेश स्थापित किया था, वहीं दुर्मद हैहय अर्जुन चक्रवर्ती अपने अवरोध के साथ जल-विहार कर रहा था। उसके अवरोध में सहस्रों स्त्रियां थीं जो देश-देशान्तरों से एकत्र की गई थीं। रावण को पता चला कि निकट ही चक्रवर्ती जल-विहार कर रहा है। उसने अपने मन्त्रियों से सम्मति ली कि इस अवसर पर क्या करना उचित है। मन्त्रियों ने कहा–"यह चक्रवर्ती माहिष्मती-नरेश अर्जुन महातेजस्वी है। इससे यह यहीं घेरकर बन्दी बना लिया जाए तो उत्तम है। इससे द्वन्द्व युद्ध किया जाय या इसे मार ही डाला जाए। इस समय यह अरक्षित है।" परन्तु रावण को यह मत न रुचा। उसने कहा–"यह तो मेरी प्रतिष्ठा के सर्वथा विरुद्ध बात होगी। फिर, हमें तो धर्म-विजय भी करनी है। यदि चक्रवर्ती हमारी रक्ष-संस्कृति स्वीकार कर लेता है, तो विग्रह का प्रयोजन क्या है? हम उसके मित्र हैं।" मंत्रियों से बहुत आलाप-प्रलाप हुआ। अन्त में रावण ने कहा–"ऋषि कुमार हूं वेदर्षि हूं। रक्ष-संस्कृति का संस्थापक महिदेव और दिक्पति पौलस्त्य कुबेर का भाई हूं। यह अवसर अच्छा है, विग्रह के स्थान पर मैं चक्रवर्ती से सन्धिवार्ता करना अधिक पसन्द करूंगा। चक्रवर्ती सम्पूर्ण मध्यदेश का स्वामी है, उसके रक्ष धर्म स्वीकार करने पर सारा मध्यदेश, फिर आर्यावर्त भी राक्षस हो जाएंगे।"

उसने ऋषि-कुमार का वेश धारण किया। कमर में रक्त कौशेय पर व्याघ्रचर्म बांधा, वक्ष पर स्वर्ण-वर्म धारण किया और कन्धे पर अपना परशु धर वह एकाकी ही वहां जा पहुंचा जहां चक्रवर्ती अपने अवरोध के साथ जल-विहार कर रहा था। नर्मदा-तीर पहुंचकर उसने चक्रवर्ती को सूचित किया कि मैं पौलस्त्य रावण, धनपति दिक्कपति कुबेर का अनुज, रक्ष-संस्कृति का संस्थापक हूं। चक्रवर्ती से मैत्री-लाभ चाहता हूं। चक्रवर्ती इस समय स्नानोत्तर यजन कर रहा था, उसने उसी समय रावण को सम्मुख बुलाकर उसका अभिनन्दन करते हुए कहा–

"स्वस्ति पौलस्त्य, माहिष्मती में तेरा स्वागत है मित्र, मैं तेरा क्या प्रिय करूं?"

"मेरी रक्ष-संस्कृति को स्वीकार करें।"

"किसलिए?"

"जिससे आर्य-अनार्य का भेद नष्ट हो, नृवंश एक सांस्कृतिक सूत्र में बंध जाए, वेद ही हमारा सांस्कृतिक केन्द्र-बिन्दु हो।"

"सो तो अच्छा है। पर आर्यावर्त से तो मेरा ही विग्रह है, आर्य तो हमें ही बहिष्कृत समझते हैं।"

"पर मैं तो पृथ्वी पर धर्म-जय करने को निकला हूं।"

"यह तो कुछ युद्ध-घोषणा-सी है।"

"जो मेरी रक्ष-संस्कृति स्वीकार नहीं करता, उसपर मेरा यह परशु है।"

चक्रवर्ती ने हंसकर कहा—"तेरी बातों से तो तेरे परशु ही पर मेरा अधिक लोभ है। मैं तेरी तरह ऋषि-कुमार नहीं हूं, क्षत्र हूं।"

"तब तो मैं चक्रवर्ती का याजक भी हूं।"

"तो परशु को दूर फेंक, मैं अर्घ्य, पाद्य, मधुपर्क निवेदन करूं।"

"यह मेरा वेद है, इसे अंगीकार कर!"

"मैं तो अथर्वण का अनुगत हूं।"

"तब तो फिर परशु ही है। युद्धं देहि!"

"मैं तेरे आह्वान पर प्रसन्न हूं। परन्तु अभी तू मेरा अतिथि होकर माहिष्मती में विश्राम कर। फिर मैं तेरी अभिलाषा-पूर्ति करूंगा।"

रावण अपने शिविर में लौट आया।

दोनों ओर सैन्य की तैयारियां होने लगीं। राक्षसों की सेना दुर्जय थी तथा तथा रावण का तेज असह्य था, परन्तु चक्रवर्ती कार्तवीर्य भी अप्रतिहत था। उसकी सेना में तुण्डिकेरा, शर्यात, हैहय और अवन्तिपति वीतिहव्य की चतुरंगिणी चमू थी। चक्रवर्ती का सेनापति रुरु एक विलक्षण और साहसी सेनानी था। नर्मदा-तट पर यह प्रागैतिहासिक युद्ध हुआ। इस युद्ध में व्यक्ति विशेष का महत्त्व था। चक्रवर्ती बाज़ की भांति राक्षसों पर टूट पड़ा। राक्षस बड़े विकट योद्धा थे, परन्तु चक्रवर्ती का भीम विक्रम असह्य था। चक्रवर्ती स्वयं अपनी भीमकाय गदा लेकर, सचमुच जैसे सहस्रबाहुओं से ही उसे घुमाता हुआ काल-रूप हो, राक्षस-सैन्य में घुस गया। उसके उस भीम प्रहार से त्रस्त हो राक्षस इधर-उधर भागने लगे। यह देख प्रहस्त अपना लोहमुद्गर ले उसके सामने आया। मुहूर्त-भर दोनों वीर उलझे रहे। अवसर पाकर प्रहस्त ने अपने

मुद्गर का चक्रवर्ती के सिर पर प्रहार किया, पर चक्रवर्ती ने उछलकर उसके प्रहार को निष्फल करके अपनी गदा का करारा वार किया। गदा की चोट से घूमकर प्रहस्त मूर्छित हो भूमि पर गिरा। यह देख शुक, सारण, महोदर और धूम्राक्ष महासेनानियों ने चक्रवर्ती को चारों ओर से घेरकर उसपर सैकड़ों वाणों की वर्षा की। परन्तु चक्रवर्ती ने उनकी तनिक भी आन न मान अकेले ही बाणों की वर्षा कर इन सब राक्षस महासेनानियों को बींध डाला। चक्रवर्ती के दुर्धर्ष तेज से घबराकर राक्षस सेनानायक भाग चले। यह देख रावण स्वयं ललकारकर अपना परशु घुमाता हुआ आगे बढ़ा। इन दोनों वीरों का डेढ़ प्रहर विकट युद्ध हुआ, जिसे देखने को दोनों ओर की सेनाएं हाथ रोक खड़ी हो गईं। दोनों एक-दूसरे को पराजित करने की इच्छा से एक-दूसरे पर चोट कर रहे थे। रावण के हाथ में विकराल परशु था और चक्रवर्ती के हाथ में विकट गदा थी। चक्रवर्ती ने उछल-उछलकर रावण के वक्ष में गदा की चोटें कीं। उधर रावण अपने परशु के करारे वार करता रहा। बहुधा दोनों वीरों के शस्त्र परस्पर टकरा जाते। उनमें वज्र गर्जन होता। अग्नि स्फुलिंग निकलते। इसी प्रकार युद्ध करते-करते डेढ़ प्रहर काल बीत गया। दोनों वीर लहू और पसीने से तर हो गये। अब अकस्मात् चक्रवर्ती ने अपनी गदा घुमाकर दूर से रावण के वक्ष पर फेंक मारी। रावण ने भी परशु पर उसे झेल लिया। दोनों वीरों के अस्त्र टूट कर टुकड़े-टुकड़े हो गए। फिर भी रावण उस प्रहार से तिलमिलाकर एक धनुष पीछे हट गया। वह दर्द से कराह उठा। पर तुरन्त ही उछलकर उसने चक्रवर्ती के वक्ष में मुष्टि-प्रहार किया। उस वज्रमुष्टि का प्रहार खाकर चक्रवर्ती मुंह से खून वमन करने लगा। फिर क्रोध से अधीर होकर उसने रावण की कमर पकड़ उसे अधर हवा में उठाकर भूमि पर पछाड़ दिया। रावण-मूर्छित हो गया। चक्रवर्ती ने उसे कांख में दाब अपना मुंह मोड़ा।

यह देख राक्षस-दल में हाहाकार मच गया। सब राक्षस गुल्मपति, नायक, सेनापति, सुभट अपने-अपने अस्त्र ले 'मारो-मारो' कहते चक्रवर्ती के पीछे दौड़े परन्तु इसी समय रुरु, शर्यात और अवन्तिराज की विकट चतुरंग चमू ने शक्ति शूल, खड्ग, धनुष से चारों ओर से राक्षसों को घेरकर मार करनी शुरू कर दी। राक्षस भाग खड़े हुए और चक्रवर्ती ने रावण को रस्सी से बांध अपने रथ पर डाल लिया तथा विजय-दुन्दुभि बजाता हुआ माहिष्मती में घुसा, जहां पौर वधुओं ने उसपर लाजा-वर्षा की तथा ऋषिजनों ने पुष्प बरसाए। चक्रवर्ती ने रावण को बांधकर कारागर में डाल दिया।

63

रावण की मुक्ति

दुर्जय परंतप रावण को बांधकर बन्दी बनाने से चक्रवर्ती हैहय कार्तवीर्य अर्जुन का यश दिग्दिगन्त में फैल गया। आर्यावर्त और भरत-खण्ड-भर में उसका आतंक छा गया। राक्षसों के सेनापति और मन्त्री, प्रहस्त, शुक, सारण, महोदर, धूम्राक्ष आदि भारी बहुमूल्य उपानय साथ ले चक्रवर्ती की सेवा में उपस्थित हुए। उपानय सम्मुख धर उन्होंने कहा–"हे तेजस्वी हैहय, आपकी जय हो। आपने महापराक्रमी रक्षराज रावण को जय करके अपना सुयश पृथ्वी पर विस्तीर्ण कर दिया। आपका पराक्रम अतुलित है और आप पृथ्वी के सब वीरों में श्रेष्ठ हैं। जिस रावण के भय से समुद्र और वायु भी स्तम्भित हो जाते हैं, सूर्य भी तेजहीन हो जाता है, उसी दुर्जय रक्षपति रावण को आपने युद्ध में जय कर बन्दी बना लिया। किन्तु हे यशस्वी महाराज, अब आप उसे छोड़ दीजिए। आपका यह कार्य बन्दी बनाने से भी अधिक यशस्वी होगा। यह धन-रत्न-राशि उपानय की भांति तथा दण्डस्वरूप हम आपकी भेंट में उपस्थित कर रहे हैं।"

राक्षस-मन्त्रियों के ये वचन सुन, प्रसन्न हो चक्रवर्ती ने हंसकर रावण को तुरन्त सभा-भवन में ले आने की आज्ञा दी। सभा में आने पर उसने उठकर स्वयं उसे बन्धनमुक्त किया, उसे दिव्यालंकार धारण कराए, और अर्घ्य, पाद्य, मधुपर्क देकर कहा–"हे राक्षसराज, मैंने तो तेरा पहले ही माहिष्मती में मित्र की भांति स्वागत करना चाहा था, परन्तु तूने सन्धि नहीं–विग्रह मांगा, मैत्री नहीं–युद्ध, याचना की। सो मुझे समरांगण में तेरा शस्त्र से सत्कार करना पड़ा। पर इससे मैंने तेरा समर-कौशल और तेरी अजेय शक्ति देख ली। मैं तेरे शौर्य से सन्तुष्ट हूं। सो हे प्रतापी पौलस्त्य, यदि तेरी इच्छा हो तो हम-तुम दोनों आज से अग्नि की साक्षी में समान मित्र होने की शपथ ले लें।"

रावण ने दोनों हाथ फैलाकर कहा–"चक्रवर्ती ने तो मुझे युद्ध-भिक्षा देकर पहले ही यथेष्ट गौरव प्रदान कर दिया था। अब मैत्री से सम्पन्न करके मुझे कृतकृत्य कर दिया। अग्न्याधान कर चक्रवर्ती! आज से हम जीवन में, मरण में, सुख में, दुःख में एक हैं।"

चक्रवर्ती हैहय ने तुरन्त अग्नि की साक्षी में मैत्री-स्थापना की और रावण को हृदय से लगाकर कहा–"हे पौलस्त्य, तू ऋषिकुमार तथा वेदों का उद्गाता है। संस्कृति का संस्थापक है। राक्षसों का स्वामी और सप्त द्वीपों का अधिपति है। तूने

मुझसे अपनी रक्ष-संस्कृति की बात कही थी। उस समय तू परशु-हस्त था। इससे शस्त्र ने शास्त्र नहीं सुनने दिया। अब तू स्नेहसिक्त है, हमारा अभिन्न मित्र है, अपनी संस्कृति का बखान कर। उसे सुनकर मैं प्रसन्न होऊंगा।"

रावण ने कहा–"चक्रवर्ती राजन्, यह मेरी लोकैषणा है। इसमें लोक हित निहित है। सुन, इस समय पृथ्वी पर देव, दैत्य, दानव, असुर, आर्य, व्रात्य, नाग, गन्धर्व, किन्नर, यक्ष, रक्ष आदि अनेक नृवंश विस्तार पा रहे हैं जो सब परस्पर दायाद-बान्धव हैं, किन्तु परस्पर विग्रह करते हैं। बारह दारुण देवासुर-संग्राम हो चुके। ये संग्राम आर्थिक कम और सांस्कृतिक अधिक थे। आचारों की भिन्नता ही नृवंश की इस विग्रह-भावना का मूल कारण है। पृथ्वी तो बहुत विस्तृत है और नृवंश अभी अधिक विस्तार नहीं पा सका है। फिर भी युद्ध होते हैं। जो भूमि स्वच्छन्द है वहां लोग नहीं बसते–दूसरों की अधिकृत भूमि छीनना चाहते हैं। इसका मूल कारण आचारों की भिन्नता ही है। नृवंश के आचारों का मूल उद्गम वेद हैं। परन्तु आर्यों ने वशिष्ठ के नेतृत्व में वैदिक विधि-परम्परा कुछ दूसरी ही स्थापित की है। उधर नारद की वाम-परम्परा देवों और दैत्यों में भी प्रचलित है। भृगु पृथक् ही आथर्वणी परम्परा प्रचलित कर रहे हैं। फिर आर्यों को बड़ा गर्व है, वे तनिक विधि भंग होने पर ही आर्यजनों का बहिष्कार कर देते हैं। देखो, ऐसे कितने बहिष्कृत आर्य, व्रात्य दक्षिणारण्य तथा आस-पास के द्वीप-समूहों में बस गए हैं। अब यदि इन सबको सांस्कृतिक रीति से एक वेद के अधीन नहीं किया जाता है, तो नृवंश अपने ही विग्रहों में विनष्ट हो जाएगा। इसलिए महाराज कार्तवीर्य सहस्रबाहु, मैंने यह रक्ष-संस्कृति स्थापित की है। 'वयं रक्षामः'– हमारा मूल-मन्त्र है और समूचे नृवंश को समान वैदिक संस्कृति में दीक्षित करना ही हमारा धर्म है। इसीसे मैंने वेदों में समूचे नृवंश के आचारों का समावेश किया है और अब मैंने घमण्डी आर्यों और देवों को जय करने की भावना से लंका त्यागी है। मैं केवल यही चाहता हूं कि वैदिक धर्म में समूचे नृवंश का समन्वय रहे।"

"साधु! साधु! अच्छा है पौलस्त्य रावण, तेरा उद्देश्य स्तुत्य है। जहां तक आर्यों के गर्व-भंजन का प्रश्न है, मैं तेरे साथ हूं। अनुमति देता हूं, तू मेरी प्रजा में अपने समन्वयमूलक धर्म का प्रचार कर। परन्तु मैं तेरे धर्म में दीक्षित नहीं हो सकता! हां, मेरी सहानुभूति तुझीसे है। स्वस्ति रक्षःपते! स्वस्ति पौलस्त्य! जब कभी तू परशुरहित निरस्त्र माहिष्मती में आएगा, तभी तेरा स्वागत होगा। अब तू जा, अपना अभीष्ट सिद्ध कर और कह—मैं तेरा और क्या प्रिय करूं? तुझे छुट्टी है–मित्र, माहिष्मती में जो वस्तु तुझे प्रिय है–स्वेच्छा से ले जा।"

"बस मित्र, तेरी मित्रता से मैं सम्पन्न हुआ। तेरी जय हो चक्रवर्ती, पौलस्त्य रावण तेरे लिए जब माहिष्मती में आएगा–इस परशु के साथ और जब अपने लिए आएगा–निरस्त्र।"

इतना कहकर रावण उठा। चक्रवर्ती ने उठकर उसे हृदय से लगाया और तब पौलस्त्य रावण माहिष्मती के राजपथ पर रत्न बिखेरता हुआ तथा वहां की कुल-वधूटियों में कौतूहल बढ़ाता हुआ अपनी सेना में लौट आया।

64 मधुपुरी

रावण ने नर्मदा में स्नान कर, जम्बूनद लिंग की बालुका में स्थापना कर सुगन्धित पुष्पों से पूजन किया। फिर वहां से प्रस्थान कर वन, पर्वत, नद-नदी पार करता हुआ मधुपुरी की सीमा में मुकाम किया। आजकल जो प्राचीन पुरी मथुरा के नाम से प्रसिद्ध है, इसीका नाम प्रारम्भ में मधुपुरी था। पाठक मधु असुर को न भूले होंगे। यह उन्हीं पुण्यजनों के वंश का असुर था जिन्होंने शर्यातों से आनर्त राज्य जय किया था और लंका में पहुंचकर सुमाली के भाई माल्यवान् की पुत्री, रावण की ममेरी बहिन, कुम्भीनसी को चुरा लाया था। मधु ने यह पुरी अभी नई बसाई थी। पाठकों को यह भी स्मरण होगा कि महाप्रतापी सम्राट् ययाति ने चम्बल, बेतवा और केन वाला इलाका अपने पुत्र यदु को दिया था। यदु के दो पुत्र थे–क्रोष्टु और सहस्रजित्। पहले से यादव वंश चला और दूसरे से हैहय वंश। हर्यश्व यदुवंश का उनतालीसवां नृपति था, जिसने मधु असुर की पुत्री से विवाह किया। मधु के संपर्क में यदुवंश भी असुरों में गिना जाने लगा तथा आर्यों में इसकी महत्ता कम हो गई। पहले शर्यातों से आनर्त-राज्य मधु ने छीन लिया, फिर अपने दामाद हर्यश्व को दे स्वयं व्रज में आ मधुपुरी बसाई। परन्तु नई राजधानी बसाने तथा आनर्त-राज्य हैहयों द्वारा आक्रान्त होने से इस समय मधु निर्बल हो रहा था। रावण के आने का समाचार सुन वह भयभीत होकर अपने दुर्ग में छिप गया और दुर्ग के सब द्वार बन्द कर लिए। रावण ने मधुपुरी को घेर लिया और राक्षसों ने चारों ओर से बाण-वर्षा करनी आरम्भ कर दी। दुर्ग पर से मधु ने भी प्रतिकार किया। पर उसका बल यथेष्ट न था। शीघ्र ही दुर्ग भंग हो गया। रावण अकेला ही कन्धे पर परशु रख, मधु-मधु

गरजता हुआ मधु असुरपति के अन्तःपुर में घुस गया। अन्तःपुरी की सब चेटी, दासी, किन्नरी भयभीत जड़ हो गईं। राक्षसों की सेना महल को घेरकर शोर मचाने लगी। तब कुम्भीनसी ने बाहर आ अर्घ्य, पाद्य, मधुपर्क से रावण का सत्कार किया, पूजन किया और वह रोती-रोती रावण के चरणों पर गिरकर गिड़गिड़ाकर कहने लगी– "हे वीरबाहु भाई, मेरी रक्षा कर, सूर्पनखा की भांति मुझे विधवा न कर। वैधव्य बड़ा भारी दुःख है। यदि तू मेरा कहना न सुनेगा तो तेरा भला न होगा।"

रावण ने उसे सान्त्वना देकर कुशल पूछा और कहा–"तू निर्भय होकर अपना अभिप्राय कह, तेरी सब इच्छाएं मैं पूर्ण करूंगा।"

कुम्भीनसी ने कहा–"रक्षेन्द्र, मेरा पति मधु मुझसे प्रेम करता है, मैं भी उससे प्रेम करती हूं। मैं इस राज्य की महिषी हूं तथा मेरा पुत्र उसका उत्तराधिकारी है। यह सत्य है कि उसने बलात् मेरा हरण किया था, पर यह तो राक्षसों की मर्यादा तूने स्थापित की है। फिर यहां लाकर उसने वेद-विधि से अग्नि की साक्षी में विवाह किया है और मेरा सत्कार भी करता है। इसलिए तू मधु को मेरे लिए क्षमा कर दे। तेरा ऐश्वर्य बढ़े, तू प्रसन्न रह। तू मधु को अभयदान दे?"

अपनी बहिन कुम्भीनसी के ये दीन वचन सुन रावण द्रवित हो गया। उसने कन्धे का परशु धरती पर टेककर कहा–"तू डर मत, मधु को मैं तेरे कहने से अभय देता हूं। अब उसे मेरे सम्मुख उपस्थित कर मैं उसे साथ लेकर आर्यों और देवों से युद्ध करने जाऊंगा।"

रावण के इस वचन से आश्वस्त हो कुम्भीनसी मधु को ले रावण के सम्मुख आई। मधु ने रावण का अभिवादन किया। रावण ने उसका आलिंगन कर कुशल पूछा। फिर मधु ने रावण की मधुपुरी में बड़ी ठाठ की पहुनाई की। पान, भोज, नृत्य, दीपोत्सव हुआ। गोष्ठी हुई, फिर रावण एक रात मधुपुरी में रह, मधु और उसकी चमू को ले आर्यावर्त में प्रविष्ट हुआ।

65 आर्यावर्त में प्रवेश

क्षिप्र गति से रावण की राक्षस सैन्य ने आर्यावर्त में प्रवेश किया और वह नैमिषारण्य में जा पहुंची। पाठक जानते हैं कि नैमिषारण्य में रावण का एक

सैनिक-सन्निवेश स्थापित था, जिसकी रक्षार्थ ताड़का राक्षसी तथा उसके दो पुत्र सुबाहु और मारीच बहुत-सी राक्षस-सैन्य सहित वहां रहते थे। उसे आशा थी कि नौमिषारण्य में उसका ताड़का और उसके पुत्रों द्वारा अच्छा सत्कार होगा। परन्तु यहां आने पर जब उसने अपने सन्निवेश को उजड़ा हुआ और नष्ट-भ्रष्ट देखा तो वह आश्चर्य-चकित रह गया। उसने मन्त्रियों से कहा–"यह तो बड़ी अद्भुत बात है, भला मेरे सेनापति मारीच, सुबाहु और सब राक्षस-सेना कहां गई? ताड़का तो बड़ी विकट स्त्री थी, किसने उसका पराभव किया?"

मन्त्रियों ने दूतों के द्वारा बड़ी खोज के बाद मारीच को किसी गिरि-कन्दरा से खोज निकाला, जहां वह प्राण-भय से छिपा बैठा था। वह बहुत दुर्बल, बूढ़ा, सा हो रहा था तथा घावों से उसका शरीर भरा था। वह बहुत दुःखी और निराश था। रावण ने उसे बहुत-बहुत तसल्ली दी और उससे इस दुर्दशा का कारण पूछा। मारीच ने कहा–"हे स्वामी, अपनी विपत्ति कैसे कहूं। बस, संक्षेप में यही सुन लीजिए कि राक्षसों में केवल मैं ही अकेला जीवित बचा हूं। अन्य सब तो काल-कवलित हुए।"

"किन्तु यह विपत्ति राक्षसों पर आई कैसे?"

"कोई राम-लक्ष्मण नामक दो मानव-कुमार हैं। उन्होंने हम सब राक्षसों को मार गिराया।"

"कौन हैं वे मानव-कुमार?"

"सुना है, कोशलराज्य के राजकुमार हैं।"

"यहां नैमिषारण्य में क्या उनकी भूमि है?"

"नहीं, विश्वामित्र उन्हें अपनी सहायता के लिए ले आए थे।"

"वही ऋचीक के पुत्र?"

"पुत्र नहीं, साले–पर वेद उन्होंने ऋचीक ही से पढ़ा है।"

"मैंने सुना है। पर वे तो मानवों के मित्र नहीं। मानवों के मित्र तो मुनि वशिष्ठ हैं।"

"वशिष्ठ और विश्वामित्र बहुत लड़े हैं। जीवन में प्रतिस्पर्द्धा रहे हैं। पर इस बार वे वशिष्ठ की सहमति ही से इन मानव-कुमारों को ले आए थे।"

"किसके पुत्र हैं वे?"

"अयोध्यापति दशरथ के।"

"ओह, शम्बर के युद्ध में दशरथ के पराक्रम की बात मैंने सुनी थी। परन्तु वे बालक मानव क्या बहुत सेना अयोध्या से लाए थे?"

"नहीं एकाकी ही थे। विश्वामित्र उनके साथ थे।"

"विश्वामित्र बड़े धनुर्धर हैं। वे ऋचीक के शिष्य हैं। ऋचीक की गरिमा मैं जानता हूं, परन्तु विश्वामित्र और इन बालकों ने क्या समूची राक्षस-सेना का विध्वंस कर दिया?"

"ऐसा ही लज्जाजनक कांड हो गया रक्षपति!"

"विश्वामित्र क्या यहीं कहीं रहते हैं?"

"निकट ही काम्यवन में उनका आश्रम है। हमने उन्हें टिकने नहीं दिया। निरन्तर हमने उनपर आक्रमण किए। उनकी यज्ञ-विधि भंग की। बलात् मद्य और बलि-पशुओं की आहुति उनके यज्ञ-कुण्डों में दी।"

"विश्वामित्र ने विरोध नहीं किया, शस्त्र ग्रहण नहीं किया।"

"नहीं, वे शस्त्र ग्रहण नहीं करते। दक्षिण कोशल के पराभव के बाद जब से उन्होंने ऋषिपद ग्रहण किया, तभी से वे शस्त्र ग्रहण नहीं करते हैं।"

"इसीसे वे इन मानव-कुमारों को ले आए?"

"इसीसे।"

"क्या नाम कहा, उनका।"

"राम, लक्ष्मण।"

"इतना शौर्य है उन बालकों में?"

"उन्होंने बात की बात में एक ही बाण से माता ताड़का को सौ धनुष फेंक दिया और वह रक्त-वमन करके मर गई। इसपर जब मैंने और सुबाहु ने राक्षसों की सेना लेकर उनपर आक्रमण किया तो उन्होंने बड़े ही हस्त-लाघव से सारे राक्षसों को काट डाला। सुबाहु भी उसी युद्ध में खेत रहा। मेरे ये अधम प्राण किसी भांति बच रहे। सो मैं असहाय पर्वत-कन्दराओं में वन्य पशु की भांति छिप कर दिन काटता रहा और आपके आगमन की राह ताकता रहा।"

"अद्भुत है, अकल्पित है, श्लाघनीय है! अभिनन्दन करता हूं उन मानव-बालकों का! अब कहां हैं वे किशोर?"

"मिथिला के सीरध्वज ने जनकपुर में अपनी पुत्री का स्वयंवर रचा है। विश्वामित्र के साथ दोनों कुमार वहीं गए हैं।"

"यह सीरध्वज क्या कोई बड़ा आर्य है?"

"मानवों ही के वंश में है।"

"और उसकी वह पुत्री?"

"त्रैलोक्यसुन्दरी है, सीता उसका नाम है। सीरध्वज ने कृषि-यज्ञ द्वारा उसे प्राप्त किया था।"

"तेरे वचनों से मेरी अभिलाषा उन दोनों मानव-बालकों तथा उस त्रैलोक्यसुन्दरी सीता को भी देखने को उदग्र हो उठी है।"

"आकर्षण का एक विषय भी है।"

"वह क्या?"

"वहां एक पिनाक धनुष है। सीरध्वज का प्रण है कि जो कोई उसे चढ़ाकर बाणसंयुक्त कर सकेगा, उसीको वह त्रैलोक्यसुन्दरी पुत्री देगा।"

"वहां क्या बहुत राजा आए हैं?"

"आर्यावर्त और भरत-खण्ड के प्रायः सभी राजा गए हैं। पिनाकपाणि के विशेष अनुरोध से दैत्येन्द्र बाण महाकाल भी आया है, ऐसा सुना है।"

"बाण आया है?"

"ऐसा ही सुना है।"

"ठीक है, अच्छा संयोग है। मैं भी जाता हूं।"

"क्या सैन्य-सहित?"

"नहीं, एकाकी। एक बार उस पिनाक धनुष को देखूंगा। उन मानव-बालकों को भी और उस त्रैलोक्यसुन्दरी को भी। परन्तु मैं छद्मवेश में जाऊंगा।"

"क्या यह चिन्त्य नहीं है?"

"मेरे इस परशु के रहते?"

"मेरा कहना है, सुरक्षा के लिए कुछ भट अवश्य साथ लेने चाहिए।"

"नहीं, किन्तु राह कितने योजन है?"

"ग्यारह योजन सुना है, परन्तु देखा नहीं है। यहां से तीन योजन पर शोण नदी पार करके जाना पड़ता है।"

"राह में कुछ राज्य-सीमाएं भी हैं।"

"नहीं, कोशल राज्यों से विदेह राज्य मिले हुए हैं।"

"ठीक है, तो तू मारीच मातुल, शीघ्र आरोग्य-लाभ कर और अपने बिखरे हुए बाल को एकत्र कर, फिर राक्षस-सैन्य को साथ ले गन्धमादन पर पहुंच जहां मेरा वीर पुत्र मेघनाद और मातामह सुमाली तथा भाई कुम्भकर्ण कुबेर की अलका को आक्रान्त करने छद्मवेश में पहुंच चुके हैं। सब ज्ञातव्य बातों को जान और देवाधिदेव रुद्र से परामर्श कर अलका को आक्रान्त करने को तैयार रह। तब तक मैं आता हूं।"

उसने अपने मन्त्रियों और सेनापतियों को भी आवश्यक आदेश दिए और कुछ सेना वहां नैमिषारण्य में रख, शेष को आगे बढ़ने का आदेश दे, उसने जनकपुरी की ओर एकाकी ही कन्धे पर परशु रखकर प्रस्थान किया।

66

धनुष-यज्ञ

मिथिला के राजा सीरध्वज जनक ने यह प्रण किया था कि जो पुरुष जनकपुर के पिनाक धनुष को चढ़ाकर बाणसंयुक्त कर देगा, उसे ही वह अपनी कन्या सीता दे देंगे। इस धनुष-यज्ञ का निमन्त्रण पृथ्वी के सब राजाओं को भेजा गया और पृथ्वी-मण्डलस्थ राज-कुल के मुकुटधारी छत्रधारी राजा जनक की विश्व-मोहिनी सीता को जय करने जनकपुर में आ पहुंचे। इस समय इन सब छत्रधारियों की चतुरंगिणी सेनाओं की चहल-पहल और हाथियों, घोड़ों, रथों और अन्य वाहनों की भीड़-भाड़ से जनकपुरी भर गई थी। देश-देशान्तरों से वेदवेत्ता ऋषि भी आए थे। उनके निवास स्थान पर सैकड़ों बैलगाड़ियां और छकड़े खड़े थे। सभी अपने-अपने सुभीते के अनुसार अनुकूल स्थानों पर डेरे डाल रहे थे। महामुनि विश्वामित्र भी राम-लक्ष्मण सहित धूम-धाम से आए थे। उनके साथ सैकड़ों वेद-पाठी, वटुक, मुनि और अनेक ऋषि थे। मुनि विश्वामित्र के साथ सौ छकड़े आए थे। सीरध्वज महाराज ने सब ऋषियों, मुनियों और छत्रधारियों का समुचित सत्कार किया। सबको यथोचित निवास और आवश्यक सामग्री दी गई। नगर में नित नई धूम-धाम होने लगी और अन्ततः वह दिन भी आया जब धनुष-यज्ञ रचा गया।

बहुत राजा लोग भारी-भारी सेना लिए बड़ी तड़क-भड़क और धूम-धाम से आए थे। सबके ठाठ एक से एक निराले थे, परन्तु सबने निराला ठाठ रक्षपति रावण का था। वह महाप्राण पुरुष अकेला ही पांव प्यादे कन्धे पर परशु रखे सिंह की भांति धीर-मन्थर गति से वहां जा पहुंचा था। उसे न किसीको परिचय देने की आवश्यकता थी, न किसीको उसने पूछने की चिन्ता थी। बहुतों ने उसे देखा और किसी छत्रधारी राजा का सामंत समझा। किसीने एकाध बात की भी, तो इसने उसे उत्तर ही नहीं दिया, एक हुंकृति कर आगे बढ़ गया।

यज्ञस्थली में पृथ्वी-मंडल के राजा उपस्थित थे। उनके मुकुटमणि सूर्य के प्रकाश में जगमगा रहे थे। रावण ने कमर में रक्त कौशय, वक्ष में व्याघ्र चर्म, कंठ में उपवीत, भुजाओं में वलय, कमर में रत्न-कटिबन्ध और पैरों में लाल उपानह धारण किए। मुख पर लिपटी हुई चमकीली काली छोटी-सी दाढ़ी, खड़ी हुई मूंछें, उनपर उभरी नाक और पानीदार गहरी काली आंखें। सिंह जैसी उठान और वृषभ जैसी चाल अभय दृष्टि। उसे जो देखता, देखता ही रह जाता। सब राजाओं से

उसका ठाठ निराला था, देखकर मुनि-कुमार का भान होता था। पर विकराल परशु और ज्वलन्त दृष्टि क्या मुनि-कुमार की होती है? वह सब राजाओं की रत्नमणियों को घूरता हुआ, उनकी उपस्थिति से कुछ भी प्रभावित हुए बिना, धीर गति से यज्ञ-भूमि में आगे बढ़कर वहां पहुंचा, जहां स्वर्ण के मणि-जटित सिंहासन पर महातेज दैत्येन्द्र बैठा था। दैत्येन्द्र का तेज सूर्य के समान था। उसका बड़ा डील-डौल था। रावण ने उसके सम्मुख पहुंचकर तथा परशु कन्धे से उतारकर कहा–

"जयतु महाराजः! कश्चित् दैत्येन्द्रो देवासुरसंग्रामेष्वप्रतिहतमहारथो बाणो नाम महातेजाः!"

"अथ किम्? बाणोऽस्मि।"

"अहमभिवादये।"

"कस्त्वं भद्र?"

"अहं रावणो नाम।"

"आः, अयं लंकाभर्ता? एहि, एहि, स्वस्त्यायुष्मन्!"

"अनुगृहीतोऽस्मि।"

"रक्षः पते, इह तिष्ठ। त्वदागमनं जनकाय निवेदयामि तावत्।"

बाण की सूचना पाते ही जनक सीरध्वज अपने पुरोहित गौतम-पुत्र शतानन्द के साथ आ उपस्थित हुआ। बाण ने रावण का सप्तद्वीप-पति कहकर परिचय दिया। सीरध्वज ने नम्रता और आदर से कहा–

"स्वागतमतिथये, एतदासनमास्यताम्।"

"बाढम्" कहकर रावण ने आसन ग्रहण किया। जनक ने पुकारकर सेवकों से कहा–"पाद्यमानय। शुश्रूषामो भवन्तम्।"

रावण ने संतुष्ट होकर कहा–"वाचानुवृत्तिः खल्वतिथिसत्कारः। पूजितोऽस्मि। विश्वस्तोऽस्मि। अनेन बहुमानवचनेनानुगृहीतोऽस्मि। आस्यताम्!"

इसी समय सब बाजे एकाएक ज़ोर से बज उठे। जनक व्यस्त भाव से यज्ञभूमि में चले गए। किसीने ऊंचे स्वर में पुकारकर कहा–

"एवमार्यमिश्रान् विज्ञापयामि। उत्सरन्तु उत्सरन्तु, आर्या उत्सरन्तु!"

और दूसरे ही क्षण कुमारिकाओं से घिरी हुई, मांगलिक उपचारों- सहित जनक-नन्दिनी सीता ने विजयमाला लिए यज्ञ-भूमि में पदार्पण किया। शुभ्र परिधान-धारिणी, लज्जावनता, जनकराज-नन्दिनी सीता पुष्पभारनमित वृन्त की-सी शोभा का विस्तार कर रही थी। सारी सभा उस सुषमा को देख चित्रलिखित-सी रह गई। आगे चलने वाली चेटियों ने हाथ की छड़ी ऊंची करके कहा—

"एत्वेतु भर्तृदारिके, इयं यज्ञभूमिः प्रविशतु!"

रावण ने उत्सुकतापूर्वक दैत्येन्द्र बाण के कान के पास मुंह लाकर मन्द स्मित स्वर में कहा–"इयं सा राजदारिका? अभिजनानुरूपं रूपम्।"

"नहि रूपमेव, गतिरपि खल्वस्या मधुरा।"

"दिष्ट्या सफलं मे अभिगमनम्।"

"ममानुरूपमेवाभिहितम्।"

इसी समय मन्त्रिगण सैकड़ों मनुष्यों द्वारा उस आठ पहियों वाले शकट को खिंचवाकर यज्ञ-भूमि में ले आए, जिसपर वह दिव्य पिनाकी धनुष रखा था। कंचुकी ने पुकारकर कहा–

"एवमार्यमिश्रान् विज्ञापयामि! यह दिव्य धनुष निमि के ज्येष्ठ पुत्र देवराट् को देवताओं ने धरोहर के रूप में सौंपा था। इसी धनुष को रुद्र ने दक्ष-यज्ञ में यज्ञध्वंस-काल में प्रयुक्त किया था।"

"इस प्रकार यह प्रसिद्ध धनुष मिथिला-राजवंश के पास देवताओं की पवित्र धरोहर के रूप में है। राजर्षि जनक ने एक बार कृषि-यज्ञ करते हुए भौमी कन्या प्राप्त की थी और उसका लालन-पालन पुत्री के समान किया था। उसका नाम सीता है। अब वह राजनन्दिनी विवाह-योग्य वयः सन्धि-प्राप्त है। राजर्षि जनक का यह प्रण है कि जो कोई इस धनुष पर प्रत्यंचा चढ़ाकर इसपर बाण-सन्धान करेगा, उसको राजर्षि सीरध्वज अपनी पुत्री देंगे। अब हे नृपतिगण, आप अपने बल और सौभाग्य की परीक्षा करें।"

यह सुनकर छत्रधारी नृपति उठ-उठकर धनुष को उठाने लगे। प्रथम उन्होंने एक-एक करके ज़ोर लगाया–फिर सबने मिलकर चेष्टा की, परन्तु वे धनुष को हिला भी न सके। वे सब विफल-मनोरथ हो खीझकर रह गए और जब उन्होंने देखा कि बिना प्रण पूरा किए राजर्षि जनक किसीको पुत्री नहीं ब्याहेंगे, तो वे सब क्रुद्ध हो, शस्त्र ले-लेकर युद्ध करने को सन्नद्ध हो गए। सीरध्वज ने भी ऐसे समय के लिए चतुरंगिणी सेना तैयार रखी थी। उसने देखते ही देखते सब राजाओं को घेर लिया। दैत्येन्द्र बाण और रावण अभी यह तमाशा देख रहे थे कि रावण ने उत्तेजित-सा होकर दैत्येन्द्र से कहा–

"द्रष्टुकामो धनुःश्रेष्ठम्।"

"परमभास्वरं धनुरेतद्।"

"तदस्य धनुष आरोपणं करिष्ये।"

"न खलु। सुरोपमं पूज्यं धनुर्वरमस्माभिः रुद्रानुयायिभिः।"

"तत्किं करणीयमत्र?"

"तिष्ठ, पश्य कौतुकम्!"

रावण अपने आसन पर बैठ गया। इसी समय यज्ञ-भूमि में राम-लक्ष्मण सहित विश्वामित्र मुनि ने प्रवेश किया। जनक ने अपने पुरोहित और अमात्यों सहित विधिवत् अर्घ्य-पाद्य से ऋषि का पूजन करते हुए कहा–

"भगवन्स्वागतं तेऽस्तु। किं ते करोमि, भवानाज्ञापयतु!"

विश्वामित्र ने कहा–

"इमौ लोकविश्रुतौ दशरथस्य पुत्रौ, धनुःश्रेष्ठं द्रष्टुकामौ।"

जनक ने कहा—"श्रूयतामस्य धनुषः, यदर्थमिह तिष्ठति, भूतलादुत्थिता ममात्मजा सीतेति विश्रुता वीर्यशुल्केति। एते सर्वे नृपतयो ममात्मजां वरयितुमागताः। तेषां वीर्यं जिज्ञासमानानां शैवं धनुरुपाहृतम्। ये न शेकुर्ग्रहणे तस्य धनुषस्तोलनेऽपि वा, ते अवीर्या नृपतयः प्रत्याख्याताः। तदेतद् परमभास्वरं धनुर्दर्शय रामाय। यद्यस्य धनुषो रामः कुर्यादारोपणम्, सुतामयोनिजां वीर्यशुल्कां सीतां दद्यां दाशरथयेऽहम्।"

जनक के संकेत से वेत्रवती और कंचुकियों ने मार्ग-प्रदर्शन किया। विश्वामित्र और राम को वे धनुष के निकट ले गए। भटों ने पुकारकर कहा– "यही वह धनुष है, जिसे निमिवंश की धरोहर देवों ने धरा है। मिथिला का निमि-राजवंश इसकी पूजा करता रहा है। इस धनुष को असुर, गन्धर्व, देव, राक्षस, यक्ष, किन्नर और बड़े-बड़े उरग भी आक्रान्त नहीं कर सके।"

विश्वामित्र ने कहा–"वत्स राम, धनुः पश्य।"

राम ने धनुष को भली भांति निरीक्षण करके कहा–

"इदं धनुर्वरं दिव्यं संस्पृशामीह पाणिना।
यत्नवांश्च भविष्यामि तोलने पूरणेऽपि वा॥"

ऋषि और राजर्षि ने कहा–"बाढम्!"

इतना सुनते ही राम ने हजारों के देखते-देखते धनुष को दृढ़ हाथों में पकड़कर अधर में उठा लिया। फिर ज्यों ही उसकी प्रत्यंचा को चढ़ाने लगे, वह वज्रपात की भांति घोर शब्द करके बीच से टूट गया।

सारी ही यज्ञ-भूमिस्थ सभा यह चमत्कार देख जड़-चकित रह गई। जनक ने हाथ उठाकर कहा–

"दृष्टवीर्योहि रामो दशरथात्मजः। सीता सुता मे भर्तारं राममासाद्य जनकानां कुले कीर्तिमाहरिष्यति। सा वीर्यशुल्केति मे सत्या प्रतिज्ञा। सीता रामाय मे देया।

शीघ्रं गच्छन्तु अयोध्यां त्वरिता रथैः मन्त्रिणो मम, आनयन्तु राजनं पुरम्। कथयन्तु सर्वशो वीर्यशुल्कायाः प्रदानम्।"

सीता ने जयमाल राम के कण्ठ में डाल दी। वन्दीजन विरुद बखानने लगे।

रावण स्तम्भित हो यह चमत्कार देख रहा था। उसे सब कुछ चमत्कारपूर्ण लग रहा था। राम का किशोर वय, लावण्य, रूप और अतिविक्रम देख वह स्तम्भित हो गया था। जब धनुष टूट गया तो वह आश्चर्यचकित हुआ और जब जनक ने घोषणा की कि उसने वीर्यशुल्का कन्या को प्रदान कर दिया, तो वह कुछ विकल हुआ। कहीं एक अज्ञात टीस उसने अनुभव की। उसकी दृष्टि शारदीय शोभाधारिणी सीता पर अटक गई। उसने मुग्ध भाव से अपने ही मन में कहा–"अहा, इस शीलवती के अंग को तो इसके वस्त्रों ने भी नहीं देखा होगा, जैसे आत्मा को शरीर नहीं देख पाती।"

रावण को ध्यानमग्न देख बाण ने कहा–

"स्थितो मध्याह्नः दृढमस्मि परिश्रान्तः, विश्रमिष्ये।"

परन्तु रावण ने अपने ही में डूबे हुए कहा–

"अथ परिसमाप्तश्च चमत्कारः।"

"भवतु नाम।"

"अलीकमलीकं खल्वेतत्।"

बाण खिलखिलाकर हंस पड़ा। हंसते-हंसते उसने कहा–"भवतु! गच्छामस्तावत्।"

वह स्वर्ण सिंहासन से उठ खड़ा हुआ। रावण ने भी खड़े होकर कहा–

"अहमपि तत्र भवताभ्यनुज्ञातो गन्तुमिच्छामि।"

"गच्छतु भवान् पुनर्दर्शनाय।"

"वन्दामि दैत्येन्द्र!"

"रावण ने अपना परशु कन्धे पर रखा। वह धीर-मन्द गति से वहां पहुंचा, जहां खण्डित धनुष पड़ा था और राम को जो जयमाला सीता ने पहनाई थी, उसके एकाध पुष्प, वहीं पृथ्वी पर सीता के चरणचिह्न समीप पड़े थे। उसने झुककर उस चरण-चिह्न की मृत्तिका ज़रा-सी उंगलियों के पोर में छूकर हृदय से लगाई। पुष्प की उन पंखुड़ियों को यत्न से उठाया और बिना इधर-उधर देखे राजाओं, मण्डलीकों, धनुर्धरों, व्रात्यों, ब्रह्मचारियों और ऋषियों के बीच होता हुआ अपने मार्ग चला–हृदय में राम की किसलय-कोमल मूर्ति और सीता की अमलच्छवि को रक्त की प्रत्येक बूंद में भरकर।

67 सार्वभौम रावण

मिथिला के धनुष-यज्ञ से लौटकर रावण ने शीघ्रतापूर्वक अपना सार्वभौम प्रस्थान किया। उसके शत-सहस्र राक्षस छद्मवेश में हिम-शैल की उपत्यकाओं में कुम्भकर्ण और सुमाली के नेतृत्व में उसकी प्रतीक्षा कर रहे थे, जहां उसके धर्मगुरु और शस्त्र-गुरु रुद्र महादेव की उनपर छत्र-छाया थी। उसने मारीच को खूब आगा-पीछा समझाकर तैयारी करने का आदेश दिया। नैमिषारण्य से मारीच राक्षसों की सैन्य लिए गंधमादन की ओर प्रस्थान कर चुका था, अतः रावण ने अविलम्ब वहां से कूच बोल दिया और उत्तर कोशल राज्य की सीमा में जा घुसा, जहां महाप्रतापी अनरण्य राज्य कर रहा था। अनरण्य ने रावण को भारी राक्षस-सैन्य लिए, अपनी राज्य-सीमा में प्रविष्ट होता देखा तो वह दस सहस्र अश्व और बहुत-से रथ, हाथियों से सज्जित सैन्य ले रणांगण में उतरा। घनघोर युद्ध हुआ। राक्षसों ने प्रबल पराक्रम से अनरण्य की सेना को काट डाला। परन्तु महावीर अनरण्य गजराज पर खड़ा हो, हाथ में धनुष ले, अपनी सेना को ललकारता हुआ रावण पर बाण-वर्षा करता रहा। अनरण्य के हस्तलाघव और पराक्रम को देखकर रावण के सब मन्त्री–प्रहस्त आदि–घबराकर भागने लगे।

तब रावण ललकारता हुआ रथ पर चढ़कर उसके सम्मुख आया। यह देख अनरण्य ने भी रथ ग्रहण किया। अब इन दोनों महाविक्रमशाली योद्धाओं ने विविध दिव्य शस्त्रास्त्रों से ऐसा विकट युद्ध किया कि दोनों ओर की सेनाएं स्तम्भित हो गईं। रावण ने वेग से प्रचण्ड आक्रमण करके अनरण्य के रथ के घोड़ों को मार डाला। इसपर अनरण्य ने रथ से कूदकर, बाणों की बौछार से रावण के सारथि को बींध दिया। रावण भी उछलकर रथ से उतर पड़ा और उसने अनरण्य के मस्तक पर गदा का प्रचण्ड वार किया। उस प्रहार को न सहकर अनरण्य मुंह के बल भूमि पर गिर गया। यह देख रावण अट्टहास करके हंसने लगा। हंसते-हंसते उसने कहा–"राजन् इतने ही बल पर तुम वैश्रवण रावण से युद्ध करने निकल आए? तब भी यह अच्छा है कि पराजय स्वीकार कर लो और मेरी रक्ष-संस्कृति को भी स्वीकार करो। जो कोई मेरी रक्ष-संस्कृति को स्वीकार करता है उसके लिए अभय, जो स्वीकार नहीं करता उसके मस्तक पर मेरा परशु है।" उसने अपना विकराल परशु हवा में घुमाया।

इसपर अनरण्य ने कहा–"अरे विश्रवा मुनि के पुत्र, तू क्या अपने ही मुंह से अपनी प्रशंसा करके बड़ा बनना चाहता है? अरे मूढ़, तू इक्ष्वाकु वंश का अपमान करना चाहता है? मैं वृद्ध हूं और मेरे प्राणत्याग का यह समय समुचित है–तो भी क्या? अभी इक्ष्वाकु वंश निर्वंश नहीं हुआ है। आ, सावधान हो और युद्ध कर, गाल न बजा।" इतना कहकर महाराज अनरण्य ने बाण-वर्षा कर राक्षसों को विकल कर दिया। प्रहस्त, प्रकम्प और अन्य राक्षसों ने चारों ओर से विरथ महाराज अनरण्य को घेर लिया। महातेजस्वी अनरण्य शरीर पर सहस्रों आघात खा वहीं खेत रहे।

महाराज अनरण्य का निधन होने पर रावण ने हिमवन्त की ओर बाग मोड़ी, जहां उसके भाई कुम्भकर्ण, नाना सुमाली तथा महावीर पुत्र मेघनाद तथा सहस्रों राक्षस उसकी बाट जोह रहे थे। रावण की वह वीर-वाहिनी उनसे इस प्रकार जा मिली, जैसे नदियां समुद्र में मिलती हैं। राक्षसों की इस सैन्य का आगमन सुनकर यक्ष भयभीत होकर भागने लगे। कुबेर ने जब सुना तो उसने क्रुद्ध होकर रावण के सम्मुख युद्ध करने अपनी चतुरंग चमू को भेजा। यक्षों ने राक्षसों के धुर्रे उड़ा दिए। राक्षस और राक्षस-सेनापति इधर-उधर भागने लगे। यह देख रावण ने ललकारकर कहा–"अरे राक्षस भटो, निर्भय युद्ध करो और देखो कि मैं अकेला ही युद्ध-स्थली में कैसा चमत्कार दिखाता हूं।" इतना कह वह अपना परशु घुमाता हुआ यक्षों के समूह में घुस गया। यक्षों ने भी गदा, मुशल, खड्ग, शक्ति, तोमर आदि आयुध ले उसे चारों ओर से घेर लिया। परन्तु रावण ने उनका तनिक भी भय न कर अपने फरसे से उन्हें मारना आरम्भ कर दिया। उसके मन्त्रियों और सेनापतियों ने भी उसे चारों ओर से घेरकर चौमुखी मार शुरू कर दी। देखते ही देखते यक्षों के कट-कटकर ढेर होने लगे। घायलों की चीत्कार और योद्धाओं की ललकार से लोगों के कानों के पर्दे फटने लगे।

यक्षों की यह दुर्दशा देख कुबेर वैश्रवण ने अपने सेनापति सुयोध कंटक यक्ष को बहुत-सी नई सेना देकर भेजा। इस नई सेना को देख विकराल कुम्भकर्ण दोनों बाहु फैलाकर दौड़ा। दूसरी ओर से मारीच ने यक्षों को दबाया। दोनों दलों में जब इस प्रकार विकट संग्राम हो रहा था, तब अवसर पा रावण अपना परशु घुमाता हुआ अलका के सिंहद्वार पर जा पहुंचा। उसके साथ ही दैत्य सुमाली शक्ति हाथ में लिए चला। द्वार-रक्षकों के अध्यक्ष सूर्यभानु यक्ष ने रावण को रोकना चाहा। जब रावण उसे धकेल आगे बढ़ा, तो सूर्यभानु ने खींचकर परिघ रावण के मस्तक पर दे मारा, जिससे रावण के मस्तक से रक्त की धार बह चली। इससे क्रुद्ध होकर

रावण ने वही परिघ छीन इतने वेग से उसकी छाती में मारा कि वह वहीं गिरकर मर गया। द्वार-रक्षक सारी सेना अस्त्र-शस्त्र फैंक भाग खड़ी हुई। रावण परशु घुमाता हुआ सुमाली-सहित अलकापुरी में घुस गया।

कुबेर ने जब यह समाचार सुना तो उसने मणिभद्र यक्ष को राक्षस का वध करने भेजा। चार हज़ार यक्ष लेकर मणिभद्र ने रावण को चारों ओर से घेर लिया। उसपर गदा, मुशल, प्रास, शक्ति, तोमर तथा मुद्गर की वर्षा होने लगी। इसी समय प्रहस्त, अकम्पन और मारीच बहुत-सी राक्षस-सेना ले वहां पहुंच गए। अब वीर वीर से गुंथ गये। प्रहस्त और महोदर ने बहुत-से यक्षों को मार गिराया। इसी समय धूम्राक्ष ने मणिभद्र की छाती में मुशल का प्रहार किया, पर मणिभद्र ने उसकी तनिक भी चिंता न कर इतने वेग से गदा धूम्राक्ष को मारी कि वह चक्कर खाकर भूमि पर गिर गया। यह देख रावण मणिभद्र की ओर दौड़ा। मणिभद्र ने तीन शक्तियां रावण पर फेंकी, पर रावण ने इसी समय परशु से मणिभद्र के सिर पर प्रहार किया। इससे मणिभद्र मूर्छित हो गया। उसे रथ पर डाल यक्ष कैलास की ओर ले भागे।

मणिभद्र के पराभव का समाचार सुनते ही यक्षों की सेना में हाहाकार मच गया। अलकापुरी में सब आबालवृद्ध आर्तनाद करने लगे। यह देख शुक्र, प्रोष्ठपद और पद्मशंख नामक तीन महाविक्रमी महारथियों के साथ स्वयं कुबेर धनेश ने पुष्पक विमान में बैठकर यक्षों की सेना-सहित युद्धभूमि में प्रवेश किया। कुबेर धनेश को सम्मुख आते देख रावण परशु उठा आगे बढ़ा। उसे देख कुबेर ने कहा–"अरे दुर्बुद्धि रावण, तू मेरा निवारण भी नहीं मानता। अरे, जो माता-पिता और गुरुजनों का अपमान करता है, वह तो महाअधर्मी है। परन्तु अब इन बातों से क्या? अब तू अपने कर्मों का फल भोग!" इतना कह उसने रावण पर गदा से वार किया। कुबेर के प्रताप और तेज से व्याकुल होकर रावण के सभी मन्त्री भयभीत होकर भाग गए। पर रावण अचल खड़ा रहा। जब कुबेर ने दुबारा गदा का प्रहार करना चाहा तो रावण ने भी प्रहार किया। अब दोनों भाइयों में भयंकर युद्ध होने लगा। लड़ते-लड़ते कुबेर ने रावण पर आग्नेयास्त्र छोड़ा। इसका निवारण रावण ने वारुणास्त्र से किया। फिर रावण ने अनेक कौशल किए, अन्त में रावण का गहरा आघात मस्तक पर खाकर कुबेर मूर्छित होकर भूमि पर गिर गया। यह देख उसके सेवक उसे उठाकर रथ में बैठाकर ले भागे। रावण यह देख प्रसन्न हुआ। उसने कुबेर के पुष्पक विमान पर अधिकार कर लिया, जिसमें सोने के खम्भे, वैदूर्य मणि के द्वार और मोतियों की झालरें टंगी थीं। इस पुष्पक का वेग मन के समान

था। इसकी सीढ़ियां सोने की थीं और इसमें ठौर-ठौर रत्न जड़े थे। यह विमान त्वष्ट्रा विश्वकर्मा ने कुबेर के लिए बनाया था। रावण ने विमान को प्राप्त कर तीनों लोकों को जय किया समझा और वह तेज़ी से हिमालय को लांघकर देवाधिदेव रुद्र के निकेतन कैलास-शिखर पर जा चढ़ा।

कैलासी ने प्रसन्नवदन हो रावण की अभ्यर्थना की। रावण ने कैलासी रुद्र के चरणों पर मस्तक रख उन्हें प्रणिपात किया और बद्धांजलि हो अनुग्रह-याचना की। रुद्र ने कहा–"भद्र वैश्रवण, तेरे पुत्र मेघनाद को हमने अपने सब दिव्यास्त्र दे दिए हैं। अब वह देव-दैत्य सभी से अजेय है। अब कह, तेरा और क्या प्रिय करूं?"

रावण कृतकृत्य हो गया। इसी समय मेघनाद ने पिता के चरण छुए। रावण ने पुत्र को छाती से लगा, स्नेह से सिर सूंघा, फिर वह पुत्र को साथ ले, रुद्र की अनुमति ले तीव्र गति से कैलास के नीचे उतरा।

परन्तु कैलास ही के मार्ग में उसकी भेंट नारद वामदेव से हो गई। नारद को देख रावण ने उन्हें प्रणिपात किया और अपना मन्तव्य सुनाकर कहा– "देवर्षि, कहो, कैसे मेरा मनोरथ पूरा होगा?"

नारद ने कहा–"सुन विश्रवा मुनि के पुत्र, तेरे पराक्रम, साहस और भावना से मैं प्रसन्न हूं। पर तू यहां आर्यावर्त में क्या कर रहा है? तू देव, दानव, दैत्य, यक्ष, गन्धर्व सभी को पराजित करने का सामर्थ्य रखता है, तू अपवर्त जा। वहां यम, वारुणेय, इन्द्र, देवराट् हैं, उन्हें जय कर। फिर नागों को पाताल में विजय कर। तब तेरा मनोरथ फलेगा।"

रावण ने हंसकर कहा–"देवर्षि, मैं ऐसा ही करूंगा।"

इतना कह नारद अपनी राह लगे और रावण ने भी अपवर्त की राह पकड़ी। अब वह मित्रावसु गन्धर्व की पुरी में पहुंचा, जहां उसका भव्य स्वागत हुआ। चिर-विरहिणी चित्रांगदा से मिलकर हृदय-ग्रन्थि खोली, मान-मनौवल हुआ। चित्रांगदा के मनोरथ पूर्ण कर तथा शीघ्र लौटने का वचन दे, अपने श्वसुर मित्रावसु से गन्धर्वों की सेना सहायतार्थ ले, रावण अपवर्त की ओर अग्रसर हुआ। अनरण्य का युद्ध में निधन तथा बालि, वानरेन्द्र और माहिष्मती के सहस्रार्जुन की कथा रावण ने श्वसुर को कह सुनाई थी। इसपर मित्रावसु ने उसे अनेक सत्परामर्श दिए। चतुरंग चमू के साथ बहुत स्वर्ण, मणि और दिव्यास्त्र भी दिए।

अब रावण का यह राक्षस-सैन्य अपरिसीम था। रौद्र शक्ति से सम्पन्न और गन्धर्वों से संयुक्त तथा अजेय मेघनाद, कुम्भकर्ण और सुमाली से सुरक्षित उसकी सेना एक ओर थी दूसरी ओर उसका अपना विकराल परशु था।

चलते-चलते राक्षसों की चतुरंग चमू 'आर्यवीर्यवान्' क्षेत्र में आ पहुंची, जहां इन्द्रसखा मरुत् संवर्त ब्रह्मर्षि के नेतृत्व में यज्ञ कर रहे थे। मरुतों के इस यज्ञ में देवेन्द्र-सहित सभी देवता उपस्थित थे। दुर्जय रावण परशु कन्धे पर रख निर्भय एकाकी ही यज्ञ-भूमि में जा धमका और बोला–"मैं सप्तद्वीपों का अधीश्वर पौलस्त्य रावण हूं। नृवंश में एक वैदिक रक्ष-संस्कृति की स्थापना करने के लिए मैंने सार्वभौम अभियान किया है। अब जो कोई मेरी रक्ष-संस्कृति को स्वीकार करता है, उसे अभय, जो नहीं स्वीकार करता है उसके मस्तक पर मेरा परशु है।" रावण के ऐसे गर्व-भरे, अकल्पित, अतर्कित वचन सुनकर सभी मरुद्गण और देवगण स्तम्भित रह गए। रावण की दुर्धर्ष चतुरंग चमू की सूचना उन्हें मिल गई थी। इससे उन्हें भीति भी हुई। इसके अतिरिक्त यह यज्ञ का काल था।

रावण के वचन सुनकर मरुतों के प्रमुख ने कहा–

"अरे पौलस्त्य, तू विज्ञ दीखता है, पर अभिमानी पुरुष की भांति बातें करता है। क्या विश्व में तू ही एक वीर पुरुष है?"

"इसका निर्णय तो यह परशु करता है, अभी मैंने अपने बड़े भाई कुबेर धनपति का इसीसे पराभव किया है तथा इक्ष्वाकु अनरण्य का इसी परशु से शिरच्छेद किया है, जिसका रक्त भी अभी सूखा नहीं है।"

मरुतों के प्रमुख ने कहा–"शान्तं पापम्! बड़े भाई का पराभव और वृद्ध मानव अनरण्य का वध! अरे वैश्रवण, तू तो अधर्म करता आ रहा है, क्या संसार में अधर्म करके भी कोई यशभागी बना है? परन्तु इस प्रलाप से क्या? तू यदि हम मरुद्गणों से युद्ध ही चाहता है तो खड़ा रह, मैं तुझे यहां से जीवित नहीं जाने दूंगा।"

यह कहकर मरुतों का स्वामी खड्गहस्त हो यज्ञोपवीत पहने हुए ही यज्ञासन से उठ खड़ा हुआ। अन्य मरुद्गणों ने भी खड्ग खींच लिए। देवों ने भी धनुषों पर बाण-संधान किए। रावण हुंकारकर परशु घुमाने लगा, परन्तु इस समय महर्षि संवर्त ने उसके निकट आकर स्नेह से रावण के सिर पर हाथ रखा और कहा–"आयुष्मान् रावण, मैं तेरे पिता विश्रवा मुनि का गुरुभाई और सखा हूं। तुझे देखकर सम्प्रहर्षित हूं मरुद्गण इस समय माहेश्वर यज्ञ में दीक्षित हैं, तू भी तो माहेश्वर है। सो पुत्र, इस समय धर्म-क्षण में यह विग्रह ठीक नहीं। इसमें देवअवज्ञा होगी।" फिर उसने मरुतों के प्रमुख से कहा–"यज्ञ दीक्षा में प्रविष्ट पुरुष को युद्ध और क्रोध से दूर ही रहना उचित है, इसलिए रावण के पराक्रम और यज्ञ के भार को समझकर आप भी शस्त्र त्याग दें तथा सब मरुत् और देव शान्त हो जाएं।"

इसी समय रावण के मन्त्री शुक ने उच्च स्वर से पुकारकर कहा–"मैं राक्षसों का मन्त्री शुक पुकारकर घोषित करता हूं–यहां बैठे सब मरुद्गण और देवगण सुनें कि वैश्रवण रावण–सप्त द्वीपों का अधिपति लंकेश–यहां उपस्थित है। मैं उसकी विजय-घोषणा करता हूं, जिसे विरोध हो, वह शस्त्र ले!"

परन्तु ऋषिवर संवर्त के संकेत से सब मरुद्गण और देवेन्द्र-सहित देवगण चुपचाप बैठे रहे। रावण उसी प्रकार यज्ञस्थल से चला गया।

शीघ्र ही स्वयं वह अपवर्त में जा पहुंचा। यमराज महिषों की सैन्य ले तोमर, शूल, प्रास, परिघ, मुद्गर और शक्ति ले युद्धस्थल में आ पहुंचे। वह यद्यपि बहुत वृद्ध हो गए थे पर अभी उनमें बड़ा बल था। यमराज ने राक्षस-मन्त्रियों तथा राक्षसों को छोड़ सीधा रावण ही पर आक्रमण किया। यम के दिव्यास्त्रों से रावण व्याकुल हो गया, तब उसने महा अमोघ पाशुपतास्त्र धनुष पर चढ़ाया। पाशुपतास्त्र सहस्र उल्कापात की भांति–ज्वलंत सत्त्व की भांति सब यमदूतों को भस्म कर यम को पराभूत कर गया।

परन्तु शीघ्र ही चैतन्य हो क्रोध से लाल-लाल आंखें किए यम ने अपने सारथि से कहा–"सूत, मेरा रथ इस वैश्रवण के पास ले चल।" सूत ने काल-दण्ड हाथ में ले, रथ आगे बढ़ा दिया। यम ने भयानक वेग से महास्त्रों का प्रयोग किया, जिससे दशों दिशाएं जलने लगीं। राक्षसों की सेना हाहाकार करती भाग खड़ी हुई। पर रावण ने घोर गर्जना करके यमराज को बाणों से छा दिया। यमराज ने भी गदा के प्रहार से रावण के वक्ष को आहत कर दिया। फिर उसपर अमोघ शक्ति का प्रहार किया। इससे रावण मुर्च्छित होकर भूमि पर आ गिरा। थोड़ी ही देर में फिर चैतन्य होकर उसने बाणों की वर्षा कर यम के सारथि मृत्यु को व्याकुल कर दिया। यमराज ने कहा–"अरे, यह विश्रवा मुनि का पुत्र तो हिरण्यकशिपु नमुचि, शम्बर, धूमकेतु, बलि, वैरोचन, वृत्र, राजर्षि, गन्धर्व, उरग सभी से प्रबल ज्वलन्त सत्त्व प्रतीत होता है।" यह कहकर यमराज ने युद्ध-क्षेत्र त्याग दिया। यमराज को पराङ्मुख देख रावण विजय का डंका बजाता हुआ अपवर्त से वरुणलोक की ओर चल पड़ा।

शीघ्र ही उसकी चतुरंग चमू वरुणलोक में जा पहुंची तथा वारुणेयों से उसका घमासान युद्ध ठन गया। नानाविधि दिव्यास्त्रों से वारुणेयों ने राक्षसों से युद्ध किया। वारुणेयों ने बाणों से रावण के शरीर को छेद डाला। इसपर क्रुद्ध हो महोदर ने रथ पर बैठ मुशल, भाल, पट्टिश, शक्ति और शतघ्नी लेकर वारुणेयों को खदेड़ दिया। उसके प्रहार से वारुणेय चारों ओर से घिर गए। यह देख रावण ने परशु हवा में घुमाकर प्रलयमेघ के समान गर्जना की। और सब वारुणेयों से कहा–"हे वारुणेय,

तुमने मय दानव की पत्नी हेमा नामक अप्सरा को हरण किया है, उसे वापस करो तथा उरनगर मय दानव को दो, तो मैं तुम्हें क्षमा करूंगा। नहीं तो समूचे वरुणालय को भस्म कर ढेर कर दूंगा।" इसपर इन्द्रद्युम्न वारुणेय ने आगे बढ़कर खड्ग हवा में हिलाते हुए कहा–"हेमा मेरी प्रेयसी है, उसपर जिसकी दृष्टि है, उसका मैं इसी क्षण वध करूंगा।" मय दानव अब अपनी विकराल शक्ति ले आगे आया। उसने कहा–"अरे पराई स्त्री को चुराने वाले चोर, ठहर! आज तू मेरे हाथ से बच नहीं सकता।" इसके बाद दोनों वीर गुंथ विविध शस्त्रास्त्रों का प्रयोग हुआ और इन्द्रद्युम्न छाती में शक्ति खा रक्त वमन करता हुआ मर गया।

वारुणेयों ने अछता-पछताकर हेमा रावण को सौंप दी। उरनगर भी उसके हवाले किया। इस प्रकार वारुणेयों से युद्ध में कृतकृत्य हो, अपनी प्रिय मन्दोदरी की अभिलाषा पूर्ण कर, अपनी सास हेमा अप्सरा को साथ ले रावण ने दलबल सहित उरनगर में डेरा डाला और सब राक्षस-सैन्य को विश्राम करने की आज्ञा दी।

68 उरपुर

उन दिनों उरपुर देवलोक में अत्यन्त सम्पन्न नगर था। वहां अनेक देव, अप्सराएं और उरग-जन रहते थे। इसकी सुषमा अमरावती से कम न थी। यह नगर काकेशस उपत्यकाओं में आज भी बसा हुआ है। वहां की अप्सराएं देवलोक में सबसे अधिक सुन्दर हुआ करती थीं और वे उर्वशी कहाती थीं। काकेशस या कोहकाफ़ का यह अंचल अत्यन्त आरोग्यप्रद है। पर्शियन कथाकारों ने इन अप्सराओं को कोहकाफ़ की परी कहकर इनका परिचय दिया है। यहां पारिजात नाम का एक अम्लान, श्वेत स्थलकमल होता था जो देवलोक-भर में प्रसिद्ध था। इसकी गन्ध-माधुरी एक योजन तक वातावरण को सुरभित करती थी और देवराट् इन्द्र प्रतिदिन इसी पारिजात का अम्लान माल्य धारण करते थे। आज भी संसार-भर में इस प्रान्त का यह स्थल-गुलाब प्रसिद्ध है।

रावण ने वारुणेयों से हेमा अप्सरा के साथ बहुत-से रत्न, मणि, सुवर्ण भी क्षतिपूर्ति के रूप में लिए थे तथा हेमा को उसने बन्दिनी के रूप में पृथक् एक स्थान में रखा था। हेमा इसी उरपुर की निवासिनी थी। वह असाधारण सुन्दरी

और मोहक थी। उसके कटीले नयनों के कटाक्ष और उन्नत उरोजों का आकर्षण विलक्षण था। इस बृहद् अभियान में रावण के साथ उनका श्वसुर मय दानव और उनके दोनों पुत्र मायावी और दुन्दुभि थे। भली भांति सैनिक-सन्निवेश स्थापित कर चुकने के बाद रावण ने अपने श्वसुर मय दानव को बुलाया तथा अपने सब मन्त्रियों के समक्ष उसने कहा–"हे महाभाग, सुम्बाद्वीप में मैंने आपकी कन्या ग्रहण करने के समय शुल्क-रूप जो वचन दिए थे, उन्हें मैंने अब पूरा कर दिया। वारुणेयों से दारुण युद्ध करके आपके शत्रु का हनन किया तथा आपकी स्त्री हेमा अप्सरा का मैंने उद्धार कर दिया, अब वह बन्दिनी यहां उपस्थित है। स्वेच्छा से अकारण अपने पुरुष को त्यागकर जो स्त्री चली जाए और दूसरे से रमण करे, वह दण्डनीय है। ऐसी स्त्री को शौर्य से फिर हस्तगत करना धर्म है तथा उस कुल-त्यागिनी पुंश्चली का वध करना भी कुलीन मर्यादा है। परन्तु शौर्य से मैंने उसका उद्धार कर दिया, अब कुल-मर्यादा के अनुसार कार्य करना आपका धर्म है। यह खड्ग है, लीजिए और उस कुल-त्यागिनी कुलटा स्त्री का शिरच्छेद कर अपने प्रतिष्ठित कुल की प्रतिष्ठा सुरक्षित कीजिए, जिससे लोक में उदाहरण रहे।" इतना कहकर रावण ने खड्ग अपने श्वसुर मय दानव के हाथ में दे दिया।

मय ने कहा–"हे सौम्य, तूने अच्छी धर्म-मर्यादा कही। मैं भी यही ठीक समझता हूं और अभी उस कुलटा कुल-त्यागिनी का हृदय इस खड्ग से निकालकर भक्षण करूंगा। अब उसके कलंकित जीवन से मुझे क्या!" इतना कहकर मय दानव खड्गहस्त उस कारागार में गया, जहां उसकी पत्नी हेमा अप्सरा बन्दिनी थी, जिसके वियोग से वह अपना राज्य, नगर त्याग चौदह वर्ष वन-वन और देश-देश की खाक छानता था।

परन्तु जब वह नग्न खड्ग हाथ में लिए उसके सम्मुख पहुंचा, तो उसने देखा कि वह अविचल भाव से स्थिर खड़ी है। मय ने देखा, उसका सौन्दर्य और आकर्षण इन चौदह वर्षों में तनिक भी म्लान नहीं हुआ है। वैसे ही उसका उठा हुआ यौवन है, वैसा ही तपाए सोने का-सा स्वर्णगात है, वैसी ही नीलमणि-सी उसकी देह-यष्टि है।

अपने पति को चौदह वर्ष बाद इस प्रकार खड्गहस्त सम्मुख खड़ा देखकर वह तनिक भी विचलित नहीं हुई, न उसने अपने बचाव की ही कुछ चेष्टा की।

जरठ मय की मुट्ठी से खड्ग त्रस्त होने लगा। वह उस मनोहर रमणीय के वक्ष में खड्ग नहीं घुसेड़ सका। उस कोमल शोभावती रमणी पर निर्दय वार न कर सका। किस प्रकार उसने उसके नवविकसित यौवन के साथ कभी रमण किया था–संसार को भूलकर। आरोपित कर दिया था उसीमें अपने को। उसके लिए

नगर बनाया था, हेम-हर्म्य बनाया था, उसे प्यार किया, उससे उसने एक पुत्री और दो पुत्र उत्पन्न किए थे। आज चौदह वर्ष से वह उसके वियोग में मारा-मारा फिर रहा था। उसके बिना उस विरागी को संसार सूना दीख रहा था और आज जैसे उसकी कोई निधि मिल गई थी। अतीत जीवन के मधुर दृश्य उसके नेत्रों में घूम गए। उसने देखा–आज वह पहले से भी अधिक आकर्षक, मनोहर और सुन्दरी है। अब भला वह कैसे उसका वध कर सकता था।

हाथ में खड्ग लिए वह देर तक एकटक हेमा को देखता रहा। फिर उसने पूछा–"अब तू क्या चाहती है?"

"जो तुम चाहो।"

"तू क्या करेगी?"

"जो तुम कहो।"

"कहां रहोगी?"

"जहां तुम रखोगे।"

"यदि मैं तुझे मुक्त कर दूं?"

"अब, इस अभियान के बाद?"

"तू जहां चाहे चली जा, मुझसे तुझे क्या!"

"फिर इतना रक्त क्यों बहाया?"

"यह तो ठीक ही किया।"

"तो अब फिर मैं कहां जाऊं?"

"क्या इन्द्रद्युम्न तुझे मेरे हर्म्य से भगा ले गया था?"

"नहीं, मैं स्वेच्छा से उसके साथ गई थी।"

"इसमें दोष किसका है, तेरा या इन्द्रद्युम्न का?"

"किसीका भी नहीं!"

"तो तू अपने उस गर्हित कार्य के लिए लज्जित नहीं?"

"लज्जित नहीं हूं।"

"क्या मैं तुझे प्यार नहीं करता था?"

"करते थे।"

"और तू?"

"मैं भी।"

"फिर भागी क्यों?"

"इसलिए कि मैं अपने को भी प्यार करती थी।"

"तूने मेरा विचार नहीं किया?"

"बहुत किया।"

"फिर भी तू मुझे छोड़कर भाग गई?"

"हां।"

"किसलिए?"

"तुम्हारे साथ रह नहीं सकती थी।"

"क्यों?"

"क्योंकि उसने भी मुझे प्यार किया।"

"और तूने?"

"मैंने भी उसे।"

"क्या तू उसके साथ सन्तुष्ट रही?"

"बहुत।"

"मैंने तुझे कितने हर्म्य-मणि दिए, कितने सुख-साधन जुटाए उसने भी ऐसा ही किया?"

"न।"

"फिर भी तू उसके साथ सुखी रही?"

"हां।"

"मुझे याद नहीं किया?"

"बहुत किया।"

"मेरे दुःख को नहीं देखा।?"

"बहुत देखा।"

"फिर भी लौटी नहीं?"

"नहीं लौट सकती थी।"

"क्या तुझे बलात् रखा गया था?"

"नहीं।"

"चाहती तो लौट सकती थी?"

"लौट सकती थी।"

"फिर भी लौटी नहीं?"

"न।"

"क्यों?"

"उसके प्यार के वशीभूत होकर।"

"तो उसका प्यार, मेरा प्यार, तेरे विवेक और तेरी-मेरी मर्यादा–सबको आक्रान्त कर गया?"

"ऐसा ही हुआ।"

"और अब?"

"अब तो तुमने उसे मार डाला।"

"परन्तु तू?"

"तुम्हारी अधीन हूं।"

"यदि मैं तेरा वध करूं?"

"करो।"

"और प्यार?"

"करो।"

"तू भयभीत नहीं है।"

"क्या तुमसे?"

"नहीं, इस खड्ग से?"

"नहीं।"

"क्यों भला?"

"तुम जो मेरे निकट हो। तुम्हारे निकट रहते मुझे भय क्या!"

मय की आंखों से अश्रुधारा बह चली। खड्ग की नोक भूमि में गड़ाकर वह पृथ्वी पर झुक गया।

हेमा ने आकर उसका सिर अपने वक्ष में ले लिया।

बहुत देर बाद मय ने कहा–

"घर चल हेमा!"

"चलो!"

और दोनों उस बन्दीगृह से बाहर आए। रावण ने सब बातें जानीं, पर उसने सास की अभ्यर्थना नहीं की। फिर भी वह उसके अदैन्य पर चकित था।

उसने कहा–"मातः, मैं तेरी अभ्यर्थना नहीं कर सकता।"

"कैसे कर सकता है पुत्र, मुझसे घृणा करने का तुझे अधिकार है।"

मैं तुझसे घृणा नहीं करता मातः, परन्तु तूने अपराध तो किया है।

"इसका विचार तू नहीं कर सकता पुत्र, तेरी पत्नी का पिता–मेरा पति–कर सकता है, सो उसने कर लिया है।"

"तो मातः, तेरा अब तेरा अब मैं क्या प्रिय करूं?"

"इस उरपुर में हमारा अभिनन्दन ग्रहण करके मुझे संप्रहर्षित कर।" "यह उरनगर तो मैंने अपने श्वसुर महाभाग मय को दे दिया है।

"तो उसकी पत्नी मैं यहां की स्वामिनी हूं; तेरा अभिनन्दन करती हूं, तू हमारा जामाता है, पूजार्ह है, अतिथि है, अभिनन्दनीय है, मेरे पति पर तेरा उपकार है।"

"तो मातः, मेरे इस कार्य से क्या तुझे दुःख नहीं हुआ?"

"पुत्र, सभीके सुख-दुःख से तेरा क्या प्रयोजन है तथा गुरुजनों के गुणदोष के विवेचन का यह क्या अवसर है? यदि सत्य ही तूने हमें उरनगर का स्वामी बनाया है, तो जामाता की भांति हमारा अभिनन्दन ग्रहण कर।"

रावण ने स्वीकार किया और तब मय दानव और उसकी पुनरागता पत्नी हेमा अप्सरा ने उरपुर में रावण और राक्षस सैन्य के सत्कार का आयोजन धूमधाम से किया।

69 सारं श्वसुरमन्दिरम्

अपने यशस्वी जामाता रावण की अभ्यर्थना के लिए मय ने सब दैत्य-दानव और असुर सम्बन्धियों को बुलाकर विराट् भोज का आयोजन किया। सम्पूर्ण दैत्यलोकों तथा पातालों से दैत्य-दानव आने लगे। उसके साथ अनेक दैत्य-पार्षद और सैनिक थे। सुभाय, तन्तुकक्ष, विकटाक्ष, प्रकम्पन, नमुचि, धूम्रकेतु, मायाकाम तथा अन्य सगे-सम्बन्धी दैत्य-दानव, राजा और भूमिपति एकत्रित हुए। सभा भरी। परस्पर यथायोग्य वन्दना कर सब बैठे। मय ने सबका यथायोग्य सम्मान किया। जब भोजन की पंक्ति बैठी तो दस योजन विस्तृत भूमि में भोज हुआ। विविध प्रकार के भुने-तले मांस, समूचे मृग, शूकर, लाव तित्तर, बत्तख, हंस, चक्रवाक, कपोत, कुक्कुट आदि के स्वादिष्ट मांस के साथ सुवासित मदिरा का खूब पान हुआ। दानवेन्द्र मय ने नाना प्रकार के भक्ष्य, भोज्य, लेह्य आदि षड्रस-युक्त दिव्य अन्न-भोजन प्रस्तुत किए। भोजन से निवृत्त हो दानव-दैत्य रत्न-सभा में जा बैठे, जहां अनेक दैत्य-बालाएं नृत्य कर रही थीं। सभी दैत्य-दानव वहां बैठ रत्न-मणि की प्यालियों में भर-भर मद्य पीने तथा दैत्य-बालाओं का नृत्य देखने लगे। नमुचि दानव की कन्या विलासिका का नृत्य देख सभी जन विभोर हो गए।

विलासिका की कान्ति से दिशाएं प्रकाशित हो उठीं। अपनी दृष्टि से अमृत की वर्षा करती हुई वह दानव-बाला ऐसी प्रतीत हो रही थी, जैसे चन्द्रमा की मूर्ति ही पृथ्वी पर अवतरित हुई हो। ललाट में तिलक, पैरों में नूपुर, मनोहर दृष्टि नृत्य करने में वह मूर्त कला-सी हो उठी। उसके घुंघराले बाल, उज्ज्वल और सम दन्तपंक्ति, उत्तम पीन स्तन उस नृत्य में विलास-वाहक हुए। उस दानवी के नृत्य को देख रावण कामविमोहित हो गया। थक जाने पर नृत्य बन्द कर वह दानव-बाला जब तिरछी नजर से उस जगज्जयी रावण को देखती हुई, पिता की आज्ञा से उसे ऋजु प्रणाम निवेदन कर चली गई, तब रावण भी मन्त्रियों-सहित उठकर अपने शयन मन्दिर में आया। विलासिका की याद कर वह लम्बी-लम्बी सांसें खींचने लगा। अर्धरात्रि व्यतीत होने पर विलासिका अपनी दो सखियों सहित वहां आई और रावण के शयन-कक्ष में जाने लगी। तब पहरे पर जागते हुए मन्त्री प्रहस्त ने कहा, "हे राजपुत्री, तनिक ठहर। मैं तेरे आगमन की सूचना रक्षेन्द्र को दे दूं।"

दानव राजकन्या ने कहा–"भद्र, तू मुझे भीतर जाने से किसलिए रोकता है?"

"महाभागे, सोते हुए पुरुष के पास सहसा नहीं जाना चाहिए। फिर हमारा स्वामी व्रती है।"

"अच्छा तो भद्र, तू उसे सूचित कर।"

रावण ने विलासिका का आना सुना तो वह बाहर आकर उसकी अभ्यर्थना करता हुआ बोला–"सुन्दरी, तूने अपने आगमन से इस अभ्यागत को कृतार्थ किया है। अब आसन ग्रहण कर इस स्थान को भी कृतार्थ कर!"

राजपुत्री सखियों सहित बैठ गई। तब रावण ने कहा–"हे चपलनेत्र, यद्यपि तेरे दर्शन-मात्र से ही मेरे नेत्र सफल हो गए, पर सभा में नृत्य करते समय तूने सभी के समान मुझे भी समझ मेरा अपमान ही किया।" बाला ने मन्द मुस्कान कर और अपनी भारी-भारी पलकें उठाकर कहा–"यह अपराध तो उसका है जिसने सभा में मेरा नृत्य बिगाड़कर मुझे लज्जित किया।"

"इसपर हंसकर रावण ने विलासिका का हाथ पकड़ लिया। इसी समय कुंजरकुमार दैत्य की पुत्री प्रहृष्टरोमा भी वहां आ पहुंची। वहां विलासिका को देख वह ईर्षा से जलकर बोली–"हे सखी, कुशल तो है, आज इस समय रात्रि मैं तू यहां कैसे आई?"

विलासिका ने कहा–"यह तो मेरे ही पितृव्य का घर है। राक्षसेन्द्र मेरा अतिथि है। इसी तरह तू भी मेरी अतिथि हो। मैं तुम्हारा भी सत्कार करती हूं।"

"यह तो बहुत अच्छी बात है। मैंने सुना था, यहां जो भी आता है उसका तुम इसी भांति सत्कार करती हो।"

विलासिका ने रुष्ट होकर कहा–"परन्तु मैं तुम्हारे समान, बिना बन्धुओं की आज्ञा के अकेली पराये स्थान में नहीं जाती।"

यह उत्तर सुन क्रुद्ध हो, कुछ भी जवाब दिए बिना, प्रहृष्टरोमा चली गई और खिन्न-मन विलासिका भी सखियों समेत उठकर चल दी। विवश रावण भी विमन हो रात-भर करवटें बदलता रहा।

दूसरे दिन नमुचि दानव ने आकर मय से कहा–"मैं आज रक्षेन्द्र को अपने घर आतिथ्य करके अपनी कन्या विलासिका उसे दूंगा।" सबके सहमत होने पर उसने वेदी रच अग्नि-स्थापना की और अपनी कन्या अनेक रत्नों-सहित रावण को दे दीं। दूसरे दिन कुंजरकुमार दैत्य ने आकर कहा–"आज आप सब लोग मेरे स्थान पर आइए, वहां मैं रक्षेन्द्र रावण का सत्कार करूंगा तथा अपनी पुत्री प्रहृष्टरोमा उसे दूंगा।" फलतः सभी दैत्य-दानवों ने वहां जा रक्षेन्द्र के साथ उसका आतिथ्य ग्रहण किया और सबका विधिवत् सत्कार कर अपनी कन्या रावण को दे दी। तीसरे दिन दुरारोह ने अपनी त्रैलोक्यसुन्दरी कन्या कुमुदवती उसे दी। चौथे दिन तन्तुकच्छ ने निमन्त्रण दे तप्त कांचन की प्रभावाली कन्या प्रभावती उसे दी। पांचवें दिन मदनकेतु दैत्य ने पान-गोष्ठी रच दूर्वा के समान कान्तिवाली श्यामलांगी, मदनशर के समान अपनी सुभद्रा कन्या उसे दी। छठे दिन सुबाहु ने अपनी नवीन पल्लवों के समान कोमल अंगवाली माधुरी कन्या और सातवें दिन सुभाय ने कुसुम-कोमल सुमाया कन्या दी। आठवें दिन भद्रजंघ दानव ने आकर निवेदन किया–"हे रक्षेन्द्र, आज तुम्हारे आतिथ्य की मेरी बारी है। मैंरे सुरपुर से बारह दिव्य देवांगनाओं का हरण। वे सब रूप-किशोरी एक से एक बढ़कर हैं। उनमें अमृतप्रभा तथा केशिनी नाम की दो ऋषि कन्याएं हैं। कालिन्दी, भद्रिका और दर्पकमाला, देवलमुनि की कन्याएं हैं। सौदामिनी और उज्ज्वला हाहा गन्धर्व की पुत्रियां हैं। पीवरा हूहू गन्धर्व की बेटी है। अंजनिका काल दैत्य की पुत्री है, केशरावती पिंगल मरुत् की पुत्री है। ये बारहों दिव्यांगनाएं मेरी दुलारी पुत्री अनंगभद्रा की सखियां हैं। अब सब दैत्य-दानवों की पान-गोष्ठी में मैं ये तेरह कन्यारत्न तुझे दूंगा।" सब दैत्य-दानवों ने यह प्रस्ताव प्रसन्नता से स्वीकार किया। दानव भद्रजंघ ने बहुत-से दहेज के साथ तेरहों कन्याएं रक्षेन्द्र को दे दीं।

जिस समय उरपुर में इस प्रकार रावण के नित-नये ब्याह रचाए जा रहे थे और एक से बढ़कर एक नवोढा बालाएं उसे भेंट दी जा रही थीं, तभी सम्पूर्ण

दैत्यलोक, देवलोक तथा मृत्युलोक के उन राजाओं और सरदारों ने, जिनकी कन्याओं का रावण ने हरण किया था, उरपुर के समाचार जान तथा रावण का परिचय पा सन्देश पर सन्देश भेजने आरम्भ कर दिए। गन्धर्व नागभट ने अपनी सुन्दरी कन्या मदनसेना, अपरान्त के स्वामी सुभट ने अपनी कन्या चन्द्रावती, कांची के मरुत राजा कुम्भीरक ने अपनी कन्या वरुणसेना, लावाणक के राजा ने अपनी लावण्यवती कन्या विद्युन्माला और श्रीकण्ठ के राजा ने अपनी कान्तिमती कन्या के लिए भारी-भारी दहेज भेज रावण को अपना दामाद स्वीकार कर लिया। पृथ्वीजयी रक्षेन्द्र रावण को अपनी-अपनी कन्या देने की मानो समूचे दैत्यलोक और देवलोक में होड़-सी मच गई।

उस काल में कन्याओं का राजनीतिक मूल्य भी खूब था। आजकल की भांति कदाचित् उन दिनों विदेशों के राज-दरबारों में राजदूत नहीं रखे जाते थे। तब विजयी नरपति को कन्या देना ही लाभदायक होता था। वह कन्या पिता के शत्रु-हर्म्य में जाकर उसके हृदय का भेद जान लेती थी तथा सदैव अपने पिता पर पति को सदय रखती थी। वह युग ही ऐसा था।

उरपुर के क्रीड़ा-उद्यानों में नित-नई नववधुओं का प्रासाद पा रावण निर्द्वन्द्व कुछ दिन अपनी मधु-यामिनियां मनाता रहा। जब वह वहां से चला तो मय दानव ने अपने दामाद को एक सहस्र कुमारिकाएं, एक सहस्र हाथी, दस सहस्र अश्व, एक सहस्र स्वर्णजटित रथ तथा स्वर्ण, रत्न, वस्त्र, कर्पूर, अगर, कुंकुम आदि से भरे पांच हज़ार ऊंट दहेज में दिए तथा सब राक्षसों का विधिवत् सत्कार कर बहुत-सा स्वर्ण-रत्न दे उन्हें विदा किया।

70 अमरावती में

उरपुर से श्वसुर तथा सास से सुपूजित होकर रावण अपनी चतुरंगिणी सेना ले अमरावती की ओर बढ़ा। अब तक रावण ने मेघनाद को युद्ध से विरत कर रखा था। उसने कहा–"पुत्र, तू केवल देखता रह, युद्ध न कर। मैं देवराट् इन्द्र के साथ तेरा प्रथम युद्ध देखना चाहता हूं।" सो अब जब अमरावती के स्वर्णकलश रावण ने देखे, तो पुत्र मेघनाद को छाती से लगाकर उसने कहा– "पुत्र, यह

अमरावती है, जहां हमारे राक्षस-धर्म के परम विरोधी देव आदित्य रहते हैं। अब तेरा यह कार्य है कि देवराट् को रस्सियों से बांध ला। आज तू ही इस देवाभियान का नेतृत्य कर, पुत्र! हम सब तेरे अनुगत रहकर तेरी पृष्ठ-रक्षा करेंगे।"

पिता के वचन सुन मेघनाद ने रावण की परिक्रमा कर प्रणाम किया और कहा–"तात, आप मेरा कौतुक देखें कि किस प्रकार देवराट् को बांधकर आपके चरणों में ला डालता हूं।"

इतना कहकर मेघनाद ने वर्म पहना, शस्त्र धारण किए और श्यामकर्ण सोलह घोड़ों के रथ में बैठ समूचे रक्षबल का वज्र-व्यूह रच, धौंसा बजाता हुआ अमरावती की ओर अग्रसर हुआ। राक्षसों की इस महती वीरवाहिनी को देखकर देवतागण घबरा गए। देवराट् ने अपने पुत्र जयन्त को मेघनाद से लोहा लेने को भेजा और पुर के सब राह-घाट पर उसने धनुर्धर देवों को सन्नद्ध किया।

दोनों ओर से रणवाद्य बजते ही दोनों सेनाएं भिड़ गईं। जयन्त संरक्षण में देव-सैन्य ने मेघनाद पर भीषण प्रहार करने आरम्भ किए। मेघनाद ने अनायास ही जयन्त के सभी बाणों को काट डाला, तथा एकबारगी ही बाणों के जाल में उसे ढांप दिया। यह एक अभूतपूर्व धनुर्युद्ध था, जिसमें एक ओर एकाकी मेघनाद–रुद्र-किंकर, विद्युत् -प्रवाह की भांति बाण-वर्षा कर रहा था, दूसरी ओर जयन्त देवराट्-सुत दिव्य रथ पर सवार, जिसमें स्वर्णाभरण पहने सोलह श्वेत अश्व जुते थे, अपना अमोघ लाघव दिखा रहा था। देखते ही देखते मेघनाद ने देव-सारथि मातलि को बाणों से छेद दिया। उत्तर में जयन्त ने मेघनाद के सारथि वीर चूड़ामणि सारण को अग्निबाणों से दग्ध कर दिया। इसपर अति आवेशित हो मेघनाद ने माया-चक्र रच युद्ध-भूमि में घोर अन्धकार फैला दिया और फिर चारों ओर से प्रास, मुशल, शतघ्नियों के प्रहार से देवकुल को आतंकित कर दिया। ऐसा अद्भुत और भयानक युद्ध देख देव हाहाकार कर भागने लगे। किसीको भी अपने-पराये का ज्ञान न रहा। युद्ध का सारा क्रम ही भंग हो गया।

अब मायावी मेघनाद जयन्त पर अन्तक के समान प्रहार करने लगा। जयन्त पर घोर आपत्ति आई देख, उसके नाना भीम-विक्रम दानवेन्द्र पुलोमा ने व्यूह में बलात् घुसकर रथ पर से जयन्त को उठा लिया और उसे कांख में दबा, जल-स्तम्भनी विद्या द्वारा समुद्र-जल में घुसा। जब देवों ने जयन्त के रथ को खाली तथा मातलि को मूर्च्छित देखा, तो जयन्त को मरा समझ रणस्थली से भाग निकले।

इसी समय मातलि की मूर्च्छा भंग हुई और वह रथ दौड़कर व्याकुल भाव से देवराट् इन्द्र के पास पहुंचा। अपने पुत्र को रणक्षेत्र से इस प्रकार गायब सुन

देवराट् इन्द्र वज्रहस्त हो स्वयं रथ में बैठ युद्ध-स्थली में पहुंचा। शत-सहस्र मेघों की गर्जना के समान ध्वनित उस रथ को हेम-पर्वत की भांति अबाध गति से आता देख राक्षस भय से चीखने-चिल्लाने लगे। सब रुद्र, वसु, आदित्य और मरुद्गण इन्द्र की रक्षा करते हुए उसे चारों ओर से घेरकर चले। यह देख रावण मय दैत्य द्वारा निर्मित अपने विशाल रथ पर आरूढ़ हो आगे बढ़ा। रावण ने मेघनाद को युद्ध से विरत करके कहा–"तू तनिक विश्राम कर पुत्र, तब तक मैं इस ब्रह्मा देवराट् को देखूं। "कुम्भकर्ण रथ के आगे तथा शुक, सारण दायें-बायें और भीम-पराक्रम सुमाली दैत्य रावण की पृष्ठ-रक्षा पर सन्नद्ध हो चले। चारों ओर राक्षसों का कटक। क्षण-भर ही में घमासान मच गया। कुम्भकर्ण को अपना-पराया कुछ न सूझ पड़ता था। वह जिसको भी सामने पाता, अपने दांतों, भुजाओं और लातों से मसल डालता। शस्त्र ग्रहण करने का उसे विचार ही न आता था। वह देवों को बीच से चीर-चीरकर इधर-उधर फेंकने लगा। उसका यह बीभत्स कार्य देख देव 'त्राहि माम्–त्राहि माम्' करने और इधर-उधर भागने लगे। अब पराक्रमी मेघनाद रुद्रों से भिड़ गया। रुद्रों ने उसे चारों ओर से लिपटकर उसके अंग विदीर्ण कर डाले। उनमें से रक्त झरने लगा। इधर मरुद्गणों ने राक्षसों को मार-मारकर बिछा दिया। युद्ध-भूमि मरों और अधमरों से पट गई। अनेक राक्षस अपने वाहनों पर मरकर गिर गए। वहां रक्त की नदी बह चली। उसमें तैरती हुई लोथें जलचर-सी दिखाई देने लगीं। आकाश में चील, गिद्ध और कौए उड़ने लगे। बड़ा ही बीभत्स दृश्य उपस्थित हो गया। रावण ने जब यह दशा देखी तो वह अपना रथ बढ़ाकर इन्द्र को ललकारता तथा बाणों की वर्षा करता आगे बढ़ा। इन्द्र ने भी धनुष को टंकारकर शरसंधान किया। अब रावण और इन्द्र का ऐसा घनघोर युद्ध हुआ कि जैसा न किसीने देखा, न सुना होगा।

इसी समय मेघनाद ने माया रची। रणक्षेत्र में अन्धकार छा गया। इन्द्र, रावण और मेघनाद को छोड़ समस्त वीर अन्धों के समान आचरण करने लगे।

अब रावण ने ललकारकर सारथि से कहा–"अरे, मेरा रथ मध्य युद्ध भूमि में ले चल, आज मैं इस आर्यवीर्यान् की देव-भूमि से देवों का बीज नाश करूंगा। देवों का वध करने से मेरे कुल की कीर्ति बढ़ेगी। चल-चल–उदय पर्वत की ओर चल!"

रावण की इस आज्ञा को सुन सारथि रथ को युक्ति से वक्र गति से चलाकर देवों की सेना को चीरता हुआ उसके मध्य भाग में जा पहुंचा। इस प्रकार रावण को आते देख इन्द्र ने चिल्लाकर कहा–"इसे जीता पकड़ना चाहिए। जिस प्रकार हमने बलि को बांधकर त्रिलोकी का राज्य पाया है, उसी प्रकार इस दुष्ट वैश्रवण को भी

बांध लो।" यह कहकर इन्द्र वहां से हट गया। आदित्य, रुद्र, बसु और मरुद्गणों ने अब रावण को चारों ओर से घेर लिया और बाणों से उसे ढांप दिया। इसपर सब राक्षस ज़ोर-ज़ोर से चिल्लाने लगे और कहने लगे–"हाय-हाय, रक्षेन्द्र को इन्द्र ने बन्दी बना लिया। अब कौन हमारी रक्षा करेगा?"

अब प्रहस्त, महोदर, मारीच, महापार्श्व, महादंष्ट्र यज्ञकोप, दूषण, खर, त्रिशिरा, दुर्मुख, अतिकाय, देवान्तक, नरान्तक आदि रण-पण्डित महारथी राक्षस भट्ट सुमाली को आगे कर दैव-सैन्य में धंस गए।

सुमाली ने यहां ऐसा समर किया कि देव-सेना की सारी व्यवस्था भंग हो गई। यह देख त्वष्टा और पूषा दो आदित्य सेना-सहित सुमाली पर टूट पड़े। इसी समय आठवें वसु सावित्र ने भी वसुओं को ले सुमाली को घेर लिया। अब चहुंमुखी युद्ध होने लगा और राक्षसों की सेना कट-कटकर गिरने लगी। सुमाली और सावित्र में अब घनघोर युद्ध होने लगा। दोनों ही वीर परम पराक्रमी थे। त्वष्टा और पूषा धकेलकर राक्षसों के प्रहस्त, महोदय आदि महारथियों को युद्ध में फंसाकर सुमाली से दूर ले गए। दो मुहूर्त के तुमुल संग्राम में वसु सावित्र ने सुमाली का रथ तोड़ दिया, घोड़ों को मार डाला। यह देख ज्यों ही सुमाली रथ से कूदा, त्यों ही सावित्र वसु ने उछलकर कालदण्ड के समान भयंकर गदा कई बार घुमाकर उसके मस्तक पर दे मारी। उसकी चोट से सुमाली का मस्तक चूर-चूर हो गया और सुमाली चुर्रमुर्र हो भूमि पर गिर गया। यह देख राक्षसों में हाहाकार मच गया। राक्षस रोते और बाल नोचते इधर-उधर भागने लगे।

सुमाली के वध से क्रुद्ध अग्नि के समान जलता हुआ मेघनाद रथ पर बैठ बिजली की भांति इन्द्र पर टूट पड़ा। छूटते ही उसने शक्ति का इन्द्र के वक्ष में प्रहार किया। साथ ही दस बाणों से सारथि मातलि और दस बाणों से उसके घोड़ों को बींघ डाला। फिर उसने माया-विस्तार करके अन्धकार कर दिया। सब देव व्याकुल हो गए। तब मेघनाद निश्शंक इन्द्र के रथ पर चढ़ गया और उसे जकड़कर रस्सियों से बांध, पीठ पर उठा, गर्जना करता हुआ राक्षसों की सेना में लौट आया।

जब प्रकाश हुआ और देवों ने इन्द्र को रथ पर नहीं देखा, तो वे बड़े घबराए। न उन्हें मेघनाद ही दिखाई दिया, न इन्द्र। उन्होंने खीझकर रावण पर प्रचण्ड आक्रमण किया। आदित्यों और वसुओं ने उसपर अविरत प्रहार कर उसे जर्जर कर दिया। इसी समय अदृश्य रह मेघनाद ने आकाशवाणी से पुकारा–"हे पिता, अब युद्ध का क्या प्रयोजन है, हम विजयी हो गए हैं। त्रिलोकी के स्वामी इन्द्र को

हमने बन्दी बना लिया है। अब इन क्षुद्र देवताओं को मारने से क्या लाभ है? चलिए, लंका को लौट चलिए और त्रिलोकी का राज्य भोगिए।"

मेघनाद की यह सारगर्भित आकाशवाणी सुन रावण संप्रहर्षित हो गया। आकाशवाणी सुन देवता भी घबरा गए। इसी समय प्रहस्त ने शंख फूंककर संकेत किया और सारण वक्र गति से रथ को चलाकर रावण को युद्ध-भूमि से बाहर ले चला। रावण के रथ की ध्वजा देखते ही राक्षसों ने हर्ष-नाद किया। राक्षसों की सैन्य में विजय-दुन्दुभि बज उठी।

अपनी विजय से गर्वित रावण ने हर्षित हो इन्द्रजयी पुत्र को छाती से लगाकर कहा–"अरे पुत्र, तू आज से त्रैलोक्य में इन्द्रजित् के नाम से विख्यात हो। तूने आज इन्द्र को बन्दी बनाकर हमारे कुल के ऐश्वर्य को बढ़ाया है। और इन्द्र को लेकर अभी लंका को प्रस्थान कर। पीछे मैं भी आता हूं। इतना कह रावण ने उसी क्षण सुरक्षा के लिए बहुत-सी सैन्य दे, बन्दी इन्द्र के साथ इन्द्रजयी मेघनाद को लंका भेज दिया।

71

लंका की ओर

अब हर्षित, तृप्तमनोरथ, अप्रतिरथ, चक्रवर्ती त्रैलोक्य-विजयी रावण लौटा। उसने देवलोक से एक सहस्र कुमारिकाएं हरण कीं। गन्धर्व-लोक पहुंच मित्रावसु गन्धर्व की वन्दना की, प्रियतमा चित्रांगदा को हृदय से लगाया। वहां से प्रियतमा चित्रांगदा को संग ले तथा मित्रावसु से बहुत धन-उपानय ले, वह लंका की ओर चला। मार्ग में नागों, यक्षों, मनुष्यों, देवों, दानवों और राजर्षियों के जो-जो जनपद पड़े, सभीमें अपनी विजय-वैजयन्ती फहराता, अपनी रक्ष संस्कृति का डंका पीटता और जनपदों की सुन्दरी कन्याओं का हरण करता, विरोधियों का वध कर उनके अवरोध की बहू-बेटियों को बलपूर्वक समेटता, अपने पुष्पक विमान पर बैठ, आगे बढ़ता चला गया। वे सब अपहृत बालाएं चीत्कार करतीं, रुदन करती जा रही थीं। उनके आंसू सूखते न थे। वे सब किशोरावस्था वाली बालाएं अपने सौन्दर्य से रति का दर्प-दलन करनेवाली थीं। उनके लम्बे-लम्बे, काले-काले बाल और समस्त अंग अत्यन्त ही कोमल और सुडौल थे। उनके मुख पूर्णिमा के चन्द्र

के समान सुन्दर थे। उनके उभरे उरोज, पतली कमर और लावण्य को देख मन वश में नहीं रहता था। रावण उन्हें बलात्कार से हरकर लंका में ले जा रहा था। उन्हें वह अपनी सब लूटी हुई संपदा से बढ़कर समझता था। जिस प्रकार सिंह के चंगुल में फंसी हरिणी तड़पती है, उसी प्रकार वे सब बालाएं व्याकुल हो रही थीं। वे अपने पतियों, माता-पिताओं और परिजनों से बलात् पृथक् करके हरण की गई थीं, जिन्हें देख-देखकर रावण कामविह्वल हो रहा था और वे सब कुकरी की भांति व्याकुल हो रुदन करती जा रही थीं।

अन्त में वह लंका पहुंचा। विजय-डंका बजाते हुए उसने लंका में प्रवेश किया। नगरनिवासियों ने उसका जय-जयकार किया।

अन्त में, जब मन्दोदरी ने आगे बढ़कर उसका अर्घ्य-पाद्य से सत्कार किया, तब चित्रांगदा को आगे कर उसने कहा—"प्रिये मन्दोदरी, यह तेरी अनुगता गन्धर्व-कुमारी महिषी चित्रांगदा उपस्थित है। तुम दोनों की सेवा के लिए ये दस सहस्र कुलीन कुमारिकाएं हैं, जो देव, दैत्य, नाग, मानव, आनव सभी सम्भ्रान्त कुलों की हैं।"

लंका में घर-घर आनन्द-मंगल होने लगा, दीपावली हुई। नृत्य-पान-गोष्ठी हुई। रावण के मणिहर्म्य में स्वर्ण, रत्न लुटाए गए। राजमहिषी मन्दोदरी और चित्रांगदा ने विविध मंगल-अनुष्ठान किए। पशुओं की बलि दी गई। यज्ञ हुए और बड़े-बड़े पान-महोत्सव हुए। इस समय लंका आनन्द और उल्लास के झूले में झूलने लगी।

72 रंग में भंग

अभी लंका में विजयोत्सव, पान-गोष्ठियां, नृत्य-विलास, दीपावलियां हो ही रही थीं कि अकस्मात् रंग में भंग हो गया, जिससे सारी लंका में विषाद और क्रोध की भावना फैल गई। नाच-रंग, पान-गोष्ठियां तुरन्त रोक दी गईं। नगर और मणिमहल, सर्वत्र ही शोक छा गया।

कोई एक तपस्वी बहिष्कृत राज्यच्युत आर्य राजकुमार दण्डकारण्य में आए हैं, जो धनुष-धारण करते हैं। उनसे दण्डकारण्य की रानी सूर्पनखा का विग्रह हो गया। उन्होंने धृष्टतापूर्वक राक्षस-राजनन्दिनी सूर्पनखा का अंग-भंग कर दिया

है, उसकी नाक काट ली है और जन-स्थान के रक्षक चौदह हज़ार राक्षसों को खरदूषण-सहित मार डाला है। अब सूर्पनखा रोती-कलपती, विलाप करती लंका में रक्षेन्द्र रावण की शरणापन्न हुई है। त्रिलोकीपति विश्वविजयी रावण प्रिय बहिन का यह भयानक अभियोग सुन क्रोध और शोक से जड़ हो गया है। इस भयानक अपमान का वह उन तपस्वी राजकुमारों को क्या दण्ड दे, यही वह निर्णय नहीं कर पा रहा है। वह अपने मणिमहालय में पड़ा लम्बी उसांसें ले रहा है।

जगज्जयी महातेज रावण अपने मणिमहालय के सतखण्डे की छत पर स्वर्ण-सिंहासन पर अति उद्विग्न बैठा था। देवों के युद्ध में उसके अंग पर जो वज्र-प्रहार हुए थे, उसकी चोटें अभी उसके शरीर पर ताज़ा थीं।

इन्द्र के ऐरावत ने अपने जो दांत उसकी छाती पर गड़ा दिए थे, उनके चिह्न अभी भी उसके वक्ष पर थे। वह राजोचित वस्त्राभरणों से सज्जित, सुन्दरी ताम्बूल-वाहिनियों, चंवरधारिणियों, प्रसाधिकाओं से परिवृत मूर्त हिमशैल-जैसा दीख रहा था। बन्दी जन उसका स्तुतिगान कर रहे थे और सब मन्त्री और राजवर्गी पुरुष हाथ बांध अधोमुख दीन भाव से उसके सम्मुख बैठे थे।

अब उसकी बहिन सूर्पनखा उसके सम्मुख खड़ी हो कहने लगी–

"भाई, मेरी इस दुर्दशा को देख। तू अमिताभ यदि इसे सहन करेगा, तो तू भी उस निष्कासित के हाथों अछूता न बचा रहेगा।"

रावण ने विपन्न बहिन को खिन्न नेत्रों से देखा, फिर कहा–

"बहिन, धैर्य रख, रावण को क्रुद्ध करके यमराज भी सुख से नहीं जी सकता। तू विस्तार से उस आर्य राजपुत्र का बखान कर। क्या वह सम्पूर्ण देवताओं और यम, कुबेर, दिक्पालों-सहित जनस्थान में आया है?"

"वह दाशरथि राम कहाता है। उसके साथ उसकी पत्नी सीता और एक भाई है। उसने मुनि का वेश धारण किया है, परन्तु है वह धनुर्धारी और प्रचण्ड योद्धा। उसने अकेले ही बात की बात में खर-दूषण सहित हमारे चौदह हज़ार राक्षसों को मार डाला है।"

"दाशरथि राम! श्यामगात, सघनकृष्णकाकपक्ष, विशाल-वक्ष, प्रलम्ब-बाहु?"

"वही है, वही है, उसके कंधे बैल के समान पुष्ट हैं। भुजाएं गोल और घुटनों तक लम्बी हैं, सुदर्शना कमनीय कान्ति है। उसे दिव्यास्त्रों का महाज्ञान है।"

"तो उसके साथ सीता भी वही है–सीरध्वज की अयोनिजा वीर्यशुल्का?" रावण के नेत्रों में जनकपुरी के यज्ञ में धनुर्भंग का चित्र घूम गया। उसने कहा–"वह स्त्री चम्पकवर्णी, भीरु और अति कोमलकान्त-प्रभा है न!"

"ऐसा ही है। क्या तूने उसे देखा है?"

"ऐसा ही मैं समझता हूं, दाशरथि राम ही है वह, परन्तु वह राज्यभ्रष्ट–राजबहिष्कृत हो, कैसे दण्डकारण्य में घूम रहा है?"

"पिता की आज्ञा से।"

"क्या एकाकी ही?"

"बस, वह, स्त्री और भाई, तीन ही हैं।"

"तीनों ही ने मेरी प्रबल राक्षस-सेना को मार डाला–खर को भी, दूषण को भी! बड़े आश्चर्य की बात है।"

"चमत्कार ही कहना चाहिए।"

"कदाचित्। उसका एक चमत्कार मैंने देखा है–ऐसा मुझे स्मरण होता है। परन्तु यह विग्रह हुआ क्यों?"

"अकारण ही भाई, मुझे सूचना मिली–वहां जनस्थान में एक नया तरुण तपस्वी आया है और एक नया आश्रम बनाकर रहने लगा है। तेरा आदेश था कि ऐसा न होने दिया जाए। सो मैं स्वयं ही उसे देखने गई। वहां मैंने उसे देवताओं के समान रूपवान् पाया। उसका मुख तेजस्वी, भुजाएं विशाल और नेत्र कमल के समान थे।"

"ठीक है, वही है!"

"उसे देख मैं सकामा हो गई। मैंने उससे पूछा–हे सुन्दर पुरुष, तपस्वी के वेश में सिर पर जटा धारण किए और संग में स्त्री लिए, धनुष-बाण से सुशोभित, तू कौन है और यहां मेरे इस जनस्थान में किस प्रयोजन से बसा है?"

"इस कथन में तो कोई दोष नहीं था।"

"तब उस पुरुष ने कहा–सुन्दरी, मैं पराक्रमी दशरथ का पुत्र राम हूं, मेरे साथ मेरी पतिव्रता पत्नी सीता और आज्ञाकारी भाई लक्ष्मण है। हम लोग माता-पिता की आज्ञा से प्रेरित हो धर्म-पालनार्थ यहां दण्डक वन में निवास करने आए हैं। अब तुम भी अपना परिचय दो!"

उस पुरुष के वचन सुनकर मैंने कहा–"मैं विश्रवा मुनि के पुत्र रावण त्रिलोकपति की बहिन सूर्पनखा हूं। प्रबल कुम्भकर्ण और धर्मात्मा विभीषण मेरे भाई हैं। इस दण्डकारण्य की स्वामिनी मैं ही हूं।"

"ठीक कहा।"

"तब उस पुरुष ने कहा–जानकर प्रसन्न हुआ। अब यहां आने का कारण कहो!"

"तब मैंने अपना अभिप्राय उससे कहा कि मैं प्रतिष्ठित रक्षवंश की राजपुत्री हूं; तुझपर मेरा काम-भाव है, तू मुझे पत्नीभाव से ग्रहण कर। मेरा बल अप्रमेय है, मेरा भाई त्रिलोकपति है, मुझसे सम्बन्ध करके तू सुप्रतिष्ठ होगा।"

"ठीक कहा, ठीक कहा!"

"परन्तु उस पुरुष ने कहा–"मेरी पत्नी मेरे साथ मौजूद है और तुझ सुलक्षणा और स्वाधीनभर्तृका के लिए सौत का होना दुःख का कारण हो सकता
है।"

"उस पुरुष ने ठीक ही कहा।"

परन्तु मैंने कहा–"इस मानुषी स्त्री का क्या? इसे तो मैं अभी मारकर खा जाऊंगी, फिर तू और मैं साथ-साथ वन, पर्वत-शिखरों में स्वच्छन्द विचरण करेंगे।"

"इसमें अनुचित क्या था?"

पर उस पुरुष ने कहा–"इससे अच्छा तो यह होगा कि यह मेरा छोटा भाई लक्ष्मण है। इसके साथ स्त्री नहीं है, तू इसीसे विवाह कर ले। इसके साथ तुझे सौत का डर भी नहीं है। मैंने देखा कि वह पुरुष भी कमनीय है। मैंने उसके निकट आकर उससे कहा–"अरे पुरुष, तू भी मेरे ही समान रूपवान् है, गुणवान है, मुझे तेरी भार्या बनना स्वीकार है।"

"तूने उसपर अनुग्रह ही किया।"

परन्तु उसने कहा–"मैं तो दास हूं। मेरी भार्या बनकर तो तुझे दासी ही बनना पड़ेगा।"

"तेरा अनुग्रह उसने अस्वीकार किया?"

इसपर मुझे क्रोध आ गया और मैंने कहा–"इस मानुषी स्त्री के ऊपर तुम लोग मेरा तिरस्कार करते हो? मुझसे ठट्ठा करते हो? ठहरो, मैं अभी इसे खा डालती हूं। जब मैं उस स्त्री पर झपटी तो उस दाशरथि के संकेत से उसके दुष्ट भाई ने पकड़कर निर्लज्जतापूर्वक मेरा अंग-भंग कर दिया— मेरी नाक काट डाली।"

"अक्षम्य है–किन्तु तू शेष कथा कह।"

"अंग-भंग हो मुख से रक्त बहाती मैं खर के पास पहुंची और तुरन्त ही मूर्छित हो गई।"

"असह्य है–मैं इसका प्रतिकार करूंगा।"

"मेरी यह दशा देख, खर ने कहा–अरे, यह क्या हुआ? किस दुष्ट ने तेरी यह दुर्दशा कर डाली? कह, किस मूर्ख को अपने प्राण भारी हैं? देवताओं का स्वामी देवराट् इन्द्र जिस रक्षेन्द्र रावण का बन्दी है, उसकी बहिन के साथ यह धृष्ट

अनाचार किसने कर डाला? देवों, गंधर्वों और तपस्वियों में ऐसा कौन पराक्रमी आ गया, जिसने तेरी यह दुर्दशा कर दी? आज मेरे प्राणान्तक बाण उस अपराधी का प्राण-हरण करेंगे। कह-कह, बहिन, आज पृथ्वी किसका रुधिर पान करेगी? आज मेरे हाथ से उस अपराधी को देवता, गन्धर्व और राक्षस कोई नहीं बचा सकता। हमारी ही इस भूमि में किसने तुझे पराभूत किया? होश में आ और पापिष्ठ का नाम मुझे बता।"

"समीचीन कहा खर ने।"

"तब मैंने रोते-कलपते उसे सब घटना आद्योपन्त बता दी। यह भी कह दिया कि मैं नहीं जानती कि वे मनुष्य हैं कि देव या गन्धर्व। परन्तु मेरी आकांक्षा है कि जिस पुरुष ने मेरी यह दशा की है मैं उसका हृदय-भक्षण करूं। सो वीर, तुम अभी मेरी यह इच्छा पूर्ण करो।"

"मेरी यह बात सुनकर खर ने अपने महाबली चौदह भटों को आदेश दिया कि जाओ, देखो, इस दण्डक-वन में कृष्ण मृग-चर्म धारण किए, शस्त्र-सज्जित दो पुरुष आए हैं, उनके साथ एक स्त्री भी है। तुम जाकर उन दोनों पुरुषों को मार डालो और उनका हृदय निकाल लाओ। हमारी बहिन सूर्पनखा उसका भक्षण करेगी। उस स्त्री को जीता पकड़ लो, हम उसे रक्षराज को भेंट करेंगे।

"सो भाई, चौदह राक्षस-भट शस्त्रसज्जित हो जब पंचवटी पहुंचे, तो शूल, कृपाण, शक्ति लेकर राम पर टूट पड़े, परन्तु उस मायावी पुरुष ने बात की बात में उन भटों को मार गिराया। यह सुनकर खर क्रुद्ध हो चौदह सहस्र राक्षसों की सम्पूर्ण सेना लेकर चला और स्त्री-सहित उन तीनों को घेर लिया। पर भाई, वे तो इस भयानक सैन्य से भी विचलित नहीं हुए। हे भाई, जब महावीर खर अपने धनुष और बाणों का भार अपने देदीप्यान रथ पर रख, उत्तम गधों को उसमें जोत, राक्षसवाहिनी को लेकर चला, तो दिशाओं में अंधकार छा गया। राक्षसों की गर्जना से वन-पर्वत कम्पायमान हो गए, धूल के बादलों ने सूर्य को छिपा लिया। परन्तु इस समय बड़े-बड़े अपशकुन हुए। राक्षसों पर अमंगलसूचक रक्त-मिश्रित जल की वर्षा हुई। खर के रथ में जुते गधे दौड़ते-दौड़ते अकम्मात् गिर पड़े। रथ की स्वर्ण-ध्वजा पर एक गिद्ध आ बैठा। सेना के सामने मांसाहारी पशु, पक्षी अनेकविध डरावने शब्द करने लगे। प्राचीन दिशा में श्रृंगाल रोने लगे, सूर्य-मण्डल के चारों ओर गोलाकार घेरा दिखाई पड़ने लगा। ऐसा प्रतीत होता था मानो बिना ही अमावस्या के आज सूर्य को केतु ने ग्रस लिया है। परन्तु इन उत्पातों को देखकर भी खर डरा नहीं। उसने कहा—चाहे जो हो, मैं अपनी प्रिय बहिन सूर्पनखा को इन

शत्रुओं का हृत्पिण्ड अवश्य खाने को दूंगा। इस प्रकार खर-दूषण सहित चौदह सहस्र राक्षसों ने राम का आश्रम घेर लिया। जब उन तपस्वियों ने राक्षसों के इस दल-बादल को आते देखा, तो उन्होंने रक्षा और युद्ध की तत्काल व्यवस्था कर ली। छोटा तपस्वी तो उस स्त्री को गिरि-गुहा में बैठा कर, गुहा-द्वार पर धनुष-संधान करके बैठ गया और बड़ा राक्षसों के सम्मुख आ धनुष टंकारने लगा। खर ने जब यह देखा तो उसने सारथि से कहा—हमारा रथ इस हतायु पुरुष के सम्मुख ले चल। जब उस पुरुष ने खर के रथ को अपनी ओर आते देखा, तो पैने बाण छोड़कर रथ के गधों को तुरन्त मार गिराया। अब तो खर दूसरे रथ पर चढ़कर बाणवर्षा करने लगा। राक्षसों की सैन्य ने भी उसे चारों ओर से घेरकर बाणों से पाट दिया, परन्तु वह तो अद्भुत कौशल और फुर्ती से चारों ओर घूम-घूमकर दिव्यास्त्रों से राक्षसों का हनन करने लगा। सेना के साथ मैंने स्वयं रहकर उसका यह चमत्कार देखा। अब मैं तुझसे क्या कहूं—भाई, राक्षसों के छोड़े हुए शस्त्र उस पुरुष में इस प्रकार लय हो जाते थे, जिस प्रकार नदियां समुद्र में लय हो जाती हैं। उसके शरीर से रक्त की धारा बह रही थी, परन्तु उसने कालपाश की भांति जिन बाणों की वर्षा की, वे सब अग्नि के समान ज्वलन्त थे। उनसे बिंध-बिंधकर राक्षस रक्त में लथ-पथ हो भूमि पर लोटते चले गए। इस प्रकार दो प्रहर के युद्ध में उस एकाकी पुरुष ने सब राक्षसों को काट डाला। बहुत-से राक्षस चिल्लाते हुए भाग खड़े हुए। बहुत-से पाश, पत्थर, गोफ, मुद्गर ले उसपर पिल पड़े। पर जब उस पुरुष ने तेजस्वी गन्धर्व अस्त्र का प्रयोग किया, तो चारों ओर आग ही आग फैल गई। इस समय युद्ध-क्षेत्र में चारों ओर लोथें ही लोथें दीख रही थी। खर का रथ भंग हो गया, ध्वजा टूट गई, गधे मर गए। तब पैदल खर दूषण बचे हुए राक्षस-भटों को समेट, दल बांध, फिर युद्ध करने लगे। इस समय परिघ उठा, दूषण ने विकट पराक्रम दिखाया।

"यह परिघ बड़ा विकराल था। उससे उसने अनेक बार शत्रुओं के नगरों के फाटक तोड़े थे। वह उस भयंकर लोहे की कीलों वाले परिघ को लेकर ज्यों ही झपटा, उस पुरुष ने दस बाण उसके मुख में मारे, जो उसके हलक को चीर कर ब्रह्माण्ड के पार हो गए। फिर फुर्ती से उसने उसके दोनों हाथ काट लिए तथा नेत्र भी फोड़ दिए। दूषण वहीं भूमि पर गिरकर छटपटाने लगा। इसके बाद महाकाल, स्थूलाक्ष, प्रमाथी आदि महारथी भटों को लेकर खर आगे बढ़ा। किसी ने पट्टिश उठाया, किसीने परशु किसीने गदा। खर ने धनुष लिया। पर उस तेजस्वी ने कर्णिक बाणों से सभी को बींध डाला। वे सभी भट झूम-झूमकर प्राण त्यागने लगे। इस प्रकार देखते ही देखते राक्षसों की सारी सेना कट गई। जो शेष बचे, वे भाग खड़े

हुए। केवल दो ही वीर मुर्दों से पटे रण-क्षेत्र में रह गए–त्रिशिरा और खर। परन्तु इन दोनों वीरों को भी राम ने देखते-देखते धराशायी कर दिया। उस पराक्रमी राजकुमार ने उनके हाथ-पैर काट डाले।

"इस प्रकार जनस्थान राक्षसों से रहित हो गया। हमारा साम्राज्य भंग हो गया। भाई युद्ध-क्षेत्र ही में घावों और रक्त से भरे हुए तपस्वी राजकुमार का शरभंग, अगस्त्य आदि तपस्वियों ने अभिनन्दन किया। मैं तो खीझ के मारे मर गई। मेरा जीवन धिक्कार के योग्य हो गया। तूने जब मेरे पति का वध किया था, उस असह्य दुःख को न सहकर मैंने चितारोहण करना चाहा था। उस समय तूने मुझे उस काम से रोक दिया था। परन्तु भाई, अब यदि तू मेरा प्रिय न करेगा, अंग-भंग करनेवाले उस राज्य-भ्रष्ट राजकुमार को मारकर उसका हृत्खण्ड मुझे लाकर खाने को न देगा तो मैं अब अपने प्राण नहीं रखूंगी। अग्नि में जलकर मर जाऊंगी।

"अरे भाई, तू तो लोक में त्रिविक्रम प्रसिद्ध है। तूने तीनों लोकों को जय किया है। अरे, यम और कुबेर को तूने आक्रान्त किया, इन्द्र को बन्दी बनाया, पृथ्वी पर तेरा साम्मुख्य करनेवाला वीर कौन है? फिर इस दुष्ट तपस्वी वनवासी पुरुष ने मेरा अंग-भंग किया है। मैं तो उससे विवाह कर उसे प्रतिष्ठित करना चाह रही थी। मैं त्रिलोकीपति रावण, अजेय कुम्भकर्ण की बहिन, इन्द्रजित् मेघनाद की बुआ, आज ऐसी विपन्नावस्था को पहुंच गई! अरे भाई, जब तक तू उस तपस्वी कुकर्मी को मार उसका हृत्खण्ड मुझे खाने को नहीं देता और उसकी उस मानुषी स्त्री का हरण कर उसे अपनी दासी नहीं बनाता, तब तक तेरा त्रिलोकीपति होने का दम्भ केवल विडम्बना है–और यह तो ध्रुव समझ कि राक्षसों का अब अन्त ही आ गया है। आज नहीं तो कल, राक्षसों का अब पराभव ही होगा।"

मन्त्रियों के समक्ष बहिन सूर्पनखा के ऐसे मर्मान्तक वचन सुनकर रक्षेन्द्र रावण वज्र-गर्जना कर उठा। उसने कहा–"मैं अग्नि को भी भस्म कर सकता हूं सूर्य के प्रकाश को भी बुझा सकता हूं। मृत्यु मेरे भय से कांपती है। सो मेरे रहते उस क्षुद्र मनुष्य ने तेरी ऐसी दुर्दशा कर डाली! महाबली खर दूषण और त्रिशिरा-सहित मेरे चौदह सहस्र राक्षसों को उसने अकेले ही मार डाला। यह तो उस चमत्कार से भी बढ़कर है, जो मैंने जनकपुर में देखा था। परन्तु मैंने तो उसे निपट बालक ही समझकर छोड़ दिया था। मैं ऐसा जानता तो वहीं सब नृपतियों के सम्मुख उसे मारकर वह स्त्री छीन लाता।" कुछ ठहरकर फिर रावण ने कहा–"सूर्पनखा, तू विषाद न कर, मैं अभी जनस्थान जाता हूं। उस पुरुष का हृत्खण्ड तुझे खाने को और गर्म रक्त पीने को दूंगा, चिन्ता न कर!"

इसपर अकम्पन ने बद्धांजलि होकर कहा–

"रक्षेन्द्र प्रसन्न हों। आज्ञा पाऊं तो निवेदन करूं। उस बहिष्कृत राजकुमार के साथ जो स्त्री है, वह विश्व की अनिन्द्य सुन्दरी है। अभी उसने यौवन की देहरी में पैर ही रखा है। उसके सब अंग-प्रत्यंग सुघड़ और सलोने हैं। वह संसार की सब स्त्रियों में अमूल्य रत्न है। हे महाराज, उस शीलवती की सुषमा का मैं कहां तब बखान करूं? सो मुझ दास का तो निवेदन है कि आप छल-बल से उस रमणीय रमणी को हरण कर लाइए। इससे बहिन सूर्पनखा का बदला भी चुक जाएगा और वह हतभाग्य तपस्वी मानव-कुमार उसके वियोग में रो-रोकर आप ही मरखप जाएगा।"

मन्त्री अकम्पन की यह युक्ति रावण को जंच गई। धनुर्यज्ञ में रावण ने सीता की जो लज्जाविनम्र कमनीय कान्ति देखी थी, वह उसके मन में बसी ही थी। उसने संतुष्ट होकर कहा–"ऐसा ही होगा। मेरा रथ तैयार करो। प्रभात होते ही मैं जनस्थान को जाऊंगा।"

73 सुभद्र वट

धनुष्कोटि के निकट, समुद्र-तीर से कुछ हटकर एक रमणीय वन था। वन में एक निर्मल सरोवर था। सरोवर के तट पर एक विराट् सुभद्र वट था। इस सुभद्र वट की चार सौ शाखाएं थीं तथा इसका विस्तार सात योजन भूमि पर था। यह वट बहुत प्राचीन था। प्रसिद्ध था कि इसीके नीचे बालखिल्य ऋषियों ने तप किया था। बहुत दिन यहां गरुड़ेन्द्र ने निवास किया था। वट के चारों ओर रम्य पर्वतश्रेणियां थीं। सम्मुख ही नील नीरधि का अनन्त विस्तार था। जिस भूमिभाग पर यह मनोरम सरोवर और महावट था, वह बहुत दूर तक समुद्र धंसा हुआ था। समुद्र के तट को छूती हुई अनेक पर्वत-श्रृंखलाएं थीं। चारों ओर तमाल के पुष्प खिले थे। गोल मिर्च की लताएं जहां-तहां सुशोभित थीं। पर्वत-श्रेणियों के आस-पास ढेरों मोती, सीप सूख रहे थे। मूंगों के भी वहां ढेर लगे थे। स्थान-स्थान पर स्वच्छ जल के झरने नेत्रों को आनन्द दे रहे थे। निकट ही पुर एवं नगर था। नगर बड़ा सम्पन्न था उसके नागरिक हाथियों, घोड़ों, रथों आदि पर सवार हो अपने कामों से राजपथ आ-जा रहे थे। सब मिलाकर इस स्थान की शोभा अतुलनीय थी।

सुभद्र वट की प्रतिष्ठा तो बहुत पुरानी थी ही, परन्तु इस समय यहां पर परम ज्ञानी और वीतराग तपस्वी तप कर रहा था। वह सब एषणाओं से रहित, एकान्तवासी हो, मूक-मौन सर्वभूत-दयारत निरीह भाव से रहता था। वह बूढ़ा और तेजस्वी था। दूर-दूर तक उसकी ख्याति थी और लोग उसे राजर्षि की भांति सुपूजित मानते थे। प्रसिद्ध था कि वह कोई भारी राजा था। वास्तव में वह वृद्ध तपस्वी और कोई नहीं, राक्षस मारीच था। नैमिषारण्य के अभियान के बाद रावण के जगज्जयी हो जाने पर उसने सब भांति कर्म-संन्यास ले लिया था और अब वह बड़े निरीह भाव से वहां रहता था।

अकस्मात् रावण ने इस शान्त आश्रम में प्रवेश किया। उसके स्वर्ण-रथ की घण्टिकाएं किंकिणित होती हुई दिशाओं को प्रतिध्वनित करने लगीं। रथ का घोष सुन, जटाजूट और वल्कल-वसन पहने वृद्ध मारीच गुहा से बाहर आया और उसने सुभद्र वट के नीचे राक्षसराज रावण की अभ्यर्थना की। मारीच के साथ आश्रम में और बहुत नाग, दैत्य, राक्षस तपस्वी रहते थे। वे बहुत अल्प भोजन करते, धर्माचरण में रत रहते तथा वेदाध्ययन करते थे। वे सब भी आश्रम की स्त्रियों, तपस्विनियों-सहित रक्षेन्द्र रावण की अभ्यर्थना को एकत्र हो गए।

मारीच ने अपने साथ तपस्वी राक्षसों और वेदपाठी दैत्यों, नाग-कुमारों के साथ रावण की अभ्यर्थना की। अलौकिक भोग-सामग्रियों द्वारा राजा का विधिवत् पूजन किया। अन्न-जल से सत्कार किया। फिर मारीच ने स्वस्थ होने पर पूछा–"हे राक्षसराज, लंका में कुशल तो है! यहां किस अभिप्राय से आना हुआ? क्या मुझ अकिंचन दास से कुछ प्रयोजन आ उपस्थित हुआ? वह सब विस्तार से कहिए।"

रावण ने चतुराई से मारीच की प्रशंसा करते हुए कहा–"तात मारीच, मैं तुझसे क्या कहूं? मैं इस समय अत्यन्त दुःखी हूं। तुम्हें ज्ञात है, जनस्थान में खर, दूषण और त्रिशिरा के साथ सूर्पनखा हमारी बहिन रहती थी। वहां कोई बहिष्कृत मानव दाशरथि राम अपनी भार्या और भाई सहित आया है। उसने मेरे सब राक्षसों का खर-दूषण सहित वध कर डाला तथा सूर्पनखा का अंग-भंग कर उसे विरूप कर दिया है। यह वही दाशरथि राम प्रतीत होता है, जिसे मैंने जनकपुर में देखा था। उसीने तुम्हें नैमिषारण्य से वंचित किया। तुम्हारा भी वह चिरशत्रु है। अब सुना है कि उसके पिता ने उसे पत्नी-सहित अपने राज्य से निकाल बाहर किया है, इससे अब वह विपन्न और असहाय है। पर उसने मेरी सेना का संहार किया है। उसने पुरुष-मर्यादा के विपरीत कामाभिलाषिणी सूर्पनखा का अंग-भंग करके उसे अपरूप कर दिया है। इसलिए मैं भी बदला लेने के विचार से उसकी देवबाला-

सी सुरूपा-सुलक्षणा स्त्री को चुपचाप चुरा ले जाने का मनोरथ करके निकला हूं। अब तुम इस काम में मेरी सहायता करो। पराक्रम में, विरोध में और बदला लेने में तुम्हारे समान पृथ्वी पर कोई नहीं है। तुम्हारे अकेले के पास रहने पर मैं देव, गन्धर्व किसीको कुछ नहीं गिनता। तुम बुद्धिमान् भी बहुत हो। नाना प्रकार के उपाय सोचने में तुम्हें भला कौन पा सकता है? इसीलिए तात मारीच, मैं तुम्हारे पास आया हूं। मैंने एक उत्तम योजना बनाई है कि तुम स्वर्ण-मृग का रूप धारण कर उस हतभाग्य तपस्वी की स्त्री की दृष्टि में आओ वह ज़रूर ही अपने पति से मृग को पकड़ लाने को कहेगी। बस, दोनों भाई मृग का पीछा करेंगे। उन्हें तुम भटकाकर ज़रा दूर ले जाना। इसी बीच मैं अवसर पाकर उस स्त्री को चुराकर चल दूंगा। फिर तो दाशरथि राम उसके वियोग में दुःखी होकर दुर्बल हो जाएगा। तब मैं सहज ही में उसे मार डालूंगा।

रावण की इन बातों को सुनकर वृद्ध मारीच भयभीत हो रावण के मुख की ओर ताकने लगा। उसका कण्ठ सूख गया, उसके मुंह से बात न निकली। फिर उसने नम्रतापूर्वक रावण से कहा–"हे रक्षेन्द्र, अभी आपने उस राम को पहचाना नहीं है, तभी आप ऐसा कहते हैं। संसार में प्रिय वचन बोलने वाले बहुत हैं, परन्तु अप्रिय सत्य बोलनेवाले बिरले ही होते हैं। खेद है कि आप ऐसे तेजस्वी राजा होकर भी गुप्तचर नहीं रखते। आप स्वयं चंचल और अस्थिरचित्त भी हैं। इसीसे राम के विक्रम से बेखबर हैं। इसीसे यह दुर्बुद्धि आपको सूझी है। कहीं जनकनन्दिनी सीता आपके लिए काल होकर तो नहीं जन्मी है, तो आपने ऐसा विचार किया? निश्चय जानिए कि यदि आपने ऐसा किया, तो आपकी लंकापुरी, जो स्वर्ण, धन और वैभव में अमरावती से बढ़-चढ़कर है, मिट्टी में मिल जाएगी। सो राजन्, मैं आपके हित की बात कहता हूं कि आप आग को पल्ले में मत बांधिए। चुपचाप लंका लौटकर धर्मपूर्वक प्रजा का पालन कीजिए।

"आप मेरा ही उदाहरण लीजिए। अपने बल-विक्रम का मुझे भी कभी गर्व था। तब मैं पर्वताकार शरीर धारण किए पृथ्वी पर विचरण करता था। मुझमें दस हाथियों का बल था मेरे ही भय से विश्वामित्र दाशरथि राम को नैमिषारण्य लाए थे। उस समय तो उसकी किशोरावस्था थी–अभी तक मैं उस एक वस्त्रधारी सांवले से तरुण को, जिसकी बड़ी-बड़ी आंखें थीं, नहीं भूला हूं। उसकी शोभा नवोदित बालचन्द्र के समान थी। मुझे तो यह अहंकार था कि मुझे देवता भी नहीं मार सकते। फिर इस दाशरथि को भला क्या समझता? मैंने इसे बड़ी ही उपेक्षा से देखा, पर इसने जो बाण मुझे मारा, उसके वेग से अचेत होकर मैं एक योजन दूर

फेंका जाकर अथाह जल में जा गिरा। उसने मुझे मारना ही नहीं चाहा, इसीसे मैं मरा नहीं। इससे मेरी आपको यह सीख है कि इस पुरुष से वैर मत बढ़ाइए। उसका पुरुषार्थ तो आप जनकपुर में देख ही चुके हैं। जिसने खर-दूषण-जैसे राक्षसों, महारथियों के साथ चौदह सहस्र राक्षस-भटों को मार डाला, उसके विक्रम में अब क्या सन्देह रहा? सो आप यदि इस पुरुष से वैर बढ़ाएं, तो बैठे-ठाले आपत्ति में ही फसेंगे और अन्त में घोर परिश्रम से पाई प्रतिष्ठा तथा सम्भवतः प्राणों से भी हाथ धो बैठेंगे। रक्षेन्द्र, अब और पराई स्त्री का लोभ न कीजिए। आपके अवरोध में अनगिनत स्त्रियां हैं, उन्हीं पर संतोष कीजिए और राक्षसों की जिसमें श्रीवृद्धि हो तथा राक्षसों की मान-प्रतिष्ठा बढ़े, वही कीजिए। मैं आपका शुभचिन्तक हूं, इससे यह भली सीख दे रहा हूं।"

मारीच के ये वचन सुनकर रावण ने क्रुद्ध होकर कहा–"अरे राक्षसकुल-कलंक, कायर, तू मुझे उस पतित एकाकी बहिष्कृत राम दाशरथि से भयभीत करता है? अवश्य उसकी स्त्री का हरण करूंगा। मैंने तुझसे सम्मति नहीं मांगी–अब तू मेरा सचिव नहीं है। क्या तू इतना भी नहीं समझता कि राजा के पूछने पर ही अपना अभिप्राय प्रकट करना चाहिए? चतुर राजपुरुष तो वह है जो राजा के सम्मुख सदा अनुकूल, मधुर, उत्तम, हितकारी भाषण करे। राजा की बात को काटकर हितकारी बात भी आक्षेपयुक्त भाषा में कही जाए तो वह राजा को मान्य नहीं होती। क्या तू नहीं जानता कि राजा में अग्नि और भय का सा तेज रहता है? इसलिए उसमें पराक्रम, साम, भेद, दण्ड और प्रसाद सदा विद्यमान रहते हैं। इसीसे सदैव राजा का सम्मान और पूजन करना चाहिए। किन्तु तू यह मन्त्री-धर्म भी भूल गया। मैं राजा हूं, तेरा अतिथि हूं यह भी विचार तूने नहीं किया तथा कठोर बात कह गया। अरे, मैं तुझसे अपने कर्तव्य के गुण-दोष नहीं पूछता, केवल सहायता चाहता हूं। तुझे किस प्रकार मेरी सहायता करनी होगी, वह भी सुन। तू स्वर्ण का मृग बनकर राम के आश्रम में इस प्रकार विचरण कर कि वह स्त्री तुझे देख ले, वह स्वर्ण का विचित्र मृग देख अवश्य कौतूहलवश हो, उस मृग को लाने को अपने पति से कहेगी और जब वह आश्रम से तेरा पीछा करेगा, अब तू उसे दूर ले जाना। बस, मैं अपना काम इसी बीच बना लूंगा। मेरा इतना काम करके तू जहां चाहे चला जाना। मैं तुझे यथेष्ट पुरस्कार दूंगा। यदि तू मेरी आज्ञा का पालन न करेगा तो मैं अवश्य तेरा वध करूंगा।"

रावण के ये क्रोधपूर्ण वचन सुनकर मारीच ने कहा–"मैं बूढ़ा हुआ और अब तपस्वी का जीवन व्यतीत करता हूं। इन प्रपंचों से भला मेरा क्या सम्बन्ध है! खेद

है कि आपके मन्त्री आपको अच्छी सीख नहीं देते और आपकी बुद्धि भी मोह ने कुंठित कर दी है। इस काम में मेरी तो निश्चय ही मृत्यु है, परन्तु आप यदि सीता का हरण करने में सफल भी हो गए तो न आप बचेंगे, न आपकी लंका। आपकी सारी ही श्री-सम्पदा चली जाएगी। आपकी स्थापित रक्ष-संस्कृति की भी समाप्ति हो जाएगी। परन्तु अब इन बातों से क्या? आप यह घोर कर्म करने पर तुले ही बैठे हैं तो चलिए, मेरे द्वारा आपका कोई प्रिय कार्य हो तो मैं प्राण देकर भी करूंगा।"

मारीच के ये वचन सुन रावण प्रसन्न हो गया। उसने कहा–"यही उचित है। अब तुम मेरे साथ इस रत्नजटित रथ पर बैठ जाओ। मेरा यह कार्य करने पर तुम स्वच्छन्द हो तपस्वी-जीवन व्यतीत करना। मैं सदैव तुम्हारी रक्षा करूंगा।" इतना कह रावण मारीच को रथ पर बैठा दण्डकारण्य की ओर चल दिया।

74

रत्न कूट द्वीप

सुभद्र वट कानन में मारीच राक्षस का मित्र शबरों का राजा पुलिन्दक रहता था। पुलिंदक जल-दस्युता का धंधा करता था। उसके बहुत-से सेवक धनुष-बाण लिए समुद्र में आते-जाते जलयानों को लूट लेते तथा लूटे हुए स्वर्ण-रत्न अपने स्वामी पुलिन्दक के चरणों में ला धरते थे। इस प्रकार लूटे धन से वह अत्यन्त सम्पन्न और धनी हो गया था। उसका रंग एकदम काला, नेत्र लाल तथा अंग पर बड़े-बड़े बाल थे। उसकी भौंहें बहुत मोटी, मूंछें कड़ी तथा दांत तेज़ थे। वह शरीर से एक सांड के समान बलवान् था। उसके सेवक शबर लोग भी बड़े क्रूर और साहसी थे। दस्यु-वृत्ति में वे परम चतुर थे। उनके भय से बड़े-बड़े प्रवाहक भी समुद्र में निर्विघ्न यात्रा करने का साहस नहीं कर सकते थे।

विद्याधरों का राजा उदयवर्धन पुलिन्दक का मित्र था। उदयवर्धन भी बड़ा सम्पन्न और धनी था। धनुष्कोटि के निकट ही उसका नगर था। जहां वह बड़े ठाठ से अपनी सुन्दर रमणियों के साथ आनन्द-विहार करता था, इन दोनों पुरुषों की मित्रता की कहानी भी बड़ी अद्भुत है। एक बार उदयवर्धन मृगया के लिए वन में गया था। वहां शबरों ने उसे घेरकर लूट लिया और उसे बांधकर शिश्नदेव के सम्मुख बलि देने को ले आए। पर जब उसे यूप में बांध वे उसका वध करने लगे, तभी

पुलिन्दक आ गया तथा राजा का कमनीय गौर वर्ण, अल्प वय देख तथा उसका परिचय पाकर उसने उसे मुक्त कर दिया तथा अग्नि की साक्षी में मित्रता कर ली। पुलिन्दक से मित्रता स्थापित कर राजा उदयवर्धन अपनी नगरी में चला आया। पुलिन्दक ने उसे बहुत-से बहुमूल्य गजमुक्ता और कस्तूरी उपहारस्वरूप दिए। परन्तु संयोग की बात ऐसी हुई कि कुछ काल बाद पुलिन्दक को दस्यु-वृत्ति करने के अपराध में राजा उदयवर्धन के सेवकों ने पकड़ा। नगरपाल ने उसे शूली पर चढ़ाने की आज्ञा दे दी। परन्तु जब राजा ने यह सुना तो उसने प्रकट में तो उस चोर को मित्र नहीं व्यक्त किया, परन्तु चुपचाप छद्म नाम से एक लाख स्वर्ण-उत्कोच देकर उसे भगा दिया। पुलिन्दक ने इसका बड़ा आभार माना और वह विद्याधरों के उस राजा को कृतज्ञतास्वरूप कोई मूल्यवान् उपहार देने की सोचने लगा।

उन्हीं दिनों सुभद्र वट के निकट ही एक गिरि-कन्दरा में विकट कृत्या रहती थी। उस कृत्या का प्रभाव और सामर्थ्य दूर-दूर तक फैला हुआ था। वह नर-मांस ही भक्षण करती तथा नित्य नर बलि देती थी। सब लोग उसे सर्वसिद्धिदात्री समझते थे और जब वह नर-मांस की आहुति अग्नि में डालकर 'कंदर्पयामि', 'कंदर्पयामि' का उद्घोष करती थी, तब अर्थीगण बद्धांजलि अपने-अपने अभिप्राय निवेदन करते तथा मनोरथ पूर्ण करते थे।

पुलिन्दक इस कृत्या का अनन्योपासक था। प्रतिमास अमावस्या के दिन वह एक सुन्दर बलि अवश्य ही कृत्या को भेजता था। इसमें उसे कुछ कष्ट और असुविधा नहीं होती थी। उसके सेवक दस्यु शबर इधर-उधर लूटमार कर बहुत पुरुषों को पकड़ लाते थे। वह उन्हीं में से एक सुन्दर तरुण पुरुष को वस्त्राभूषणों से अलंकृत कर चन्दनचर्चित कर रक्तमधूक-पुष्पमाल पहना कृत्या की सेवा में भेज देता था। इस प्रकार अलभ्य बलि-पुरुष को पा कृत्या अति संतुष्ट हो प्रथम उस बलि-पुरुष के साथ मद्यपान कर रतिविलास करती, फिर उसकी बलि शिश्नदेव को दे उसका उष्ण रक्त पान कर प्रसन्न होती तथा बलि-मांस का ही भोजन करती थी।

इस प्रकार कृत्या को पुलिन्दक ने अपने वशीभूत कर रखा था। अब उदयवर्धन के अनुग्रह से प्राण त्राण पाकर शबर पुलिन्दक स्वयं कुछ उत्तम बलि-पुरुष साथ ले कृत्या की सेवा में आ उपस्थित हुआ। इस समय वह कृत्या यज्ञ-भूमि में बैठी थी। व्याघ्रचर्म पर, एकदम नग्न, बाल खोले, माथे पर बड़ा-सा सिन्दूर-तिलक, मिली हुई बहुत मोटी भृकुटि, टेढ़ी और चपटी नाक, स्थूल कपोल, भयानक ओष्ठ, बड़े-बड़े दांत, लम्बी गर्दन, नाभि तक लटकते स्तन, महाउदर, फूले हुए बड़े-बड़े पैर। वह नेत्रों को बन्द किए मन्त्र-पाठ कर रही थी। सम्मुख वेदी पर ताज़ा कटा नरमुण्ड

रखा था। निकट ही भाण्डों में बलि-मांस पक रहा था। शबरपति पुलिन्दक को देख और नये बलि-पुरुषों का प्रसाद पा कृत्या प्रसन्न हो गई। उसने पुलिन्दक को स्नान करा, विवसन चक्र के भीतर बैठा, उसीसे शिश्नदेव का अभिषेक करा, मन्त्रपूत जल का मार्जन कर उसे नर-मांस का प्रसाद खिलाया। फिर कहा–

"कंदर्पये! कंदर्पये! किं ते प्रियं करवाणि?"

यह कृत्या वास्तव में एक ऋषिपत्नी थी। इसका पति देवर्षि था। बहुत नाग, रक्ष, यक्ष, दैत्य, दानव, वटुक उसके पास वेदाध्ययन करने आते थे। पीछे वह राक्षस हो गया और घर ही में शिश्नदेव की स्थापना कर वाम-विधि से सपत्नीक मण्डल बना शिश्नदेव का पूजन-भजन करने तथा नर-बलि दे नर-मांस भक्षण करने लगा था। उसकी मृत्यु होने पर अब यह उसकी पत्नी कृत्या अपनी दैवी शक्तियों से बहुत पुजार्हा हो गई थी।

पुलिन्दक ने बद्धांजलि होकर कहा–"प्रसीदतु अम्ब! मेरा मित्र विद्याधरों का स्वामी उदयवर्धन है। उसने मुझे प्राण-दान दिया है, अब मैं कृतज्ञतास्वरूप उसे कोई एक त्रैलोक्यसुन्दरी कन्या भेंट करना चाहता हूं। उसीके लिए मैं आपकी शरण आया हूं।"

पुलिन्दक के ये वचन सुन कृत्या ने हंसकर कहा–

"विक्रमस्व! विक्रमस्व! विक्रम कर! विक्रम कर! तुझे सिद्धि प्राप्त होगी। सुन, यहां से दक्षिण दिशा में समुद्र के बीच मनुष्य-रहित एक द्वीप-खंड है। इस द्वीप का नाम रत्न-कूट द्वीप है। वह दुर्गम स्थान है। उस अगम-विजन वन में मलयकेतु दानव ने चार खंड का एक भव्य प्रासाद बनाया है। मणि-कांचन-संयोग से बना वह प्रासाद सब लोकोत्तर भोगों से परिपूर्ण है। उसमें उसने तुम्बुरु यक्ष की पुत्री महल्लिका को चुराकर छिपा रखा है। यक्षनन्दिनी महल्लिका संसार की सब स्त्रियों में श्रेष्ठ है। तिलकुसुम-सी कोमल कान्तिवती वह बाला ऐसी है कि उसके सम्मुख सब देवांगनाएं भी तुच्छ हैं। प्रासाद में एक सहस्त्र वयस्का परिचारिकाओं के साथ वह कुसुमकोमलकलेवरा महिल्लका रहती है। प्रत्येक चतुर्दशी को दानव मलयकेतु अपने श्वेतरश्मि गजराज पर चढ़ महल्लिका के निकट आता तथा प्रणय-याचना करता है; परन्तु वह भामिनी उसके प्रणय को स्वीकार नहीं करती है। दानव के भय से कोई पुरुष उस द्वीप में नहीं जा पाता है। वह अगम-विजन हर्म्य द्वार-रहित है। इससे वह सर्व-जनवर्जित है, पर यह रहस्य मैं तुझे बताती हूं। उसी द्वीप में एक सरोवर है। यह सरोवर उस हर्म्य की उत्तर दिशा में पर्वत की उपत्यका में ही है। उसी सरोवर के बीच में भूगर्भ-मार्ग का मुख है। तू अपने मित्र को ले वहां जा तथा

जलमग्न मार्ग से हर्म्य में जाकर उस यक्ष-कन्या को मित्र पर अनुरक्त कर, फिर पराक्रम से दानव का वध कर यक्ष-कुमारी का वहां से उद्धार कर उसे अपने मित्र को देकर कृतकृत्य हो।"

यह गूढ़ संदेश देकर कृत्या खड़-खड़ करके हंस पड़ी। उसके बड़े-बड़े भयानक दांत बाहर निकल आए। कृत्या से ऐसा गूढ़ संदेश पाकर पुलिन्दक शबर प्रसन्न हो गया। उसने कहा–"मातः, कैसे मैं एकाकी उस महापराक्रमी दानव का वध कर सकता हूं? अपने मित्र को मैं उस दानव से युद्ध करने के संकट में नहीं डालूंगा। क्या मैं शबरों और विद्याधरों की सेना लेकर रत्नकूट द्वीप पर जाऊं?"

"इससे सफलता नहीं मिलेगी। युक्ति, विक्रम और प्रपंच से कार्यसिद्धि होगी। वह दानव बड़ा मायावी है, तेरे सब शबरों और विद्याधरों को मारकर खा जाएगा। यह चूर्ण ले। यह सिद्ध पूर्ण है। इसमें सोम-कल्प है। इसके खाने से वह विमोहित हो जाएगा। अब तू अपना कार्य सरलता से कर सकेगा।"

इस प्रकार कृत्या से मन्त्र ले पुलिन्दक अपने घर गया। उसने सब बातों को सोच-विचारकर प्रथम एकाकी ही रत्नकूट द्वीप पर जाने का निश्चय किया और वह साहस करके वहां चला गया। उसने सारे वन को भली भांति देखा। राहबाट को जांचा और उस द्वार-रहित अद्भुत हर्म्य को भी चारों ओर घूमकर देखा। फिर वह उस सरोवर के तट पर जा जल-क्रीड़ा करने लगा। वह बारम्बार जल में गोता लगाकर जल में छिपे गुप्त गर्भ-मार्ग-मुख को ढूंढ़ने लगा। अन्त में उसे वह मुख मिल गया। मुख में प्रविष्ट हो, वह शीघ्र ही एक सुरंग में पहुंच गया, जिसको पार करने पर उसने अपने को हर्म्य के भीतर पाया।

हर्म्य की शोभा और सुषमा देख वह आश्चर्य-चकित हो गया। हर्म्य की ऊंची-ऊंची दीवारें थीं। भीतर अनेक सौध थे। बाग थे, वाटिकाएं थीं, जिनपर विविध रंगों के फूल खिल रहे थे। वृक्षों पर अनेक विहग कलरव कर रहे थे। वहीं स्वच्छ जल की एक पुष्करिणी थी जिसके तट पर सघन छाया में बैठी रूप और सुषमा की खान उस किशोरी यक्ष-कन्या को उसने फूलों से क्रीड़ा करते हुए देखा। उस समय वह बाला अकेली ही वहां बैठी थी। पुलिन्दक साहस करके उसके सामने जा खड़ा हुआ। एकाएक उस जनवर्जित स्थान में उस पुरुष को देख बाला कुछ भय और आश्चर्य से जड़ हो गई। उसने कहा–"कः?

कः?"

पुलिन्दक ने उसके निकट आ प्रणाम किया। फिर कहा–"मा भैषीः बाले! मुझसे भय न कर। मैं शबरों का राजा पुलिन्दक हूं।"

"तो तू कैसे इस अगम क्षेत्र में आया, तुझे क्या दानव का भय नहीं है?"

"मैं कृत्या माता का सेवक हूं। उन्हींकी आज्ञा से तुझे यहां से मुक्त करने आया हूं। मेरा मित्र विद्याधरों का राजा उदयवर्द्धन अति कमनीय, रूप-गुण में तेरे ही समान अद्वितीय है। तेरी ही भांति वह संसार के नेत्रों को आनन्द देनेवाला है। उस कमनीय पुरुष के साथ तेरा संभोग न हो तो कुसुमायुध का धनुष-धारण ही व्यर्थ है।"

पुलिन्दक के ये वचन सुनकर यह बाला उत्सुक और कुछ लज्जित होकर बोली–"हे अतिथि, तेरा स्वागत है। पर तेरा वह मित्र कहां है? मुझे लाकर दिखा तथा तू कैसे मेरा यहां से उद्धार कर सकता है? क्या तेरा और तेरे मित्र का ऐसा सामर्थ्य है?"

पुलिन्दक ने कहा–"तू चिन्ता न कर। चतुर्दशी के दिन दानव यहां आएगा। तभी मैं उससे निबट लूंगा और तभी मैं अपने उस मित्र को लाकर तुझे दिखाऊंगा।" उसने बाला को कुछ गुप्त परामर्श भी दिए और 'शीघ्र फिर आऊंगा' इतना कह वह शबरों का राजा वहां से उसी गुप्त राह से चलकर बाहर आ गया तथा एक तपस्वी का स्वांग धारण कर उसी सरोवर के तट पर आसन जमाकर बैठ गया।

नियत काल में श्वेतरश्मि गजराज पर चढ़ वह दानव वहां आया। अपने अगम वर्जित द्वीप पर एक पुरुष को बैठा देख बड़े क्रोध और आश्चर्य से उसके निकट आकर बोला–

"तू कौन है और मेरे इस वर्जित द्वीप में कैसे आया?"

"मैं भवगती कृत्या का गण हूं। भगवती की आज्ञा से तेरे ही लिए यहां आया हूं।"

"मेरे लिए क्यों?"

"भगवती कृत्या के आदेश से मैं तुझे वशीकरण दूंगा जिससे तू कृतसंकल्प हो।"

"क्या तू ऐसा समर्थ है?"

"मैं सिद्ध पुरुष हूं। जा, सरोवर में स्नान कर आ, मैं तुझे सिद्ध चूर्ण दूंगा।"

"उससे क्या होगा?"

"तेरा मनोरथ पूरा होगा दानवेन्द्र, कृत्या माता का तुझपर अनुग्रह है।"

दानव स्नान कर आया और पुलिन्दक ने थोड़ा चूर्ण उसे दिया और कहा "इसे भक्षण कर और मौन रहकर बाला के निकट जा।"

"क्या तू मेरा रहस्य जानता है?"

"मैं भूत, भविष्य सब जानता हूं।"

"स्वस्ति, तो मैं तेरी परीक्षा करूंगा, झूठा होने पर तेरा वध कर तेरा भी भक्षण करूंगा।"

पुलिन्दक ने हंसकर ऋषि की भांति हाथ उठाकर कहा–"जा दानवेन्द्र, कृत-मनोरथ हो!"

जब मलयकेतु हर्म्य से बाहर आया, वह प्रसन्न था। यक्ष-बाला ने हंसकर उसकी ओर साभिप्राय दृष्टि से देखा था–एकाध अनुरोध-वाक्य भी कहा था।

शीघ्र ही उस कपट मुनि से दानव की मित्रता हो गई। दानव ने उसे अपने द्वीप में रहने की सुविधाएं दे दीं। वह जब आता, उसके लिए उपानय लाता। अवसर पाकर पुलिन्दक अपने मित्र को भी द्वीप में ले गया। गुप्त राह से हर्म्य में उसे पहुंचा दिया। पुष्करिणी के तीर पर वह फूलों से क्रीड़ा कर रही थी। कभी वह गुनगुनाती हुई-सी किसी फूल को तोड़कर मसल फेंकती, कभी उन्हें नासारध्र पर रख सूंघती। इसी समय उसकी दृष्टि तरुण विद्याधर पर पड़ी। वह तरुण न राक्षसों और दानवों की भांति कृष्णवर्णी था, न कद्रूप। उसका गौर वर्ण और कान्त कलेवर देख, उसके उज्ज्वल नीलमणि के समान नेत्र देख, उसका प्रशस्त ललाट और वक्ष देख, वह उसपर मोहित हो गई। उसके कटि-प्रदेश में कौशल्य, कण्ठ मणिहार और भुजाओं में मणिवलय, सिर पर सुचिक्कण काकुल लटक रहे थे। उसने धड़कते हुए वक्ष पर हाथ रख आगे बढ़कर कहा–"हे नरशार्दूल, तुम कौन हो और इस दुर्गम द्वीप में आ, कैसे इस अगम्य हर्म्य में आ गए? क्या तुम्हें दानवेन्द्र का भय नहीं? यहां आकर तो कोई पुरुष जीवित नहीं लौटता है। यह दानवेन्द्र-रचित द्वीप रत्नकूट है। यह पुरुष मात्र के लिए अगम्य है।"

परन्तु इसी क्षण ओट से निकलकर पुलिन्दक ने कहा–"बाले, यही मेरा मित्र विद्याधरों का राजा उदयवर्धन है। यही तेरे योग्य वर है जिसे मैं ले आया हूं।" तब तिरछी दृष्टि से उसे देखती हुई कुछ लजाती-सी वह बाला बोली–"तेरे मित्र की मैं अभ्यर्थना करती हूं। परन्तु मैं परवश हूं।"

इसपर आगे बढ़कर उदयवर्धन ने बाला का हाथ पकड़ लिया। बाला ने कहा–"हे धर्मात्मा, मैं कन्या हूं और पिता के अधीन हूं।" उदयवर्धन ने कहा–"हम गन्धर्व-विधि से विवाह सम्पन्न कर लेंगे, तू उसकी चिन्ता न कर।" इतना कह अग्न्याधान कर पुलिन्दक की साक्षी में दोनों ने विवाह-विधि सम्पन्न की। फिर वह तस्कर उदयवर्धन को वहीं छोड़ गर्भ-मार्ग से बाहर आ दानव के आगमन की ताक में बैठ गया। जब चतुदर्शी को दानव आया तो उसने बहुत-सा सिद्ध चूर्ण खिलाकर उसे हर्म्य में भेज दिया। उस सिद्ध चूर्ण के प्रभाव से वह मूर्च्छित हो गया और

उदयवर्धन ने उसका सिर काट लिया इस प्रकार दानव को मार, कुमारिका को ले वे दोनों मित्र श्वेतरश्मि गजराज पर सवार हो तुम्बुरु यक्ष की नगरी में आए। तुम्बुरु ने अपनी कन्या के उद्धारकर्ताओं की अच्छी अभ्यर्थना की और अग्नि के समान देदीप्यमान रत्न के खम्भों की वेदी बनाकर अपनी पुत्री महल्लिका उसे दे दी। उदयवर्धन उस रमणी-रत्न को पा कृतार्थ हो, उसे ले, साथ में बहुत-सा रत्न-मणि ले, श्वेतरश्मि गजरात पर सवार हो, उसी रत्नकूट द्वीप के अगम हर्म्य में नाना-विधि विलास करने लगा। शबरपति पुलिन्दक मित्र का उपकार कर कृतकृत्य हो सुभद्र वट कानन में अपने ग्राम में लौट गया।

75

राम

जब सूर्यपुत्र मनु और उनके दामाद बुध ने अपने पैतृक राज्यवंशों की स्थापना कर ली और सूर्यमण्डल और चन्द्रमण्डल दोनों का भली भांति विस्तार हो गया, तब उत्तर भारत आर्यावर्त के नाम से विख्यात हो गया तथा इस आर्यावर्त की समृद्धि सम्पूर्ण भारत से बढ़-चढ़कर हो गई। इन आर्यों में अनेक सांस्कृतिक नवीन-स्थापनाएं हुईं। प्रथम तो यह कि इन दोनों ही कुलों ने अब तक चली आती हुई मातृसंज्ञक वंश-परम्परा को त्याग पितृमूलक वंश-परम्परा स्थापित की। कुल-परम्परा को पितृमूलक निश्चित करने में एक महत्त्वपूर्ण सांस्कृतिक परिवर्तन यह हुआ कि आर्यों में विवाह-मर्यादा दृढ़बद्धमूल हो गई और स्त्रियों के लिए पुरुष 'पति' या 'स्वामी' हो गए। उनके शरीर और जीवन की सम्पूर्ण सत्ता पर उसका अखण्ड एवं सर्वतन्त्र अधिकार हो गया। यहां तक इस मर्यादा का रूप बना कि यदि वीर्य किसी अन्य पुरुष का भी अनुदान लिया हो तो भी संतति का पिता उस स्त्री का वह 'पति' ही माना जाएगा, जिससे उनका विवाह हो चुका है। अविवाहित स्त्रियों का पिता भी वही पति होगा। बहुत से ऋषियों ने तो वीर्यदान अपना एक पेशा ही बना लिया, जिनमें उल्लेखनीय वेदर्षि दीर्घतमा थे। वशिष्ठ और दूसरे वरिष्ठ ऋषियों ने भी अन्य राजाओं की पत्नियों को वीर्यदान दिया। ऐसी सभी सन्तानें न माता की मानी गईं, न वीर्यदाता पुरुष की। प्रत्युत वे उस पुरुष की सन्तानें और उसी कुल-गोत्र को चलाने वाली प्रसिद्ध हुईं, जो उनकी माता का विवाहित पति एवं

स्वामी था। इससे आर्य जाति को यह लाभ तो अवश्य हुआ कि वह एक संगठित जाति हो गई। परन्तु इससे एक नई और महत्त्वपूर्ण बात यह उत्पन्न हो गई कि उनकी राज्य-सम्पत्ति आदि सब वैयक्तिक होती गई और देखते ही देखते मानवों और एलों के महाराज्यों का विस्तार हो गया।

परन्तु इससे स्त्रियों के अधिकारों का खात्मा हो गया। पत्नी का अपना कुलगोत्र कुछ भी न रहा। पितृमूलक वंश-परम्परा में पिता का कुल-गोत्र केवल पुत्र को ही मिलता था–पुत्री को नहीं। इसका अभिप्राय यह कि पुत्री को पिता की सन्तान ही नहीं गिना गया। वह पिता के कुल-गोत्र से बहिर्गत एक विच्छिन्न वस्तु मान ली गई, जो वयस्क होने पर किसी पुरुष को उसकी पत्नी बनने के लिए दे दी जाती थी। उसे न पिता का कुल-गोत्र मिलता था, न पति का। इस प्रकार से आर्यों की वंश-परम्परा में स्त्री मात्र पति के लिए सन्तान उत्पन्न करने की एक जीवित क्षेत्र थी। इस विवाह-मर्यादा में दाम्पत्य प्रेम, समानता आदि के कुछ भी भाव न थे। न विवाह का उद्देश्य नर-नारी की नैसर्गिक कामैषणा की पूर्ति था, न वह अन्य शारीरिक और भौतिक एषणाओं पर आधारित था, उसका उद्देश्य अपने 'पति' के लिए–जो वास्तव में उसका स्वामी था–साथी, मित्र या जीवन-संगी बनना नहीं–सन्तान उत्पन्न करना था।

दूसरी महत्त्वपूर्ण सांस्कृतिक बात, जो आर्य कुलों में उत्पन्न हुई, वह उत्तराधिकार थी। पिता की सारी राज्य-सम्पत्ति का निश्चित रूप से पुत्रों को ही उत्तराधिकार मिलता था—पुत्रियों को नहीं। इस प्रकार जहां पुत्रियां पिता के कुल-गोत्र से वंचित कर दी गईं वहां सम्पत्ति से भी वंचित कर दी गईं। सम्पत्ति का सर्वार्थ में उत्तराधिकारी पुत्र था। इस प्रकार आर्यों का संगठन एक प्रकार से अस्त्रीक संगठन था। अर्थात् आर्यों की जाति में स्त्री की कहीं भी गणना न थी। वह केवल पुरुष की पूरक थी। पति के लिए उसकी सम्पत्ति के उत्तराधिकारी को उत्पन्न करने के लिए वह विवाही जाती थी। इसलिए विवाह में अब स्त्रियां पति का स्वेच्छा से वरण नहीं करती थीं, वे पिता द्वारा दी जाती थीं। इस सम्बन्ध में उनकी सम्मति नहीं ली जाती थी, न उनकी रुचि और पसन्द का विचार किया जाता था। जिस प्रकार पति को विवाहोपरान्त पत्नी पर पूर्णाधिकार प्राप्त था, उसी प्रकार विवाह से पूर्व कन्या पर पिता को। परन्तु मज़ेदार बात यह थी कि पिता की सम्पत्ति में और पति की सम्पत्ति में उनका कुछ भी भाग न होता था। वह कुल-गोत्र सम्पत्ति के सब अधिकारों से वंचित थी। ज्यों-ज्यों आर्यों की राज्य-श्री बढ़ती गई, त्यों-त्यों विवाह के नियम रूढ़िबद्ध होते गए, जिनसे स्त्रियों की दशा एक प्रकार से दासता की सीमा को पहुंच गई। विवाह के समय उससे पति

की आज्ञाकारिणी और अधीन रहने का वचन भरना पड़ता था। वह 'दत्ता' थी। स्वयंवरों की प्रथा बड़े-बड़े आर्यकुलों में प्रचलित थी परन्तु उसमें भी कन्या को अपनी पसन्द का पुरुष चुनने का अधिकार न था। पिता ही उस चुनाव की कोई शर्त रख देता था और उस शर्त को पूरा करने पर वह कन्या उसीको दे दी जाती थी। ऐसे स्वयंवरों में कन्या को 'वीर्यशुल्का' कहा जाता था। इसका अर्थ था–पराक्रम के मूल्य पर कन्या की खरीद। अर्थात् पराक्रम ही कन्या का मूल्य है। कुछ कुल कन्या के मूल्य में भी धन लेते थे। सीता 'वीर्यशुल्का' थी। परन्तु गाधि राजा ने एक हजार घोड़े लेकर ऋचीक को अपनी पुत्री ब्याह दी थी। और इतना ही क्यों? राजा लोग अपनी कन्याएं पुरोहित को यज्ञ-दक्षिणा की भांति भी दे देते थे। जैसे दशरथ ने ऋष्यभृंग को अपनी कन्या शान्ता दे दी थी।

बहुपत्नीत्व की प्रथा भी इसी कारण चली। पति को अनेक स्त्रियों से ब्याह करने के अधिकार प्राप्त हो गए, पर पत्नी को नहीं। विवाह के अतिरिक्त आर्य लोग दासियां भी रखते थे। इस समय आर्य राजाओं के अन्तःपुर में चार प्रकार की पत्नियां रहती थीं, एक महिषी–मुख्य महारानी–जिसे राजा के साथ यज्ञ में सम्मिलित होने का अधिकार था। दूसरी परिव्रता–जिसपर पति का प्रेम कम हो जाता था या जो बूढ़ी हो जाती थी। तीसरी–वाग्वृता जो मुख्य प्रेमिका होती थी। चौथी–पालावली–जो प्रायः मन्त्री की कन्या होती थी। अपना अधिकार बनाए रखने तथा राजा के भीतरी भेद लेने के लिए प्रायः मन्त्रिगण अपनी कन्या राजा ही को देते थे। इसी प्रकार राज्यों की भी पांच श्रेणियां थीं। एक साम्राज्य–जिसमें अनेक अधीन, विजित तथा करद राज्य सम्मिलित होते थे। दूसरा भोज्य-जो सम्राट् द्वारा किसी की नियुक्ति के रूप में प्रदान किया जाता था तथा शासक का केवल उसकी आय पर ही अधिकार रहता था। तीसरा स्वराज्य–जो स्वतन्त्र था। चौथा वैराज्य–जो शत्रु का जय किया हुआ होता था। पांचवां राज्य–जो साम्राज्य के अन्तर्गत होता था।

दायभाग और उत्तराधिकार के सम्बन्ध में भी आर्यों में पहले यही विधि प्रचलित रही कि राज्य सब पुत्रों में बांट दिया जाता था। जैसे मनु ने अपने पुत्रों में समान राज्य बांट दिया था। परन्तु शशिबिन्दु के कुल में दायभाग का प्रचलन हुआ। शशिबिन्दु ययाति-पुत्र यदु के वंश में एक चक्रवर्ती राजा था। यह चित्ररथ का पुत्र था। शशिबिन्दु विदर्भ का राजा था। इसने अनेक अश्वमेध यज्ञ किए और बहुत स्वर्ण बांटा। इसके पास स्वर्ण का अटूट भण्डार था। प्रसिद्ध चक्रवर्ती मानव मान्धाता शशिबिन्दु का दामाद था। कपियों ने शशिबिन्दु के पिता चित्ररथ का यज्ञ

कराया। उसमें उस अकेले ही को अन्नादि का अध्यक्ष बनाया। इसके बाद उसी यज्ञ में चित्ररथ ने यह घोषणा कर दी कि मेरे वंश में एक ही क्षत्रपति होगा। शेष उनके अनुजीवी होंगे। अर्थात् जैसे मनु ने अपने सब पुत्रों में राज्य बांटा; उस प्रकार चित्ररथ की भावी सन्तानों में राज्य का बंटवारा नहीं होगा। राज्य केवल ज्येष्ठ भाई का रहेगा। वही राजा कहाएगा। शेष भाई उसके अनुजीवी रहेंगे। उन्हें गुज़ारा मिलेगा। आगे चलकर मानवों ने भी इस नियम को मान लिया और तब राज्यों के बंटवारे समाप्त हो गए। जो गद्दियां स्थापित हो चुकी थीं, वही संपुष्ट होती रहीं।

पीछे हम बता चुके हैं कि आर्यावर्त में इस समय सूर्यवंश की पांच शाखाएं स्थापित थीं। एक–उत्तरकोशल राज्यवंश, दूसरा–दक्षिण कोशल राज्यवंश, तीसरा–शर्यात आनर्त राज्यवंश, चौथा–मैथिल राज्यवंश और पांचवां वैशाली राज्यवंश–उत्तर कोशल राज्यवंश की 39वीं पीढ़ी में राम का जन्म हुआ।

इस वंश में अब तक मनु, इक्ष्वाकु, युवनाश्व, बृहदश्व, मान्धाता, त्रसदस्यु, अम्बरीष, दिलीप, रघु और दशरथ विश्रुत पुरुष हो चुके थे। इस समय उत्तरकोशल राज्य के उत्तराधिकारी राम वनवास कर रहे थे। दशरथ की मृत्यु हो चुकी थी।

दशरथ महारथी योद्धा और प्रतिष्ठित राजा थे। देवराज इन्द्र से उनके मैत्री सम्बन्ध थे। वे नीतिमान् और सत्यप्रतिज्ञ थे। उनकी तीन महिषियां थीं–प्रथम कोशल्या–दक्षिण कोशलाधिपति भानुमान् की पुत्री, द्वितीय सुमित्रा–मगधराजपुत्री, तृतीय कैकेयी–उत्तर पश्चिमी आनवनरेश केकय की पुत्री। दशरथ ने सिन्धु, सौवीर, सौराष्ट्र, मत्स्य, काशी, दक्षिण कोशल, मगध, अंग, बंग, कलिंग और द्रविड़-नरेशों को जय किया था तथा अनेक अश्वमेध यज्ञ किए थे। गिरिव्रज के प्रसिद्ध युद्ध में उत्तर पांचाल दिवोदास की सहायता की थी तथा वैजयन्ती के कुलीतर के वंशधर तिमिध्वज शम्बर असुर को मारा था। अंग-नरेश लोमपाद इनके मित्र थे।

राम के जन्म से पूर्व इस उत्तर कोशल राज्य के भी कुछ शाखा-राज्य स्थापित हो चुके थे, जिनमें एक शाखा हरिश्चन्द्र-वंश की थी। इसकी राजधानी कान्यकुब्ज के पास थी। इस समय इस गद्दी पर संभवतः रोहिताश्व जीवित थे। मुख्य सूर्यवंश शाखा की तीसवीं पीढ़ी से–राम से कोई नौ पीढ़ी पूर्व सिन्धुद्वीप राजा के काल में अनरण्य ने यह गद्दी स्थापित की थी। इनकी पांचवीं पीढ़ी में त्रैयारुण हुए। उनके पुत्र सत्यव्रत (त्रिशंकु) और उनके पुत्र हरिश्चन्द्र, जो पीछे महासत्यवादी प्रसिद्ध हुए। राजा त्रैयारुण वेदज्ञ और प्रतापी था। उसका पुत्र सत्यव्रत दुराचारी तथा दुराग्रही था। उसने तीन बड़े अपराध किए–एक नव-विवाहित ऋषि-पत्नी का

हरण कर उससे बलात्कार किया, चाण्डालों के साथ खानपान रखा, कुलगुरु वशिष्ठ की गाय को मारकर खा गया। इससे क्रुद्ध होकर पिता ने वशिष्ठ के कहने से उसे राज्यच्युत कर दिया और उसे त्रिशंकु का कुनाम दिया। यौवराज्य से च्युत होकर वह वन में रहने लगा। पिता के मरने पर भी वशिष्ठ ने उसे गद्दी नहीं सौंपी–स्वयं ही राज्यभार संभाला। इसी समय कान्यकुब्जपति विश्वामित्र ने राज्य पर चढ़ाई की और वशिष्ठ ने उन्हें शबरों और म्लेच्छों की मदद से पराजित किया। राज्यभ्रष्ट विश्वामित्र वन में जा छिपे, जहां त्रिशंकु ने उनकी बहुत सहायता की और उनके कुटुम्ब का पालन किया। अवसर पाकर विश्वामित्र ने त्रिशंकु को सिंहासन पर बैठाया और उसके यज्ञ में पुरोहित बने। त्रिशंकु के पुत्र महादानी और महाबली हरिश्चन्द्र हुए। इन्होंने दिग्विजय करके अश्वमेध किया और सोमपुर बसाया। उनके चिरकाल तक पुत्र नहीं हुआ तो उन्होंने वरुण की उपासना की और कहा कि मैं पुत्र की बलि दूंगा। पर जब रोहिताश्व का जन्म हो गया तो मोहवश राजा ने पुत्र की बलि नहीं दी। वशिष्ठ की सलाह से वह सात बार वन को भाग गया और लौट आया। बाईस वर्ष बाद हरिश्चन्द्र को जलोदर का रोग हुआ और वह समझ गया कि यह वचनभंग का दंड है। अंत में राजपुत्र के स्थान पर भार्गववंशी वेदर्षि अजीगर्त के पुत्र शुनःशेप को हजार गाय देकर मोल लिया गया और उसकी बलि देकर यज्ञ करने का आयोजन हुआ। बदनामी से बचने के लिए वशिष्ठ इस यज्ञ के पुरोहित नहीं बने–अयास्य आंगिरस को पुरोहित बनाया गया। बालक शुनःशेप को लाल वस्त्र पहनाकर बलियूप से बांध दिया गया। परन्तु कोई यज्ञकर्ता उसके वध को राजी न हुआ। तब अजीगर्त ही सौ गाय लेकर वध करने को राज़ी हो गया। पीछे जब विश्वामित्र को यह सूचना मिली तो वे आए। वास्तव में यह बालक उनका भांजा था और उन्होंने बड़े झंझटों के बाद उसे बलिदान से बचाया। अब इस समझ इस गद्दी पर रोहिताश्व राज्य कर रहे थे।

सूर्यवंश की दूसरी शाखा–सगर-वंश ने दशरथ-काल से कुछ ही पूर्व मध्य-भारत में अपनी गद्दी स्थापित की थी। इस वंश का प्रथम राजा बाहु था जिसे हैहय तालजंघ ने परास्त किया था। बाहु राज्यच्युत हो अग्नि और्व के आश्रम चला गया था। वहीं सगर का जन्म हुआ। बाहु तो वहीं स्वर्गगत हुए और सागर ने अपने प्रयत्न से राज्य प्राप्त किया तथा न केवल हैहय को जीता, अपितु अपना राज्य भी बहुत बढ़ा लिया। हैहयों के परम्परागत शत्रु अग्नि और्व ने इन्हें भारी सहायता दी। सगर ने हैहयों की सारी ही शंकाओं का मूलोच्छेद कर दिया तथा अपना महासाम्राज्य-विस्तार किया। इनकी कमान में साठ सहस्र योद्धा थे। इन्हीं के तीन पीढ़ी के नरेश–

अंशुमान्, दिलीप और भगीरथ चार नदियों को खोदकर और मिलाकर गंगा को मैदान में लाए थे। अंशुमान् राजर्षि थे। उन्होंने अश्वमेघ और राजसूय यज्ञ किया। इस समय इस गद्दी पर भगीरथ या उसका पुत्र आसीन था।

दक्षिण कोशल राजवंश की गद्दी पर ऋतुवर्ण के प्रपौत्र कल्माषपाद थे, जिन्होंने राक्षस धर्म स्वीकार कर नर-मांस खाना आरम्भ कर दिया था। इन्होंने अपने राजगुरु वशिष्ठ के पुत्र शक्ति तथा निन्यानवे परिजनों को विश्वामित्र के भड़काने से खा डाला था। इन्हीं कल्माषपाद की पत्नी में वीर्यदान कर वशिष्ठ ने पुत्र उत्पन्न किया था। कल्माषपाद के बाद इस राजवंश की दो शाखाएं हो गई थीं। निषध-विदर्भ दक्षिण कोशल और दशार्ण, दोनों राज्यों की सीमाएं परस्पर मिलती थीं। सूर्यवंश की अन्य शाखाओं का उल्लेख अन्यत्र आ चुका है। अयोध्या, श्रावस्ती और साकेत सूर्यवंश की प्रधान राजधानियां थीं। संक्षेप में इस समय उत्तर कोशल राज्य पर राम के स्थानापन्न भरत, हरिश्चन्द्र-शाखा पर रोहिताश्व, सगर-शाखा पर भगीरथ, दक्षिण कोशल गद्दी पर कल्माषपाद, विदेह मैथिल में सीरध्वज, मैथिल संकाश्य-शाखा पर धर्मध्वज, वैशाली में प्रमति और शर्याति राज्य पर मधु राक्षस राज्य करता था। सूर्यवंश की इन गद्दियों के अतिरिक्त जो राजवंश थे उनमें चन्द्रवंश प्रमुख था। इसकी मुख्य गद्दी प्रतिष्ठान में सारभौम, विदर्भ में धृतिमन्त, उत्तर पांचाल–सुदासवंश में सोमक, दक्षिण पांचाल में रुचिराश्व, मगध में सुधन्वा, कान्यकुब्ज में ऋतुराज, मालव में दुर्जय, विदर्भ में सुबाहु और उत्तरी बिहार में मरुत् के वंशधर राज्य करते थे। अंग में लोमपाद और उत्तर-पश्चिम में कैकय थे।

दैत्यों, राक्षसों और असुरों में–रावण और मधु। ऋषियों में वशिष्ठ, विश्वामित्र, वामदेव–नारद ऋष्यश्रृंग, मित्रयु काश्यप, सायकाश्व, देवराट् मधुच्छन्दस, प्रतिदर्श, गृत्समद, अगसा, अलर्क, भरद्वाज आदि प्रमुख थे।

दशरथ को वृद्धावस्था तक कोई सन्तान नहीं हुई, वार्धक्य में चार पुत्र हुए। दशरथ की तीनों पत्नियों में बड़ी कौशल्या तो कोशल-वंश की ही कन्या थी। वह दक्षिण कोशलाधिपति भानुमान् की पुत्री थी। इसलिए यह वंश आर्य भी था, मानव भी था, सूर्यवंश भी था। इसके सब आचार-विचार अनुकूल थे। दूसरी मगध के राजा की पुत्री थी, जो कदाचित् दशरथ का करद राजा था। परन्तु कैकेयी की बात इन सबसे पृथक् थी। वह उत्तर-पश्चिमी आनवनरेश की लड़की थी। पाठकों को स्मरण होगा कि सम्राट् ययाति के बंटवारे में अनु को गंगा-यमुना-द्वाबे का उत्तरी भाग मिला था। इस वंश की इक्कीसवीं पीढ़ी में महामानस चक्रवर्ती हुए और उन्होंने सारे पंजाब को जीत लिया। उन्हें सप्तद्वीपपति तथा सप्तसागरों का स्वामी कहते

थे। इनके पिता जनमेजय को मान्धाता ने हराया था। उस समय यह वंश दो खण्डों में होकर कुछ पश्चिम को और कुछ पूर्व को चला गया था। महामानस पश्चिम की ओर जाने वालों में थे। इनके वंश ने सिन्धु सौवीर, केकय, भद्रवाल्हीक, शिवि और अम्बष्ठ राज्य स्थापित किए। इनमें केकय प्रमुख थे। महामानस के पुत्र उशीनर और तितिक्षु थे। उशीनर ने पहले अवनीरस अपनी राजधानी बनाई थी। इनके राज्य-मण्डल में यौधेय, अम्बष्ठ, नवराष्ट्र और कुमिला की रियासतें भी सम्मिलित थीं। उशीनर के पुत्र शिव थे, जिन्होंने कपोतों को शरण दी थी। इनके चार पुत्रों ने फिर पश्चिम की ओर बढ़कर वृषदर्भ, केकय, मद्र और सौवीर राज्यों की स्थापना की थी। इस समय सम्पूर्ण पंजाब इन्हींके अधिकार में था। केकय-नरेश आनव दशरथ की टक्कर के प्रबल स्वतन्त्र नरेश थे। इनकी पुत्री कैकेयी तथा पुत्र युधाजित् थे। कैकेयी मानवती, सुन्दरी, गरिमावती और ठसकदार रानी थी। बड़े राजा की बेटी होने के कारण उसका मान भी बहुत था। सबसे छोटी, सुन्दरी और गुणवती होने के कारण वार्धक्य में राजा उसे प्यार भी बहुत करते थे। उसका अपना अलग महल, नौकर-चाकर, दास-दासी थे। वह स्वतन्त्र प्रकृति की स्त्री थी। युद्ध और आखेट में राजा के साथ जाती थी। यह वास्तव में कुछ तो पितृकुल का प्रभाव था–और कुछ 'वृद्धस्य तरुणी भार्या' का मामला था।

परन्तु सबसे महत्त्वपूर्ण और कठिनाई की एक बात थी। जब वृद्धावस्था होने पर भी दोनों रानियों से कोई सन्तान नहीं हुई, तब उन्होंने केकय राजा की पुत्री मांगी। केकय राजा ने इस शर्त पर पुत्री देना स्वीकार किया कि दशरथ से उत्पन्न कैकेयी का पुत्र कोशल राज्य का उत्तराधिकारी होगा। हम बता चुके हैं कि आर्यों की परिपाटी पितृकुल की थी तथा वहां स्त्री का कोई महत्त्व न था पति ही पुत्र का स्वामी होता था, परन्तु संभवतः आनव-कुल आर्यों की इस मर्यादा को नहीं मानता था। इससे उसने यह प्रण रखा कि यदि दशरथ उसकी पुत्री के पुत्र को ही उत्तराधिकार दें तभी वह अपनी पुत्री दशरथ को देगा; नहीं तो नहीं। दशरथ ने उस समय केकय महाराज की बात स्वीकार कर ली। कुछ इस विचार से भी कि पूर्व पत्नियों से सन्तान न होने ही से तो यह विवाह किया जा रहा है। इसलिए यह तो होगा ही कि उसीका पुत्र उत्तराधिकारी होगा। कुछ कैकेयी का रूप-वैभव, उसके पिता का वरिष्ठ कुल भी काम कर गया। दशरथ ऐसी ही प्रतिज्ञा करके कैकेयी को ब्याह लाए।

परन्तु दैव-प्रभाव से जब सन्तान हुई तो तीनों रानियों को हुई और ज्येष्ठ राम थे–जो ज्येष्ठ रानी के पेट से पैदा हुए थे। बड़े होने पर राम रूप-गुण-शील और

शौर्य में भी सब भाइयों में श्रेष्ठ रहे। धीरे-धीरे दशरथ का सबसे अधिक मोह राम पर ही रहा और अब दशरथ को कैकेयी से की हुई वह प्रतिज्ञा खलने लगी। वे मन ही मन राम ही को राज्य का उत्तराधिकार देने की सोचने लगे।

राम के ऊपर विशेष प्रीति तो इसका कारण ही थी—और भी बातें थीं। राजा बाहरी वंश की लड़की के लड़के को कोशल का राज्य नहीं देना चाहते थे। राम का मातृ-कुल भी कोशल ही था, मानव था, आर्य था, इससे उन्हें राम ही यौवराज्य के योग्य जंचे। यद्यपि राम जन्मत: भी सब भाइयों में बड़े थे, ज्येष्ठा महिषी के पुत्र थे। यह भी बात राम के पक्ष में आती थी, परन्तु कदाचित् उस काल तक ज्येष्ठ पुत्र को ही राज्य मिले—यह नियम दृढ़बद्धमूल नहीं हुआ था। कोई भी पुत्र राज्य का अधिकार योग्यता के आधार पर पा सकता था। यदि आप पुराणों में वर्णित वंशावलि को ध्यान से देखें तो आपको ज्ञात होगा कि वंशावलियों के सम्बन्ध में पुराणों में सर्वत्र ही पिता के बाद पुत्र का स्थान नहीं है, किन्तु वह नाम दिया है जो पिछले व्यक्ति के बाद उत्तराधिकारी होता था। वह व्यक्ति भी सदैव पिछले व्यक्ति का पुत्र नहीं होता था, अपितु भाई, भतीजा, पौत्र अथवा अन्य सम्बन्धी भी हो सकता था।

जब जनकपुर में धनुष-यज्ञ के बाद चारों भाइयों के विवाह सम्पन्न हो गए, तब ताड़कावध, धनुर्भंग और भार्गव परशुराम के पराभव के वृत्तान्त ने राम के महत्त्व और गौरव को बहुत बढ़ा दिया। अब दशरथ ने यह दृढ़ धारण बना ली कि जैसे बने, राम को उत्तराधिकार दिया जाए। विवाह के कुछ दिन बाद राम सीता-सहित अपने ससुराल जनकपुर चले गए और कई वर्ष वहीं रहे। इसके बाद जब राम अयोध्या लौटे तो भरत के मामा युधाजित् भरत, शत्रुघ्न और उनकी वधुओं को लेकर उनकी ननिहाल केकय ले गए तथा वे बहुत दिन तक वहीं रहे। यही अवसर दशरथ ने अपनी मनोकामना पूरी करने को ठीक समझा। उन्होंने सभी अधीन राजाओं, रईसों, छत्रधारी नरपतियों को अयोध्या में निमन्त्रित किया। अनेक ऋषिगणों को बुलाया, केवल भरत के मामा-नाना को यह खबर नहीं भेजी। न जनक ही को सूचना दी। जब राजा और राजवर्गी पुरुष, ऋषि और विद्वान् एकत्र हो गए तो दशरथ ने उनके समक्ष अपना प्रस्ताव रखा। उन्होंने कहा—"रघु से लेकर हमारे सभी पूर्वजों ने प्रजा का पुत्रवत् पालन किया है, उन्होंने सदैव प्रजा के हित का ध्यान रखा। मैंने भी यथासामर्थ्य प्रजा को सब प्रकार की सुविधाएं दीं। उनके दुःख को अपना दुःख और उनके सुख को अपना सुख समझा। मेरी इच्छा है कि भविष्य में प्रजा इससे भी अधिक सुखी और समृद्ध हो। किन्तु मैं अब वृद्ध हो चला हूं। मेरे शरीर के अवयव शिथिल हो गए हैं, मुझे अब शान्ति चाहिए। अब

मैं अपने ज्येष्ठ पुत्र राम को अपने स्थान पर नियुक्त कर विश्राम चाहता हूं। राम राजोचित सभी गुणों से परिपूर्ण है। वह धीर है, वीर है, उदार है और धर्मात्मा है। वह पराक्रमी, साहसी, बलवान्, तेजस्वी और प्रभावशाली है। अब यदि आप ठीक समझें तो मैं कल प्रातः काल पुष्य नक्षत्र के शुभ योग में आपकी साक्षी में राम को यौवराज्य दूं? आप मेरे इस प्रस्ताव पर भली भांति विचार कर लें तथा अपने स्वतन्त्र विचार प्रकट करें।"

पाठक देख सकते हैं कि दशरथ ने अपना प्रस्ताव कैसी युक्ति और गम्भीरता से उपस्थित किया था। राम के श्रेष्ठ गुणों का बखान करने के साथ ही उनके ज्येष्ठ होने की ओर भी संकेत किया था। इस सम्बन्ध में वशिष्ठ, वामदेव और विश्वामित्र जैसों की स्वीकृति तथा संकेत था। इस कारण सभी राजाओं ने रामराज्याभिषेक का सोल्लास समर्थन किया। निस्सन्देह राम के विरोध का कोई कारण भी न था। दशरथ की प्रतिज्ञा तो सबपर विदित न थी। परन्तु राजनीति-विचक्षण दशरथ ने सबका समर्थन पाकर फिर पूछा–"आप लोग केवल मेरी प्रसन्नता के निमित्त ही यह प्रस्ताव स्वीकार करते हैं या कि आपने भी राम के उदार गुणों पर विचार किया है?"

तब राजाओं के प्रतिनिधियों ने सर्वसम्मति से कहा–"राम वास्तव में सत्यवादी, एक सफल व्यक्ति के सब गुणों से परिपूर्ण, धर्मात्मा, धीर, वीर, पराक्रमी, तेजस्वी, साहसी, शक्तिमान्, उत्साही, उदार, मृदुभाषी, बुद्धिमान्, सच्चरित्र, प्रजापालक और जनरक्षक हैं। वे सर्वगुणसम्पन्न हैं। वे संसार के सभी जीवों को प्रिय हैं। शत्रु का मानमर्दन करने तथा उसे विजय करने का उनमें अदम्य सामर्थ्य है। वे अद्भुत पराक्रमी हैं। उनके समान देव, नाग, गन्धर्व, किन्नर, दैत्य, दानव, आर्य आदि वंशों में कोई नहीं है। हम सभी हृदय से यही चाहते हैं कि राम का शीघ्रातिशीघ्र यौवराज्य अभिषेक कर दिया जाए। हमारे कल्याण के निमित्त आप राम का यौवराज्य पद शीघ्र दे दें।"

राजपुरुषों के ये वचन सुनकर दशरथ ने कहा–"आप धन्य हैं! आपके विचार स्तुत्य हैं। मैं आपसे सहमत हूं। आजकल चैत्र मास है, वसन्त का आगमन हो चुका है। चारों ओर वन-उपवन-वाटिका पूर्ण पल्लवित और पुष्पित हैं। वृक्ष-पादप-लताएं सभी हरी-भरी फल-फूलों से लदी हुई हैं। खेत हरे-भरे और धान्यों से परिपूर्ण हैं। कल पुष्य नक्षत्र है। आपकी अनुमति ही से राज्याभिषेक की सामग्री प्रस्तुत की जाए।"

इसका सभीने अनुमोदन किया। तब दशरथ ने अपने गुरु और मन्त्री वशिष्ठ से करबद्ध होकर कहा–"अब आप सब सामग्री प्रस्तुत कर यह अनुष्ठान कल ही

पूरा कर दीजिए।" इसके बाद दशरथ ने सब मन्त्रियों को, नगर-निवासियों तथा समागत जनों का भव्य स्वागत और आतिथ्य करने का आदेश दिया। सुमन्त दशरथ के मित्र, मन्त्री और राज्य के परम हितैषी थे। अब तक सभी राजकुमारों ने की देख-रेख, शिक्षा-दीक्षा उन्हीं के अधीन थी। अब सुमन्त्र के द्वारा राम को बुलाकर महाराज दशरथ ने कहा–"रामचन्द्र, तुम मेरे तथा अपनी माता के प्रिय हो, समस्त प्रजा के प्राणाधार हो। कल पुष्य नक्षत्र में मैं तुम्हें यौवराज्य-विभूषित करना चाहता हूं। सभी राजा-राजवर्गी इसमें सहमत हैं। मैं तुम्हें तुम्हारे हित की सीख देता हूं। तुम सदैव जितेन्द्रिय रहना, बुरे व्यसनों से दूर रहना, समुचित रीति से प्रजा का न्याय करना, सेना को सन्तुष्ट रखना, कोष में सदैव स्वर्ण-रत्न भरपूर रखना, अपने कर्मचारियों, भृत्यों, दासों, सेवकों और दासियों को सुखी रखना।"

इतना कहकर राजा प्रेमाश्रु बहाने लगे। फिर पुत्र को छाती से लगाकर बोले–"पुत्र, मैंने इस दीर्घायु से बहुत अनुभव पाया। संसार का मुझे यथावत् ज्ञान है। प्रत्येक बात का मुझे पूरा अनुभव है। मैं अब एक क्षण का भी विलम्ब इस कार्य में नहीं करूंगा। कल ही मैं यह शुभ कार्य पूरा करूंगा। मनुष्य के विचार सदैव एक-से नहीं रहते, उनमें परिवर्तन होता ही रहता है। इससे मैं अब अधिक सोच-विचार में समय नष्ट करना नहीं चाहता। इसीसे मैं निश्चय ही कल यह काम पूरा करूंगा। आज रात तुम और वधू सीता उपवास करो तथा शय्या पर कुश बिछाकर शयन करो। रक्षकगण पूर्णतः सतर्क और सचेत रहें तथा सुमन्त रात-भर जाग कर स्वयं तुम्हारी रक्षा करें। मैं जानता हूं शुभ कार्यों में बहुत विघ्न आते रहते हैं। तुम्हारे भाई ननसाल गए हैं। मेरी इच्छा है कि उनके आने से पूर्व ही तुम्हें युवराज बना दूं। यद्यपि भरत तुम्हारा अनुयायी है, फिर भी मनुष्य-स्वभाव चंचल है।"

पिता की यह सीख सिर धर, राम उनके चरणों में सिर झुका अपने आवास को चल दिए।

76 मन्थरा का कूट तर्क

देखते ही देखते यह समाचार अयोध्या में व्याप गया। नगर जन हर्षोमत्त हो गए। अयोध्या में मंगल-वाद्य बजने लगे। राजमार्ग सज गए। नगर-भवनों

पर वंदनवार-कलश पताकाएं सुशोभित हो गए, पुष्प-मालाओं-तोरणों से समस्त गृह सम्पन्न हो गए। मंगल-गान, वेणुवाद्य, शंख आदि बजने लगे। राजमार्ग दर्शकों से भर गया। वारांगनाएं नृत्य करने लगीं। विविध होम-पूजा और मंगल-अनुष्ठान होने लगे। सुरभित-सुगन्धित पदार्थों की गन्ध से दिशाएं महक उठीं। हर मुंह में राम के राज्यभिषेक की चर्चा थी। नगर-नागर राम की धीरता-वीरता, धर्मभीरुता, उत्साह, उदारता, सहृदयता, पितृभक्ति, विद्या-निपुणता आदि की चर्चा करने लगे।

भोर में राज्याभिषेक की तैयारी और उत्सव की शोभा को कैकेयी के सतखण्डे हर्म्य की छत से दासी-मन्थरा ने देखा। उसने देखा–पुरवासी आनन्द-कोलाहल कर रहे हैं। द्वार-द्वार पर ध्वजा-पताकाएं, पुष्प-मालाएं सुशोभित हैं, दर्शकों की भीड़ और चहल-पहल राजद्वार तक बढ़ गई है। राजद्वार पर विविध वाद्य बज रहे हैं। उसने नीचे आ राम की धाय से, जो पीले वस्त्रों से सुशोभित थी, पूछा–अरी, आज अयोध्या में यह कैसा उत्सव है? बड़ी रानी कौशल्या आज क्यों अन्न, वस्त्र, स्वर्ण, रत्न लुटा रही हैं? राजद्वार पर यह भीड़-भम्भड़ कैसा है? तब राम की धाय ने बताया–अरी मूर्खा, तू इतना भी नहीं जानती? सुना नहीं तूने, आज राम का राज्याभिषेक हो रहा है।

दासी से यह सूचना पा विकलांगी दासी मन्थरा क्रोध से थर-थर कांपने लगी। वह कैकेयी के पित्रालय की पुरानी दासी थी। कैकेयी को उसने गोद खिलाया था, दूध पिलाया था। शुल्क की बात वह जानती थी। आनव जाति की स्त्री-स्वाधीनता से वह परिचित थी। मानवों की कुल-मर्यादा, पुरुष-प्रधानता, स्त्री-दासत्व, इन सबसे उसे घृणा थी। वह बड़ी बुद्धिमती और तीखे स्वभाव की वृद्धा थी। रानी के मुंह लगी थी। वह दशरथ के विश्वासघात और वचन-भंग को देख अग्नि के समान भभक गई। उसने मन में कहा–भरत-शत्रुघ्न को ननिहाल भेजकर राजा ने यह अच्छी युक्ति निकाली है। वह अब अपने वचन को पूरा निबाहना नहीं चाहता। वह तीव्र गति से रानी कैकेयी के शयनागार में पहुंची, रानी कैकेयी अभी सो ही रही थी। वहां जाकर उसने रानी से कहा–"अरी रानी, क्या आज तेरी निद्रा भंग न होगी? क्या तू नहीं जानती कि तेरा भविष्य आज अन्धकार में डूब रहा है? तेरे ऊपर घोर संकट आनेवाला है। तेरे पाप का उदय हुआ है। उसका फल तुझे शीघ्र ही मिलने वाला है। राजा मीठी-मीठी बातें बना जाता है, तुझे पुष्पहार, आभूषण, रत्न मिल जाते हैं, तो तू समझती है–राजा तेरा ही है। पर मैं कहती हूं अरी अजान, तेरे साथ छल हो रहा है। कोरी प्रवंचना। धोखा–अरी रानी, तू धोखा खाएगी।"

मन्थरा दासी की ऐसी कटु व्यंग्योक्ति सुनकर रानी कैकेयी हंस दी। उसने हंसकर कहा–"अम्ब, आज क्या बात है, भोर ही में तू बक-झक कर रही है, किसने तुझे क्रुद्ध किया है, बोल? तेरा मुंह क्यों सूख रहा है? क्या कोई अमंगल हुआ है?"

कैकेयी की ऐसी मीठी बाणी सुनकर उसने कहा–"अमंगल और कैसा होता है भला! आज राम को यौवराज्य-अभिषेक हो रहा है और तू बेखबर तू सो रही है। तू समझती है, राजा तुझे बहुत प्यार करता है, पर आज तो वह कौशल्या को राज्यलक्ष्मी प्रदान कर रहा है। अब समझी मैं, इसीलिए उसने भरत को ननिहाल भेज दिया था। सोच तो, यदि राम राजा बन गया तो तेरा क्या हाल होगा? हाय, हाय, मैं तो इसी सोच में मरी जाती हूं। पर तू भी तो कुछ अपना बुरा-भला सोच, अपने पुत्र के हित के लिए अब भी सचेत हो–समय रहते सचेत हो!"

धात्री के ये वचन सुनकर कैकेयी ने कहा–"अम्ब, राम को यौवराज्य मिल रहा है, तो तू दुःख क्यों करती है? इसमें दुःख और शोक की क्या बात है भला, मैं तो राम और भरत में भेद नहीं समझती। राम और भरत दो नेत्र हैं। राम का राज्याभिषेक हो रहा है तो मैं प्रसन्न हूं। यह तो शुभ समाचार है। ले, यह रत्नहार, ये सब आभूषण, मैं तुझे पुरस्कार में देती हूं।" यह कहकर उसने प्रसन्नता से अपने सब रत्नाभरण उतारकर मन्थरा पर फेंक दिए। परन्तु कैकेयी के इस व्यवहार से मन्थरा और भी जल-भुन गई। उसने वे गहने पटक दिए और तमककर बोली–"अरी मूढ़, तेरी यह कुबुद्धि मुझे तनिक भी नहीं सुहाती। तू दुःख के स्थान पर सुख मना रही है, सौत का पुत्र राजा बने और तेरा पुत्र दास! इसकी तू खुशी मनाए, ऐसी तेरी बुद्धि है। अरी, यह राम-राज्य की सूचना नहीं है, हम लोगों की मृत्यु की सूचना है। आज राम राजा बनेगा और कौशल्या राजमाता बनेगी। तब तुम दासी की भांति हाथ बांध उसके सम्मुख आओगी। भरत राम का दास होगा। सीता रानी बनेगी और भरत की स्त्री माण्डवी उसकी दासी। यह सब तू अपनी आंखों से देख सकेगी? तुझे छोड़ और कौन बुद्धिमती स्त्री ऐसे अवसर पर प्रसन्न हो सकती है?"

वास्तव में कैकेयी राम को पुत्रवत् प्यार करती थी, उसके मन में तुच्छता का भान भी न था। वह अपने शुल्क की बात भी भूल गई थी। राजा का प्यार तथा अयोध्या का वैभव उसे प्रिय था। उसने बूढ़ी धाय मन्थरा के ऐसे वचन सुन नर्मी से कहा–"धातृमातः, तू स्नेह से ऐसा कहती है। परन्तु राम तो यौवराज्य के सर्वथा योग्य हैं। वह धर्मात्मा है, उदार, सत्यवादी और प्रजापालक है। वह तो मुझे ही अपनी माता समझता है, फिर भला भरत और राम में अन्तर क्या है? राम को राज्य मिलना भरत ही को राज्य जैसा है।"

रानी के ये वचन सुनकर मन्थरा ने कहा–"ठीक ही है। अभी तू नहीं समझेगी। पर जब राम का पुत्र गद्दी का अधिकारी होगा और भरत और उसके पुत्रों को कोई स्थान न मिलेगा तब सब कुछ तेरी समझ में आ जाएगा। अभी तो तुझे मेरी बातें बुरी लग रही हैं और सौत की उन्नति देखकर तू मुझे पुरस्कार दे रही पर तू यह भी तो सोच कि भरत को क्यों मामा के यहां भेज दिया गया। देश-देश के राजाओं को तो न्योता गया, पर तेरे पिता, भाई और पुत्रों को नहीं बुलाया गया। पर जब अपने और अपने पुत्र के सर्वनाश का यह सब षड्यन्त्र देखकर भी तेरी आंखें नहीं खुलतीं तो मुझे क्या? जब राम राजा हो जाएगा और तू भरत को ले एक कोने में दासी की भांति पड़ी रहेगी अथवा जब सौत कौशल्या के सम्मुख तुझे हाथ बांधकर खड़ा होना पड़ेगा, तब तुझे पता लगेगा कि मैंने तेरे हित की ही बात कही थी।"

मन्थरा के इस विष-वमन से कैकेयी का मन फट गया। धीरे-धीरे उसे उसकी सभी बातें ठीक प्रतीत होने लगीं। उसने धीरे से कहा–"तो अम्ब, तू क्या कहती है कि भरत का हित किस बात में है? मैं क्या करूं?"

बस, राम वन को जाए और भरत सिंहासन पर बैठे, यही तू कर। इसीमें तेरा और भरत तथा उसकी संतान का हित है। अरी इन आर्यों के परिवारों में माताओं की क्या मर्यादा है? ये तो पितृमूलक परिवार हैं। राम के राजा होते ही तेरा और तेरे पुत्र भरत के वंश का तो कहीं पता भी नहीं लगेगा। क्या इसी लिए तेरे पिता ने इस बूढ़े कामुक राजा को दो सौतों पर तुझे दिया था? क्या तेरे प्रतापी पिता की कुछ मर्यादा ही नहीं है? क्या तू नहीं जानती कि समूचे पश्चिमी-उत्तरी पंजाब और सुदूरपूर्व प्रदेशों में तेरे पिता और उनके सम्बन्धियों के राज्य फैले हैं? आर्यावर्त का यह कंटक ही तेरे पिता के सार्वभौम होने में बाधा है। ज्यों ही कोशल की मुख्य गद्दी पर तेरा पुत्र बैठेगा, आर्यावर्त में फिर तेरे ही पिता और पुत्र के वंश का डंका बजेगा। तेरे पुत्र का कुल कितना समृद्ध और लोकविश्रुत होगा, यह तो तनिक विचार!"

"तो अम्ब अब तू ही उपाय कर, जिससे मेरे पुत्र भरत को कोशल का राज्य मिले और राम वन को जाए। बता, कैसे हम सफल-मनोरथ होंगे?"

मन्थरा ने कहा–"इसमें क्या है! राजा ने यही वचन देकर तुझे ब्याहा था कि तेरा ही पुत्र राज्य का उत्तराधिकारी होगा। सो यदि राजा को अपने वचन की चिन्ता नहीं है, तो तेरा भाई आनव-नरेश युधाजित् खड्गहस्त है। इन मानवों को हम समझ लेंगे। किसका सामर्थ्य है जो तेरे वीर भाई से लोहा ले सके? फिर अभी तो राजा का वचन और तेरा प्यार है। सो तू वस्त्राभरण, अलंकार त्याग, कोप-भवन

में जा, मौन हो भूमि में पड़ी रह। इस बूढ़े कामुक राजा की क्या मजाल जो वह तेरे कोप को सहन करे! फिर तू खुल्लमखुल्ला उसके वचन-भंग का भण्डाफोड़ कर दे। राजा अपने को सत्यप्रतिज्ञ समझता है। वचन-भंग का लांछन सहन नहीं करेगा। यदि करेगा तो उसके सिर पर युधाजित् का खड्ग है ही। दशरथ की प्रतिज्ञा की और तेरी विवाह-शुल्क की बात जब लोग जान जाएंगे तो किसीको भी तेरा विरोध करने का साहस न होगा।"

"राजा तेरी बहुत लल्लोपत्तो करेगा, रत्नाभरण देगा, तू सभीको ठुकरा देना। बस यही मांगना–भरत को राज्य और राम को वनवास। भरत के राज्य करने पर प्रजा भरत से प्रेम कर उठेगी और सबको भूल जाएगी। भरत निश्चल होकर राज्य करेंगे और तू भविष्य में कोशल-राजमाता कहाकर पूजित होगी। तेरी सौतें और उनके पुत्र तेरे सेवक होंगे, फिर तू उनपर चाहे जितना अनुग्रह करना।"

"ठीक है धातृमातः, अब मैं तेरी ही बात मानूंगी। कह, मैं क्या करूं?"

"बस, विलम्ब न कर। जैसे मैंने कहा, वैसे ही कर पर सचेत रह, मतलब से मतलब रख। राजा की बातों में न भूल।"

77 कैकेयी का स्त्री-हठ

सुन्दरी रानी कैकेयी ने यही किया। मलिन वस्त्र पहन, बाल बिखेर, निराभरण हो, कोप-भवन में जाकर भूमि पर लेट गई।

राजा दशरथ प्रसन्न थे। क्षण-क्षण पर वे आदेश दे रहे थे। वशिष्ठ, वामदेव, विश्वामित्र आदि ऋषि अभिषेक-सामग्री जुटा रहे थे। राज-प्रासाद की पौर पर दुन्दुभि बज रही थी। रनवास में अन्न-वस्त्र, धन-रत्न दान किया जा रहा था। अभ्यागतों, अतिथियों तथा ऋषियों से राजद्वार पटा पड़ा था। सुमन्त्र सबका यथोचित सत्कार कर रहे थे। इसी समय राजा को संदेश मिला कि देवी कैकेयी कोपभवन में चली गई हैं।

देवी कैकेयी का राजमहालय अति भव्य था। उसमें सभी प्रकार के सुख-साधन उपस्थित थे, वह भवन स्वर्ग के समान प्रकाशवान् था। सब ऋतुओं के अनुकूल सभी भांति की सुख-सामग्री उस विलास-कक्ष में थी। परन्तु राजा ने आकर देखा,

महल सूना पड़ा है। पुष्पाधार भूमि पर लुढ़क रहे हैं। गन्ध-द्रव्य धूपदानों में नहीं जल रहे हैं, मंगल-कलश इधर-उधर लुढ़क रहे हैं। वस्त्रसज्जा सब अस्त-व्यस्त छितराई पड़ी है। वह स्वर्गीय भवन नरक-तुल्य हो रहा है। दासियों ने भयभीत मुद्रा में संकेत द्वारा राजा को बताया कि देवी कोप भवन में पड़ी हैं।

राजा ने वहां जा कोप भवन में पड़ी रानी को देखा और दुःखी होकर कहा–"प्रिये, किसने तेरा अहित किया, तुझे क्या दुःख है? क्या मैं तेरा कुछ प्रिय कर तुझे प्रसन्न कर सकता हूं? तूने यह अपनी ऐसी दुर्दशा क्यों कर रखी है? कह मैं तुझे प्रसन्न करने के लिए क्या करूं?" इतना कह राजा उंगलियों से उसके केशपाश सहलाने लगा।

फिर उसने कहा–"तू तो मेरी सर्वस्व है! मैं तुझे ऐसे दीन वेश में इस प्रकार भूमि पर लोटते नहीं देख सकता हूं। मैंने तो सदा तेरा हित किया–सदा तेरी प्रसन्नता का ध्यान रखा। अब भी तेरे लिए मैं सब कुछ करने को तैयार हूं। तू कथनीय कह।"

तब रानी कैकेयी ने कहा–"देव, मुझे किसीने न क्रोधित किया है, न अपमानित। मैं आपसे केवल अपना प्राप्तव्य मांगना चाहती हूं। मेरे हृदय में कुछ मनोरथ है, संकल्प है। मेरी कुछ अभिलाषा है, मैं चाहती हूं, आप वचन दें–प्रतिज्ञा करें। मैं तभी अपना मनोरथ आपसे कहूं।"

रानी के वचन सुन राजा ने हंसकर उसके बाल सहलाते हुए कहा–"तू तो जानती ही है कि तू मुझे कितनी प्रिय है। राम के बाद यदि कोई मेरा प्रिय हो सकता है तो वह तू ही है, अतः राम की शपथ खाकर कहता हूं कि तू अपना मनोरथ कह, मैं अवश्य पूर्ण करूंगा। मेरी इस प्रतिज्ञा के साक्षी सूर्य, चन्द्र, देव, ऋषि, पितृगण हैं। रघुवंशी कभी अपनी प्रतिज्ञा से नहीं टलते हैं, सो तू जान।"

कैकेयी राजा के वचन सुनकर बोली–"आप प्रतापी इक्ष्वाकु वंश के शिरोमणि नरपति हैं और आपका वचन अभंग है। ऐसा ही आपने कहा है, तो मैं आपको स्मरण दिलाती हूं कि आपने मेरे साथ यह शर्त करके विवाह किया था कि मेरा ही पुत्र आपकी गद्दी का उत्तराधिकारी होगा। इसके अतिरिक्त देवासुर-संग्राम में आपने मुझे दो वचन दिए थे, वे भी आपके पास धरोहर हैं। अतः अब इस प्रकार आप अपने वचन से उऋण हो जाएं कि मेरा पुत्र भरत राजा हो और राम आज ही वन जाएं और वहां चौदह वर्ष वनवासियों का जीवन व्यतीत करें।"

राजा दशरथ कैकेयी के ये वचन सुनते ही मूर्छित होकर धरती पर गिर गए। चेतना आने पर धिक्कार-धिक्कार उच्चारण करते हुए फिर मूर्छित हो गए। परन्तु

चैतन्य होकर फिर बोले–"अरी कुलनाशिनी तूने यह क्या किया? तू मेरे मनोरथ को फूलते-फलते देख उसे समूल नष्ट कर रही है। अरी, राम ने तो अपनी माता से भी अधिक सदा तेरी सेवा की है। मैंने तेरे वचन पर विश्वास किया, यह मेरा ही दोष है। देख मैं दीन की भांति तेरे चरणों पर गिरकर तुझसे भीख मांगता हूं कि तू इस भयानक निश्चय को बदल दे।"

राजा की ऐसी कातरोक्ति सुनकर रानी ने प्रचण्ड क्रोध करके कहा– "महाराज, आपको यदि वचन देकर उसका पालन करने में दुःख होता है, तो जाने दीजिए। पर अब तुम पृथ्वी पर धर्मात्मा और सत्यवादी नहीं कहलाओगे। अब तुम्हीं सोच लो कि कैसे इस लज्जा के भार को सहन करोगे? अरे, इससे तो तुम्हारा पवित्र रघुकुल ही कलंकित हो जाएगा। तुम्हारे ही कुल में ऐसे बहुत राजा हुए हैं जिन्होंने प्राण देकर भी वचन का पालन किया है। सो राजन्, यदि तुम्हें यश प्रिय नहीं है और तुम अपने वचन से मुकरना चाहते हो तो तुम ऐसा ही करो। परन्तु मैं और मेरे पुत्र तुम्हारे दास बनकर नहीं रहेंगे। मैं तो आज ही विषपान कर प्राण दूंगी और मेरा समर्थ भाई तुमसे मेरा भरपूर शुल्क लेगा। मैं भरत की शपथ खाकर कहती हूं कि मैं किसी भांति और दूसरे उपाय से सन्तुष्ट नहीं हो सकती। सो तुम समझ लो।"

ऐसे कठोर और निर्मम वचन सुन राजा दशरथ अनेक विधि विलाप करने लगे। उन्होंने कहा–"दूर देश से जो राजा आए हैं, वे क्या कहेंगे! अब मैं कैसे उन्हें मुंह दिखा सकता हूं! अरी, कुछ तो सोच, कुल की प्रतिष्ठा और राम की ओर देख। राम से तेरा इतना विराग क्यों है?"

परन्तु जैसे सूखा काठ मोड़ा नहीं जा सकता, उसी प्रकार कैकेयी पर इन बातों का कोई प्रभाव नहीं पड़ा। उसने कहा–"महाराज आप, धर्मात्मा और दृढ़प्रतिज्ञ हैं। सारा संसार आज तक आपको सत्यप्रतिज्ञ समझता है, सो आप आज उस प्रतिज्ञा को भंग करके कलंकित होना चाहते हैं।"

यह सुन राजा घायल हाथी की भांति भूमि पर गिर गया। वे अनुनय करके कहने लगे–"लोग कहेंगे, स्त्री के कहने से पुत्र को वन भेज दिया। हाय, मैं पुत्र रहित ही क्या बुरा था? अरी रानी, कुछ तो विचार कर, अयोध्या की ओर देख, इस वंश की ओर देख, तू राम ही को राजा होने दे। वशिष्ठ, वामदेव सभी की यही सम्मति है और प्रजा भी यही चाहती है। भरत भी यही पसन्द करेगा, तू हठ न कर!"

परन्तु रानी न मानी। महल के बाहर बन्दी-भाट यशोगान कर रहे थे, वाद्य बज रहे थे, गलियों और सड़कों पर चन्दन-केसर छिड़का जा रहा था। ध्वजा-

पताकाएं फहरा रही थीं और भूमि में पड़े कराहते हुए राजा से रानी कह रही थी–"राजन्, तुम्हारा गौरव, यश, प्रतिष्ठा, मान, बड़ाई इसीमें है कि सत्य का पालन करो। राम को आज ही वन भेजो और भरत को अभी राज्य दो।"

78 वन-गमन

अन्ततः पूर्वदत्त वचनों के बल पर कैकेयी ने चौदह वर्ष के लिए राम-वनवास! और भरत के लिए राज्य-भोग लिया। राम को वन जाना पड़ा। सीता और लक्ष्मण प्रेम-वश उनके साथ गए। दुःख, क्षोभ और ग्लानि से दशरथ ने प्राण त्यागे। भरत ने राम को लौटाने के बहुत प्रयत्न किए, पर सफल न हुए। तब वे राम के प्रतिनिधि-रूप हो राज्य करने लगे। राम दस मास चित्रकूट में रहकर दण्डकारण्य चले गए तथा वहां बारह वर्ष पंचवटी में रहे। यहां जन-स्थान में अगस्त्य से उनकी भेंट हुई। यहीं उन्हें राक्षसों का विकट साम्मुख्य करना पड़ा। अगस्त्य का इस समय दक्षिणारण्य में भारी प्रताप था। उन्होंने अनेक राक्षसों को मारा था। राक्षसों से उनके आए दिन झगड़े होते रहते थे। वे बड़े प्रतापी ऋषि थे। इनकी पत्नी वैदर्भी लोपामुद्रा थी तथा इनका आश्रम सब भगेडुओं का–आर्यों का आश्रय-स्थल था। ये दोनों ही पति-पत्नी वेदर्षि थे। इन्होंने अरब सागर के जल-दस्युओं को मारकर जल-व्यापार निष्कंटक किया था। राम को अगस्त्य से तथा अगस्त्य को राम से बहुत सहायता मिली।

दण्डकारण्य में रहते हुए राम को सर्वप्रथम विराध राक्षस का विकट सामुख्य करना पड़ा। ऋषियों ने उन्हें इस तेजस्वी राक्षस से सावधान कर दिया था। यह विराध पहले गन्धर्व था और इसका नाम तुम्बुरु था। यह लंका में कुबेर का कोई सेनानायक था। बाद में कुबेर से बिगड़कर यह रावण के प्रभाव में आ राक्षस हो गया था तथा रावण के एक सेनानायक के समान दण्डकवन में रहता था। यह तपस्वियों, ऋषियों, आर्यों तथा उनकी यज्ञ-विधियों का घोर शत्रु था। यह महाबली, अजेय योद्धा था। इसके शरीर में दस हाथियों का बल था। एक बार वन में मृगया करते हुए अचानक ही राम की भेंट इस राक्षस से हो गई। यह राक्षस उस समय व्याघ्रचर्म कमर में लपेट अपना आखेट कर एक शूल व्याघ्र, हिरण और सिंह का

सिर लटकाए लौट रहा था। उसके आतंक और गर्जन से वन आतंकित हो रहा था। ज्यों ही उसने राम, सीता और लक्ष्मण को सम्मुख आते देखा तो सहसा रुककर कहा–"अरे, तुम कौन नवागन्तुक यहां दण्डकवन में निर्भय घूम रहे हो? तुम्हें तो मैं यहां प्रथम बार ही देख रहा हूं। यह क्या बात है–तुम्हारे सिर पर तो तपस्वियों के समान जटाजूट है, पर कन्धे पर धनुष और साथ में स्त्री क्यों है? स्त्री-सहित तपस्वियों का इस प्रकार घूमना बड़े कलंक की बात है। मुझे तो तुम लोग कोई कपटी तपस्वी प्रतीत होते हो। मैं विराध राक्षस हूं और तुम जैसे पाखण्डी तपस्वियों का आखेट करना ही मेरा कार्य है। आज मैं तुम दोनों पापिष्ठों का रक्तपान करूंगा और यह सुन्दरी मेरी स्त्री बनेगी।"

यह कहकर उसने लपककर सीता को अपनी बगल में दबोच लिया और अपना शूल हवा में घुमाता तथा चीत्कार करता हुआ वन की ओर चल दिया। सीता उसके अंक में जाते ही भय से मूर्छित हो गई। यह देख राम एकदम व्याकुल और किंकर्तव्यविमूढ़ हो गए। वे विलाप करके कहने लगे–"हे भाई, जिस अभिप्राय से कैकेयी ने मुझे यहां वन में भेजा था, वह आज पूरा हो गया। देखो, मेरे देखते ही देखते यह दुरात्मा मेरी पत्नी का हरण किए जा रहा है।"

परन्तु लक्ष्मण ने वीर-दर्प से कहा–"आर्य, कातर न हों, मैं अभी इस दुरात्मा को मार गिराता हूं।" इतना कह उन्होंने तीखे बाणों से विराध पर निरन्तर प्रहार करने आरम्भ किए। लक्ष्मण के बाणों से विद्ध हो वेदना से व्याकुल वह राक्षस क्रोध से सीता को भूमि पर पटक लक्ष्मण की ओर झपटा। इसपर राम ने बाणों की वर्षा करके उसका अंग छलनी कर दिया। तब वह अपना तेजोमय शूल लेकर इन दोनों भाइयों पर टूट पड़ा और दोनों भाइयों को कमर से पकड़कर कांख में दबा चल दिया। यह देख सीता ज़ोर-ज़ोर से आर्तनाद करने लगी और कहने लगी–"अरे राक्षस, तू उन्हें छोड़ दे और मुझे ले चल उधर लक्ष्मण ने उसकी बाईं भुजा उखाड़ ली। भुजा टूटते ही लक्ष्मण उसकी पकड़ से छूट गए और तलवार से उसपर वार करने लगे। इसी समय अवसर पाकर राम ने भी अपना छुटकारा कर उसे एक गढ़े में धकेल दिया तथा उसके कण्ठ पर पैर रखकर खड़े हो गए। लक्ष्मण जल्दी-जल्दी गढ़े को पत्थर और मिट्टी से भरने लगे और उन्होंने उस दुर्दान्त राक्षस को जीवित ही धरती में गाड़ दिया।

इस स्थान के निकट ही शरभंग ऋषि का उपनिवेश था। आवाज़ सुनकर शरभंग ऋषि बहुत से तपस्वियों को लेकर आ गए तथा राम-सीता को अपने आश्रम में ले गए।

इसी वन में एक और तेजस्वी ऋषि सुतीक्ष्ण रहते थे। उनका आश्रम मंदाकिनी नदी के तट पर था। सुतीक्ष्ण का आश्रम बहुत बड़ा था। वे बड़े प्रभावशाली थे। वहां से वे राम को अपने आश्रम में ले गए। राम को उनसे बहुत सहायता मिली। उन्होंने उन्हें कुछ अच्छे शस्त्र दिए तथा पंचवटी में आश्रम बनाकर रहने की सम्मति दी और वहीं सब तपस्वियों, ऋषियों ने मिलकर दण्डकारण्य से राक्षसों के उन्मूलन की योजना बनाई।

इस प्रकार राम कभी इस ऋषि के आश्रम में कुछ दिन रहते—कभी उस ऋषि के आश्रम में। कभी पंचवटी में अपने आश्रम में रहते। इस तरह रहते हुए उन्हें दस वर्ष व्यतीत हो गए। इसी समय सूर्पनखा से उनकी भेंट हुई और खर-दूषण से विग्रह हुआ। अगस्त्य के कारण राक्षस बहुत कुछ दबे हुए रहते थे तथा अवसर पाकर अगस्त्य उनपर आक्रमण करते ही रहते थे। अगस्त्य का राक्षसों पर आतंक भी बहुत था। अगस्त्य का आश्रम एक अच्छा-खासा सैनिक सन्निवेश था। बहुत देव, गन्धर्व, ऋषि अगस्त्य की सेवा में उनके उपनिवेश में रहते, उनकी पूजा करते और उनकी आज्ञा मानते थे। राम के आने से उन्हें अपूर्व बल मिला। अब, जब सूर्पनखा से उनका विग्रह हुआ और खर-दूषण से युद्ध हुआ तो अगस्त्य और सुतीक्ष्ण ऋषि के नेतृत्व में जन-स्थान के सभी ऋषियों ने राम की सहायता के लिए युद्ध किया था। राम ने उनकी सहायता ही से जन-स्थान को राक्षसों से रहित कर दिया था। उन्हींके भय से रावण ने राम पर आक्रमण करने का साहस नहीं किया—चोर की भांति सीता को हर ले जाने की योजना बनाई।

वास्तव में सभी ऋषिगण सशस्त्र रहते तथा युद्ध में धीरतापूर्वक लड़ते थे। आत्म-रक्षा में समर्थ हुए बिना जन-स्थान तथा दण्डकारण्य में वे रह भी नहीं सकते थे। उनके उपनिवेश भी एक प्रकार के छोटे-से जनपद ही थे, जहां प्रमुख ऋषि का शासन राजा ही की भांति माना जाता था और उन्हें कुलपति समझा जाता था।

पंचवटी के निकट विनता के पुत्र—गरुड़ के भाई—जटायु का छोटा-सा उपनिवेश था। जटायु दशरथ के मित्र थे। जब उन्होंने सुना कि राम दशरथ के पुत्र हैं तो उन्हें राम से बड़ा स्नेह हुआ और उन्होंने उनकी बहुत सेवा-सहायता की। उनका आश्रम अतिशय मनोरम था। वह एक सुन्दर समतल पर सुरुचिपूर्ण ढंग से बसाया गया था। पास ही एक जल-कुण्ड था तथा कुछ ही अन्तर पर पल्लवित और वृक्षों से सुशोभित गोदावरी थी। चारों ओर ऊंचे-ऊंचे पर्वत थे जिनमें अनेक गुफाएं थीं। इन पर्वतों में साल, ताल, तमाल, खजूर, कटहल, आम, अशोक, तिलक, केवड़ा, चम्पा, चन्दन, कदम्ब लकुच, धव, अश्वकर्ण, खैर, शमी, पलाश

और गुलाब के रमणीय वृक्ष-पादप सुशोभित थे। सीता ने अपने श्रम-सीकर से सींचकर इस आश्रम को अत्यन्त मृदु-मनोहर बनाया था। कुंज में हर समय सारस, चकोर, हंस, जलकुक्कुट क्रीड़ा करते थे। वृक्षों पर पक्षी चहचहाते हुए कलरव करते; मोर कूकते तथा मृग-शावक छलांगें भरते थे। राम-लक्ष्मण ने मिट्टी की दीवार और लकड़ी के खम्भे खड़े करके, ऊपर बड़े-बड़े बांस तिरछे डाल तथा उनपर शमी की शाखाएं फैला तथा मज़बूत रस्सियों से बांधकर उनके ऊपर कांस, सरकण्डे और पत्ते बिछाकर उत्तम छायादार घर बनाया था तथा चारों ओर की भूमि को समतल कर वहां विविध प्रकार के फल-फूलों के वृक्ष रोपे थे। राम-लक्ष्मण गोदावरी में स्नान करते, मृगया आखेट करते, बलि-हवि-विधि करते, परस्पर कथा-वार्ता करते। तापस जनों, ऋषियों एवं जनस्थान निवासियों की सब भांति सहायता करते, सबके साथ कौटुम्बिक की भांति रह रहे थे। सभी उन्हें उच्चकुलीन, धीर-वीर, सज्जन और हितैषी मानकर उनका सत्कार करते थे। सीता पत्र-पुष्प, फल-मूल से आगत-समागत सभी जनों का सत्कार और अभ्यर्थना करती–तपस्वियों की स्त्रियों के साथ हिल-मिलकर रहती थी। सीता बड़ी भावुक, कोमल और मृदुल स्वभाव की स्त्री थी। सभी तापसियां उससे प्रसन्न और सन्तुष्ट रहती थीं।

79 हरण

एक तापसी के साथ सीता आश्रम के पौधों में जल सींच रही थी। जल सींचते-सींचते वह तापसी से कह रही थी–"आर्ये, ये देव-निर्माल्य पुष्प-वृन्त ही हमारे इस आश्रम की सम्पदा है। इसीसे जब तक आर्यपुत्र वन से नहीं लौट आते, मैं इन बाल-वृक्षों को सींचती रहूंगी।"

तापसी ने कहा–"भगवती ने ठीक ही कहा है। लो, मैं सरोवर से जल लाती हूं–तुम इन वृक्षों को मूल में सींचो।"

तापसी कलश उठाकर चली तो सामने फल-मूल और आखेट लिए राम को आते देखकर बोली–"अहा, रामभद्र आ गए।"

राम ने सीता को जल से भरा घड़ा उठाए पौधों को सींचते देखा तो उनका मन खिन्न हो गया। उन्होंने मन ही मन कहा–"धिक्कष्ट, यह राज्य-भार भी कैसा

गर्हित है, जिसने हमें वन में वास करने को विवश किया! यह वैदेही–जो हाथ में दर्पण लेने से भी थक जाती थी–जलपूर्ण घट लिए कब से पौधों को सींच रही है। परन्तु यह प्रिया वैदेही तो कष्ट से भी विनोद की रचना करती है। देखो, ये प्यासे विहग उसकी छोड़ी हुई जलधार में चोंच डुबोकर पानी पीते हुए कितने भले लगते हैं! परन्तु यह वन तो स्त्री-सौकुमार्य को भी वन-लताओं की भांति सुखाकर कठोर कर देता है। धन्य है वैदेही की यह श्रम-तपस्या!" उन्होंने आगे बढ़कर कहा–"मैथिली, तेरी तपस्या अभी पूरी हुई या नहीं?"

"अहा! आर्यपुत्र हैं। जयत्वार्यपुत्रः!"

"परिश्रम से श्रान्त-क्लान्त श्रम-सीकर से सम्पन्न तेरा मुख सद्यःस्नात कमल-सा दीख रहा है। सो अब तेरी तपस्या में विघ्न न हो तो आ, यहां शीतल छाया में बैठें।"

"जैसी आर्यपुत्र की आज्ञा!"

"सीते, यह कैसा सुहावना समय है। शीत के कारण शरीर में स्फूर्ति का अनुभव हो रहा है, अब शरीर अधिक जल का प्रयोग नहीं सह सकता, सहसा भूमि शस्य-श्यामला हो रही है। शरीर को अग्नि और धूप सुहाने लगी। इन्हीं दिनों राजा लोग विजय-कामना से निकलते हैं तथां सूर्य दक्षिणायन आ जाते हैं। हिमवान् भी अपने वास्तविक रूप को प्रकट करता है, अब तो दोपहर को भी बाहर आने में कष्ट नहीं होता। वृक्षों की छाया और शीतल जल अब अच्छा नहीं लगता। हिम के कारण रात्रि अधिक अंधेरी हो जाती है। शीत के कारण घर से बाहर कोई आदमी नहीं निकलता। पूर्णिमा की रात्रि भी अब धूमिल होती है, वायु भी अधिक शीतल हो गई है। शस्य-श्यामला भूमि कुहरे से आच्छादित कान्तिहीन प्रतीत हो रही है। सूर्य के उदय होते ही सारा वन-प्रदेश प्रदीप्त-सा हो उठता है। प्रातःकालीन सूर्य का प्रकाश तो मन्द रहता है, पर मध्याह्न में अब वह सुखकर प्रतीत होता है। जल शीतल हो जाने से गजराज अपनी सूंड जल में डालते ही बाहर निकाल लेते हैं। जल के पक्षी जल में बैठे हुए भी जल में चोंच डालने का साहस नहीं कर सकते।"

राजा के मुख से यह वर्णन सुनकर सीता ने कहा–"आर्यपुत्र, धर्मात्मा भरत का इस समय क्या हाल होगा? वे तो आपके कारण अपनी ही राजधानी में सब राज-भोग त्याग तापस-जीवन व्यतीत कर रहे हैं। राज्य मान और भोग–सब उन्होंने त्याग दिया है। वे फल-फूल का नियमित आहार करने के कारण अति कृश हो गए होंगे। इस शीतकाल में भी ब्रह्मचारी हो कठिन भूमि में सोते होंगे। वे निश्चय ही ब्रह्मवेला में सब अमात्य जनों सहित सरयू-तट पर जाते होंगे। उन सत्यवादी भरत

ने तो सब कुछ त्याग आप ही का आश्रय लिया है। लोग कहते हैं कि मनुष्य अपनी माता के गुणों का अनुसरण करता परन्तु महात्मा भरत ने तो अपने बर्ताव से इस लोकोक्ति को मिथ्या सिद्ध कर दिया है। उन्होंने माता के गुणों को ग्रहण नहीं किया, पिता के ही गुणों को अपनाया है। हे आर्यपुत्र! धर्मात्मा दशरथ जैसे जिसके पति और भरत जैसे जिसके साधु पुत्र हों, वह कैकेयी माता कैसे ऐसी निष्ठुर हो गई?"

इसी समय किसीने बाहर से पुकारा—"अहमतिथिः। कोऽत्र भोः!"

राम ने सुनकर कहा—"स्वागतमतिथये!"

उन्होंने द्वार पर जाकर देखा—एक तपस्वी मृगचर्म धारण किए, दण्ड हाथ में लिए खड़ा है। दृष्टि उसकी सतेज है, सिर पर जटाजूट है।

राम ने कहा—"अये भगवन्! अभिवादये।"

"स्वस्ति। मेरा काश्यप गोत्र है। मैंने सांगोपांग वेद पढ़ा है। मैं धर्मशास्त्र, अर्थशास्त्र और योगशास्त्र का भी ज्ञाता हूं।"

"भगवन्, यह आसन है, बैठिए।"

अतिथि के बैठने पर राम ने कहा—"मैथिलि, पाद्य लाओ, अर्घ्य लाओ, अतिथि का सत्कार करो।"

रावण ने बैठते हुए कहा—"सत्कृतोऽस्मि। पूजितोऽस्मि। अहा, हिमालय के सप्तम श्रृंग पर जो कांचन-पार्श्व मृग मैंने देखा, उसकी शोभा अकथनीय थी।"

"क्या वैसे मृग अन्यत्र नहीं होते?"—सीता ने उत्सुकता से पूछा।

"वहीं हैं। वे मन्दाकिनी का गंगाजल पान करते हैं, वैदूर्य-मणि-सा श्याम उनका पृष्ठ है, पवन के समान वेग है। वे नीलग्रीव, रक्तशीर्ष, कृष्णपाद और श्वेतच्छद-स्वरूप हैं।"

सीता ने चमत्कृत होकर कहा—"भाग्यवन्त हिमशैल-पाश्र्ववर्ती देव ही उस रम्य हिरण को देख सकते हैं। आर्यपुत्र, क्यों न हम लोग भी चलकर वहीं रहें।"

राम ने हंसकर कहा—"प्रिये, तूने यहां जिन मृग-शावकों तथा गुल्मों को अपना पुत्र बनाया है औ जिन लताओं को तू सखी के समान प्यार करती है, उनसे पूछ ले।"

रावण ने कहा—"अहा, हिमवंत शैल के उस अंचल में जो ज्योतिर्लतारण्य है, वह तो वहां कभी रात्रि का भान ही नहीं होने देता।"

"क्या भगवान् वहीं हिम शैल-शिखर पर रहते हैं?"

"नहीं तो क्या? किन्तु अरे, यह क्या चमत्कार है! यह विद्युत् की-सी चमक कैसी हुई। अरे! वह देखो—कांचन-पार्श्व मृग है!"

"क्या सचमुच?"

"देखो-देखो, वह भागा, यह मुड़ा!"

"सचमुच! सचमुच! प्रिये, लक्ष्मण से कह– उसे पकड़े।"

"सौमित्र तो तीर्थयात्रा से लौटे हुए कुलपति की अभ्यर्थना करने आपकी आज्ञा से गए हैं।"

"तो मैं ही जाता हूं–मेरा धनुष ला–बाण दे।"

"आर्यपुत्र, मैं क्या करूं?"

"इन महात्मा का सत्कार कर!"

इतना कह राम धनुष पर बाण का सन्धान कर उस कांचनमृग के पीछे दौड़ पड़े। उन्हें दृष्टि से ओझल हुआ देख सीता ने कहा–"अरे, बिना आर्यपुत्र के यहां अकेली को तो मुझे बड़ा भय लगने लगा, मैं तो कुटी में जाकर बैठती हूं।"

उसे उठकर जाते देख रावण ने कठोर स्वर से कहा–"सीते, ठहर! ठहर!"

"अरे! तुम कौन हो!"

"सुन्दरी, तेरी कान्ति स्वर्ण के समान है, यह पीताम्बर तेरे स्वर्ण-गात पर खूब खिल रहा है। तू नारी है, स्त्री है, कान्ति है, कीर्ति है, अप्सरा है अथवा स्वच्छन्द-विहारिणी रति है। तेरे नेत्र अति सुन्दर हैं और तेरी धवल दन्तावली मेरे मन को भा गई है। तेरे सौन्दर्य पर मैं मोहित हूं। तेरी यह पतली कमर तो गजब ढा रही है, तेरे स्तन भी कैसे चुस्त हैं। तुझ जैसी नारी तो मैंने आज तक देखी ही नहीं। कहां तो तेरा यह देवदुर्लभ रूप, उभार और कोमल मृदुल गात्र और कहां यह दुर्गम वन, जहां पद-पद पर भय है। अरी तुझे तो मणि-प्रासादों में, पुष्पों से सुरभित वाटिकाओं में, समृद्ध नगरों में रहना चाहिए। तू यहां हिंसक जन्तुओं से परिपूर्ण वन में कहां आ फंसी है?"

छद्मवेशी अतिथि से ऐसे अश्रुत वचन सुन भयभीत होकर सीता ने कहा–"यह तो अतिथियों का सदाचार नहीं है। तुम कोई छद्मवेशी, दुराचारी, तस्कर तो नहीं हो?"

"अरी, क्या तू नहीं जानती? जिसने देवराट्-सहित सब देव, यम, कुबेर और पृथ्वी के नृपतियों को जय करके त्रिविक्रम पद प्राप्त किया है, जिसके भय से सब देव, दैत्य, असुर, नाग थर-थर कांपते हैं, मैं वही जगज्जयी रक्षेन्द्र रावण हूं, जिसकी बहिन सूर्पनखा का तेरे इस वनवासी पति ने अंग-भंग किया है तथा जिसके चौदह सहस्र भटों को मार डाला है।"

"क्या रावण?"

"हूं, अब तू मेरे हाथ से बचकर कहां जाती है?"

वह उसे पकड़ने को आगे बढ़ा। सीता ने चीत्कार करके कहा–"आर्यपुत्र, रक्षा करो! सौमित्र, रक्षा करो!"

"अरी सुन, अब तू उस बहिष्कृत राजभ्रष्ट भिखारी राम का ध्यान छोड़ और मुझी को आर्यपुत्र समझ। मैं तुझे अपनी रानियों में सर्वोपरि स्थान दूंगा।

मेरी स्वर्ण लंका में–जो समुद्र के मध्य में बसी है तथा जिसकी अतुलनीय शोभा त्रिलोकविश्रुत है–चलकर मेरे स्वर्णिभ प्रासादों में तू रह। वहां मेरे अन्तःपुर की सैकड़ों दासियां तेरी सेवा करेंगी और तू यथेष्ट सुख भोग करेगी।"

सीता ने यह सुनकर क्रोध से कहा "अरे पतित, कुटिल, चोर, तेरा सर्वनाश उपस्थित है। जब तक आर्यपुत्र नहीं आते हैं, तू यहां से भाग जा।"

"तो अब तो तुझे लेकर ही जाऊंगा।" इतना कह उसने आगे बढ़कर सीता को बाहुओं में उठा लिया और कुकरी की भांति विलाप करती हुई तथा "आर्य पुत्र रक्षा करो! सौमित्र, रक्षा करो!" पुकारती हुई सीता को रथ में डाल रावण भाग चला। चलते-चलते उसने पुकारकर कहा–"अरे, जन-स्थान में रहने वाले तपस्वियो! सुनो, यह मैं रक्षपति रावण लंका का अधिपति इस दाशरथि राम की भार्या सीता को हरण करता हूं। राम की यदि क्षात्रधर्म में रुचि हो तो इसकी रक्षा करे।"

इतना कहकर उसने वेग से रथ हांक दिया। रथ के खच्चर वायुवेग से उड़ चले। सीता पुकार रही थी–"आर्यपुत्र रक्षा करो! सौमित्र, रक्षा करो। रक्षा करो।" सीता का आर्तनाद सुनकर तपस्वी चिल्लाने लगे–"अरे, बचाओ, बचाओ। धर्मात्मा राम की पत्नी भवगती सीता को यह कोई चोर चुराए लिए जा रहा है।"

80

जटायु का आत्मयज्ञ

इसी समय किसी ने वज्र-गर्जना की भांति कहा–

"ठहर रे पापिष्ठ, तू पराई स्त्री को चुराकर कहां भाग रहा है?"

रावण ने देखा–जटायु क्रोध में भरा दौड़ा चला आ रहा है। आकर उसने रावण के रथ की अश्वतरी की वल्गा एक झटके के साथ पकड़ ली। अश्वतरी हठात् रुक गई।

रावण ने क्रोध करके कहा–

"तू कौन है रे हतायु, जो मेरे बीच आता है?"

"मैं गरुड़ानुज जटायु हूं। यह निन्दित कर्म करनेवाले चोर, तू कौन है?"

"इस बात से तेरा क्या प्रयोजन है? तू यदि प्राणों से मोह रखता है तो मेरी राह से दूर हो जा!"

"यह कैसे? अरे, मैं वृद्ध हूं इसीसे कहता हूं। पर क्या मेरे देखते तू चोर पराई स्त्री का यों अपहरण कर ले जाएगा?"

"तू निश्चय ही मरना चाहता है।"

"मैं अभी तुझे रथ से नीचे पटकता हूं, ले संभल!"

इतना कहकर जटायु ने टांग पकड़ रावण को रथ से नीचे खींच लिया। रथ से नीचे गिरकर क्रोध से लाल होकर रावण धनुष ले जटायु पर बाणों की वर्षा करने लगा। बाणों से घायल होने पर भी जटायु ने साहस नहीं छोड़ा। उसने निहत्था होने पर भी रावण को पकड़कर भूमि पर धर पटका। बहुत देर तक दोनों में घोर युद्ध होता रहा। वीरवर जटायु ने रावण का कवच फाड़ डाला, धनुष टुकड़े-टुकड़े कर दिया, रथ का छत्र भंग कर दिया और लात-घूंसों से रावण को व्याकुल कर दिया। इस समय अनेक तपस्वी भी वहां एकत्र हो गए थे, वे कहने लगे–"अरे कायर चोर, यह भगवती सीता दाशरथि राम की पत्नी हैं। क्या तू उस तेजस्वी राम को नहीं जानता, जिसने जन-स्थान को राक्षसों से रहित कर दिया है। अरे पण्डित, यह भी कोई पराक्रम का कार्य है? तुझे अपने पराक्रम का गर्व है तो तनिक ठहर, वे दोनों भाई अब आते ही होंगे।"

इसी समय पराक्रमी जटायु उछलकर रावण की पीठ पर चढ़कर बैठ गया और जैसे महावत हाथी की गर्दन पर अंकुश छेदता है, उस तरह उसकी गर्दन का मंथन करने लगा। इससे तिलमिलाकर रावण ने बड़े वेग से जटायु को भूमि पर पटक दिया और वीरों को अशोभनीय रीति से खड्ग निकालकर निश्शस्त्र जटायु पर आघात करने लगा। ऐसे करारे आघात खाकर जटायु लहू-लुहान हो भूमि पर गिरकर छटपटाने और 'हा राम, हा राम' कहने लगा। अपने श्वसुर के मित्र जटायु की दुर्दशा देख सीता रथ से कूदकर जटायु से लिपटकर 'हा तात, हा तात' कहकर विलाप करने लगी। उस विलाप करती हुई सीता के बाल पकड़ घसीटता हुआ रावण फिर उसे रथ की ओर ले गया तथा जबरदस्ती रथ पर डाल फिर वहां से भाग चला। सभी ऋषि-कुमार, वटुक, तापसी स्त्रियां भीत-चकित हो 'हा राम! हा राम' कहते इधर से उधर दौड़ चले।

81 अशोक-वन में

सीता के केश बिखर गए। वस्त्र फट गए। उसके जूड़े में लगे फूल झड़-झड़कर पृथ्वी पर बिखर गए। सीता–"हा सौमित्र, हा आर्यपुत्र" कहती जा रही थी। वह अपने अंग के आभूषण उतार-उतारकर पृथ्वी पर फेंकती जाती थी, जिससे कदाचित् राम उन्हें देख उसके हरण की दशा को पहचान लें। जब सीता का नूपुर उनके पैर से खिसककर गिरा, तो ऐसा प्रतीत हुआ, जैसे आकाश से पृथ्वी पर बिजली गिरी। जब आभूषण गिरते थे, तो ऐसा प्रतीत होता था कि आकश से तारे टूट-टूटकर गिर रहे हैं। ऐसा प्रतीत होता था कि सीता के दुःख से सूर्य भी निश्चल हो गए, वन-देवता भी जैसे थर-थर कांपने लगे। वन के मृग, सिंह, बाघ भी शोकद्रवित हो गए। पर्वत शोकमग्न हो झरने के बहाने अपने आंसू बहाने लगे। सीता–राम और लक्ष्मण कहीं आते दीख जाएं, इस आशा से बार-बार चारों ओर देखती जाती थी। वह रावण से विलाप के बीच-बीच कह रही थी–"अरे अधम, तस्कर, दुरात्मा, तुझे यह नीच कार्य करने में लज्जा नहीं आती? अरे छली, कायर, तेरे इस कुत्सित कर्म को तो संसार के मनुष्य क्रूर और अधर्म ही कहेंगे, तेरे पराक्रम को धिक्कारेंगे। अरे, तुझ पापी पर धिक्कार है। तूने तो अपने इस आचरण से अपने कुल को भी कलंकित किया। अरे, तू तो अपने को वीर बताता था। अरे, जो कहीं वे दोनों महात्मा दशरथकुमार राह में मिल गए, तो तू अपनी मृत्यु हुई जान। मुझे हरण करके तेरा कुछ भी उद्देश्य पूरा न होगा। मैं तो तत्काल प्राण दे दूंगी।"

इस प्रकार विलाप करती हुई सीता ने जाते-जाते राह में एक पर्वतकूट पर पांच वानरों को बैठे देख अपना पीत उत्तरीय उतारकर फेंक दिया। उसमें कुछ गहने भी बांध दिए। वे नागर उस विलाप करती हुई सीता को एकटक देखते रहे।

अन्ततः वह दुर्धर्ष रावण सीता को लेकर निर्विघ्न लंका में जा पहुंचा। वह सीता को अन्तःपुर के द्वार के भीतर ले गया। वह द्वार स्वर्ण का था। उसकी खिड़कियां हाथीदांत की थीं तथा गवाक्ष चांदी के थे। वहां दिव्य दुन्दुभि बज रही थी। राक्षसराज रावण बलपूर्वक सीता का हाथ पकड़े महल की स्वर्णमयी सीढ़ियों पर चढ़ने लगा। हाथीदांत और चांदी की खिड़कियों में सोने की जालियां लगी थीं। रावण अपना महल सीता को दिखाने लगा। अनेक भवन, तालाब और बारहदरियां दिखाई, फिर कहा–"हे सीते, मेरे अधीन असंख्य राक्षस हैं। अब मैं और मेरा यह सारा राज-पाट और वैभव तेरे अधीन है। तू मुझे प्राणों से अधिक प्रिय है। मेरे

मणिमहल में हज़ारों सुन्दरियां हैं, उन सबके ऊपर मैं तुझे महारानी बनाना चाहता हूं। समुद्र से घिरी इस लंका का विस्तार सौ योजन का है, इसे इन्द्र सहित सब देवता भी विनष्ट नहीं कर सकते। वह देख, उस गगनस्पर्शी महल में देवराट् इन्द्र बन्दी है। अब तू उस भिक्षुक राम के साथ रहकर भला क्या करेगी? सो तू उसका ध्यान छोड़ दे। यह देख, मेरा पुष्पक विमान सूर्य के समान देदीप्यमान है, जिसे मैंने अपने भाई कुबेर से छीना है। यह अति रमणीय विमान मन के समान गतिमान् है। इसपर बैठकर तू मेरे साथ स्वच्छन्द विहार कर। मैं तेरी आज्ञा के अधीन रहनेवाला रावण, तेरा दास हूं।"

सीता ने तब तिनके की ओट करके कहा–"हे रक्षेन्द्र, आपका यह सब कथन और कार्य आपके लिए शोभनीय नहीं है। कैसे आश्चर्य की बात है कि आप प्रजापति के वंश से पुरुष तथा महावीर होकर ऐसा कायरतापूर्ण कुकर्म कर बैठे। मेरे पति रघुकुल-तिलक श्रीराम हैं, वे सत्यप्रतिज्ञ जगत् में विख्यात हैं। यदि जन-स्थान में उनके सामने पड़ जाते तो अवश्य ही मारे जाते। आप चाहे मेरे इस अवश शरीर को बांधे या नष्ट कर दें, पर मैं आर्यपुत्र दाशरथि को छोड़ किसी अन्य पुरुष को नहीं छू सकती।"

तब रावण ने कहा–"मैथिली, मैं आज से बारह मास की अवधि तक तेरी स्वीकृति की प्रतीक्षा करूंगा, यदि इतने दिनों में भी तू मुझे स्वीकार न करेगी, तो मैं तेरा वध करके भक्षण करूंगा, यह तू भली भांति सोच ले।"

इतना कह उसने सीता को अशोक वन में ले जाकर रहने की व्यवस्था कर दी, जहां उसके लिए सब सुख-साधन उपस्थित कर दिए गए।

82 वार-वेश्म

लंका की प्रसिद्ध कुट्टिनी यमजिह्वा ने जब दूती से यह सुना कि वह मूर्ख अक्षय कुमार मदालसा के प्रेम में भली भांति सुलग रहा है और यहां आने के लिए उत्सुक है, तो वह बड़ी प्रसन्न हुई। उसने उसे आने का सन्देश भेज दिया। फिर उसने पुत्री को वेश्याधर्म की दीक्षा देते हुए कहा–"ले, अब तू भी तैयार हो जा। वेश्या के लिए ऐसा नगर नायक होना चाहिए जो गुरुजनों की बाधाओं से रहित

हो, अपने मन का स्वयं मालिक हो, जिसका बाप राजधानी से दूर युद्धोद्योगों में निरन्तर व्यस्त रहता हो, पुत्र की चेष्टाओं पर ध्यान ही न दे सके तथा वह तन मन से स्नेहाक्रान्त हो। ऐसा ही नागर यह मूर्ख राजकुमार है। वेश्या के लिए ऐसा ही नायक सर्वाभिलाषितार्थपूरक है। तू अब इसे अपने अधीन कर इससे विपुल संपत्ति हरण करने की चेष्टा कर!"

कुछ ही समय में राजपुत्र ने मदालसा के निवेश में प्रवेश किया, नट-विट-दूती और परिभ्रष्टकों के सहित। उसकी चेष्टा गंवारू और वेश अद्भुत था। सिर पर खूब मोटी-लम्बी चोटी, पांच-पांच अंगुल के केश, लम्बे कानों में बड़े-बड़े सीस-पत्र, नुकीले-छीदे दांत। उंगली की पोर-पोर में अंगुलि-त्राण कण्ठ में स्वर्ण का कण्ठ-सूत्र, सर्वांग पर कुंकुम-कस्तूरी का लेप, रंगीन वस्त्र, नाभि तक लटकती हुई पुष्पमाल, मोम से किए और शिलारस से रंगे हुए उपानत्। ठौर-ठौर पर नाना रंगों के टोटका-सूत्र केशों में बंधे हुए। पान का बीड़ा ठूंसने से फूला हुआ एक गाल। सुनहरे तारों के काम की किनारी वाली शाटिका और उत्तरीय, रक्त पुनर्नवा के रस में रंगे हुए नख। किसी की नज़र न लग जाए–इसके भय से सूत्रों में बांधे हुए शंख-चक्र, व्याघ्र-नख, स्वर्ण-मण्डित शूकरदन्त। आगे ताम्बूल-करंड लिए एक दास। अगल-बगल श्रेष्ठि-वणिक्, विट-कितव-प्रधान संग। हाथ में खड्ग। मदालसा ने देखा तो उसे हंसी आ गई परन्तु वह लीला-विलास से अंगड़ाई-सी लेती, बाहुमूल और उपांगों की झलक दिखाती वहां से भाग गई।

यमजिह्वा ने उसे बैठने को पीठिका दी, ताम्बूल दिया, पृष्ठतूल दिया। राजकुमार ठाठ से पृष्ठतूल पर शरीर का भार रख बैठ गया। संगी-साथी भी बैठे और अप्रासंगिक गप्पें मारने लगे। वे झूठी चापलूसी करने और भौंडी गप्पें मारने लगे।

मन की विरक्ति को छिपाकर कुट्टिनी यमजिह्वा ने कहा–"अहा, आज तो हमारे सहस्र जन्म का ही पुण्योदय हुआ, जो राजपुत्र के दर्शन से नयन सफल हुए!"

इसके बाद तो वेश्यावृत्ति के सारे भावास्त्र ही यथाक्रम प्रयुक्त हुए। पहले चापलूसी, फिर अनुराग, प्रणय, रूठना, मान-मनौवल, विरह-शोकोच्छ्वास आदि हाव-भावों में मदालसा ने माता की सिखाई हुई समूची विद्या का सदुपयोग किया, जिसमें यह मूर्ख राजकुमार फंसकर धन, रत्न-मणि लुटाता रहे। वेश्या और ब्रह्मज्ञानी समचित्त होते हैं। वे निःस्पृह रहकर रस ग्रहण करते हैं। वेश्या को धन देते-देते नायक चाहे कंगाल ही क्यों न हो जाए, परन्तु उसकी दृष्टि उसके वस्त्रों के उतार लेने में ही रहती है। इस प्रकार बड़े-बड़े दृढ़चित्त पुरुषों के सम्मुख भी वेश्म-विलासिनी वेश्या कामाधीन होने का अभिनय करती हुई पुरुष को असंयत कर देती

है। कभी वह संजातपुलका होकर, कभी उल्वणा बनकर, कभी जातोत्कम्पा और कभी स्वेदार्द्रवपुः होकर, बारम्बार हास्य-लास्य करके, रोकर-गाकर, मौन-कोप करके, कभी पलंग पर औंधी गिरकर, कभी प्रिय नायक की गोद में पछाड़ खाकर अपनी उद्वेगावस्था का अभिनय कर नायक को पागल बना देती है।

कभी तो वह काम-संताप को दूर करने के लिए कुंकुम-कर्पूर-चन्दनादि शीतल पदार्थों का लेप करती, कभी संताप-व्यथा प्रकट करने के लिए धूलि-धूसरित रहती। कभी वह ऐसी विरह-व्याकुल व्यथा दर्शाती की सखियां, चेटियां, चन्दन-पंक और नीहार, घनसार, कदली-दल, चन्द्रकान्त मणि से भी उसका दाह शान्त नहीं कर सकती थीं। वह प्रलाप-सा करती हुई कहती– "अरे हटाओ इस घनसार को, दूर करो मणिहार को, इन कमल-दलों से क्या? अरी सखियो, बस करो–ये मृणाल मेरे दग्ध हृदय को शीतल नहीं कर सकते।" और जब नागर निकट आता तो यह उसका दृढालिंगन करके रागातिशय प्रकट करती। कभी भुजाओं को मरोड़ती। कभी कहती–"यह कूकने वाली कोयल, ये गूंजने वाले भौरे, यह कुसुमारोही पवन विधाता ने मेरे नाश के लिए ही रचा है।" फिर नायक पर कोप कर वक्र नयनों से उसे घूरती हुई कहती–" अरे निर्दय-निर्मम, मुझे अबला समझकर यह बली मकरकेतु मुझे आक्रान्त कर रहा है। इससे मेरी रक्षा कर! अरे, पूर्व जन्म के सुकृत से ही मैंने तुझे पाया है।"

इसपर यमजिह्वा कुट्टिनी रंग चढ़ाती। वह कहती–"अहा, यह मदालसा! अरे, जब अतनु ने शिव पर कुसुम-शर संधान किया था, तब जो कुसुम झड़कर गिरे उन्हीं से मेरी यह बेटी सुगात्री मदालसा विधाता ने बनाई है। गौरी के लावण्य का तो यह उपहास-सा करती है। भला लाञ्छित शशधर से इसकी मुख-छवि की क्या तुलना? अरे, कमल की शोभा तो क्षणिक है और चन्द्रद्युति विभ्रम-रहित है–फिर भला मेरी मदालसा के मुख की उपमा क्या है? इसके नेत्रों को कमल का भ्रम करके भौरे घेर लेते हैं। वह जो स्वाभाविक अरुण अधरों को बन्धुजीव-पुष्परज से रंजित करती है तथा लाल-लाल चरणों को अलक्तक देती है, सो केवल राग-वृद्धि के लिए नहीं, वह तो उसका केवल विन्यास-विलास है। विधाता का चमत्कार तो देख कि उसके संपुष्ट उत्तमांग को उसकी क्षीण कटि कैसे धारण किए है। तिस पर उसका मुरज-वंशीवादन–नृत्य-गीत-कौशल तो भोगीन्द्र शेष भी वर्णन नहीं कर सकता। ऐसी मेरी मदालसा है, जो न तो कुलीनों की आन मानती है, न वेदवादी ही को कुछ समझती है, पर तेरे लिए वह सूखकर कांटा हो गई है। इस अनुराग की भी भला कुछ हद है!" इस प्रकार विविध भांति उत्तेजित करके राजपुत्र को भरमाया

गया और बार-बार उससे धन ग्रहण किया गया। उसके आने पर मदालसा दूर ही से अभ्युत्थान देती, तिरछी नज़र से देख मन्द-मन्द मुस्काती, आंचल में लपेट कर उंगलियों को ऐंठती। फिर झट अपने उपांगों की छटा दिखाती वहां से भाग जाती। इसके बाद दीपोज्ज्वल-कुसुमधूप, गन्धाढ्य वासकागार, कोमल पर्यंक, वितत वितान, अभिनन्दनीय मृदु भाषण और सस्नेह-सव्रीड-ससाध्वस अविरल परिहास, पेशलालाप-परिपूर्ण-पुलकदन्तुरशरीरा स्विद्यत्सकलावयवा नायिका।

यों कुछ काल रस-कस ग्रहण होने पर अब कुट्टिनी और नायिक में इस तरह मिथ्या वचन-कलह आरम्भ हुआ कि जिससे राजपुत्र उसे अज्ञान में किसी तरह सुन ले—"अरी अभागिनी, तूने इस राजकुमार के पीछे अपरिमित धनवान्, विनयी और प्रेमी मन्त्री-पुत्र को भी कुछ न गिना और मन्दारक रत्न-पारखी प्रभूत धनदाता को तूने मेरे कहने पर भी दुत्कार दिया। अरी मूढ़, तूने अनेक राज्यवर्गी जनों की ओर, जो बात की बात में मेरा घर भर दे सकते थे, आंख उठाकर भी न देखा। ऐसी तू इस राजकुमार पर अन्धी हो अनुरक्त हो गई। तुझ विपरीत बुद्धि ने महाधनदाता शौल्किकाध्यक्ष को भी अपमानित करके लौटा दिया। उस रोगी मृतप्राय बूढ़े का अतिसमृद्ध पुत्र भी तूने हाथ से खो दिया, जो अपना सर्वस्व तुझ पर वार रहा था। इस प्रकार तूने घर में आई लक्ष्मी को लात मारी। अरी, पापिन, यह सब तेरी ही मूर्खता का परिणाम है कि हम इस राजपुत्र के पीछे लुट बैठे। देख उस दन्तवक्र के पुत्र मालिनी को कैसे जड़ाऊ अलंकार दिए हैं—तुझे उन्हें देखकर भी लाज नहीं आती। उस धवल गृह को ही देख, जो अनंगदा के लिए उस आपणिक ने बनवा दिया है। क्या तू इतना भी नहीं समझती कि गणिका के लिए यही आयु कमाई करने की है! अब यदि इसी धनार्जन-अनुकूल समय में वेश्या की बेटी एक पुरुष को लेकर प्रेम के वशीभूत हो बैठे, तो वृद्धावस्था में उसे भिक्षा ही मांगनी होगी। क्या तूने वह नीति-वाक्य नहीं सुना—द्वितीये नार्जितं धनं—चतुर्थे किं करिष्यति? क्या तू नहीं जानती—सद्भावजाऽनु रक्तिर्नहि पथ्यं पण्यनारीणाम्। सो मैंने अपना देह बेचकर जो कमाया है, वह द्रव्यभाण्ड ला दे, मैं तो अब तीर्थयात्रा को जाती हूं। तू अपने यार को लेकर रह!"

बुड्ढी कुट्टिनी के इस प्रकार मिथ्या कलह का उपसंहार होने पर मदालसा ने रोष-भरे स्वर में कहा—"अरी मातः, धनलाभ ही संसार में बड़ा लाभ नहीं है, प्रिय-संयोग ही बड़ा लाभ है। धन तो आता-जाता ही रहता है। उससे क्या मन की तृप्ति होती है? अनुराग से सिक्त तारुण्य को भला विभवार्जन की क्या चिंता हो सकती है? प्रिय-सहवास में ताम्बूलयाचन ही सबसे बड़ा लाभ है? प्रिय-सहवास के समान

तो सकल वसुन्धरा का भी मूल्य नहीं है फिर राजकुमार ने तो सब गणिकाओं में तुझे ही वार-मुख्या बना दिया है। मातः, तू भोली है, इसीसे तेरा यह उपदेश व्यर्थ है। अब तो भला हो या बुरा, सुगति हो या दुर्गति, महल में रहूं या वन में, स्वर्ग में या नरक में, उसीके साथ मेरा रहना, मरना, जीना है। व्यर्थ बकवाद से क्या प्रयोजन है! और तू जो अपने आभूषणों की बात कहती है सो यह ले–मैं तो अपने राजपुत्र ही से सुभूषित हूं। मैं तेरे समान लोभ के वशीभूत नहीं हूं। मैं तेरे इस घर में भी न रहूंगी।"

तू इतना कहकर उसने सब गहने उतारकर कुट्टिनी के ऊपर फेंक दिए और गुस्से में ऐंठती हुई वहां से चली आई।

परोक्ष में मूर्ख राजकुमार ने जो यह कपट-कलह सुना तो वह रागान्ध हो सोचने लगा–"अहा, धन्य है यह वार-वनिता प्रिया मदालसा, जो मेरे लिए जननी, जन्मस्थान, बान्धव, वस्त्रालंकार सभी को तृण के समान समझती है। सच है—'मरणमपि तृणं समर्थयन्ते मनसिजपौरुषवासितास्तरुण्यः।' अब जब इस मदालसा ने माता का मोह त्याग घर में रहना भी अस्वीकार कर दिया है तो फिर इससे अधिक प्रिय मेरे लिए क्या है! मैं भी अपना सर्वस्व देकर इसे ही तृप्त करूंगा घर-बार, बन्धु-परिवार, संसार–मेरा जो कुछ भी है, वह मदालसा ही है। अहा, यह मदालसा चन्द्रमा की किरणों की भांति स्पर्श ही से मन को शीतल कर देती है। यह कितनी सुन्दर, कितनी कोमल, मृदुल और प्राणों को आ़नन्द देने वाली है? इसका ललित अंगहार कितना मनोहर है? मृदु मुस्कान कितनी आकर्षक है। इसका यह सविलास तरलाक्षिविक्षेप पुष्प-बाण का दोहद-दान ही समझना चाहिए, न तो इसे धन का ही लोभ है, न किसी पर नेत्रासक्ति है। यह मुग्धा सीधी भी है और शिष्ट भी। कभी किसी पुरुष की ओर यह नज़र उठाकर भी नहीं देखती। न मेरे अतिरिक्त किसी की प्रशंसा करती है। कालोचित इसका वेश-विन्यास होता है। यह गजगामिनी मेरी प्रिया इस पृथ्वी पर अद्वितीय है। इसमें चक्रवाक, हंस, नकुल, पारावत–सभी के गुणों का समावेश है। इसका हास्य मनोहर है। ऐसी दुर्लभ, अनुकूल, मनोहारी और सुन्दर स्त्री संसार में और कौन है भला? भार्या तो केवल अन्न-वस्त्र द्वारा भरणीया ही होती है, स्नेह-समागम के योग्य तो यह वार-वनिता ही है। अजी, परिणीता में अनेक दुर्गुण हैं। वह भाइयों से अलग कर देती है, कटु भाषण करती है, सदा घर के दुखड़े रोती रहती है और सदैव मातृकुल की ही प्रशंसा करती है। पति के सदा दोष निकालती है। फिर भी मूर्ख जन उसी पत्नी के वश में रहते हैं। पर इस मदालसा को देखो–जैसा मृदुल इसका तन है, वैसा ही मन है।"

और वह दिन भी आ गया–जब मदालसा मां को छोड़कर राजकुमार के नव-निर्मित आवास में आ रहने लगी। उसे बहुमूल्य अलंकार राजकुमार ने भेंट किए परन्तु एक दिन राजकुमार के पास से जाती हुई मदालसा को चोरों ने लूट लिया। इसके दो-चार दिन बाद ऋणदाता ने मदालसा की देहरी पर धरना दिया। राजकुमार को ऋण चुकाना पड़ा। दो-चार दिन बाद राजकुमार की स्वस्तिकामना के लिए बलि-पूजन का आयोजन हुआ। इस प्रकार विविध भांति से धन-हरण करने पर राजकुमार का भली-भांति तिरस्कार कर अन्त में यह समझा-बुझाकर कि माता बहुत गुस्से में है, अतः कुछ दिन आना-जाना बन्द रखो–उसे दूर कर दूसरे ग्राहक से व्यापार आरम्भ किया।

83 इन्द्र-मोचन

अब यहां हम फिर प्राचीन घटनाओं की चर्चा करेंगे। पाठक जानते हैं कि दैत्य आदित्य, देव, दानव और नाग सब परस्पर दायाद-बान्धव थे। एक पिता से भिन्न-भिन्न माताओं की सन्तान थे। वे माताएं भी परस्पर सगी बहिनें थीं। तब मातृगोत्र प्रचलित था। इसलिए माता ही के नाम पर सन्तानों का वंश-वृक्ष चलता था। इसीसे इन सब देव, दैत्य, दानव, नाग आदि की–जो वास्तव में भाई और कौटुम्बिक थे–भिन्न-भिन्न जातियां बन गई थीं। फिर जब उनका विस्तार हुआ–भू सम्पत्ति और राज्यों के बंटवारे का प्रश्न सम्मुख आया, तो आपस में लड़ाई-झगड़े और युद्ध-उत्पाद हुए। इस भाईचारे के बंटवारे के प्रश्न को लेकर इन दायाद-बान्धवों में बारह देवासुर-संग्राम हुए, जो बड़े ही दारुण थे। ज्येष्ठ और श्रेष्ठ होने के नाते दैत्य प्रमुख थे। पर आदित्यों का नेता सूर्य–विष्णु आदित्यों को प्रमुख बनाना चाहता था। बाद में इन्द्र ने अपने काल में विष्णु की अभिलाषा को काफी उद्दीप्त किया। उसने सब आदित्यों की एक नई सम्मिलित जाति देवसंज्ञक बना ली, स्वयं देवराट् का पद ग्रहण किया तथा प्राचीन सुषा नगरी को अमरावती नाम दे, आस-पास के इलाके को देव-भूमि कहकर उसपर शासन करने लगा। इन्द्र ने भी निरन्तर दैत्यों और दानवों से युद्ध किए, परन्तु विजय उसकी कभी नहीं हुई। कारण कि देवों के साधन परिमित ही थे। दैत्यों और दानवों का भारी विस्तार

और प्रबल बल था। उधर मनु और बुध के इलावर्त त्यागने तथा भारतवर्ष में नवीन आर्यजाति स्थापित करने एवं आर्यावर्त की स्थापना करने से इन्द्र का ध्यान भी इसी ओर गया। सूर्य–विष्णु अब वृद्ध हो चुके थे तथा उनका पुत्र मनु आर्यावर्त में आ बसा था। अतः अब उनकी विशेष प्रवृत्ति इलावर्त में नहीं रह गई थी। वारुणेय सब ऋषि-याजक हो गए थे, अतः वे लड़ाई-झगड़े से दूर ही रहते थे। वे देवों के भी मित्र थे और दैत्य दानवों के भी। दैत्य-दानवों के याजक और कुलगुरु होने से वारुणेयों का खास प्रभाव था। फिर भी वे दोनों की यथासंभव सहायता करते ही रहते थे।

"दायाद-बान्धव' उसे कहते थे जो राज्य में हिस्सा प्राप्त करने का अधिकारी हो। दायाद का अर्थ पुत्र, कुटुम्बी और सपिण्ड था। देवों के दायाद के हक को दैत्य-दानव अस्वीकार नहीं करते थे। पर देवता अपना विस्तार चाहते थे–प्रभुत्व चाहते थे। यही झगड़े की जड़ थी। जब हिरण्याक्ष और हिरण्यकशिपु को मार दिया गया और प्रह्लाद से वरुणदेव के सान्निध्य में देवों के कौल-करार हो गए और प्रह्लाद को इन्द्रपद देना भी तय हो गया, तब एक बार देव-भूमि की राज्य-सीमाएं बंध गई थीं। परन्तु महत्त्वाकांक्षी इन्द्र इससे संतुष्ट न था और इसीसे उसने सिन्धु नदी पार करके पंचसिन्धु प्रदेश पर आक्रमण किया तथा वार्त्रघ्न महासंग्राम हुआ। इन्द्र को पंचसिन्धु का सम्राट् मान लिया गया। परन्तु इन्द्र पंचसिन्धु में बसा नहीं, इलावर्त लौट गया, पंचसिन्धु में अपना प्रतिनिधि ही छोड़ गया। पर त्रिशिरा का वध करने के कारण उसे इलावर्त से भागना पड़ा। सारा देवलोक ही उसका विरोधी हो उठा। उसके बाद नहुष और रजि ने देवलोक में जो उत्पात मचाए उससे देवों की शक्ति क्षीण हो गई। बाद में रजि को बृहस्पति ने चार्वाक-सिद्धान्तों का उपदेश दिया तो रजि का वंश ही वैदिक आर्य परिवार से पृथक् हो गया। इस प्रकार नाहुषों से देवों का पिण्ड छूटा। पर देवराट् पद्धति चली गई। देव चुनकर अपना इन्द्र नियत करते और देवों को वह अनुशासित करता था।

तारकामय-संग्राम में जब प्रह्लाद-पुत्र विरोचन का वध हुआ और विजयी होकर दैत्यों ने विरोचन-पुत्र बलि को दैत्येन्द्र-पद पर अभिषिक्त किया, तब दैत्येन्द्र बलि की आज्ञा से दैत्यों ने बैल के चमड़े का तस्मा लेकर सारी भूमि को आपस में बांटना प्रारम्भ किया। इससे देवों में बड़ी घबराहट फैल गई। इन्द्र इस समय बड़ी ही विपन्नावस्था में था। देवों का सारा बल ही बिखर गया था। परन्तु इन्द्र विष्णु को साथ लेकर अनेक प्रमुख देवों के साथ बलि की सेवा में पहुंचा और कहा कि 'पृथ्वी में हमारा भी भाग है। हम लोग आप ही के दायाद-बान्धव हैं।

इसलिए हमारी जो देवभूमि आपने जय की है, वह हमें लौटा दीजिए। यह हम आपसे याचना करते हैं।'

उन दिनों सूर्य ने आर्यों के लिए नवीन यज्ञ-विधि की सृष्टि की थी। वही यज्ञ-विधि आदित्यों, देवों और आर्यों में प्रचलित हो गई। यह यज्ञ-विधि एक प्रकार से देवों का सांस्कृतिक चिह्न-सी हो गई थी तथा सूर्य का नाम इसी यज्ञ-विधि को प्रचलित करने से विष्णु प्रसिद्ध हो गया था। 'यज्ञो वै विष्णुः'–यह देवों का एक घोषणा–वाक्य उन दिनों हो गया।

बलि ने देवों की बात पर विचार किया। अपने कुलगुरु शुक्र और मन्त्रियों से परामर्श किया। परन्तु कवि शुक्राचार्य देवों तथा विष्णु का सारा ही षड्यन्त्र जानते थे। उन्होंने बलि को परामर्श दिया–'इस भूमि में से देवों को कुछ भी भाग नहीं मिलेगा। देव हमारी दैत्य भूमि से निकल जाएं। आर्यावर्त में या जहां चाहें, चले जाएं। वे खटपटी, कुटिल और झगड़ालू हैं। उनके रहने से दैत्य भूमि निरन्तर युद्ध-स्थली बनी रहेगी।'

कवि शुक्राचार्य बड़े प्रभावशाली और तेजस्वी पुरुष थे। उनका विरोध साधारण न था। परन्तु इन्द्र भी एक ही कुटिल धूर्त पुरुष था। उसने अपनी कन्या जयन्ती को शुक्र के पास भेज दिया। जयन्ती बड़ी चपला और सुन्दरी तरुणी थी। उसने अपने रूप के मायाजाल में बूढ़े को फांस लिया। बहुत वादविवाद और परामर्श के बाद यह तय हुआ कि जहां यज्ञविधि है–अग्न्याधान है–अग्निहोत्र है–अग्नि-स्थापना है, वहां-वहां की भूमि देवों को दे दी जाए। शुक्र यद्यपि जयन्ती के रूप-जाल में फंसे थे, फिर भी उन्होंने बलि के इस निर्णय को मूर्खतापूर्ण कहा और उसका प्रबल विरोध किया। परन्तु बलि ने दैत्यगुरु का अनुरोध नहीं माना। इससे गुस्सा होकर कवि उशना शुक्राचार्य दैत्यभूमि को छोड़ नाभिभूमि शंकद्वीप में चले आए। बलि को उन्होंने त्याग दिया।

प्राचीन काल में जिसे 'नाभि' या 'भूमि' कहते थे, उसी को आज अरब देश कहते हैं। उन दिनों इस भूमि पर वाशिष्ठों का खानदान रहता था तथा उन्हीं का यहां प्रभुत्व भी था। आजकल जिस नगर को 'अदन' कहते हैं, यही नगर उन दिनों वाशिष्ठों का प्रमुख नगर था तथा उसका नाम 'आदित्य नगर' था। संस्कृत में 'आदित्य' सूर्य को कहते हैं और अरबी भाषा में 'आद' सूर्य को कहते हैं। यारब, एदम, एरीथस, आद–ये सब सूर्य ही के पर्यायवाची शब्द हैं। लाल सागर का नाम भी सूर्य के ही नाम पर था। सीरियन–अरबी सूर्य-उपासक थे। वास्तव में वे वशिष्ठ के वंशधर थे। अदन या आद नगर में उन्होंने आद, आदित्य का एक मन्दिर

बनवाया था जो सोने-चांदी की ईंटों से बना था। इसकी छत मोतियों तथा हीरों से बनी थी उन दिनों यह देश पूर्व और पश्चिम के बीच व्यापार का माध्यम था।

वाणिज्य के बाहुल्य के कारण तब यह देश महामाल रहता था। उस काल के यहां के निवासी 'असुर' और 'फणीश' बड़े प्रसिद्ध नाविक थे। मिस्र, अरब और भारत को उन दिनों एक व्यापार श्रृंखला ने जोड़ रखा था। यही कारण

है कि भारत से अरब या मिस्र के जो जल-थल-मार्ग थे–वहीं इस भूमि पर विशेष आबादी हुई। शेष भाग जन-शून्य रहा। उन दिनों के बाद भी अरब बहुत काल तक सांसारिक व्यापार-भण्डार रहा। अरब की इस व्यापार-श्री की स्तुति बहुत ख्यातनामा इतिहासज्ञों ने की है। इस देश में चन्दन, अगरु आदि के सुगन्धित ईंधनों से खाना पकता था तथा धन खर्च करने और शान-शौकत में अरब के धनी जन संसार-भर के राजा-महाराजाओं को मात करते थे। उनके प्रासादों के किवाड़ हाथी दांत, सुवर्ण व मणिजड़ित होते थे। अरब में उन दिनों स्वर्ण की इतनी बहुतायत थी कि उसका मूल्य लोहे से केवल दूना और पीतल से तिगुना था। वाशिष्ठों ने अपनी यज्ञ-विधि से सारे प्रदेश को व्याप्त कर रखा था। प्रसिद्ध है कि अरब के काबा आदि धर्मक्षेत्रों की यज्ञ-होम की सुगन्धित वायु मिस्र देश तक पहुंचती थी। इसीलिए एलेग्ज़ेण्डर ने बेबीलोनिया में अपनी राजधानी स्थापित करनी चाही थी तथा मिल्टन ने अपने काव्य में अरब की सुगन्धित वायु से सागरों के महकने का उल्लेख किया। वाणिज्य और राजनीति का केन्द्रस्थल होने से यहां भी कई बड़े देवासुर-संग्राम हुए। वाशिष्ठों ने इसे महिदेवों का उपनिवेश बना दिया था। अरब में प्राचीन किंवदन्ती है कि लाहसा एवं बहरियन प्रान्तों में पहले दानव वीर वास करते थे। इस प्रान्त को अरब लोग अब भी 'रोबाउलखेत' कहते हैं। आज भी अरब में शहसवार और वीर प्रसिद्ध हैं।

पाठकों को स्मरण होगा कि वशिष्ठ भी सूर्य के ही पुत्र थे। इससे वे आगे चलकर सूर्यवंशियों के अथ च सभी आदित्यों के कुलगुरु और राजमन्त्री बन गए थे। यहां आद में उन्होंने जिस सूर्य मन्दिर की स्थापना की थी, उसके पुजारी भी वशिष्ठ लोग ही थे। वशिष्ठ स्वयं थोड़े ही दिन यहां रहे, नारद से विग्रह कर वे देवलोक से चले आए–फिर यहां शुक्राचार्य के आ बसने पर भारत में सुदास के यहां आ गए। परन्तु उनके वंशधर और जायदाद–भूमि सम्पत्ति सब अरब ही में रही। 'रब', 'रू' सूर्य ही के नाम थे और उसके पुरोहित मग, वशिष्ठ थे। योम-आह, रविवार, रवि-आह एक व रवि-आह दो, सूर्य ही के दिन व मास हैं। रमजान मास का नाम पहले 'रमादान' था। यह मुसलमानों का बनाया महीना है। मग, मिहिर,

मूक, मौनी, मुनि ये वशिष्ठ ही के वंशधर थे। अरब के मूक, मोखा, महरा, मक्का, मकरनियत, मैरवा आदि प्रदेशों और नगरों के नाम भी उसी आधार पर हैं। वशिष्ठ को कामधेनुपति भी कहा जाता है। कामधेनु की भूमि उनकी जन्मभूमि और पैतृक सम्पत्ति थी। मगों के यज्ञों की सुगन्ध से समुद्र की वायु सुगन्धित रहती थी। अरब के यमन-प्रदेश में मुनियों के अनगिनत आश्रम, जनपद और उपनिवेश थे और वहां के हामाहामियारी सूर्य-उपासक थे।

परन्तु दैत्य-भूमि छोड़कर जब कवि उशना शुक्राचार्य अरब में आए तो उन्होंने कुरिशि प्रान्त में अपना निवास बनाया। कुरिशि कुरैशी संभवतः, कवि शुक्राचार्य के ही वंशधर हैं। कुरैशी भाषा ही कुरान की भाषा है। यह भाषा हामियारी भाषा से भिन्न है। शुक्र का नाम काव्य पुरुष था ही। अरब में शुक्र का नाम पूज्य देवों की भांति 'अल उजाह' प्रसिद्ध है। कुरेशी देश में मक्का में बाद में शुक्र का मन्दिर स्थापित हुआ, जो 'काव्य' के नाम से प्रसिद्ध हुआ। आजकल का मक्का का प्रसिद्ध 'काबा' यही काव्यपुरुष शुक्र का मन्दिर है।

उस काल में बृहस्पति, मंगल आदि अनेक ग्रहों और देवों की पूजा भी अरब लोग करते थे–उनकी मूर्तियां भी 'काव्य-मन्दिर' में रखी गई थीं तथा एक प्राचीन शिवलिंग भी वहां था जिसकी पूजा होती थी और जिसका नाम 'मुन्नाह' था। यह एक काले पत्थर का चार फुट ऊंचा और दो फुट चौड़ा लिंग था जो सोने की जलहरी पर रखा रहता था। इनके अतिरिक्त सूर्य के मित्र गरुड़ की, उच्चैश्रवा घोड़े या सूर्यपुत्र अश्विनीकुमारों की, मनुपुत्र नृसिंह की मूर्तियां भी वहां थीं। सूर्य की भी एक मूर्ति रखी गई थी जिसका एक हाथ सोने का था। इसके अतिरिक्त और भी मूर्तियां थीं। मुन्नाह के उपासक खोजा थे। अल उजाह कुरैशियों की प्रधान देवी थी। इन सब मूर्तियों को बाद में मुसलमानों के पैगम्बर मुहम्मद ने दूर करके केवल प्राचीन शिवलिंग ही की पूजा कायम रखी थी। 'काव्य' के नाम पर मन्दिर का नाम 'काबा' प्रसिद्ध है तथा शुक्रवार को सभी अरब-निवासी जुम्मा, महान् और पवित्र दिन मानते हैं तथा काव्य-कविता में अरब के लोग संसार के सभी देशों के प्रमुख प्रमाणित हैं।

पुराणों से ऐसा ही प्रमाणित है कि दैत्येन्द्र बलि ने काश्यप सागर तट से अपनी राजधानी हटाकर अरब के निकट एक नया नगर–'बलासुरा' नाम का बसाकर उसे अपनी राजधानी बनाया था तथा यहीं पर उसका ऐन्द्राभिषेक हुआ था और यहीं पर विष्णु और इन्द्र उसके पास भूमि-याचना करने आए थे तथा यहीं से बलि की नीति से असन्तुष्ट होकर शुक्र अरब प्रदेश में चले गए थे। बलि की यही प्राचीन राजधानी–बलासुरा आजकल का विख्यात 'बसरा' नगर है। यहीं बलि को बन्दी

बनाया गया था। दमिश्क–वाशिष्ठ–दमी लोगों का प्राचीन नगर है। शाका, मनना, शोमार आदि भी प्राचीन वाशिष्ठों के नगर हैं।

वर्तमान बसरा नगर अति प्राचीन बलि के बलासुरा नगर के ध्वंस पर मुसलमानों के खलीफा उमर ने ई० सन् 640 के लगभग बसाया था। बहुत सम्भव है कि तब वह कोई साधारण उजाड़ बस्ती के रूप में रहा हो। वर्तमान बसरा मेसोपोटामिया या ईराक राज्य का खास नगर तथा बड़ा बन्दरगाह है। यह नगर समुद्र-तट से काफी दूर 'शत्तुल-अरब' नामक नदी के निकट 'अल-अशार' के तट पर बसा है। शत्तुल-अरब इतनी गहरी नदी है कि चलने वाले छोटे-बड़े सभी जहाज उसमें आ-जा सकते हैं। आरम्भ में खलीफा उमर की आज्ञा से यहां केवल मुसलमानी सेनाओं की छावनी 'अतवा' नामक सरदार ने–जब वह ईरानियों से लड़ रहा था–डाली थी। यह स्थान तब दजला नदी से दस मील के अन्तर पर वर्तमान नगर से उत्तर-पश्चिम दिशा में था। कहते हैं, कभी इस नगर की आबादी बहुत घनी थी तथा नगर में बीस हज़ार नहरें थी, जिनमें नौकाएं चलती थीं। यहां एक प्रसिद्ध पुस्तकालय भी था तथा प्राचीनकाल में यह नगर विद्या और व्यापार का केन्द्र था। मुस्लिम काल में यह नगर राजनीति का भी वैसा ही केन्द्र था जैसा विद्या का तथा यहां बड़े-बड़े प्रसिद्ध विद्वान् रहते थे।

कालचक्र अनेक रूप प्रकट करता है। यह बलासुरा नगर भी अनेक वैभव देख चुका। जो हो, जब विश्व के नृवंश के पुरखा और नेता यहां के बड़े दैत्य सम्राट् की सेवा में एकत्र हुए थे तथा पृथ्वी-विभाजन किया गया था–जिसे सहस्रों वर्षों से उनके वंशधर उपभोग कर रहे हैं–तब से अब तक जाने कितने महापुरुषों ने अपने उस प्राचीन अधिकार की रक्षा के लिए कहां-कहां रक्त बहाया है, इसका ठीक-ठीक हिसाब तो इतिहास के पुराने पृष्ठ भी नहीं बता सकते।

अस्तु, अब हम फिर उसी मूल घटना चक्र पर आते हैं। जब देवराट् इन्द्र और विष्णु प्रमुख देवगणों को संग ले बलि की राजधानी बलासुरा में पहुंचे तो नगर की सम्पन्नता देख दंग रह गए। सारा नगर परकोटे के घेरे में बसा था। सब प्रकार के रत्नों से सजे हुए ऊंचे-ऊंचे महल उस पुरी की शोभा बढ़ा रहे थे। नगर के राजपथ बड़े ही प्रशस्त थे। वहां अनेक प्रकार के शिल्पी अपना-अपना कौशल दिखा रहे थे। अपनी इस बलासुरा नाम की नवीन राजधानी में बैठ दैत्यराट् बलि अपने समूचे दैत्य-साम्राज्य का शासन करता था। इस समय उसने त्रिलोकीपति की उपाधि धारण की थी, क्योंकि पृथ्वी पर कोई दूसरा राजा इस काल उसकी समता का न था। वह धर्म का ज्ञाता, कृतज्ञ, सत्यवादी और जितेन्द्रिय था। सब कोई उससे मिल

सकते थे। वह न्याय का बहुत विचार रखता था। वह शरणागतों का रक्षक और दुष्टों का दमन करता था। वह मन्त्रशक्ति, प्रभुशक्ति और उत्साहशक्ति तीनों से सम्पन्न था। सन्धि-विग्रह, यान-आसन, द्वैधीभाव और सामाश्रय इन छः प्रकार की राजनीतियों को वह भली भांति जानता था। वेद उसने पढ़ा था। वह उदार, सुशील, संयमी, अहिंसक, शुद्धहृदय, पूज्यों का पूजन करनेवाला, सब विषयों में पारंगत, दुर्दमनीय, भाग्यवान् और अत्यन्त कमनीय था। अन्न, रत्न, स्वर्ण का उसका भण्डार अटूट था। धर्म-अर्थ-काम की वह साधना करता था। वह महादानी था। संयम में दैत्येन्द्र बलि त्रिलोकी में सर्वश्रेष्ठ पुरुष था। उसके राज्य में न कहीं अधर्म होता था–न कोई दीन, दुःखी, रोगी, अल्पायु, मूर्ख और कुरूप पुरुष था।

जब उसने सुना कि देवराट् इन्द्र और विष्णु–जो उसके पितामह प्रह्लाद के मित्र थे–देव पुरुषों सहित उसके नगर में उसकी सेवा में आए हैं तो उसने अपने मन्त्रियों को आदेश दिया कि देवराज और भगवान् विष्णु हमारे पूजनीय अतिथि हैं, उन्हें आदर के साथ ले आओ। इस प्रकार मन्त्रियों और प्रमुख दैत्य सरदारों को भेजकर बलि स्वयं अपने हर्म्य से अकेला ही निकल पड़ा और अपने समृद्ध नगर की सातवीं ड्योढ़ी पर जा पहुंचा। उसने विष्णु का सांगोपांग पूजन किया और इन्द्र तथा देवों की अभ्यर्थना कर कहा–"आपकी अभ्यर्थना करके मैं कृतार्थ हुआ।" उसने बारम्बार इन्द्र का आलिंगन किया और अपने राजभवन के भीतर ले जाकर अर्घ्यपाद्य से विधिवत् पूजन किया। फिर कहा– "इन्द्र, आज मैं आपको अपने घर पर आया देखता हूं, इससे मेरा जन्म सफल हो गया। मेरे सभी मनोरथ पूरे हो गए। आपके साथ मेरे पितामह के श्रद्धेय मित्र विष्णु भी हैं जो मेरे लिए पितृचरण से भी बढ़कर पूज्य हैं। अब कहें, किस प्रयोजन से आना हुआ है? मुझे सारी बात बताइए। आप लोगों ने इन सब देवों के साथ यहां आने का कष्ट उठाया है, इससे मुझे अत्यन्त आश्चर्य हो रहा है।"

देवराट् इन्द्र ने कहा–"दैत्यराज, आज आप त्रिलोकीपति हैं और आपसे, श्रेष्ठ पुरुष विश्व में दूसरा नहीं है। आपके दान और महत्ता की चर्चा सर्वत्र है आपके सम्मुख आकर कोई याचक निराश नहीं लौटता। आप याचकों के लिए कल्पवृक्ष हैं। आपके समान दाता पृथ्वी में कौन है? आपने मेरा त्रिलोकी का राज्य छीन लिया है। अब मैं निराधार और निर्धन हूं। इसलिए हमारे और आपके पूज्य पुरुष इन विष्णु तथा देवप्रमुखों सहित मैं आपके पास याचक के रूप में आया हूं कि अधिक नहीं तो यज्ञभूमि–वेदिका–ही हम लोगों को दे दीजिए, जिससे हम देवों का भी ठौर-ठिकाना हो तथा हमारी यज्ञविधि कायम रहे।"

इसपर बलि ने प्रसन्न होकर कहा–"देवेन्द्र आप भले पधारे, आपका कल्याण हो। मेरे समान धन्य दूसरा कौन है कि मैं त्रिभुवन की राजलक्ष्मी से सम्पन्न होकर देवराट् इन्द्र और भगवान् विष्णु को याचक के रूप में अपने घर आया देखता हूं। घर पर आए हुए इन्द्र को तो मैं अपनी स्त्री, पुत्र, महल तथा अपने को भी दे डालूंगा। आप धर्म और न्याय से जो मांगें–मैं दूंगा।"

इस पर इन्द्र ने विनयावनत होकर कहा–"हे दैत्यपति, इस समय तो आप ही देवों की रक्षा और पोषण कर सकते हैं। अन्ततः वे भी तो आपके दायाद-बान्धव ही हैं। बारह आदित्य, ग्यारह रुद्र, आठ वसु, अश्विनीकुमार और पितृजन सभी आपके बाहुबल का आश्रय चाह रहे हैं। आप सर्वसमर्थ हैं–सो जैसे दैत्य-दानवों का आप धर्मपूर्वक शासन करते हैं, वैसे ही देवों का भी कीजिए। केवल जितने स्थान में हमारी यज्ञ-भूमि है, जहां-जहां हम अग्निस्थापन करें, वही भूमि हमें दे दें। आप इतना ही अनुग्रह हम पर कीजिए, जिससे सब लोग कहें कि घर पर आए हुए देवराट् इन्द्र और पितामह के मित्र विष्णु का आपने सत्कार कर लिया।" तब दैत्येन्द्र ने उसी क्षण अंजलि में जल लेकर कहा–"जहां-जहां यज्ञ-वेदी है, जहां-जहां अग्निस्थापन है, जहां-जहां यज्ञ होता है, वह भूमि मैंने देवों को दी।" दैत्येन्द्र का वचन सुन दैत्यगुरु शुक्र उशना ने क्रुद्ध होकर कहा–"महाराज यह अनुचित है। मन्त्रियों से भली भांति विचार-विमर्श करके युक्तायुक्त का विचार किए बिना आप वचन मत दीजिए। ये देव दैत्यवंश-उच्छेदकर्त्ता हैं।" इसपर दैत्येन्द्र ने कहा–"मैंने धर्म के विचार से, न्याय के विचार से देवों को वचन दे दिया। मेरे दान से देव समृद्ध हों तो मैं धन्य हूं। मेरा वचन सत्य हो!" इसपर क्रुद्ध हो दैत्य गुरु शुक्र ने तत्क्षण दैत्यलोक त्याग दिया और देवराट् तथा देवगण दैत्येन्द्र से वचन ले, विष्णु को आगे कर वन, नगर, जनपद में आग लगाने तथा "यही हमारी यज्ञ-भूमि है' कहकर आगे बढ़ने लगे। वे दल बांधकर आग लगाते जाते और–"विष्णुस्त्वा वसतामिति, यज्ञो वै विष्णुः, स देवेभ्य इमां विक्रान्ति विचक्रमे। येषामियं विक्रान्तिरिदमेव प्रथमेन पदेन यस्याधस्तादिदमन्तरिक्षं द्वितीयेन दिवमुत्तमेनैतां वैवैष एतस्मै विष्णुर्यज्ञो विक्रान्ति विक्रमते।"

इस प्रकार मन्त्रपाठ करते जाते थे। देवों के इस कार्य से दैत्य परेशान और भयभीत हो गए। विष्णु ने बलि से यह याचना की थी कि–'अग्निरक्षायाम्' अर्थात् अग्निगृहों की रक्षा के लिए भूमि चाहिए। इसलिए उन्होंने समस्त वनों, नगरों और जनपदों को जलाकर खाक करना आरंभ कर दिया। ज्यों-ज्यों अग्नि बढ़ती जाती, दैत्य पीछे हटते जाते थे और देव उस भूमि पर अपना अधिकार जमाते जाते थे,

उस भूमि पर कृषि करते तथा बस्ती बसाते जाते थे। शुक्र के दैत्यलोक त्याग देने तथा देवों का ऐसा उत्पात मचाने से वचन-बद्ध बलि भारी धर्म-संकट में पड़ा। अन्त में देवों ने उसे बन्दी बना लिया और दैत्यों का साम्राज्य छिन्न-भिन्न कर डाला। बलि के वंशज ही संभवतः वाह्लीक, सीरिया, बलख के राजा थे। इसी वंश में मद्रपति शल्य अतिरथी हुए, जो महाभारत-युद्ध प्रसिद्ध योद्धा हैं तथा जिन्हें पाश्चात्त्य जन सोलोमन या सुलेमान के नाम से जानते हैं। यह भूमि, जिसे जलाकर देवों ने प्राप्त किया, वही भूमि है जिसे पर्शिया के नक्शे में 'पर्शियन साल्ट डेज़र्ट' कहते हैं। इसी प्रदेश का नाम लट, लूट या कबीर है। पर्शिया के प्राचीन इतिहास में लिखा है कि वहां पहले बड़े-बड़े नगर थे, जिन्हें देवों ने जला दिया। पुराणों में इसी स्थान का नाम 'नन्दन-वन' है। आजकल जो जाति वहां रहती है, वह दाहे कहाती है तथा उस प्रान्त को दाहिस्तान भी कहते हैं। यह स्थान काश्यप सागर व ओक्सस व आधुनिक पारदिया के ऊपर है।

अस्तु! जब बलि को बन्दी बना लिया गया और दैत्यलोक पर फिर देवों ने अधिकार कर लिया, तो देवों ने जहां-जहां दैत्यों का बल देखा, वहीं उनका विनाश कर दिया। इस प्रकार बहुत दैत्य देत्यलोक से पलायन कर गए। पीछे जब बाण महातेज ने होश संभाला तो उसने फिर दैत्यों का संगठन किया। बाण महातेजवान् पुरुष था। देवलोक में उसके साम्मुख्य की किसी में सामर्थ्य न थी। उसने प्रारम्भ में छोटे-छोटे युद्ध करके अपने दैत्य-साम्राज्य को फिर से व्यवस्थित किया। देवों ने भी उसे नहीं छेड़ा। इस प्रकार देव, दानव, दैत्य, नाग, वरुण एक प्रकार से मिल-जुल कर ही उस भूमि पर रहने लगे। इस बीच चार दिक्पाल नियुक्त कर देवों ने अपनी स्थिति और दृढ़ कर ली। अब देवों का संगठन दैत्यों की अपेक्षा कहीं उत्कृष्ट था।

परन्तु रावण के अभियान ने इस बार देवों के संगठन को ध्वस्त कर दिया। वरुण की मृत्यु के बाद देवलोक में इन्द्र ही की सत्ता सार्वभौम हो गई थी। ऋषि आर्य और देव तथा उनकी उपजातियां, जो भी सिन्धु और सतलज की घाटियों में फैल गई थीं, सभी इन्द्र के प्रभाव में थीं। प्रत्येक आर्य सम्राट् को इन्द्र और देवों को यज्ञभाग की बलि देने पर ही सम्राट् या महाराज की पदवी मिल सकती थी। यह वास्तव में एक भारी टैक्स था जो इस पदवी के लिए दिया जाता था। उन दिनों विवाह तथा विशेष यज्ञों में गाय-बैलों का वध होता था। यह परिपाटी आर्यों और देवों में समान भाव से थी। इस समय आर्यों की अनेक शाखाएं भारत आर्यावर्त तथा उसके बाहरी कोणों में फैली हुई थीं जिनमें सबसे अधिक प्रमुखता ययाति के

पांच पुत्रों यदु, तुर्वशु, अनु, द्रुह्य और पुरु की थी। इनके अतिरिक्त अन्य जातियों में गान्धार, मूजवन्त, मत्स्य, भरत, भृगु, उशीनर, चेदि, क्रिवि, पांचाल, कुरु, सृञ्जय, परावत आदि शाखाएं भी प्रधान थीं। तृत्सु रावी के पूर्वी किनारे पर थे। भरत मध्य भारत में थे। पुरुवंशी दुष्यन्त के वंशज भारत तथा स्वायभुव भरत के वंशज मनुर्भरत कहाते थे। आगे भारतों को कौरव भी कहा गया। उशीनर, चेदि, मत्स्य, सृञ्जय का वंश बहुत पीछे तक चलता रहा। मत्स्य वंश अत्यन्त प्राचीन है। इसका संकेत हमें मत्स्यपुराण से मिलता है। इस बात के अत्यन्त पुष्ट प्रमाण हैं कि अत्यन्त प्राचीनकाल में बेबीलोन में मत्स्य नाम की एक जाति रहती थी, जिसने जल- प्रलय के समय मनु के परिवार की रक्षा की थी। भारत में मत्स्य लोग पूर्वी राजपूताना में आ बसे थे। उशीनर उत्तरी भारत में रहते थे। बलि-बन्धन के बाद आर्यों के राज्य मगध तक फैल गए थे।

जिस समय रावण ने देवराट् इन्द्र पर अभियान किया, उस समय फारस से उत्तर-पूर्व अफगानिस्तान और पामीर तक इन्द्र का राज्य था तथा सम्पूर्ण आर्यावर्त उन्हें देव कहकर उनकी पूजा करता और उन्हें यज्ञ-भाग देता था। उन दिनों यज्ञ कोरे धर्मानुष्ठान न होते थे। वे बड़ा भारी राजनीतिक महत्त्व रखते थे। यज्ञ तभी किए जाते थे जब कोई बड़ी विजय होती थी या कोई बड़ी घटना होती थी। उस यज्ञ में सब समर्थकों, मित्रों तथा आप्तजनों को विजय में प्राप्त धन बांटा जाता था। इसी को यज्ञभाग कहते थे।

सुदास इन्द्र के गहरे मित्र थे। दाशराज्ञ-संग्राम में सुदास की जय इन्द्र की सहायता से हुई थी तथा वृत्रघ्न-संग्राम में विजय का सेहरा इन्द्र के सिर सुदास की सहायता से बंधा था। ये तृत्सु-वंश के थे तथा इनका राज्य रावी नदी के दोनों तटों पर था। इनके पिता विजवन महान् युद्धकर्त्ता तो थे, पर राजा न थे। सुदास इन्द्र ही की कृपा से राजा हुए थे। बाद में उन्होंने दश राजाओं के युद्ध में जय प्राप्त कर भारी कीर्ति पाई। प्रसिद्ध नरपति त्रसदस्यु को भी सुदास ने पराजित किया था। वशिष्ठ और उनके पुत्र पराशर तथा सत्ययात उनके आश्रित ऋषि थे। वशिष्ठ ही की सहायता से सुदास ने माथुर-यादव, आनव-शिवि, गान्धार-दुह्य, शूरसेन के मत्स्य, रीवा के तुर्वशु, अनार्य-वर्चिन, वैकर्ण-भेद आदि सम्मिलित दस राजाओं को युद्ध में पराजित किया था। पीछे वशिष्ठ ही के षड्यंत्र से कुरुपति संवर्त ने सुदास को पराजित करके मार डाला। इस प्रकार सुदास के मरने पर भारत में इन्द्र का प्रभाव बहुत कम हो गया तथा सुदास का राज्य और वंश ही नष्ट हो गया। दिवोदास, जिन्होंने सुदास को गोद लिया था, संभवतः इस समय तक मर चुके थे। वे दशरथ

के मित्र और सहायक थे और संभवतः उन्हींके कारण दशरथ की इन्द्र से भी मैत्री हुई थी। इन्हीं दिवोदास की बहिन अहल्या थी जो गौतम के पुत्र शरद्वत को ब्याही थी तथा जिसे इन्द्र से व्याभिचार करने के अपराध में गौतम शरद्वत ने त्याग दिया था और राम ने जिसका उद्धार किया था। इसी अहल्या के पुत्र शतानन्द ने जो जनक सीरध्वज के पुरोहित थे। काशी में इस समय प्रतर्दन राज्य कर रहा था जिसके आश्रित भरद्वाज रहे थे तथा जिसने हैहय वीतिहव्य को पराजित किया था। बाद में पराजित होने पर वीतिहव्य भरद्वाज ही के आश्रम में प्रयाग में रहने लगे थे। प्रतर्दन के पौत्र अलर्क पर अगस्त्य की पत्नी लोपामुद्रा की कृपा थी।

इस प्रकार जिस समय रावण ने देवलोक पर आक्रमण करके देवराट् को पराजित कर बन्दी बनाया, उस समय इन्द्र का राज्य-विस्तार तो अवश्य ही बहुत था, परन्तु उसकी शक्ति खोखली हो गई थी। यही कारण था कि इन्द्र को पराभूत होना पड़ा और इन्द्रजित् मेघनाद उसे बांधकर लंका ले गया। इससे देवलोक में बड़ी गड़बड़ी फैल गई। उस समय सब प्रमुख वारुणेय और आदित्य, वसु, रुद्र मिलकर लंका में पहुंचे और रावण से इन्द्र की मुक्ति-याचना की। रावण ने देवों के साथ यह शर्त रखी कि देव लोग राक्षसों को भी देवता समझें, उन्हें अमरत्व दें तथा रक्ष-संस्कृति स्वीकार करें, जिससे सब देव, दैत्य, दानव और राक्षस आर्यों से मिलकर एक ही महाजाति हो जाएं और उनके विग्रह शान्त हो जाएं। परन्तु बहुत वाद-विवाद के बाद भी यह सम्भव नहीं हुआ। अन्त में यह तय हुआ कि राक्षस भी यज्ञ के अधिकारी मान लिए जाएं। जब इन्द्रजित् मेघनाद युद्ध में आएं तो देवराट् उसको अपना रथ भेजकर उसकी अभ्यर्थना करें तथा कभी भी राक्षसों के विरुद्ध शस्त्र न उठाएं। निरुपाय देवों ने रावण की शर्तें स्वीकार कर लीं। शर्तों की स्वीकृति की साक्षी के लिए लंका में देवों, दैत्यों, दानवों और नागों के प्रतिनिधियों को बुलाया गया और इन्द्र-मोचन की तैयारियां होने लगीं।

84

ऐन्द्राभिषेक

जिस समय लंका में ये सब घटनाएं घटित हो रही थीं, देव, दैत्य, दानव, यक्ष एवं रक्ष लंका में आ जा रहे थे और इन्द्र-मोचन की तैयारी हो रही थी, तभी

रक्षपति रावण के आदेश से इन्द्रजयी मेघनाद ने अत्यन्त गुप्त रूप से कैलासी का सान्निध्य प्राप्त कर लिया। कैलासी अपने इन्द्रजयी शिष्य को देखकर प्रसन्न हो गए। उन्होंने अपना वरद हस्त मेघनाद के मस्तक पर रख, गंगा का पवित्र जल उसके मस्तक पर छिड़ककर कहा–"वत्स मेघनाद, तूने इन्द्र को बन्दी बनाकर महत्कर्म किया है। इससे रावण का उत्कर्ष बहुत बढ़ गया है। अब मैं तेरा ऐन्द्राभिषेक गंगा के पवित्र जल से करता हूं और इस अवसर पर तुझे कुछ दिव्य विभूतियां भी देता हूं। उन विभूतियों से सम्पन्न होकर तू प्रहृष्ट-मन लंका को जा और रावण से कह कि अब वह इन्द्र को छोड़ दे–यही युक्तियुक्त भी है। अब सौम्य रावण सर्वजयी हो चुका। लोकपूजित देव आज उसके शरणापन्न हैं–अब और विग्रह से उसे क्या प्रयोजन है! परन्तु यह जो मैंने तेरा यहां कैलास में ऐन्द्राभिषेक किया है, सो यह तो औपचारिक ही है। तू रावण से कह कि लंका में वह इन्द्र-मोचन से पूर्व तेरे ऐन्द्राभिषेक का महत् आयोजन करे, जिसमें सब देव, दैत्य, असुर, नर, नरपतिगण, इन्द्र-सहित सेवक की भांति सेवा-कर्म करें। बस, इतना ही यथेष्ट होगा।"

इतना संकेत करके देवाधिदेव महादेव रुद्र ने हंसकर देवजयी मेघनाद की ओर देखा। मेघनाद ने बद्धांजलि, विकार-रहित हो कहा–"मेरा यह शरीर देवाधिदेव के अधीन है।"

"मैं तुझपर प्रसन्न हूं"–कहकर रुद्र ने साभिप्राय दृष्टि से अपने चिरकिंकर नन्दी की ओर देखकर कहा–"अरे जा, सुमेरु पर उसे ले जा और सब दिव्य विभूतियां इसे दे दे।"

इस प्रकार रुद्रदेव का संकेत पाकर गण नन्दी ने तत्क्षण भूतासन पर आरूढ़ हो सुमेरु-यात्रा की। सुमेरुपति चक्रदण्ड विद्याधर ने नन्दी के मुख से रुद्र का आदेश सुन तथा मेघनाद का परिचय पाकर कहा–"वत्स, मैं मोहिनी विद्या का अधिष्ठाता हूं। जिसके पास यह विद्या होती है, वह अजेय हो जाता है। इस विद्या का प्रभाव बड़ा दुर्धर्ष है। संक्षेप में तू इतना ही जान कि अव्यक्त में सम्पूर्ण शक्ति और अणुशक्ति उत्पन्न होती है। उनमें से प्राणशक्ति से उत्पन्न हुआ नाद बिन्दुमार्ग में जाकर तट-तत्त्व और कला समेत विद्या आदिक मन्त्रता को प्राप्त होता है। ज्ञान और तप से सिद्ध इस विद्या का प्रभाव दुर्लंघ्य है। सो पुत्र तुझे मैं यह मोहिनी और परिवर्तिनी विद्या देवाधिदेव रुद्र के आदेश से दूंगा। अब तू सात दिन तक सर्पों की बांबी में सर्पों के साथ रह।"

यह सुनकर मेघनाद उस विद्याधर को प्रणाम कर सर्पों की बांबी में चला गया। अनेक सर्पों ने उसे दश किया पर विद्याधर के विषहर प्रयोग से उसपर विष का

प्रभाव नहीं हुआ। जब वह विष को सह गया तो विद्याधर ने दिव्य सम्मोहिनी विद्या मन्त्र सहित उसे दे दी। फिर कहा–"अब तू तीन दिन अग्निवास कर, तब मैं तुझे परिवर्तिनी विद्या दूंगा।" इसपर मेघनाद ने तीन दिन अग्निवास किया। जब वह अग्नि को सह गया तो विद्याधर ने उसपर कालान्त सिद्ध का प्रयोग किया। उसने काकिनी स्त्री का सहवास रखकर गगनतत्त्व बनाया, काकिन्युत्पन्न पुत्र का सद्योविट् वायु, काकिनी पुष्प तेज तथा तत्पुत्र शोणितजल तत्त्व बनाया। काकिनी-पुत्र का सर्वांग पृथ्वी-तत्त्व निश्चित किया। फिर रससिद्ध पुरुष-बीज को जीव संज्ञा दी। अब उसने पुरुष की ऊंचाई के बराबर एक छः अंगुल मोटे ताम्रकटाह को चतुर्मुख कोष्ठ पर रखकर उसे गोघृत और नरतैल से भर दिया। तदनन्तर सिद्ध-चक्ररच, कुमारी-गुरु देव का पूजन कर, बलि-मांस अर्पण कर, चारों ओर से बंकनाल द्वारा खदिरांगार प्रज्वलित कर उसे सुतप्त किया। जब निधूर्म हो, फेन-निर्मुक्ति हुई, तब इस मेघनाद का शरीर उसमें निक्षेपकर, पूर्ववर्णित पृथ्वी, जल, आकाश, वायु, अग्नि इन पांचों तत्त्वों तथा बीज-जीव का निक्षेप किया, जल-तत्त्व डालते ही वह द्रव रक्तवर्ण हो गया। वायु-तत्त्व से शुभ्रवर्ण, तेज से घनीभूत तथा आकाश तत्त्व से स्वर्ण-सदृश हो गया और ज्यों ही उसमें जीव प्रक्षेप हुआ, तत्काल हुंकार-ध्वनि करता हुआ मेघनाद का तेजवान् शरीर उसमें से इस प्रकार उठ खड़ा हुआ जैसे प्रत्यूष में भास्कर का उदय होता है। वह दिव्य-तेज, महाकाय, महाबल-पराक्रम, नौ हजार हाथियों का बल धारण करने वाला वज्रदेह, दिव्य रूपवान्, क्षुत्पिपासा-निर्मुक्त, सब भोगों को भोगने में समर्थ, इच्छा-सिद्ध मेघनाद नव-रूप में विकसित हो गया।

उसे इस अद्भुत और नवीन परिवर्तित रूप में देख और परिवर्तिनी विद्या दे, विद्याधर चक्रदण्ड ने उसे कामचारी महापद्म विमान में बैठाकर त्रिकूटाचल पर्वत पर स्थित त्रिकूट पताका नामक पुरी में अपने ज्येष्ठ बन्धु विक्रमशक्ति के पास भेज दिया। विक्रमशक्ति विद्याधर ने उसे सिद्ध पुरुषों की भांति दिव्य प्रभा से व्याप्त देखकर कहा–"जब तुझे मेरे भाई चक्रदण्ड ने कामचारी बना ही दिया; तो अब मैं भी तुझे कामचूड़ामणि सिद्धि से सम्पन्न करूंगा। तू अभी चन्द्रपाद पर्वत की गुहा में जाकर सात दिव्यौषधि सिद्ध कर ला। परन्तु यह जान कि यह सुकर नहीं है। उस अगम गुहा पर महादैत्य नमुचि का अधिकार है। वह जरा-मरण रहित कामचारी सिद्ध पुरुष है। वह किसी शस्त्रास्त्र से न मारा जा सकता है, न जय किया जा सकता है। परन्तु वह महादानी है। विनय से उसके लिए शत्रुओं को भी कोई पदार्थ अदेय नहीं है। वह निवृत्त-वैर है। उसने तीन बार देवासुर-संग्राम में देवेन्द्र इन्द्र को जय

किया है। उस गुहा के तल में नमुचि का हर्म्य है जो देव-दानव सभी के लिए अगम है। वहां अकथ रत्न-मणियां हैं, नमुचि दैत्य की बारह पत्नियां दिव्यौषध के प्रभाव से नमुचि ही के समान जरा-मरण रहित हो उसकी सेवा करती हैं तथा नमुचि के दस सहस्र धनुर्धर और इतने ही अश्व हैं। तू अपने विनय से उसे प्रसन्न कर और वहां से सात दिव्यौषध लेकर मेरे पास आ।"

यह सुन मेघनाद एकाकी ही उस दुरूह, दुरारोह कामचूड़ामणि गिरिश्रृंग पर चढ़ने लगा। मार्ग में उसे देख अनेक गुह्यक, यक्ष, दैत्य, तथा कूष्माण्डक दिव्य शस्त्र ले-लेकर उससे युद्ध करने आए, परन्तु मेघनाद ने अपने दिव्यास्त्रों से बहुतों को मार भगाया, बहुतों को माया-बल से सम्मोहित कर दिया। अन्त मैं वह गिरिगुहा के द्वार पर आ पहुंचा, उसकी अवाई सुन नमुचि दैत्य खड्गहस्त हो उसके सम्मुख आकर बोला–"अरे दुराचारी, तू कैसे मेरे रक्षकों को मारकर यहां से मेरी अगम्य दुरारोह कामचूड़ामणि गुहा पर आया है। अब तू मर!" यह सुनकर विकार-रहित हो मेघनाद ने विनम्र वाणी से कहा–"हे दैत्यवर, मेरा यह शरीर आपके अधीन है। मुझ अपराधी को आप शिक्षा दीजिए।" मेघनाद के ये विनीत वचन सुन नमुचि ने हंसकर कहा–"अरे रावणि, मैं भगवान् रुद्र किंकर तुझे जानता हूं। मैंने देख लिया, तुझमें अभिमान का लेश भी नहीं है। मैं तुझपर प्रसन्न हूं। मेरे पास से कोई याचक विमुख नहीं जाता। तू मांग, क्या मांगता है?"

तब मेघनाद ने कहा–"हे दैत्येन्द्र, मुझे सप्त दिव्यौषधि दीजिए।" नमुचि ने कहा–"तूने अलभ्य-अदेय वस्तु मांगी है। अरे सौम्य, लोग तो मणि, मुक्ता, अश्व मांगते हैं। परन्तु याचक को मैं विमुख करूं तो मैंने जो बहुत काल से संसार में दान-कीर्ति फैला रखी है, वह नष्ट हो जाएगी। आ, तू सप्त दिव्यौषधि ग्रहण कर।"

इस प्रकार उसने अपनी बारहों पत्नियों, दस सहस्र अश्वों और योद्धाओं सहित रावण का आतिथ्य कर उसे सातों दिव्यौषधियां दीं और कहा–"ये औषध महाप्रभाव हैं, इनसे तू अजर-अमर हो जाएगा, किन्तु मैं तुझपर एक और भी अनुग्रह करना चाहता हूं। आ, मैं तुझे 'एकबन्धकर्ण, विद्या देता हूं। इतना कह दैत्यपति नमुचि कवच धारण कर तथा हाथ में नाग पाश ले खड़ा हो गया और मेघनाद से कहा–"तू सब दिव्यास्त्रों का प्रयोक्ता अमोघवीर्य योद्धा है। आ, जी भरकर मेरे ऊपर प्रहार कर!" नमुचि दैत्य की यह आज्ञा पाकर, उसकी पद-वन्दना कर मेघनाद ने खड्ग, शूल, मुद्गर और विविध दिव्य शस्त्रास्त्रों से दैत्येन्द्र पर प्रहार किया। पर दैत्येन्द्र ने सभी को निष्फल कर मेघनाद को नाग-पाश में बांध लिया। यह चमत्कार देख और मन्त्र-सहित 'एकबन्धकर्ण' विद्या से अवगत

हो मेघनाद बहुत प्रसन हुआ तथा दैत्येन्द्र को प्रणाम कर सप्त दिव्यौषधि ले वापस विद्याधर विक्रमशक्ति के पास लौट आया। विक्रमशक्ति ने विधिवत् धातुवेध कर उसमें दिव्यौषधि जीर्ण कर मेघनाद का शरीर-वेध किया, अघोरा और रसाङ्कुशी विद्या का रहस्य-मन्त्र बताया, जिससे मेघनाद अजर-अमर हो गया।

अब रुद्र के गण नन्दी ने मेघनाद से कहा–"अरे रावणि, अब तो तू विश्व के सब मनुष्यों में असह्य दुर्धर्ष और महातेज हो गया। अब तू मेरा भी अनुग्रह प्राप्त कर। कल फाल्गुन कृष्णपक्ष की महाअष्टमी है। हिमवन्त के दक्षिणांचल पर वलीक श्रृंग है। वहां कल के दिन एक दिव्य तूणीर उत्पन्न होता है, जिसकी उपलब्धि के लिए वहां बहुत-से देव, दैत्य, दानव आते हैं। चल, तू अपने विक्रम से वह दिव्य अक्षय तूणीर प्राप्त कर! हमारे पास यह कामचारी महापद्म विमान है ही। इससे हम समय पर वहां पहुंच सकते हैं।" इतना कह और मेघनाद को संग ले गण नन्दी वलीक शिखर पर जा पहुंचा। वहां अनेक देव, दैत्य, दानव, राजाधिराज अपने-अपने वाहनों पर चढ़कर आए थे तथा यज्ञ-वेदी रच-रचकर मन्त्र-पूत आहुतियां दे रहे थे। रावणि मेघनाद ने भी एक वेदी रच, वेदपाठ करते हुए यज्ञ-शाकल्य और बलि की विधिवत् आहुति दी, जिसे तत्क्षण अग्नि ने प्रकट हो ग्रहण कर लिया। यह देख वहां आए हुए सभी देव, दानव, दैत्य-पति संदेह और आश्चर्य से मेघनाद की ओर देखकर परस्पर संकेत से पूछने लगे–"यह कौन रमणीय कुमार है, जिसका प्रताप ऐसा दुर्धर्ष है कि अग्नि ने स्वयं प्रकट हो उसकी बलि ग्रहण की है?

अभी यह सब हो ही रहा था कि उसी क्षण एक महानाग अकस्मात् पृथ्वी के विवर से निकला। उसका रंग बालारुण के समान असह्य रक्तवर्ण था और उसके विराट् शरीर का विस्तार एक योजन भूमि में था। उस महा भयानक सर्पराज को देखते ही बहुत-से देव, दैत्य भय से कांपते हुए मूर्छित हो गए। तब विजृम्भक नामक दैत्य साहस करके उसके निकट आ उसे पकड़ने लगा। इसपर सर्प ने जो फूत्कार किया तो वह महाबली सूखे पत्ते की भांति सौ हाथ दूर जा गिरा। इस पर अनेक देव, दैत्य, असुर, विक्रमशील पुरुष एक साथ ही उसे पकड़ने को दौड़े। पर महानाग ने मुंह खोल वेग का एक श्वास लिया, जिससे खिंच-खिंचकर तीन योजन के पशु, पक्षी, प्राणी सभी उसके उदर में पहुंच गए। बहुत से देव, दैत्य, असुर भी उसके पेट में चले गए। शेष जन भयभीत हो इधर-उधर जा छिपे। महानाग सब वेदों के मध्य बैठ यज्ञ-शाकल्य और बलि भक्षण करने लगा।

अब नन्दी का संकेत पा, मेघनाद सर्प के निकट गया। सब देव, दैत्य, दानवराज यह देख धड़कते हृदय से इसका परिणाम देखने को आकुल हो उठे। पर

मेघनाद ने देखते ही देखते 'एकबन्धकर्ण' विद्या के द्वारा महानाग को पाश में बांध लिया। नाग बहुत छटपटाया, परन्तु उसकी मुक्ति न हुई। वह जितना बल लगाता, जकड़ता ही जाता था। अन्त में नाग का मुख बन्द हो गया और वारंवार शिला पर सिर पटकने लगा। तब नन्दी का संकेत पा मेघनाद ने नाग का पेट चीर डाला, जिसमें से उसे तूणीर की उपलब्धि हुई। यह देव-दानव-दैत्य-दुर्लभ अक्षण तूणीर पाकर मेघनाद अत्यन्त प्रसन्न हुआ और उसके विक्रम से प्रसन्न हो, सब देव, दैत्य, दानवों ने उसपर पुष्पवर्षा की। परन्तु कालचक्र-दैत्यों के अधिपति ने दूत भेजकर कहलाया कि प्राण बचाना चाहता है तो वह तूणीर हमें दे दे। इसपर मेघनाद ने हंसकर दूत से कहा–"अरे दूत, अपने स्वामी से कह कि मेरे बाणों से उसका शरीर ही तूणीर हो जाएगा।"

तूणीर सिद्ध होने पर नन्दी ने कहा–"अब चल धनुष भी सिद्ध करें।" यह कह, वे दोनों हेमकूट को उल्लंघन कर उसके उत्तर में मानसरोवर-तट पर जा पहुंचे। वहां कालचक्र दैत्य पहले ही से आ, वेदी रच, घृत और स्वर्ण-कमलों से हवन कर रहा था। मेघनाद ने भी वेदी रच, घृत और स्वर्ण-कमलों से वेद-पाठ कर हवन करना आरम्भ कर दिया। तब नन्दी ने कहा–"हे वीर यहां से उत्तर में कीचक नाम बांसों का वन है। उसमें भयानक सर्प रहते हैं जिनके कारण कोई वहां पहुंच नहीं सकता। जो पहुंचता है–पीछे लौटता नहीं है। तू साहस करे तो जा और धनुष के उपयुक्त बांस काट ला। बांस काट कर इस सरोवर में छोड़ दे तो वे दिव्य धनुष बन जाएंगे।"

मेघनाद ने साहस करके कीचक-वन में प्रवेश किया और सात दिन तक सर्पों का संहार करता रहा। अन्त में उपयुक्त बांस काट मानसरोवर में छोड़ दिया। यथासमय उसे एक दिव्य धनुष प्राप्त हो गया, जिसे ले वह कालचक्र दैत्य के सम्मुख आया और कहा–"हे दैत्येन्द्र तुमने मुझसे युद्ध-याचना की थी और मैंने भी युद्ध-वचन दिया था। आओ अब दोनों के मनोरथ पूर्ण हो जाएं।" यह सुन कालचक्र दैत्य ने क्रुद्ध हो बाणों की वर्षा से मेघनाद को छा लिया। दोनों वीरों में विकट युद्ध हुआ और भांति-भांति के शस्त्रास्त्रों का प्रयोग-संहार हुआ। अन्त में मेघनाद ने कालचक्र दैत्य का सिर काट लिया। उसके मरने पर सब दैत्यों ने मेघनाद की अधीनता स्वीकार कर उसकी पूजा की।

इस प्रकार सब भांति कृतमनोरथ हो मेघनाद दिव्य विभूतियों से विभूषित हुआ। तब नन्दी ने कहा–"हे रावणि, भगवान् भूतनाथ देवाधिदेव रुद्र की तुझपर कृपा है। उनके प्रसाद से तू विश्वपति बन गया; अब तो तू अपने पिता त्रैलोक्यपति

रावण को भी जय कर सकता है। फिर अब विलम्ब का क्या प्रयोजन है? जा, लंका में अपना ऐन्द्राभिषेक कराकर इन्द्रमोचन कर और पृथ्वी के सब भोगों को भोग!"

नदी के ये वचन सुन मेघनाद ने कैलास की ओर मुख करके कैलासपति पुरुष को भूमि पर गिर प्रणिपात किया। फिर शिवकिंकर नन्दी की अभिवन्दना कर कामचारी महापद्म विमान पर चढ़ लंका की ओर उड़ चला–मन की गति से।

मेघनाद का लंका में भव्य स्वागत हुआ। देवाधिदेव का प्रसाद रावण को भा गया। उसने तत्क्षण पुत्र मेघनाद के ऐन्द्राभिषेक की घोषणा कर दी। देश-देशान्तरों में दूत भेज, बन्धु-बान्धव, नर, नाग, देव, दैत्य, दानव–सभी को बुला भेजा। महिदेव, जगज्जयी रक्षपति का संदेश पा भू-मण्डल के नृवंश, नरपति अपने दलबल लेकर लंका आने लगे। भीड़भाड़ और धूमधाम ऐसी बढ़ी कि रात-दिन में भेद न रहा। लंका के राक्षस अतिथि-सत्कार करके सब आगत-समागतों को प्रसन्न करने लगे। महिदेव रावण ने सभी की सुख-सुविधा का पूरा विचार रखा। वाद्यों की तुमुल ध्वनि से दिशाएं व्याप्त हो उठीं। सुगन्ध-द्रव्यों के हवन से सौ योजन का वातावरण सुरभित हो उठा। अनेक प्रकार के भक्ष्य, भोज्य, लेह्य, चूष्य, पानक तैयार करने में सहस्रों सूदक जुट गए। विविध प्रकार के लाव, तित्तिर, कपोत, शूकर, मृग, महिष, अज मार-मारकर स्वादिष्ट पाक तैयार होने लगे। सुगन्धित मदिराओं की नदी लंका में बहने लगी। इस समारोह में प्रथम बार ही लंका में देव, दैत्य, नाग, असुर, यक्ष, गन्धर्व, आर्य, व्रात्य, नर सभी जातियों के मूर्धन्य पुरुष एकत्रित हुए। किसी को किसी भांति की असुविधा न हो, इसका पूरा ध्यान रखा गया। इसी अवसर पर पृथ्वी-भर में सार्वभौम महातेजा बाण भी लंका में महाप्रतिष्ठ हुआ।

समारोह का नेतृत्व किया रावण ने। महिदेव की प्रतिष्ठा-भूमि से आगत-समागत भू-मण्डल के देव, दैत्य, नाग, दानव, मानवों के प्रतिनिधियों ने अपना दास-भाव प्रकट करने के लिए समारोह में सेवाएं प्रदान कीं। बारहों आदित्यों के प्रतिनिधियों के बीच देवराट् इन्द्र ने सप्त समुद्रों, सप्त तीर्थों, सप्त महाकूपों का जल मणि-कलश में भर मेघनाद के मूर्धा पर अभिषेक किया। सप्तद्वीप पतियों ने उसकी पीठ के पीछे खड़े होकर उसके मस्तक पर छत्र लगाया। नृवंश के सात सौ नरपतियों ने अतिरथी मेघनाद के रथ के अश्वों की वल्गु पकड़ रथ हांका। इसके बाद लोक-लोक के आगत-समागत लक्ष-लक्ष नृवंश के प्रतिनिधियों ने महिदेव, सप्तद्वीपपति, सर्वजयी रावण और इन्द्रदमन करने वाले अतिरथी मेघनाद मृत्युंजय

का जयघोष किया। उस जयघोष से पृथ्वी की दिशाएं कम्पित हो गईं। भूलोक चलायमान हो गया।

समारोह की समाप्ति पर महिदेव ने अपनी सारी ही सम्पदा याचकों को लुटा दी। रावण ने ऐसा दान दिया कि किसी त्रिलोकपति ने नहीं दिया होगा। स्वर्ण, रत्न, मणि, मणिक, मुक्ता, कस्तूरी, अम्बर, केशर, कौषीतक, कौशेय, हर्म्य, सौध सभी कुछ महिदेव ने याचकों को दिया। फिर महातेज-महाप्रतिष्ठ पिता-पुत्र ने सब भांति सत्कृति कर सब सम्मान्य अतिथियों को विदा किया। सबके बाद सहस्र-भार रत्न, आभरण, सहस्र दिव्य हाथी और सहस्र कुमारिकाएं, दासियां देकर देवराट् इन्द्र को बन्धनमुक्त कर देवों-सहित लंका से विदा किया।

85 सुलोचना

वह बाला नूतन मुग्धा थी।

मेघरहित क्षणप्रभा विद्युत्-सी, कुमुदबन्धु चन्द्ररहित ज्योत्स्ना-सी, मन्मथ-रहित रति-सी थी वह सुलोचना, सुलक्षणा दानवनन्दिनी–मेघनाद-प्रियतमा। जैसे विधाता ने संसार की सब रचनाओं से अपने हस्तकौशल को परिष्कृत कर एक आदर्श रम्य मूर्ति रची थी, जो वसन्त की फुलवारी-सी प्रतीत होती थी। निर्दोष शुक्र नक्षत्र की भांति समुज्ज्वल, दृष्टि-मनोज्ञ, निर्वाच्य वदनकमल, जितवीणा क्वणित वाणी, प्रस्फुट शरीरविन्यास, शोभनीय अवयव-संश्लेषण, पीन पयोधर, सुशोभन गमन, शरदिन्दु-सा गात्र-समुच्चय, अभिनन्दित चरण-युगल, अति विपुल जघन–जैसे काम ने सकाम हो, शरीरी हो, उसे रचा हो, जैसे अनुराग ही का मूर्त आविर्भाव हुआ हो, जैसे तत्क्षण ही उस गात्रलता में सब सात्त्विक भाव अंकुरित हुए हों। अन्तर्ज्वलित मनोभाव से दह्य-सी उसके गात्र से प्रस्वेद-जल प्रिय-संदेश सुनकर ही झरने लगता था। कुमुमशरजाल-पतिता-सी वह तन्वी वारंवार अनिमेष दृष्टि से प्रिय को जैसी पीती थी। उस स्तब्धतनु, सोत्कम्पा, पुलकवती, स्वेदिनी, सनिःश्वासा के साथ धूर्त-स्मर यथेच्छ क्रीड़ा कर उसे विह्वल रखता था। उसके नेत्रों की स्निग्धता, राग-प्रत्यायक थी। अनुराग के कारण उसकी वदनच्छवि कान्तिमती प्रतीत होती थी। वाणी और गमन में उस भीरु का

जो स्खलन होता वह उसकी चारुता में चार चांद लगाता था। उस बाला की नवीन अनुरागावस्था में उच्छ्वास के साथ जो कुचयुगल का उल्लसन होता था, उसका सम्पन्न-मनोहारि मौग्ध्य नेत्रों को पुलकित कर देता था। वह प्रणयभङ्गभीताव्रीड़िता प्रिय कान्त मेघनाद को समीप पाकर भी चित्तगत मन्मथ-पीड़ा को व्यक्त नहीं कर पाती थी। उसकी चित्त-वृत्ति को जानकर विहसित सखियां व्यंग्य से उसके सम्मुख चार प्रकार की प्रीति की वारंवार व्याख्या करके उसे खिझाती थीं। वे कहतीं–हे दानवनन्दिनी, तू क्यों कान्त के लिए विकल है! कहीं आम्र-मंजरी भी भौंरों को निमन्त्रण देती है? क्या चंद्रिका भी कहीं चकोर की अभ्यर्थना करती है? कहीं रत्न भी पारखी को ढूंढ़ते फिरते हैं? परन्तु वह कामशरासार-भिन्ना सर्वाङ्गी, अव्यक्त-स्खलित अक्षर बड़ी ही कठिनाई से कहती–"अरी सखियो, कुछ चातुर्य करो, कुछ यत्न करो, आक्रान्त विपन्न का विपत्ति-प्रतीकार न कर उसे शुष्क उपदेश देने से क्या होगा? अरी, यह सुरभिमास चैत्र प्रिय होने पर भी अप्रिय सा लगता है। मृदु पवन से स्वतः शोभन है, पर विरहिणी के लिए अशोभन। अरी, हंसी तो सभी उड़ाते हैं, पर संसार में व्याकुल-मन उन्मन जन को परित्राण देने वाले थोड़े ही हैं अब मैं किससे कहूं, आश्वासन कहां पाऊं, किसकी शरण जाऊं, मुझे तो शीतल-मन्द दक्षिण मलय समीर बहुत ही पीड़ा दे रहा है। मुझसे तो कुछ कहा ही नहीं जाता–इसीसे चिरमौनव्रता यह कोयल मुझसे वैर-निर्यातन कर रही है। यह क्षुद्र तिर्यग्योनि भी मेरी व्यथा बढ़ाने को प्रिय-विरह-जनित स्वर में कूक रही है। इन हंसों को देखो, इतराकर मेरी चाल का अनुकरण कर रहे हैं और ये भौरे मेरे उष्णोच्छ्वास से विदह्यमान होकर भी अलक-कुसुमों का लोभ संवरण नहीं कर सकते। इसीसे तो कहते हैं कि विषय सभी दुस्त्याज्य हैं। अरी, मुझे तो शरीरधारण भी भारभूत हो रहा है और ये दुष्ट भौरें मेरे कर्णपूर में खुले फूलों पर गूंज रहे हैं। इन्हें तो निवारण करो। वह हार, जो मैंने बड़े प्यार से हृदय पर धारण किया था, अब मेरे शत्रु मनोभव से मिलकर मुझे दुःख दे रहा है। भला अब कुशल कहां है? उज्ज्वल, स्वेद-जल कपोलों से झरकर तथा कज्जल मिश्रित अश्रुजल से मिलकर ऐसा हो गया है जैसा प्रयाग में गंगा-यमुना का संगम है। कोयल की कूक, मलय-समीर, पुष्पों की सुवास, पुष्पायुध और भौरे–ये पांच अग्नि हैं। सो मैं प्रिय-परिरम्भण की लालसा से पंचाग्नि-तप तप रही हूं।"

इस प्रकार विरह-विदग्धा नवोढ़ा सुलोचना के निकट पहुंच जब कान्त मेघनाद ने परिरम्भण दिया तो उसके सब ताप दूर हो गए। चिर विरह के बाद सुखद मिलन हुआ। मेघनाद का आवास प्रमद-वन भूलोक का स्वर्ग था, जहां

भांति-भांति के सुख-साधन देश-देश से संचित थे। वहां सभी ऋतुओं के अनुकूल जीवन-सामग्री थी। ऋतु के अनुकूल पुष्प, फल, विहंग, शीत, उष्ण, ताप को सम रखने के साधन, आहार-पान के विविध आयोजन अप्रतिम थे। वहां बारह सहस्र सुभट राक्षस इन्द्रजित् मेघनाद के हर्म्य की रखवाली करते थे और सात सौ सुन्दरियां दानव-नन्दिनी सुलोचना की परिचर्या करती थीं, जो कुसुम-कोमल भी थीं और वज्रसम कठोर भी। सुलोचना के लिए जो पुष्पहार गूंथती थीं और उसके लिए असि ग्रहण भी कर सकती थीं। इस समय प्रमदवन वसन्त की फुलवारी हो रहा था। सुलोचना ने इन्द्रजित् ऐन्द्राभिषेक-सिक्त लोकोत्तर पृथ्वीजयी वीर पति के स्वागत की भारी तैयारी की थी। अब चिर विरह के बाद वह सुलोचना पति-सान्निध्य में आनन्दविभोर हो गई। उस उत्सुकता ने प्रेमाई नेत्रों से प्रियदर्शन प्रिय का स्वागत किया। प्रिय के दर्शनमात्र से ही उसकी संताप-शान्ति हो गई। इस शुभावसर पर उसने सहज भाव से अवनत-शिर हो प्रियतम को प्रणाम किया। नैसर्गिक प्रीति, अप्रतिबन्ध विलास, रतिरसायन वय:-तारुण्य, इन सबने मिलकर दोनों को एकीभूत कर दिया : सदृशजनसमाश्रयः कामः। स्नेह के अतिरेक ने दोनों को धृष्ट बना दिया वे सौकुमार्य का उल्लंघन कर निर्दय वामाचरण करने लगे, वारंवार अभिलाषा करने पर भी उनकी तृप्ति नहीं हुई। लज्जा-भाव भी विगलित हो गया। वर्द्धमान राग के कारण हृदय के एकीभूत होने से वस्त्राभरण, भूषा-सज्जा सभी कुछ अस्त-व्यस्त हो गए। ऐसा उनका सुरतोत्सव हुआ। यथोचित रूप हो, यत्तथा अनुराग हो, अमन्द मन्मथ हो, अभिराम यौवन हो, तो जीवन का यथार्थ प्राप्तव्य मिले ही मिले। फिर मन्मथ का अमन्द वेग भी अद्भुत प्रभाव रखता था। जहां अभिनय ही शोभनीय माना जाता है—अश्लीलाचरण ही सम्मान समझा जाता है—निश्शंकता ही जहां सौष्ठव और चांचल्य ही जहां गौरवाधान बन जाता है। जहां अंग का अभेद हो जाता है। स्वदेह और पर देह का विलय करने की इच्छा कभी तृप्त ही नहीं होती। परिरम्भण परम सुखदाता होता है। लज्जा जहां अवगुण कहाता है। विवेक जहां मूर्खतापूर्ण बन जाता है। जो कामाग्नि आरम्भ ही में धक् धक् जलती है, उसकी प्रवृद्धावस्था का वर्णन कैसे किए जाए। यहां न पाण्डित्य काम देता है, न चातुर्य। सुरतरस में निमग्न पुरुष समाधि से भी परागति को प्राप्त होता है। उसका वर्णन अकथ्य है। वहां हास-विलास, चाटु भाव सभी समाप्त हो जाते हैं। वहां तो भगवान् कुसुमायुध रतिपति ही का अबाध शासन चलता है। कैसा चमत्कार है, यह मृदुगात लता-कोमलकान्त बाला दृढ़ पुरुष द्वारा आक्रान्त होने पर भी व्यथित नहीं होती—हर्षित होती है। निस्संदेह वह मनोज-मनोरथ का ही

प्रभाव है। सुरत-योग में तो जैसे दोनों का देह सायुज्य-रूप अद्वैत हो जाता है। इस हृदयाद्वैत भाव ही से दोनों रमणी और रमण—भिन्न लिङ्ग और भिन्न शरीर-सम्पत्ति तथा भिन्न गुण होने पर भी तृष्णातिशय से, ऐक्याभिलाष से परस्पर अनुप्रवेश करते हैं। तब कौन रमण है, कौन रमणी है?—यह भेद अभेद हो जाता है। यह मेरा अंग-अवयव है, यह पराया—वह भेद-बोध नष्ट हो जाता है। निर्व्याजरूपेण प्रिय के अंक में अर्पित वपुषा कामिनी की मिलन-रात्रि जैसे क्षण-भर ही में व्यतीत हो जाती है।

रति-तृप्त प्रेम-विभोर हो युगल मिथुन सुलोचना और इन्द्रजयी मेघनाद ने जैसे अपने को जाना—दोनों ने प्रिय कान्त भाव से एक-दूसरे को देखा। मेघनाद ने कहा—"प्रिये, प्रियतमे, मैंने देवाधिदेव का चरम सान्निध्य प्राप्त किया, इन्द्र को दुर्धर्ष शक्ति से बन्धन में बांधा। कठिन दुरारोह, दुराचार, गुह्या विद्याएं और सिद्धि प्राप्त की, जिससे सम्पन्न होकर आज यह तुम्हारा दास मेघनाद पृथ्वी पर अजेय, अजर-अमर हो गया है। परन्तु यह सारी ऋद्धि सिद्धि, सम्पदा, श्री जो मैंने अर्जित की और यह मेरा अमोघ व्यक्तित्व सभी तेरे सान्निध्य-सुख के सामने एक तिनके के समान नगण्य, तुच्छ, अपदार्थ हो गया। अरी प्राणवल्लभे, आज तुझे अपना यह देहभार अर्पण कर जैसे मैं कृतकृत्य हो गया। कह, इस तेरे अनुग्रह के बदले तुझे क्या दूं? अथवा कौन-सा तेरा प्रिय करूं? मुझ इन्द्र-दमन के लिए कुछ भी दुर्लभ नहीं है। कुछ भी तो अदेय नहीं है। अथवा अधिक प्रलाप से क्या? तू कहे तो मैं अपना प्राण ही तुझे अर्पण करूं।"

प्रिय पति के ये कोमलकान्त वचन सुन अश्रुमती सुलोचना ने कहा—"हे प्राणवल्लभ, अब मेरे लिए विश्व में मांगने को और क्या रह गया, जब मैंने अपने अंक में तुम्हें पा लिया? अरे प्राण, तुमने तो मेरे रक्त के प्रत्येक कण को एक नया प्राण दे मेरे जीवन के प्रत्येक क्षण को प्राण से आपूर्यमाण कर दिया। तुम्हारे एक क्षण के सान्निध्य का मूल्य तो मेरा यह सारा जीवन भी नहीं है। तुमने जो मुझ दासी को सब भांति आज कृतार्थ किया, सो उसका वर्णन क्या वाणी से हो सकता है! पर मैं तो इसी भय से मरी जाती हूं कि कहीं अन्तरिक्ष के देवता-पितर मेरे सुख से ईर्ष्या न करने लगें। हे कान्त, अब तो यह मुझसे कदापि न सहा जाएगा। हमारे हृदय एक हैं, पर शरीर भिन्न हैं। क्या कोई ऐसा उपाय है कि मैं अपने इस शरीर को तुम्हारे अंग में लय करके अपना अस्तित्व खो दूं? अरे, अब मैं तेरा मेरा तो सहन ही नहीं कर सकती। हे जगज्जयी, तूने मुझे भी जय कर लिया, अब मुझे इतना दूर क्यों रखा है, अपने में समा ले।"

सुलोचना के ऐसे आवेश और प्रेमोन्माद-भरे वचन सुनकर मेघनाद ने हंसते-हंसते उसे अंक में उठाकर वक्ष से लगा लिया। उसने कहा–प्राणसखी, अब भला हम-तुम दो कहां हैं? यह मेरा अंग तेरा और तेरा अंग मेरा है। हमारा हृदय एक है, प्राण एक हैं, केवल शरीर दो हैं, सो इसीलिए कि हम इनके द्वारा एक-दूसरे को सहवास-सुख से आप्यायित करते रहें। फिर मेरी-तेरी आंखें हैं, इसलिए कि मैं तुझे देखूं, तू मुझे। मेरे तेरे कान हैं, जिससे मैं तेरी वीणा-झंकृत वाणी सुनूं, तू मेरा वचन सुने। मेरे-तेरे अन्य अंग-उपांग हैं कि जिनका लय-विलय कर हम योगानन्द का चरम सुख अनुभव करें। अरी भोली, ये अंग ही सुखोपभोग का साधन है–यन्त्र है। यह न तेरा पृथक् अंग है, न यह मेरा पृथक्। हमारा दोनों का अंग अपूर्ण है। दोनों, दोनों के पूरक हैं। जब दोनों एक होते हैं, हमारे प्राणों को चरम सुख देते हैं।"

सुलोचना ने नयन मूंद लिए। वह प्रियतम के वक्ष पर झूल गई। न कुछ कहने को रहा, न सुनने को। वह सब कुछ पा चुकी थी। सब कुछ समझ चुकी थी। विश्वजयी मेघनाद जैसे अपनी समूची अर्जित सम्पत्ति को किसी अव्यक्त दैवी प्रभाव से सजीवावस्था में अपने अंग में धारण किए अपने को और विश्व को भूल चुका था।

86 अशोक वन

लंका के परकोटे के बाहर चार योजन भूमि में अशोक-वन था। इस अशोक वन में एक लाख अशोक वृक्ष थे। इस वन में बारहों मास वसन्त रहता था। अशोक के अतिरिक्त अनेक जाति के विविध वृक्ष विविध फल-फूलों से लदे थे। आम और केले की वहां अनगिनत जातियां थीं, जो सभी ऋतुओं में फल देते थे। बीच-बीच में कमनीय लताओं से आच्छादित अनेकों कुंज थे। अनेक वृक्ष सुनहले और रुपहले पत्तों वाले थे। उनपर बैठे पक्षी कलरव करते बड़े भले लगते थे। अनेक मोर, कोयल, शुक, सारिका, सारस, हंस, चक्रवाक पक्षियों का समूह ठौर-ठौर पर जलाशयों और सघन कुंजों में विहार करता फिरता था। वायु से झड़-झड़कर अनेकों प्रकार के रंग-बिरंगे पुष्पों ने पृथ्वी को ढांप लिया था। उनसे पृथ्वी ऐसी मालूम होती थी, मानो रंगीन गलीचा बिछा हो। वहां स्वच्छ जल से भरे अनेक

तड़ाग और पुष्करिणियां थीं, जिनमें बड़े-बड़े शतदल कमल खिले थे। उनके बीच हंस और चक्रवाक निरन्तर क्रीड़ा करते रहते थे।

वन में ही एक पर्वत था। उससे एक प्रपात गिरकर मनोहर छटा दिखा रहा था। प्रपात का यह प्रवाह तिरछा-टेढ़ा ऊंची-नीची भूमि पर गिरता बड़ा मनोहर प्रतीत हो रहा था। इस जल-प्रपात के कारण लताएं भूमि पर सो गई थीं, उस पर्वत के पार्श्व ही में एक बड़ा सरोवर था तथा अनेक कृत्रिम तालाब भी थे, जिनमें बढ़िया श्वेतमर्मर की सीढ़ियां बनी थीं। स्थान-स्थान पर कृत्रिम वाटिकाएं तथा छोटे-बड़े अनेक हर्म्य भी बने थे। सघन वृक्षों के नीचे सोने की वेदियां बनी थीं। बीच-बीच में खुले मैदान भी अनेक थे। सबके बीच एक बहुत प्राचीन सुनहरा अशोक वृक्ष था जो अनेक लताओं से घिरा था, इसके चारों ओर सोने की अनेक वेदियां बनी थीं तथा अद्भुत अग्नि के समान ज्वलन्त पादप चारों ओर थे। इन अलौकिक और दुर्लभ रमणीक वृक्षों को देखकर बड़े-बड़े देव-दैत्य चकित रह जाते थे। ऐसा विराट् और मनोरम वन पृथ्वी पर उस समय दूसरा न था। सरोवर के चारों ओर जो चम्पा, चमेली, चन्दन के वृक्षों की सघन छाया थी, उससे वहां की शीतल समीर सदैव सुरभित रहती थी।

अशोक-कानन में एक ऊंची और मनोरम भूमि पर एक सुन्दर विशाल सौध था, जो कैलाश पर्वत के समान सफेद था। उसमें सहस्त्रों मणिजटित खम्भे लगे थे। इसकी सीढ़ियां मूंगों की और वेदियां स्वर्ण की बनी थीं। वह स्वच्छ प्रासाद अपनी आभा से देदीप्यमान था। उसकी अट्टालिकाएं गगनचुम्बी थीं। इसी हर्म्य में अपहृता भगवती सीता को लाकर रावण ने रक्खा था। हर्म्य पर पांच सौ सशस्त्र राक्षसियों का पहरा था तथा उतनी ही राक्षसियां सीता की शुश्रूसा के लिए नियत थीं। इसके अतिरिक्त सम्पूर्ण अशोक-वन की रखवाली दस सहस्र राक्षस सुभट कर रहे थे।

यद्यपि हर्म्य अति विशाल और भव्य तथा सुखोपभोग के सब साधनों से सुसज्जित था, परन्तु पतिवियुक्ता सीता को उस सब साज-श्रृंगार और सज्जा से कुछ भी प्रयोजन न था। वह हर्म्य का विलास-कक्ष छोड़, उसी विशाल अशोक वृक्ष के नीचे उदास, मलिन वेश में, अधोमुखी भूमि पर एक पर्णशय्या पर बैठी आंसू बहाती हुई शोक-चिन्ता और कातर भाव से विपन्न जीवन के कठिन क्षण व्यतीत कर रही थी। उसके सिर पर एक वेणी थी जो पृथ्वी तक लटक रही थी। उसकी दशा कुत्तों से घिरी हुई असहाय मृगी की-सी हो रही थी। यद्यपि उसके चन्द्रमुख की कान्ति से अब भी दिशाएं आलोकित हो रही थीं। उसके बिम्बफल के समान

रक्तवर्ण अधर, क्षीण कटि-भाग और कमल से बड़े-बड़े नयन तथा लाल-लाल चरण शोभा की खान थे। वह संयमशीला तपस्विनी की भांति पृथ्वी पर बैठी राम के ध्यान में मग्न रहती। शोकातुर होने के कारण उसकी शोभा मन्द पड़ गई थी और आभूषण-विहीन उसकी देहश्री फीकी हो गई थी। जो भी आभूषण वह इस समय अंग पर धारण किए थी, वे भी सब मैले हो गए थे। उसे न अपने अंग-संस्कार का विचार था, न वस्त्रों का। फिर भी इस विपन्नावस्था में उसका माधुर्य अपूर्व दीख रहा था। वह किसी भांति अपने शरीर को धारण किए हुए थी।

जब सीता को अशोक-वन में रहते कुछ समय व्यतीत हो गया, तो एक दिन भोर ही में रावण अपने स्त्री-परिकर के साथ अशोक-वन में पहुंचा। वह स्वर्ण-किरीट मस्तक पर धारण किए, स्वर्ण रथ पर, रथ की समस्त घंटियों को किंकिणित करता हुआ अपने हर्म्य से निकला। उसके पीछे सौ दासियों के हाथों में उसके सुख-द्रव्य थे। किसीके हाथ में ताड़ के पंखे, कोई सोने की झारी लिए सुखपाल में बैठी थी। एक स्त्री सोने के डंडेवाला प्रकाशमान छत्र लेकर रावण के पीछे हाथी पर बैठी थी। कुछ स्त्रियां जलते हुए गन्ध-द्रव्य लिए, विविध वाहनों पर सवार चल रही थीं। सवारी के आगे दुन्दुभि बजती जाती थी। रक्षेन्द्र की शरीर-रक्षिका सेवा-दासियां गंध-माल्य विभूषण हाथों में ले झुरमुट बना रक्षेन्द्र के रथ को घेर पांव-प्यादा ही चल रही थीं। इस प्रकार जैसे नक्षत्रों से घिरा चन्द्रमा सुशोभित होता है, उसी प्रकार रक्षेन्द्र रावण इन रूपसी सुन्दरियों के झुरमुट में दुन्दुभि, नगाड़े बजवाता हुआ अशोक-वन पहुंचा। अशोक-वन में पहुंचते ही भेरी और तूर्य बज उठे। सब चेरियां-प्रहरी, गुल्म-पति यथास्थान चैतन्य हो गए। सभी ने जान लिया कि महाबली पृथ्वीजयी रक्षेन्द्र रावण का अशोक-वन में आगमन हो रहा है। सौध हर्म्य में आकर रावण की सवारी महल की पौर में प्रविष्ट हुई।

परंतप रक्षेन्द्र को आता देख सीता वायुवेग से कम्पित केले के पत्ते के समान कांपने लगी। उसने अपने अंगों को अपने ही में समेट लिया और अत्यन्त संकुचित हो, भय और शोकातिरेक से अभिभूत हो पृथ्वी पर बैठी रह गई।

रावण ने देखा–सीता के सब अंग मलिन हो रहे हैं। वह बहुत ही दुर्बल हो गई है। निरन्तर रोते रहने से उसके नेत्र सूजकर लाल हो गए हैं। वह मूर्तिमती दुख की प्रतिमा-सी दीख रही है। उसने सोचा–अहो, यह श्रेष्ठ कुल की महिला है, पर दुःख और शोक से निकृष्ट कुलोत्पन्न-सी दीख रही है। वह नष्टप्राय यश, निरादृत श्रद्धा, टूटी हुई आशा, तिरस्कृत आभा तथा अन्धकाराच्छन्न प्रभा, विधि-रहित पूजा और जलरहित नदी के समान हो रही है। निरन्तर उपवास, शोक और भय के कारण

वह अतिकृश हो गई है। वह नाममात्र का आहार करती है, तप ही इसका जीवन है। दुःख ही इसका धन है।

रावण ने उसके सम्मुख पहुंचकर कहा–

"प्रसीद! प्रसीद! भगवति सीते! इतना शोक न कर, अतीत की चिन्ता से क्या लाभ होगा अब? मैं तेरा अनुगत रक्षपति रावण तेरी प्रसन्नता और अनुकूलता चाहता हूं। पर तू इस तरह अपने अंगों को समेटे क्यों बैठी है? क्या तू अपने को नष्ट कर देना चाहती है? हे जनकनन्दिनी, मैं भी तेरे ही समान वरिष्ठ कुल का हूं। तुझे वैरी की पत्नी जानकर भी मैंने तुझपर बलात्कार नहीं किया। मैं तुझे अपने पर प्रसन्न देखना चाहता हूं। तनिक नेत्र उघाड़कर देख–यह स्वर्णलंका, इसका सब वैभव और यह लंकापति रावण, जिसके नाम से देव, दैत्य, नाग, यक्ष कांपते हैं, तेरी कृपा-कोर का भिक्षुक यहां उपस्थित है। अब उस भिखारी राम से तेरा क्या प्रयोजन है? वह राज्यभ्रष्ट तो प्रथम ही हो चुका। अब विनष्टगृह हतभाग्य मारा-मारा वन में फिरता होगा। फिर तुझे भय क्या है? वैरियों की पराई स्त्रियों को हरण कर लाना और उनके सहवास का सुख भोगना हम राक्षसों की परिपाटी है। पर तेरे साथ मैं बलात्कार तो दूर तेरा अंग-स्पर्श भी तेरी अनुमति बिना नहीं करूंगा। इसलिए शोक त्याग दे, मुझ पर प्रसन्न हो और यहां लंका में सब देव-दुर्लभ भोगों को भोगती हुई, मेरे सम्पूर्ण अवरोध की शीर्षस्थानीय होकर रह। लोक-लोकान्तर से जो दुर्लभ रत्न मैंने प्राप्त किए हैं, वे सब और यह लंका का राज्य मैं तुझे ही सौंपता हूं। मेरे अधिकार से परे इस पृथ्वी पर जितने नगर हैं, उन सबको मैं अपने पराक्रम से जीतकर तेरे पिता जनक को दे दूंगा। हे सुन्दरी, मेरे समान योद्धा अब इस पृथ्वी पर कौन है? देव, गन्धर्व, यक्ष, नाग, दैत्य, मानुष कोई भी तो मेरे सम्मुख खड़े रहने में समर्थ नहीं है। इसलिए उस एक चीर धारण करने वाले, राज्यभ्रष्ट तापस राम को तू भूल जा। अब उसके तुझे दर्शन भी नहीं हो सकते। मेरे भवन में तीनों लोकों की उत्तम स्त्रियां हैं, वे सब तेरी सेवा करेंगी। स्वर्गलोक में नरलोक में और पृथ्वी पर जहां जितना धनरत्न है, जितना ऐश्वर्य है, उन सबका तू मेरे साथ रहकर भोग कर। वह बेचारा भिखारी राम न तो बल में, न धन में, न पराक्रम में मेरी समता कर सकता है, इसलिए तू यह जानकर–कि यह यौवन क्षणभंगुर है, इसका उपभोग मेरे साथ कर और जीवन के लोकोत्तर भोग भोग!"

रावण के ऐसे वचन सुनकर सीता ने अपने और रावण के बीच एक तिनके की ओट करके कहा–"महाराज लंकापति, आपकी जय हो। आप त्रिलोकी के स्वामी

और सब विद्याओं के भण्डार हैं। आपको ज्ञात है कि मैं वरिष्ठ कुल की कन्या और वधू हूं। उच्च कुल में मेरा जन्म हुआ है और उच्च कुल ही मैं ब्याही गई हूं। मैं आर्य कुलवधू हूं। फिर भला मैं लोकनिन्दित आचरण कैसे कर सकती हूं? आप सद्धर्म का विचार कीजिए और सज्जनों के मार्ग का अनुसरण कीजिए। आप रक्षपति हैं। 'वयं रक्षामः' आपका व्रत है। आपको सर्वप्रथम स्त्रियों की रक्षा करनी चाहिए। आपके अवरोध में त्रैलोक्य से लाई हुई बहुत सुन्दरियां हैं, आपको उन्हीं पर सन्तुष्ट रहना चाहिए। हे रथीन्द्र, जिन पुरुषों का मन चंचल रहता है, उनका अपमान-पराभव भी उसीके द्वारा होता है। क्या आपको सत्परामर्श देने वाले सत्पुरुष मन्त्री नहीं हैं अथवा आपकी विपरीत बुद्धि ही उनका सत्परामर्श नहीं ग्रहण करती? कहीं ऐसा न हो कि आपके ही अपराध से धनधान्य से परिपूर्ण लंकापुरी नष्ट हो जाए। हे रक्षेन्द्र, जैसे सूर्य से उसकी प्रभा भिन्न नहीं है, उसी प्रकार मैं भी राम से भिन्न नहीं हूं। मैं उन्हीं की भार्या हूं, आपके सर्वथा अयोग्य हूं। आपका श्रेय इसीमें है कि आप मुझे उनके पास पहुंचा दें और उनकी मित्रता-लाभ कर लें—शत्रुता से मित्रता अधिक लाभदायक है।"

सीता के वचन सुनकर रावण ने कहा—

"भद्रे सीता, मैंने तेरे साथ कोई अधर्माचरण नहीं किया है। राक्षस-धर्म की मर्यादा के अनुसार ही तेरा हरण किया है, क्योंकि तेरा पति मेरा वैरी है। उसने अकारण मेरी बहिन सूर्पनखा का अंग-भंग किया और उसकी रति याचना की अवज्ञा की, इससे मैंने उसकी स्त्री का हरण कर लिया। इसमें दोष कहां है? फिर मैं तो तुझपर अधिक सदय हूं। मैंने तुझसे बलात्कार नहीं किया, तुझसे दासीकर्म नहीं कराया, तेरा वध भी नहीं किया, न तुझे विक्रय किया, अपितु इस महाहर्म्य में सादर-सयत्न रानी की भांति रखा है और स्वयं मैं विजयी रावण तुझसे प्रणय याचना करता हूं। क्या तू यह भी नहीं सोचती?"

सीता ने कहा—"क्या आपने मेरे पति को युद्ध में जीत कर मेरा हरण किया है? आपने तो छल करके, भिक्षुक बनकर, चोर की भांति मुझे चुराया है। आपने पुरुष-सिंह राम-लक्ष्मण की अनुपस्थिति में मेरा हरण किया, आपका यह कार्य कितना कलंकित था? आपका यह कार्य न धर्म-सम्मत है, न वीरोचित। फिर मैं तो आपको स्वीकार करती ही नहीं। मेरे यशस्वी पति राज्य-भ्रष्ट नहीं हैं। उन्होंने तो स्वेच्छा से राज्य त्यागा है, अभी भी वे अवध के स्वामी हैं। अभी भी वे सात अक्षौहिणी सेना के अधिनायक हैं। परन्तु इससे भी क्या? आर्यपुत्र का बल उनकी सेना में नहीं, उनकी भुजाओं में है। दण्डकारण्य में आपकी बहिन ने वह भुजबल

देखा है। अब रक्षेन्द्र, यदि आपकी सुमति जगी तो आप देखेंगे कि शत्रु-संहारी मेरे पति मेरे लिए लंका में अवश्य आएंगे। तब आप भले ही कुबेर की अलका में जाकर छिपें, चाहे और कहीं, कोई भी देव, दैत्य, नाग, यक्ष आपको उनके हाथों से बचा न सकेगा। आपकी निश्चय ही मृत्यु होगी।"

भगवती सीता से ऐसे कठोर वचन सुन रथीन्द्र रावण क्रुद्ध हो गया। उसके नेत्र लाल हो गए, नथुनों से बैल की भांति गर्म निःश्वास छोड़ते हुए उसने कहा– "भद्रे सीते, तू शत्रु भार्या है, मेरी हरण की हुई सम्पत्ति है, तूने मेरा ही तिरस्कार किया है। मैंने जो तुझ एक स्त्री को इतना मान दिया, इसपर तूने विचार नहीं किया। इस अपराध में तेरा तुरन्त वध होना चाहिए। परन्तु मैं तुझे एक मास की अवधि देता हूं। इस बीच यदि तू अपना हठ त्याग मेरे अधीन न होगी तो मेरे रसोइए मेरे कलेवे के लिए तेरा वध करेंगे।" इतना कह और लाल-लाल आंखों से सीता को देखता हुआ रावण अपने मणि-हर्म्य में जा देव, गन्धर्व, दानव और यक्ष-कुमारियों के बीच बैठ मद्यपान और विलास करने लगा।

रावण के संकेत से राक्षसकुमारियों ने सीता को बहुत समझाया, प्रलोभन दिए। धान्यमालिनी एक मुखरा तरुणी थी। वह आंख बचाकर बोली– "कल्याणि सीते मैं तेरे ही भले के लिए कहती हूं, महात्मा रावण कुल में वरिष्ठ हैं। महर्षि पुलत्स्य छः प्रजापतियों में चौथे थे, उनके पुत्र विश्रवा मुनी भी प्रजापति-तुल्य ही हैं, रक्षेन्द्र रावण उन्हीं के पुत्र हैं। उनकी भार्या बनने से बढ़कर सौभाग्य पृथ्वी की किसी स्त्री का क्या हो सकता है? त्रैलोक्य के अधिपतियों ने अपनी-अपनी पुत्रियां उन्हें दे अपने को धन्य माना है। फिर रक्षेन्द्र तुझपर तो बहुत प्रसन्न हैं। अब तेरा उस तपस्वी राम से क्या प्रयोजन रहा?"

हरिजटा ने कहा–"समय को देखकर ही अनुराग-विराग होता है। फिर जिसके अनुराग की याचना देव-दैत्य-विजयी रक्षेन्द्र स्वयं करते हैं, उस स्त्री के सौभाग्य की तुलना क्या है? अरे, इन्द्र को जिसने बन्दी बनाया, जब वह हज़ारों देव-दैत्य-दुर्लभ रमणियों से भरे अन्तःपुर को छोड़ तेरे पास आता है तो फिर तेरी समता पृथ्वी पर कौन स्त्री कर सकती है?"

दुर्मुखी ने कहा–"अरी, जिनके प्रताप के आगे सूर्य भी अपना तपना त्याग देता है, उन्हीं रक्षेन्द्र का तू तिरस्कार करती है? तू सौभाग्य को लात मार दुर्भाग्य का वरण करती है। यह भला तेरी कैसी बुद्धि है?"

एकजटा ने कहा–"संसार का ऐसा कौन-सा सुख-साधन है, जो रावण के हर्म्य में नहीं। अरे, वह तो त्रिलोकपति है, उसके ऐश्वर्य की तुलना पृथ्वी पर भला

कौन कर सकता है? तू भिक्षुक राम के पुराने अनुराग का विचार कर राक्षसराज का तिरस्कार कर रही है। अरी, राम तो स्वयं ही दुःखी है। वह तुझे कैसे सुखी रखेगा? अब तो उसकी आशा ही छोड़। त्रैलोक्य में आज ऐसा कौन है, जो दुर्लंघ्य समुद्र-मेखला को लांघकर यहां आकर तेरी सुध ले?"

एक राक्षसी ने कहा–"मैं तो यही नहीं समझ सकती कि उस कृपण राम के साथ रहकर तू क्या करेगी। फिर वह समुद्र-पार आने का साहस भी भला कैसे करेगा?"

चण्डोदरी ने कहा–"अरी, क्यों इस कुरूपा के साथ माथा खपाती हो। ऐसी स्त्रियों का तो अन्त में वध ही होता है। इसके शरीर का मध्य भाग मुझे ही मिलेगा।"

"और कलेजा मुझे।"

"तो जाओ, एक भाण्ड मद्य उठा लाओ। हम इसे काट-काटकर खा जाएं और मद्य पीकर आनन्द करें।"

"अभी नहीं, रक्षेन्द्र ने इसे अवधि दी है। उसे पूरा होने दो, फिर तो हमीं इसका स्वादिष्ट मांस खाएंगी।"

सीता ने इसपर नेत्रों में जल भरकर कहा–"सखियो, अवधि की इसमें क्या बात है, तुम अनुग्रह करके अभी क्यों न मेरा भक्षण करके इस दुःख से मेरा परित्राण कर दो। हाय, मैं बड़ी ही अनार्या और असती हूं। मुझे धिक्कार है, जो मैं आर्यपुत्र से पृथक् होकर भी अभी तक जीवित हूं जाओ जाओ, रक्षेन्द्र को तो मैं अपने बाएं पैर के अंगूठे से भी नहीं छू सकती। समुद्र से घिरी होने से क्या? आर्यपुत्र क्या मेरी टोह लगाने यहां तक न पहुंचेंगे? क्या गृध्रराज जटायु ने उन्हें मेरी सूचना न दी होगी? क्या वे वीर सूचना देने से पूर्व ही गतप्राण हो गए होंगे? यदि आर्यपुत्र को मेरे यहां रहने का पता लग गया तो वे समुद्र को भस्म कर देंगे। संसार को राक्षसों से विहीन कर देंगे। आज जैसे मैं क्रन्दन करती हूं उसी प्रकार लंका में एक दिन घर-घर यही करुण क्रन्दन सुन पड़ेगा। लंका में रक्त की धारा बह जाएगी तथा यह पुरी श्मशान बन जाएगी। आज तुम सब यहां विजयोत्सव मना रही हो, पर वह दिन भी आएगा जब इस नगरी की श्री विधवा के समान हो जाएगी और जो मेरे शोक में उन्होंने प्राण ही दे दिये हों, तो फिर अब मुझे जीवन से क्या प्रयोजन है! हाय, वे वीतराग जन ही धन्य है, जिनका संसार की किसी भी वस्तु से मोह नहीं है, जिनका कोई प्रिय-अप्रिय नहीं है। मैं अपने प्रियतम से बिछुड़ गई हूं और लंकापति रक्षेन्द्र के पल्ले पड़ गई हूं। सो अब मेरे जीवन से क्या? मैं तो अब प्राण ही दूंगी।"

सीता के ऐसे पति-प्रेमपगे वचन सुनकर त्रिजटा राक्षसी ने कहा–"यह तो अत्यन्त आश्चर्यजनक और अद्भुत बात मैं देख रही हूं। जो यह स्त्री एक पुरुष पर ऐसा उत्कट मोह और आसक्ति प्रकट कर रही है। ऐसी तो देव, दैत्य, मानुष, आर्य, राक्षस कहीं भी मर्यादा नहीं है। दैत्य, दानव, देव, नाग और मरुतों में तो पति-परम्परा ही कुछ ऐसी नहीं है। स्त्री स्वतन्त्र है, आत्मोन्मुखी है, पति से उसका क्या प्रयोजन है वह तो उससे तनिक भी अनुबन्धित नहीं है, वह जिस भी प्रिय पुरुष को चाहे, उसे ही अपने लिए वर सकती है। ऐसा ही कुछ हम राक्षसों में, गन्धर्वों में और यक्षों में भी है। हम लोग पति-पत्नी में सम सखाभाव मानते हैं सही, परन्तु ऐसा नहीं, जैसा यह स्त्री एक पुरुष के लिए ऐसी उन्मुख है। फिर आर्यों में तो ऐसी स्त्री दासी है, अवरोधिता है। अनुगता-अनुगामिनी है। पुरुष उसका स्वामी है। फिर यह आर्या किस प्रकार उस स्वामी को इस प्रकार चाहती है; जो हो, इसका प्रेम तो स्तुत्य है। क्यों न एक स्त्री एक पुरुष को ही प्यार करे? क्यों एक स्त्री और एक पुरुष एकीभूत होकर न रहें? क्यों न दोनों का प्राणों से प्राणों का विलयन हो। अहा–'समापो हृदयानि नौ,' मुझे यही प्रिय है। इस मानुषी की मैं अभ्यर्थना करती हूं वन्दना करती हूं, इसका पुरुष-प्रेम धन्य है, श्लाध्य है। हमें इसपर क्रोध, इससे विराग न करना चाहिए। हम इसकी रक्षिकाएं हैं, इसे डराने-धमकाने से हमारा क्या प्रयोजन है? रक्षेन्द्र से निवेदन करूंगी। इस स्त्री से भी मैं कहती हूं –"आर्ये, तू निश्चिंत रह, अपनी शक्ति भर हम सब तेरा प्रिय करेंगी, तेरा कल्याण हो! तू अपना प्रिय हमसे कह!"

त्रिजटा राक्षसी के ये वचन सुन सीता आश्वस्त हुई। उसने कहा–"भद्रे, मैं तेरा अनुग्रह स्वीकार करती हूं। इस रक्षपुरी में तू ही मेरी प्राणसखी है। मैं आज विपन्न हूं परन्तु दैव-विधि से यदि सम्पन्न हुई तो तेरे इन शब्दों को याद रखूंगी।" इतना कह सीता नीचे मुख कर मौन हो बैठी।

87

हा सीते!

मारीच को मार जब राम पीछे लौटे तो उनके सम्मुख आ एक सियार ने मुंह उठाकर विकट रोदन किया। इस अपशकुन से आतंकित-आशंकित हो

राम जल्दी-जल्दी आश्रम की ओर आने लगे। राह में उन्हें भगवान् अगस्त्य के आश्रम से लौटते हुए लक्ष्मण मिले। उन्होंने कहा–"आर्य, आप भगवती सीता को अकेली छोड़ इधर कहां से आ रहे हैं?"

राम ने कहा–"मैं एक राक्षस के माया जाल में फंस गया था। देखो, वह सियार ऊपर मुंह उठाकर कैसा विकट शब्द कर रहा है! जल्दी चलो, लक्ष्मण, कहीं अमंगल हो गया हो।"

दोनों भाई द्रुत गति से लौट चले। आश्रम के निकट आने पर उन्होंने जटायु के आश्रम में बहुत-से तपस्वियों की भीड़ देखी। तपस्वी जनों ने उन्हें सीता-हरण का दारुण संवाद कह सुनाया। राम ने रक्त में सने हुए जटायु को देखा। जटायु ने ऊर्ध्व श्वास लेते हुए और मुख से रक्त-वमन करते हुए क्षीण स्वर से कहा–"आयुष्मन्, तेरी सीता और मेरे प्राणों को एक बलवान् तस्कर राक्षस हर के ले गया। मैंने शक्ति भर विरोध किया। मेरा पुराना पुरुषार्थ काम न आया; परन्तु मैंने अपने मित्र दशरथ का सख्य पालन किया। मेरा उस राक्षस से घनघोर युद्ध हुआ। वह देखो, उसका छत्र-धनुष टूटा पड़ा है, पर मैं निश्शस्त्र था। जब मैंने भगवती सीता का चीत्कार सुना–मैं सो रहा था। चीत्कार सुनते ही मैं भागा। शस्त्र लेने का अवकाश न मिला। उस पतित दुरात्मा ने मुझ निरस्त्र की यह दुर्दशा कर दी। मैं कुछ भी न कर सका। वह–'हा दाशरथि, हा आर्यपुत्र, हा सौमित्र' पुकारती हुई स्नुषा सीता को बलात् रथ में बैठाकर इसी दक्षिण दिशा को गया है। हे राम, उसके पास वायुवेगी अश्वतरी का रथ है उसमें आठ अश्वतरी जुड़ी हैं। तुम कैसे एकाकी पांव-प्यादे उसे पा सकोगे? मैं तो अब उस लोक को चला; रामभद्र तेरा कल्याण हो!"

इतना कहकर जटायु ने रक्त-वमन कर प्राण त्याग दिए। जटायु के ये मर्मवेधी वचन सुन और जटायु का गतप्राण शरीर देख राम आंसू बहाते हुए जटायु से लिपट गए। लक्ष्मण-सहित वे रो पड़े। वे लक्ष्मण और सब तपस्वियों से कहने लगे–"मैं ऐसा पापी हूं, जिसके कारण कोशल का राज्य नष्ट हुआ, पिता का स्वर्गवास हुआ, सीता का हरण हुआ और अब महाबली गिद्धराज जटायु के प्राणों का गाहक मैं ही बना। आज यदि मैं समुद्र में तैरने की चेष्टा करूं, तो समुद्र भी सूख जाएगा। मेरे समान भाग्यहीन पृथ्वी पर और कौन होगा जिसके कारण मेरे पितातुल्य आर्य जटायु मृतक होकर भूमि पर पड़े हैं।" इसके बाद वे जटायु के शरीर को अंक में भरकर आर्तनाद-सा करते हुए बारंबार कहने लगे–"हे तात, मेरी सीता कहां है?" फिर वे दुःख से हतचेत हो भूमि पर गिर पड़े।

कुछ काल बाद उन्होंने चेत में आकर कहा–"हे लक्ष्मण, कैसे संताप की बात है कि आर्य जटायु सीता की रक्षा करते हुए हतप्राण हुए। सज्जनों का संसार में कहीं अभाव नहीं है। मुझे इस समय सीता-हरण का उतना दुःख नहीं, जितना जटायु-मरण का है। जाओ भाई, अब तुम विलम्ब न करो। लकड़ी एकत्र करो, मैं तब तक अग्नि निकालता हूं। मैं विधिपूर्वक बान्धवों की भांति जटायु का दाह-संस्कार करूंगा।"

उन्होंने विधिवत् जटायु का दाह-संस्कार किया। फिर मृगों को मार, पृथ्वी पर कुश बिछा, मृग-मांस कोमल घास पर रख, उससे गृध्रराज का श्राद्ध-तर्पण किया। फिर गोदावरी-तट पर जा उसे जलांजलि दी। इस प्रकार वृद्ध जटायु का ऋषि के समान सत्कार कर राम बोले–"हे भाई, अब शून्यागार में जाने से हमारा क्या प्रयोजन है? अब तो हमें सीता का अन्वेषण कर उसका उद्धार करना है।" फिर उन्होंने कहा–"हे भगवति गोदावरी, कहो क्या तुमने सीता को देखा है? क्यों भाई, यह गोदावरी तो कुछ भी जवाब नहीं देती। कहो, अब मैं राजा जनक से मिलने पर, जब वे जानकी का कुशल पूछेंगे, तो क्या जवाब दूंगा? अरे, मेरे साथ राज्यहीन होकर, वन में जंगली फल-मूल खाकर, जो मेरे दुःख के समय मेरे सब दुःखों को हरती थी, वह जनक-दुलारी अब कहां चली गई? बन्धु बान्धवों से तो मेरा वियोग हो ही गया था–अब सीता से भी वंचित होना पड़ा। चलो भाई, मन्दाकिनी-तट, जनस्थान और प्रस्रवण पर्वत पर चलकर खोज करें। कहां ले गया वह राक्षस उसे? ये वन के मृग मेरी ओर आंखें उठाए क्या देख रहे हैं? क्या ये कुछ मुझसे कहना चहाते हैं? क्या ये सीता का कुछ पता जानते हैं?"

लक्ष्मण ने कहा–"आर्य, तात जटायु ने दक्षिण ही की ओर संकेत किया था। हम ही दक्षिण की ओर चलें तो ठीक होगा।"

उन्होंने तब भूमि पर गिरे हुए उन पुष्पों को देखा, जो सीता के केशों से झड़ गए थे। तब राम ने कहा–"लक्ष्मण, इन फूलों को मैं पहचान गया। ये पुष्प आज प्रातः मैंने ही उसे दिए थे। मेरे ही सामने उसने इन्हें चोटी में गूंथा था।" फिर वे पर्वतों की ओर मुख करके ज़ोर-ज़ोर से कहने लगे–"अरे पर्वतो, कहो–सीता कहां है? नहीं बोलोगे तो अपने अग्निबाणों से तुम्हें भस्म कर दूंगा। गोदावरी का जल भी सुखा डालूंगा।"

इसी समय लक्ष्मण ने कुछ घुंघरू पृथ्वी पर से उठाकर कहा, "यह देखिए आर्य, ये घुंघरू टूटे पड़े हैं। ये फूल-मालाएं भी दली-मली पड़ी हैं। इधर-उधर भूमि पर रक्त भी बहुत पड़ा है। कहीं वह दुर्दान्त राक्षस आर्या को खा तो नहीं गया?

परन्तु यह टूटा हुआ विशाल धनुष किसका है? ये बड़े-बड़े मोती, टूटा हुआ स्वर्ण-कवच? अहा, यहीं तो तात जटायु का उस राक्षस से युद्ध हुआ है। यह देखिए, स्वर्ण-पंख विभूषित बाण भी यहां टूटे पड़े हैं। अवश्य ही वह राक्षस कोई सम्पन्न और बली प्रतीत होता है। वह अवश्य ही खर-दूषण का प्रतिकार लेने आया होगा। महाराज, हमने तो समझा था, जन-स्थान से राक्षसों का पातक ही कट गया परन्तु यह तो महापातक उठ खड़ा हुआ।"

राम ने कहा–"हे लक्ष्मण, सीता हरी गई, मारी गई या खा ली गई, जो कुछ भी हो, अब तो राक्षसों से मेरा वैर सौ गुना बढ़ गया। मैं पृथ्वी से राक्षसों के वंश को ही अब निर्मूल करूंगा। अरे, देव, दैत्य, गन्धर्व, असुर, किन्नर, राक्षस जो भी वह तस्कर हो, जीवित न रहेगा। मैंने उसे देखा है, वह धूर्त तपस्वी का वेष धरकर मेरा अर्घ्य-पाद्य ग्रहण कर गया। उस वंचक ने मुझे ठग लिया। मैं वृक्षों को उखाड़कर समुद्र को पाट दूंगा। जो सीता न मिली तो त्रैलोक्य को नष्ट कर डालूंगा। सीता हरी गई या मारी गई, जो कुछ भी हो, मैं त्रैलोक्य से उसे खोज निकालूंगा।" इतना कहकर राम ने अपनी जटा खोलकर चारों ओर छितरा दी।

इस समय तक बहुत-से जन-स्थानवासी ऋषि, मुनि, तापस वहां एकत्र हो गए थे। महामुनि अगस्त्य ने जब राम को क्रोध और शोक से इस प्रकार अभिभूत देखा, तो उन्होंने आगे बढ़कर कहा–"रामभद्र, आप तो सदा ही सबकी कल्याण-कामना करते हैं; फिर आप इस समय कैसे क्रोध और शोक से अधीर हो रहे हैं? हम नहीं जानते, वह अपराधी तस्कर कौन है? किसका धनुष टूटा पड़ा है? यहां अधिक पुरुषों के चरण-चिह्न भी नहीं हैं। देव और गन्धर्वों में कौन आपका अहित चाहता है? भगवती सीता अवश्य ही किसी एक पुरुष ने हरण की है। अब आप उसे ढूंढ़िए। भला सोचिए तो, जब आप ही अपने ऊपर आए हुए इस दुःख को धैर्यपूर्वक नहीं सहन करेंगे, तो फिर दूसरे प्राणियों की क्या सामर्थ्य हो सकती है! आपत्तियां तो प्राणियों पर आती ही हैं। वे अग्नि के समान एक क्षण में स्पर्श करती और दूसरे क्षण दूर हो जाती हैं। यह तो संसार का स्वभाव है। भगवती सीता चाहे जीवित हों या पृथ्वी को त्याग चुकी हों, आप दुःख न कीजिए। हे महाप्रज्ञ, सारा संसार आपका प्रशंसक है, अतः आप धैर्य धारण कीजिए और शत्रु के विनाश का प्रयत्न कीजिए।" इस प्रकार समझा-बुझाकर सब तपस्वियों ने अत्यन्त दुःखित हो राम-लक्ष्मण को विदा किया। बहुत जन दूर तक उनके साथ चले।

इस प्रकार राम-लक्ष्मण दक्षिण दिशा में आगे बढ़कर क्रौंच-वन में पहुंचे। यह वन बड़ा विशाल और रमणीय था। परन्तु यह वन अत्यन्त सघन था और इसमें

अनेक हिंस्र जन्तु रहते थे। यहां एक अत्यन्त गहरी गिरि-गुहा थी। इस गुहा में एक अति भयानक राक्षस रहता था। वह बड़ा बलवान् था। इस वन का यही स्वामी था। उसके विकट बल और अतुल सामर्थ्य से दूर-दूर तक लोक आतंकित रहते थे। चलते-चलते एकाएक वह भयानक राक्षस दोनों हाथ फैलाए इन दोनों भाइयों के सम्मुख आ खड़ा हुआ और कहने लगा–"धनुष बाण धारण करने वाले तुम दोनों कौन हो और बिना मेरी अनुमति इस वन में कैसे आए हो? तुम सुन्दर हो, तुम्हारे कन्धे बैल के समान हैं, तुम अवश्य ही मानुष प्रतीत होते हो। मैं मानुष को मार शिश्नदेव को बलि देकर-नर बलि का मांस खाता हूं। सो तुम भले मिले। आज मैं तुम्हारी बलि दे तुम्हारा ही स्वादिष्ट मांस खाऊंगा।"

उस कद्रूप और विकट राक्षस को देख शोक-जर्जरित और भूख-थकान से क्लान्त राम-लक्ष्मण अत्यन्त भयभीत हो गए। परन्तु लक्ष्मण ने साहस करके खड्ग का प्रहार उसकी फैली हुई भुजाओं पर किया। प्रहार से उसकी एक भुजा कटकर दूर जा गिरी। उस प्रहार से विकल होकर वह लक्ष्मण को पकड़ने दौड़ा। तब अवसर पाकर राम ने उसे सात बाणों से बींध डाला। फिर जब वह पीड़ा से व्याकुल हो राम की ओर मुड़ा तो राम ने फुर्ती से पांच बाण उसके खुले मुख में ठूंस दिए, जो उसके तालू को फोड़कर निकल गए, जिससे वह कराहता हुआ भूमि पर गिर गया और दीन भाव से बोला–"हे वीर, तुम कौन हो?"

राम-लक्ष्मण ने जब अपना संक्षित परिचय दिया तो वह कहने लगा– "मैंने तुम्हारा प्रताप और नाम जनस्थान में सुना था। मैं दनु दानव हूं तथा देवराट् इन्द्र के वज्र-प्रहार से पंगु होकर यहां वन में रहता था। सो आज तुम्हारे हाथ से मेरा अन्त हुआ। किन्तु अब वैर–भाव से क्या प्रयोजन है? कहो, मैं तुम्हारा क्या प्रिय करूं?"

राक्षस के ये वचन सुनकर राम ने कहा–"मेरी भार्या को कोई तस्कर हर ले गया है, क्या तू उसका कुछ पता बता सकता है?"

तब राक्षस ने कहा–"हे राम, मेरी सुन! राजा छः प्रकार की सन्धि-विग्रह युक्तियों से अपना मनोरथ पूरा करता है। पुरुष जब कालचक्र से आक्रान्त होता है, तब उसे बुरी दशाएं भी सहनी पड़ती हैं। इसीके फलस्वरूप तू कान्तिहीन हो गया है, सो जब तक तू किसी समर्थ पुरुष को मित्र न बनाएगा, तेरा मनोरथ पूरा न होगा। सो मेरा कहना माने तो तू सुग्रीव वानर से मित्रता कर ले। उसके भाई बालि ने उसे घर से बहिष्कृत कर दिया है और वह इस समय ऋष्यमूक पर्वत पर पम्पा सरोवर के निकट अपने वानर परिजनों के साथ रहता है। ये दोनों भाई बालि और सुग्रीव, बड़े बली और तेजस्वी हैं। सुग्रीव विशेषकर पराक्रमी, मित्रता की

आन रखने वाला तथा बुद्धिमान् पुरुष है। मित्र बनकर वह तेरी भार्या को खोज निकालने में बहुत सहायक होगा। तू अग्नि जलाकर उसकी साक्षी में उसे मित्र बना ले, जिससे भविष्य में वह तुझसे विद्रोह न कर सके। तू स्वयं भी कभी सुग्रीव का अनादर न करना, क्योंकि वह कृतज्ञ है तथा इस समय वह स्वयं एक सहायक ढूंढ़ रहा है। सो तुम दोनों भाई पहले उसका अभीष्ट कार्य पूरा कर देना, जिससे वह कृतज्ञता के भार से उऋण होने को तुम्हारा कार्य अवश्य करेगा। उसके वानर पृथ्वी के सब देश-देशान्तरों को जानते हैं। उनके द्वारा वह दुर्गम वन, पर्वत, नदी, द्वीप सभी जगह जहां से भी संभव होगा, तेरी पत्नी को ढूंढ लाएगा। मेरु, पाताल कुछ भी उसके चरों के लिए अगम्य नहीं है। सो हे राम, तू मेरी मृत्यु तक यहां ठहरकर मेरी और्ध्वदैहिक क्रिया कर। फिर यहां से पश्चिम की ओर जा। वह मार्ग वृक्ष-वनस्पतियों से सुशोभित और सुगम है, वहां ऋष्यमूक पर्वत के अंचल में तू पम्पा-सरोवर पर पहुंचेगा। वहां की भूमि कंकरीली नहीं है, घाट समतल है, उस सरोवर में नील कमल बहुत हैं। उस सरोवर में विचरनेवाले कुरंड, हंस, कुरर और क्रौंच आदि पक्षी निरन्तर मधुर शब्द करते हैं। वहीं तू वानरों के यूथ देखेगा। वे प्रकृत वीर है। उनमें सिंहविक्रम है। वहीं निकट तेजस्वी मतंग ऋषि का आश्रम है। मतंग ऋषि अब जीवित नहीं हैं; परन्तु उनकी सेविका तपस्विनी शबरी वहां आश्रम की स्वामिनी है। वहां का वन मतंग नाम से प्रसिद्ध है। उस वन में बड़े-बड़े हाथी हैं, जिसका मदगन्ध योजन-योजन विस्तार में सुरभित रहता है। पम्पा के शीर्षस्थल पर ही ऋष्यमूक है। वहां की चढ़ाई बड़ी विकट है। वहां स्पर्शमणि तथा दिव्यौषधियां बहुत हैं। इस समय इसी पर्वत की गुहाओं में विपद्ग्रस्त धर्मात्मा सुग्रीव रहता है।"

इस प्रकार हितकारी वचन कहकर दनु ने ब्रह्मरन्ध्र द्वारा अपने प्राण त्याग दिए। राम-लक्ष्मण ने विधिवत् उसकी और्ध्वदैहिक क्रिया की, फिर वे सुग्रीव से मिलने को ऋष्यमूक की ओर चले। राह में विकट वन-पर्वत-उपत्यकाएं पारकर अत्यन्त धैर्यपूर्वक वे ऋष्यमूक के निकट मतंग ऋषि के आश्रम में जा पहुंचे। वहां शबरी ने उनका विधिवत् आतिथ्य कर उन्हें आश्रम में ठहराकर उनका श्रम दूर किया।

ये मतंग ऋषि अन्त्यज जाति के थे। शबरी भी उन्हींकी जाति की थी। परन्तु दोनों ही का धर्म-प्रभाव दूर-दूर व्याप्त था। मतंग ऋषि की बहुत ख्याति थी। वे वेदर्षि थे। राम ने शबरी से कहा–"माता, दनु से तेरे आश्रम की महिमा सुन चुका हूं। अब उसे प्रत्यक्ष देखने की अभिलाषा रखता हूं।"

शबरी ने कहा–"हे राम, मेरे गुरुपद के नाम पर इस वन का नाम ही मातंग वन है। मतंग ऋषि ने यहां बहुत यज्ञ किए तथा सप्ततीर्थ बनवाए। यहीं पर उन्होंने देवराट् का प्रत्यक्ष सत्कार किया था तथा देवराट् इन्द्र स्वयं यहां आकर ऋषिवर को देवलोक ले गए थे। अब मेरा भी समय आ उपस्थित हुआ है। राम, तुम्हें देखकर और तुम्हारा आतिथ्य करके मैं कृतकृत्य हो गई। अब मेरी इच्छा अग्नि-प्रवेश कर अपना शरीर त्यागने की है।" इतना कहकर शबरी ने सब तापसजनों को एकत्र कर अग्न्याधान किया और विधिवत् हवन कर सबके देखते-देखते अग्नि-प्रवेश किया।

राम-लक्ष्मण ने शबरी की और्ध्वदेहिक क्रिया सम्पन्न कर, सप्ततीर्थों में स्नान कर पितरों का तर्पण किया और फिर ऋष्यमूक की ओर चले। शीघ्र ही वे पम्पा-सरोवर के तट पर जा पहुंचे। यहां वन की शोभा अकथनीय थी। वृक्ष जैसे फल-फूलों की वर्षा कर रहे थे। वायु के साथ-साथ भ्रमरावलियां गूंज रही थीं। पवन चन्दन के वृक्षों से शीतल और सुरभित था। पक्षी मस्त हो चहक रहे थे सर्वत्र ऋतुराज का राज्य था। राम वहां के मनोरम वातावरण को देख विरह-दुख से दुःखित कहने लगे–"देखो, इस मधुर ऋतु में सीता के बिना मेरी कैसी दशा है? सीता के बिना यह सब सुखद वातावरण मुझे कितना कष्टकर प्रतीत हो रहा है? अब न जाने वह साध्वी कहां होगी?"

राम के इस प्रकार विलाप को सुनकर लक्ष्मण ने कहा–"आर्य, आप धैर्य-धारण कीजिए। वह चोर चाहे भू-लोक में हो या पाताल में, हम उसे ढूंढ़ निकालेंगे। अब हमें सरोवर में स्नान कर ऋष्यमूक पर पहुंचना चाहिए। किंकर्तव्यविमूढ़ होकर शोकसंतप्त होने से भला क्या लाभ है!"

इस प्रकार पम्पा सरोवर में स्नान कर जब राम ऋष्यमूक पर्वत पर पहुंचे, तो दो नवीन शस्त्रधारी पुरुषों को देख सुग्रीव के मन्त्री चौकन्ने हो गए। उन्होंने सुग्रीव को इसकी सूचना दी। हो सकता है, इन पुरुषों को बालि ने ही हमें मारने को भेजा हो, इस विचार से उसने सोच-विचारकर अपने पार्षद हनुमान् को राम के पास सच्चे समाचार जानने के लिए भेजा। हनुमान् ने ऋषिवेश बना राम के पास आ, उनका नाम-धाम-गोत्र तथा उनके उधर आने का कारण पूछा। उसने कहा–"तपस्वी का वेश धारण करने वाले धनुष-बाण लिए वन में विचरण करने वाले, आप कौन है? क्या आप कोई राज्याधिकारी हैं या देव-पुरुष हैं? सो कृपा कर कहिए। इस स्थान पर अपने भाई बालि से प्रताड़ित वानर-राज सुग्रीव रहते हैं। वे हमारे स्वामी हैं। मेरा नाम हनुमान् है। मैं उन्हीं की आज्ञा से आपकी सेवा में आया हूं।"

हनुमान् के ऐसे वचन सुन, राम का संकेत पा, लक्ष्मण ने कहा–"हम महात्मा सुग्रीव के गुणों से अवगत हैं और उन्हींसे मिलने के लिए इस स्थान पर आए हैं। सुग्रीव यदि हमसे मित्रता करना चाहें तो हमें भी वह स्वीकार है। हम कोशलेश दशरथ के पुत्र हैं। ये आर्य राम हैं, मैं इनका अनुज लक्ष्मण हूं। पिता की आज्ञा से आर्य राम पत्नी सीता-सहित वन में आए थे, यहां जन-स्थान में किसी दुष्ट ने इनकी स्त्री का अपहरण किया है। उसी को खोजने हम घूम रहे हैं। हमें राह में राक्षस दनु ने महात्मा सुग्रीव का परिचय दिया था। तभी से हम उनसे मिलने के लिए उत्सुक हैं।"

वे बातें सुनकर हनुमान् ने विनम्र वाणी से कहा–"आपके वचनों से मेरे कान तृप्त हो गए। महात्मा सुग्रीव के अग्रज बालि ने उनकी स्त्री तारा का अपहरण कर राज्य भी छीन लिया है तथा उन्हें नगर से निकाल दिया है, जिससे वे दुःखित हो इस पर्वत पर बस रहे हैं। वे आपकी मित्रता-लाभ कर अवश्य प्रसन्न होंगे। अब आप यहां क्षण-भर विश्राम कीजिए, तब तक मैं जाकर उनसे निवेदन करता हूं।"

यह कहकर हनुमान् चले गए। उन्होंने सुग्रीव को राम-लक्ष्मण का परिचय दिया। वहां आने का कारण भी बताया। सुनकर सुग्रीव ने राम के पास जाकर भेंट की और अग्नि-स्थापन करके उनसे मैत्री स्थापित कर कहा–"आज से हम एक हैं, मेरा-आपका सुख-दुःख एक है।" फिर दोनों चन्दन की लताओं पर बैठ वार्तालाप करने लगे।

सुग्रीव की वार्ता सुनकर राम ने कहा–"मित्र, तू चिन्ता न कर। मैं दुरात्मा बालि का वध कर तेरी पत्नी और राज्य तुझे दिलाऊंगा।"

सुग्रीव ने कहा–"मित्र, मैं भी जैसे, जहां से बन पड़ेगा, सीता का पता लगाकर आपको ला दूंगा।"

इस प्रकार दोनों वचनबद्ध हो आगे की योजनाएं बनाने लगे। तब अकस्मात् स्मरण करके हनुमान् गुफा में जाकर वे वस्त्र-आभूषण ले आए जो सीता ने हरण के समय जाते हुए वहां फेंके थे। आभूषण और वस्त्र देख राम व्याकुल हो गए। उन्होंने लक्ष्मण से कहा–"देखो सौमित्र, ये कुण्डल, ये नूपुर क्या सीता ही के हैं?"

सौमित्र ने कहा–"आर्य, मैं इन कुण्डलों को नहीं जानता, क्योंकि मैंने कभी आर्या के मुख की ओर नहीं देखा, मैं तो इन नूपुरों को पहचानता हूं। जब मैं नित्य आर्या की पद-वन्दना करता था, तब इन्हें देखता था।" तदनन्तर सुग्रीव ने सारी घटना कह सुनाई।

राम ने कहा–"मित्र सुग्रीव, क्या तुम अनुमान कर सकते हो कि यह दुष्ट चोर कौन है?"

"नहीं कर सकता, न मैं उसका स्थान जानता हूं। परन्तु वह कहीं निकट नहीं रहता है, ऐसा मेरा अनुमान है। फिर भी मैं शीघ्र ही उसका पता लगा लूंगा। आप चिन्ता न करें। शोक त्याग दें। महात्माओं का दुःखी होना उचित नहीं है। मुझे भी पत्नी-वियोग है, परन्तु मैं शोक नहीं करता। आप भी इस संकट-काल में धैर्य धारण कीजिए। शोक से व्याकुल होकर जो धैर्य छोड़ देता है, वह मूर्ख है। शोक से मनुष्य बुद्धिहीन होकर संशय में पड़ जाता है। इसलिए आप शोक त्याग पुरुषार्थ दिखाइए।"

सुग्रीव के ये सारगर्भित वाक्य सुनकर राम ने कहा–"मित्र, तूने सच्चे मित्र की भांति बात कही है। निस्संदेह तेरे जैसा मित्र मिलना दुर्लभ है। तू विश्वास रख कि मैंने जो वचन दिया है, वह पूरा करूंगा।"

88 बालि-वध

सुग्रीव ने कहा–"आप जैसा सर्वगुणसम्पन्न मित्र पाकर अब मेरे लिए कुछ भी अलभ्य नहीं रहा। आपके प्रताप से मैं पूजनीय हो गया। दुरात्मा बालि ने मेरी पत्नी को छीन मुझे राज्य से निकाल दिया है और वह सदैव मेरे वध के उपाय करता रहता है। हनुमान् सहित ये चार वानर ही मेरी सेवा में हैं। यह बालि मेरा काल है, उसका अन्त होने पर मेरा दुःख दूर होगा।"

राम ने कहा–"मित्र, तेरे इस भ्रातृ-विग्रह का कारण क्या है? क्या बालि तेरा सगा ज्येष्ठ भ्राता है?"

"नहीं, उसका पिता इन्द्र है। माता उसे गोद में लेकर पिता की सेवा में आई थी।"

"किन्तु ज्येष्ठ तो है ही।"

"इसीसे पिता की मृत्यु होने पर मन्त्रियों ने उसीको अभिषिक्त कर दिया था तथा वानर-राज्य की श्रेष्ठ सुन्दरी तारा भी उसे दे दी गई थी। राज्य और मणि का आनन्द वह भोगने लगा और मैं द्वेषरहित अनुज की भांति उसकी सेवा करने लगा।"

"यह उचित ही था।"

"फिर एक बार उसका पुराना वैरी मायावी दैत्य कहीं से आकर वानर-राज्य में उत्पात करने लगा। तिसपर बालि मुझे संग ले उससे युद्ध करने निकला। परन्तु यह दैत्य विकट वन में छिपकर युद्ध करता रहा, जिससे बालि मुझसे बिछुड़ एक वर्ष तक वन में बालि को खोजता रहा। फिर मैं निराश हो तथा यह समझकर कि बालि को मायावी ने मार डाला है, राजधानी में लौट आया।"

"स्वाभाविक ही था।"

"तब मन्त्रियों ने मेरा राज्याभिषेक कर दिया, क्योंकि राज्य बिना राजा के नहीं रह सकता था।"

"यथार्थ है।"

"तब तारा भी अपने पुत्र अंगद को लेकर मेरी सेवा में आ गई। मैंने उसे अपनी महिषी स्वीकार कर लिया और अंगद को, जो बालि का पुत्र था, अपना ही पुत्र मान लिया।"

"ऐसा भी होता है।"

"परन्तु कुछ काल बाद बालि अकस्मात् राजसभा में आ उपस्थित हुआ और मुझे सिंहासन पर आसीन देख दुर्वचन कहने लगा। मैंने उसे प्रसन्नतापूर्वक छत्र ग्रहण करने की प्रार्थना की तथा सत्य बात भी कह दी। पर बालि का क्रोध शान्त नहीं हुआ। उसने छत्र ग्रहण कर एक वस्त्र मुझे दे राज्य से निकाल दिया और तारा को भी मुझसे छीन लिया। निरुपाय मैं यहां असहाय-विपन्न रहता हूं।"

"किन्तु बालि का पराक्रम-शौर्य कैसा है?"

"वह बड़ा बली है। वह सूर्योदय से पूर्व ही उठकर समुद्र-तट तक जाता है। बड़े-बड़े शिला-खम्भों को भुजाओं से उठा लेता है। उसने अनेक दैत्यों-दानवों और राक्षसों का दलन किया है। उसका बल अपरिसीम है। केवल मातंग ऋषि की आन मान यहां नहीं आता है। इसीसे मैंने यहां आकर शरण ली है।"

"तो मित्र, तू निश्चिन्त रह। मैं बालि-वध कर तेरी राह का कंटक दूर करूंगा।"

"किन्तु मित्र, आप मेरी बात को अपना तिरस्कार न समझें। मैं बालि के बल को जानता हूं, किन्तु आपकी सामर्थ्य से अज्ञात हूं।"

राम ने हंसकर कहा–"तो मित्र, तू मेरी परीक्षा कर!"

"मित्र, ये सम्मुख सात ताड़ एक ही वृत्त में हैं। बालि इन सातों को एक साथ ही हिला सकता है। बाण से एक-एक को बींध सकता है। क्या आप भी बाण से इनमें से किसी एक को फाड़ सकते हैं?"

राम ने होंठों को दातों में दबाकर धनुष पर बाण-संधान किया और एक ही बाण में सातों ताड़ों को बींध दिया। राम का यह हस्तलाघव और चमत्कार देख सुग्रीव हर्ष से उल्लसित होकर बोला–"हे मित्र, आप तो एक ही बाण से वज्रपाणि देवराट् का भी वध कर सकते हैं। अब मैं निर्भय हुआ। मैंने जान लिया कि आप मेरे शत्रु का वध कर मुझ अकिंचन को निष्कंटक करेंगे।"

राम ने सुग्रीव को गले लगाकर कहा–"मित्र, चिन्ता न करो। चलो, अब किष्किन्धा चले। विलम्ब की क्या आवश्यकता है?"

किष्किन्धा पहुंच सुग्रीव ने बालि को मल्लयुद्ध के लिए ललकारा। सुग्रीव की ललकार सुन बालि अखाड़े में आ उपस्थित हुआ। दोनों का मल्लयुद्ध राम-लक्ष्मण छिपकर देखने लगे। देखते ही देखते बालि ने सुग्रीव को पीट-पीटकर भगा दिया और स्वयं हंसता हुआ राजधानी में लौट गया। युद्ध में पिटकर सुग्रीव ने खीजकर राम को उलाहना दिया–"आपने मुझे व्यर्थ ही पिटवाया और देखते रहे। इससे क्या लाभ हुआ?"

राम ने कहा–"एक भूल हो गई थी मित्र, तेरा कोई चिह्न न था। तुम दोनों एक जैसे ही थे। कल तू पुष्प माला पहनकर युद्ध कर।"

दूसरे दिन सुग्रीव बालि के राजद्वार पर जा फिर सिंह-गर्जना करने लगा। उसकी गर्जना सुन अपशब्द बकता हुआ बालि बाहर निकला। उसके नेत्र क्रोध से लाल हो रहे थे। तारा ने उसे रोकते हुए कहा–"आज तुम युद्ध मत करो, सुग्रीव की गर्जना में अहंकार-ध्वनि है। कहीं उसे कोई सहायता न मिल गई हो। मैंने अंगद से सुना है कि दो धनुषधारी मानवों से उसने मित्रता की है। वे उसके साथ हैं।"

परन्तु बालि ने कहा–"क्या मैं शत्रु की गर्जना सुनकर घर बैठा रह सकता हूं? और आज तो मैं उसे मार ही डालूंगा। मैंने तो कल अनुकम्पा से ही उसके प्राण छोड़ दिए थे।"

थोड़ी ही देर में मल्लयुद्ध छिड़ गया। सुग्रीव भी आज प्राणपण से जुट गया। जब दोनों वीर परस्पर गुंथे थे, तभी राम ने एक अग्निबाण तानकर छोड़ा, जो बालि के कण्ठदेश को फोड़ता हुआ उसकी उरो-गुहा में धंस गया। बालि तत्क्षण मुख से खून फेंकता हुआ पृथ्वी पर गिरकर छटपटाने लगा। यह देख बहुत-से वानर मन्त्री और अन्य पुरुष भी वहां जुट गए। राम-लक्ष्मण उसके निकट आ पहुंचे।

राम का परिचय बालि को सुग्रीव ने दिया। राम के बाण ही से उसका पराभव हुआ है, यह भी कहा। सुनकर दुःखी बालि ने कहा–

"हे धनुषधारी, तूने दूसरे से युद्ध करते हुए मुझको छिपकर मारा है। तू पराक्रमी और चरित्रवान् नहीं है, विश्वासघाती है। तू तृण से ढके हुए कुएं के समान है। मैं तो कभी तेरे राज्य में गया नहीं, कभी तेरा कुछ अनिष्ट किया नहीं। तेरा रूप-वेश मुनिजन जैसा है, धज क्षत्रियोचित है परन्तु तुझे धर्म का ज्ञान नहीं है। मुझ निरपराधी की हत्या करके तू अब कैसे सभ्य समाज में मुंह दिखाएगा? अरे महात्मा दशरथ का बहुत प्रताप मैंने अपने पिता देवराट् इन्द्र से सुना है। उन महात्मा दशरथ के तेरे जैसा विश्वासघाती पुत्र उत्पन्न हुआ? अरे, तूने सुग्रीव के हित के लिए मेरा वध किया। तू यदि अपना अभिप्राय मुझसे कहता तो मैं तेरी अभिलाषा तुरन्त पूरी करता।"

बालि के ये वचन सुन राम ने कहा–"अरे बालि, तुझे धर्म-अर्थ का यथाथ ज्ञान नहीं है। जान रख कि इस पृथ्वी पर इक्ष्वाकु-वंशियों का अबाध शासन है। तूने अपने विनीत छोटे भाई के प्रति अन्यायाचरण किया–इसीसे मैंने तुझे दण्ड दिया। तेरे जैसे अपराधी का वध छिपकर करने में दोष नहीं। हम आर्यजन ओट में होकर ही पशुओं का आखेट करते हैं। तू निर्बुद्धि भी पशु ही है।"

इसी समय अंगद का हाथ थामे तारा आकर विलाप करती हुई धड़ाम से बालि के ऊपर गिर पड़ी और बोली–"हे वीर, उठो। भूमि पर क्यों पड़े हो? अपने अनुकूल पर्यंक पर शयन करो। अरे! तुमने तो धर्मराज्य स्थापित कर इस किष्किन्धा को सम्पन्न किया था। अब इसकी श्री कहां रहेगी? हाय, अब मैं कैसे इस दुःसह दुःख को सहन करूंगी? अरे, तुम्हारा यह पुत्र अंगद तुम्हें पुकार रहा है। तनिक इसकी ओर तो देखो। अरे तुम अपने इस प्राणाधिक पुत्र को छोड़ कहां जा रहे हो?"

तब हनुमान् ने आगे बढ़कर कहा–"हे रानी, अब इस प्रकार शोक करने से क्या लाभ है? जो मनुष्य स्वयं अपने दुःख से दुःखी है, वह दूसरे पर क्या दया करेगा? तुम्हारा पुत्र अंगद तुम्हारे पास है, तुम शोक त्याग, इसका पालन करो और भविष्य में जिससे तुम्हारा कल्याण हो वही काम करो। यह जीवन-मरण तो कर्म के साथ लगा ही है। महाराज सुग्रीव सहित हम सब वानर और तुम्हारा पुत्र अंगद तुम्हारी सेवा में उपस्थित हैं। फिर तुम अनाथ कहां हुई? अब इस पृथ्वी का पालन अंगद करेगा। अतः राजा बालि का संस्कार कर अंगद का राजतिलक करो।"

तारा ने यह सुनकर कहा–"अरे हनुमान्, यह जो पुण्य पुरुष भूमि में पड़ा है, इसके सामने सौ अंगद भी न्यौछावर हैं। अब अंगद इस वानर राज्य का स्वामी नहीं बनेगा। राज्य के स्वामी तो अब सुग्रीव ही हैं। अब वही राज्य संचालित करें,

जिसके लिए उन्होंने भाई का वध किया। मेरे लिए तो अब यही स्थान श्रेष्ठ है, जहां वानरराज रक्त से भरे लेटे हुए हैं।"

तारा के ये करुण वचन सुन बालि बड़े कष्ट से श्वास लेता हुआ बोला– "सुग्रीव, जो होना था, वह हुआ। अब मैं इस लोक से जा रहा हूं। पर मेरे इन अन्तिम शब्दों को याद रखना। यह अंगद मेरे प्राणों का प्यारा है, इसका ध्यान रखना। अब द्वेष-भाव से क्या? तुम मेरे प्रिय भ्राता हो–यह रत्नमाला लो, जिसमें विजयलक्ष्मी निहित है। तारा का ध्यान रखना, यह दिव्य दृष्टि रखती और भावी घटनाओं के चिह्नों को जानने में पारंगत है।" फिर अंगद की ओर देखकर कहा–"पुत्र, परिस्थिति को देखते हुए, दुःख-सुख सहन करते हुए, अपने चाचा सुग्रीव की आज्ञा के अधीन रहना!"

इतना कह बालि ने प्राण त्याग दिए। तारा मर्मस्पर्शी आर्तनाद करती हुई बालि के मुख को देखकर कहने लगी–"हे वानरराज, कुछ मेरा भी विचार किया? मालूम होता है यह भूमि आपको मुझसे भी अधिक प्रिय है। अरे, जिस शय्या पर तुम सदा शत्रु को सुलाते थे, उसीपर आज स्वयं सो रहे हो। आज तो मैं विधवा हो गई। अब पुत्रवती होने से ही क्या? अरे, आज तुम अपने ही रक्त पर लेटे हो। अंगद, पिता को प्रणाम तो कर पुत्र!" इतना कह अंगद सहित तारा बालि के चरणों में लोट गई।

89 सीता की खोज में

किष्किन्धा में सुग्रीव का राज्य हो गया और राम प्रस्त्रवण गिरिश्रृंग पर रहने लगे। वर्षा ऋतु आ गई थी। इसलिए अभी कुछ भी नहीं हो सकता था। प्रस्रवण पर्वत बड़ा ही मनोरम था। पर्वत पर सफेद और काले पत्थरों की चट्टानें थीं। अनेक प्रकार की खनिज धातुएं भी बहुत थीं। सरोवरों में बड़े-बड़े कमल खिले थे। वन-विहंग ठौर-ठौर चहचहाते थे। निर्मल जल के अनेक झरने झर रहे थे। इस समय प्रस्त्रवण पर अनेक तपस्वीजनों के आश्रम-ग्राम थे। यहां चन्दन के बहुत वृक्ष थे। उस मलय-मारुत से वह स्थान निरन्तर सुरभित रहता था। किष्किन्धा वहां से निकट ही थी।

वर्षा ऋतु बीत गई। शारदीय शोभा ने दिशाओं को उज्ज्वल कर दिया। राम ने लक्ष्मण से कहा–"लक्ष्मण, सुग्रीव तो राज्य और स्त्री पाकर उन्हींमें रम रहा है तथा मेरे कार्य को भूल गया है। मैं राज्य से भी निकाला गया और मेरी स्त्री का भी अपहरण हुआ। मार्ग दुर्गम है। न जाने कौन दुष्ट चोर वैदेही को चुरा ले गया है। वह जीवित भी है या नहीं। अब मेरा धैर्य जवाब दे रहा है। मैं कब तक प्रतीक्षा करूं? मेरे अयोध्या जाने पर जनसमुदाय उमड़ पड़ेगा। तो सीता के न रहने से मैं उन्हें क्या जवाब दूंगा? ये वर्षा के चार मास मुझे सौ वर्ष के समान व्यतीत हुए हैं। मुझ राज्यभ्रष्ट को, जिसकी पत्नी हर ली गई है, सुग्रीव ने भी अनाथ की भांति भुला दिया। यह उसका विश्वासघात है। अपना काम बनाकर वह मूर्ख रनवास में आनन्द कर रहा है। क्या उसने अपना ही काम सिद्ध करने के लिए मुझसे मित्रता की थी? उसने तो वर्षा समाप्त होते ही सीता की खोज का वचन दिया था। परन्तु ऐसा प्रतीत होता है कि वह कामान्ध अब वह बात भूल गया है। वह मन्त्रियों सहित भयानक काम कर रहा है। तुम जाकर उसके कर्तव्य को स्मरण करा दो और कह दो कि कहीं उसकी भी बालि जैसी दशा न हो।"

लक्ष्मण ने किष्किन्धा पहुंचकर अपने आने की सूचना सुग्रीव को भेजी। परन्तु सुग्रीव को अन्तःपुर में सूचना पहुंचाई ही नहीं गई। तब लक्ष्मण ने धनुष पर बाण चढ़ाकर क्रोधपूर्वक अंगद से कहा–"अरे अंगद, जाकर अपने राजा सुग्रीव से कह कि लक्ष्मण सौमित्र राजद्वार पर उपस्थित है, इच्छा हो तो आकर भेंट करे या फिर मैं दूसरा उपाय करूं।"

लक्ष्मण के ये क्रोधपूर्ण वचन सुनकर अंगद स्वयं सुग्रीव को सूचना देने गया। पर वह मद पीकर बेहोश पड़ा था। तब अंगद ने अपनी माता तारा से लक्ष्मण के क्रुद्ध होने तथा द्वार पर उपस्थित होने की बात कही।

किष्किन्धा नगरी बड़ी भव्य थी। उसमें सुग्रीव का राजभवन पर्वत जैसा ऊंचा था। उसमें बहुत-से गवाक्ष और द्वार थे जिनमें स्वच्छन्द पवन प्रवाहित हो रही थी। लक्ष्मण धड़धड़ाते हुए महल में घुस गए। उन्हें इस प्रकार आते देख अन्तःपुर की स्त्रियां घबड़ाकर भागने लगीं। इसी समय तारा ने सम्मुख आकर लक्ष्मण को प्रणाम किया। मद्यपान तथा रात्रि-जागरण से उसके नेत्र घूर्णित हो रहे थे। तारा को देखते ही लक्ष्मण ने धनुष नीचे कर लिया। तारा ने नम्र शब्दों में कहा–"राजकुमार, आप क्रोध को त्याग दें। सुग्रीव आपका मित्र है, हितैषी है। उसके अपराध को क्षमा कीजिए। आपके उपकार को वह भूल नहीं सकता। परन्तु आपको जानना चाहिए कि कामातुर आदमी धर्म-अर्थ की बात नहीं विचार सकता। इतने दिन दुःख पाने पर अब वह कामरत हो गया है, इसलिए आप उसे क्षमा कीजिए मेरे साथ रनवास में पधारिए।"

रनवास में जाकर स्वर्ण-शय्या पर सोए तथा दासियों, परिचारिकाओं से सेवित सुग्रीव को मद्य के नशे में मस्त देख, लक्ष्मण ने कहा–"हे राजन्, जो राजा बली, दयालु, जितेन्द्रिय और सत्यवादी होते हैं, उन्हीं का यश संसार में फैलता है। उपकारी मित्रों से झूठी प्रतिज्ञा करने वाले के समान अधर्मी और दूसरा कोई नहीं है। सो राजन् तुम झूठे, कृतघ्न और अनार्य हो। अपना काम करा लेने पर भी तुम अपना प्रण भूल गए। आर्य ने यह नहीं समझा था कि वे एक दुरात्मा को राज दे रहे हैं। अब तुम कहो कि तुम अपना वचन पूरा करते हो या रामचन्द्र अपना बाण धनुष पर चढ़ाएं।"

लक्ष्मण के वचन सुनकर भी सुग्रीव के मुंह से बात न फूटी। तब तारा ही ने कहा–"राजकुमार, वानरेन्द्र सुग्रीव न कपटी है, न विश्वासघाती। आप ऐसे कठोर वचन क्यों कहते हैं? न वह आप लोगों का उपकार ही भूला है। परन्तु, हां, काम-पीड़ित है। उसने बहुत कष्ट भोगे हैं, अतः कामोपभोग में उसे समय का ध्यान नहीं रहा। विश्वामित्र ने घृताची के प्रेम में दस वर्ष बीतने पर एक ही की गणना की थी। वही दशा सुग्रीव की है। रूपा और मैं आप ही की कृपा से उसे प्राप्त हुई हैं। वह आपके लिए राजपाट और मुझे तथा अंगद को भी त्याग सकता है। फिर, आप भी इस समय विपन्नावस्था में हैं। आपको मित्रों की सहायता की बहुत आवश्यकता है। आपका काम बिना सुग्रीव की सहायता के नहीं हो सकता। सो सुग्रीव आपकी सहायता के लिए उपस्थित है।"

इसी बीच सुग्रीव को भी चैतन्य-लाभ हुआ। वह पलंग से कूदकर खड़ा हो गया। लक्ष्मण और तारा की बातें उसने सुन लीं। कामदेव की प्रतीक पुष्पमाला तोड़कर फेंक दी। फिर उसने कहा–"राजकुमार, श्री राम ने मेरी गई हुई राज्यश्री मुझे लौटाई है। मैं भला कैसे उनका उपकार भूल सकता हूं?" उसने उसी समय हनुमान् को बुलाकर आज्ञा दी कि सब राज्यों-उपराज्यों के वानर और ऋक्षपति अपने-अपने यूथों सहित दस दिन के भीतर यहां राजधानी में आ उपस्थित हों। इस आज्ञा का जो उल्लंघन करेगा उसका वध होगा। इसके बाद वह मन्त्रियों और लक्ष्मण सहित पालकियों में बैठ शंखध्वनि के बीच तथा बन्दीजनों द्वारा गुणगान सुनता हुआ राम की सेवा में चला।

देखते ही देखते चारों ओर से दल-बादल वानरों के यूथ प्रस्रवण पर आकर एकत्रित होने लगे। सुग्रीव ने सेनापति विनत को पूर्व दिशा में, हनुमान् और अंगद को दक्षिण में और अपने श्वसुर सुषेण को पश्चिम में भेजा तथा शतबली को उत्तर दिशा में रवाना किया। सबके साथ हजारों वानरों के यूथ भी गए। इस प्रकार सारी ही पृथ्वी पर सीता की खोज होने लगी।

सीता के मिलने की संभावना दक्षिण दिशा में ही थी। इसलिए दक्षिण में जो दल युवराज अंगद की अध्यक्षता में भेजा गया, उसमें महापराक्रमी हनुमान्, नील, अग्निपुत्र, जाम्बवान्, सुहोत्र, शरारित, शरगुल्म, गज, गवाक्ष, गवय, वृषभ, द्विविद, उल्कामुख तथा अन्य वीर वानर थे। वे अधोमुख मलय पर्वत होते हुए ताम्रपर्णी नदी को पारकर, समुद्र-तट पर पहुंचे। वहां से महेन्द्र पर्वत पर चढ़े। वहां से पुष्पितक द्वीप में गए। फिर सूर्यवान्, वैद्युत और कंजर पर्वत को पार किया। अन्त में वे नागों की राजधानी भोगपुरी में पहुंचे। उन्होंने बहुविध सीता की खोज की, परन्तु सीता का कुछ भी पता न चला। सभी वानर बहुत हताश हुए। सुग्रीव ने जो अवधि दी थी, वह भी बीत चली।

अंगद ने कहा–"सुग्रीव का कार्य बिना किए लौट जाने से हमारे प्राण नहीं बचेंगे। हमारे पितृव्य सुग्रीव का स्वभाव बहुत ही कठोर है। वह अपराधी को कभी क्षमा नहीं करता। फिर मेरा तो वह पहले ही विरोधी है। श्री राम के आग्रह ही से उसने मुझे युवराज का पद दिया है। वह सबसे प्रथम मेरे ही प्राण लेगा।"

हनुमान् ने कहा–"युवराज, तुम तो अपने पिता के समान ही वीर हो और वानरराज्य के अधिपति भी हो। परन्तु इस समय हम सब सुग्रीव ही के अनुगत हैं। सुग्रीव हमपर दयालु हैं, वे धर्मज्ञ हैं। इसलिए हमें यत्न से, जिस कार्य के लिए हम आए हैं, उसे करना चाहिए।"

अंगद ने कहा–"सुग्रीव कहां का धर्मात्मा है भला? जिसने अपने बड़े भाई की स्त्री को घर में डाल लिया, भाई का वध करवाया और अपना काम राम से कराकर भी प्रमाद किया, उसे ही तुम धर्मात्मा कहते हो? मैं तो कभी उस कुटिल के सामने न जाऊंगा। वह निश्चय ही मेरा और तुम्हारा सबका वध करेगा। और मैं तो पहले से ही हताश हूं। मैं किष्किन्धा कदापि नहीं जाऊंगा, यहां अनशन करके प्राण त्यागूंगा। आप सुग्रीव से मेरा प्रणाम कहना और माता रूपा तथा तारा से भी कुशल-प्रणाम कहना। माता तारा को धैर्य बंधाना। वह बेचारी तो मेरे बिना जीवित ही न रहेगी। जो हो, मैंने तो अब प्राण त्यागने का प्रण कर लिया है।" यह कह अंगद कुशा बिछा भूमि पर मौन होकर बैठ गया। वानरों का एक भी अनुनय-विनय उसने नहीं माना। तब दुःखी होकर सभी वानर हनुमान् सहित अंगद के साथ प्राण देने के विचार से कुशा बिछा-बिछाकर भूमि पर बैठ गए।

वानर इस प्रकार मरण की ठान ठानकर भूमि पर बैठे ही थे कि उन्होंने देखा– एक विशालकाय गृध्र धीरे-धीरे पर्वत से उतर रहा है। वानरों को वहां इस प्रकार बैठे तथा मरण ठान ठानते सुन वह प्रसन्न हुआ। उसने कहा–"बहुत उत्तम सुयोग

है, जो-जो व्यक्ति मरता जाएगा, उसका भक्षण मैं करता जाऊंगा। बहुत दिन तक भोजन की चिन्ता मिटी।"

उसे देख वानरों ने कहा–"हाय-हाय, यह कौन कृतान्त हम जीतों ही का प्राण लेने यहां आ उपस्थित हुआ। हम न सीता का ही पता लगा सके, न स्वामी ही की आज्ञा का पालन कर सके। हमसे तो अधिक भाग्यवान् गृध्रराज जटायु ही हैं जिन्होंने सीता की प्राणरक्षा के लिए राक्षस के हाथ से प्राण दिए।"

वानरों की यह कातरोक्ति सुनकर उस पुरुष ने कहा–"अरे, यह किसने मेरे भाई जटायु का नाम लिया? किसने मेरे भाई जटायु का हनन किया? कहो, मैं जटायु का बड़ा भाई सम्पाति हूं। मैं बहुत वृद्ध हूं। देवासुर संग्राम में सूर्य से युद्ध करते मेरे दोनों पंख नष्ट हो गए थे। मैं पंखों से रहित, वृद्धावस्था से जर्जर, अपंग, अशक्त यहां अपने पुत्र पार्श्व के आश्रम में रहता हूं। अब तुम कहो, कौन हो और किस अभिप्राय से यहां प्राण त्यागने का व्रत ठान बैठे हो। तुम मेरे छोटे भाई जटायु के सम्बन्ध में कुछ कह रहे थे। अब मेरे भाई का प्रिय-अप्रिय जैसा भी संदेश हो, कहो। किसने मेरे भाई जटायु के मरण की बात कही है। उसे सुनकर तो मेरे प्राण ही कांप गए हैं। दीर्घकाल से मैंने अपने भाई का समाचार ही नहीं सुना है। भाई जटायु मुझसे छोटा, गुणज्ञ और पराक्रमी था। वह प्रसिद्ध पुरुष था, उसका नाम सुनकर मुझे प्रसन्नता हुई है। परन्तु तुमने कहा कि जन-स्थान में किसी दुष्ट ने उसका नाश कर डाला है। यह दारुण घटना कैसे हुई, इसका सविस्तार वर्णन मुझसे मित्र की भांति करो।"

सम्पाति के ये वचन सुन वानरों का भय दूर हुआ। उन्होंने सम्पाति को पर्वत से उतारकर पास बैठाया। तब युवराज अंगद ने कहा–"हे गृध्रराज, वानरों के राजा अत्यन्त प्रतापी ऋक्षराज मेरे पितामह थे। उनके दो पुत्र बालि और सुग्रीव हुए। मैं परम तेजस्वी राजा बालि का पुत्र अंगद हूं। कुछ वर्ष पूर्व परम वीर दशरथात्मज श्री राम अपने पिता के आदेश से धर्म-मार्ग का आश्रय ले दण्डकारण्य में आए। उनके साथ उनके छोटे भाई लक्ष्मण और पत्नी सीता भी थी, जन-स्थान से कोई दुर्दान्त राक्षस उनकी पत्नी को बलपूर्वक हरण कर ले गया है। उस आततायी को महात्मा दशरथ के मित्र आपके भ्राता जटायु ने रोका था। उन्होंने निश्शस्त्र ही उस दुष्ट को रोका, उसका रथ नष्ट-भ्रष्ट कर दिया और सीता को भूमि पर लाकर सुरक्षित रख दिया। परन्तु वृद्ध जटायु निरस्त्र होने के कारण उस पतित के हाथों मारे गए। तब लौटकर और सब वृत्तान्त जानकर श्री राम ने अपने हाथों से आर्य जटायु का संस्कार-तर्पण ऋषिवत् किया। तदनन्तर उन्होंने महाराज सुग्रीव से मित्रता की तथा मेरे पिता बालि को मार सुग्रीव को वानरों का राजा बनाया। अब

श्री राम की सहायतार्थ हम सब वानर देश-देशान्तरों में सीता की खोज में भटक रहे हैं। परन्तु अभी कुछ भी खोज नहीं हो पाई। खोज की अवधि भी समाप्त हो चुकी है। अब हम निराश हो प्राण देने पर सन्नद्ध हैं, क्योंकि वहां जाने पर भी हमारे प्राण नहीं बचेंगे। इसीसे हमने मरण-यज्ञ करने का विचार किया है और उपवासव्रत ले यहां समुद्र-तट पर बैठे हैं।"

वानरों के ऐसे शोकपूर्ण वचन सुन सम्पाति साश्रुलोचन हो कहने लगे– "वत्स अंगद, उस चोर को मैं जानता हूं और मेरे भाई का वध करने के कारण अब वह मेरा भी वैरी है। परन्तु वह दुष्ट चोर साधारण पुरुष नहीं है। मैं दुःखित तथा अपंग हूं। अशक्त हूं। इस अभियान में मैं वृद्ध तुम्हारी अधिक सहायता करने में असमर्थ हूं। हां, तुम्हें उस चोर का पता बता सकता हूं। सुनो, मैं वरुणलोक से परिचित हूं। पहले वही हमारा निवास था। बलि-बन्धन और वृत्र-वध मेरे सम्मुख ही हुआ था। देवासुर-युद्ध में हम दोनों भाई–मैं और जटायु, युद्ध करते हुए सूर्यदेव के निकट पहुंच गए थे। तब सूर्य के आक्रमण से भाई जटायु की रक्षा करते हुए मेरे दोनों पंख टूट गए थे। तभी से मैं अपने पुत्र के आश्रय में रहता हूं। अब मैं तुम्हें एक घटना सुनाता हूं।

"एक दिन मैं बहुत भूखा था। मेरा पुत्र मेरे लिए आखेट ढूंढने गया था। प्रातःकाल से सायंकाल तक मैं बाट देखता रहा परन्तु वह नहीं लौटा। और जब लौटा तो खाली हाथ। उसको इस प्रकार देख, मैं भूख और क्रोध से व्याकुल हो खाली हाथ लौटने का कारण पूछने लगा। तब उसने मुझे बताया कि मैं आपके लिए आहार पाने के विचार से महेन्द्र पर्वत के मार्ग को रोककर बैठ गया था। मैं समुद्र के जीवों को रोकने की चेष्टा में सिर नीचा किए बैठा था कि मैंने देखा–एक कृष्णवर्णी पुरुष एक सुन्दरी बाला को बलात् लिए जा रहा है। मैंने उन दोनों को आपके आहार के लिए पकड़ लाने का निश्चय किया। किन्तु वह कृष्णवर्णी पुरुष मेरे मार्ग रोकने पर हाथ जोड़कर कहने लगा–"गृध्रपति, मैं मुनि-कुमार हूं। तुम कृपाकर मेरी राह छोड़ दो।" उसकी प्रार्थना पर मैंने उसे मार्ग दे दिया, क्योंकि विनय करने वाले पुरुष को मैं नहीं मारता। इसके बाद वह पुरुष अपने तेज से आकाश-मार्ग को प्रकाशित करता हुआ चला गया। यह चमत्कार मैं देखता ही रह गया। वह स्त्री अलंकार-विहीना, पीत वस्त्रधारिणी, अति व्याकुल हो–हा राघव, हा दाशरथि राम, हा सौमित्र–कह- कहकर बिलख रही थी। उसके केश खुले थे और भय से पीली पड़ रही थी। फिर भी उसके सौन्दर्य से दिशाएं प्रकाशमान हो रही थीं।

"पुत्र से यह सन्देश सुन मैंने कहा–"यदि वह स्त्री दाशरथि राम को पुकार रही थी तो अवश्य ही वह हमारे मित्र दशरथ की कुल स्त्री होगी, तूने उस

हरणकर्ता को पकड़ा क्यों नहीं? पुत्र ने कहा–'हन्त, मैं नृपेन्द्र दशरथ की मैत्री की बात नहीं जानता था। इसी कारण मेरी उसमें रुचि नहीं हुई। सो अब मैं भली भांति समझ गया कि तुम उसी स्त्री की खोज में निकले हो और उस पतित चोर को भी मैं भली भांति जानता हूं। उसका पता मुझे आकाशचारियों और सिद्धों से पीछे लगा, जिन्होंने उसे हरण की हुई उस स्त्री ले जाते पुत्र की भांति देखा था।"

सम्पाति के ये वचन सुनकर अंगद ने कहा–"आर्य, अधिक का प्रयोजन नहीं है। आप केवल हमें उस चोर का पता बता दीजिए। फिर हम उससे निबट लेंगे।"

सम्पाति ने कहा–"सुनो, तुम्हारा वह चोर और मेरे भाई का हत्यारा पुरुष विश्रवा मुनि का पुत्र पौलस्त्य रावण है। वह धनपति कुबेर का भाई और सप्त-द्वीपों का स्वामी है। उसका बल-वीर्य अपार है और त्रैलोक्य को जय करके वह अब महिदेव बन गया है। उसने रक्ष संस्कृति स्थापित की है। वह जैसा महारथी अजेय योद्धा है, वैसा ही विश्रुत वेदज्ञ है। वह धर्म, नीति, विज्ञान, कला और अर्थशास्त्र का महाज्ञाता है। यहां से सौ योजन की दूरी पर समुद्र में एक द्वीप है, जिसमें त्रिकूट शिखर पर स्वर्ण-लंकापुरी बसी है। उस नगरी के द्वार, चतुष्पथ, दीवार, भवन स्वर्णमण्डित हैं, जो सूर्य के प्रकाश में सूर्य के ही समान देदीप्यमान रहते हैं। ऐसा प्रतीत होता है जैसे शत-सहस्र सूर्य वहां उदय हो रहे हैं। यह राक्षसपुरी लंका दुर्लंघ्य, दुर्धर्ष, दुर्गम्य और दुष्प्रवेश है। एक लाख राक्षस योद्धा रात-दिन नगर-द्वारों पर पहरा देते हैं। उनका बल अमोघ है। अभी तो रावण ने देवराट् इन्द्र को बन्दी किया था। उसने उससे दास्य कर्म कराकर मुक्त किया है। अरे, जिन देवों को पृथ्वी का नृवंश पूजता है, वे उसकी ड्योढ़ी पर दासभाव से रहते हैं। उसका भाई कुम्भकर्ण पर्वतश्रृंग के समान विशालकाय, महाभक्ष, महोदर, महाप्राण है। उसके सम्मुख काल भी नहीं ठहर सकता है। फिर उसका पुत्र इन्द्रजित् मेघनाद है, जिसके सम्बन्ध में सुना है कि उसे सब दिव्य माया-शक्तियां प्राप्त हैं। यह परिवार भूतपावन भगवान् रुद्र द्वारा रक्षित है। फिर उसकी सेवा में अनगिनत राक्षस भट हैं। सो हे वानरो, तुम कैसे उस शत्रु से पार पाओगे?"

सम्पाति के ये वचन सुन सब वानर सन्न रह गए। तब अंगद ने धीर वाणी से कहा–"आर्य, ऐसे धीर, वीर, प्रतापी, विद्वान् महिदेव और सप्तद्वीपाधिपति ने कैसे यह निन्दनीय चौर कर्म किया? यह तो बड़े ही आश्चर्य की बात है। परन्तु जो हो, हम प्राण देकर भी लंका जाएंगे और प्रभु-कार्य करेंगे। आप हमें वहां जाने का उपाय बताइए।"

"बताता हूं–ध्यान से सुनो! प्रथम आकाश मार्ग है। आकाश-मार्ग के सात स्तर हैं। प्रथम स्तर पर गौरैया, कबूतर आदि अन्नभक्षी पक्षी उड़ते हैं। उसके ऊपर दूसरा स्तर है, जहां वृक्षों के फल खानेवाले तोता, कौआ आदि पक्षी उड़ते हैं। उससे ऊपर तीसरे स्तर पर चील, क्रौंच, कुरा उड़ते हैं। बाज, गिद्ध क्रमशः चौथे-पांचवें स्तर तक पहुंचते हैं। अत्यन्त सुन्दर पक्षी हंस उनसे भी ऊपर छठे स्तर पर उड़ता है। परन्तु सबसे ऊंची और वेगशाली जाति गरुड़ों की है, जो सातवें स्तर पर आकाश-गमन करते हैं। मेरा जन्म भी गरुड़-कुल में हुआ है और हम मांसभुक् जाति के पुरुष हैं। हमारी दृष्टि सौ योजन तक जाती है। यदि मैं आज साधनसम्पन्न होता तो आकाश-मार्ग से जाकर अनायास ही तुम्हें लंका का सन्देश ला देता। परन्तु अब तो यह दुस्तर है। फिर भी रावण से मुझे अपने भाई का वैर लेना है। सो यदि तुममें से कोई वानर भट विकट साहसिक हो तो मैं उसे समुद्र-उल्लंघन करने की सहज विधि बता दूंगा। समुद्र पार होने पर लंका में जा वह सुभट कृतकृत्य हो सकता है।"

अंगद ने कहा–"आर्य सम्पाति, आप हमें वह विधि बताइए जिससे यह दुर्लंघ्य सागर पारकर हम लंका में पहुंच सकें।"

सम्पाति ने कहा–"अच्छा यह रहस्य, जिसे लंकाधिपति रावण भी नहीं जानता है, मैं बताता हूं। देखो–समुद्रतट से धनुष्कोटि के अन्तर पर गृध्रकूट गिरिशृंखला त्रिकूट तक समुद्र-गर्भ में जलमग्र चली गई है। स्थान-स्थान पर वहां विश्राम करने की सुविधा है। जो कोई साहसी वीर सौ योजन समुद्र को इस भांति तैरकर उल्लंघन करने की शक्ति रखता हो उसे इस गिरिश्रृंखला से बहुत सहारा मिलेगा और वह अवश्य ही अपने विक्रम से समुद्र के पार पहुंच जाएगा।"

सम्पाति के ये गूढ़ वचन सुन सब वानर उसे प्रणाम कर समुद्रतट की ओर सीता की खोज के लिए उत्साहित हो चल दिए।

90 सागर-तरण

गृध्रराज सम्पाति द्वारा सीता का समाचार सुन गर्जना करते हुए सम्पूर्ण वानरों ने समुद्र-तट पर आ डेरा डाल दिया। सम्मुख आकाश के समान अपार सागर तथा। समुद्र को देख वे सोचने लगे–कैसे इस अपार सागर को पार किया

जाएगा? यह तो अत्यन्त दुष्कर कार्य है। इस दुस्तर कार्य के सम्बन्ध में बातें करते-करते सभी वानर विषादग्रस्त हो गए। जब अंगद ने यह देखा तो कहा– "वीरो, चिन्ता न करो, विषाद को त्याग दो। विषाद में अनेक दोष हैं। अतः वह विचारशीलों के लिए त्याज्य है। विषाद से पुरुषार्थ का नाश होता है। पराक्रम के अवसर पर विषादग्रस्त होने पर पराक्रमी पुरुष के तेज का नाश हो जाता है, जिससे वह पुरुष ठीक समय पर पुरुषार्थ से विहीन हो जाता है। अब कहो, तुममें से कौन शूर इस सौ योजन विस्तार के समुद्र को लांघकर समस्त यूथपतियों को महान् संकट से मुक्त कर सकता है? किसकी कृपा से हम सफल-मनोरथ होकर घर लौटने और अपने स्त्री-बच्चों से मिलने की आशा करें? किसके प्रसाद से हम श्री राम और स्वामी सुग्रीव को प्रसन्न करें? हममें कौन वीर समुद्र-लंघन में समर्थ है, जो यह दुष्कर कार्य कर हमें अभय प्रदान करे?"

युवराज अंगद के वचन सुनकर भी सब यूथपति चुप मौन हो बैठ गए। उनके मुंह से बोल न निकला। तब अंगद ने उत्तेजित होकर कहा–"हे वीरो, आप अजेय योद्धा हैं, महापराक्रमी हैं। उत्तम कुल में आपका जन्म हुआ है, आपका पराक्रम विश्रुत है, फिर भी आप मौन हैं! यह हमारे प्राणों का तथा हमारे स्वामी की प्रतिष्ठा का प्रश्न है, इसलिए हमें इस उद्योग में प्राण भी देने पड़ें तो हम उनकी आहुति देंगे। अब तुम कहो–किसमें कितनी शक्ति है, मैं तो समझता हूं कि हम सभी समुद्र-लंघन में समर्थ हैं।"

युवराज अंगद के वचन सुनकर यूथपति वानर अपना-अपना बल निवेदन करने लगे। गज ने कहा–"मैं दस योजन तैर सकता हूं।" गवाक्ष ने कहा–"मैं बीस योजन जा सकता हूं।" शरभ ने कहा–"मैं तीस योजन।" ऋषि बोला–"मैं चालीस योजन तैर जा सकता हूं।" महातेजस्वी गन्धमादन ने पचास योजन जाने की बात कही। तब मयंक ने साठ योजन की अपनी शक्ति बताई। यूथपति द्विविद ने कहा–"मैं सत्तर योजन तैर सकता हूं।" फिर सुषेण वानरपति ने अस्सी योजन जाने की हामी भरी। सबके बाद ऋक्षराज जाम्बवन्त ने कहा–"मैं वृद्ध हुआ। मेरा पुरुषार्थ क्षीण हो गया है, पर मैं नव्बे योजन तक जा सकता हूं।"

इसपर महावीर्यवान् अंगद ने कहा–"मैं सौ योजन तक जा सकता हूं परन्तु लौटने में संदिग्ध हूं।" तब जाम्बवन्त ने कहा–"युवराज, तुम्हारी शक्ति मैं जानता हूं–तुम सौ क्या, पांच सौ योजन तैर सकते हो; परन्तु तुम्हारा भेजना हमें अभीष्ट नहीं है। तुम हम सबको आज्ञा देने वाले, हमारे कटकपति हो। हम सब तुम्हारे आज्ञापालक सेवक हैं। स्वामी की रक्षा करना सेवक का कर्म है। तुम्हारे ऊपर

सीता की खोज का दायित्व-भार है, अतः तुम अपनी आज्ञा से इन्हीं में से किसीको भेजो।" इसपर दुःखित अंगद ने कहा—"ऋक्षेन्द्र, मैं नहीं जाऊंगा तो फिर यह कार्य सम्पन्न नहीं होगा। हम सभी को मरण-व्रत धारण करना होगा। फिर आप ही हमें राह बताइए। आप हमारे ज्येष्ठ और वयोवृद्ध हैं।" जाम्बवन्त ने बड़े वेग की गर्जना की। उन्होंने एक ओर मौन बैठे हनुमान् को सम्बोधित करके कहा—"अरे मारुति, तुम कैसे एक ओर मौन बैठे हो? अरे, तुम सकल शास्त्रों के वेत्ताओं में श्रेष्ठ, अद्वितीय वीर पवनकुमार इस समय चुप क्यों हो? यह क्या तुम्हारे मौन का काल है? अरे मारुति, पृथ्वी पर तुम-सा बली कौन है? तुम्हारी गमन-शक्ति से तो गरुड़ भी स्पर्धा करते हैं। तुम्हारा तेज और अप्रतिम प्रताप, मेधा-शक्ति और धैर्य अपरिसीम है। तुम्हारे रहते वानर-समाज भला शोक-सागर में कैसे डूबा रह सकता है? अरे वीर, तुम क्या अपने बल-विक्रम को बिल्कुल ही भूल बैठे? तुम्हारे अपरिसीम पुरुषार्थ को क्या हमें बखानना पड़ेगा? तुम्हारे रहते क्या मुझ वृद्ध को दुःसाहस करना पड़ेगा? हे वायुकुमार, अपने बल को जाग्रत् करो। तुम्हारा तेज और पुरुषार्थ अप्रतिम है। जब मैं युवा था, मैंने इक्कीस बार पृथ्वी की परिक्रमा की थी। बलि-यज्ञ मैंने देखा था, समुद्र-मन्थन भी देखा। अब मैं वृद्ध हो गया हूं। वह बल, पराक्रम और साहस मुझमें नहीं रह गया है। इस समय इन सब वानर यूथपतियों में एक तुम्हीं इस महत्त्व के कार्य के लिए समर्थ हो। फिर क्यों विलम्ब कर रहे हो? उठो, हम सबका उपकार करो। अपना पराक्रम धन्य करो।"

हनुमान् ने जाम्बवन्त ऋक्षराज के ये वचन सुन बार-बार हुंकृति की। वस्त्र उतार डाले, लंगोट कसा, सर्वाङ्ग में सिन्दूर का लेप किया और बारंबार अपना वज्रदेह कुम्भक द्वारा फुलाते हुए सागर-अतिक्रमण को सन्नद्ध हो गए।

हनुमान् को इस प्रकार उद्यत देख सब वानर हर्षोन्मत्त हो नाचने और चिल्ला-चिल्लाकर हनुमान् मारुति का जय-जयकार करने लगे। वे पराक्रमी हनुमान् की बारंबार प्रशंसा करने और गर्जना करने लगे। अब सब वयोवृद्ध वानरों द्वारा पूजित हो अमिततेज हनुमान् ने सब वानरों को प्रणाम किया और कहा—"मैं बिना ही विश्राम किए इस सौ योजन के सागर को तैरकर पार करूंगा। यह वरुणालय मेरी जांघों और पिंडलियों के आघात से पीड़ित हो अपनी मर्यादा को त्याग देगा। समुद्र के इस प्रकार मेरे थपेड़ों से क्षुब्ध होने पर उसमें निवास करनेवाले बड़े-बड़े ग्राह अन्दर से उसके ऊपर निकल आएंगे। मैं अत्यन्त वेगवान् वैनतेय गरुड़ की गति की भी परवाह नहीं करता। मैं समुद्र का लंघन कर, दूसरी ओर भूमि पर उतरे बिना ही फिर लौट आने में पूर्ण समर्थ हूं। मुझे नभचर-जलचर किसीका भय

नहीं। इस समय मैं उत्साहित हूं मुझे ऐसा प्रतीत होता है कि मैं दस हज़ार योजन जा सकता हूं। मैं चाहूं तो समुद्र को सोख लूं। खूंदकर पृथ्वी को चूर्ण कर दूं। जब मैं जल में छलांग भरूंगा और आकाश में भी; उस समय नाना लता-वृक्ष-पुष्प मेरे साथ उड़ जाएंगे। मैं आकाश में छाया की भांति चलूंगा। अब पृथ्वी पर कोई सत्त्व मुझे नहीं रोक सकता। मैं निश्चय ही भगवती सीता की खोज लगाऊंगा। अब आप सब निश्चिन्त रहें। हर्ष मनाएं मुझसे बना तो मैं समूची लंका ही को विध्वंस करके लौटूंगा। आज मैं उस विश्रवा मुनि के पुत्र सप्तद्वीपपति रावण और उसके इन्द्रजित् पुत्र को देखूंगा। यदि वह सत्य ही सीता भगवती का चोर है तो निश्चय जानो कि अब उसके जीवन की इति हो चुकी।"

इतना कह हनुमान् मारुति ने बारंबार वज्र-गर्जना की। यह देख सभी वानर गर्जना करने लगे। उनकी सम्मिलित गर्जना से वातावरण ध्वनित हो उठा। अब जाम्बवन्त ऋक्षेन्द्र ने प्रसन्नमन कहा–"वीरवर, हम सब तुम्हारी मंगलकामना करते हैं। तुम्हारे लौटने तक हम तुम्हारे लिए मंगल-अनुष्ठान करेंगे। वीरवर, तुम गुरुजनों और वृद्धजनों के आशीर्वाद से इस समुद्र के पार जाओगे तथा कार्य सिद्ध करोगे, ऐसा हमारा विश्वास है। तुम्हारा यह दुःसह कार्य पृथ्वी में जब तक नृवंश है, अप्रतिम रहेगा। संसार का कोई प्राणी कभी भी तुम्हारे इस पराक्रम की क्षमता न कर सकेगा। अब तुम इस महेन्द्र पर्वत के शिखर पर चढ़ जाओ और वहीं से छलांग मारो।"

यह सुनकर धीरगति से हनुमान् पर्वत-श्रृंग पर चढ़ गए। गन्धर्व, यक्ष, रक्ष, वानर सभी हतचेत-से खड़े हो मारुति के इस असह विक्रम को देखने लगे। सिंह के समान अमित-विक्रम मारुति गिरिश्रृंग पर चढ़ कुम्भक-रेचक द्वारा शरीर को पवनपूरित करने लगे। पवन के भर जाने से उनका वज्रदेह अक्षत और विशाल हो गया। पर्वत-गुहाओं में रहनेवाले तपस्वी और किन्नर भयभीत तथा आश्चर्यान्वित हो अपनी स्त्रियों-सहित इधर-उधर दौड़ने लगे। वायुपुत्र हनुमान् ने अपना शरीर हिला, वज्र गर्जना की, अपनी बलिष्ठ भुजाओं को पर्वत पर जमाया, फिर पीठ की ओर खींचकर अपनी गर्दन और दो भुजाओं को सिकोड़ लिया। तब उन्होंने नेत्र उठाकर विस्तीर्ण समुद्र पर दृष्टि डाली। प्राणों को हृदय में रोका और एकबारगी ही भयानक छलांग मारी।

हनुमान् के शरीर के साथ ही पर्वत-श्रृंग पर स्थित लता-गुल्म-वृक्ष सभी फल-फूल-टहनियों समेत समुद्र में जा गिरे। समुद्र-गर्भ से ऊपर आकर उन्होंने एक बार पीछे फिरकर वानरों के यूथ को देखा, फिर डुबकी ली। इस प्रकार डुबकी लेते-

निकलते वे समुद्र में आगे बढ़ने लगे। कभी वे छलांग भरते, कभी समुद्र-तल में घुस जाते, कभी किसी बहती हुई काष्ठपट्टिका या तरुखण्ड का आश्रय लेते, कभी दोनों हाथ आकश में उठाकर केवल लातों से जल को आन्दोलित करते। उनकी आकाश में फैली हुई भुजाएं ऐसी प्रतीत होती थीं, जैसे पर्वत से पांच फनवाले दो सर्प निकल आए हों। उनकी गोल पीले रंग की बड़ी-बड़ी आंखें सूर्य और चन्द्रमा के समान प्रतीत होती थीं। जब मारुति जल पर लातों का आघात करते तब उनकी बगल से निकलती हुई हवा बादल के समान गर्जती थी। जहां-जहां वे आगे बढ़ रहे थे वहां समुद्र उठती हुई तरंगों तथा फेनों में भर गया। वे अपने वक्षःस्थल से समुद्र की दुर्गम तरंगों को तोड़ते-फोड़ते वेग से आगे बढ़ रहे थे। उनके वेग और मेघों से उत्पन्न हुई हवा ने समुद्र को भी डावांडोल कर दिया, जिससे कछुए, मगरमच्छ आदि जलचर जीव व्याकुल होकर इधर-उधर भागने लगे। वे एक-एक छलांग में एक योजन पार कर रहे थे। उस जगह का समुद्र परनाले के समान छिछला था। जलगर्भ में छिपी हुई चट्टानों पर क्षण भर चरण रख विश्राम लेते, फिर आगे कूद जाते। चारों ओर अगम जल, चारों ओर उन्मत्त लहरें, चारों ओर विषम संकट, परन्तु मारुति बढ़े चले जा रहे थे। जब वे वायु से छलांग भरते तो गरुड़ प्रतीत होते थे। उनके वेग के साथ काले-पीले मेघ भी उड़ रहे थे। हनुमान् कभी मेघों में छिप जाते, कभी प्रकट हो जाते।

बीच सागर में मैनाक पर्वत की कुछ चोटियां जल-तल को स्पर्श करती देख हनुमान् ने क्षण-भर वहां विश्राम किया और फिर यह कहकर कि 'रामकाज किए बिना मोहि कहां विश्राम', वे आगे बढ़े। परन्तु इसी क्षण बीच सागर में एक विकराल जीव मुंह फाड़ उन्हें ग्रसने को लपका। उसका पर्वत के समान विशाल वदन था, महासर्प के समान आकृति थी। उसकी कांटेदार महापुच्छ थी। उसका विकराल मुख भी एक गुहा के समान था। हनुमान् जब तक संभलें तब तक उस विकराल जन्तु ने उन्हें समूचा ही निकल लिया। हनुमान् निरुपाय उस महाजन्तु के उदर में पहुंच तथा दर्प से उसका पेट फाड़कर बाहर निकल आए। फिर उन्होंने एक किलकारी भर आकाश में छलांग भरी और दस योजन सागर पार कर दिया।

इस प्रकार धैर्य, सूझ, साहस और कौशल से सब विघ्न-बाधाओं को पार कर हनुमान् उस ओर समुद्र-तट पर द्वीप के किनारे जा पहुंचे। वहां तट पर उगे हुए सुन्दर वृक्षों तथा समुद्र में गिरनेवाली नदियों के मुहानों से उसकी शोभा अपूर्व हो रही थी। उन्होंने एक सुरक्षित पर्वत-श्रृंग पर चढ़, फल-मूल खा विश्राम किया।

91 लंका में अन्वेषण

दूर तक फैली हुई सुनील जलराशि और सामने स्वर्णवर्ण रजकण, ठौर-ठौर पर ताल, तमाल, हिंताल के सघन-विरस द्रुम, जिनपर कूजित विहंगवृन्द—यह सब देख मारुति का सब श्रम दूर हो गया। उनका चित्त प्रसन्न हो गया। बड़ा दुस्तर कार्य हुआ, परन्तु अब पद-पद पर साहस, सावधानी और पराक्रम का अवसर था। हनुमान् स्वर्ण-रजकण पर धीर चरण रखते, अपने चारों ओर सावधानी से देखते, वज्रमुष्टि में अपनी लौह गदा थामे आगे बढ़ त्रिकूट-शिखर पर चढ़ गए। वहां सघन वृक्षों के झुरमुट में बैठ, पुष्पभारनमित वृक्षों की आड़ में छिप उस अद्भुत स्वर्ण-लंका को निहारने लगे। उन्होंने देखा, उस लंकापुरी के बाहर अनेक बाग-बगीचे, वापी-तड़ाग हैं, जहां सब ऋतुओं के फूल-फल अमित विस्तार में लदे हैं। जहां पक्षी फुदक-फुदककर स्वच्छन्द विहरण कर रहे हैं। तालाबों में बड़े-बड़े शतदल कमल खिले हुए हैं, जहां हंस और चक्रवाक मधुर गुंजन कर रहे हैं। राक्षस छोटे-छोटे जलाशयों और उपवनों में क्रीड़ा-विनोद कर रहे हैं। उस लंका के चारों ओर अलंघ्य खाई को भी मारुति ने देखा, जो समुद्र की भांति अगम थीं। उन्होंने यह भी देखा कि लंका की रक्षा-चौकी और पहरे का बहुत अच्छा बन्दोबस्त है। नगर के द्वारों पर, गवाक्षों पर, परकोटों पर, बुर्जियों पर, असंख्य धनुर्धर राक्षस भट मुस्तैदी से पहरा दे रहे हैं। कहीं जरा भी सन्धि नहीं है।

वे धीरे-धीरे पर्वत-शृंग से उतर नगर के निकट पहुंचे। तब उन्होंने धवल सौध-पंक्तियों को भली भांति देखा, जिनके शिखर स्वर्णमण्डित थे और जिनकी शोभा शरदभ्र की भांति शुभ्र-मनोरम थी। नगर में सब ओर ऊंची सतह पर बनी सफेद सड़कें थीं। अट्टालिकाओं पर विविध रंग की ध्वजा-पताकाएं वायु में फहरा रही थीं। घरों के द्वारों पर कलापूर्ण चित्रकारी की गई थी। उस राक्षसपुरी को देख महाबली मारुति आश्चर्यचकित रह गए। उन्होंने मन ही मन कहा, अहो, इस राक्षस रावण का तो बड़ा भारी प्रताप है। यह लंकापुरी तो इन्द्र की अमरावती से स्पर्धा लेती-सी दीख रही है। वे अत्यन्त प्रच्छन्न भाव से चलकर पर्वत-शृंग के समान दुरारोह और गगनस्पर्शी उत्तर नगर-द्वार पर आए। इस समय उन्होंने एक निरीह मुनिकुमार का वेश बना लिया और वे नगर में चुपचाप इधर-उधर विचरने लगे। वहां की रक्षा-पद्धति और अजेय स्थिति को देख मारुति मन ही मन कहने लगे—यह तो सर्वथा अजेय नगरी है। वानर और श्री राम भला कैसे इस सुदृढ़ पुरी को जीत

सकते हैं! यहां इन दुर्भट राक्षसों से लड़कर जय पाना तो सम्भव ही नहीं प्रतीत हो रहा है। युद्ध के अतिरिक्त यहां तो साम-दाम से भी कार्य बनता नहीं दीख रहा है। इस लंका में अंगद, नील, सुग्रीव और मैं केवल चार ही ऐसे वानर भट हैं जो प्रवेश कर सकते हैं; सो भी छद्म-वेश में। परन्तु अभी तो मुझे अपना काम साधना है। सो मेरा काम रात में ही हो सकता है। अब मुझे ऐसा कौशल करना होगा कि मैं भगवती सीता को देख सकूं, पर कोई मुझे न देख-पहचान सके। मुझ दूत को सकुशल यहां से संदेश लेकर वापस लौटना भी तो है। इसलिए युक्तिसंगत बात यह है कि मुझे संघर्ष तथा शक्तिक्षय से बचना ही चाहिए। मुझे श्री राम के दूतत्व का निर्वाह करना है। अविवेकी दूत द्वारा देश-काल के प्रतिकूल व्यवहार करने से बहुधा बने काम बिगड़ जाते हैं।

इन सब बातों को विचार मारुति दिन छिपने तक किसी एकान्त स्थान में छिपकर बैठ गए। जब रात्रि का अन्धकार चारों ओर व्याप्त हो गया तो घरों की छाया में अपने को छिपाते, पद-शब्द को बचाते, राक्षसों की दृष्टि को चुराते, वे एक घर से दूसरे में और दूसरे से तीसरे में जाने लगे। उन्होंने अनेक अट्टालिकाएं और स्तम्भों से सुशोभित अलिन्द देखे। अनेक सतमहले सुन्दर विशाल महल देखे, जिनके फर्श स्फटिक-शिलाओं के समान थे, जहां स्वर्ण के समान भवन और बैठकें बनी हुई थीं, जिनमें सोने के गवाक्ष और कपाट थे। परन्तु कहीं भी उन्हें सीता की झलक न दीख पड़ी। इससे वे उदास होने लगे। नगर के सभी महल मायाकार बने थे; नगर में स्वस्थ समुद्री वायु चल रही थी। बहुत-सी अट्टालिकाओं में से घंटियों की रणन-ध्वनि आ रही थी। वह नगरी रत्नजटित वस्त्रों से सुशोभित रमणी-सी दीख रही थी। उसमें बने श्वेत भवन उसके कर्णभूषण के समान लग रहे थे। चारदीवारी पर बने शस्त्रागार उसके स्तन-से प्रतीत होते थे। देदीप्यमान दीपावलियों से अन्धकार नाश हो जाने से नगरी जगमग कर रही थी। अभी हनुमान् मारुति यह सब देख ही रहे थे कि द्वारपालिनी राक्षसी लंका ने उनके सम्मुख आ और खड्ग उनके कंठ पर रखकर कहा–"अरे दुरात्मा, तू कौन है जो चोर की भांति रक्षेन्द्र-रक्षित लंकापुरी में प्रच्छन्न भाव से विचर रहा है? मरने से पूर्व अपना परिचय दे और यह बता कि तूने यहां आने का साहस कैसे किया?"

उस राक्षसी की यह भयानक बात सुनकर मारुति ने धीर स्वर में कहा–"महाभागे, इस भयानक और स्त्रीजन-अशोभित वेश में तू कौन है और किसलिए मुझ मुनिकुमार से ऐसे अभद्र वचन कह रही है?"

लंका ने कहा—"मैं लंका नाम राक्षसी लंका की नगर-रक्षिका हूं। लंका पर रात में मेरी ही चौकी रहती है। कोई देव, दैत्य मेरी दृष्टि बचाकर लंका में प्रविष्ट नहीं हो सकता। जो ऐसा करता है, उसकी मृत्यु निश्चित है। सो तू भी अब अपने को मृत्यु-मुख में ही समझ।"

यह सुन मारुति ने कोमल कण्ठ से कहा–"महाभागे, मैं मुनिकुमार तेरी सुशोभिता नगरी लंका को देखकर प्रसन्न होने आया हूं। बस, देख-भालकर लौट जाऊंगा। अब तू मुझपर प्रसन्न हो।" इसपर वह राक्षसी एकदम क्रुद्ध हो उठी और उसने मारुति की नाक पर एक घूंसा मारा।

मुक्का खाते ही मारुति ने भी उसके मुंह पर एक चपेटा मारा। चपेटा खाकर वह घूमकर भूमि पर गिर गई। तब मारुति ने उसके कंठ पर चरण रखकर कहा–"अब तू मर!"

इसपर करबद्ध प्रार्थना कर वह राक्षसी बोली–"हे मुनिकुमार, मेरे प्राणों की तू रक्षा कर। मेरे प्राण हरण मत कर, मैं तेरी शरणागत हूं!"

हनुमान् यह सुन उसका कंठ छोड़ तुरन्त ही अन्तर्धान हो गए तथा इधर-उधर भवनों में पैठ-पैठकर उन्हें देखने लगे। उन्होंने देखा कि कहीं कलकण्ठी रमणियों के गाने की आवाज़ आ रही है, कहीं राक्षस वेदमन्त्र-पाठ कर रहे हैं, कहीं सैनिक अपने शस्त्र संवार रहे हैं। अनेकों राक्षस सुन्दरियों के बीच रमण कर रहे हैं। अनेकों सुन्दरियां अपने पतियों के साथ रमण कर रही थीं। बहुत-से स्थानों पर राक्षस मद्य पी-पीकर प्रलाप कर रहे थे। वे एक-दूसरे पर आक्षप कर उन्मत्तों की भांति आपस में झगड़ रहे थे। बहुत-से राक्षस मद्य पिए अपनी स्त्रियों के अंकपाश में मद-मूर्च्छित पड़े थे। अनेक स्थानों पर राक्षस अपने मित्रों से मधुरालाप तथा हास-विलास कर पान-गोष्ठी का आनन्द ले रहे थे। अनेक राक्षस सुन्दर थे–अनेक कद्रूप; बहुतों के नाम कर्णसुखद थे, बहुतों के कुत्सित। कुछ राक्षस पवित्राचरणी भी थे। राक्षस-स्त्रियां भांति-भांति के सुन्दर वस्त्राभरण धारण किए कहीं हास-विलास कर रही थीं। कहीं मंगलगान और कहीं मधुपान कर अट्टहास कर रही थीं। प्रियतम और मद्यपान में उनका परम अनुराग था। उनकी अमित ज्योति थी, असाधारण रूप था, अप्रतिम तेज था। बहुत-सी रमणियां अपने हर्म्यों की छतों पर अपने प्रियतमों की गोद में बैठी पान-विलास का आनन्द ले रही थीं। इस प्रकार मारुति ने अनगिनत स्त्रियों को देखा पर उन्हें अयोनिजा सुकुमारी जनकनन्दिनी सीता के कहीं भी दर्शन नहीं हुए।

तब वे रावण के अन्तःपुर की ओर चले। वहां जाकर उन्होंने देखा–वह अन्तःपुर चारों ओर गहरी खाई से घिरा हुआ था। वह निर्मल और अलौकिक सुन्दर भवन धवल रश्मि-प्रभा बिखेर रहा था। उसकी रक्षा के लिए सहस्त्रों महाबल सुभट राक्षस भली भांति शस्त्रसज्जित नियत थे। उसकी चारदीवारी स्वर्णखचित थी। भूमि मणिमयी थी। चन्दन आदि के सुगन्ध-द्रव्यों के जलने से वह महल महक रहा था। मारुति ने युक्तिपूर्वक उस दुर्गम महल में प्रवेश किया। उन्होंने देखा–जैसे गायों के यूथ में वृषभ घूमता है, उसी भांति रावण रमणीय रमणियों से सम्पन्न इस अन्तःपुर में विचरण करता है। जिस प्रकार तारागणों के बीच चन्द्रमा की शोभा होती है, वैसी ही शोभा उस समय रावण की हो रही थी। वह राजमहल स्वर्णद्वारों, चांदी से मढ़े चित्रों तथा अद्भुत अन्तर्द्वारों से सुशोभित था। रत्नजड़ित रथ, अश्व, गजवाहन इधर-उधर घूम रहे थे। ठौर-ठौर पर कोमल बिछौने बिछे थे। अन्तःपुर की विश्वस्त रक्षिका राक्षसियां खड्ग, शूल लिए मुस्तैद पहरा दे रही थीं। स्त्रियां नाच-रंग में मस्त थीं। उनके आभूषणों की चमक और ध्वनि से वहां का वातावरण मुखरित हो रहा था। मारुति ने रत्नजटित पर्यङ्क पर रावण को देखा। कुछ सुदासियां मणिपात्र में भर-भरकर उसे मद्य दे रही थीं, कुछ चंवर झल रही थीं। कुछ वीणा-मुरज बजा रही थीं, कुछ गान कर रही थीं। महल के चारों ओर तरह-तरह की पालकियां, लतागृह, चित्रशालाएं, क्रीड़ापर्वत, विलास-गृह और दिन में विहार करने के घर भी थे। वह भवन रत्नाभरणों तथा रावण के तेज से देदीप्यमान था। वहां पलंग, चौकी, उपधान, उप-रक्षिकाएं आदि सभी कुछ दिव्य थीं। चारों ओर नूपुर की ध्वनि, करधनियों की खनखनाहट तथा मधुर वाद्यों से वह हर्म्य मुखरित हो रहा था। हनुमान् घूम-घूम कर महल, अलिंद, पार्श्व, उपान्त सभी को देखने लगे। वहीं उन्होंने वह अद्भुत पुष्पक विमान देखा जो रत्नखचित था। विमान की भूमि मरकतमणि की बनी थी। उसका प्रकोष्ठ श्वेत वर्ण का था। उसमें रत्नों की पच्चीकारी करके सर्प, पशु, पक्षी, फूल, वृन्त, आदि ऐसे बनाए थे कि जिनसे वास्तविक होने का भ्रम होता था। उस विमान में मूंगे, वैदूर्य और चांदी के पक्षी बनाए गए थे। सूंड़ों वाले हाथी भी चित्रित थे। इस विमान में ऐसी कोई रचना न थी, जो रत्नों से रहित हो। उस वायुवेगी, दुर्धर्ष, दुर्लभ विमान पर आरूढ़ हो चक्रवर्ती, महिदेव, सप्तद्वीपपति सर्वजयी रावण अबाध आकाश-विचरण करता था।

विमान का भली भांति अवलोकन कर मारुति बहुत-से कक्षों को देखते-भालते एक विशाल कक्ष में घुस गए, जो रावण का खास गोप्त कक्ष था। उसमें मणियों की सीढ़ियां और सोने की जालियां लगी थीं। फर्श के जोड़ों में जो स्फटिक मणि लगी

थी उसके जोड़ों में हाथीदांत की पच्चीकारी थी। उसमें विशाल मणिस्तम्भ थे तथा छत में हीरे, मोती, मानिक और मूंगे के जाल की चादर तनी थी। दीवारों पर सोने के तारों का काम था। कक्ष में स्वर्णतारग्रथित कोमल बिछौना बिछा था। वहां की रक्षिका सुन्दरियां मद्य पी-पीकर आपस में चुहल कर रही थीं। उसके कारण वह कक्ष शरत्कालीन शोभा धारण कर रहा था। अब अर्धरात्रि व्यतीत हो चली थी। वे अब रावण के शयन कक्ष में जा पहुंचे। उन्होंने देखा कि वहां एक अद्भुत पलंग था, जिसपर अनेक वेदियां बनी थीं। उसपर अनेक बहुमूल्य उत्तम वस्त्र बिछे थे। उसपर चन्द्रमा के समान एक छत्र लगा था। अनेक स्त्रियां खड़ी पंखियां ले-ले रावण को हवा कर रही थीं। रावण सो रहा था। वहां अनेक प्रकार की सुगन्धित सामग्री जल रही थी। शयन-कक्ष उनकी सुगन्ध और सौरभ से सुरभित हो रहा था। सोता हुआ रावण जल से भरे हुए वर्षोन्मुख बादल की शोभा धारण कर रहा था। उसके शरीर पर सुगन्धित चन्दन का लेप चढ़ा था। उसके नेत्र लाल और भुजाएं विशाल थीं, वे पलंग पर फैली हुई इन्द्रध्वजा-सी लग रही थीं। उनमें स्वर्ण के बाजूबन्द बंधे थे। वह कामरूप रावण उस समय बड़ा ही शोभनीय प्रतीत हो रहा था। उस समय वह पीत अधोवस्त्र धारण किए था। उसका वृषभस्कन्ध बड़ा गठीला था। अंगुलियों में रत्नमुद्रिकाएं जड़ी थीं। वह मद्य के नशे में मस्त सो रहा था तथा वेग से सांस ले रहा था। उसकी सांस के साथ पान, पूग, केसर, कस्तूरी की गन्ध आ रही थी। उसका सूर्य के समान देदीप्यमान किरीट वहीं एक ओर रखा था। उसके कान में जो हीरे के कुण्डल थे उसके कारण उसका मुख और भी प्रदीप्त हो रहा था। उस समय वह सोता हुआ रावण ऐसा प्रतीत हो रहा था जैसे गंगा में गजराज पड़ा सो रहा हो।

स्वर्ण दीपाधारों पर सुगन्धित तेल के दीप जल रहे थे। पलंग के निचले भाग में इधर-उधर रावण की विधवदनी स्त्रियां सो रही थीं, जिनके मणि-माणिक्यों की आभा से वह कक्ष जगमग हो रहा था। उनके कानों के कुण्डल ऐसे चमक रहे थे जैसे आकाश में तारामण्डल चमकता है। वे स्त्रियां खूब मद्य पी-पीकर, जो जहां थीं, वहीं लीला-विलास करती हुई सो गई थीं। उनके गहने, वाद्ययन्त्र, वीणा, मुरज, मृदंग उनके पास ही इधर-उधर बिखरे पड़े थे। वीणा बजानेवाली वीणा ही को अंक में लपेटे सो गई थीं। कोई रमणीय रमणी स्वर्ण-कलश के समान अपने ही स्तनों को पकड़े पड़ी थी। बहुत स्त्रियां अपनी-अपनी सहेलियों को आलिंगन किए पड़ी थीं। उनकी रूपराशि से वह शयनकक्ष देदीप्यमान हो रहा था। इन स्त्रियों में देश-देशानतरों से हरण की गई राज-कन्याएं भी थीं, जिनकी आज रात रावण

के शयन-कक्ष में सेवा की बारी थी। बहुत-से ऐसे भी महर्षियों, दैत्यों, गन्धर्वों और नागों की स्त्रियां थीं, जो स्वतः ही कामासक्त हो रावण की स्त्रियां बन गई थीं। पर उस कक्ष में ऐसी एक भी स्त्री न थी जो रावण से प्रेम न करती हो। वे सब रूपवती, कुलीना रमणियां उत्तम वस्त्राभरणों से सज्जिता थीं, जो अपने विलास और क्रीड़ा से देखने वालों को उन्मत्त कर देती थीं।

इन सब रूपसी षोडशियों से पृथक् एक अतीव सुन्दर मणि-खाचत पलंग पर एक असाधारण सुन्दरी सो रही थी। यह रमणी अपनी रूपनिष्ठा तथा गौरवर्ण के कारण सबसे पृथक् सर्वोपरि परिलक्षित हो रही थी। उस स्त्री का रूप-लावण्य अति मनोहर था। उसकी वेश-भूषा भी उसके अन्तःपुर के स्वामित्व की सूचक थी। उसे देख हनुमान् ने सोचा, कदाचित् यही तो भगवती सीता नहीं है। परन्तु वह प्रेम-वियोगिनी विदग्ध-हृदया सीता यहां रावण के विलास-गृह में कैसे मद्यपान मत्त हो सकती है! निस्संदेह यह सीता नहीं है। मेधावी मारुति ने समझ लिया कि यह रक्षराज-महिषी मन्दोदरी है। तब भगवती अयोनिजा सीता कहां है?

हनुमान् चिन्तित होकर अन्तःपुर में इधर-उधर विचरण करने लगे। महालसा, निद्रासक्त स्त्रियां सूदागार में विविध मांस-पकवान तैयार करने में लग रही थीं। कोई गोरी, कोई सांवले रंग की थी। वे स्वर्ण पात्रों में पृथक्-पृथक् उत्तम प्रकार के मद्य, भोज्य, चर्व्य, चूष्य, पेय पदार्थ, शूकर, महिष, लाव, तित्तिर हरिण, मनुष्य का मांस पाक कर-कर रख रही थीं। सहस्रों स्वर्ण- कलश मदिरा से भरे वहां धरे थे। वहां की वायु भी मदगन्धा हो रही थी। उनमें बहुतेरी तो काम करती ही करती वहीं सोकर झपकी ले रही थीं।

इस प्रकार मारुति ने रावण का सारा ही अन्तःपुर छान डाला, परन्तु कहीं भी सीता का पता न लगा। तब हनुमान् खिन्न-मन अन्तःपुर से बाहर आ दूसरी ओर चले। अब वे लतागृहों, चित्रगृहों, निशागृहों में सीता की खोज करने लगे, पर सीता जब उन्हें वहां न मिली तो उन्हें सन्देह हुआ कि कदाचित् सीता जीवित नहीं है। राक्षसों ने उसे मारकर खा डाला है। ये राक्षस सदैव से आर्यों के वैरी हैं। अब सीता का यदि पता ही न लगा तो मेरा लंका आना व्यर्थ हुआ। दुर्लंघ्य समुद्र को लांघना ही अकारथ गया। अब लौटकर मैं अपने साथियों को क्या संदेश दूंगा। सुग्रीव की दी गई अवधि भी अब बीत चली है। परन्तु मुझे निराश न होना चाहिए। निराशा ही असफलता का चिह्न है। उत्साह ही से पुरुष को सफलता मिलती है। इससे मुझे अब अन्यत्र भी यत्न से सीता की खोज करनी चाहिए। यह सोच अब वे गुप्त और दुर्गम स्थानों में सीता को खोजने लगे। तहखाने, भूगर्भ हर्म्य, मण्डप, एकान्त

कुटी आदि में उन्होंने खोज की। वे रुक-रुककर घरों के ऊपर-नीचे, भीतर-बाहर जा-जाकर आहट ले-लेकर सीता को खोजने लगे। उन्होने तड़ाग, उपवन, वन, वीथिकाएं भी देख डालीं। विद्याधरों, नागों की स्त्रियों में भी देखा–पर सीता कहीं भी न मिली। तब वे शोक और निराशा से व्यथित हो भूख और थकान से शिथिल एक ठौर पर गिर पड़े।

वे सोचने लगे कि सीता शोक में मर गई हों अथवा लाते हुए छटपटाकर समुद्र में गिर गई हों अथवा रावण क्रुद्ध होकर उन्हें खा ही गया हो अथवा दुष्टा राक्षसियों द्वारा रावण की पत्नियों ने ही ईर्ष्यावश उन्हें मरवा डाला हो अथवा कहीं उन्हें छिपाकर तो नहीं रखा गया है। साध्वी सीता रावण के वश में तो आ ही नहीं सकतीं। वे या तो मार डाली गईं या स्वयं मर गईं। परन्तु अब मैं क्या करूं? किससे पूछूं? किससे सम्मति लूं? भला शत्रुपुरी में कौन मेरा सहायक है? परन्तु यदि सीता मुझे न मिली तो मैं यहां से जीवित पीछे नहीं लौटूंगा। समुद्र में जल-समाधि लूंगा या अन्न-जल ही मैं तभी ग्रहण करूंगा जब सीता को खोज लूंगा। भले ही मेरे प्राण चले जाएं। सीता की खोज किए बिना यदि मैं लौटूंगा तो मेरी कीर्ति का ही नाश हो जाएगा। फिर जीवन किस काम आएगा? परन्तु अभी तो मैं और भी उद्योग करूंगा। यह तर्क-वितर्क कर हनुमान् फिर साहस करके उठे। वे क्रोध में सोचने लगे कि सीता न मिली तो मैं इस महाबली रावण को मारकर ही उसका बदला लूंगा। परन्तु संपाति ने कहा है कि सीता लंका में है अवश्य।

इस प्रकार विचार करते-करते वे अशोक-वाटिका के द्वार पर आ पहुंचे तथा वायुवेग से उसकी प्राचीर पर चढ़कर भीतर कूद गए। वहां वसन्त के सघन वृक्ष विकसित और पुष्पित हो रहे थे। लताओं ने आम्र कानन को आच्छादित कर रखा था। ऋतु-ऋतु के फल वृक्षों में लदे पड़े थे। उन्हें देख तथा उनकी मधुर गन्ध-सुगन्ध से उनकी भूख जाग्रत हो गई। वे वाटिका में इधर-उधर घूमने लगे। उनकी आहट पा वृक्षों पर सोए पक्षी जाग उठे और उड़-उड़कर इधर से उधर पंख फड़फड़ाने लगे। उन्होंने देखा–अशोक-वाटिका में विकट राक्षसों का कड़ा पहरा लगा है। वे इधर-उधर अपने को छिपाते–सरोवरों-पुष्करिणियों के तटों का आश्रय लेते हुए आगे बढ़ते चले गए। वहां अशोक वृक्ष पुष्पित हो ऐसे शोभायमान हो रहे थे मानो वे स्वर्णमणि से निर्मित हों। उनके नीचे सोने की वेदियां बनी थीं और वे ठौर-ठौर पर निर्झर जल में सिंचित थे।

हनुमान् ने सोचा–सम्भव है यहीं सीता को रखा गया हो। प्रिय वियोग में वनवास में तो उनकी रुचि होना स्वाभाविक ही है। वे यहां होंगी तो सायंकालिक

और प्रभातकालीन नित्यकर्म के लिए अवश्य ही यहां पुष्करिणी पर आती होंगी। यहां राक्षसों की सतर्कता से भी मुझे अनुमान होता है कि सीता का अवश्य ही यहां निवास होगा। इन सब बातों को भली भांति विचार, वे एक बड़े वृक्ष पर चढ़कर चारों ओर खूब ध्यान से देखने लगे। तब अचानक ही उनकी दृष्टि एक धवल प्रासाद पर पड़ी जो गोलाकार और बहुत ऊंचा था। उन्होंने देखा–वहां च्यूंटी दल की भांति बहुत-सी राक्षस-मूर्तियां इस निशान्त–काल में भी सजग हैं।

वे वृक्ष से उतर वृक्षों की सघन छाया में अपना शरीर छिपाते हुए पदशब्द को बचाते हुए हर्म्य के निकट आए। वह हर्म्य बहुत ऊंचा और सहस्रों खम्भों पर टिका था। उसकी सीढ़ियां मूंगों की बनी थीं और वेदियां चन्दन की थीं। वह स्वच्छ प्रासाद स्निग्ध चन्द्र-ज्योत्सना का मूर्त प्रतिविम्ब-सा दीख रहा था।

धीरे-धीरे अपने को छिपाते हुए हनुमान् फिर वृक्ष पर चढ़ वृक्षों ही वृक्षों में हर्म्य के निकट आ गए। अब उन्होंने देखा–एक मलिनवसना सुन्दरी, पीतप्रभा, कृशकाया, क्लान्त-वन्दना उपवास-शोक-व्यथाव्यथिता दिव्यांगना-सी रूपप्रभा बाला हर्म्य से बाहर एक अशोक-वृक्ष के नीचे अधोमुखी बैठी लम्बी-लम्बी सांस खींच रही है। उसके अंग पर एक ही पीला वस्त्र है। निरलंकारा होने पर भी वह मलिनवस्त्रा राख में ढके अंगार की भांति प्रतीत हो रही है। उसका मुख वर्षोन्मुख बादल के समान गंभीर तथा आंखें भादों के मेघों के समान झर-झर वर्षा करती हुई हैं। वह शोक और चिन्ता में कातर है। उसके सिर पर काले नाग के समान ही वेणी है जो कमर तक लटक रही है। उसको चारों ओर से घेरकर सजग शस्त्रधारिणी राक्षसियां बैठी हैं, जो बड़ी विकरालवदना हैं। उनसे घिरी हुई वह मृगनयनी बाला कुत्तों से घिरी हुई असहाय मृगी-सी प्रतीत हो रही थी। इस शोक-मूर्ति को देखते ही मारुति ने समझ लिया–अयोनिजा, अमोघशुल्का, जनक-तनया, राम-वधू भगवती सीता यही है। श्रीराम ने जैसा रूप सीता का वर्णन किया है, वैसा ही इसका रूप है। वैसा ही कोमल कान्त मुख है। उसकी दीप्ति से इस दशा में भी दशों दिशाएं प्रदीप्त हो रही हैं। इन्द्रमणि कण्ठ में पहनने से इसका कण्ठ नीलवर्ण दीख रहा है, ओठ अब भी बिम्बाफल के समान लाल हैं। उसका कटिभाग और चरण मनोरम हैं। कमल के समान नेत्रों में शील, संकोच और वेदना परिलक्षित है। यह तो पूर्ण चन्द्र के समान संसार को ही प्रियदर्शना प्रतीत होगी। यह संयमशीला तपस्विनी के समान खुली भूमि पर बैठी है। शोकातुर होने के कारण उसकी शोभा नष्ट हो गई है। मारुति ने बारीकी से सीता के वस्त्राभरण और आकृति का निरीक्षण कर तथा श्रीराम के वर्णन से उसे मिलाकर देख लिया और तब उन्होंने निर्णय किया कि यही वास्तव में श्री राम की प्रिय पत्नी जनकजा सीता है।

92

सीता साम्मुख्य

इसी समय चन्द्रोदय हुआ। अब चन्द्रज्योत्स्ना के आलोक में हनुमान् ने शोकाभिभूता सीता को भारी बोझ से जल में झुकी हुई नौका के समान देखा। उसे घेरकर जो राक्षसियां बैठी थीं, वे बड़ी विकट, निर्दय और भयानक थीं। उनमें कोई मदिरा-पान कर मत्त हो बक रही थी, कोई क्रोध में ज़ोर-ज़ोर से चिल्ला रही थी। वे सब सीता से दूर-दूर, उस वृक्ष को घेरकर बड़ी सावधानी से सीता की चौकसी कर रही थीं। सीता का पतिव्रत लंका में बहुत ख्यात हो चुका था, अतः अनेक राक्षसियां इसीपर सीता की खिल्ली उड़ा रही थीं। कुछ उसकी प्रशंसा कर और मद पीकर अपने होंठ चाट रही थीं।

हनुमान् बड़ी सावधानी से अब उन दुरात्मा राक्षसियों की दृष्टि बचाकर उसी वृक्ष पर छिपकर बैठ गए। धीरे-धीरे रात्रि व्यतीत होने लगी। वेदज्ञाता याज्ञिक राक्षसों को वेद-ध्वनि सुनाई देने लगी। सुदूर राजमहालय से मंगल-वाद्यों का घोष सुन पड़ने लगा। प्राची में अरुणोदय हुआ। रक्षपति रावण नियमित विधि से नित्यकर्म से निवृत्त हो सीता को देखने अशोक-वन में आया। वह प्रभातकालीन आभरण देह पर धारण कर रहा था। उज्ज्वल श्वेत कौशेय में उसका वज्र-गात अत्यन्त शोभायमान प्रतीत हो रहा था। रक्षेन्द्र स्वर्ण-पालकी में बैठा था, जिसे बत्तीस तरुणियां कन्धे पर उठा रही थीं। पालकी के आगे-पीछे इधर-उधर सौ दिव्य सुन्दरियां रावण के गन्ध, ताम्बूल, छत्र, चमर और सुख-साधन लिए चल रही थीं। कोई ताड़-पंखे से हवा करती चल रही थी। कोई आगे-आगे सोने की झारी में शीतल जल लिए चल रही थी। बहुत-सी स्त्रियां स्वर्णदण्ड लिए आगे पीछे करते पुकारती चल रही थीं। बहुत-सी स्त्रियां आगे-आगे मुरज-तुरही और शंख-ध्वनि करती चल रही थीं। उन सब तरुणी रूपसी बालाओं से घिरा हुआ रावण नक्षत्रों के बीच चन्द्रमा-सा प्रतीत हो रहा था। रावण की अवाई जान सब रक्षिकाएं सावधान हो गईं। वन प्रहरी भी सजग हो गए और हनुमान् भी भली-भांति से अपने को वृक्षों के पत्तों में छिपाकर बैठ गए। उन्होंने भली-भांति विश्वजयी सप्तद्वीपाधिपति रावण को देखा। उस भोर के प्रकाश में भी रावण रक्षेन्द्र के साथ अनेक दीपिकाएं थीं, जिनसे उसका मुख देदीप्यमान हो रहा था।

सीता ने जब रक्षपति रावण को अपने निकट आते देखा तो वे केले के पत्ते के समान भय से कांपने लगीं। उन्होंने अपने अंग अपने ही में सिकोड़ लिए। जांघों

से पेट और भुजाओं से स्तन को छिपा लिया। वे अश्रुपूरित नेत्रों से अधोमुखी हो जड़वत् बैठी रहीं।

रावण ने धीरे-धीरे उस शोकाकुला मलिनवेशा सीता के पास आकर उसे देखा; वह श्रेष्ठकुल में उत्पन्न होने पर भी मलिनवेशा होने से हीनकुलोत्पन्न-सी लग रही थी। वह नष्टप्राय यश, निराद्दता श्रद्धा, टूटी हुई आशा, तिरस्कृत अन्धकाराच्छन्न प्रभा, विधिरहित पूजा अथवा जल रहित नदी-सी हो रही थी। उपवास, शोक और भय से वह अतिकृश हो गई थी। आहार उसका बहुत कम था। तप ही उसका जीवन था। ऐसी वह पतिप्राणा सीता उस रक्षपुरी में एक निराली ही उपमा धारण कर रही थी।

रक्षपति रावण दयार्द्र हो सीता के पास जाकर कहने लगा–"भद्रे सीते! मुझे देख तूने अपने अंग समेट लिए। तू किसलिए अपने को नष्ट करना चाहती है? अरी सुन्दरी, तुझ शत्रु स्त्री को मैं प्रेम करता हूं तो तू भी मेरा आदर कर, भय त्याग। अरी रूपसी, शत्रु की स्त्रियों को हरण कर उन्हें भोगना हम राक्षसों की परिपाटी है, पर मैंने तेरी इच्छा के विपरीत तुझे छुआ भी नहीं। इसलिए तू मुझ पर विश्वास कर, भय त्याग। इस कठिन व्रत को छोड़ और उस भिखारी राम को भूल जा। तू सब स्त्रियों में शिरोमणि है, सो लंका में मेरे मणिमहल में सब रानियों की शिरोमणि होकर रह। तेरी यह दुर्दशा देखी नहीं जाती। तेरा यौवन अकारथ जा रहा है। मेरे नेत्र तेरे जिस अंग पर पड़ जाते हैं, वहीं अटक जाते हैं। अब तू यहां से छुटकारे की आशा छोड़। राम का भी मोह छोड़ और इस रक्षपुरी के सब भोग-भोगकर मेरे साथ रमण कर। तू कहे तो मेरे अधिकार से परे इस पृथ्वी पर जितने नगर-लोक हैं, वे सब जीतकर मैं तेरे पिता जनक को दे दूंगा। मेरे मणिहर्म्य में जितने रत्न-स्वर्णद्रव्य हैं, तू उन सबको जैसे चाहे लुटा दे। संसार में मुझे जीतनेवाला अब कोई योद्धा नहीं है। देव, गन्धर्व, नाग, यक्ष, मानव, दानव, दैत्य सभी तो मेरे चरण-सेवक हैं। मैं सप्तद्वीपाधिपति सर्वजयी महिदेव रावण तेरा दास हूं। तू हंसकर मुझे आज्ञा दे कि तेरा क्या प्रिय करूं। उस साधारण चीर धारण करनेवाले राजभ्रष्ट निष्कासित दुरात्मा राम से अब तेरा क्या लेना-देना है! जीवन का सार यौवन है, यौवन का सार भोग, भोग का सार वैभव। सो वे सब तुझे यहां लोकोत्तर प्राप्त हैं। स्वच्छन्द दिव्य रसों का पान कर। मेरे अन्तःपुर में तीनों भुवनों की स्त्रियां हैं। वे सभी तेरी उसी प्रकार सेवा करेंगी, जैसे अप्सराएं लक्ष्मी की करती हैं। सम्पूर्ण लोकों का ऐश्वर्य भी मिलकर मेरे ऐश्वर्य के समान नहीं है। सो तू अब भी राम की रट रटे जाती है, जो तपस्या बल, पराक्रम, धन, तेज, यज्ञ किसीमें भी मेरी समता

नहीं कर सकता। सो हे भीरु मुझपर प्रसन्न हो जा और जीवन का भोग भोग, जीवन सफल कर।"

तब सीता ने तृण की ओट करके कहा–"हे राक्षसेन्द्र, उच्च कुल में मेरा जन्म हुआ है तथा विवाह पवित्र कुल में हुआ है। मैं लोकनिन्दित आचरण नहीं कर सकती। तू अपनी ही स्त्रियों में मन लगा। तू मेरी याचना के योग्य नहीं है। मैं पराई स्त्री हूं. सती हूं, पतिव्रता हूं। तू सर्वज्ञ है, बहुज्ञ है, महिदेव है, धर्माधर्म का ज्ञाता है, विश्रुत है, सो तुझे उचित है कि तू स्वधर्म में दृष्टि रखकर सज्जनों के मार्ग का अनुसरण कर! तू जैसे अपनी स्त्रियों की रक्षा करता है, उसी भांति पराई स्त्रियों की रक्षा भी कर क्या तू इतना भी नहीं जानता कि जिस पुरुष का मन पराई स्त्रियों पर चंचल होता है–उस पापात्मा का उस स्त्री द्वारा अपमान ही होता है। क्या तेरी लंका में सत्पुरुषों का निवास नहीं? या तू ही सत्पुरुषों के आचरणों का अनुसरण नहीं करता? और यदि रक्षकुल का विनाश ही निकट आ गया है, तो संभव है इसीसे तेरी बुद्धि विपरीत हो गई हो। कामी और स्वेच्छा–चारी राजा के हाथ में पड़कर तो बड़े-बड़े समृद्ध राज्य भी नष्ट हो जाते हैं। इसलिए यदि तू अविवेक करेगा तो जान ले कि धन, धान्य, वैभव से भरी-पूरी, तेरी यह स्वर्ण लंका अवश्य ही नष्ट हो जाएगी। अरे, जैसे सूर्य से प्रभा भिन्न नहीं वैसे ही मैं राम से अभिन्न हूं। तेरा यह अपार वैभव और अपार राज्य मुझे नहीं लुभा सकता। तेरी कुशल इसीमें है कि मुझे रघुपति के पास पहुंचा दे और इस दुष्कर्म की उनसे क्षमा मांग। इससे तेरा कल्याण होगा। नहीं तो एक दिन तुझे काल के समान क्रुद्ध उन दोनों भ्राताओं के कोप का भाजन होना पड़ेगा। शीघ्र ही तू इन्द्र के वज्र के समान राघव के काल बाणों से इस नगरी के राक्षसों का संहार देखेगा। अरे, उन्होंने जो जन-स्थान में तेरे चौदह सहस्र राक्षसों का वध किया सो उसका बदला तूने चोर की भांति लिया? कितनी लज्जा की बात है!"

सीता के ये वचन सुन, रावण के साथ जितनी गन्धर्व और यक्ष-कन्याए थीं, प्रसन्न मुद्रा से जनकनन्दिनी की ओर देखने लगीं। किसीने नेत्रों से और किसी ने मुख की भावभङ्गिमा से सीता को धैर्य बंधाया। परन्तु रावण क्रोध से अधीर हो गया। उसने कहा–"मेरे प्रिय और मधुर व्यवहार का तूने इतना कठोर उत्तर दिया। मैंने तुझे जो अवधि धर्म-मर्यादा से दी है, उसमें दो मास और हैं। इस अवधि में तू यदि मेरा प्रस्ताव स्वीकार नहीं करती है, तो निश्चय ही मेरे सूदागार के सूद मेरे कलेवे के लिए तेरे हृत्खण्ड का पाक तैयार करेंगे। तू उस राज्य-भ्रष्ट राम की अभी रट लगा रही है, सो तू मूर्ख स्त्री है, जो न देशकाल के औचित्य को समझती है, न हिताहित को।"

इसपर धान्यमालिनी नामक यक्षिणी ने आगे बढ़कर हंसते हुए रावण से कहा–"हे रक्षेन्द्र, इस दीना, मलिना, दुरारोहिणी, विद्वेषिणी स्त्री से आपका क्या प्रयोजन है। जो स्त्री जिस पुरुष से प्रेम नहीं रखती, उसकी चाह में शरीर भस्म हो जाता है। अनुरागवती स्त्री ही के प्रेम से रस-प्राप्ति होती है, सो सप्तद्वीपनाथ रक्षेन्द्र, मुझ प्रेमभाविता पर अनुग्रह करें। अन्य से आपका क्या प्रयोजन है?"

यक्ष-कन्या के ये वचन सुनकर रावण हंसकर उसके कन्धे पर हाथ रख उठ खड़ा हुआ तथा उसी भांति गन्धर्व, नाग, यक्ष, सुन्दरियों से घिरा आवास को लौट गया। उसके लौटने पर राक्षसियां सीता को सत्परामर्श देने लगीं।

एकजटा ने कहा–"बड़े आश्चर्य की बात है कि तू मूढ़, महात्मा रावण की भार्या बनना अंगीकार ही नहीं करती।"

हरिजटा ने कहा–"सुन, पुलस्त्य छः प्रमुख प्रजापतियों में चौथे हैं। उनके पुत्र विश्रवामुनि भी प्रजापति तुल्य ही हैं। उनके पुत्र परन्तप महात्मा रावण रक्षपति सप्तद्वीपपति हैं जो लोक विश्रुत महिदेव हैं। उनकी भार्या होना तो शत सहस्र जन्मों के पुण्य से ही होता है।"

विधृष्टा ने कहा–"कैसे आश्चर्य की बात है कि देवराट् इन्द्र ने जिसके चरण-चुम्बन किए, उसीका यह मानवी तिरस्कार करती है।"

विकटा ने कहा–"अरी, जिसने अनेकों बार नाग, दैत्य, दानव, गन्धर्व सबको पराजित किया, वही सर्वजयी, विश्वपति, महात्मा तेरे पास आया और तूने उसका तिरस्कार किया। फिर भी उसने तेरे हृत्खण्ड को निकालने का हमें आदेश नहीं दिया।"

विशालाक्षी ने कहा–"तू हमें यह तो बता कि जिसकी आज्ञा से आज लोकपति-दिक्पति भी कांपते हैं, तू उसकी पत्नी बनने का सौभाग्य छोड़ती है, यह तेरी कैसी मति है? जिसके भय से सूर्य तपना छोड़ देता है, जिसकी आज्ञा बिना वायु नहीं बहता, जिसकी हुंकार-मात्र से वृक्ष फूल बरसाने लगते हैं, पर्वत से जल चूने लगता है, बादल सूख जाते हैं, तू उसीकी पत्नी बनने के सौभाग्य से वंचित रहना चाहती है। अरी, रावण महिदेव अन्तःपुर की सभी स्त्रियों को स्वर्गीय सुख देता है। उसके अन्तःपुर में प्रचुर सुख-साधन हैं। रक्षपति विश्व की सारी ही सम्पदाओं का एकच्छत्र स्वामी है। उसके ऐश्वर्य की तुलना पृथ्वी पर कौन कर सकता है? उससे पराङ्मुख हो तू उस दीन भिक्षुक राम ही के नाम की रट लगाए है। अरी, वह तो स्वयं ही दीन-हीन, दुःखित है। तुझे वह क्या सुख दे सकता है? तू अब उसकी आशा छोड़ और हमारी सीख सुन! रक्षेन्द्र की अंकशायिनी हो देव दुर्लभ भोग भोग। हम भी तेरी सेवा से प्रसन्न होंगी।"

सीता ने कहा–"अरी, राक्षसियो, तुम सब धर्म के विपरीत बात कहती हो; मैं तो अपने पति ही की अनुगामिनी हूं। मैं रघुवंश की वधू और विदेहवंश की कन्या हूं। मैं अपने ही में सुप्रतिष्ठ हूं। सो तुम भले ही मेरा हृत्खण्ड निकाल लो, परन्तु मैं विपथगामिनी नहीं हो सकती।"

इसपर वनिता नामक राक्षसी ने कहा–"हे सीते, तूने जो पति-प्रेम प्रकट किया है, वह ऐसी स्थिति में कष्टप्रद ही है। परन्तु तेरा पति-अनुराग प्रशंसनीय है, वह हम राक्षसियों के लिए नई वस्तु है। अरी, यहां तो स्त्रियों को विजेताओं का ही सेवन करना पड़ता है। परन्तु तेरा पति-धर्म भी अच्छा है। पर अब तेरा कल्याण तो इसी में है कि तू रक्षेन्द्र को प्रसन्न कर। वह अतुल ऐश्वर्यवान् महासत्त्व है। प्रसन्न होकर वह तेरे पति का भी कुछ उपकार कर सकता है। तू उसे पति स्वीकार कर लंका में स्वच्छन्द विहार कर।"

इसपर चण्डोदरी ने हंसकर कहा–"अरी, इसे तुम्हारी सीख नहीं सुहाती। रक्षेन्द्र की आज्ञा से हमें इसका हृत्खण्ड निकालकर उसे निवेदन करना पड़ेगा।"

"तब मध्यभाग का कोमल मांस मैं लूंगी।"

"और इसका भेजा मैं खाऊंगी।"

"अरी बहुत दिन बाद हमें ऐसा कोमल स्वादिष्ठ नर-मांस खाने को मिलेगा। तब तक लाओ, शोकनाशिनी मदिरा ले आओ, जिसे स्वच्छन्द पान कर आज हम पानगोष्ठी मनाएं। हमें रात्रि-जागरण करना पड़ा है।" इतना कह सब राक्षसियां गटागट मद्य पीकर, उन्मत्त हो-होकर नाचने और हंसने लगीं।

उन्हें इस प्रकार उन्मत्त और उत्तेजित देखकर उनकी यूथस्वामिनी त्रिजटा ने उन्हें घुड़ककर कहा–"अरी दुष्टाओ, दूर हो तुम, अपना ही मांस खाओगी तुम। यह स्त्री यदि एकव्रता है, तो इसमें बुरा क्या है? तुम क्यों इसे दुःख देती? दूर हो यहां से!" यह सुन सब राक्षसियां बड़बड़ाती हुई वहां से चली गईं।

त्रिजटा की यों सहानुभूति पाकर सीता रुदन करती हुई बोली–"हाय, मैं रक्षपति के अधर्म और अनीतिमूलक कठोर शब्द सुनकर भी अभी तक जीवित हूं! सत्य है, अकाल मृत्यु कभी नहीं आती। मेरा यह हृदय भी पर्वत के समान कठोर है कि इस विपत्ति में फटता नहीं है। इस दुरात्मा रावण की बन्दिनी मैं यदि आत्मघात भी कर लूं तो क्या दोष है! अन्ततः ये राक्षसियां भी तो मेरा वध करेंगी। हे माता कोशले, कौन जाने, उस माया-मृग ने उन दोनों भाइयों का वध कर डाला हो। हाय, माया-मृग के रूप में मेरे सम्मुख वह काल ही आया था। हा सत्यव्रत! हा महाबाहो! क्या आप नहीं जानते कि राक्षसियों द्वारा मैं वध की जाने

वाली हूं, जिसकी अवधि दो मास रह गई है? पर इस अवधि से ही क्या? हाय मेरी अनन्योपासना, धर्म, भूमिशयन सभी तो व्यर्थ हुआ। मेरे अब तक किए व्रत, तप सब व्यर्थ हुए। मुझ अभागिनी के जीवन को धिक्कार है। मुझे आत्मघात ही करना उचित है। परन्तु यहां मुझे शस्त्र या विष कौन देगा? अथवा मैं अनार्या हूं, जो पति से पृथक् रहकर अब तक जी रही हूं। परन्तु कामी को न दूसरों के दुःख का विचार होता है न अपनी वंश-मर्यादा का। परन्तु वह चाहे मुझे भाले से छेद दे, खड्ग से टुकड़े-टुकड़े कर दे या आग में जला दे, पर मैं उस दुरात्मा रावण को नहीं स्वीकार कर सकती। क्या रघुकुलमणि वे दोनों भाई जीवित रहते मुझे भूल जाएंगे, जिन्होंने जन-स्थान में चौदह सहस्र राक्षसों का वध कर डाला। लंका भले ही समुद्र से अलंघ्य हो, किसी अन्य का आक्रमण भले ही असम्भव हो, पर श्री रघुपति के बाग यहां के राक्षसों का रक्त अवश्य पान करेंगे। मैं समझती हूं कि मेरे यहां रहने की सूचना अभी उन्हें मिली ही नहीं है। हाय कौन उन्हें बताएगा कि मैं दुरन्त रावण की कैद में हूं। आर्य जटायु को भी इस दुरन्त ने मार डाला। अरे रघुपति को बस खबर होने की देर है, फिर तो वे सारे संसार को राक्षसविहीन कर डालेंगे। वे लंका को भस्म कर देंगे, समुद्र को सुखा डालेंगे। और इस चोर रक्षपति का कुल निर्वंश कर डालेंगे। आज मैं क्रन्दन कर रही हूं, परन्तु शीघ्र ही लंका के घर-घर क्रन्दन उठ खड़ा होगा। इस लंका में रक्त की धारा बह जाएगी। आज जो लंका उत्सवों से जगमगा रही है, वही लंका अपने स्वामी के नष्ट हो जाने पर विधवा के समान श्रीहीन हो जाएगी। परन्तु हाय, कहीं मेरे प्राणनाथ मुझ शोकविदग्धा के विछोह में परलोक तो नहीं सिधार गए?

"हाय, वे महात्मा धन्य हैं, जिनका किसी वस्तु में मोह नहीं है। जो प्रिय-अप्रिय दोनों से परे हैं। अब तो मैं प्रियतम से बिछुड़ ही गई हूं। अब देखना है कि इन प्राणों का क्या होगा। अथवा प्राणों को त्यागकर सब दुःखों का अन्त ही कर दूं!"

यह विचार कर सीता ने अपनी वेणी खोल, उसीके द्वारा फांसी लगाने के लिए दृष्टि उठाकर उस अशोक-वृक्ष की ओर देखा तो उन्हें वृक्ष के पत्तों में छिपे हनुमान् जी दीख पड़े। उन्हें देख सीता भय और आश्चर्य से जड़ गई। उसने सोचा, श्वेत वसन धारण किए, तपाए स्वर्ण नेत्रों वाला यह तेजस्वी पुरुष कौन यहां छिपा बैठा है।

अशोक वृक्ष पर बैठे हुए मारुति ने रावण की बातचीत एवं राक्षसियों की डांट-डपट तथा सीता का अनुताप सभी सुना था। अब उन्हें इस बात में तनिक भी

संदेह न रहा कि यही राम-पत्नी वैदेही सीता है। यह वह सीता है, जिसकी तलाश में असंख्य वानर पृथ्वी पर दिशा-दिशा में घूम रहे हैं। आज मैंने इन्हें पा लिया। मैंने शत्रु के बल का भी पता लगा लिया और राक्षसराज रावण का प्रभाव, वैभव और उसका पुर भी देख लिया। भगवती साध्वी सीता के मन की पवित्रता भी देख ली। वे कैसी पति के लिए आतुर-आकुल हो रही हैं। अब मैं कैसे इनके सम्मुख अपने को प्रकट करूं, कैसे इन्हें धैर्य बंधाऊ, कैसे इनके प्राणों की रक्षा हो? पर इन राक्षसियों के सामने कैसे मैं सीता से बात करूं! मैं यदि अपने को प्रकट कर इन्हें ढांढ़स न दूंगा तो ये अवश्य प्राण दे देंगी। फिर मैं जब वापस श्री राम की सेवा में जाऊंगा तो किस प्रकार सीता का सन्देश सुनाऊंगा। इन राक्षसियों का ध्यान दूसरी ओर लग जाए तो मैं कुछ कहूं। पर, यदि मैं संस्कृत में बातचीत करूं तो ये मुझे रावण का दूत समझकर डर जाएंगी। अतः मुझे अर्थयुक्त मानवी भाषा में बात करनी चाहिए। कहीं ऐसा न हो कि ये डरकर चिल्ला उठें और अस्त्र-शस्त्र धारण करने वाली वे कालरूपिणी राक्षसियां यहां आ धमकें और चिल्ला-चिल्लाकर राक्षस प्रहरियों को सजग कर दें वे उद्विग्न होकर शूल-बाण लेकर यहां पिल पड़ें। फिर तो बड़ा विघ्न उपस्थित हो जाएगा। और यदि मैं पकड़ा गया तो फिर राम का काम करनेवाला साधक पृथ्वी पर दूसरा नहीं है। मैं दूत हूं, मुझे देश-काल का विचार कर सावधानी से काम करना चाहिए। असावधानी से सब काम बिगड़ जाते हैं तथा अपने को बहुत बुद्धिमान् समझने वाले दूत भी काम को बिगाड़ देते हैं। मेरा सबसे मुख्य काम यह है कि मैं अपने को यथावत् भगवती सीता पर प्रकट करूं और उनका विश्वासभाजन बनूं।

हनुमान् मन में यह सोच ही रहे थे कि राक्षसियां मदोन्मत्त हो तथा त्रिजटा की डांट खाकर दूर चली गईं। इसी समय सीता ने भी उन्हें देखा। अब उन्होंने सुअवसर पर मृदु मन्द स्वर में मानवी भाषा में कहा–"इक्ष्वाकुवंश में महातेजस्वी धर्मज्ञ राजा दशरथ हुए, जो भूमण्डल में सत्यप्रतिज्ञ प्रसिद्ध हैं। उनके पुत्र श्रीराम पृथ्वी के सब धनुर्धारियों में श्रेष्ठ हैं। वे पिता की आज्ञा से उनके वचन की रक्षा के लिए पत्नी और भाई सहित वन आए थे। उन्होंने जन-स्थान में चौदह सहस्र राक्षसों का वध किया। तब खर-दूषण के मर जाने पर रावण उनसे द्वेष करके मारीच की सहायता से उनकी पत्नी सीता को हर ले गया। श्री राम ने उस सीता का पता लगाने के लिए हमारे स्वामी वानरों के राजा सुग्रीव से मित्रता कर ली और उनके भाई बाली को मार उन्हें राज्य का स्वामी बनाया। सुग्रीव ने अपने सहस्रों वानरों को सीता की खोज में पृथ्वी के सब देशों में भेजा है। इधर गृधराज आर्य सम्पाति के

कहने से मैंने सौ योजन समुद्र पारकर इस लंका में प्रवेश किया और अब जैसा श्री राम ने वर्णन किया, उसीके अनुरूप भगवती सीता को यहां देख रहा हूं।"

हनुमान् के अमृत के समान प्रिय वचन सुन, सीता ने मुख पर से केश हटाकर मुंह ऊपरकर भली-भांति हनुमान् को देखा। उदयाचल के निकलते हुए सूर्य के समान उनका तेज था। क्षण-भर को वे अवाक् रह गईं। उनकी आंखों से अश्रुधारा बह चली। यह देख हनुमान् उनके और भी निकट आ गए। तब सीता ने कहा–"जो कुछ मैंने सुना, यह यदि स्वप्न नहीं है, सत्य है तो मैं वाणी के स्वामी बृहस्पति को, वज्रधारी इन्द्र को, वाणी के अधिष्ठाता अग्नि को नमस्कार करती हूं।"

तब मारुति ने उन्हें प्रणाम करके कहा–"देवि, मलिन पीताम्बर धारण करने वाली आप कौन हैं? आपके नेत्र क्यों शोकाश्रु बहा रहे हैं? देव, असुर, नाग, यक्ष, रक्ष, गन्धर्व किन्नर के किस कुल को आपने अपने जन्म से धन्य किया है? आप किनकी कन्या अथवा पत्नी हैं? हे मातः, आप बारम्बार किस महाभाग का नाम रट रही हैं। जैसा आपका अलौकिक रूप तेज है तथा जैसा वेश है उससे तो आप कोई राजकन्या जान पड़ती हैं। दुःख से आपमें दीनता आ गई है। कहीं आप श्री राम दाशरथि की पत्नी सीता तो नहीं हैं?"

मारुति के ये वचन सुनकर सीता ने कहा–"भद्र, मैं भू-मण्डल के राजाओं में श्रेष्ठ दशरथ की पुत्र-वधू तथा विदेहराज जनक की पुत्री हूं। मेरा नाम सीता है। मैं परम तेजस्वी श्री रामचन्द्र की पत्नी हूं। विवाहोपरान्त बारह वर्ष मैंने राज्यसुख भोगा; तेरहवां वर्ष आते ही सत्यप्रतिज्ञ राजा दशरथ ने अपने पुत्र श्री रामचन्द्र का राज्याभिषेक करना चाहा, परन्तु उनकी रानी कैकेयी ने श्री राम का वनवास चाहा। सत्यव्रत राजा वचनबद्ध थे। फलतः श्री राम ने पिता का यह आदेश उस राज्यभिषेक से भी बढ़कर माना तथा उसे पूर्णतया स्वीकार कर लिया और तुरन्त राजसी वस्त्र उतार तथा राज्य का चिन्तन छोड़ मुझे अपनी माता को सौंप दिया। परन्तु मैं उनके बिना कैसे रह सकती थी! इससे मैं उनसे पूर्व ही वन जाने को तैयार हो गई। सौमित्र लक्ष्मण भी कुश-वल्कल धारण कर भाई के साथ जाने को तैयार हो गए। इस प्रकार हम तीनों ही महाराज को सम्मानित करते हुए तथा दृढ़ता से उत्तम व्रत-पालन करते हुए वन में आ पहुंचे। हम दण्डकारण्य में रहते थे, वहीं से दुरात्मा रावण मुझे हर लाया। अब उसने मेरे जीवन की अवधि नियत कर दी है, जिसमें दो मास शेष रहे हैं।"

जब हनुमान् को भली भांति विश्वास हो गया तो उन्होंने कहा–"देवि, मैं श्री राम का दूत हूं और आपकी सेवा में उनका संदेश लेकर आया हूं। श्री रामचन्द्र

लक्ष्मण सहित सकुशल हैं और मेरे द्वारा आपकी कुशल पूछी है। वेदज्ञ और धर्मज्ञ राम आपकी कुशल जानना चाहते हैं।"

हनुमान् के ये वचन सुनकर सीता ने हर्षित होकर कहा–"हे वीर, मनुष्य जीवित है तो उसे सौ वर्ष बाद भी आनन्द प्राप्त होता है।"

यह कहकर वे वहीं भूमि पर बैठ गईं। आत्मघात का विचार त्याग दिया। महाबाहु हनुमान् ने अब उनके निकट आ विधिवत् उनके चरणों में प्रणाम किया। तब सीता ने कुछ सन्देह, कुछ भय से कहा–"तुम यदि रावण ही के हो और कपट-वेश धारण कर मुझे छलने आए हो तो यह अनुचित है। परन्तु यदि तुम सचमुच श्री राम के दूत हो तो तुम्हारा कल्याण हो! तुम राम का गुणगान करो। सम्भव है मेरे मनोरथ पूरे होने का समय निकट आ गया हो।"

यह कहकर जनककुमारी सीता गहरे सोच में डूब गईं। कभी वे सोचती, कहीं यह मेरा मनोविकार ही न हो। पर यह तो स्पष्ट बोल रहा है। संभव है कि यह रावण ही का चर हो।

सीता को इस प्रकार सोच-विचार करते देख मारुति ने कहा–"देवि, मैं निश्चय ही पृथ्वी के अद्वितीय पराक्रमशील सत्यव्रती श्रीराम का दूत हूं। श्रीराम तो रात-दिन आपकी रट लगाए रहते हैं। अब आप शोक त्यागिए। शीघ्र ही श्री राम अमिततेज सुग्रीव सहित आपको लेने आएंगे। मैं वानरपति सुग्रीव का मन्त्री हनुमान् हूं, सौ योजन समुद्र को लांघकर और तुरन्त रावण के मस्तक पर अपना चरण रख आपका दर्शन करने इस नगरी में आया हूं। जिसकी शंका आपके हृदय में है, वह मैं नहीं हूं। आप शंका और शोक त्याग दीजिए।"

तब सीता ने कुछ आशंका, कुछ भय, कुछ हर्ष के भावों से अभिभूत हो कहा–"वत्स, तुम्हारी वाणी तो प्रिय है, परन्तु तुम राघवेन्द्र राम और लक्ष्मण की आकृति वर्णन तो करो, जिससे मेरी शंका मिटे। उनके रूप, अंग-प्रत्यंग का भी तो कुछ बखान करो, जिससे मुझे प्रतीति हो।"

सीता के वचन सुनकर मारुति ने कहा–"भगवती सुनिए! श्री राम का मुख पूर्णिमा के चन्द्रमा के समान मनोहर है। उनके विशाल नेत्र पद्म-पत्र के समान हैं। वे जैसे रूपवान् हैं, वैसे उदार भी हैं। सूर्य के समान तेजस्वी, पृथ्वी के समान क्षमाशील और बृहस्पति के समान प्रतिभाशाली हैं। उनका यश इन्द्र से भी बढ़कर है। धनुर्वेद-सहित वेद के ज्ञाता हैं। उनके कन्धे मोटे, भुजा विशाल और कण्ठ शंख के समान हैं। गले की हड्डी मांस से ढकी है। नेत्रों में कुछ-कुछ लालिमा है, दुन्दुभि के समान उनका कण्ठ-स्वर है। शरीर सुन्दर और चिकना है, वे बड़े प्रतापी हैं।

उनके सभी अंग सुडौल हैं, सुदृढ़ हैं। वे श्याम वर्ण के हैं। उनके नख तलवे लाल रंग के हैं। वे मधुरभाषी हैं। उनके कण्ठ और उदर में तीन रेखाएं हैं। वे चार हाथ ऊंचे हैं। शरीर में दो-दो की संख्या में चौदह अंग होते हैं, जो सभी परस्पर सम हैं। उनकी चारों दाढ़ें शास्त्रीय लक्षणों से युक्त हैं। वे सिंह, बाघ, हाथी, सांड के समान चार प्रकार की चाल चलते हैं। उनके होंठ, ठोड़ी और नासिका सभी प्रशस्त हैं। उनके माता-पिता दोनों ही उत्तम कुल के हैं। उनके शरीर में नौ शुभ चिह्न हैं। वे धर्म, अर्थ और काम का उचित रीति से सेवन करेवाले हैं। वे सदा प्रेमपूर्ण वाणी बोलते हैं।

"उनके छोटे भाई लक्ष्मण भी बड़े तेजस्वी हैं। अनुराग, गुण और रूप में वे श्री राम जैसे ही हैं। उनका रंग स्वर्ण के समान आभायुक्त है। ऐसे ही वे राम-लक्ष्मण दाशरथि हैं जिनसे हमारे स्वामी सुग्रीव ने अग्नि की साक्षी में मित्रता की है। मैं उन्हीं दशरथ-कुमार राम का दूत तथा सुग्रीव का मन्त्री हूं। वायु-पुत्र हनुमान् हूं। आपके दर्शनों का सर्वप्रथम फल मुझे ही प्राप्त हुआ, यह मेरा सौभाग्य है। अब आप शीघ्र ही लक्ष्मण सहित राघवेन्द्र राम से मिलेंगी। आप शंका और शोक को त्याग दीजिए।"

हनुमान् के वचन सुनकर सीता को बहुत सान्त्वना मिली। वे आनन्द से आंसू बहाने लगीं। तब हनुमान् ने स्निग्ध स्वर में कहा–"मातः, यह मेरे पास श्रीराम के नाम की अंकित मुद्रिका है। इसे देखिए, अपकी प्रतीति के लिए उन्होंने मुझे दी थी।"

मुद्रिका को देख और पहचानकर सीता आनन्दविभोर हो उठीं। उन्होंने कहा–"अरे सौम्य, तेरी जय हो, तेरा पराक्रम श्लाघ्य है, शक्ति अपार है, तू परम मेधावी और चतुर है। तेरा साहस अद्भुत है कि राक्षसों से भरी हुई इस लंका में अकेला ही घुस आया है। तूने असीम सागर को पार करके मुझे जीवनदान दिया है। हे निर्भय, सत्यप्रतिज्ञ, तेरी जय हो! तेरी बात से मुझे ढाढ़स हुआ। भला भाई लक्ष्मण-सहित श्री राघवेन्द्र कुशल से तो हैं? अब वे कब प्रलयाग्नि के समान क्रोध करके इस पुरी को भस्म करेंगे? कह वत्स मारुति, राघवेन्द्र अपने में दुःखी तो नहीं रहते? वे मुझे भूल तो नहीं गए? कब तक इस दुर्दशा से मेरी मुक्ति होगी? क्या भरत उनकी सहायता के लिए अपनी अक्षौहिणी भेजेंगे? वानरेन्द्र सुग्रीव क्या अपने बलिष्ठ वानरों सहित उनकी सहायता को आएंगे? अरे मैं उनके कालरूप बाणों से इस लंका को राक्षसों सहित शीघ्र नष्ट होती देखना चाहती हूं। जब महावीर राघव ने अनायास ही राज्य त्याग मेरे साथ वनगमन किया था, तब

उन्हें तनिक भी दुःख नहीं हुआ था। अब क्या मेरे न रहने पर भी वे उसी प्रकार धैर्य धारण किए हुए हैं। मैं तो तभी तक जीवित हूं, जब तक उनके दर्शनों की आशा है।"

सीता के ये वचन सुनकर हनुमान् ने कहा– "देवि, अब तक उन्हें आपका पता ज्ञात नहीं था। अब वे मुझसे आपके यहां रहने का समाचार पाते ही वानरों की सेनासहित वहां से कूच कर देंगे और अपने बाणों से इस अगाध समुद्र को बांध, लंका को राक्षस-रहित कर देंगे। श्री राम आपके वियोग में महादुःखी हैं। उनका मन आप ही में लगा है। वे रात को भी 'सीते, सीते' कहकर उठ बैठते हैं। जब कभी वे कोई ऐसी वस्तु को देखते हैं, जो आपको प्रिय थी, तभी वे आपको पुकारने लगते हैं। वे आठों पहर आपको पाने में यत्नशील हैं।"

मारुति के ये वचन सुन सीता ने कहा–"हे पवनपुत्र भाग्य ही प्रबल है। अब तुम जाकर उनसे कहो कि वे यहां आने में शीघ्रता करें, मेरे जीवित रहने की अवधि में अब केवल दो मास ही रह गए हैं। यहां एक धर्मात्मा पुरुष भी लंका में रहता है। वह रावण का छोटा भाई विभीषण है। उसने रक्षेन्द्र को बहुत समझाया कि वह मुझे लौटा दे। उसकी कन्या कल अपनी माता की प्रेरणा से मेरे पास आ यह सब बात कह गई है। तो तुम विभीषण से मैत्री साधना। एक और वृद्ध सुशील राक्षस बुद्धिमान् और विद्वान् है। उसका नाम अविन्ध्य है। वह रावण रक्षेन्द्र का विश्वस्त मन्त्री तथा प्रियजन है। उसने भी रक्षेन्द्र को समझाया है। सो तुम इन हितैषी राक्षसों से लाभ उठाना।"

तब हनुमान् ने कहा–"देवि, श्री राम इस समय प्रस्रवण पर्वत पर निवास कर रहे हैं। आप कहें तो मैं ही आपको इसी क्षण वहां ले चलूं। मैं आपको श्री राम के निकट उसी भांति ले जा सकता हूं जैसे वायु यज्ञहवि को ले जाती है। परन्तु आपको मेरी पीठ पर दुर्लध्य सागर तैरना होगा। राक्षसों से मुठभेड़ की भी आशंका है। परन्तु आप साहस करें, तो मुझे भय नहीं है।"

सीता ने सोच-विचारकर कहा–"पुत्र, यह संगत न होगा। तुझे मुझे लेकर जाते देख राक्षस अवश्य तेरा पीछा करेंगे और तुझ निरस्त्र को घेर लेंगे। फिर कैसे तू युद्ध में मेरी और अपनी रक्षा करेगा? यह भी संभव है कि युद्ध करने के समय मैं तेरी पीठ से गिर जाऊं अथवा आतंक से मूर्छित हो जाऊं। फिर मैं स्वेच्छा से किसी पुरुष का स्पर्श भी नहीं कर सकती हूं। रावण के शरीर का स्पर्श तो उसके बलात्कार ही से हुआ है। इसलिए सौम्य, तू जाकर उन देव-दैत्यजयी पराक्रमी राघवेन्द्र को सेना-सहित यहां ले आ। मैं तेरी चिरकृतज्ञ रहूंगी।"

इसपर हनुमान् ने कहा–"आपकी बात युक्तिसंगत है, स्त्री-स्वभाव और धर्म के भी अनुकूल है। यदि मैं पीठ पर आपको ले भी चलूं तो यह भी संभव है कि सौ योजन समुद्र लांघ ही न सकूं। फिर आप भी तो पीठ पर सौ योजन समुद्र के पार नहीं जा सकतीं। परपुरुष-स्पर्श की बात भी धर्मसम्मत है। आपकी शोचनीय दशा देखकर मैं व्याकुल हो गया था, इसीसे मैंने यह निवेदन किया था। अब आप अपना कोई चिह्न मुझे दीजिए, जिसे देखकर श्री राम यह समझ लें कि मुझे आपके दर्शन हो गए।"

हनुमान् के ये सारगर्भित वचन सुन सीता हर्ष-गद्गद होकर कहने लगीं– "हे वीर, मैं तुझे एक गुप्त बात बताती हूं, उसे सुनकर ही राघवेन्द्र को प्रतीत हो जाएगा। सुन चित्रकूट के उत्तर-पूर्व वाले भाग में जो मन्दाकिनी नदी बहती है, वहां तपस्वियों के आश्रम के निकट जब मैं निवास करती थी, तब एक कौवे ने मुझे चोंच मार दी थी, जिससे खिन्न होकर मैं रोने लगी। इसपर क्रुद्ध होकर उन्होंने कुश से उस कौए की दाहिनी आंख नष्ट कर दी थी।" बस तुम यही वृत्तान्त उन्हें सुना देना और मेरी बातें उनसे इस प्रकार कहना कि वे शीघ्र ही मेरे कष्टों को दूर करने के लिए प्रयत्नशील हो जाएं। इसके बाद उन्होंने कपड़े में बंधी चूड़ामणि खोलकर हनुमान् को देते हुए कहा–"इसे राघवेद्र भली भांति पहचानते हैं। इसे देखकर उन्हें तीन व्यक्तियों की सुध आएगी–माता, पिता और मेरी।"

तब अच्छी तरह सीता को आश्वासन दे मारुति ने उस चूड़ामणि को अपनी उंगली में धारण कर तथा सीता की प्रदक्षिणा कर उन्हें प्रणाम कर उत्तर दिशा में प्रस्थान किया।

93 पराक्रम का संतुलन

प्रबलपराक्रम मारुति ने भगवती सीता को देख लिया, उन्हें आश्वासन भी दे दिया, उनका संदेश और चिह्न भी प्राप्त कर लिया। परन्तु अभी उनका कार्य पूरा नहीं हुआ। उन्होंने विचार किया कि अब मुझे अपने बल से शत्रु के पराक्रम का संतुलन भी करना चाहिए। परन्तु यह कैसे हो? इस समय उनके प्राणों का मूल्य बहुत था। उन्हें संदेश श्री राम को देना था। परन्तु जब उन्होंने जान लिया कि युद्ध

अनिवार्य है, तो उन्होंने यह भी निर्णय कर लिया कि शत्रु के पराक्रम का संतुलन भी कर लेना परम आवश्यक है।

मारुति का साहस असीम था। उसीके अनुसार आगा-पीछा विचार अब वे प्रकट रूप से अशोक-वन में विचरण करने लगे। इतना ही नहीं वे फूलों को तोड़कर फेंकने, क्यारियों को बिगाड़ने, फलों को खाने और सरोवरों को दूषित करने लगे। यह देख अशोक-वन की रक्षिका राक्षसियों ने उन्हें घेर लिया। उन्होंने उसे सीता से बातें करते देखा था, पर बातचीत मानवी भाषा में हुई थी, इससे वे कुछ समझ नहीं। अब उन्होंने उसे घेरकर कहा–"तू कौन है और कैसे इस रक्षित-निषिद्ध अशोक वन में घुस आया है?"

किन्तु हनुमान् ने उनकी बात पर कान नहीं दिया। उन्होंने उनमें से बहुतों से ठठोली की, बहुतों को डरा दिया, बहुतों को खिझा दिया। इसपर वे शस्त्र लेकर मारुति पर आघात करने दौड़ीं। तब मारुति ने उनके शस्त्र छीन उन्हें प्रताड़ित कर दिया। वे चीखने चिल्लाने लगीं। इसपर वन के रक्षक किंकर राक्षस शस्त्र लेकर उनपर टूट पड़े। परन्तु उन्होंने उन सबको भी मार भगाया। अब वे अशोक वन को तेज़ी से नष्ट-भ्रष्ट करने और मन्दिरों को तोड़ने फोड़ने लगे। उन्होंने अशोक वन का तोरण तोड़ डाला और वहीं रखे परिघ को हाथ में ले वहां के सब रक्षक राक्षसों को मार डाला। अब वे परिघ को हवा में घुमा-घुमाकर ज़ोर-ज़ोर से गर्जना करने लगे।

अशोक वन के इस उत्पात का समाचार शीघ्र ही लंका में फैल गया। चारों ओर से लंका-निवासी राक्षस उसे देखने अशोक-वन में आ जुटे। हनुमान ने रावण के कुलदेवता का मन्दिर भी तोड़ डाला तथा वहां आग लगा दी। यह सूचना पा अशोक वन के रक्षकों का अधिपति प्रहस्त-पुत्र जाम्बमाली स्वयं धनुष-बाण ले, रक्त वस्त्र पहन, रथारूढ़ हो, अशोक वन में आया। उसने देखा एक वानर कुलदेवता के भग्न शिखर पर परिघ हाथ में लिए निर्भय खड़ा है। उसने हनुमान् को बाणों से छा दिया। परन्तु उन्होंने उसकी सारी ही चेष्टाओं को विफल कर दिया। हनुमान् सिंहद्वार के कंगूरे पर चढ़ गए। उन्हें देखते ही राक्षसों की सैन्य ने सिंहद्वार को चारों ओर से घेर लिया। जाम्बमाली ने नाराच बाणों की मार से मारुति को विकल कर दिया। तब हनुमान् ने सिंह-विक्रम से छलांग मारकर जाम्बमाली की छाती में वही परिघ वेग से घुमाकर दे मारा, जिससे जाम्बमाली खून वमन करता हुआ भूमि पर गिर गया। महाबली जाम्बमाली को इस प्रकार गिरता देख राक्षस चिल्लाते हुए इधर-उधर भागने लगे। तब हनुमान् ने जाम्बमाली को पृथ्वी पर पटककर मार डाला एवं रथ तोड़, घोड़ों को विकलाङ्ग कर दिया।

यह सूचना युवराज मेघनाद को दी गई तो उसने विरूपाक्ष, दुर्धर्ष, प्रप्यस और भासकर्ण महारथियों तथा सात मन्त्रीपुत्रों के साथ सैन्य सहित राजपुत्र अक्षयकुमार को अशोक-वन भेजा। हनुमान् बड़े कौशल से इस विकट कटक के साथ युद्ध करने लगे। कभी वे छिप जाते, कभी दूर प्रकट होते, कभी गर्जना करके प्रहार करते, कभी अन्तर्धान होकर विपरीत दिशा में जा निकलते, कभी किसी वृक्ष या प्रासाद पर चढ़ जाते। अवसर पाते ही वे राक्षसों पर टूट पड़ते और उनका प्रहार बचाकर भाग जाते।

एक वानर का ऐसा लाघव, साहस तथा बल देख-सुनकर लंका में आतंक छा गया। चारों ओर से उनपर बाण-वर्षा हो रही थी। स्थान-स्थान पर उनके अंग से रक्त निकल रहा था। परन्तु वे दुर्मद राक्षसों से युद्ध करते ही जाते थे।

अक्षयकुमार बड़ा धनुर्धर था। लक्ष्यवेध का उसे बड़ा घमण्ड था। उसने तीन बाण हनुमान् के मस्तक पर मारे। इसपर क्रुद्ध हो मारुति उछलकर अक्षयकुमार के रथ पर चढ़ गए। अनेक राक्षस भटों के संरक्षण में रहते हुए भी उन्होंने अक्षयकुमार को रथ से खींचकर भूमि पर ला पटका। मुहूर्त भर दोनों योद्धाओं में मल्ल-युद्ध हुआ। अन्त में हनुमान् ने अक्षयकुमार के वक्ष को लातों से रौंद डाला, जिससे वह छटपटाता हुआ मर गया।

अक्षयकुमार के निधन से राक्षस सैन्य में बड़ा रोष छा गया। सब राक्षस सेनापति, योद्धा शस्त्रों की अंधाधुंध वर्षा करने लगे। परन्तु मारुति अन्तर्धान हो गए। उन्हें ढूंढ़ने को राक्षस इधर-उधर दौड़ने तथा कोलाहल मचाने लगे। सारी ही लंका में वानर का आतंक छा गया। अक्षयकुमार के निधन से संतप्त और असंयत मेघनाद स्वयं रथ पर चढ़ अशोक वन में आया। मेघनाद के अभियान से सारी ही लंका में उद्वेग फैल गया। उनके रथघोष तथा धनुष-टंकार से बारंबार उत्तेजित राक्षस सैन्य जयघोष करने लगी। महाबली इन्द्रजित् ने आते ही हनुमान् को बाणों से ढांप लिया। वे जिधर भी जाते, उधर ही बाणों में घिर जाते। इन्द्रजित् का यह हस्तलाघव और कौशल देख मारुति बड़े आश्चर्य चकित हुए। उन्होंने देखा, यही एक अजेय योद्धा है, जिसका साम्मुख्य नहीं किया जा सकता। उन्होंने समय, काल और कूटनीति का आश्रय ले युद्ध त्याग दिया और हाथ उठाकर इन्द्रजित् से कहा–"हे वीर, मैं दूत हूं और अवध्य हूं। परन्तु मैं अपना अभिप्राय केवल रक्षेन्द्र की सेवा में ही निवेदन कर सकता हूं। मैंने केवल आत्मरक्षार्थ युद्ध किया है–आक्रमण नहीं किया।"

इन्द्रजित् ने आज्ञा दी कि इस वानर को बांधकर रक्षेन्द्र की सेवा में ले जाया जाए। राक्षस उन्हें रस्सियों से बांधकर पीड़ा देते हुए रक्षेन्द्र की सेवा में ले गए।

बहुत-से राक्षस उनपर मुक्कों से प्रहार कर रहे थे, पर हनुमान् बिना प्रतिकार किए चल रहे थे।

मारुति रावण की सभा में पहुंचे। पुत्र के निधन से रावण क्रोधित और शोकपूरित था। वह स्वर्ण कुण्डल पहने स्वर्ण-सिंहासन पर आसीन था। उसका मुकुट हीरों, मोतियों और माणिकों की आभा से जगमगा रहा था। वह हलके रेशमी वस्त्र धारण किए था और अंगों पर इत्र-चन्दन का लेप किए सुन्दर प्रतीत हो रहा था। मन्त्रियों और सेनापतियों से घिरा हुआ रावण सूर्य के समान तेज का विस्तार कर रहा था। वह स्फटिकमणि के रत्नजटित सिंहासन पर बैठा मन्दराचल के शिखर-सा लग रहा था। उसके सिंहासन को घेरकर नवयुवतियां आकर्षक शृंगार किए खड़ी थीं। दुर्धर, प्रहस्त, महापार्श्व और निकुम्भ ये चार सचिव उसके निकट उपस्थित थे। मारुति ने रावण को देख उसके रूप, पराक्रम, वैभव और शक्ति की मन ही मन सराहना की।

रस्सियों से बंधे हनुमान् को सम्मुख देख रोष से अभिभूत रावण ने मन्त्रियों की ओर देखकर कहा–"इस दुरात्मा से पूछो कि यह कौन है, किस अभिप्राय से अनधिकृत रूप से यह लंका में आया है? किसलिए हमारे अशोक वन में इतना उपद्रव किया तथा हमारे प्रियजनों को मारा?"

रावण के ये वचन सुनते ही मारुति ने कहा–"हे रक्षेन्द्र, मैं महात्मा सुग्रीव का सचिव हनुमान् हूं तथा उन्हींका भेजा हुआ आपकी सेवा में दौत्य-कार्य के लिए आया हूं। उन्होंने जो संदेश मेरे द्वारा आपके पास भेजा है, वह मैं निवेदन करता हूं। इक्ष्वाकुवंशी महाराज दशरथ के पुत्र राम धर्ममार्ग का आश्रय ले अपनी पत्नी सीता और भ्राता लक्ष्मण सहित दण्डकारण्य में आए थे। वहां से उनकी पत्नी जनक-सुता सीता को कोई दुरात्मा चोर चुरा ले गया। उनकी खोज करते हुए दोनों भाई ऋष्यमूक पर्वत पर आए और उन्होंने वानरों के अधिपति सुग्रीव से मित्रता कर ली। उनके हित के लिए श्रीराम ने महाबली बाली का वधकर सुग्रीव को वानरों का अधिपति बनाया। अब हम वानर सीता की खोज में अपने स्वामी की आज्ञा से निकले हैं। मैं उन्हींकी खोज करता हुआ आपकी लंका में आया हूं। मैंने यहां अशोक वन में भगवती सीता को देखा है। आप महामति हैं। धर्मज्ञ हैं। अर्थ-काम को भली-भांति समझते हैं। अतः पराई स्त्री का इस प्रकार से हरण करके बलात् घर में रखना आपके लिए हर तरह अशोभनीय है। आप परम नीतिवान् हैं, आप जानते हैं कि धर्म-विरुद्ध काम करने से अनर्थ ही होता है। श्रीराम से विरोध करना रक्षेन्द्र के लिए हितकर नहीं होगा। इसलिए आप रक्ष-महीपति, मेरी धर्मानुकूल

बात मान, रघुकुल वधू, भगवती सीता को सम्मान-सहित श्री राम के पास भेज दीजिए। इसीमें आपकी भलाई तथा कुशल है। अब अपना हिताहित सोचने में रक्षेन्द्र ही प्रमाण हैं।"

मारुति के ऐसे वचन सुनकर भी रावण का क्रोध शान्त नहीं हुआ। उसने मन्त्रियों की ओर देखकर कहा–"इस धृष्ट और राजपुत्र के वधकर्ता वानर का अभी वध करो!"

रावण की ऐसी आज्ञा सुन विभीषण ने हाथ बांधकर निवेदन किया– "रक्षेन्द्र, दूत अवध्य है। इसने भली भांति अपना दूतत्व प्रमाणित किया है। आप धर्मात्मा तथा प्रतापी सप्तद्वीपपति हैं। दूत-वध से आपका यश कलंकित होगा। इसलिए आप राजधर्म तथा सत्यधर्म का विचार कर इस धृष्ट दूत के लिए कोई राजोचित दण्ड विधान कीजिए।"

इसपर रावण ने क्रुद्ध स्वर में कहा–"किन्तु इस पापिष्ठ ने अशोक वन में बिना हमारी अनुमति के जाकर तथा वहां उपद्रव करके एवं वहां के राक्षसों का हनन करके दूतोचित कार्य नहीं किया। अतः इसका वध ही ठीक है।"

विभीषण ने कहा–"महिदेव प्रसन्न हों। इस मूर्ख ने भीषण कर्म किया है। इसका अपराध अतुलनीय है। तथापि यह दूत है। दूत का वध अनुचित है। अपराधी दूतों के लिए वध के अतिरिक्त अनेक दण्ड विधान हैं। यथा–अंग-भंग, ताड़न, छेदन, मुण्डन, तप्तशलाकादाह आदि पर दूत-वध अश्रुत है— अनुचित है। आप महिदेव हैं। धर्मनीति के आचार्य हैं। शास्त्राचार को समझने, उसपर यथावत् आचरण करने तथा लोकाचार के पालन करने में आप पृथ्वी में सब देव, दैत्य, असुर, नाग जनों में अद्वितीय हैं। इसलिए आपके द्वारा इस दूत को मृत्युदण्ड देना उचित नहीं है।"

तब मन्त्रि प्रहस्त ने हाथ बांध विभीषण के समर्थन में कहा–"महिदेव, प्राणदण्ड का भागी वह शत्रु है, जिसने इस तुच्छ को यहां भेजा है। मारने से अपयश ही प्राप्त होगा। यह शत्रु का सेवक है। अतः उन्हींके हित की बात सोचना इसका धर्म है। यह पराधीन है, इसलिए भी अवध्य है। यह जाकर आपके शत्रु उन दोनों उद्दण्ड भाइयों को प्रेरित कर यहां ले आए। आप देव-दैत्य सभी से अपराजेय हैं। लंका के महाबली राक्षस युद्ध के लिए उत्सुक हैं। इसलिए इस क्षुद्र दूत का वध कर लंका के सुभटों को आप निराश मत कीजिए।"

रावण विभीषण और मन्त्रियों के वचन सुनकर बोला–"अच्छा, यदि यह अवध्य है तो मेरी आज्ञा से इस दुरात्मा को बांधकर अपमानपूर्वक लंका की गली-

गली और राजमार्ग-चतुष्पथों पर घुमाया जाए। पीछे उसके हाथ में बहुत-सा वस्त्र लपेट, उसे तेल में भिगो तथा उसमें आग लगाकर इसे लंका से बाहर निकाल दिया जाए।”

रावण की इस आज्ञा का तुरन्त पालन हुआ। हनुमान् को इससे अपार लाभ हुआ। लंका के सब घर-घाट उन्होंने देख लिए। वन, वीथी, राजमार्ग, हर्म्य, दुर्ग, परिधि भी उन्होंने नज़र में तोल लिए। मन ही मन वे भावी युद्ध की योजना बना, कहां कौन स्थान किस उपयोग में आ सकता है, यह निर्णय करने लगे। राक्षस कोलाहल करते, उनका तिरस्कार करते, चीखते-चिल्लाते, लात-मुक्कों से उन्हें मारते धकेलते, नगर में घुमाने लगे। उनके साथ शंख, घड़ियाल और भेरी थी, जिन्हें बजा-बजाकर वे उनके अपराध की घोषणा कर रहे थे। इसे सुन सब नागर, राक्षस, स्त्री-पुरुष इस एकाकी अमित पराक्रमशील वानर को देखने झुण्ड बांधे ठौर-ठौर एकत्र होते जाते थे।

दिन-भर उन्हें घुमाया गया। सन्ध्या होने पर उनके दोनों हाथों को वस्त्र से लपेट और तेल से तर करके, उनमें आग लगा, उन्हें लंका से बाहर फेंक दिया गया।

हनुमान् ने तुरन्त ही अपने हाथों को मुक्त किया। अदूरदर्शी राक्षसों ने फिर उनकी ओर ध्यान ही नहीं दिया। इसके बाद वे सावधानी से फिर लंका में प्रविष्ट हो गए। फिर वे छिपते हुए धीरे-धीरे रावण के मणिमहल की ड्योढ़यों में पहुंच छद्मवेश में हर्म्य में घुस गए। उनके पास तेल से भीगा हुआ ज्वलनशील बहुत सा वस्त्र था जो राक्षसों ने उनके हाथों में लपेट दिया था। अब अकस्मात् उनके मन में एक भीषण विचार आया। उसीको एक उपयुक्त स्थान में रख और उस के निकट बहुत-सा काष्ठ एकत्र कर उन्होंने उसमें आग लगा दी और जब मणिमहल के निवासी प्रथम पहर के मदमूर्छित निद्रा का आनन्द ले रहे थे, आग की लपटों ने अनायास ही मणिमहल को घेर लिया। शीघ्र ही अनुकूल वायु पाकर आग की लपटें आकाश को छूने लगीं। महालय में भगदड़ मच गई। कहीं कुछ भी व्यवस्था न रही। सर्वत्र आग ही आग थी। उसी भगदड़ और कोलाहल में हनुमान् वहां से अन्तर्धान हो बाहर निकल आए। उन्होंने देखा, लंका के जन मणिमहल की ओर दौड़ रहे हैं। तब वे एक दूसरे महल में घुस गए। वह महल मन्त्री सारण का था। वहां भी उन्होंने उसी कौशल से आग लगा दी। धीरे-धीरे एक के बाद दूसरे महल, हर्म्य, सौध अट्टालिका में आग फैलती चली गई। वायु का अनुकूल झोंका खाकर वह उमड़ चली। हनुमान् के उद्योग का अन्त न था। वे एक के बाद दूसरे घर

अग्न्याधान करते और अन्तर्धान हो जाते। प्रहस्त, महापार्श्व, वज्रदंष्ट्र, शुक, सारण, इन्द्रजित् कुम्भकर्ण, हस्तिमुख, रश्मिकेतु, सूर्पशत्रु आदि सेनापतियों और मन्त्रियों के महल धायं-धायं कर जलने लगे। अब तो प्रचण्ड वायु का आघात खा आग की लपटें कालमेघ की भांति लंका को ग्रसने लगीं। हर्म्य, महल, अट्टालिकाएं, जल-जलकर टूटने और ढहने लगीं। राक्षस स्त्री-पुरुष, बाल-वृद्ध, प्रौढ़ सभी प्राणों का भार ले इधर-उधर प्राण बचाने को दौड़ने लगे। उसी भीड़ में मिले-जुले हनुमान् भी अपना काम करते जा रहे थे।

महिदेव, सप्तदीपाधिप रावण का मणिमहल इस समय अग्नि-समुद्र बन रहा था। मोतियों-मणियों से जड़ी खिड़कियों के तोरण, रत्नजटित ऊंचे-ऊंचे स्तम्भ सतखण्डे प्रासाद और अट्टालिकाएं फट-फटकर भूमिगत् हो रहे थे। आग बुझाने के सभी प्रयत्न निष्फल हो रहे थे। सारी ही लंका में आग का समुद्र हिलोरें ले रहा था। स्त्री पुरुषों के करुण क्रन्दन से वातावरण भर गया। मरते हुए, रोते-कलपते हुए राक्षस स्त्री-पुरुष जहां-तहां भटक रहे थे। जलते मकानों में से मोती, मूंगा, वैदूर्य, मणि, नीलम गल-गलकर, पिघल-पिघल कर बह रहे थे। प्रलयाग्नि की भांति आग ने समूची ही लंका को ग्रस लिया। मकानों के गिरने से जो धड़ाके हो रहे थे वे ऐसे प्रतीत हो रहे थे, जैसे ब्रह्माण्ड फट पड़ा हो। ठौर-ठौर पर राक्षस भयभीत मुद्रा में कह रहे थे–'यह वानर तो साक्षात् काल ही है। इस प्रकार धन, धान्य, मणि, रत्न, स्वर्ण, हाथी, घोड़े, रथ, पशु, पक्षी, वृक्ष, लता गुल्म, राक्षस, नाग, देव, दैत्य, दानवों से भरीपूरी वह समृद्ध लंका भस्मीभूत हो गई। लंकावासी स्त्री-पुरुष अपने-अपने प्रियजनों को खोजते हुए 'हा पुत्र', 'हा स्वामी', 'प्रिये', 'हा मित्र', कहते हुए उस अग्नि-समुद्र में भस्म हो गए। राक्षसों के भयानक आर्तनाद से आकाश व्याप्त हो गया।

अब हनुमान् ने समूची लंका को धायं-धायं भस्म होता छोड़ समुद्र-लंघन का संकल्प किया। वे अरिष्ट गिरि की चोटी पर चढ़ गए। यह स्थान निर्जन था। वहां उत्तम वन-फल, मीठा जल एवं सघन छाया थी। उन्होंने जल पिया, फल खाए और विश्राम किया। फिर वे धीरे-धीरे नीचे आ समुद्र गर्भ में पैठ गए। सागर की उत्तुंग तरंगों पर उनका वज्रकाय थिरकने लगा। महाप्रयास कर वे सागर में उसी प्रकार अपने साहस से आगे बढ़ने लगे, जैसे आए थे। उद्दाम आत्मनिष्ठा, असीम साहस, अदम्य शक्ति और असाधारण दृढ़ संकल्प से अन्ततः उन्होंने उस दुस्तर सागर की तर भूमि पर चरण रखा। पृथ्वी में न देखा-सुना, हनुमान का यह अद्भुत् आश्चर्यजनक अभियान सम्पन्न हुआ!

94 अभिगमन

समुद्र-तट पर पहुंच हनुमान् ने वज्र-गर्जना की, जिसे सुनकर सब वानर उत्सुक हो 'यह तो मारुति की गर्जना है'—कहकर समुद्र-तट की ओर भागे। उन्होंने रक्त वस्त्र हवा में हिला-हिलाकर अपनी उपस्थिति का संकेत किया। ज्यों ही उन्होंने हनुमान् को समुद्र-तीर पर सिकता पर बैठे देखा, वे ज़ोर-ज़ोर से हर्षनाद करते हुए उनके निकट पहुंचे और उन्हें घेरकर उनका कुशल पूछने लगे। मारुति ने प्रसन्नवदन वृद्ध जाम्बवान् और अंगद को अभिवादन करके कहा—"भाइयो, मिथिलेशकुमारी सीता का मुझे दर्शन हो गया।"

यह सुनते ही वानरवृन्द हर्ष से उन्मत्त हो गए। सबने मिलकर हनुमान् का अर्घ्य-पाद्य से सत्कार किया। स्नान, भोजन और विश्राम से निवृत्त हो, सब उन्हें घेरकर बैठ गए। सभी समाचार सुनने को उत्सुक हो रहे थे। मारुति ने एक-एक कर लंका की सारी ही अघट घटनाएं कह सुनाईं। अन्त में कहा—"मैं मैथिली सीता को असहायावस्था में भयानक राक्षसियों के पहरे में छोड़ आया हूं। वे अपनी वेणी भी नहीं गूंथती हैं। उनके केशों की जटाएं बन गई हैं। उपवासों से वे अति दुर्बल हो गई हैं। वे हर समय श्री राम का नाम रटती हैं। सो हे वानरश्रेष्ठो, श्री राम की कृपा और आप सबकी शुभकामना से मैंने वानरपति सुग्रीव का यह कार्य सिद्ध कर दिया। अब आप महानुभाव शेष कार्य सफल करें, क्योंकि आप हर तरह समर्थ हैं।" हनुमान् के ये वचन सुनकर यूथपति युवराज अंगद ने कहा—"हे मारुति, तुमने अनहोना कार्य किया है। बल और पराक्रम में पृथ्वी पर तुम्हारे समान दूसरा नहीं है। तुमने हम सभी की प्राणरक्षा कर ली तथा मर्यादा रख ली। अब यह विचार करना चाहिए कि हमें आगे क्या करना होगा।"

हनुमान् ने कहा—"सुनो, हम सब कुछ करने में समर्थ हैं। आप यदि ठीक समझें तो हम सब लंका चलें और रावण को मार लंका का विध्वंस कर सीता को श्री राम की सेवा में ले चलें। भावी कार्यक्रम वयोवृद्ध जाम्बवान् आदि की सम्मति पर निर्भर है। आप लोग सम्पूर्ण शास्त्रों और शस्त्रों की विद्या के ज्ञाता हैं। पराक्रमी और समर्थ हैं। सम्पूर्ण राक्षसों का हनन करने में तो अकेले युवराज अंगद ही यथेष्ट हैं। फिर महात्मा नील हैं, मैन्द हैं, द्विविद हैं। पृथ्वी पर देव, दैत्य, गन्धर्व, नाग, यक्ष इनमें कौन ऐसा है जो हम वीरों से टक्कर ले सके? मैं तो अकेला ही समूची लंका को जलाकर छार कर आया हूं। हमारे लिए रावण को मारकर सीता का उद्धार

करना क्या कठिन है। मैं अशोक वन में बैठी शोकविदग्धा सीता को बहुत-बहुत आश्वासन दे आया हूं और उनके वध की जो अवधि रावण ने नियम की है, उसमें अब बहुत कम काल शेष है।"

मारुति के ये वचन सुनकर अंगद ने कहा–"ठीक है, आप जैसे वीरों के रहते हमें श्री राम के सम्मुख चलकर यह कहना कि हम भगवती सीता के दर्शन तो कर चुके, पर साथ न ला सके, हमारे पराक्रम पर लांछन ही रहेगा। इसलिए, वीरो, चलो। अभी लंका चलें और रावण को मार सीता का उद्धार करें। फिर प्रसन्नमन अपने स्वामी सुग्रीव के पास चलें।"

युवराज अंगद के वचन सुन वानरों का यूथ जोर-ज़ोर से वज्र-गर्जना करने लगा। 'चलो, अभी चलो'–कहने लगा। परन्तु अर्थतत्त्व के ज्ञाता जाम्बवान् ने धीर-गम्भीर स्वर में कहा–"हे महाबाहु, तेरा यह विचार मुझे उचित नहीं जंचता। हमारे स्वामी सुग्रीव ने हमें केवल सीता की खोज ही की आज्ञा दी है। इसलिए हमें दुस्साहस नहीं करना चाहिए, प्रत्युत अब जल्द हमें सुग्रीव तथा श्री राम की सेवा में उपस्थित होना और जो कुछ हमने किया है, उसका निवेदन करना चाहिए। महत्त्वपूर्ण कार्यों में स्वेच्छाचारिता और उतावली नहीं करनी चाहिए।"

महाप्राज्ञ जाम्बवान् के ये वचन सुन सब वानर प्रसन्न हो किष्किन्धा की ओर चलने का संकल्प कर महेन्द्र पर्वत से उतर उत्साह और वेग से अपनी राह लगे।

95 प्रिय-निवेदन

वानरों का यूथ उत्साह और उमंग में भरपूर था। अब युद्ध की उमंग उनके रक्त में भरी थी। कार्य-साफल्य के श्रेय ने उन्हें अदम्य कर दिया था। वे सब राम को प्रिय संदेश निवेदन करने और लंका पर अभियान करने को बेचैन हो रहे थे। वे परस्पर उत्साहवर्धक बातचीत करते जा रहे थे। शीघ्र ही वे सुग्रीव के सुरक्षित मधुवन में जा पहुंचे। सुग्रीव का मामा दधिमुख वहां का रक्षक था। उसकी तनिक भी आन न मानकर वे मधुवन में उत्पात मचाने और मधुपान करने लगे। उनके उत्पात से क्रुद्ध हो दधिमुख ने सुग्रीव से निवेदन किया। सुग्रीव ने हंसकर कहा–"समझ गया! वे कार्य सिद्ध करके आ रहे हैं। तभी उन्होंने यह साहस किया

है। उन्होंने अवश्य ही भगवती सीता का पता लगा लिया है। उनके उत्पात उनके हृदय के आनन्द के द्योतक हैं। जाओ उनसे कहो–मैं उनपर प्रसन्न हूं। उनका अपराध क्षमा करता हूं। अब तुम हनुमान् आदि प्रमुख वानरों को शीघ्र मेरे पास भेज दो।"

दधिमुख ने स्वामी का यह भाव देखा तो मधुवन में जाकर अंगद से विनम्र भाव से कहा–"आप युवराज हैं, हमारे स्वामी हैं, हमारा अविनय क्षमा कीजिए तथा मधुवन में यथेच्छ विहार कीजिए–यथेच्छ मधुपान कीजिए। अब आप और हनुमान् प्रमुख यूथपति महाराज सुग्रीव की सेवा में उपस्थित हों। वानरराज प्रतीक्षा कर रहे हैं।"

इसपर अंगद ने कहा–"वीरो, यद्यपि मैं युवराज हूं, तथापि आप लोगों पर शासन नहीं कर सकता। आप लोगों ने महान् कार्य सम्पन्न किया है। आप पर शासन करना आपका अपमान करना है।"

अंगद के ये वचन सुन जाम्बवन्त ने कहा–"युवराज, आपके समान ऐसे वचन कोई नहीं कह सकता। स्वामी होकर भी अपने अधीन जनों से कौन इस प्रकार की बातें करेगा? चलिए, अब हम श्री राम की सेवा में चलकर प्रिय संदेश निवेदन करें।"

श्री राम के निकट पहुंचकर, मारुति हनुमान् ने आगे बढ़ राम के चरणों में प्रणाम कर निवेदन किया–"हे सीतापते, आपके आशीर्वाद से मैंने भगवती सीता के दर्शन कर लिए। वे अपने प्राण त्यागने के लिए उपवास कर रही हैं। महाराज मैं सौ योजन दुर्धर्ष समुद्र का लंघन कर लंका में पहुंचा, जो समुद्र के बीच दक्षिण में है। वहां मैंने अशोक वन में भगवती सीता को पतिव्रत के कठोर नियमों का पालन करते हुए देखा। वे शरीर से कुशल हैं। अपने जीवन को अप्रिय, समझकर भी वे जीवित हैं। भयानक राक्षसियां उन्हें हर समय घेरे रहती हैं, उन्हें डराती-धमकाती हैं। भगवती सीता उन राक्षसियों की सभी यातनाएं सहती हैं। वे एक ही चोटी करती हैं। भूमि पर सोती हैं। उपवास से उनका शरीर क्षीण हो गया है। वे अत्यन्त दयनीय दशा में जीवन के शेष दिन ज्यों-त्यों करके व्यतीत कर रही हैं। वे निरन्तर आप ही के ध्यान में मग्न रहती हैं। मैंने उन्हें आप ही के ध्यान में रत दीनावस्था में देखा है।"

मारुति के ये वचन सुन राम ने उठकर मारुति को हृदय से लगाया। तब हनुमान् ने कौए का वृत्तान्त सुनाकर सीता की दी हुई मणि राम को दी जिससे राम को पूरी प्रतीति हो गई। तब हनुमान् ने कहा–"अब भगवती की जीवन-अवधि में केवल एक मास ही शेष है।"

राम ने मणि को छाती से लगाकर आंखों से अश्रुजल गिराते हुए सुग्रीव से कहा–"हे मित्र, इस मणि को देखकर आज मैं शोक-सागर में डूबा जा रहा हूं। यह मणि समुद्र से निकली हुई है। मेरे श्वसुर को प्रसन्न होकर देवताओं ने दी थी। उन्होंने मेरे विवाह के अवसर पर अपनी पुत्री सीता को दी। सीता इसे सदा मस्तक पर धारण करती थी। अब पवनकुमार ने मुझ मृत व्यक्ति को अमृत के समान यह मणि देकर मेरी निराशा दूर की है। पर सीता के बिना यह मणि देखकर मैं धैर्य कैसे रख सकता हूं? हे मित्र, अब विलम्ब का क्या काम है? चलो, दुरात्मा रावण के चंगुल में फंसी हुई विदेहनन्दिनीं का हम उद्धार करें। हनुमान् ने बड़े साहस का काम किया है। ऐसा काम संसार में और किसी वीर ने नहीं किया। हे वीर मारुति, तुम धन्य हो! भला तुम्हारे सिवा देव, दानव, यक्ष, गन्धर्व, नागों से भी अजेय रावण से रक्षित लंकापुरी में अपने बल के भरोसे जाकर कौन जीता लौट सकता था? तुमने जनकनन्दिनी का संदेश देकर मेरी और रघुवंश की रक्षा की है। मेरे पास तुम्हारे योग्य कोई पुरस्कार भी तो नहीं है।" यह कहते-कहते प्रेम-विभोर हो राम ने हनुमान् को छाती से लगा लिया। फिर उन्होंने शोकसंतप्त हो सुग्रीव से कहा–"हे मित्र, सीता का पता लग गया, पर बीच में समुद्र बाधक है। उसे पार करना दुस्तर है। कहो, कैसे यह दुस्तर कार्य पूरा होगा? कैसे यह वानर-दल इसे पारकर लंका पहुंच सकेगा?"

सुग्रीव ने कहा–"हे मित्र, जब सीता की खोज मिल गई और शत्रु के निवास का पता लग गया तो फिर अब शोक का क्या काम! हम लोग अनायास ही इस सागर को पारकर लंका को छार कर डालेंगे। आप शोक त्याग दीजिए। हे राम, शोकाकुल और उत्साहहीन पुरुष के सभी काम नष्ट हो जाते हैं। इसी से वह आपद्ग्रस्त हो जाता है ये वानर-यूथपति सब प्रकार समर्थ और महा शूरवीर है। आपके प्रिय के लिए ये आग में भी कूद सकते हैं। बस, अब हमें समुद्र पर पुल बांधने का प्रयत्न करना चाहिए। समुद्र पर पुल बंधे बिना तो देवराट् इन्द्र सहित समस्त देव, दैत्य, किन्नर, मानव, दानव भी लंका का कुछ अनिष्ट नहीं कर सकते। परन्तु पुल बंधने पर बस एक बार लंका हमारी आंखों में चढ़े तो उसे नष्ट हुआ और रावण को मरा ही समझिए। हमारे योद्धा स्थिर और अजेय हैं। विजय निश्चय हमारी ही होगी। अब आप शोक त्याग दीजिए। शोक सब कामों को बिगाड़ देता है। जिस काम के लिए बल-विक्रम की आवश्यकता है, उसमें शोक बाधक है। अतः आप शोक को त्याग विक्रम को हृदय में स्थान दीजिए। आप सब शास्त्रों के ज्ञाता तथा महास्त्रों के अधिपति हैं। अतः हम अपने योग्य मन्त्रियों की सहायता से अवश्य शत्रु पर विजय प्राप्त करेंगे।"

सुग्रीव से ऐसी युक्तिसंगत वार्ता सुनकर राम ने साभिप्राय हनुमान् की ओर देखकर कहा–"हे सौम्य, सुना जाता है कि लंका पर विजय पाना तथा उसमें प्रवेश करना अत्यन्त दुष्कर है। इसलिए मैं जानना चाहता हूं कि लंका में कितने दुर्ग हैं? अपने नेत्रों से देखे हुए के समान ही मैं उसका विवरण स्पष्ट सुनना चाहता हूं। हे वीर तूने समूची लंका का युद्ध की दृष्टि से गहन अध्ययन किया है। इसलिए कह कि रावण की सेना कितनी है और लंका की रक्षा के लिए उसने क्या उपाय कर रखे हैं?"

श्री राम के ये वचन सुनकर हनुमान् ने कहा–"हे रघुवंशमणि, लंकावासी राक्षस अति सम्पन्न हैं। वहां बड़े-बड़े मस्त हाथी हैं। विशाल रथ हैं। राक्षसभट बड़े शूर हैं। वे यत्न से लंका की रक्षा रात-दिन करते हैं। लंका में चार विशाल द्वार हैं। उनमें अत्यन्त दृढ़ फाटक लगे हैं, जिनमें मोटी-मोटी अर्गलाएं लगी हैं। उन अर्गलाओं पर बड़े विशाल उपल अस्त्र लगे हैं, जो शत्रु सेना को रोकने के लिए हैं। लंका के चारों ओर स्वर्णिम चहारदीवारी है, जिसमें बीच-बीच में मणि, मूंगा और मोती लगे हैं। चहारदीवारी के चारों ओर ठण्डे जल की बड़ी भयानक गहरी खाई है, जिसमें बड़े बड़े मगरमच्छ भरे पड़े हैं। उस खाई के पार द्वार तक पहुंचने के लिए बड़े-बड़े विस्तृत मार्ग हैं, जिनमें यन्त्र लगे हैं। उन यन्त्रों द्वारा शत्रु-सेना को खाई में गिरा दिया जाता है। इन संक्रमों में एक तो बड़ा ही दुर्भेद्य है। वह सोने के बने खम्भों और वेदियों से सुशोभित है। वहां बहुत-सी सेना रहती है, जिसकी देख-भाल सेनापति करते हैं।

रावण स्वयं सावधानी से सेना का निरीक्षण करता रहता है। लंका पर आक्रमण देवों के लिए भी दुरूह है। उसके चारों ओर तो दुर्लंघ्य समुद्र, खाई, वन, पर्वत और दुर्भेद्य चहारदीवारी है, जिन्होंने उसे अजेय बना दिया है। वहां नौका भी नहीं जा सकती। ऐसी ही यह दुर्गम लंका है, जो त्रिकूट-शिखर पर बसी है। दस-दस हज़ार भयंकर राक्षस सुभट हाथों में शूल लेकर प्रत्येक द्वार की रखवाली करते हैं, जिनकी सहायता के लिए चतुरंगिणी चमू सदा तैयार रहती है। किन्तु मैंने संक्रमों को तोड़ दिया, लंका को जला डाला, वहां की व्यवस्था भंग कर दी और भय एवं आतंक का राज्य स्थापित कर आया हूं। अब तो हमें समुद्र पार करने ही का प्रयास करना है, फिर तो लंका विनष्ट ही समझिए। अंगद, द्विविद, मैन्द, जाम्बवान्, पनरु, नल, नील आदि महारथ, वानर-यूथपति तथा वानरराज सुग्रीव, इस दुर्जय दुर्धर्ष लंका के सब कोट, परकोट, खाई को नष्ट कर सीता का उद्धार करेंगे। इनमें तनिक भी संदेह नहीं।"

मारुति के वचन सुन राम कुछ देर विचारमग्न रहे। फिर खड़े होकर उन्होंने जलद-गम्भीर स्वर में कहा–"हे वानरेन्द्र, हम सब राक्षसों सहित लंका का विध्वंस करेंगे। सूर्यदेव अब मध्याकाश में पहुंच चुके, आज उत्तराफाल्गुनी नक्षत्र है। कल चन्द्रमा क्षीण नक्षत्र पर होगा। इसलिए हमें आज ही विजययात्रा करनी है। तो अभी सेना को प्रस्थान की आज्ञा हो!"

96 अभियान

सुग्रीव ने कूच के नगाड़े बजवा दिए। सबसे आगे सेनापति नील अपने अग्रगामी दल को लेकर चला। सुग्रीव ने कहा–"सौम्य, तुम पथ-प्रदर्शन करो, पथ-परिष्कार करो, दुर्गम स्थल को गम्य बनाते चलो। ऐसे मार्ग का परिशोध करो, जिसमें यथेष्ट जल-फल-मूल-आहार प्राप्त होता जाये। सन्निवेश की सुविधाएं हों। शीतल जल और मधु यथेष्ट मिल सके। शत्रु मार्ग में आहार को दूषित न कर सके। आस-पास की दिशाओं की सुरक्षा का भी ध्यान रखो। मार्ग के गढ़े, गह्वर, दुर्गम वन सभी का परिष्कार करो। स्थान-स्थान पर चौकियां स्थापित करो। पथ-प्रदर्शकों के यूथ बनाओ। सावधान रहो कि आगे चलने पर पीछे से शत्रु के आक्रमण की आशंका न हो।" नील के यूथ शत-सहस्र दल बनाकर अपने-अपने कार्य करते आगे चले और उनके पीछे समुद्र के समान वेगशाली वानरों की अथाह सैन्य चली। पर्वताकार गव, गवय और गवाक्ष अपने यूथ में आगे बढ़े। सेनानायक ऋषभ वानर-सैन्य के दक्षिण पक्ष की रक्षा करते चले। मत्त गजराज के समान दुर्जय गन्धमादन सेना के वाम पार्श्वरक्षक बनकर चले। सेना के मध्य भाग में ऐरावत के समान हाथी पर श्री राम चले। उनके आगे-पीछे अंगरक्षक, दायें-बायें हनुमान्, लक्ष्मण तथा युवराज चले–उनके पीछे वानरराज सुग्रीव मन्त्रियों और सेनापतियों सहित। सबके अन्त में सेना के पृष्ठ भाग की रक्षा करते महाविक्रम ऋक्षराज जाम्बवान्, सुषेण और वेणदर्शी वानर-यूथपति अपने, यूथों सहित चले। सम्पूर्ण सेना का अधिनायक सुग्रीव सेनापतियों, गुल्मनायकों को आज्ञा देता चला। प्रतापी नील अपने साथ प्रजंघ, वलीमुख, जम्भ और रक्षक को लिए बड़े संयम और चातुर्य से आगे-आगे राह बताते तथा पथ-प्रदर्शन करते जा रहे थे। सुग्रीव

की कठोर आज्ञा थी कि मार्ग में नगर, उपवन, सरोवर और ग्रामों को हानि न होने पाए।

इस प्रकार वानरी सेना पृथ्वी को ढकती चलकर सह्याद्रि गिरि पर जा पहुंची। उस समय सुग्रीव ने राम के समक्ष आ निवेदन किया–"राघवेन्द्र, आपकी जय हो! मुझे पृथ्वी और आकाश में शुभ शकुन दीख रहे हैं, जो आपकी मनोरथ-सिद्धि के सूचक हैं। देखिए, सेना के पीछे अनुकूल सुखद समीर बह रहा है। विहंग मधुर स्वर से कलरव कर रहे हैं, दिशाएं प्रसन्न हैं, सूर्य निर्मल है, शुक्र आपके पृष्ठ भाग में चमक रहा है, ब्रह्म राशि निर्मल है। सप्तर्षि-मण्डल प्रकाशयुक्त है। त्रिशंकु देदीप्यमान है। विशाखा नक्षत्र देदीप्यमान है। जल शीतल और मधुर हो गया है, वायु सुगन्धित हो मन्द-मन्द बह रही है। ऋतु के अनुकूल पुष्पों से दिशाएं सुशोभित हैं और सम्पूर्ण वानरी सैन्य व्यूहबद्ध आपकी आज्ञा की प्रतीक्षा कर रही है।"

श्री राम ने प्रसन्नमन समस्त कटक को सह्याद्रि गिरि पर विश्राम करने का आदेश दिया। आदेश पा वानर प्रसन्न हो-होकर शिला-खण्डों पर बैठ चन्दन की सुगन्ध से सुवासित वायु का आनन्द लेने लगे। पर्वत-शिलाओं पर उत्पन्न केतकी, माधवी, वासन्ती, कुन्द, चिरु, बिल्व, मधूका, आम, पाटल, अर्जुन, शिशपा आदि समस्त लताद्रुमों को देख वानरों का यूथ आनन्द से कोलाहल करने लगा। कुछ चक्रवाक, जलकुक्कुट, क्रौंच आदि पक्षियों से युक्त-सरोवरों में जल क्रीड़ा करने लगे। इस प्रकार श्रम दूरकर वानर सैन्य आगे चलकर महेन्द्रगिरि पर जा पहुंची। वहां से उसने प्रथम बार उस अथाह समुद्र के दर्शन किए। फिर पर्वत से उतर, समुद्र तटीय वन में आ, वानरी कटक ने सन्निवेश स्थापित किया। समुद्र-तट पर पड़ाव डाले यह विशाल सेना दूसरे समुद्र के समान जान पड़ती थी। उसके कोलाहल ने समुद्र-गर्जन की गम्भीर ध्वनि को भी अपने में लीन कर लिया था। योग्यतम सेनापति सुग्रीव की अध्यक्षता में यह वानरी सेना तीन विभागों में विभक्त करके ठहराई गई। समुद्र-तट पर आकर वायु की प्रेरणा से उठी हुई उन उत्ताल तरंगों को देखकर वानर बड़े ही प्रसन्न हो रहे थे। जहां तक दृष्टि जाती थी, जल ही जल दीख पड़ता था। समुद्र के बीच में कहीं भी भूमि नहीं दीख पड़ती थी। विशालकाय जल-जीवों से भरा यह समुद्र फेनों के कारण हंसता तथा उत्ताल तरंगों के कारण नाचता-सा दीख रहा था। उसमें प्रदीप्त फनों वाले सर्प, विशालकाय तिमिंगिल आदि जलचर और स्थान-स्थान पर पाषाण-शिलाएं दिखाई दे रही थीं। वह अगाध जलधि सर्वथा दुर्गम था। दूसरा तट न दीखने के कारण समुद्र और आकाश परस्पर

मिले हुए जान पड़ते थे। उस समय समुद्र आकाश के समान और आकाश समुद्र के समान दीख रहा था। असंख्य रत्नों से युक्त समुद्र और असंख्य तारागणों से व्याप्त आकाश में कोई अन्तर नहीं रह गया था। समुद्र में उठनेवाली भयंकर लहरें आपस में टकराकर जो गम्भीर शब्द करती थीं, वह आकाश में बजते हुए नगाड़ों की-सी ध्वनि मालूम पड़ रहा था। वायुवेग के कारण उस समुद्र में इस समय बड़ा कोलाहल मचा हुआ था। बड़ी-बड़ी लहरें उठकर परस्पर टकरा रही थीं। इन लहरों के कारण चंचल और उद्वेलायमान होते हुए समुद्र का वह दृश्य देख वानर-दल चकित हो रहा था।

अपनी रक्षा में भली-भांति सावधान वानर सेना को नील ने बड़े कौशल के साथ समुद्र के उत्तर तट पर ठहरा दिया। उसकी रक्षा के लिए द्विविद और मैन्द वीर यूथपतियों को उनके यूथसहित नियुक्त किया। यूथपतियों को कठिन आदेश दिया कि वे अपने यूथ से पृथक् न हों। संदिग्ध पुरुष को शिविर में प्रविष्ट न होने दें। अपने-अपने यूथ की सजग होकर रक्षा करें।

97 जगज्जयी का कामवैकल्य

असहविक्रम, दुर्धर्ष मारुति के द्वारा अनायास ही लंका का विध्वंस होते तथा मारुति को दुस्तर सागर पारकर आते-जाते देख जगज्जयी महिदेव रावण का तेज जैसे बुझ-सा गया। वह क्रोध और शोक से अभिभूत हो गया। कभी किसी चिन्ता को पास न फटकने देनेवाले प्रबलप्रतापी रावण के मन में अकस्मात् ही चोर बैठ गया। उसने यत्नपूर्वक लंका की सुरक्षा की व्यवस्था की। फिर भी वैकल्य से उनका मन भर गया। एक अज्ञात भीति ने उसे चंचल कर दिया। वह सोचने लगा कि "सीता का हरण क्या उचित हुआ? इस दाशरथि से वैर बांधना क्या युक्तियुक्त हुआ? क्या यह भी संभव है कि वह राजभ्रष्ट मानव राजकुमार इस एक स्त्री के लिए अगम्य लंका तक आने का दुःसाहस करे? क्या उनका ऐसा प्रताप, तेज और शौर्य है कि मेरा साम्मुख्य करने का साहस करे? क्या उसे परिकर प्राप्त होगा? साधन मिलेंगे? पर उसने एकाकी ही जन-स्थान के चौदह सहस्र राक्षसों का वध

कर डाला है। और इस धृष्ट वानर ने एकाकी ही अगम्य लंका में आकर मेरे तेज प्रताप के सिर पर लात मार लंका में अग्निदाह किया है। यह सब तो अचिन्त्य है, असम्भाव्य है। परन्तु जो हो, मैं इस शत्रु पत्नी को छोड़ूंगा नहीं।"

सीता की याद आते ही सीता की मूर्ति उसके मानस–नेत्रों में आ उपस्थित हुई। उसने सोचा–अहा, सीता के समान सुन्दरी स्त्री तो त्रैलोक्य में नहीं है। उस कमलनयनी चन्द्रवदनी सीता को स्मरण करके ही मैं कामदग्ध हो रहा हूं। परन्तु वह मेरी शय्या पर आना ही नहीं चाहती। ऐसी स्त्री तो मैंने कोई देखी ही नहीं; मेरे वैभव का उसे तनिक भी मोह-प्रलोभन नहीं। मेरे प्रताप से वह प्रभावित नहीं। वह तो उस भिखारी राम में ही अतिरंजित है। यह तो मूढ़ता की पराकाष्ठा है। स्त्रियां स्वभाव से ही मूढ़ होती हैं। पर मैं तो उसपर मोहित हूं। कैसे वह मेरी शय्या पर आरोहण करे, कैसे मैं इस कार्य में सिद्धमनोरथ होऊं, समझ में नहीं आता। अहा, उसकी कटि क्षीण है, नितम्ब पुष्ट हैं, शरच्चन्द्र के समान उसका मुख है। स्वर्ण-प्रतिमा के समान वह सौम्य है। वह गजगामिनी सीता तो माया मूर्ति के समान है। उसके रक्तिम नखों से युक्त कोमल और लाल-लाल सुन्दर तलवों वाले चरणों को देखकर तो मेरा मन ही वश में नहीं रहता। अग्निज्वाला और सूर्य की कान्ति के समान देदीप्यमान उसकी सुन्दर नासिका और सुन्दर नेत्रों वाले खिले कमल से मुख को देख कामज्वर चढ़ता है। यह काम-ताप जो शोक और क्रोध में भी मुझे नहीं छोड़ता, शरीर को कान्तिहीन और विकृत करके मन को संतापित करके मुझे जलाता जा रहा है। सो कैसे इस ताप से मैं पार पाऊंगा? वह मृगशावक-नयनी जनक राजा की पुत्री क्या मेरे हाथ में आकर भी मेरे हाथ न चढ़ेगी? मैं जगज्जयी त्रिलोकपति रावण, देव, दैत्य, दानव, मानव, नाग, यक्ष सभी से पूजित होने के बाद इसी एक मानुषी से तिरस्कृत होऊंगा? नहीं, यह तो असहनीय है। परन्तु अब मुझसे रहा नहीं जाता। अवधि में तो अभी एक मास शेष है। यह कैसे कटेगा? अन्ततः मैं महिदेव सर्वजयी वैश्रवण पौलस्त्य हूं। मर्यादा के विपरीत भी तो मैं नहीं कर सकता। उस भिखारी राम का मुझे क्या भय है। वह साधनहीन है वह क्या यहां लंका तक आने की मूर्खता करेगा? वह तो इस उद्योग में ही नष्ट हो जाएगा। यह दुस्तर सागर यह दुर्लंघ्य लंका और अजेय राक्षस भट, इनके सम्मुख उस एकाकी मानव की क्या बिसात! पर वह अकेला वानर ही जब यहां आकर इस अत्यन्त सुरक्षित लंका में इतना उत्पात मचा गया, तो फिर यह भी नहीं कहा जा सकता कि राम को यहां तक आने में सफलता नहीं मिलेगी। कार्य सिद्धि के साधन अकल्पनीय हुआ करते हैं।

इन सब विचारों ने रावण को अस्थिर कर दिया। सहस्रों सुन्दरियों तथा भोग-सामग्रियों से परिपूर्ण उसका मणिमहालय अब उसके अशान्त और उद्विग्न मन को प्रसन्न न कर सका। नृत्य, पान और विहार से उसकी रुचि खिन्न हो गई। हनुमान् का असम पराक्रम और राम की भीती एक अशुभ छाया के समान उस महाप्रतापी वैश्रवण रावण के सम्पूर्ण व्यक्तित्व पर छा गई।

उसने अपने विश्वासी अमात्य महापार्श्व को बुलाकर परामर्श किया। महापार्श्व ने करबद्ध निवेदन किया—"देव, हिंस्र वन्य जन्तुओं से परिपूर्ण वन-प्रदेश में जाकर जो पुरुष मधु पाकर भी उसका सेवन न करे, उसे पान करने को विकल न रहे, उसे मूर्ख ही समझना चाहिए। आप जगज्जयी हैं, महिदेव हैं, पृथ्वी के स्वामियों के स्वामी हैं। आप ईश्वर हैं, क्यों नहीं आप इस शत्रु पत्नी सीता के साथ बलात्कार से रमण करते? जिस प्रकार कुक्कुट झपटकर मादा को दबोचकर रमण करता है, आप भी उसी प्रकार अपनी इच्छापूर्ति कीजिए। इच्छापूर्ति के बाद फिर भय क्या है? शत्रु पत्नी दूषित होने पर फिर भला राम उसका क्या करेगा? इसके अतिरिक्त यदि किसी प्रकार का भय उपस्थित हुआ ही तो उसका उचित प्रतिकार किया जाएगा। आप चिन्तित न हों, महाबली कुम्भकर्ण और तेजस्वी इन्द्रजित् आपकी सेवा में उपस्थित हैं? फिर लंका में जो सहस्रावधि भट हैं वे किस दिन के लिए हैं? हम तो देवराट् को भी कुछ नहीं समझते। यहां आप का शत्रु आया भी तो हम उसे देखते ही मार डालेंगे। आप निश्चिन्त रहिए।"

मन्त्री महापार्श्व के ऐसे अनुकूल वचन सुनकर रावण प्रसन्न तो हुआ, परन्तु उसने कहा—"मैं महिदेव हूं, जगज्जयी हूं, विश्व के दुर्लभ भोगों का अधिपति हूं। देव, दैत्य, दानव सभी ने अपनी कन्याएं मुझे सादर अर्पित की हैं। बहुत नाग, दैत्य, यक्ष-सुन्दरियों का मैंने हरण किया है। वे सब मेरी शय्या पर आना अपना परम सौभाग्य मानती हैं। सभी मेरा अभिनन्दन करती हैं, सभी का मैं स्वामी के समान उपभोग करता हूं। फिर क्या कारण है कि यह एक मानवी स्त्री मेरा तिरस्कार करे? बलात्कार करने से सौन्दर्य का क्या रस प्राप्त होगा? अरे, स्त्री जब तक स्वेच्छा से तन-मन पुरुष को अर्पण न करे, तब तक उस स्त्री का आनन्द क्या? यह मानवी मेरे समस्त ऐश्वर्य का तिरस्कार करती है, मेरी मर्यादा का विचार नहीं करती, मुझ जगज्जयी से उस भिखारी राम को श्रेष्ठ समझती है। मैं यह कैसे सहन कर सकता हूं? फिर वह शत्रु पत्नी है। उस मानव ने मेरी बहिन का तिरस्कार किया है। अब, उसकी स्त्री मैंने अपने कौशल से हरण की है, तो उसपर मेरा ही अधिकार है। वह मेरी शय्या पर प्रसन्नता से आए, मुझे अपना तन-मन अर्पण करे, तभी

उसके पति राम के दुष्कर्म का प्रतिकार हो। पशु की भांति बलात्कार से तो मेरी ही मर्यादा भंग होगी। भला पृथ्वी की कोई स्त्री मुझे तुच्छ समझे और वह जीती रहे, यह संभव है? मेरी मर्यादा है, मैं सुकुल-उत्पन्न वैश्रवण पौलस्त्य हूं मुनिकुमार हूं, सप्तद्वीपाधिपति महिदेव हूं, जगज्जयी हूं। इस शत्रु पत्नी को मेरी शय्या पर आकर स्वेच्छा से अपना शरीर और मन मुझे अर्पित कर कृतार्थ होना चाहिए। नहीं तो अवधि के बाद अवश्य मेरे रसोइये उसका हृदय मेरे कलेवे के लिए पाक करेंगे। जाओ, उस मानवी को सूचित कर दो।"

98 राजसभा

वानरों के दल-बादल समुद्र-तट पर आ पहुंचे हैं, इसकी सूचना चरों ने रावण को दी। रावण ने आज्ञा प्रचारित की–सब सभासद् सभाभवन में उपस्थित हों। राक्षस संदेशवाहक रावण का आदेश लंका के भवनों में, शयन-गृहों में, क्रीड़ा स्थलों में, उद्यानों में जा-जाकर राक्षस-सामन्तों और सभासदों को सुना आए। सभासद् शस्त्र और वस्त्र से सज्जित हो, राजाज्ञा पा कोई रथ पर कुछ हाथियों पर कुछ पालकियों पर चढ़कर राजसभा को चले। कुछ पैदल ही चल दिए। सभासदों की सवारियों से लंका के राजपथ भर गए। चहल-पहल से, लोगों की बातचीत से मुखरित हो उठे। उन्हें देखने को उत्सुक नागर जहां-तहां भीड़ बनाकर खड़े हो गए। पौर-वधुएं झरोखों से झांकने लगीं।

रक्षेन्द्र भी सोने की जाली और मणि-मूंगों से सुशोभित रथ पर आरूढ़ हो सभा-भवन को चला। ढाल-खड्ग धारण करने वाले अनेकों शस्त्रास्त्रों से सुसज्जित राक्षस उसके आगे-आगे चले। अनेकों बलवान् राक्षस उसे दायें-बायें और पीछे से घेरकर चले। रथवाले रथों पर, हाथीसवार हाथियों पर, घुड़सवार घोड़ों पर, हाथ में तोमर, गदा, शूल लेकर रावण के साथ चले। उस समय सहस्रों भेरियां बज रही थीं, जिनसे गम्भीर शब्द होता था। आगे-आगे बन्दी जन स्तुति गाते जा रहे थे। इस प्रकार अपनी स्तुति सुनता रावण सभा भवन में जा पहुंचा। उसके वहां पहुंचते ही तुमुल शंखध्वनि हुई। रावण के रथ पर चन्द्रमा के समान श्वेत छत्र शोभायमान था। उसके दोनों ओर स्फटिक मणि से निर्मित स्वर्ण-मंजरियों से युक्त चंवर और

पंखे झले जा रहे थे। इधर-उधर प्रमुख राक्षस सुभट, सभासद् सिर झुकाए खड़े थे। इस प्रकार अमिताभ रावण इस अपूर्व सभा में जा सोने की वेदी पर, जो स्फटिकमणि के फर्श पर बनी थी और जहां रत्नजटित सुनहरी काम का बिछावन बिछा था, रक्खे रत्नसिंहासन पर बैठ गया। इस भवन के रक्षक छः सौ पिशाचों ने भूमि में गिर रक्षेन्द्र को प्रणाम किया। अन्य सभासद् भी रक्षेन्द्र को प्रणाम कर-करके चौकी, आसन और आसन्दियों पर बैठ गए। ये सब सभासद् प्रत्येक कार्य की सुगम से सुगम व्यवस्था करने में कुशल और समुचित-समयानुकूल मत देने में निपुण थे। इसी समय राक्षसेन्द्र विभीषण, कुम्भकर्ण और युवराज मेघनाद भी अपने-अपने श्रेष्ठ घोड़ों के स्वर्णरथों में बैठ सभा में आ अपना नाम कह रक्षेन्द्र के चरणों में प्रणाम कर अपने आसन पर आ बैठे। रावण के आठों मन्त्री भी अपने-अपने आसनों पर बैठ गए।

विविध मणि-माणिक्य-हीरकजटित बहुमूल्य वस्त्रों को धारण किए, अगर, चन्दन और पुष्प-मालाओं की सुगन्ध से सभा भवन को सुरभित करते हुए वे चतुर और सभ्य सभासद् सभा की शोभा बढ़ाने लगे। उनमें न तो कोई ज़ोर-ज़ोर से चिल्लाकर बोलने वाला था—न असत्यवादी। सभी राक्षस अत्यन्त पराक्रमी और शूरवीर थे। वे सभी रावण का मुंह ताक रहे थे। इस प्रकार उन महाबली शस्त्रधारी मेधावी सभासदों के बीच में बैठ रावण दिव्य सुषमा धारण कर रहा था।

सबके यथास्थान बैठ जाने पर रावण ने कहा—

"सभासदो, संसार में उत्तम, मध्यम और अधम तीन प्रकार के पुरुष होते हैं। जो पुरुष मित्रों, हितैषियों और सम्बन्धियों के परामर्श से काम करते हैं वे उत्तम; जो अकेले ही सब काम करते हैं वे मध्यम और जो कार्य के गुण-दोषों की विवेचना बिना किए हठपूर्वक 'करूंगा' इसी तरह कहकर किसी हित-बन्धु की आन न मान कार्य करते हैं, वे अधम कहाते हैं। ...

"पुरुषों की भांति निश्चय भी तीन प्रकार के होते हैं। जिस निश्चय में नीतिशास्त्र तथा मन्त्र एकमत होता है वह उत्तम; जिसमें मतभेद हो पर अन्त में बहुमत से निश्चय हो वह मध्यम और जिसमें मन्त्र स्पर्द्धा करे, विरोध-भाव प्रकट करे, अन्त तक एकमत होने पर भी अविश्वस्त रहे, वह अधम है।

"इसलिए सभासदो और मन्त्रियो, आपको ज्ञात है कि हमारा शत्रु राम लंका पर अभियान करने के विचार से आगे बढ़ रहा है। इसलिए आप लोग विचार करके सर्वसम्मत निश्चय करें। अब कोई न कोई निश्चय कर लेना परमावश्यक हो गया है। अब आप वही सोचें जिसमें राक्षसों का कल्याण हो तथा हमारी लंका को

दुर्दिन का मुंह न देखना पड़े। धर्म, अर्थ और काम-विषयक कठिनता उपस्थित होने पर आप ही लोग प्रिय-अप्रिय, लाभ-हानि, सुख-दुःख, हित-अहित का विचार करने में पूर्ण समर्थ हैं। आप लोगों की सम्मति से प्रारम्भ किया गया मेरा कोई भी काम कभी निष्फल नहीं गया। आप ही के सहयोग से मैं यह दुर्लभ राज्यलक्ष्मी भोग रहा हूं। मैंने जो काम किया है, उसके विषय में भी मैं आप लोगों से पहले सम्मति लेना चाहता था पर ऐसा न कर सका। अब मैं कहता हूं कि मैं दण्डकारण्य से अपने वैरी दाशरथि राम की पत्नी हर लाया हूं। राम से यद्यपि मुझे भय नहीं है, फिर भी इस सम्बन्ध में विचार तो कर लेना चाहिए। फिर आगामी कार्यक्रम की योजना बनानी चाहिए। आप ही की सहायता से मैंने पृथ्वी को जय किया है तथा देवेन्द्र को बन्दी बनाया है। आप लोग अब भी मेरे सहायक हैं। अब सीता का पता लगाकर दोनों मानव-कुमार समुद्र के उस पार आ पहुंचे हैं तथा इस पार आने का उद्योग कर रहे हैं। यद्यपि उनका यह प्रयत्न हास्यास्पद है, फिर भी हमें ऐसा उपाय सोच रखना चाहिए, जिससे दोनों भाई मारे जाएं और सीता को लौटाना न पड़े। आपकी ही योजनानुसार मैं कार्य करूंगा। मैं तो यही समझता हूं कि वानरी सेना के लिए समुद्रोल्लंघन अत्यन्त दुष्कर है। फिर भी यदि वह यहां आ भी जाए तो संसार में कोई शक्ति मैं नहीं देखता, जो संग्राम में मुझे विजित कर सके।"

रावण के ये वचन सुन कुम्भकर्ण ने रोषभरे स्वर में कहा–"महाराज, जब आपने सीता का हरण किया, तब हमसे सम्मति नहीं ली। यह काम अत्यन्त अनुचित हुआ। हरण से पूर्व ही आपको परामर्श करना उचित था। राजा के जिस कार्य का परिणाम-भोग प्रजा को भोगना पड़े, उसमें उसकी राय लेनी ही चाहिए। जो राजा भली भांति मन्त्रियों से विचार-विमर्श करके कार्य करता है, उसे कभी पछताना नहीं पड़ता। पर जो विपरीत कार्य मन्त्रियों की सलाह के बिना ही किए जाते हैं, उनका परिणाम सदा दोषयुक्त होता है। जो पुरुष पहले किए जाने वाले काम को पीछे और पीछे किये जाने वाले काम को पहले करता है, वह नीतिशास्त्र से सर्वथा अनभिज्ञ है। स्थिर बुद्धिवाला पुरुष विचारशील और शक्तिशाली होता है। वह शत्रु के दोष को देखता रहता है तथा जहां शिथिलता पाता है, वहीं आक्रमण करता है तथा यश का भागी होता है। महाराज, आपने बिना ही विचार किए यह क्षुद्र कर्म कर लिया, जो महा अनिष्टकारक हो सकता है। राम का बल जन-स्थान में देख लिया गया है। मैं तो यह समझता हूं कि आपने बलवान् शत्रु से अविचारपूर्ण दूषित छेड़छाड़ प्रारम्भ कर दी है, जिससे आपके विश्व-विश्रुत सुनाम को कलंकित होने का भय उपस्थित हो गया है। यदि आपकी इस भूल के परिणामस्वरूप हमारी

सारी ही तपस्या, विश्व-विजय के भगीरथ प्रयत्न तथा रक्ष-संस्कृति ही खतरे में पड़ जाए, सम्पन्न लंका पर संकट आ पड़े और आनन्द में मग्न राक्षसों का सर्वनाश उपस्थित हो जाए, तो महाराज, वह आप ही का दोष होगा। राजन्, मैंने आपके वंश और प्रतिष्ठा के लिए प्राणान्तक युद्ध किए। आपका शत्रु चाहे कैसा ही बलवान् था, मैंने उसे मार डाला। भले ही उसकी सहायता को इन्द्र, वरुण, कुबेर, मरुत् और सब दैत्य-दानव भी आए, पर मेरे हाथ से उसकी रक्षा न कर सके। परन्तु इस स्वेच्छाचारितापूर्ण दुष्कर्म में मेरा आपसे कोई सहयोग नहीं है। मैं शत्रु का पक्ष नहीं लेता, परन्तु आपकी अनीति का अनुमोदन भी नहीं करता। अतः इस संभावित युद्ध में आप मुझसे कुछ भी आशा न रखना। मेरी इच्छा तो अब कुछ दिन एकान्तवास की है। मैं रत्नगुहा में जाता हूं। आपका कल्याण हो!" इतना कहकर महातेज कुम्भकर्ण स्वर्णसिंहासन त्याग उठ खड़ा हुआ। इस पर रावण ने क्रुद्ध होकर दर्प से कहा–"कुम्भकर्ण, समुद्र के समान मेरे वेग और वायु के समान मेरी गति को न जानकर ही वह दाशरथि वानर-सेना ले इस ओर बढ़ा चला आ रहा है। इस प्रकार पर्वत की गुहा में सोए हुए सिंह और सोते हुए काल के समान उसने मुझे छेड़ा है। भयंकर सर्प के समान संग्राम में छूटे हुए मेरे बाणों को राम ने कभी देखा नहीं है। इसीसे उसने यह दुःसाहस किया है। किन्तु मैं अपने धनुष से छूटे हुए वज्र के समान अगणित अग्निबाणों से उसे भस्म कर डालूंगा। जिस प्रकार सूर्य उदय होते ही नक्षत्रों की कान्ति नष्ट कर देता है, उसी प्रकार मैं इस वानरी कटक को देखते ही देखते नष्ट कर डालूंगा। मुझे तेरी आवश्यकता नहीं है। मेरी ओर से तू रत्न-गुहा में शाश्वत एकान्तवास कर मुझ सहोदर से तेरा क्या प्रयोजन है?"

रावण के ये वचन सुन कुम्भकर्ण रावण को प्रणामकर, बिना उत्तर दिए, सभा-भवन से चला गया।

रक्षेन्द्र रावण के वचन सुन, शत्रु-बल से अपरिचित और नीतिशास्त्र से शून्य राक्षस यूथपति योद्धा हाथ जोड़कर विनयपूर्वक बोले–"महाराज! परिघ, शूल और पट्टिश आदि शस्त्रों से सुसज्जित विशाल अजेय सेना हमारे पास है। फिर चिन्ता किस बात की है? इसी सेना द्वारा आपने भोगपुरी के नागों को वश में किया, अलका के कुबेर को आक्रान्त किया, देवेन्द्र को बन्दी बनाया और सुरलोक को जय किया। वरप्राप्त बलवान् दानव भी आपके समक्ष नहीं ठहर सके। यमलोक, देवलोक और आर्यवीर्य सभी तो आपकी विजय-दुन्दुभियों से थर्रा उठे। फिर इस हतवीर्य राम की क्या बिसात? हे महाराज, जब तक इन्द्रजयी मेघनाद और अकथविक्रम कुम्भकर्ण आपकी आज्ञा के अधीन हैं, आपको किस बात की चिन्ता है!"

अब नीलमेघ के समान वर्णवाला प्रहस्त बद्धांजलि खड़ा होकर बोला–“रक्षेन्द्र की जय हो, हम लोग तो युद्ध में देव, दैत्य, यक्ष, नाग, गन्धर्व, पिशाच किसीको भी गिनते ही नहीं। फिर इन दो एकाकी राज-भ्रष्ट मानवों की क्या बात है! हम सब बेखबर थे। शत्रु के आक्रमण का विचार भी न था–इसीसे वह धूर्त वानर हमें धोखा दे गया। लंका को भस्म करके जीवित बच निकला। अब वह सब वानरों को काल के मुंह में धकेलने को ला रहा है।”

दुर्मुख, सेनानायक ने खड़े होकर कहा–“हे पृथ्वीपति, हनुमान् का यह उत्पात तो हमारा आपका, सबका अपमान है। आप आज्ञा दीजिए, मैं अकेला ही जाकर समुद्र-तट पर उस वानर सहित सब वानरों को मृत्यु की भेंट करूं।”

अब महाबली वज्रदंष्ट्र सेनापति अपने भयंकर परिघ घुमाता हुआ बोला–“महिदेव प्रसन्न हों, मैं तो यह कहता हूं कि जिस प्रकार हो, शत्रु पर विजय पानी चाहिए। मेरा मत है कि बहुत-से राक्षस, जो इच्छानुसार रूप धारण कर सकते हैं, निर्भीक हो राम के पास मानवों के वेश में जाकर मानवी भाषा में कहें कि हमें आपकी सहायता के लिए आपके भाई ने अयोध्या से भेजा है। इस प्रकार सेना में जा मिलें। फिर अवसर पाकर शस्त्र-वर्षा कर वानरों को मार डालें।”

इसके अनन्तर रक्षकुमार निकुम्भ ने क्रोध में भरकर कहा–“अरे वीरो, आप यहीं महाराज की सेवा में उपस्थित रहें, मैं अकेला अभी जाकर उन दोनों भाइयों को मार उनका हृदय निकाल लाता हूं।”

तब भूधराकार वज्रहनु बोला–“कुमार को कष्ट देने का क्या काम है, इतना-सा काम तो मैं अकेला ही कर लाऊंगा। दो मानवों को मार लाने में मुझे कितनी देर लगेगी!”

तदनन्तर रभस, सूर्यशत्रु, सुप्तघ्न, यक्षकोप, महापार्श्व, महोदर, अग्निकेतु, दुर्धर्ष, रश्मिकेतु, इन्द्रशत्रु, प्रहस्त, विरूपाक्ष, वज्रदष्ट्र, धूम्राक्ष, दुर्मुख आदि राक्षस परिघ, पट्टिश, शूल, प्रास, परशु, धनुष और खड्ग लेकर अमर्ष से ओतप्रोत एकबारगी ही वज्र-गर्जना करके बोले–“रक्षेन्द्र महीपति महिदेव की जय हो! महाराज की आज्ञा से हम आज ही समुद्र-तीर पर जाकर वानरों सहित दोनों मानवों को मार डालते हैं। आप हमें आज्ञा दीजिए!”

इसपर धर्म और राजनीति के परम ज्ञानी, राजमर्यादा के ज्ञाता विभीषण ने उठकर रावण के सम्मुख आ प्रणाम करके कहा–“हे परन्तप, आज्ञा पाऊ तो निवेदन करूं! जब से आप लंका में दाशरथि राम की पत्नी को लाए हैं, मैं अनेकविध अपशकुन देख रहा हूं। मन्त्रों द्वारा यथाविधि आहुतियां देने पर भी अग्नि प्रज्वलित

नहीं होती। उसमें चिनगारियां निकलने लगती हैं। उसकी ज्वाला धूमिल हो जाती है। प्रज्वलित अग्नि भी धुंए के कारण काली पड़ जाती है। अग्निहोत्रशाला और वेदभवनों में सांप दिखाई देते हैं। यज्ञ-सामग्री में चीटियां दीख पड़ती हैं। गजराजों का मद सूख गया है। घोड़े दीन-दुर्बल हो गए हैं। गायों का दूध सूख गया है। गधों, खच्चरों और ऊंटों के शरीरों के रोंगटे खड़े हो जाते हैं और उनकी आंखों से आंसुओं की धार बह चलती है। कौओं के झुण्ड मिलकर ठौर-ठौर कर्कश शब्द करते हुए भवनों पर आ बैठते हैं। गिद्ध भी नगर पर मंडराते हैं। सन्ध्याकाल में सियार नगर के निकट आ अमंगल शब्द बोलते हैं। ये सब अत्यन्त विपज्जनक अपशकुन मैं लंका में नित्य देखता हूं। सारी प्रजा देखती है, पर आपके मन्त्री आपसे इन बातों को कहने में संकोच करते हैं। हे तात, जहां साम, दाम और भेद इन तीन उपायों से काम सिद्ध न हो सके, वहीं दण्ड-नीति का उपयोग करना चाहिए। जो असावधान हो, देवी प्रकोप से पीड़ित हो, ऐसे ही पुरुष पर विचारपूर्वक किया गया बल-प्रयोग उपयोगी सिद्ध होता है। परन्तु राम असावधान नहीं है। वह विजय की कामना से आ रहा है। उसके पास सेना भी यथेष्ट है। वह स्वयं अजेय और पराक्रमी है। विशाल दुर्लंघ्य समुद्र को लांघने वाले रामदूत हनुमान् ही के पौरुष पर आप विचार कीजिए। ऐसे-ऐसे न जाने कितने असम साहसी वीर उसकी सेवा में हैं। इसलिए महाराज, हमें राम के बल की उपेक्षा नहीं करनी चाहिए और विशालकाय महाउत्पात करनेवाले वानर जब तक लंका से दूर हैं, तब तक आप इस विषाक्त नागिन सीता को लौटा दीजिए। इसीमें राक्षस-कुल की भलाई है। आप अकारण की रार को टाल दीजिए।"

विभीषण के ये वचन सुन मेघनाद ने वीरदर्प से कहा—"हे पितृव्य, भीरु पुरुषों के समान यह आप क्या कह रहे हैं? नीच-कुलोत्पन्न प्राणी भी ऐसे भीरु वचन नहीं कहता—आप तो प्रतापी पौलस्त्य हैं, जिनका वीर्य जगविख्यात है। भला कहा मानव और पशु भी हम राक्षसों की समता कर सकते हैं। मैंने त्रिलोकपति इन्द्र को बन्दी बनाया, ऐरावत को दांत पकड़कर पृथ्वी पर पछाड़ दिया। सो हमें देवता और दानव किसी का भय नहीं है। इस राज्य-भ्रष्ट भिखारी राम की भला क्या बिसात है?"

विभीषण ने कहा—"पुत्र, तू शस्त्रधारियों में मूर्धन्य है। हमारे कुल का शिरोमणि है। अमितविक्रम है, परन्तु तेरी आयु के समान तेरी बुद्धि भी अभी परिपक्व नहीं है। तु हिताहित और कर्तव्याकर्तव्य पर विचार नहीं कर सकता। जो वचन तूने कहे हैं—इनसे रक्षकुल का अनिष्ट ही होगा। तू बालबुद्धि से

यह कह रहा है और कालरूप, यमदण्ड के समान भयंकर उस दाशरथि के पराक्रम से अपरिचित है। मेरी यह निश्चित सम्मति है कि दाशरथि राम की पत्नी सीता को धन-रत्न, आभूषण-वस्त्र और विभिन्न मणियों सहित राम की भेंट कर रक्षेन्द्र इस आसन्न संकट को टाल दें तथा आनन्द से निर्भय लंका का साम्राज्य भोगें।"

विभीषण के इन वचनों से रावण क्रुद्ध हो गया। उसने कहा–"अरे भ्राता, शत्रु और सर्प के साथ रहना तो फिर भी निरापद है, परन्तु शत्रु-पक्षपाती बन्धु के साथ रहना अत्यन्त भयानक है। मैं जानता हूं कि हमारे विमलयश रक्षकुल में कुछ ऐसे कुल-कलंक हैं जो रक्षकुल पर विपत्ति आने पर प्रसन्न हो सकते हैं। वे अपने ही कुल का तिरस्कार करते हैं। ऐसे ही दुरात्मा तुम भी हो। तुम जैसे कुलद्रोही से तो भय ही भय है। तुम शत्रु के प्रशंसक और कुल के निन्दक हो। यह जातिभय सब भयों से भयानक है। आज जो अखिल विश्व में मेरी विजय-वैजयन्ती फहरा रही है, मेरे नाम का डंका बज रहा है, मैंने जो विश्व के कुलीनों और ऐश्वर्यवानों का सम्मुख समर में पराभव करके जगज्जयी की पदवी प्राप्त की है, वह सब तुझे नहीं सुहाती। तू ईर्ष्यालु और दुरात्मा है। जैसे हाथी स्नान के बाद धूल उछालकर अपने शरीर को मैला कर देता है, वैसा ही तू भी कुल-कलंक है। तुझ कुल-निन्दक को मृत्युदंड देना उचित है। परन्तु तू मेरा सहोदर भाई है, मैं तुझे केवल धिक्कार-सहित त्याज्य घोषित करता हूं। तू राक्षसों की लंका तथा यशस्वी रक्षकुल को त्यागकर अभी यहां से निकल, यही तेरे लिए राजाज्ञा है।"

विभीषण ने शान्त वाणी से कहा–"रक्षेन्द्र, आप पितृतुल्य मेरे ज्येष्ठ भ्राता और रक्षपति हैं, इससे मैं आपकी आज्ञा मानकर अभी लंका को त्यागता हूं। अधर्म-प्रवृत्ति होने से आपने मुझे कठोर वचन कहे हैं। हतभाग्य पुरुष हितकारी वचन नहीं सुनते। अप्रिय और हितकारी बात कहने और सुननेवाले दोनों ही दुर्लभ हैं। शोक है कि आप विनाशक कालपाश में बंध चुके हैं। हतायु पुरुष पथ्य को नहीं देखता। ऐसा होता ही है। काल के वशीभूत होने पर बड़े-बड़े यशस्वी जगज्जयी प्रतापी शस्त्र-शास्त्रों के ज्ञाता भी मूढवत् आचरण करते हैं। आपकी आज्ञा मान्य कर मैं जाता हूं। आप अपने इन हितैषी राक्षसों सहित लंका की रक्षा कीजिए। आपका कल्याण हो!"

इतना कहकर विभीषण तुरन्त उठकर अपनी भीम गदा हाथ में ले सभा-भवन से चल दिए। उनके पीछे ही उनके चारों मन्त्री भी उठकर सभ-भवन से बाहर हो गए।

99

शरण्यं शरणम्

"निवेदयत–निवेदयत! सर्वलोकशरण्याय राघवाय यदहं रावणस्यानुजो विभीषणश्चतुर्भी रक्षोभिस्सह भवन्तं शरणमागतः।"

गदापाणि विभीषण ने राम-कटक में आकर उच्च स्वर से ये शब्द कहे। वानरों ने भय और संदेह से इन पांचों नवागन्तुक राक्षसों को घेर लिया। वे उन्हें सुग्रीव की सेवा में ले चले।

विभीषण का अभिप्राय जानकर सुग्रीव ने राम के पास आ निवेदन किया–"राघवेन्द्र, आपके शत्रु रावण का भाई विभीषण अपने चार मन्त्रियों सहित आपकी शरण में यहां उपस्थित है। परन्तु सेना के व्यूह, शत्रु-सम्बन्धी मन्त्रणा, नीति और राजदूतों के मामले में हमें सावधान रहना चाहिए। यह शत्रु रावण का प्रेरित गुप्तदूत भी हो सकता है। वह जाति से राक्षस, जन्म से शत्रु का भाई है, अतः स्वयं शत्रु ही है। इसका भला विश्वास कैसे किया जा सकता है? इससे मेरा मत है कि इसका निग्रह हो। इसे बन्दी बना लिया जाए।"

राम ने कहा–"हे मित्र, तूने सारगर्भित और युक्तिपूर्ण वचन कहे। परन्तु शत्रु यदि शरण में आकर विनम्र प्रार्थना करे तो वह भले ही क्रूरकर्मा हो, सत्पुरुष को अपने प्राणों का मोह छोड़कर उसकी रक्षा करनी चाहिए। मित्रभाव से आए हुए इस विभीषण को मैं कैसे त्याग सकता हूं? वह कपट भी करे, तब भी नहीं। सब प्राणियों को अभय देना ही मेरा व्रत है। जो एक बार मेरी शरण में आकर कहे–'मैं तेरा हूं'–उसे सब भयों से मुक्त करना ही मेरा कर्तव्य है।

वह शत्रु का भाई विभीषण हो या स्वयं शत्रु रावण ही हो, उसे मेरी ओर से अभयदान दे मेरे पास ले आ।"

रामाज्ञा सुनकर सुग्रीव ने कहा–"राघव, आप धर्मज्ञों के शीर्षमणि हैं। अतः आपने अपने योग्य ही कहा। अनुमान और कल्पना के बल पर मेरा मन भी यही कहता है कि विभीषण शुद्धहृदय है। मैंने उसे भली भांति जांच लिया है। विभीषण देश-काल को देख-समझकर ही दोष-गुण पर विचार कर रावण को छोड़कर आपकी शरण आया है। उसके संभाषण से भी उसका दुष्ट मनोरथ नहीं जान पड़ता। उसकी मुखश्री विमल है, भीति और आशंका से रहित है। मैं तो यह समझता हूं कि बालि का मरण और आपके द्वारा मेरी राज्य-प्रतिष्ठा की वार्ता सुनकर ही यह लंका का राज्य पाने की अभिलाषा से आया है।

मैं तो यही समझता हूं कि महाप्राज्ञ विभीषण शीघ्र ही हमारा विश्वस्त मित्र बन जाएगा।"

"तो मित्र, रक्षराज विभीषण को मेरी सेवा में उपस्थित कर!"

राम की आज्ञा से सुग्रीव का संकेत पा हनुमान् विभीषण और उनके चारों मन्त्रियों को श्री राम की सेवा में ले आए। राम के सम्मुख आते ही विभीषण ने अपने मन्त्रियों सहित भूपात कर राघवेन्द्र को साष्टांग दण्डवत् करके निवेदन किया—

रावणस्य अनुजोऽहं तेन अवमानितोऽस्मि, अतः सर्वभूतानां शरण्यं भवन्तं शरणमागतः। लङ्का मया परित्यक्ता धनानि मित्राणि चापि, मे राज्य, जीवितं सुखानि च भवद्गतं हि।"

राम के नेत्र अश्रूसिक्त हो गए। उन्होंने विभीषण को उठाकर हृदय से लगाया, फिर लक्ष्मण की ओर देखकर कहा—

"वत्स सौमित्रे, समुद्राज्जलमानय! तेन चेमं विभीषणं राक्षसां राजानं पहाप्राज्ञमभिषिञ्च।"

लक्ष्मण ने उठकर कहा—"यथाज्ञापयत्यार्यः!"

लक्ष्मण ने विधिवत् समुद्र-जल से विभीषण का अभिषेक किया। सुग्रीव और वानर-यूथपतियों ने एक स्वर से कहा—"साधु, साधु!" वानर-सैन्य ने पुकार लगाई—"राक्षसेन्द्र विभीषण की जय हो!"

"अनुगृहीतोऽस्मि!" विभीषण ने गद्गद-कण्ठ हो बद्धाञ्जलि कहा।

राम ने बाहु उठाकर विभीषण को आसन देते हुए कहा—

"एहि रक्षः पते, मनोरथ मे पूरय। कथ नु वरुणालयं सागरमक्षोभ्यं तराम।"

"राघव, घोरेऽस्मिन्वरुणालये सागरे अबध्वा सेतुं सेन्द्रैः सुरासुरैरपि लङ्का नासादयितुं शक्या।"

इसपर सुग्रीव ने कहा—"अयं महोत्साहः नलो नाम विश्वकर्मतनयः एष सेतुं करोतु।"

नल ने खड़े होकर कहा—"समर्थश्चाप्यहं सेतुं कर्तुम्।"

"तदद्यैव वानरपुङ्गवाः सेतुं बध्नन्तु।"

सुग्रीव ने आज्ञा दी और सहस्रों वानर हर्षोत्फुल्ल हो वेग से सेतु-निर्माण में जुट गए। नल ने अत्यन्त बुद्धिमानी से सारी योजना तैयार की। सैकड़ों वानर तो शाल, अश्वकर्ण, बांस, धव, कुटज, अर्जुन, ताल, तिनिश, बिल्व, सप्तपर्ण, तिलक, कर्णिकार, आम, अशोक आदि वृक्षों के भारी-भारी लट्ठे काटने-छांटने में जुट गए। सैकड़ों वानरों ने उन कटे हुए लट्ठों को छिछले जल में गाड़ना और

दृढ़ रस्सी से बांधना आरम्भ कर दिया। बहुत वानर बड़े-बड़े पत्थरों की चट्टानों को लुढ़काकर जल को पाटने लगे। इस प्रकार देखते ही देखते सहस्रों वानरों के महदुद्योग से समुद्र पटने लगा। कुछ शिल्पी सूत लेकर सेतु की नाप-तौल करने लगे। कुछ लोहे की श्रृंखलाओं को उन हाथी के समान शिलाओं में बांधने-अटकाने लगे। समुद्र के जल में पत्थरों के गिरने, कारीगरों के द्वारा ठोक-पीट करने और हज़ारों वानरों के बोलने से समुद्र का वातावरण कोलाहल से आपूर्यमाण हो गया। देखते ही देखते चौदह योजन सेतु तैयार हो गया। इसके बाद तेईस योजन पुल तैयार कर सेतु को भूगर्भस्थ सुवेल पर्वत-श्रृंखला से मिला दिया गया। इसके आगे भूगर्भस्थ चट्टानों के कारण कार्य सुगम था, जो शीघ्र ही सम्पन्न हो गया। महाप्राज्ञ नल के इस महत्कर्म की श्री राम ने भूमि-भूरि प्रशंसा की। सबसे प्रथम गदापाणि विभीषण अपने मन्त्रियों सहित उस पार उतर कर भूमि पर गए। इसके बाद अंगद, हनुमान् और सुग्रीव से रक्षित महाविक्रम राम, लक्ष्मण और फिर सब कटक।

युवराज अंगद ने फूल, मूल, जल आदि का सुवास देख उपयुक्त स्थान पर कटक की स्थापना की और अब लक्ष्मण और सुग्रीव समय नष्ट न कर तुरन्त ही सेना के व्यूह और यूथों की रचना करने में लग गए।

उस समय समुद्र-तीर पर प्रभंजन वायु चल रही थी। मस्त हाथी के समान वृक्ष झूम रहे थे। सुहावनी सन्ध्या के रक्ताम्बर विश्व पर अपनी आभा दिखा रहे थे।

राम ने लक्ष्मण और सुग्रीव की ओर देखकर कहा–"अब वह काल उपस्थित हो गया है, जब भयंकर राक्षसों और बलवान् वानरों के मांस और रुधिर से पृथ्वी आच्छादित हो जाएगी। सब कोई सावधान रहें! हम भोर ही में लंका पर आक्रमण करेंगे। अब विलम्ब का कुछ काम नहीं।"

100 रणभेरी

असंभाव्य, अतर्कित, अकल्पित वानर-कटक द्वारा दुर्लंघ्य समुद्र-तरण का समाचार सुन रक्षेन्द्र रावण हतबुद्धि हो गया। उसने अपने शुक, सारण नामक दो मन्त्रियों को बुलाकर आज्ञा दी कि वे शत्रु-सैन्य में जाकर राम का बलाबल देखें। दोनों मन्त्री वानर का वेश धारण करके शिविर में प्रविष्ट हुए, परन्तु

वे चैतन्यमूर्ति विभीषण से नहीं छिप सके। उसने उन्हें पहचानकर बन्दी बना लिया और राम के सम्मुख उपस्थित किया। राम के सम्मुख आ उन्होंने जीवन से निराश हो, भयभीत स्वर में कृताञ्जलि होकर कहा–"महाराज, हम दोनों रक्षेन्द्र महीपति के अनुगत सचिव हैं। रक्षेन्द्र की आज्ञा से आपका बलाबल देखने आए थे। सत्य बात हमने निवेदन कर दी।"

राम ने किंचित् हंसकर कहा–"तो यदि तुमने हमारा सम्पूर्ण बल देख लिया है और तुम्हारा अभिप्राय पूरा हो गया है तो तुम जा सकते हो। पर यदि कुछ देखने को रह गया हो तो रक्षेन्द्र विभीषण तुम्हें सब कुछ दिखा देगा। तुम लंका जाकर लंकापति रावण से कह देना कि कल उसकी दुर्ग और तोरणों से सुरक्षित, सुप्रतिष्ठित लंका पर मेरा आक्रमण होगा। तब मैं भी राक्षसों का बल देखूंगा और उनका बाणों से सत्कार करूंगा।"

इतना कह राम ने दूतों को मुक्त कर दिया। वे राम को प्रणाम कर लंका में आए। उन्होंने रावण की सेवा में उपस्थित होकर निवेदन किया–"देव, वानर-कटक का प्रधान सेनापति महासुभट नील है और उसका सहायक अमितविक्रम बालिपुत्र अंगद है। प्रबल-पराक्रमी नल जिसने दुस्तर समुद्र का सेतु-बंधन किया है, पचास सहस्र योद्धाओं का अधिपति है। सरोचन पर्वत का स्वामी महाबलि कुमुद, भीमकर्मा चण्ड, साल्वेग का स्वामी शरभ, ये सब चालीस चालीस सहस्र योद्धाओं के यूथपति हैं। पनस महासेनापति जो देव-दैत्य सभी में अजेय है और वानर-सैन्य के मध्यदेश का रक्षक है, पर्वत के समान विशालकाय है। उसके सहायक सेनानायक गव-गवय अमितविक्रम हैं। फिर महातेजस्वी हर है, जिसमें दस हाथियों का बल है। नील मेघ के समान प्रबल पराक्रमी सेनाधिप धूम्र है, जो अक्षवान् पर्वत का स्वामी है। नर्मदा के तट का स्वामी जाम्बवान् यूथपतियों का प्रधान है, जिसके समान नीतिज्ञ मन्त्री पृथ्वी पर दुर्लभ है। फिर दम्भ और पितामह सन्मादन हैं, जिन्होंने संसार के बड़े-बड़े संग्राम जीते हैं। देवासुर-संग्रामों में भी इन्होंने भाग लिया है। महासेनापति प्रमाथी युद्ध में अजेय है। गवाक्ष, केसरी विन्ध्य देश के अधिपति हैं। सुग्रीव के दस मन्त्री बृहस्पति के समान नीति और धर्म के ज्ञाता हैं। इस वानर-सेना में भूमण्डल के देवों, गन्धर्वों और यक्षों के नरपति सम्मिलित हैं। योद्धाओं के अग्रगण्य मैन्द और द्विविद हैं, जिनका साम्मुख्य पृथ्वी का कोई पुरुष नहीं कर सकता। फिर लंका को अग्नि की भेंट करने वाला हनुमन्त मारुति है। फिर यमपुत्र कुबेर और वारुणेय भी आपसे अपना बैर चुकाने आए हैं।

"सुग्रीव को श्री राम ने बलि को मारकर वानरपति बनाया है। पर आपके सिंहासन पर विराजमान रहते ही राम ने कुलद्रोही विभीषण को लंकाधिपति-पद पर अभिषिक्त कर दिया है। अब वह गदापाणि विभीषण सारे ही वानर-कटक में रक्षपति कहाता है। इन सब अमितबल पराक्रमशील यूथपतियों, यूथपों और सेनापतियों तथा असंख्य योद्धाओं के अतिरिक्त दिव्यास्त्रों के प्रयोक्ता राघवेन्द्र हैं, जिनके जैसा हस्त-लाघव, अस्त्र-सिद्धि और रण-धैर्य पृथ्वी पर दूसरे नर-पुङ्गव का नहीं है।

"सुग्रीव ने बड़े ही चातुर्य से अपने सेनानायकों के साहचर्य से गरुड़-व्यूह बनाया है, जिसके वाम पक्ष पर गद गद्र का पुत्र जाम्बवान् और उसका भ्राता ऋक्षराज धूम्र है। महावीर सुषेण और चन्द्रपुत्र दधिमुख दक्षिण पक्ष पर हैं। मैन्द और द्विविद पृष्ठरक्षक हैं। गज, गवाक्ष, गवय, शरभ और गन्धमादन ये पांच यमपुत्र चञ्चु भाग में अवस्थित हैं। उदरस्थली में सुग्रीव और विभीषण-सहित हनुमन्त-रक्षित महातेज राम हैं। इस प्रकार राम समुद्र के दक्षिण तीर पर पड़ाव डालकर अवस्थित हैं।"

शुक, सारण के सारगर्भित वचन सुनकर रावण ने गरजकर कहा–'को हि नाम सपत्नः, सर्वलोकभयादपि न सीतामह दद्याम्। यदि देव-गन्धर्व-दानव अपि मामभियुञ्जीरन्न मां समरे जेतुमर्हन्ति।"

उसने अपनी समूची राक्षस सैन्य को सन्नद्ध होने की आज्ञा दे दी है। समस्त मन्त्रियों और सेनापतियों को सभाभवन में बुला भेजा। लंका के प्रत्येक दुर्ग, कोट, कंगूरों पर रखे धौंसे बज उठे, सहस्त्र तूणीर गगनभेदी निनाद करने लगे। भयानक भेरी नाद से गगन मण्डल थर्रा उठा। हाथी सजने लगे, घोड़ों पर कवच और वज्र चढ़ाए जाने लगे। सहस्त्रों अश्वारोही अस्त्र-शस्त्र चमकाते लंका के राजपथ पर चारों ओर से सिमट-सिमटकर आकर जुटने लगे। सारे ही राजपथ सैनिकों से भर गए। लंका में भीति, व्याकुलता और आशंका व्याप गई। चारों ओर उस वानर की चर्चा होने लगी, जिसने लंका जलाई है। अब तो अनगिनत वानरों की सेना आ गई है। अब क्या होगा? लंका के सब रास-रंग पानगोष्ठी, कारोबार, व्यापार बन्द हो गए। धनपति अपने धन-रत्न भूमि में छिपाने लगे। कुलवधुएं अपने प्रिय पतियों को युद्ध का बाना सजा रणस्थली में जाता देख पछाड़ खाकर गिर पड़ीं। माताओं ने पुत्रों को खड्गहस्त युद्ध में जाते देख अश्रुविमोचन किया। सभी कहने लगे–"कैसी यह दुर्भागी सीता है, जो सम्पूर्ण लंका के प्राणों का संकट आ बनी है। कैसी इस महामति महिदेव की दुर्मति हुई है कि इसने असंख्य देवाङ्गना सुन्दरियों के रहते इस स्त्री के लिए सारी ही राक्षस जाति पर संकट और मृत्यु की छाया ला दी है।

इसी समय वानरी सैन्य में रण-भेरी बज उठी। हजारों शंखों, दुन्दुभियों तथा भेरियों के भीषण रव से लंका हिल उठी। रक्षपति जगज्जयी रावण किसी भय से क्षण-भर को अवसन्न हो गया।

101 रक्षा कवच

महा रणनीति-विशारद, वृद्ध दैत्यपति माल्यवान् श्वेतश्मश्रु, श्वेत परिधान में धीरे-धीरे सभा-भवन में आकर राक्षसेन्द्र रावण के सम्मुख खड़ा हुआ। हठात् मातामह को सम्मुख देख रक्षेन्द्र आसन से उठ खड़ा हुआ। उसने वृद्ध दैत्यराज को बद्धाञ्जलि प्रणाम किया।

वृद्ध दैत्यपति ने कहा–"पुत्र जो राजा समयानुकूल शत्रु से सन्धि-विग्रह करता है, वही चिरकाल तक पृथ्वी पर राज्य कर सकता है। जिसकी शक्ति का ह्रास हो रहा हो अथवा शत्रु के समान ही जिसका बल हो, उसे यथाशीघ्र शत्रु से सन्धि कर लेनी चाहिए। समतुल्यबल शत्रु की कदापि अवहेलना नहीं करनी चाहिए। शत्रु से अपनी शक्ति बढ़ी हुई हो तभी विग्रह करना चाहिए। इसके विपरीत करने से अपना ही सर्वनाश होता है। राम के पक्ष में वे सभी देव, गन्धर्व, यक्ष और ऋषि हैं। जो तुझसे दलित हो चुके हैं वे सभी राम की जय और तेरा पराभव चाहते हैं। इससे पुत्र, तू इस झगड़े की जड़ सीता को श्री राम को लौटा दे। विषयों में आसक्ति होने से तेरा यश-तेज धूमिल हो रहा है और शत्रु मिलकर तेरा अनिष्ट करना चाहते हैं। तू परंतप महिदेव है, पर मैं लंका में भावी अनिष्ट के लक्षण देखकर ही तेरे पास आया हूं।"

वृद्ध मातामह के ये वचन सुन रावण ने गुस्से से भौंहें चढ़ा तथा आंखें निकालकर कहा–"मातामह, आपने व्यर्थ ही यहां आने का कष्ट किया, आपने शत्रु का समर्थन करते हुए जो-जो मेरे लिए अहितकर-अप्रिय शब्द कहे हैं, वे मेरे कानों ने सुने ही नहीं है कौन यह कृपण राम! पिता के द्वारा निष्कासित, वन-वन भटकने वाला? कौन उसे समर्थ कहता है? एक वानरों का जो उसे सहारा मिल गया है, क्या इसी से? मैं सम्पूर्ण पृथ्वी का विजेता, राक्षसों का स्वामी, महिदेव, सम्पूर्ण शक्तियों से सम्पन्न हूं। देव-दैत्य सभी मुझसे भय खाते हैं, सो इस क्षुद्र मानव से मेरी क्या समता है? आपके वचनों से तो ऐसा प्रतीत होता है कि आप भी दुरात्मा विभीषण की भांति

उस भिखारी राम से मिल गए हैं। मेरा प्रताप और यश आपको सह्य नहीं है, तभी तो आप मुझे हतोत्साह करके युद्धविरत किया चाहते हैं। पर नीतिशास्त्रवेत्ता कोई भी विज्ञ सिंहासनस्थ पुरुष को प्रोत्साहन की बजाय ऐसे अप्रिय वचन नहीं कहता। मैंने अपने पराक्रम से उस शत्रु की पत्नी का धर्म से हरण किया है। अब क्या मैं उस विपन्न राम से डरकर उसे छोड़ दूं? यही आप मुझसे कहने आए हैं। परन्तु मैंने किसीके समक्ष झुकना सीखा ही नही, एसा मेरा स्वभाव है। अतः भले ही मेरे शरीर के दो खण्ड हो जाएं, मैं अपने निश्चय से नहीं हट सकता। राम ने जो संयोगवश हमारी उपेक्षा और असावधानी का लाभ उठाकर समुद्र पर पुल बांध लिया, इसीसे आप इतने भयभीत हो गए? पर मैं महिदेव पौलस्त्य रावण आज प्रतिज्ञा करता हूं कि राम समुद्र-पार आकर जीता नहीं लौटेगा। आप देखते रहिए, कुछ ही दिनों में मैं लाखों वानरों से रक्षित राम को लक्ष्मण और सुग्रीव के सहित मार डालूंगा। फिर तो बस इस कुलद्रोही विभीषण को दण्ड देना ही शेष रह जाएगा।"

रावण के ये वचन सुन वृद्ध दैत्य सिर झुकाए चुपचाप बहुत देर तक खड़ा रहा। फिर–'हे रक्षपति, तेरी जय हो!' इतना कह, धीरे-धीरे सभा भवन से चला गया।

रावण भी कुछ देर तक विमूढ़-सा बैठा रहा। फिर उसने लंका की रक्षा-योजना बनाई। पूर्व द्वार की रक्षा का भार प्रहस्त को, दक्षिण द्वार महापार्श्व और महोदर को, पश्चिम द्वार मेघनाद को सौंपा और उत्तर स्वयं अपने हाथ में लिया। महाबली विरूपाक्ष को नगर का मध्य भाग दिया। सम्पूर्ण रक्षित सैन्य का स्वामी कुम्भकर्ण को बनाया।

इस प्रकार लंका की सुरक्षा का प्रबन्ध कर, सब योजनाओं पर विचार-विमर्श कर वह अन्तःपुर में चला गया।

102 राम-व्यूह

राम, लक्ष्मण, सुग्रीव, विभीषण, अंगद, हनुमान् और जाम्बवन्त सहित शरभ, सुषेण, मैन्द, द्विविद, गज, गवाक्ष, कुमुद, नल, नील आदि यूथपों और सेनानायकों की युद्ध-समिति बैठी।

राम ने कहा–"प्रथम गदापाणि रक्षेन्द्र विभीषण अपना मत कहें।"

"महाराज, मेरी आज्ञा से मेरे चारों मन्त्री, अनल, पनस, सम्पाति और प्रमति वेश परिवर्तित कर लंका में जा, वहां की सब गतिविधि और व्यवस्था देख आए हैं। लंका के पूर्व द्वार का रक्षक प्रहस्त है और दक्षिण के महाबली महापार्श्व और महोदर हैं। पश्चिम द्वार पर इन्द्रजित् मेघनाद नियुक्त हैं और उत्तर द्वार शुक, सारण आदि राक्षस सेनाधिपतियों और मन्त्रियों–सहित स्वयं राक्षसराज रावण ने अपने अधिकार में लिया है। नगर के मध्य भाग में शूल, मुद्गर, धनुष आदि शस्त्रों से सज्जित महासेनापति विरूपाक्ष नियुक्त हुआ है। रावण की सेना में दस सहस्र हाथी, दस सहस्र घोड़े और अनगिनत योद्धा हैं। वे सभी अमित पराक्रमी हैं। वे रावण से प्रेम करते हैं। रावण भी उनका विश्वास करता है। इन्हीं योद्धाओं के बल पर रावण ने त्रिलोक जय किया था। मैं आपको भयभीत करने को यह निवेदन नहीं कर रहा हूं। वस्तुस्थिति निवेदन कर रहा हूं। अत: अब आप समुचित व्यूह रच अपने पराक्रम को प्रकट कीजिए।"

विभीषण के उपयुक्त वचन सुन राम ने क्षण-भर विचार कर कहा—"पूर्व द्वार पर सेनापति नील अपने यूथपतियों को लेकर आक्रमण करें, बालिपुत्र युवराज अंगद दक्षिण द्वार पर और मारुति हनुमान् पश्चिम द्वार को आक्रान्त करें। उत्तर द्वार पर मैं लक्ष्मण-सहित लंकापति रावण का अपने बाणों से सत्कार करूंगा। नगर के मध्य भाग पर तेजस्वी सुग्रीव, जाम्बवान् और राक्षसेन्द्र विभीषण आक्रमण करेंगे। कोई भी वानर मानवरूप न धारण करेगा। 'वानर' रूप ही हमारा आज का गुप्त संकेत शब्द होगा। मैं, लक्ष्मण और अपने चार मन्त्रियों सहित राक्षसेश्वर विभीषण, बस ये सात पुरुष मानववेश में युद्ध करेंगे।"

यह व्यवस्था कर राम-लक्ष्मण अपने मन्त्रियों तथा सेनापतियों सहित सुबेल पर्वत की सबसे ऊंची चोटी पर चढ़ गए। वहां पहुंचकर उन्होंने लंका की गतिविधि पर दृष्टि डाली। लंका पर विहंगम-दृष्टि डालकर राम ने कहा–"यह दुरात्मा रावण अपने अहं के सामने न अपने कुलशील का विचार करता है, न धर्माधर्म ही का। उसने कामवश हो अपनी मर्यादा के विपरीत यह निन्दित कर्म कर डाला है, जिसपर उसे पश्चात्ताप भी नहीं है। परन्तु अधर्म और इन्द्रियदासता ही मनुष्य को पतन के मार्ग पर ले जाकर उसकी बुद्धि को कुण्ठित कर देती है। अस्तु, कल सूर्योदय के साथ ही यह सुन्दर-सम्पन्न लंका दुर्दशाक्रान्त हो जाएगी, जिसका सम्पूर्ण दायित्व लंकापति रावण पर ही होगा।"

श्री राम इतना कह मौन हो गए। उन्होंने सीता के दुःख और अवश अवस्था का ध्यान किया। फिर उन्होंने मन्द स्वर में कहा–"देखो लक्ष्मण, बड़ी-बड़ी अट्टालिकाओं और गगनचुम्बी हर्म्यों के स्वर्ण-कलश इस अस्तंगत सूर्य की रक्तिम धूप में कैसे

चमक रहे हैं। बीच में अनेक विशाल वाटिकाएं भी बहुत हैं, जिनमें चम्पा, अशोक, मौलसिरी, साख, तमाल, ताड़, कटहल, नागकेसर, हिंताल, अर्जुन, कदम्ब, तिलक, कर्णिकार आदि के पुष्पित वृक्ष, लताओं से आच्छादित अपनी मनोहरता से इन्द्रपुरी अमरावती की शोभा को भी लज्जित कर रहे हैं। कुबेर का रथ और इन्द्र का नन्दन वन भी उद्यानों की समता नहीं कर सकता। पपीहा, कोयल आदि इन उद्यानों को मुखरित कर रहे हैं। नगर-द्वार श्वेतवर्ण मेघों के समान दीख रहे हैं तथा राज-भवन और देव-मन्दिरों के भव्य गुम्बज अपनी शोभा की समता नहीं रखते।"

विभीषण ने कहा–"वह सहस्र खम्भों वाला रावण का सभाभवन है, जो अपनी ऊंचाई के कारण कैलास-सा दीख पड़ रहा है। सहस्र महाबली राक्षस इस सभाभवन की रात-दिन रखवाली करते हैं। यह दैत्यों और राक्षसों की स्वर्णमयी लंका नाना वैभवों से परिपूर्ण है। धन-धान्य, स्वर्ण-रत्न, सुरा-सुन्दरी, आनन्द-विलास ऐसा पृथ्वी पर और कहीं नहीं है।"

अकस्मात् उसकी दृष्टि रावण पर पड़ी, जो स्वर्ण-कंगूरों पर चढ़कर रामसैन्य का निरीक्षण कर रहा था। उसने रावण की ओर इंगित करके कहा– "यही दुर्जय रावण है, जिसके दोनों ओर चंवर डुलाए जा रहे हैं, जिसके सिर पर विजय-छत्र सुशोभित है। शरीर पर रक्त चन्दन का लेप है, जो स्वर्णतारखचित वस्त्र ओढ़े जलद के समान दीख रहा है।"

विभीषण के ये वचन सुन सुग्रीव आदि वानर-नायक कौतूहल से राक्षसपति को देखने लगे।

राम ने कहा–"वीरो, शीघ्र ही यह रावण द्वारा पालित, दुर्लंघ्य लंकापुरी राक्षसों के रुधिर से लाल हो जाएगी। आओ, हम उपयुक्त स्थल पर चलकर सेना को व्यूह-बद्ध करें।"

इतना कहकर श्री राम सब सेनापतियों और यूथपतियों सहित शीघ्रता के साथ अपने कटक की ओर लौट पड़े।

103 संग्राम

सूर्योदय के साथ ही रणभेरी का गगनभेदी निनाद करती राम-सैन्य ने चारों ओर से लंका पर आक्रमण कर दिया। लंका में भी युद्ध के धौंसे बजने लगे।

चीत्कार करते हुए राक्षस भट बड़े-बड़े शस्त्र ले-लेकर कंगूरों और बुर्जियों पर चढ़ गए। देखते ही देखते वानर और राक्षस परस्पर प्रहार करने लगे। उनके शस्त्रपात, हुंकार, ललकार, चीत्कार से जो कोलाहल हुआ, उससे लंका की पौरवधुएं और बालक भयभीत हो भूगर्भों में जा छिपे। बहुत स्त्री-जन ठौर-ठौर रोने लगीं। सहस्रों वानर साहस कर लंका की खाई पार कर कोट-कंगूरों पर जा चढ़े, जिन पर भयानक बाणों और शूलों की वर्षा होने लगी।

अपनी सेना को भलीभांति व्यवस्थित कर, वानरराज सुग्रीव ने अपने श्वसुर महाबली सुषेण को साथ लेकर एक बार लंका के चारों ओर घूमकर सब मोर्चों का निरीक्षण किया। लंका से समुद्र-तट तक वानर ही वानर दीख पड़ते थे तथा राक्षस सब लंका में घिर गए थे। परन्तु वे प्रलय-काल की भांति सब कोट-कंगूरों पर घूम रहे थे। चारों ओर शस्त्र-वर्षा हो रही थी। देखते ही देखते असंख्य वानर लंका के कंगूरों पर चढ़कर उन्हें ढाने तथा वहां के रक्षकों से लोहा लेने लगे। राक्षस और वानर लड़ते हुए परस्पर लिपटे हुए खाई में गिरने लगे। लंका के स्वर्णद्वार और गोपुर ढहने लगे। तीव्र गर्जना करते हुए वानर असह्य वेग से लंका पर पिल पड़े। सेनापति वीरबाहु, सुबाहु, नल और पनस ने लंका के कोट पर चढ़ एक बुर्ज अधिकृत कर लिया। सहस्रों वानर फुर्ती से उनके चारों ओर एकत्र हो युद्ध करने लगे। महाबाहु, प्रसभ और कुमुद भी उसकी रक्षा के लिए उनकी पीठ पर पहुंच गए। शतबली ने दक्षिण द्वार पर असम विक्रम दिखाया तथा तारा के पिता सुषेण ने पश्चिम द्वार पर धसारा कर दिया। वह बलपूर्वक द्वार भंग कर नगर के मध्य भाग में जा घुसना चाह रहा था। उत्तर द्वार पर राम-लक्ष्मण थे, जिनकी पीठ पर सुग्रीव, विभीषण, धूम्र डटे थे तथा गज, गवाक्ष, गवय, शरभ और गन्धमादन ने अपने-अपने यूथों को श्री राम की अंग-रक्षा में नियुक्त किया।

दोनों ओर की जय-जयकार शंख और भेरी के तुमुल तथा घायलों की चीत्कार से कानों के पर्दे फटने लगे। दुन्दुभियां मेघ-गर्जन के समान गरजने लगीं। घोड़ों की हिनहिनाहट, हाथियों की चिंघाड़, रथों की सहस्र घंटिकाओं से पृथ्वी, आकाश और समुद्र भी ध्वनित हो उठे। धीरे-धीरे युद्ध घमासान हो चला, जैसे पहले देवासुर संग्राम हो चुका था। गदा, शक्ति, शूल, परशु हवा में उछलने लगे। पत्थर, वृक्ष आदि की मारामार चली। भिन्दिपाल और शूलों की चोटें चलने लगीं। बड़े-बड़े सेनानायक घोड़ों और हाथियों पर कवच धारण किए आगे बढ़ने लगे। उन्होंने द्वार खोल दिए और सम्मुख युद्ध करने लगे। बराबर के प्रमुख योद्धा द्वन्द्व में रत हो गए। बालि-पुत्र अंगद अमितविक्रम इन्द्रजित् से भिड़ गया। प्रजंघ के साथ सम्पाति,

जम्बुमाली के साथ हनुमान्, शत्रुघ्न के साथ विभीषण भिड़ गए। तपन के साथ गज, निकुम्भ के साथ नील, प्रसघं के साथ सुग्रीव और विरूपाक्ष के साथ लक्ष्मण का द्वन्द्व होने लगा। अग्निकेतु, रश्मिकेतु, मित्रघ्न और यक्षकोप ने सम्मिलित हो श्री राम को घेर लिया। मैन्द के साथ वज्रमुष्टि, द्विविद के साथ अशनिप्रभ, सुषेण के साथ विद्युन्मणि युद्ध करने लगे। इस प्रकार चारों ओर महारथियों का ऐसा द्वन्द्व मचा कि भूलोक थर्रा गया। इन्द्रजित् ने क्रुद्ध हो अपनी गदा का प्रहार अंगद पर किया। अंगद ने वार बचा अपनी गदा के एक ही प्रहार से इन्द्रजित् का रथ भंग कर दिया और सारथि-सहित घोड़ों को मार डाला प्रजंघ ने सम्पाति को बाणों से बींध डाला। इस पर व्याकुल हो सम्पाति ने प्रबंध को हाथों में उठाकर भूमि पर दे मारा। जम्बुमाली ने रथ पर आरूढ़ हो हनुमान् पर शक्ति फेंकी। शक्ति मारुति के वक्ष में लगी। मारुति ने प्रबल वेग से रथ पर चढ़ उसे उसी क्षण मार डाला। प्रतपन भीषण गर्जना करता हुआ नल पर झपटा और उसने बाणों के प्रहार से नल के शरीर को छेद डाला। नल ने तत्क्षण उसकी आंखें फोड़कर अन्धा कर दिया। प्रघंस को इसी समय सुग्रीव ने मार डाला। विरूपाक्ष और लक्ष्मण का तुमुल बाण-युद्ध हुआ। अन्त में लक्ष्मण के बाणों से विद्ध हो उसने प्राण त्यागे। अग्निकेतु, रश्मिकेतु, मित्रघ्न और यक्षकोप ने बाणों की मार से श्री राम को घेर लिया, परन्तु राम ने एक ही वार में चार अग्निबाणों के प्रहार से उन्हें मार डाला। मैन्द ने वज्रमुष्टि के रथ पर चढ़ उसे मुक्कों ही से मार डाला। निकुम्भ ने नील पर सौ बाणों की वर्षा की और हंसने लगा। नील ने उसका रथ तोड़ सारथि को मार डाला। अशनिप्रभ ने द्विविद को अपने तीखे बाणों से वेध दिया। द्विविद ने उसे आटे की भांति गूंथ डाला। विद्युन्माली और सुषेण का भीषण गदायुद्ध एक मुहूर्त तक होता रहा। अन्त में विद्युन्माली मुंह से खून थूकता हुआ भाग खड़ा हुआ। इस समय बारह योजन विस्तार में लंका के चारों ओर घनघोर युद्ध हो रहा था, जिसमें शक्ति, गदा, तोमर, बाण, खड्ग और शिलाओं का खुला प्रयोग हो रहा था। मरे हुए योद्धाओं, घोड़ों, हाथियों की लोथें रक्त-सागर में तैर रही थीं। सूर्यास्त हो गया, परन्तु दोनों ही ओर के योद्धा उसी प्रकार लड़ते रहे। संग्राम-भूमि बीभत्स हो उठी।

उस दुष्पार अन्धकार में क्रोधोन्मत्त राक्षस वानरों का वक्ष चीर-चीर कर वहीं उन्हें खाने लगे। वानर भी भयंकर कोप कर हाथियों, घोड़ों, रथों, ध्वजाओं को विदीर्ण करने लगे। इससे लोमहर्षण समराङ्गण में रक्त की नदी बह चली। वह रात्रि काल-रात्रि के समान दुरतिक्रमा हो गई। अंगद ने भीम विक्रम से इन्द्रजित् का रथ तोड़ डाला, घोड़े मार डाले, सारथि को भी मार डाला। इसपर मायावी इन्द्रजित्

रथ से कूद अंतर्धान हो गया। यह देख वानर हर्ष से चिल्ला उठे। सुग्रीव ने अंगद को हर्ष-गद्गद् हो कण्ठ से लगा लिया। परन्तु इसी समय अकस्मात् अदृश्य रहकर मायावी मेघनाद ने राम-लक्ष्मण को घेर कर चौमुखी बाण-वर्षा से उन्हें ढांप लिया। दोनों राघव दिव्यास्त्रों से युद्ध करने लगे, पर इन्द्रजित् अदृश्य रहकर बाण-वर्षा कर रहा था। किसी अज्ञात दिशा से बाण आ-आकर उन्हें बींध रहे थे। इस प्रकार राम और लक्ष्मण का संकट सन्निकट देख अपने दोनों पुत्रों सहित सुषेण, अंगद, शरभ, मारुति, हनुमान्, द्विविद, मैन्द, नील और ऋषभस्कन्ध, ये दस यूथपति दोनों भाइयों को चारों ओर से घेर उनकी रक्षा करने लगे। पर महाबली इन्द्रजित् ने नौ बाणों से नल को, तीन-तीन बाणों से मैन्द और द्विविद को आहत कर दिया तथा पराक्रमी शरभ के हृदय में एक बाण मारा। वेगवान् हनुमान् को विद्ध कर अत्यन्त पराक्रमी ऋषभस्कन्ध और सुषेण तथा उनके पुत्रों को दो-दो बाण मारे तथा अंगद को अनेक बाणों से छेद डाला। वानरसैन्य में कोलाहल मच गया। चारों ओर से सिमट-सिमटकर वानर वानर-यूथपतियों और राम-लक्ष्मण के चारों ओर आ जुटे। चारों ओर से बाणों का चक्र, वर्षा की बौछार की तरह वानर भटों को बींधने लगा। परन्तु बाण कौन कहां से बरसा रहा है, यह पता नहीं लगता था। राम ने दस यूथपतियों को ललकार कर शत्रु का पता लगाने का आदेश दिया। परन्तु वे सभी समर्थ यूथपति वानर बाणों से विद्ध-क्षत-विक्षत हो झूम-झूमकर पृथ्वी पर गिरने लगे। राम-लक्ष्मण के भी सर्व देह में बाण बिंध गए। उनके शरीर से झर-झर रक्त झरने लगा। बाण निरंतर आ-आकर बिंध रहे थे। अब चारों ओर से नागशरों ने राम-लक्ष्मण को फांस लिया। वे अद्भुत नागबाण पाश की भांति हर ओर से उन्हें जकड़ने लगे। मार्मिक आघातों से जर्जर हो, नागपाश से बद्ध, अवश, रक्त और बाणों से भरे, दोनों राघव सिंह भारी-भारी श्वास लेते हुए मूर्छित हो भूमि पर गिर पड़े।

यह देख विभीषण सहित सब वानर हाहाकार करने लगे। राम-लक्ष्मण को दस यूथपतियों सहित मृतक मान, हर्षमत्त मेघनाद ने जोर से सिंह-गर्जना की, जिससे राक्षस जय-जयकार करने लगे। मेघ के समान गर्जकर मेघनाद ने अदृश्य रहते हुए कहा–"ये महाबली खरदूषण के हन्ता दोनों मानुष भ्राता यहां मेरे बाणों से मरे पड़े हैं।" इतना कह, महाबाहु रावणि अट्टहास करके हंसने लगा। "अरे राक्षस वीरो, देखो-देखो, हमारे शत्रु से शरविद्ध दोनों भाई मर गए। अब तुम आनन्द करो।" कूट योद्धा रावणि से ऐसे वचन सुन हर्षोन्मत्त राक्षसों ने महानाद किया। राम मर गया–यह जानकर रावणि की रणक्षेत्र में पूजा की। इन्द्रजित् अरिंदम दोनों भाइयों को निःस्पंद भूमि में पड़ा देख, उन्हें मरा समझ हर्ष से फूला हुआ लंका में चला

गया। हर्षोल्लास से लंका झूम उठी। घर-घर बधाइयां बजने लगीं। वीरेन्द्र की बड़ाई शत-सहस्र मुख से हुई। पौरवधुओं ने उसपर लाजा विसर्जन किया। सूत बन्दियों ने विरद गाई। रक्षेन्द्र लंकापति ने वीर पुत्र को हृदय से लगाया, आनन्दाश्रु से उसका शिर सिक्त किया। उस पुत्र से पुत्रवान् होने से अपने को सराहा।

104 हर्ष-विषाद

शरविद्ध राम-लक्ष्मण को निःस्पन्द, निश्चेष्ट, मृतकवत्, रण-भूमि में निपतित देख, वानरेन्द्र सुग्रीव भय और शोक से भर गया। दोनों नर-शार्दूलों के अङ्गोपाङ्ग बाणों से छिदे पड़े थे। वे अत्यन्त मन्द वेग से धीरे-धीरे श्वास ले रहे थे। वानरेन्द्र सुग्रीव को भयभीत, वाष्पलोचन, दीन, क्रोध से व्याकुल देख राक्षसमणि विभीषण ने कहा–"अलं त्रासेन सुग्रीव, निगृह्यतां वाष्पवेगः, एतौ महाबली महात्मानौ मूर्छितौ हि नाम, मृत्युकृतं भयं नास्ति, न कालोऽयं क्लैव्यमवलम्बितुम्। तस्मात् वानरेन्द्र, आत्मानं पर्यवस्थापयतु सर्वकार्यविनाशनं क्लैव्यमुत्सृज्य, राम-पुरोगाणां च सैन्यानां हितमनुचिन्तय। अथवा रक्ष्यतां रामो यावत्संज्ञाविपर्ययः। आत्मानमाश्वासय, स्वकं बलं चाश्वासय, अहं च सैन्यानि सर्वाणि पुनः संस्थापयामि।"

इस प्रकार सुग्रीव को आश्वासन दे, गदापाणि विभीषण द्रुतगति से सेना- में घूम-फिरकर वानरों को प्रबोध देने और वानर-सैन्य को व्यवस्थित करने लगे। वानरों के यूथ चारों ओर से आ-आकर राम को घेर उनकी यत्न से रक्षा करने लगे। वे बड़े चौकन्ने हो इधर-उधर, ऊपर-नीचे बड़ी सावधानी से राक्षसों को जांचने लगे। इसी समय वीर्यवान् स्थिरसत्त्व राम की मूर्च्छा खुली। उन्होंने पास ही भूमि पर निःस्पन्द, निश्चल, बाणविद्ध, रक्तप्लुत, लक्ष्मण को पड़े देख कातर होकर कहा–"अब सीता को लेकर और जीवित रहकर मैं क्या करूंगा! इन नेत्रों से मैं आज अजेय लक्ष्मण को इस प्रकार भूमि में सोता देख रहा हूं, मैं अब माता कौशल्या, कैकयी और सुमित्रा से क्या कहूंगा, जो पुत्र-दर्शन की लालसा से ही जी रही हैं? भरत और शत्रुघ्न को ही मैं क्या उत्तर दूंगा! अरे, ये तो आग्रहपूर्वक मेरे साथ वन में आए थे। अब इनके बिना मैं अयोध्या कैसे जा सकता हूं? अरे लक्ष्मण, तू तो अवसाद करने पर मुझे आश्वासन देता था। आज मुझे आर्तनाद

करता देख बोलता भी नहीं है। अरे, जैसे तू मेरे साथ ही साथ वन में आया था, अब वैसे ही मैं तेरे साथ मृत्यु की शरण जाऊंगा। मित्र सुग्रीव, तू अंगद और सब सैन्य को लेकर किष्किन्धा लौट जा। अरे मित्र, तूने खूब मित्रता निभाई, मित्र को जो करना चाहिए, वह सब तूने किया। मित्र का धर्म तूने पूरा कर दिया। अब मेरी अनुमति से तू सैन्य-सहित घर लौट जा।"

इसी समय विभीषण सब सैन्य को व्यवस्थित कर वहां लौटे उन्होंने राम को शरविद्ध और लक्ष्मण को भूलुण्ठित देख व्यथित हो जल हाथ में लेकर उनके नेत्रों का मार्जन किया। फिर शोक से रो पड़े।

इसी समय ज्वलन्त अग्नि के समान वैनतेय गरुड़ वहां पहुंचे। उन्होंने दोनों भाइयों को विशल्य किया, अगद किया। सुपर्ण वैनतेय के स्पर्श करते ही उनके घाव भर गए। राम ने लक्ष्मण को अंक में भर लिया। वानर यूथपतियों को भी गरुड़ ने विशल्य किया, अगद किया। राम और लक्ष्मण सहित सब यूथपतियों को विशल्य, नीरुज देख वानर हर्ष गर्जना और जय-जयकार करने लगे। हर्षाश्रुपूर्ण लोचनों से राघवेन्द्र विभीषण और सुग्रीव से गले मिले। फिर गरुड़देव को अंक में भर कहा–"मायावी इन्द्रजित् ने अदृश्य रहकर अपूर्व कौशल से हमें शरविद्ध कर दिया, हम महान् संकट में पड़ गए थे। आपकी महती कृपा से हमें पुनर्जीवन मिला। हमारे प्राण आपके कृतज्ञ हैं।" यह कह राघव ने उनका आलिंगन किया।

गरुड़ ने कहा–"अच्छा हुआ, रावण के मनोरथ पूरे होने से पूर्व ही मैं आ पहुंचा। अब आपकी जय हो रामभद्र! मैं चला।"

गरुड़ ने राम की प्रदक्षिणा की और चला गया। राम-कटक में इसी क्षण दुन्दुभि बज उठी। वानरों के जयनाद से लंकापति जड़ हो गए।

105 तुमुल युद्ध

रावण ने गर्जना और दुन्दुभि-निनाद सुनकर कहा–"यह क्या है? यह महानाद तो मेरे मन में शंका उत्पन्न कर रहा है। वैरी राम-लक्ष्मण तो दोनों ही पुत्र इन्द्रजित् के शराघात से मरण-शरण हुए थे। फिर अब शोक-काल में यह हर्षनाद कैसा है?"

इसी समय संत्रस्त, दीनमुख, विवर्ण दूतों ने आकर निवेदन किया–"हे रक्षेन्द्र, वे मायावी मानव फिर से जी उठे हैं। वे सब गुल्मपति भी उठ-उठकर वीरदर्प से नाद कर रहे हैं। महाराज, वानरों के दल-बादल स्वर्ण-लंका पर आक्रमण करने के लिए नये उत्साह से व्यूह-बद्ध हो रहे हैं। गरुड़ ने उन्हें विशल्य किया है, उन्हें अगद किया है।"

रक्षपति रावण दूतों से यह सुनकर चिन्ता और क्रोध से विवर्ण हो गया। वह भग्नदर्प, व्यथितेन्द्रिय अभिभूत-सा हो स्वर्णासन पर बहुत देर तक विमूढ़ बैठा रहा। फिर उसने शोक संतप्त होकर कहा–"यह तो बड़ी ही अद्भुत बात है कि क्षुद्र मानव भी महेन्द्र के समान युद्ध करते हैं। देव, दानव, यक्ष, नाग से अवध्य होने पर भी इस मानव से मुझे भय उपस्थित हो गया है। ऐसा तो कभी सुना ही न था। वे अग्नि के समान देदीप्यमान बाण अब व्यर्थ हो रहे हैं। अब तो लंका पर संकट का भय उपस्थित हो गया-सा दीख रहा है।"

रावण के ऐसे कातर वचन सुनकर वीरेन्द्र त्रिशिरा ने कहा–"जगदीश्वर, आप तो त्रिभुवन के स्वामी हैं। फिर क्यों ऐसा विषाद करते हैं? आप निश्चिन्त रहें, मैं रणांगण में जाता हूं। देखूंगा कि वह राम कितना बल रखता है।"

त्रिशिरा के वचन सुन रावण उदग्र होकर हुंकृति करता हुआ बोला– "जाओ, मेरे सब शक्र-पराक्रम पुत्र जाएं और उस भिखारी राम को बांधकर मेरे सम्मुख ले आएं। आज मेरे रसोइए मेरे लिए उसी वैरी का मांस पकाएं।" यह कहकर उसने रत्नाभरणों से पुत्रों को पुरस्कृत किया, आशीर्वाद दिया और वे रावण की प्रदक्षिणा कर, अभिवादन कर, रथों में बैठ रणांगण की ओर चले। मरेंगे, या मारेंगे यही उनका दृढ़ निश्चय था। वानर-सैन्य भी व्यूह-बद्ध सन्नद्ध खड़ी थी। आमना-सामना होते ही तुमुल घमासान आरम्भ हो गया। देखते ही देखते भूमि रक्त से भर गई। अभी पूरा सूर्योदय भी नहीं हुआ था।

पहले धूम्राक्ष अपने सात गुल्म लेकर समरांगण में उतरा। धूम्राक्ष अजेय योद्धा था। उसकी सेना में मंजे हुए सैनिक थे। वे सब परिघ, पट्टिश, शूल, दण्ड, धनुष, बाण, परशु, शक्ति, मुद्गर, भिन्दिपाल, पाश ले, हाथियों, रथों पर चढ़, व्यूह बना, बरसाती नदी की वेगवती धारा के समान वानरी सैन्य में घुस गए। सबके बीच में स्वर्ण-कवच पहने, मणिमाल कण्ठ में डाले, अमितविक्रम धूम्राक्ष रथ में बैठकर चला, जिसमें छः अश्वतरी जुती थीं। दस भारवाही शकट उसके साथ बाणों से लदी चलीं। उसकी रथ-ध्वजा पर गिद्ध की मूर्ति बनी थी।

धूम्राक्ष की विजयवाहिनी को इस प्रकार वेग से आते देख मारुति ने मोर्चा संभाला। उन्होंने एक कोण में पीछे हटकर अपने गुल्मों को व्यूहबद्ध किया। धूम्राक्ष मार करता हुआ धंसा ही चला गया। अब अवसर पाकर एक बगल से हनुमान् ने तथा दूसरी ओर से नील ने उसे धर दबोचा। जैसे सरौते के बीच सुपारी कटकर दो टूक हो जाती है, उसी प्रकार धूम्राक्ष का व्यूह बीच से कट गया। दोनों खण्ड वानरों ने घेर लिए। धूम्राक्ष तनिक भी विचलित हुए बिना विकट युद्ध करने लगा। उस समरांगण में ऐसा घमासान मचा कि शत्रु-मित्र का भी ध्यान न रहा। धूम्राक्ष ने तीन दिन विकट युद्ध किया। अन्त में महावीर मारुति और धूम्राक्ष का द्वन्द्व हुआ। बहुत देर तक दोनों वीरों ने गदा युद्ध किया। अन्त में उनकी गदाएं परस्पर टकराकर टूट गईं। तब दोनों वीर गुंथ गए। अन्त में अवसर पाकर मारुति ने धूम्राक्ष का पैर पकड़कर पत्थर की शिला पर दे मारा, जिससे उसका भेजा फटकर निकल गया, सिर चकनाचूर हो गया।

धूम्राक्ष को मरा देख राक्षस भयभीत होकर भागने लगे। वानरों ने हर्ष से जय-जयकार किया। अब मायावी वज्रदंष्ट्र दस गुल्मों का अधिनायक आगे बढ़ा। युद्धोन्मत्त वज्रदंष्ट्र दिव्यास्त्रों का प्रयोग करने लगा, जिससे वानरों की सेना 'त्राहि–माम्-त्राहि माम्' करने लगी। रथ की नेमिका, धनुष की टंकार, भेरी और मृदंग का तुमुल नाद आकाश में व्याप गया। पाशधारी यम की भांति वज्रदंष्ट्र वानरों का कालरूप दीखने लगा। बड़े-बड़े धैर्यवान वानर उसे देखकर भागने लगे। यह देख अंगद वज्रगर्जना कर उसके सम्मुख आए। दोनों वीरों में मुहूर्त भर शूल, शक्ति, मुद्गर, परशु से द्वन्द्व हुआ। उनके चारों ओर राक्षस और वानर विकट समर कर रहे थे। अन्ततः वज्रदंष्ट्र अंगद के चंगुल से छूट, दूर हट गया तथा रथ पर आरूढ़ हो बाण-वर्षा करने लगा। उसने तीन दिन निरंतर युद्ध किया। अंत में अंगद से उसका द्वन्द्व हुआ।

उसने काकपत्र बाणों से अंगद को जर्जर कर दिया। अंगद ने विषम पराक्रम से गदा से उसके रथ को तोड़, सारथि और घोड़ों को मार दिया। विरथ होने पर वज्रदंष्ट्र भूमि पर खड़ा हुआ। इसी समय अंगद ने उसकी छाती में गदा का प्रहार किया। इसपर वह झूमता हुआ रक्त वमन करता हुआ अपनी वज्रमुष्टि में गदा लिए ही भूमि पर गिर गया। पर कुछ देर में उठकर उसने अंगद की छाती पर गदा-प्रहार किया, जिससे अंगद रक्त वमन करने लगा। फिर अंगद के प्रहार से उसकी गदा टूट गई। तब दोनों गुंथकर लात-घूंसों से लड़ने लगे। लड़ते-लड़ते दोनों ही रक्त-वमन करने लगे। फिर दोनों ने ढाल-तलवार से असि-युद्ध किया। लड़ते-लड़ते थमकर वे घुटनों के बल बैठ गए। पर दूसरे ही क्षण अंगद ने उछलकर उसका सिर काट लिया। वानर हर्ष से चिल्ला उठे। राक्षस भयभीत होकर भागने लगे।

वज्रदंष्ट्र की मृत्यु से संतप्त देवान्तक, त्रिमूर्धा, महोदर और त्रिशिरा कालभैरव की भांति इक्कीस गुल्म सेना से आवृत आगे बढ़े। ये सभी राक्षस राजपुत्र महारथी योद्धा थे। इनके रथ मेघ के समान गर्जते हुए चले। अब ऐसा युद्ध हुआ कि धूल से आच्छादित संग्राम-भूमि में रथ, ध्वजा-पताका, ढाल-तलवार कुछ भी न दीख पड़ी। अपने-पराए का ध्यान छोड़ युद्धमत्त वानर और राक्षस, जो सम्मुख पड़ा उसीके प्राण लेने लगे। युद्धभूमि शवों से, टूटे-फूटे रथों से, मरे-अधमरे हाथियों, घोड़ों और योद्धाओं से पट गई। सहस्त्रों भीमकर्मा वानर परिघ घुमा-घुमाकर राक्षसों का दलन कर रहे थे। सेनापति त्रिशिरा में असीम बल था। वह अप्रतिहतगति से वानरी सैन्य को चीरता बढ़ा आ रहा था। बढ़ते हुए वह वहां आ पहुंचा, जहां कुमुद, नल और मैन्द राक्षसों का दलन कर रहे थे। उसने कहा–"अरे सारथि, हमारा रथ तनिक यहां रोक। मैं पहले इन दुर्मद वानरों का हनन करूं।" इतना कह उसने तीनों यूथपतियों को बाणों से छलनी कर दिया। अपने तीन गुल्मपतियों पर संकट देख हनुमान् हुंकार भरकर आगे बढ़े और त्रिशिरा के रथ को हठात् रोक वज्रगदा से तत्काल ही घोड़ों को मार डाला त्रिशिरा रथ से कूद पड़ा। दोनों वीरों में प्रथम गदा-युद्ध, फिर असि-युद्ध हुआ। अन्त में त्रिशिरा क्षत-विक्षत हो रक्त वमन करता हुआ भूमि पर गिर गया। अमित पराक्रमी हनुमान को वानरों ने हर्षोल्लास से अभिनन्दित किया। उसने पांच दिन युद्ध किया।

अब क्रोधान्ध हो दुराधर्ष देवान्तक और नरान्तक अचिष्मती नाम की लौह गदा ले वेग से वानरों की सेना में घुस पड़े। उनकी गदा की मार से वज्राहत शैल की भांति अनगिनत वानर मर-मरकर भूमि पर गिरने लगे। भय से वानरों की आंखें फट गईं, शरीर कांपने लगा, साहस टूट गया। इसी समय देव-दानव-सर्प-भंजक, महातेज अतिकाय सूर्य के समान देदीप्यमान रथ पर चढ़ आगे आया उसे देखते ही वानर चीत्कार करके भागने लगे। इस अतिकाय को कालमेघ के समान रथ पर बैठे, गर्जन करते काकुत्स्थ राम ने दूर से देखा। उन्होंने आश्चर्य से विभीषण से पूछा–'कोऽसौ धनुष्मान् हयशतेन युक्ते स्यन्दने स्थितः पर्वतसंकाशः?"

विभीषण ने कहा–"एषोऽतिकायो रावणानुज-सुतः देवदानवदर्पहा।"

अतिकाय ने वानरों से युद्ध नहीं किया। वह रथ को आगे बढ़ा वहां पहुंचा, जहां राम लक्ष्मण थे। उसने पुकारकर कहा–'रथस्थितोऽहम्, न प्राकृत कञ्चन योधयामि। यस्यास्ति शक्तिर्ददातु मेऽद्य युद्धम्!"

इस पर क्रुद्ध होकर सौमित्र लक्ष्मण तुरन्त उसके सम्मुख आ अपना नाम कह धनुष-टंकार करने लगे। सौमित्र के धनुष की टंकार सुन उन्हें आगे बढ़ते देख,

महाबली अतिकाय ने धनुष पर बाण चढ़ाते हुए कहा–"रे सौमित्रे, बालस्त्वमसि, गच्छ-गच्छ, किं कालसंकाशं मां योधयितुमिच्छसि?"

सौमित्रि ने हंसकर कहा–"आत्मानं कर्मणा सूचय, न विकत्थितुमर्हसि। यो पौरुषेण युक्तस्स तु शूर इति।"

सौमित्रि के ये वचन सुन अतिकाय ने क्रुद्ध हो लक्ष्मण पर आशीविष बाणों की अविरल वर्षा कर उन्हें ढांप लिया, परन्तु लक्ष्मण ने उन्हें अर्धचन्द्र से काट डाला। तब अतिकाय ने खीझकर पांच बाण एक ही साथ मारे। लक्ष्मण ने उन्हें काटकर घोर ज्वलित ब्रह्मास्त्र को मन्त्रपूत कर अतिकाय पर छोड़ा। वह महाग्नि-दीप्त महास्त्र कालदण्ड के समान अतिकाय के आयुधों को छिन्न-भिन्न कर उसके किरीटजुष्ट सिर में जा लगा, जिससे उसका सिर शिरस्त्राण-सहित हिमवंत श्रृंग की भांति सहसा भूमि पर आ गिरा। दुर्जय महाकाय को इस प्रकार छिन्नमस्तक भूमि पर गिरते देख, राक्षस हाहाकार करते चारों ओर भाग चले। उन भागते हुओं को उदग्रवीर्य वानरों ने उछल-उछलकर और दबोचकर पीस डाला। जो जीवित बच रहे, लंका पहुंच रक्षराज के सम्मुख आ, भूपतित हो रुदन करने लगे। इस प्रकार सोलह दिन राक्षस सेनानायकों ने घोर युद्ध किया।

106 महातेज कुम्भकर्ण

जैसे अंशुमाली भुवनभास्कर उदयाचल में चढ़ता है, उसी प्रकार महातेज, जगज्जयी रावण लंका के कोट के कंगूरों पर चढ़कर, समर-क्षेत्र का निरीक्षण करने लगा। उसने एक विषादपूर्ण दृष्टि लंका के अपरिसंख्य स्वर्ण राजमन्दिरों पर डाली, जो अपनी मनोहरता से मन को मोह लेते थे।

पुष्प-वाटिकाओं में कनक विहार-हर्म्य, कमलालयों में सरोवर की रजत-छटा तथा पुष्पित तरुराजि युवती के यौवन की भांति नेत्रों में मद दान देते थे। नगर की हाट-बाट रत्नों से भरी-पूरी थी, जैसे विधाता ने जगत् की सम्पदा सुचारु स्वर्ण-लंका के पदतल में पूजाविधि से सजाई हो। हाय, आज यह राक्षसपुरी श्रीहीन शव की भांति हो रही है!

उन्नत, अटल, अचल, प्राचीरों पर सिंहविक्रम भट जो निर्भय सिंह की भांति घूमते थे, वे अब कहां हैं? लंका के सिंहद्वार सब बन्द हैं। उनके आस-पास असंख्य रथ, गज, अश्व और पदातिकों की रेल-पेल हो रही है। दूर तक फैली हुई बालुका में राम-सैन्य ऐसी दीख रही है, जैसे आकाश में नक्षत्र। वह देखो, पूर्व द्वार पर संग्राम में दुर्निवार वीर नल, केहरी के समान सावधान बैठा है। दक्षिण द्वार पर हाथी के समान असमबल अंगद और पश्चिम द्वार पर मारुति हनुमान् सिंहनाद कर रहा है और उत्तर द्वार पर श्रीहीन राम–कौमुदीहीन चन्द्र के समान–सुग्रीव, विभीषण और लक्ष्मण के साथ आसीन हैं। एक मास से इन्होंने तो मेरी लंका को ऐसा घेर लिया है, जैसे व्याध गहन कानन में सिंहिनी को जाल में फंसा लेता है। श्रृंगाल, गिद्ध, शकुनि, श्वान और पिशाच निर्भय कोलाहल करते विचर रहे हैं मृतकों की आंतों को खींच-खींचकर परस्पर लड़ रहे हैं। कोई रक्त पीकर तृप्त हो रहा है। मरे हुए हाथी कैसे भयानक प्रतीत हो रहे हैं। कितने रथ, रथी, अश्व, सादी, निषादी, शूली चकनाचूर खण्ड-खण्ड पड़े हैं। टूटे-फूटे भिन्दिपाल, वर्म, चर्म, असि, धनु, तूण, शर, मुद्गर और परशु पड़े हैं। तेजस्कर वीरों के शिरस्त्राण, मणिमय किरीट और कभी उन्हें धारण करने वाले सिर लुढ़क रहे हैं। हाय, हाय, जैसे किसान धान काटता है उसी भांति इस भिखारी राम ने मेरा सब कटक काट डाला है।

उसने आंख उठाकर दूर तक फैले हुए अनन्त सागर को देखा, सागर में बंधे सेतु को देखा–जिस पर बली वानरों का पहरा था। रावण ने दोनों हाथ फैलाकर कहा–"वाह रे, जलदलपति, क्या ही सुन्दर विजयमाल तूने कण्ठ में डाली है। अरे, अधम सागर, आज तू भी बन्धन में पड़ गया! रे जलदलपति, धिक्कार है तुझे! अब तू न अजय रहा, न अलंघ्य। तू भी इस दाशरथि राम का क्रीत दास हो गया। तूने भी दासत्व की बेड़ियां पहन लीं। अरे निर्लज्ज, उठ। इस सेतु को तोड़-फोड़कर इस प्रबल रिपु को अतल तल में डुबोकर मेरे हृदय की ज्वाला को शान्त कर। अरे, तेरे ही बल पर स्वर्ण-लंका अजेय कहाने का गर्व करती थी।"

वीर दशानन के ऐसे कातर वचन सुनकर मन्त्रियों ने कहा–"महाराज, अब हमें राक्षसों के रक्षक महातेज कुम्भकर्ण की सहायता लेनी चाहिए। वह हमसे खिन्न और उदासीन हो अपनी रत्नगुहा में कूटस्थ जा बैठे हैं। सो यह काल कूटस्थ होकर बैठने का नहीं है, वीर्य-प्रदर्शन करने का है। आज राक्षस-जाति के सम्मुख कुलक्षय का संकट समुपस्थित है, यह जानकर महातेज कुम्भकर्ण उदासीन नहीं रह सकते। वे हमसे क्रुद्ध होकर भी रक्षेन्द्र विभीषण की भांति वैरी राम के शरणापन्न नहीं हुए। इससे उनका हमारे प्रति प्रेम और आपके प्रति सौहार्द प्रकट है। फिर

वे आपके सहोदर हैं। उन्होंने अपने प्रबल प्रताप से देव-दैत्य जय किए हैं। कौन ऐसा वीर्यवान् पुरुष संसार में है, जो सम्मुख समर में महातेज तपस्वी कुम्भकर्ण का सामना कर सके? महाराज, आप हमारे–सब राक्षसों के स्वामी हैं। आप जगदीश्वर हैं, पृथ्वीपति हैं, महातेज के ज्येष्ठ भ्राता हैं। सो मन्त्रियों सहित आप जब उनके पास पहुंचेंगे, तो उनका क्रोध विगलित हो जाएगा। वे शस्त्रपाणि हो समर-भूमि में जाएंगे। उनके समरांगण में जाते ही हमारी पराजय जय में बदल जाएगी। उनके महत् तेजाश्रय हो, हम सब राक्षस वीर बात की बात में इन क्षुद्र वानरों को काट डालेंगे। हमारा तो यही मत है, आगे देव प्रमाण हैं!"

मन्त्रियों के ऐसे हितकर, सारगर्भित, समयोपयोगी वचन सुनकर रावण महातेज कुम्भकर्ण के पास जाने को राज़ी हो गया। उसने आज्ञा दी–"ऐसा ही हो, सब कोई कुम्भकर्ण के पास चलें। बहुमूल्य उपानय साथ ले लो।" सौ स्वर्ण-कलश सुगन्धित मदिरा, सौ महिष, बहुत-से स्वर्णखचित वस्त्र और मणि ले महिदेव रावण, भाई कुम्भकर्ण को मनाने मन्त्रियों सहित उसकी रत्न-गुहा पहुंचा। भेरी, शंख और मृदंगों का महानाद सुन कुम्भकर्ण रत्नगुहा से बाहर आया। उसने रक्षेन्द्र की प्रदक्षिणा कर उसका पूजन किया, चरण वन्दना की, फिर कहा–"राजन, किस अभिप्राय से आपने मेरी एकान्त शान्ति भंग की? ऐसा क्या विषम संकट आप पर आया? आप तो स्वयं जगज्जयी, सर्वेश्वर हैं, मुझ मन्दकाम से आपका क्या प्रयोजन है?"

रावण ने भाई का आलिंगन किया, फिर लज्जित-सा होकर कहा– "भ्राता, यह कुलक्षय का संकटकाल रक्ष जाति पर आ उपस्थित हुआ है। सीताहरण से संतप्त राम ने सब प्रमुख राक्षस धनुर्धरों को मार डाला है। एक मास से वह इस प्रकार रक्षकुल को भस्म कर रहा है जैसे दावानल वन को भस्म करता है। अब यह तेरे क्रुद्ध होने का काल नहीं है वीर, तू ही रक्षकुल का रक्षक और मेरी दक्षिण भुजा है। तेरे ही बल से मैं जगज्जयी कहाता हूं। तेरे बल से मैं लंका पर अबाध शासन करता हूं। कुलद्रोही विभीषण ने वैरी का आश्रय ले रक्षकुल को कलुषित किया। अब तू प्रसन्न हो, महातेज कुम्भकर्ण, राक्षसों की डूबती नैया को उबार ले। उस भिखारी दाशरथि से लंका को महाभय उत्पन्न हो गया है। हे वीरबाहु, अब तू ही उस भय से लंका की रक्षा कर सकता है।"

रक्षपति जगज्जयी रावण के ऐसे कातर वचन सुन महातेज कुम्भकर्ण शोक और क्रोध से अभिभूत हो अश्रुपूरित नयनों से हततेज रक्षेन्द्र को देख दुःखी होता हुआ बोला–'राजन, मैंने तो पहले ही आपसे निवेदन किया था कि शत्रु पत्नी सीता को लौटा दें। एक स्त्री के लिए राक्षसों के कुल को संकट में मत डालें। पर उस

समय आपने अपने हितैषियों की बात पर कान नहीं दिया। आपने परम धर्मज्ञ आज्ञाकारी विभीषण को अपमानित कर शत्रु की गोद में धकेल दिया और मेरी भी अवमानना की। आज उसीका दुष्परिणाम आपके सामने आ रहा है। अपने हित की बात न मानकर अपने बल के घमण्ड पर आपने यह कुकर्म कर डाला जो आप जैसे प्रतापी जगज्जयी के लिए अशोभनीय था। आप महाप्रज्ञ, सब शास्त्रों के ज्ञाता, वेदोपदेष्टा जगदीश्वर हैं, पर आपने परिणाम पर विचार ही नहीं किया। महाराज, जो काम देश-काल के विपरीत किए जाते हैं उनसे तो दुःख होता ही है। जो राजा नीतिशास्त्र के विपरीत आचरण करता तथा अपने मन्त्रियों की शुभ सम्मति की अवहेलना करता है, वह सदा ऐसे ही दुःख भोगता है। परन्तु जो राजा मन्त्रियों की उचित राय को स्वीकार कर लेता है तथा अपने सुहृज्जनों को ठीक-ठीक पहचानता है, वही कर्तव्याकर्तव्य का ठीक-ठीक निर्णय कर सकता है। नीतिनिपुण पुरुष धर्म, अर्थ, काम इन तीनों का यथासमय उपयोग करता है। जो नृपति अपने बुद्धिमान् हितैषी मन्त्रियों से परामर्श करके समयानुसार साम, दाम, दण्ड, भेद और पराक्रम इन पांच प्रकार के योग का, नीति-अनीति का, धर्म, अर्थ, काम का यथावत् सेवन करता है, उसे कभी भी ऐसे संकट का सामना नहीं करना पड़ता। इसलिए राजा को तो अर्थशास्त्री मन्त्री की सम्मति पर ही चलना चाहिए परन्तु जो मन्त्री अहित की बात को हित का रूप देकर कहते हैं, वे निश्चय ही आपके और समूची रक्ष जाति के शत्रु हैं। खेद है कि लंका में ऐसे ही मन्त्रियों की प्रधानता है। यही देख मैंने राजसभा से किनारा किया। अब मुझसे आपका क्या प्रयोजन है?"

भाई कुम्भकर्ण के ऐसे नीति वाक्य सुन रावण चुपचाप पृथ्वी की ओर देखता रहा। उसके मुंह से एक शब्द भी नहीं निकला। कुम्भकर्ण ने फिर कहना आरम्भ किया—"महाराज, जो राजा अपनी चंचल बुद्धि के कारण हितैषी पुरुषों को नहीं पहचानते, वही राजा शत्रुओं के अधीन होते हैं और जो राजा शत्रु की उपेक्षा कर अपनी रक्षा का प्रबन्ध नहीं करते, वे ही विपत्ति में पड़ते हैं। आपकी राजमहिषी भगवती मन्दोदरी ने भी यही उचित राय दी थी। भाई विभीषण ने भी यही कहा था और मेरी सम्मति भी उन्हीं के अनुकूल थी, पर आपने कुछ विचार नहीं किया। अपने हठ पर अड़े रहना ही आपने ठीक समझा।

"महिदेव, सोचिए तो, कहां आपकी कनक लंका और कहां अयोध्यापुरी! कहिए भाई, किस लोभ और किस कारण राम यहां आया है? मैंने तो सुना है—यह क्षुद्र नर सरयू-तीर बसता था, पर क्या वह आपका स्वर्ण-सिंहासन पाने के लिए यहां आकर युद्ध कर रहा है? हे वीर, उसे आप शत्रु कहते हैं। पर विचार तो

कीजिए, इस कालरूप समराग्नि को किसने लंका में प्रज्वलित किया है। रक्षेन्द्र आप तो स्वयं ही अपने कर्म-दोष से लंका को डुबोकर स्वयं भी डूब रहे हैं।"

रावण ने खिन्न-मन होकर कहा—"कुम्भकर्ण, तू मेरा इस प्रकार तिरस्कार क्यों करता है? भाग्यदोष से दोषी की निन्दा कोई नहीं करता।" इतना कह रावण शोक-निमग्न हो बैठ गया।

यह देख कुम्भकर्ण ने खड़े हो ऊर्ध्वबाहु होकर कहा—"अथवा इन बातों से अब क्या? मैं रक्षेन्द्र का अनुगत हूं। अन्नभुक्त हूं आश्रित हूं। लंका का संकट मेरा भी संकट है। राक्षसों का क्षय मेरा भी क्षय है। मैं जगज्जयी रक्षेन्द्र का सहोदर हूं। जो आपका शत्रु है, वही मेरा भी है। मैं जब तक जीवित हूं रक्षेन्द्र को क्या चिन्ता! मैं पृथ्वी के किसी वीर की आन नहीं मानता। अब आप अपने भवन में निश्चिन्त आनन्द कीजिए। मैं समरांगण में जाता हूं। मैं आज ही राम-लक्ष्मण सहित सम्पूर्ण वानरी सेना को रण में जय करके ही रक्षेन्द्र का मुख देखूंगा। वानरों के रक्त-मांस से राक्षसों का तर्पण करके राम-लक्ष्मण का गर्म रक्त स्वयं पान करूं, तभी मैं महातेज कुम्भकर्ण विश्रवा का पुत्र कहाऊं। हे राक्षसेन्द्र, अब सन्ताप छोड़ दें, रोष को त्याग दें, स्वस्थ हों, मैं आपका सब ताप हरूंगा। आपके वैरी का समूल नाश कर डालूंगा। जो हित वचन मैंने कहे, वे बन्धु-भाव से, भातृस्नेह से कहे थे। अब आप शीघ्र शत्रु का क्रन्दन सुनेंगे। राम-लक्ष्मण को अब मरा ही समझिए। राम, लक्ष्मण, सुग्रीव और हनुमान् का तो मैं भक्षण ही करूंगा।"

इतना कह महातेज, अमितविक्रम कुम्भकर्ण ने रक्षेन्द्र की प्रदक्षिणा की और सिर नवाकर प्रणाम किया। रावण ने आलिंगन कर रथिश्रेष्ठ, यम वरुण से भी अवध्य महाबल कुम्भकर्ण को अश्व, गज, रथ तथा महारथ के सहस्र गुल्म दिए।

विजय की दुन्दुभि और भेरीनाद से दिशाओं को प्रकम्पित करता हुआ अजेय गिरिकूट के समान महाकाय कुम्भकर्ण समरांगण में प्रविष्ट हुआ।

107 जगदीश्वर का वैकल्य

पृथ्वी पर अतुलनीय, स्फटिकग्रथित, रत्नजटित सभा में, जहां रंग-बिरंगे रत्न-स्तम्भों पर सुनहरी छत—जैसे फणीन्द्र के असंख्य फणों पर भूभार। मोती,

पन्ना और हीरक की झिलमिल झालरों के चंदोवों के नीचे हेमकूट पर श्रृंग-समान कान्तिमन्त महिदेव रावण स्वर्ण-सिंहासन पर बैठा। चारों ओर बन्धु-मन्त्री, सेनापति, सभासद्। बन्दनवारों में गुंथे ताजे पुष्प, पल्लव, चम्पा, चमेली, मौलश्री, जहां की दीप्ति नयनों में चकाचौंध करती थी। चारुलोचना किंकरी भुज मृणाल से चंवर हिलाती-डुलाती। छत्रधर छत्र लिए सन्नद्ध कामरूप, अनुरूप, मनहर–शूलपाणि के अनुरूप शूल-हस्त द्वारपाल द्वार पर सन्नद्ध।

शीतल, मन्द, सुगन्ध, कोमल समुद्र समीर विहंगों के कूजित कलरव को वहन करती, प्राणों को तृप्त करती प्रवाहित।

जगज्जयी महिदेव लंकापति अधोमुख, भग्नमन, शोकसंतप्त, मूक—मौन! अजस्त्र अश्रुधारा से बुझे हुए ज्योतिर्ज्वाल नयनों के ज्वलन्त अग्नि-स्फुलिंग शरविद्ध मेघ से झर-झर झरती जलबिन्दु धार-सी अश्रुधार।

भूलुण्ठित समरदूर, रक्तप्लुत। क्षत-विक्षत, भग्नप्राण, हतजीवन, हतौज, स्खलित-वचन, गद्गद-वाक्य, जड़-कम्पित, दीन पंकलिप्त।

"कह रे कह, वीरपुंगव कुम्भकर्ण के निधन का समाचार कह!"

"महाराज, राक्षसों में श्रेष्ठ कुम्भकर्ण के साथ सहस्रों योद्धा आज समर-सागर में विलीन हो गए। उस सर्वग्रासी कालरूप राम ने सबको ग्रस लिया।"

"तो महातेज मृत्युंजय कुम्भकर्ण अब पृथ्वी पर नहीं रहे? अरे, जिसके भुजबल से देवता और दैत्य संतापित रहते थे, उसे उस भिखारी राम ने सम्मुख समर में मार डाला? तेरी यह बात तो स्वप्नवत् है। भाग्य ने शाल को फूल की पंखुड़ी से काट डाला। हा वीर-चूड़ामणि, हा भाई कुम्भकर्ण, किस पाप के फलस्वरूप आज मैंने तुझे खो दिया। अरे, मेरा दक्षिण बाहु ही टूट गया। कैसे मैं यह शोक सहन करूंगा? यह दुरन्त शत्रु तो इस प्रकार प्रतापी रक्षकुल का नाश कर रहा है, जैसे लकड़हारा एक-एक शाखा को काटकर सारे वृक्ष को समूल ही नष्ट कर रहा हो। हाय, अब कौन मेरे विपुल कुल को बचाएगा? अरे सर्वजित्, अमित विक्रम, राक्षस-कुल-रक्षक कुम्भकर्ण क्या सचमुच ही काल-कवलित हो गए? यह तो अनहोनी-सी बात है। अरी अभागिनी सूर्पनखा, किस कुक्षण में तूने पंचवटी में इस काल सर्प को छेड़ा था। अरी, मैं तो तेरे ही दुःख से संतप्त हो इस दाहक अग्नि-शिखा, जान की गाहक को हेम गृह में लाया था। हाय-हाय कुसुमगुम्फिता, दीपावलि-उज्ज्वलिता मेरी यह अद्वितीय स्वर्णलंका तो जैसे श्मशान हो गई, सुनसान हो गई। अब वीरों की वाहिनी यहां कहां चलती हैं! अरे, कोकिल कण्ठी रक्षकिशोरियां वीणा, मुरज, मुरली बजाकर लंका के रमणीय उद्यानों में नृत्य क्यों नहीं करतीं? लंका की वधुएं

मधुर गान के स्थान पर रुदन क्यों कर रही हैं? हा, मेरे ही पाप से!" इतना कह रावण ने दोनों हाथों से अपनी छाती पीट ली।

लंकापति के ये शोक-विदग्ध उद्गार सुन और रक्षेन्द्र को शोकाभिभूत देख मन्त्री सारण ने बद्धांजलि कहा—"हे देव, दैत्य, नर और नागपूजित जगज्जयी महाराज, दास का अविनय क्षमा हो। आप साक्षात् जगदीश्वर हैं, महाज्ञानी हैं। आपको समझा सके, ऐसा जगत् में कौन है? महाराज, यदि वज्रपात से हिमशिखर खण्डित हो जाए, तो, क्या उसकी पीड़ा से हिमशैल कहीं अधीर होता है? इस भवमण्डल में सुख-दुःख प्राणी को स्पर्श करता ही है। परन्तु अज्ञानी ही इससे मोहित होते हैं।" रावण ने शोकसंतप्त नेत्रों से मन्त्री की ओर देखकर कहा–"सब जानता हूं, पर मेरा हृदय हाहाकार कर रहा है।" फिर दूत की ओर देखकर कहा–"अरे, विस्तार से कह। कैसे मेरे वीर अजेय भ्राता का उस दाशरथि ने हनन किया?"

"महाराज, मैं वह अबूझ कहानी कैसे कहूं। जब मतवाले हाथी की भांति धनुर्धर ने शत्रु-दल में प्रवेश किया, तब उसकी हुंकृति से शत्रु थर-थर कांपने लगे। वज्राग्नि की भांति उनके धनुष कीटंकार सुनकर शत्रु भागने लगे। हे महाराज, उस समय वीरेन्द्र के गजयूथ और हाथीदल के पदाघात से जो घनाकार धूल उड़ी, उससे आकाश आच्छादित हो गया और देखते ही देखते वीरवर ने बाणों से समरांगण को छा दिया। वर्षा की बौछार के समान बाणों ने छूट-छूटकर काल-सर्प की भांति सहस्रों वानरों को ग्रस लिया। महाराज, महातेज कुम्भकर्ण ने अपने चरणों के आघात से पृथ्वी को कंपायमान करते हुए समरांगण में धनुष लेकर सात दिन विचरण किया तो वानरदल हाहाकार कर भाग चले।

"यम और वरुण से भी अवध्य महाबल कुम्भकर्ण को इस प्रकार अचल, अटल देख सातवें दिन अंगद ने सेना-नेतृत्व ले सेना को धैर्य दिया। समाश्वस्त किया। तब शत-सहस्र वानर यूथ विविध शस्त्रास्त्र ले कुम्भकर्ण पर पिल पड़े। परन्तु दुर्मद कुम्भकर्ण ने उन सहस्रों वानरों को इस प्रकार मसल दिया, जैसे हाथी फूलों को कुचल डालता है। उनमें से बहुतों को समुद्र में फेंक दिया, बहुतों को आकाश में उछाल दिया, बहुतों के खण्ड-खण्ड कर डाले, बहुतों का हृदय विदीर्ण कर उनका रक्तपान किया। वानर प्राण ले भाग खड़े हुए। वानरों का ऐसा भयानक क्षय देख क्षोभ से हतप्रभ हो वानरेन्द्र अंगद ने ललकारा–"अरे ठहरो, ठहरो! भागते क्यों हो? चलो, आज या तो समर में शत्रु का हनन करेंगे या स्वयं क्षुद्र प्राणों को त्याग स्वर्गारोहण करेंगे। भय करने से क्या!"

"अंगद के ऐसे वचन सुन, मरने की ठान, जीवन की आशा छोड़ वानरों के यूथों ने फिर महातेज को घेर लिया। परन्तु महाराज कुम्भकर्ण ने सभी को मसल डाला और प्रबल-पराक्रम अंगद के वक्ष में शूल का प्रहार किया, जिससे अंगद मूर्छित हो भूमि पर गिर गया। यह देख वानरेन्द्र सुग्रीव ने भीमविक्रम से रथीन्द्र को आक्रान्त किया। मुहूर्त-भर दोनों का परम क्षोभकारी युद्ध हुआ। सुग्रीव रक्त से लथपथ होकर भूमि पर गिर गया। इसी समय दाशरथि लक्ष्मण ने घोर रौद्रास्त्र वीरवर पर प्रयोग किया। उस अस्त्र से विद्ध होकर वह रक्षशिरोमणि राम के सम्मुख दौड़ा। तब महाबली लक्ष्मण ने फुर्ती से अनेक बाणों से उसके हृदय को छेद दिया। वे बाण इस प्रकार रक्षेन्द्र के वक्ष में घुस गए, जैसे सर्प बांबी में घुस जाता है। वीरेन्द्र के हाथ से गदा खिसक गई, शरीर से इस प्रकार रुधिर चूने लगा जैसे पर्वत से गेरु झरता है। तब वीरवर ने अन्तक के समान लक्ष्मण पर सहस्र भार का शूल फेंका। पर लक्ष्मण ने उसे मार्ग में ही काट डाला। यह देख कुम्भकर्ण धन्य-धन्य कहकर बोला–'अरे रामानुज, तेरा पराक्रम स्तुत्य है। पर मैं अभी दाशरथि राम से युद्ध चाहता हूं।"

"वीरेन्द्र के ये वचन सुन राम ने कालबाण हाथ में लेकर युद्धक्षेत्र में प्रवेश किया। हाय, अब आगे क्या कहूं?"

"कह-कह, मैं सुन रहा हूं। तू वैरी राम का पराक्रम बखान कर।"

"कैसे कहूं? ज्यों ही राम ने अपना कुल-गोत्र कहकर धनुष-टंकार की और वीरेन्द्र ने लाल-लाल आंखें कर, काल की भांति छलांग मारी, त्यों ही उस वैरी राम ने बाणों से वीरेन्द्र को ढांप लिया। दाशरथि का हस्तलाघव देख रक्षेन्द्र विस्मित हो गया। क्षतविक्षत हो, वानरों को मारकर वहीं भक्षण करने लगा। इस बीभत्स व्यवहार से संत्रस्त हो वानर 'त्राहि माम्, त्राहि माम्' करने और भागने लगे। फिर तो ऐसा युद्ध हुआ कि देव-दैत्य स्तम्भित हो गए। अब राम-लक्ष्मण ने फुर्ती से शत-सहस्र बाणों से महातेज के दोनों हाथ काट डाले। तब वेदना और कण्ठ से मुंह फैला कुम्भकर्ण दोनों को खाने दौड़ा। इस पर लक्ष्मण ने उसका मुंह बाणों से भर दिया। पैर भी काट डाले। इसी समय दाशरथि ने ब्रह्मास्त्र धनुष पर रखकर फेंका जिससे रथीन्द्र का सिर कटकर चार धनुष दूर पृथ्वी पर जा गिरा। इसके बाद मुहूर्तभर कबंध ने युद्ध किया। अन्त में समरांगण में उसका भूपात हुआ। हे राक्षस-कुलपति, रक्षेन्द्र महातेज कुम्भकर्ण के साथ सभी राक्षस-तिल-मिल करके कट मरे। भाग्यदोष से अकेला मैं ही स्वामी को यह दारुण संदेश देने को जीवित बच गया हूं। मैं महातेज मृत्युञ्जय महाराज कुम्भकर्ण को असंख्य योद्धाओं के साथ शर-शय्या पर सोता छोड़ यहां आया हूं। हे महाराज, मेरा वध कराइए।"

रावण ने गहरी सांस खींचकर कहा–"धन्य है वीरधात्री लंका! हे वीर भ्राता, आज तू जिस वीर-शय्या पर सो रहा है, उसपर सोने की कौन महाभाग इच्छा न करेगा! किन्तु हे वीरेन्द्र, तेरे बिना मैं जीवित कैसे रहूंगा? अरे वीर, एक बार उठकर शत्रुदल को अतल जल में डुबा दे। देखो, वह वीरधात्री कनकपुरी वीरशून्या हो गई, जैसे ग्रीष्म में वनस्पति पुष्पशून्य और नदी जलरहित हो जाती है।"

कुछ देर आंसू बहाकर रावण ने फणीन्द्र की भांति सांस भरते हुए कहा– "हे भ्राता, तेरे पराक्रम से मेरा वंश उज्ज्वल हो गया। अब इस काल-समर में मैं किसे भेजूं? कौन राक्षस-कुल का मान रखेगा? अब मैं ही जाऊंगा। अरे! लंका के विभूषणो, आओ, युद्ध-साज सज लो। देखूंगा उस राघव को, उसमें कितना बल-वैभव है। अब पृथ्वी रावण या राम से रहित होनेवाली है। उठो रे राक्षस वीरो, उठो, देव-दैत्य विजेताओ, उठो! जगज्जयी राक्षसकुमारो, आज मैं काल का साम्मुख्य करूंगा।" इतना कहकर रावण ने स्वर्णसिंहासन त्याग दिया।

मेघ-गर्जन की भांति दुन्दुभि बज उठी। जिसके भैरव रव से देव, दानव, नर, नाग त्रस्त हो गए। योद्धा अंग पर शस्त्र धारण करने लगे। वक्रग्रीव घोड़े अश्वशाला से निकलने पर हिनहिनाने लगे। सुनहरी छतों से सुशोभित सहस्रों रथ घंटियों की झंकार करते हुए बढ़ चले। वीर सिरो पर लौहावरण पहन, बड़ी-बड़ी अमोघ ढालें हाथों में लिये, सुनहरी म्यानों वाली तलवारें कमर में बांध, शरीर को लौह-कवच से आवृत कर श्रेणीबद्ध होने लगे। हाथों में अंकुश लिये, भीमकाय मदमत्त हाथियों को वश में करते हुए महावत साक्षात् वज्रपाणि इन्द्र की भांति प्रतीत होने लगे। बड़े-बड़े डील के सुभट अपना विकराल परशु कन्धे पर उठाए, मृत्यु को चुनौती देते-से आगे आए। रणवाद्यों के गम्भीर निनाद से लंका हिल उठी। अश्वव्यूह उल्लास से हिनहिनाने तथा गजसमूह चिंघाड़ने लगा। शंखों का भैरवनाद, धनुषों की कर्णकटु टंकार, तलवारों की झनझनाहट ने कानों को बहरा कर दिया। वीरों के पद-भार से कनक-लंका धरती में धंसने लगी।

108 रथीन्द्र का अभिगमन

अन्तःपुर में जाकर लंकेश्वर ने देखा कि राजमहिषी मन्दोदरी का केशपाश विश्रृंखल है। उसकी भूषणविहीन देहश्री ऐसी हो गई है, जैसे पाला गिरने

से लता कुसुमहीन हो जाती है। उसके अश्रुमय नेत्र, शिशिर की रात में जैसे पद्मपर्ण होता है, वैसे हो गए हैं। शोकरूपी आंधी में जैसे उसके निःश्वास प्रलय-वायु-से जल्द-जल्द निकल रहे हैं। किंकरी नेत्र-नीर में भीगी त्रस्त हस्तों में कठिनता से चंवर वहन कर रही है।

शय्यागत होने पर भी महिदेव ने विलास नहीं किया, पान नहीं किया, नृत्य में अभिरुचि प्रकट नहीं की, केवल फणीन्द्र की भांति गहरे-गहरे निःश्वास लेता छटपटाता रहा। तब रक्षराजमहिषी मन्दोदरी ने अश्रुपूरित नेत्रों से रक्षेन्द्र को देखकर कहा–"हे लंकानाथ, अब इस भांति शोकदग्ध होने से क्या होगा? हाय देखो तो, इस मणिमहालय में कैसा विषाद छाया है! एक-एक करके लंका वीर-शून्य हो गई। अब इस कालसमर में स्वयं रक्षेन्द्र इस अभागिनी दासी को असहाय छोड़कर जा रहे हैं। हाय, इस दुर्भाग्या सीता ने अपने अश्रु-सागर में देवदुर्लभ मणिमहालय सहित रम्या स्वर्णपुरी को भी डुबो दिया। सुवासित मद्य की धार के स्थान पर अब तो मणिमहालय में अश्रुधार ही दीख पड़ती है। आनन्द के उल्लास के स्थान पर महिदेव फणीन्द्र की भांति दीर्घ श्वास ले रहे हैं, जिनके भय से देव, दैत्य, नाग, यक्ष थर-थर कांपते थे, वे जगज्जयी वीर शय्या पर वैकल्य से पीड़ित हैं।"

रावण ने कहा–"देवि, यह नियति-नियत भाग्य की रेख है, इसे कौन मिटा सकता है! अब तो कल का सूर्य देखेगा कि पृथ्वी राम या रावणरहित होनेवाली है। अब तुम मेरा प्रलयंकर युद्ध देखना!" इतना कह रावण गहरे-गहरे श्वास लेने लगा।

महिषी ने पति को अपने कोमल अंग में भर लिया। उसके सिर को अश्रु-जलसिक्त कर उसने कहा–"हे जगदीश्वर, अब आप तनिक निद्राधीन हों, मन को शान्त करें, अधीर न हों, शत्रु का विनाश तो कल होगा। यह रात्रि तो आप सुख से व्यतीत कीजिए।"

राजमहिषी के यत्न से महाशोकी रावण निद्रागत हुआ। तब महिषी ने मेघनाद की धात्री प्रभाषा को बुलाकर कहा–"हे चतुरे, तू अभी जा, वीरबाहु पुत्र मेघनाद से कह–'मृत्युञ्जय महातेज कुम्भकर्ण को काल-समर ने ग्रस लिया, लंका वीरशून्या हो गई। अब शोकसंतप्त महिदेव जगदीश्वर स्वयं युद्धसाज सज रहे हैं। पुत्र पिता के लिए अपना धर्म निर्वाह करे, इसका यही समय है।"

कामचारिणी प्रभाषा तुरन्त प्रमद वन की ओर चल दी, जहां रथीन्द्र इन्द्रजित् आनन्द से सुरा-सुन्दरियों का उपभोग कर रहा था। प्रमद वन की शोभा इन्द्र की अमरावती से भी अधिक थी। स्वर्ण-महल फूलों और रत्नों से सजे थे। वहां

की स्तम्भावलि रत्नजटित हेममय थी। वहां रम्य कुसुम-वन-राजि विकसित थी। कोयल की कुछ भौरों की गुंजार, खिले हुए पुष्पों के सौरभ, पत्तों के मर्-मर् शब्द, शीतल-सुरभित वायु, झरनों का झर-झर शब्द, उनकी दूध-सी हिमधौत फेनराशि सबने मिलकर वहां की सुषमा को अवर्ण्य कर दिया था।

प्रभाषा ने जाकर देखा, प्रमद वन के स्वर्णद्वार पर हाथ में धनुष-बाण लिए वामाएं निर्भय घूम रही हैं। उनके तरकश के शर मणिमय फणियों के समान शोभित हैं। उन्नत कुचों पर कसे हुए स्वर्ण-कवच ऐसे लग रहे थे, जैसे स्वर्ण-कमल को बाल रवि-किरणों ने आच्छादित कर लिया हो। उनके तीक्ष्ण कटाक्ष तो उनके बाणों से भी तीखे थे। अपने यौवन में मत्त हथिनी-सी वे फिर रही थीं। उनके भारी नितम्बों में स्वर्ण-करधनी किंकिणित हो नूपुर की गूंज को द्विगुणित कर रही थी। प्रमद वन के संगीत की तरंगों से वातावरण मुखरित हो रहा था। रथीन्द्र इन्द्रजित् वहां वारांगना-कुल के साथ स्वच्छन्द लीला-विलास कर रहा था। लंका पर प्रलय मेघ छा रहे हैं, इस बात से वह सर्वथा अपरिचित था। दानवनन्दिनी सुलोचना प्रमिला ने हरित मणिपात्र में लाल-लाल मदिरा भरकर प्रियतम मेघनाद को देते हुए कहा–"पियो वीर स्वामी, इस मधु के साथ इस चिरकिंकरी का चिर प्रेम भी पान करो।"

मेघनाद ने एक हाथ में पात्र लिया, दूसरी भुजा प्रियतमा के कण्ठ में डालकर बोला–"वाह, आज तो जीवन भी इस मद्य की भांति उन्माददाता हो रहा है। यह पृथ्वी कितनी सुन्दर है प्रिये!"

"केवल वीर पुरुष के लिए स्वामी! कृमि-कीट की भांति जीवित रहने वालों के लिए यही धराधाम नरक-तुल्य है।"

"अधम कायर कीटों की बात क्या! आओ, हम लोग एक-एक पात्र इस सुवासित मद्य का और पीकर इस सुरभित वासन्ती वायु की भांति झूमें।"

"पियो, वीर स्वामी।"

सुलोचना ने पात्र भरा। इसी समय धात्री प्रभाषा ने वहां प्रवेश किया।

वीरेन्द्र धात्री प्रभाषा को देखते ही मणिपीठ से उठ खड़ा हुआ। उसने धात्री के चरणों में प्रणाम कर कहा–"मातः, आज इस असमय में तू किस अभिप्राय से इस भवन में आई है? लंका में कुशल तो है?"

धात्री ने मेघनाद का सिर सूंघकर नेत्रों से अश्रु विसर्जित करते हुए कहा–"पुत्र, लंका में कुशल कहां? लंका के रक्षक कुम्भकर्ण सहित सब सुभट समरांगण में उस दुर्जय राम के बाणों के भोग हो गए। अब तो लंका वीरशून्या हो गई।

देवजयी वीरबाहु भी मारा गया और अब जगदीश्वर रक्षेन्द्र स्वयं ही रण-साज सज, उस महाकाल राम के सम्मुख समरांगण में जा रहे हैं। महिषी ने कहलाया है–पिता के लिए पुत्र के कर्तव्य-पालन का यही काल है।"

धात्री की बात सुनकर मेघनाद ने कहा–"यह कैसी बात? भगवति, किसने महातेज, अमितविक्रम कुम्भकर्ण का वध किया? किसने मेरे अजेय चाचा वीरबाहु का हनन किया? क्या उस राम ने ही? मैंने तो उसे उस दिन प्रचण्ड युद्ध में मार डाला था। लंका को अपनी ओर से निष्कंटक करके ही मैं यहां आया था। यह तू क्या अद्भुत-अनहोनी बात कह रही है जननी! मुझ दास से सत्य बात स्पष्ट कह!"

प्रभाषा ने कहा–"अरे पुत्र, वह राम तो मायावी मानव है। वह तो मरकर भी जी उठा और एक-एक ग्रास से इस प्रकार लंका के वीरों को ग्रस लिया है, जैसे दावानल वन को ग्रस लेता है। अब यह लंका वीरों की हुंकार से भरी वीरधात्री नहीं है, अब तो श्मशान-भूमि हो रही है। अब यहां कोकिल कण्ठी दिव्य बालाओं की मधुर-तान सुनाई नहीं देती। अब तो सद्यः विधवाओं के नयन-नीर लंका के राजपथ पर बह रहे हैं। हे वीरचूड़ामणि, अब तू कमर कस और जगदीश्वर का संकट टाल। उस दुरात्मा राम को भाई सहित मारकर लंका के अकंटक राज्य को पुनर्जीवित कर!"

धाय के वचन सुन क्रोध में भरकर इन्द्रजित् मेघनाद ने अपने कण्ठ में पड़ी कुसुम-माल को तोड़कर फेंक दिया। कानों से हीरक-कुण्डल खींच पदतल में रौंद डाले। मणिमय पान-पात्र दूर फेंक दिए। उसने सिंह-विक्रम से कहा– "धिक्कार है मुझे! वैरी ने स्वर्ण-लंका को आक्रान्त किया है और मैं यहां रमणी-दल में विहार कर रहा हूं।" उसने गरजकर कहा–"लाओ मेरा रथ, मेरे शस्त्र और कवच! मैं अभी रिपुदल का संहार करूंगा।"

रथीन्द्र ने तत्क्षण ही वीराभरण सजा। रथचक्र विद्युत्-छटा दिखाने लगा। अब सुन्दरियों में मूर्धन्या सुलोचना प्रमिला ने अपने को उसके वक्ष पर डालकर कहा–"हे वीरमणि, तुम मुझ दासी को यहां खण्डित कर कहां चले? अरे, तुम्हारे वियोग में मैं एक क्षण भी नहीं जी सकती। हे प्राणेश्वर, किस अपराध पर तुम आज मुझ किंकरी को त्याग रहे हो?"

मेघनाद ने हंसते हुए कहा–"प्रिये, तूने जिस स्नेह-बन्धन में मेघनाद को बांध रखा है, उससे मुक्त होने की सामर्थ्य भला मुझ दास में कहा है! अरी सुभगे, तू चिन्ता न कर। मैं उस भिखारी राम का भ्राता-सहित समर में नाश कर शीघ्र ही लौट आऊंगा। अब तू मुझे जाने दे।"

इतना कह, बलपूर्वक प्रेममयी प्रमिला के आलिंगन से छूट रथी रथ पर चढ़ गया। रथ घोर रव से इस प्रकार चला, जैसे मैनाक शैल पंख फैलाकर उड़ चला हो। सुलोचना प्रमिला छिन्न लता-सी भूमि पर गिर गई।

109 मेघनाद अभिषेक

रथीन्द्र मेघनाद के अविरत धनुषटंकार से लंका कांप उठी। समुद्र उथल-पुथल हो गया। रक्षेन्द्र रण-साज सज रहा था, रण-वाद्य बज रहे थे। हाथी चिंघाड़ रहे थे, घोड़े हिनहिना रहे थे। रथी लौहवर्म पहने हुंकार भर रहे थे। रथों पर रंग-बिरंगी ध्वजाएं उड़ रही थीं। रथ द्रुतगति से इधर से उधर जा रहे थे कि मेघनाद सिर पर कनकटोप पहने, विकराल खड्ग, शूल धारण किए, पीठ पर अभेद्य ढाल लिये द्रुतगति से वहां जा पहुंचा। राक्षस-दल में जय-जयकार होने लगा। रथीन्द्र ने जगदीश्वर के चरणों में साष्टांग दण्डवत् किया। रावण ने पुत्र को उठाकर छाती से लगाया। वीरेन्द्र ने कहा–"पिता, यह क्या? मैंने सुना है, मायावी राम मरकर भी जी उठा। यह तो अद्भुत बात है! अब आप मुझे अनुमति दीजिए कि उस पतित को शरानल से भस्म कर, भस्म को वायु में उड़ा दूं या उसे बांधकर आपके पाद-पद्म में अर्पित करूं?"

रक्षेन्द्र ने पुत्र का बारम्बार आलिंगन करके कहा–"अरे पुत्र, अब तू ही तो रक्षकुल का एकमात्र आधार बच रहा है। इस काल-समर में तुझे कैसे भेज दूं? अरे, भाग्य मेरे प्रतिकूल है। भला किसीने सुना था कि जल में शिला तैरती है, मनुष्य मरकर जी उठता है?"

"राजेश्वर, राम तो एक तुच्छ नर है। आप उससे भयभीत क्यों हैं? मुझ दास के रहते आप समरांगण में जाएं, भला यह कभी सम्भव हो सकता है! हे पिता, यह सुनकर देवेन्द्र हमारा उपहास करेगा। पृथ्वी के वीर हंसेंगे। मैंने तो राम को परास्त कर छोड़ दिया। अब आप एक बार मुझे और आज्ञा दीजिए। मैं देखूं, इस बार वह कैसे मेरे हाथ से बचता है।"

"अरे पुत्र मैंने महातेज, अमितविक्रम कुम्भकर्ण को युद्धार्थ भेजा था। देख, उसका निर्जीव शरीर सिन्धु-तीर पर पड़ा है, जैसे वज्राघात से गिरि-शृंग खण्डित

हो गया हो। फिर भी पुत्र, समय ही जब उपस्थित है तो तू जा! मैं तुझे सम्पूर्ण राक्षस-चमू का सेनापति नियुक्त कर रहा हूं।"

इतना कह राक्षस-राज ने समुद्र जल ले यथाविधि पुत्र का अभिषेक कर दिया। बन्दीजन गुणगान करने लगे। वीणा बजने लगी। राक्षसपुरी में आनन्द और उत्साह की लहर व्याप्त हो गई।

रावण ने भुजा ऊंची कर कहा—"राज-सुन्दरी लंके, शोक दूर कर, देख, राक्षस-कुल-सूर्य उदय हुआ है। दुःख-रात्रि बीत रही है। सुप्रभात होनेवाला है। वीरेन्द्र के कोदण्ड-टंकार से सुरपति कांप रहा है। उसके तूणीर में पाशुपत महास्त्र भरे हैं। प्रिये मन्दोदरी देखो-देखो यह कौतूहल। अरिन्दम इन्द्रजित युद्ध-साज सज रहा है। अब राक्षस-कुल-कलंक विभीषण, दण्डकारण्य का वह निष्कासित मानव राम और तुच्छ वानर जीवित न रहेंगे। अरे, बाजे बजाओ, उत्सव मनाओ और जय-जयकार करो!"

कनक लंका एक बार फिर वाद्यों की ध्वनि और जय-जयकारों से परिपूर्ण हो उठी।

110 देवेन्द्र का औत्सुक्य

आठ दिन से इन्द्रजित् मेघनाद का राम से घोर संग्राम चल रहा था। देवेन्द्र पुरन्दर अत्यन्त औत्सुक्य से रावणि और राम के युद्ध के परिणाम को देख रहे थे। जब तक रावण और रावणि मेघनाद जीवित हैं, तब तक देवेन्द्र देवलोक में सम्पन्न नहीं है। उसे वह क्षण खल रहा था, जब लंका में बारहों आदित्यों के प्रतिनिधियों और पृथ्वी के सब देव, दैत्य, नाग, असुर, जनों के सम्मुख देवराट् इन्द्र ने बन्दी-दशा में सप्त समुद्रों, सप्ततीर्थों, सप्त महाकूपों का जल मणिकलश में भर मेघनाद के मूर्धा पर अभिषेक किया और सप्तद्वीप-पतियों ने उसके पीछे खड़े होकर उसके मस्तक पर छत्र लगाया था। नृवंश के सात सौ नरपतियों ने अतिरथी मेघनाद के रथ के अश्वों की वल्गु पकड़ उसका रथ हांका था। लोक-लोक के आगत-समागत, लक्ष-लक्ष नृवंश के प्रतिनिधियों ने महिदेव, सप्तद्वीप-पति सर्वजयी रावण और इन्द्रदमन करनेवाले अतिरथी मेघनाथ मृत्युञ्जय का

जय-घोष किया था। उस जयघोष से पृथ्वी की दिशाएं कम्पित हो गई थीं। भूलोक चलायमान हो गया था।

ये सारी ही बातें देवेन्द्र पुरन्दर भूला न था। सब दृश्य उसकी आंखों में शूल के समान चुभ रहे थे। इस दुरन्त रावणि के रहते देवलोक के साम्राज्य ही की नहीं, देव-संस्कृति की भी कुशल न थी। अब राम ही पर उसकी आशा केन्द्रित थी। संयोग ऐसा आ लगा कि राम ने कटक ले समुद्र-बन्धन कर असाध्य साधन कर लिया और लंका की सारी समृद्धिश्री को श्रीहत कर दिया। महातेज कुम्भकर्ण सहित रावण के पुत्र-परिजन-परिवार को माल डाला तो अब उसे आशा की कोर दिखाई देने लगी थी। पर वह यह भी भली भांति जानता था कि जब तक राक्षसेन्द्र रावण जीवित है, जब तक मृत्युञ्जय, अमित पराक्रम मेघनाद है, राम के प्राण संकट ही में हैं। राम की जय, राम के भगीरथ प्रयत्न बेकार हैं। उसने राम को सब संभव सहायता देने का निश्चय किया।

देवेन्द्र हेमासन पर बैठा, चारुनयनी दानववाला पौलोमी शची वामांग में बैठी। सिर पर मणि-मुक्ताखचित राजच्छत्र। समीर नन्दन कानन का सुखद-मृदु सौरभ ला रहा था। दिव्य बाजे बज रहे थे। सुचारुहासिनी रम्भा, उर्वशी, चित्रलेखा सुकेशिनी मिश्रकेशी अप्सराएं नृत्य-गान कर रही थीं। देव-देवेन्द्र सोम-पान कर रहे थे। गन्धर्व हेम-पात्रों में सोम भर-भरकर दे रहे थे। कोई किंकर कुंकुम, कोई कस्तूरी, कोई केसर, कोई चन्दन और कोई सुगन्धित कुसुम-माल ला-ला अर्पण कर रहे थे। इसी समय देवर्षि नारद ने इन्द्र-लोक में प्रवेश किया। देवेन्द्र ने आनन्दित होकर कहा–

"स्वागत देवर्षि, भले पधारे! मैं तो बड़े औत्सुक्य से आपकी वाट देख रहा था।"

"देवराट् देवेन्द्र के औत्सुक्य का कारण क्या है? यह लीजिए, वेदसूक्त मैंने रच दिया। इसमें देवेन्द्र की अक्षय स्तुति मैंने गान की है।" इतना कह नारद देवर्षि ने देवसूक्त गान किया।

सुनकर त्रिदिव देव प्रसन्न हो 'धन्य-धन्य' कहने लगे।

देवेन्द्र के आदेश से गन्धर्वों ने देवर्षि को हेमपात्र में मधुपान कराया, सोमपान कराया।

सोमपान कर, मधुपान कर देवर्षि नारद ने हर्ष और संतोष प्रकट करते हुए हंसकर कहा–"हां, देवेन्द्र के औत्सुक्य का क्या कारण है?"

"देवर्षि, वह दुरन्त रावणि, जिसका मुझ देवेन्द्र को तीर्थोदक से ऐन्द्राभिषेक करना पड़ा, मेरे औत्सुक्य का विषय है।"

"महिदेव पर तो दाशरथि राम ने अभियान किया है, अभी उसका दूत गन्ध-संजीवनी ले गया है।

"गन्ध-संजीवनी से क्या होगा, दुरन्त रावणि तो मरेगा नहीं।"

"कैसे मरेगा, उसके पास नागसिद्ध अक्षय तूणीर है, दिव्यधनुष है, धूर्जटि रक्षकुल पर प्रसन्न हैं? रावणि रौद्रतेज से सम्पन्न है।"

"तो जब तक यह दुरन्त रावणि मरता नहीं, देवलोक में देवेन्द्र की मर्यादा नहीं है।"

किन्तु देवेन्द्र, मृत्युञ्जय रावणि देवाधिदेव से दिव्यास्त्र पा, दिव्य रणकौशल सीख, अदृश्य रह, स्वयं अलक्ष्य हो, शत्रु को लक्ष्य कर सकने में समर्थ है। सम्मुख युद्ध में वह नहीं मर सकता।"

"देवर्षि, ऐसा कोई उपाय नहीं है?"

"है, देवेन्द्र धूर्जट की सेवा में जाएं, धूर्जटि को राम पर सदय करें। कुमार कार्तिक के पास वैसा ही अक्षय नाग-तूणीर और दिव्य धनुष है, वह प्राप्त करके राम को दें, तभी मेघनाद मर सकता है।"

"देवाधिदेव रुद्र क्या राम पर यह अनुग्रह करेंगे?"

"वे रावण पर प्रसन्न हैं। रावणि उनका शिष्य और वरलब्ध पुरुष है। धूर्जटि को प्रसन्न करना कठिन है, परन्तु देवेन्द्र यदि शैलनन्दिनी पार्वती को अनुकूल कर सकें तो काम बन सकता है।"

"शैलनन्दिनी क्या सदय होंगी?"

"शची पौलोमी यदि जाएं तो असंभव नहीं।"

"तो हम दोनों ही देवाधिदेव की सेवा में जाते हैं। आपने अच्छी सम्मति दी।"

"और भी बात है?"

"वह क्या?"

"राम पादातिक हैं, देवेन्द्र उन्हें अपना दिव्य रथ देकर मातुलि को भेज दें।"

"ऐसा ही होगा देवर्षे!"

देवेन्द्र के संकेत से गन्धर्वों ने देवर्षि वामदेव नारद को फिर मधु दिया, सोमपान कराया और विदा किया।

देवेन्द्र जानता था कि मेघनाद के पास नागसिद्ध अक्षय तूणीर और दिव्य धनुष है, जो उसे देवाधिदेव रुद्र की कृपा से प्राप्त हुआ है। रावणि रौद्रतेज से

सम्पन्न है। धूर्जटि उसपर कृपालु हैं। जब तक राम के पास भी रौद्रास्त्र न हो, वैसा ही नागसिद्ध अक्षय तूणीर न हो, दिव्य धनुष न हो, तब तक मेघनाद का मारना शक्य नहीं है। उस दिव्य अक्षय नाग-तूणीर और दिव्य धनुष ही के द्वारा वह रौद्र कौशल से सम्पन्न हो अदृश्य रह चतुर्मुखी बाण-वर्षा कर सकता है। स्वयं अलक्ष्य रह शत्रु को लक्ष्य बना सकता है। प्रतापी से प्रतापी शत्रु को नागपाश में बांध सकता है। राम पादातिक हैं, उनके पास नाग-तूणीर नहीं, नाग-धनुष भी नहीं, तब कैसे वे सम्मुख समर में इस दुरन्त मेघनाद को मार सकते हैं? पुरन्दर ने अपना दिव्य रथ, जो अभेद्य और मनोरम था, सारथि मातुलि-सहित राम की सेवा में भेजने का संकल्प कर लिया। साथ ही दिव्य रौद्र धनुष और रौद्र तूणीर, जैसे भी सम्भव हो, राम के लिए प्राप्त करने तथा राम पर देवाधिदेव रुद्र को सदय करने के लिए कृतोद्यम हुआ।

111 धूर्जटि के सान्निध्य में

पौलोमी शची इन्द्राणी ने मदन-प्रिया रति को बुलाकर कहा–"अरी मन्मथ-वधू, आज मैं हेमवती शैल-सुता उमा की चरण-शरण में कैलास जा रही हूं। आ, तू मुझे श्रृंगारित कर दे।" रति ने हंसकर इन्द्राणी को सुवासित तैल लगा केशविन्यास किया; हीरा, मोती, मणिखचित भूषण, चन्दन, कुंकुम और कस्तूरी आदि सुगन्धों का लेप अंग-उपांगों पर किया। फिर रत्नसंकलित, आभायुत पटवस्त्र धारण करा पैरों में महावर दी। शची का रूप हेमकान्ति के समान देदीप्यमान हो उठा। इस रूप-माधुरी को देखकर रति ने हंसते-हंसते कहा–"देवि, इस भुवनमोहन रूप को लेकर तुम भवन से बाहर कैसे जाओगी? इस रूप को देखकर तो जगत् मत्त हो जाएगा। तुम्हारे अधरामृत को देख देव-दैत्य अमृत को भूल जाएंगे। वेणी को देख नाग लजाकर भाग जाएंगे। उन्नत कुचों को देख मन्दराचल अचल हो जाएगा।"

रति के ये वाक्य सुन चारुमती शोभना शची ने अपने अवयवों को ऐसे ढक लिया जैसे भस्म-राशि से अग्नि ढकी जाती है। वह गंधावृत उषा की भांति हस्तिदन्त-रचित गृहद्वार से बाहर आई।

देवेन्द्र ने पौलोमी शची सहित देव-लोक से कैलास को प्रस्थान किया। हिमगिरि-श्रृंग पर हेमकूट के समान धवलध्वज ऐरावत धीर-मन्थर गति से ऊर्ध्वगत होता जा रहा था। निरभ्र आकाश में बालोदित अरुण की स्वर्णाभा से हिमश्रृंग की शोभा अकथ्य हो रही थी। उस शोभा को निरख देवेन्द्र ने कहा–"पौलोमी, प्रस्फुटित कमल से जैसे मृणाल की शोभा बढ़ती है, वैसे ही तेरे सान्निध्य में मैं सम्पन्न हूं।"

शची ने हंसकर कहा–"ठीक ही तो है, पारिजात परिमल के कारण ही पवन का आदर होता है। परन्तु, अम्ब से मैं कहूंगी क्या, यह तो बताओ?"

"जैसा अवसर हो। तू तो प्रत्युत्पन्नमति है। वह दुष्ट इन्द्रजित् नामधारी राक्षस जैसे मरे, वही तू कर।"

"तो धूर्जटि की सेवा में क्यों? पितृचरण में चलकर क्यों न निवेदन करें? वह तथाकथित इन्द्रजित् क्या पितृचरणों का भी साम्मुख्य करने की सामर्थ्य रखता है?"

"प्रिये, उसकी सामर्थ्य का अन्त नहीं है। धूर्जटि को छोड़ हमें और आसरा नहीं है। हमें धूर्जटि को उस दुरात्मा से विमुख करना ही होगा।"

"अम्ब, क्या मेरे कहने से सुनेंगी?"

"क्यों नहीं, त्रिभुवन में कौन है जो तेरे कटाक्षपूरित अनुरोध को टाल सके? फिर, अम्ब तो तुझपर बाल्य काल से सदय हैं।"

"कैलास पर क्या हम आ पहुंचे? यह पर्वत जो श्याम तरुराशि में है, इसके उस पार, वह जो स्वर्णिम उत्तुंग हिमकूट है, वही तो कैलाश है।"

"वही है प्रियतमे!"

"शरवन से तो यह अति मनोरम है, इसीसे कैलासी शरवन को छोड़कर यहां आ बसे हैं।"

"तब क्या! तू तो जानती ही है कि कामदहन के समय ही रुद्र ने क्रुद्ध हो शरवन भी भस्म कर दिया था। अब तो उसे अगम्य क्षेत्र मान लिया गया है। नृवंश के चरण वहां नहीं पड़ सकते।"

"देखो तो प्रियतम, यह निर्मल निर्झर कैसी शोभा धारण कर रहा है। इसकी शुभ्र जल-राशि, श्याम शिला पर ऐसी प्रतीत हो रही है, जैसे श्यामा वामा ने उत्तरांग में चन्दन लगाया हो।"

"ऐसा ही है, लो आ गए हम कैलासधाम के द्वार पर वह देख, द्वार मधुर निनाद से आप ही खुल गया। धूर्जटि के किंकर इस दास के इस ऐरावत को पहचानते हैं। यहां कैसे पक्षी कलरव गान कर रहे हैं। सरोवर में पद्म अभी सूर्योदय अच्छी तरह न होने के कारण पूरे खिले नहीं हैं। वे कुछ मुंदे-से, कुछ खिले-से

ऐसे प्रतीत हो रहे हैं, जैसे लज्जावती नववधू ने भोर में कुसुमारुण शय्या त्याग व्रीड़ावनत हो अपना कमलवदन ढांप लिया।"

"और निर्मल जल में जो बालारुण की रक्तिम रश्मियां खेल रही हैं, वे ऐसी प्रतीत हो रही हैं जैसे ढीठ नायक उस व्रीड़ावनता लज्जावती का अवगुंठन हटाने को उंगलियों से गुदगुदा रहा हो।"

देवाधिदेव के किंकरों ने ऐरावत को घेर लिया। देवेन्द्र शची सहित हाथी से उतर शैलबाला अम्बिका पार्वती की सेवा में किंकरों के बताए मार्ग पर चलकर जा पहुंचे। अम्ब स्वर्णासन पर बैठी थीं, जया चंवर डुला रही थी, विजया छत्र लिए थी। महेन्द्र ने इन्द्राणी-सहित महामाया अम्बिका के चरणों में प्रणाम किया।

अम्ब ने हंसकर शची को अंक में बैठाया और सिर सूंघा। देवेन्द्र की ओर कृपा-कटाक्षकर कहा–"देवेन्द्र, देवकुल में, देवलोक में कुशल तो है? अब फिर कोई नया झंझट तो नहीं आ खड़ा हुआ?"

"अम्ब, देवद्रोही लंकापति रावण और दुर्जय रावणि पर जब तक धूर्जटि का अनुग्रह है, तब तक भला देवलोक और देवकुल में कुशल कहां? देव-कुल तो उस दुरन्त रावण से लड़ ही नहीं सकता और मुझ दास को उसके दुरात्मा पुत्र का कन्धे पर कलश रख तीर्थोदक से ऐन्द्राभिषेक करके ही मुक्ति मिली। मेरा विकराल वज्र भी उस दुरात्मा के अक्षय तूणीर और दिव्य धनु के सामने निस्तेज हो गया।"

"किन्तु अब तो रावण का देव-कुल से कोई विग्रह नहीं है?"

"अब, रावण और उसका वह पुत्र, जो अब मुझ दास को कलंकित करने के लिए इन्द्रजित् कहाता है, जब तक जीवित है, तब तक सब देव-कुल के साथ आपका यह दास मृतक ही है। उसने देवों ही की नहीं, आर्यों की परम्परा भी भंग की है। वह देव, दैत्य, असुर, नाग, गन्धर्व, आगत, समागत सभी को एक करना चाहता है। उसकी यज्ञ-विधि भी हमारे अनुकूल नहीं है।"

"उनके कार्यों और आदर्शों से तो देवाधिदेव सहमत हैं। वह और उसका पुत्र दोनों ही देवाधिदेव के किंकर हैं फिर तुम मुझसे और देवाधिदेव से उसके अमंगल की क्यों आशा करते हो!"

अब शची ने कहा–"अम्ब, देवाधिदेव के ही संकेत से मेरे पिता ने दानववंशी होने पर भी देवेन्द्र को मुझे दिया। आप ही के आशीर्वाद की छाया में हम सम्पन्न हैं, निरापद हैं। किन्तु आपके आशीर्वचन की अवज्ञा करके उस दुःस्सह दुरात्मा ने देवेन्द्र को बन्दी बनाया, देवेन्द्र को समूचे नृवंश के प्रतिनिधियों के सामने कन्धे पर

तीर्थोदक रख उस अधम का ऐन्द्राभिषेक करना पड़ा। कैसे अब आप देवकुल का यह अपमान देख सकेंगी, अम्ब?"

हेमवती ने सब सुनकर कहा–"परन्तु सुन, तेरे अनुरोध की रक्षा करने की सामर्थ्य मुझमें नहीं है। देवाधिदेव राक्षस कुल-रक्षक हैं। वे आज वृषभध्वज योग में कूटस्थ, दुर्गम गौरीकूट पर बैठे हैं। वहां तक जाना भी शक्य नहीं है। उनकी एकान्त साधना में विघ्न करना भी निरापद नहीं है। तू तो जानती ही है, संक्रुद्ध रुद्र के निःश्वास से मकरध्वज मीनकेतु काम भस्म हो चुका है।"

"तो यह तो और भी अच्छा है अम्ब, विरूपाक्ष देवाधिदेव यहां नहीं हैं, वे विकट शिखर पर कूटस्थ हैं। अब आप ही देवों का प्रिय कर दीजिए। हमें देवाधिदेव से क्या प्रयोजन है! हम तो आप ही के प्रसाद से सम्पन्न होना चाहते हैं।"

पौलोमी शची के ये वचन सुन हंसकर उमा ने कहा–"अरी इन्द्रसखी, तू बड़ी वाचाल है। तभी तो देवराज तुझे देख ऐसा विमुग्ध होता है, जैसे ऋतुपति वनस्थल की कुसुम कुन्तला को देखकर मोहित होता है।"

देवेन्द्र ने उमा की प्रसन्न मुद्रा देखकर कहा–"अम्ब, देवकुल के अपमान का परिष्कार करो। मैं दास इसी आशा से आपकी शरण आया हूं। मातेश्वरी! जब दुरन्त तारक ने मुझे पराजित कर स्वर्ग हस्तगत कर लिया था, तब देवकुल रक्षक कुमार कार्तिकेय को वृषभध्वज रुद्र ने नागसिद्ध धनुष और अक्षय तूणीर दिया था, उसीसे कुमार ने दुर्जय तारक का वध किया था। वृषभध्वज रुद्र की कृपा से मेघनाद के पास भी वही महास्त्र है। इसीसे वह दुरन्त राक्षस अदृश्य रहकर चतुर्मुखी बाण-वर्षा करता है। उसका वध संभव ही नहीं। अब अम्ब, कृपा कर मुझे कुमार का वही अक्षय तरकस दो, धनुष की अभेद्य सुवर्ण-मण्डित ढाल दो और मृत्युञ्जय खड्ग दो, जिससे राम उस देव-वैरी दुरन्त मेघनाद का वध कर सकें।"

देवराज इन्द्र का ऐसा अनुनय-अनुरोध सुन शरणागतवत्सला अम्बिका शैलबाला पार्वती ने महामाया को आज्ञा दी कि वह देवेन्द्र की इच्छा पूर्ण करे। महामाया ने वे जाज्वल्यमान शस्त्रास्त्र देवेन्द्र को ला दिए। इन्द्र ने वह कालधनुष हाथ में लेकर कहा–"मुझ दास का यह रत्नधनुष इस दिव्य धनुष के सम्मुख तुच्छ है। यह महातेजस्कर खड्ग और सूर्यमण्डल के समान देदीप्यमान ढाल तथा कालसर्प की भांति नागशरों से भरा अक्षय तरकस पाकर मैं धन्य हो गया! देवकुल पुनर्जीवित हो गया!"

उमा हेमवती ने कहा–"देवेन्द्र, तुम मेरे अभ्यागत हो, डेवराट् हो, तुम्हारा विचार शुभ है, आर्यों और देवों का अप्रिय मैं भी सहन नहीं कर सकती। धूर्जटि

क्रुद्ध भी होंगे तो मैं सहन करूंगी। तुम इन महास्त्रों को ले जाकर राम को दे दो। इन्हीं से कुमार कार्तिक ने तारक का वध किया था। इन्हीं से तुम्हारे चिरशत्रु मेघनाद का हनन होगा। परन्तु मैं तुम्हें कहे देती हूं कि मेघनाद की वीरता मैंने देखी है। यह त्रिपुरारि का सम्पूर्ण रौद्र तेज धारण करता है, त्रिभुवन में कोई वीर शस्त्र रहते उसका वध नहीं कर सकता, इसलिए उसे निरस्त्र ही वध करने का संकेत रामभद्र को देना। सीता का असह संताप अब मुझे भी सह्य नहीं है। रावण अब अपने ही चरित्र-दोष से विनष्ट होगा। जाओ देवेन्द्र, लंका का सौभाग्य सूर्य अब अस्ताचल में डूब चुका।"

इन्द्र ने आनन्दमग्न हो उमा की वन्दना की। अम्ब ने शची को अंक में भर विदा किया। देवलोक में पहुंच इन्द्र ने देवसारथि मातुलि को बुलाकर कहा–"हे बहुज्ञ, तू अभी मेरा दिव्य रथ लेकर लंका में चला जा। वहां राम-कटक में पहुंचकर इन अस्त्रों को अत्यन्त सावधानी से राम भद्र की सेवा में पहुंचाकर निवेदन कर कि इन्द्रलोक-निवासी आपके मंगल की कामना करते हैं और रुद्रप्रिया शैलबाला उमा आप पर प्रसन्न हैं। इन दिव्यास्त्रों से निरस्त्र मेघनाद का वध कीजिए। शंका को मन में स्थान न दीजिए तथा तू भी रथसहित रामभद्र की सेवा में रह और मेरा अनुरोध निवेदन कर कि आपके पिता महात्मा दशरथ देवप्रिय थे। उन्होंने देवों के लिए युद्ध किए थे। मैं शम्बर का वध उनकी सहायता के बिना नहीं कर सकता था। वास्तव में शम्बर-वध का श्रेय आपके पिता महात्मा दशरथ ही को है। अब रावण का वध आपके हाथ से हो, यही सम्पूर्ण देवकुल की कामना है। यह दुरात्मा रावण नृवंश की सारी ही मर्यादा को उलट-पलट रहा है। निरन्तर बारह दारुण देवासुर-संग्राम कर, देवों ने दैत्यभूमि को सुरलोक बनाया है। अब पृथ्वी पर चार ही प्रबल अनार्य देवद्विष नृपति थे। एक वैजयंतीपुरी का तिमिरध्वज शंकर, जिसे पांचालपति दिवोदास के साथ आपके यशस्वी पिता दशरथ ने सम्मुख समर में हनन किया। दूसरा वर्चिन, जिसकी एक लाख दानवसैन्य का दिवोदास के पुत्र सुदास ने महासागर में समूल नाश कर मार डाला, यद्यपि अनेक आर्य राजाओं ने भी वर्चिन का साथ दिया था। तीसरा भेद, जिसने वर्चिन की मृत्यु के बाद सुदास की अधीनता स्वीकार कर ली है। अब केवल रह गया यही महाबली रावण, जो इन सबसे भयानक, दुर्जय और दुरन्त है। सो हे रामचन्द्र, आप इसका वध करके अनार्य जातियों का समूल उच्छेद कीजिए। आपके इस विकट संग्राम के परिणाम पर ही आर्यों और देवों का अस्तित्व निर्भर है। कदाचित् इस बार यह रावण जीवित बच गया तो निश्चय ही न आर्यावर्त रहेगा, न देवलोक। त्रिलोक का नृवंश राक्षस हो जाएगा।"

देवेन्द्र का संदेश ध्यान से सुन, दिव्यास्त्रों को सावधानी से ले, महाप्रज्ञ देवसूत मातुलि ने बद्धांजलि हो देवेन्द्र की प्रदक्षिणा कर प्रणाम किया और दिव्य रथ पर चढ़ वह लंका की ओर चला। सहस्रों घंटियों की झनकार से उस समय वातावरण मुखरित होकर जैसे राम का जय-जयकार कर उठा।

112 अभिसार

विधुमुखी-सुलोचना, दानवनन्दिनी प्रमिला प्रियतम के जाते ही कटे वृक्ष की भांति पृथ्वी पर गिर गई। किंकरी दासियों ने उसे प्रबोध दिया। पर वह विरह-विदग्धा खण्डिता मानिनी बाला नागिन की भांति लम्बी-लम्बी सांसें लेती हुई अश्रु बहाने लगी। उसका केशजाल अस्त-व्यस्त हो गया। मणिमाल उसने उतार धरी। बांसुरी, वीणा, मृदंग, मुरज सब नीरव हो गए। कोकिलकण्ठी गायिकाएं स्तब्ध हो गईं। स्वामिनी के विरह-विदग्ध हृदय के हाहाकार को देख प्रमदवन की सभी प्रमदाएं अधोमुखी हो रोने लगीं।

रात हुई तो उसने वसन्त-सी सौरभवाली सखी वासन्ती की ग्रीवा में भुजमृणाल डालकर गहरी गहरी उसांसें लेते हुए कहा–"अरी सखी, देख तो यह रात्रि कालभुजंगिनी की भांति मुझे डंसने आई है। अरी कह तो, इस रीती रात में अरिन्दम कहां है? वह तो 'अभी आऊंगा' कहकर गए थे। अभी तक तो आए नहीं। यह विलम्ब तो अब सहा नहीं जाता। अरी, लंका तो शत्रु मानव ने घेर रखी है। उसने त्रिलोकजयी, महातेज कुम्भकर्ण को मार डाला है। सुना है, सागर-तीर पर उस पुण्य पुरुष का शरीर निर्जीव पड़ा है। अरे, यह तो बड़ी भयानक बात है!"

सखी ने कहा–"देवि, चिन्ता न करो, अरिन्दम इन्द्रजित् को पृथ्वी पर किसका भय है? वीरवर सुरासुर-वन्द्य हैं, अभेद्य हैं, रुद्र-वरलब्ध सिद्धपुरुष हैं। उनसे कौन युद्ध कर सकता है? जब तक महारथी, समर जय करके नहीं आते हैं, तब तक हम दासियों को आप माला गूंथने का आदेश दीजिए, अरिन्दम के प्रमदवन में आते ही विजय-माल वीर पति के कण्ठ में डाल देना।"

कौमुदी सरोवर-सलिल में नवोढ़ा नायिका के समान अवगुण्ठनवती-सी लग रही थी भ्रमर गुंजार कर रहे थे, कोयल कूक रही थी, पुष्प-सौरभ-सनी वासन्ती

वायु बह रही थी परन्तु पतिप्राणा, बाला प्रमिला की आंखों में अन्धकार ही छा रहा था।

उसने कहा–"अरी, मैं तो विरह-ज्वाला में जल रही हूं। चन्द्रमा, चन्दन, चांदनी मेरे अंग-अंग में दाह कर रहे हैं। हाय, प्रियतम के जाते ही विश्व उलट गया। अरी सखी, मैं नहीं कह सकती। तू अभी लंका चलने की तैयारी कर, जिससे मैं प्राणेश्वर को प्राप्त कर सकू।"

सखी ने कहा–"देवि तुम लंका में कैसे जाओगी? दुर्लंघ्य राम-कटक ने लंका को घेर रखा है। अनगिनत लौहवर्मधारी अस्त्रपाणि वरिष्ठ वानरों का लंका के द्वार पर पहरा है।"

प्रमिला ने गुस्से में होकर कहा–"अरी, समुद्रगामिनी नदी की धारा को विमुख करने की सामर्थ्य किसमें है? मैं दानव-नन्दिनी, राक्षस-कुलवधू हूं। जगज्जयी महिदेव राक्षसपति रावण मेरा श्वसुर और इन्द्रजित् मेरा पति है। मैं क्या वैरी राम से डरकर प्रिय मिलन की इच्छा छोड़ दूंगी? देखूंगी, आज मैं राम का भुजबल देखूंगी। देखूंगी, कौन मुझे लंका में प्रवेश करने से रोकता है।"

स्वर्ण-हर्म्य में जाकर उसने वीरांगना का वेश धारण किया। केशों पर मणिकिरीट, भाल पर चन्दन की रेख, कुचों पर कवच, कमर में रत्नजटित कमरबन्द, जिससे बंधी विकराल कराल खड्ग और पीठ पर बड़ी-सी ढाल। हाथ में उसने शूल लिया। वह बड़वा नाम की अश्विनी पर सवार हुई।

सौ सखियां भी सज्जित हुईं। सबने खड्ग कोश से निकाल लिये। वे धनुष टंकार करतीं, पीठ पर तरकस कस, ढालों को हिलातीं, नूपुर की झन-झन, किंकिणी की किन-किन की अश्व के हिनहिनाने की ध्वनि में एकरस-सा करतीं, डमरू की डम-डम से लाल-सर्प जैसे नाचता है, उसी भांति अश्वों को नचाती, समरवाद्य बजाती, एक हाथ में शूल और दूसरे में जलती हुई मशाल लिये, लंका की ओर अग्रसर हुईं। राम कटक को सम्मुख देख तेजस्विनी प्रमिला ने कहा–

"वीरांगनाओ, आओ, अपने भुजबल से राम-कटक का छेदन कर, हम लंका में प्रवेश करें। मैं वीरवर के निकट जा रही हूं। हम सब दानव-कुलनन्दिनी हैं। शत्रु के शोणित में डूब मरना शत्रु का वध करना हमारा कुल धर्म है। आओ, आओ, आज हम उस भिखारी राम का रूप देख लें, जिसपर राक्षसनन्दिनी पंचवटी में मोहित हो गई थी। उस दुरन्त सौमित्र को भी देखेंगी, जिसके भय से राक्षस-वधुऐ लंका में सुख की नींद नहीं सोती हैं। आज हम उस राक्षस-कुलांगार विभीषण का हृदय भी शूल से विद्ध करेंगी। जैसे मत्त हथिनी नलिनी-दलन करती है, वैसे ही

हम दानव-बालाएं शत्रु का दलन करेंगी। आओ, हम विद्युत्-वेग से शत्रु-दल पर टूट पड़ें।"

दानवनन्दिनी सुलोचना प्रमिला का यह अभिभाषण सुन दानव-बालाओं ने दर्प से हुंकार भरी। वे अपने-अपने नग्न खड्ग हवा में ऊंचे उठा, समुद्र की भांति गरजती हुई आगे बढ़ चलीं।

इस वामादल की अग्रवाहिका मालिनी हाथ में शूल लिये आगे बढ़ी। उसके पीछे दावानल की भांति एक हाथ में शूल और दूसरे में मशाल लिये वामा दल। धनुषों को टंकारती, शस्त्रास्त्रों को ध्वनित करती वे जा पहुंचीं पश्चिम द्वार पर, जहां मारुति का जाग्रत् पहरा था। मारुति ने दावानल के समान वामा-दल को आते देख ललकारा—"तुम कौन हो और अन्धनिशा में तुम्हारे यहां आने का क्या प्रयोजन है? शीघ्र कहो। यहां मारुति जग रहा है, जो राक्षसों का प्राण-वैरी है। कहो-कहो, तुमने यह कैसा वीरांगना का मायावेश धारण किया है। मैं मारुति हनुमान् बाहुबल से राक्षसों की माया का मर्दन करता हूं।"

मारुति के वचन सुन, मालिनी ने धनुष को टंकार दी और क्रुद्ध होकर कहा—"अरे मूढ़, तुझ नगण्य को मुंह कौन लगे? हम सेवकों को नहीं मारतीं, इसीसे तुझ अबोध को मैं छोड़ देती हूं। तू जाकर अपने स्वामी से कह कि अरिन्दम इन्द्रजित् की साध्वी पत्नी, दानवनन्दिनी, प्रमिला सुन्दरी, वामा-दल के साथ पतिपद पूजने लंका में प्रविष्ट होती हैं। जिस योद्धा में सामर्थ्य हो, रोके।"

हनुमान् ने विस्मित होकर दानवनन्दिनी रक्षवधू को आगे बढ़कर देखा, जो सौ वीरांगनाओं के बीच चपल अश्व पर अग्निशिखा की भांति आसीन थी। उसके किरीट का मणि मशालों के प्रदीप्त प्रकाश में नवोदित सूर्य की भांति चमक रहा था। उभारदार वक्ष पर कसा स्वर्णखचित वर्म स्वर्ण-शैल-सा दीख रहा था।

हनुमान् ने सोचा—अहा, ऐसा ज्वलन्त रूप, ऐसा दुर्धर्ष तेज तो राक्षसमहिषी मन्दोदरी में भी नहीं है। भगवती सीता की रूप-माधुरी भी इसकी समता नहीं कर सकती। धन्य है रावणि मेघनाद, जिसके स्नेह-बन्धन में यह वज्रध्वंसिनी तडिद्गामिनी बंधी है। उन्होंने कहा—"सुन्दरी, मेरे स्वामी रामभद्र, दुर्लंघ्य सागर को शिलाओं से बांध लक्षावधि वीरों के कटक सहित इस राक्षस-पुरी स्वर्ण-लंका को घेरे पड़े हैं। राक्षसराज रावण उनका वैरी है। तुम अबला, इस असमय में यहां क्यों आई हो, सो निर्भय होकर कहो। क्या तुम उनके अनुग्रह की कामना करती हो? मैं हनुमान् राम का दास हूं। तुम्हारा जो भी अभिप्राय होगा, मैं प्रभुपद में अभी निवेदन कर दूंगा।"

इसपर दानवनन्दिनी प्रमिला सुन्दरी ने आगे बढ़, वीणा विनिन्दित स्वर में कहा–"हे वीर, तेरा स्वामी राम मेरे पति का वैरी अवश्य है, पर उससे युद्ध करने का मेरा प्रयोजन नहीं है। तू मेरी इस दूती को अपने साथ, अपने स्वामी दाशरथि राम के पास ले जा। वह मेरा अभिप्राय सीता-पति राम से निवेदन कर देगी।"

दानवी वामा अभय मुद्रा से शत्रु-दल में घुस पड़ी। हनुमान् मार्ग दिखाते आगे-आगे चले। वानरों के झुण्ड अग्निशिखा के समान उस दानवी बाला को देखने चारों ओर से आ जुटे। हाथ में भीमाकार शूल लिये, कटि पर धनुष, पीठ पर तूणीर, सिर पर चन्द्ररेखांकित मयूर-पुच्छ का चूड़ा, कुच-युगल पर देदीप्यमान मणि, पीठ पर रत्नग्रथित वेणी, पैरों में नूपुर। नव मातंगिनी की भांति दिशाओं को दीप्त करती वह दानव-बाला रघुमणि राम की सेवा में आ उपस्थित हुई।

सहसा सेना में सागर-कल्लोल की भांति 'जय राम' की ध्वनि उठी। विभीषण ने त्रस्त भाव से राम की ओर देखकर कहा–"राघवेन्द्र, तनिक बाहर आकर देखिए तो, यह क्या चमत्कार है! यह प्रकाश कैसा है? क्या असमय में ही उषा का उदय हो गया?"

राम ने बाहर आ, आती हुई वामा को विस्मय से देखकर कहा–"प्रिय, यह भैरवीरूपिणी वामा कौन है और यहां मेरे पास आने का इसका क्या प्रयोजन? क्या यह भी कोई मायाजाल है? रक्षपति रावण कामरूप है। तनिक भली भांति देखो कि यह क्या रहस्य है? इस विपत्काल में इस दुर्बल सैन्य की रक्षा तुम्हीं कर सकते हो रक्षेन्द्र!"

राम के वाक्य सुन गदापाणि विभीषण आगे बढ़े। लक्ष्मण धनुष-टंकार कर राम के आगे खड़े हुए। भैरवमूर्ति सुग्रीव राम के पार्श्व में खड़े हो गए। हनुमान् के साथ आकर दूती ने राम के सम्मुख आ बद्धांजलि निवेदन किया– "सीतापति राम और सब गुरुजनों के पदों में प्रणाम करती हूं। मेरा नाम मालिनी है। मैं अरिन्दम इन्द्रजित् की पत्नी, दानवबाला प्रमिला सुन्दरी की किंकरी हूं।"

राम ने दाहिनी भुजा उठाकर कहा–"तुझे अभय, तू यहां आने का प्रयोजन निवेदन कर। कह, किस प्रकार मैं तेरी स्वामिनी को सन्तुष्ट कर सकता हूं?"

दूती ने कहा–"सीतापते, दानवनन्दिनी प्रमिला सुन्दरी पतिपद पूजने लंका में जाना चाहती हैं। आप बाहर आकर हमसे युद्ध कीजिए या हमें लंका में आने दीजिए। आपने अपने बाहुबल से अनेकों राक्षसों का वध किया है, अब राक्षसकुल-वधुएं आपसे युद्ध करना चाहती हैं। राक्षसराज-वधू का यही निवेदन है। हम सब एक सौ रमणियां हैं, आप जिसे कहेंगे वही अकेली युद्ध करेगी। चाहे धनुष-बाण

लीजिए या कृपाण। मल्लयुद्ध में भी हमें आपत्ति नहीं। जब जैसी आपकी रुचि हो परन्तु शीघ्रता कीजिए, विलम्ब मेरी स्वामिनी को सह्य नहीं है।"

राम ने कहा—"सुन्दरी, मैं अकारण किसीसे विवाद नहीं करता। रावण मेरा शत्रु है, परन्तु रक्षकुल-बालाओं और कुलवधुओं से मेरा कुछ वैर नहीं है। तेरी स्वामिनी स्वच्छन्दता से लंका में प्रवेश करे। मेरी ओर से तू दानवनन्दिनी से कह दे कि उसकी पतिभक्ति की राम शत-सहस्र मुख से प्रशंसा करता है। राम का जन्म वीर-कुल में हुआ है। तेरी स्वामिनी वीरपत्नी एवं वीरांगना है। धन्य है इन्द्रजित् और धन्य है प्रमिला सुन्दरी दैत्यबाला। मैं धनहीन, वनवासी राम तुझे तेरे उपयुक्त प्रसाद देने योग्य नहीं हूं, केवल तुम सबको मैं आशीर्वाद देता हूं, तुम प्रसन्न रहो!"

इतना कह श्री राम ने हनुमान् से कहा—"वीर मारुति, वामादल को शिष्टाचारपूर्वक सन्तुष्ट कर तुरन्त लंका के द्वार पर छोड़ आओ।"

दूती सीतापति को प्रणाम कर चली गई। राम ने हंसते हुए विभीषण से कहा—"पश्यामस्तावत्ते पुत्रवधूम्।"

विभीषण, राम सुग्रीव ने बाहर देखा—किंकरियों की हुंकार, घोड़ों की हिनहिनाहट तथा शस्त्रों की झनझनाहट के बीच रत्नजटित पताका वायु में उड़ाती हुई, रथों को दुलकी चाल पर नचाती हुई, अश्वों के पैरों के घुंघरू छमछम बजाती हुई, वह वामा-सैन्य राम की सैन्य के बीच इस प्रकार चली जा रही थी जैसे दो पर्वतों की बीच पहाड़ी नदी ताव-पेच खाती हर-हर करती बह रही हो। सबसे आगे मालिनी, कृष्णवर्ण घोड़े पर हाथ में हेमदण्ड लिए, उसके पीछे वाद्यंकरी वीणा, मुरज, बांसुरी, मृदंग, मंदिरा बजाती हुई। उनके पीछे वीरांगनाओं से घिरी शूलपाणि दैत्यबाला प्रमिलासुन्दरी किरीट-धारिणी। दुर्जय वामादल अथाह राम कटक पर उपेक्षा की दृष्टि डालता, धनुष-टंकार करता, हुंकार करता, खड्ग चमकाता, शूल हिलाता, तिरस्कार-सूचक अट्टहास करता, वीरमद में मत्त चला जा रहा था।

राम ने विभीषण से कहा—"मित्र, यह तो अत्यन्त अद्भुत है। ऐसा तो कहीं न देखा, न सुना। कौन है यह वामाविभूषण वीरबाला? इसका तेज-दर्प अतुलनीय है।"

विभीषण ने हंसकर कहा—"रघुमणि, कृतान्त-सम कठिन कृपाण, जग-विख्यात कालनेमि दानव की यह इकलौती बेटी है। यह महाशक्ति-अंश से जन्मी है। विक्रम से इस दानवी को पराजय करना अशक्य है। देवपति इन्द्र को अपने अमित विक्रम से बांधनेवाला इन्द्रदमन मेघनाद इसके पदतल में निवास करता

है। इस सुन्दरी ने उस महाकाल मत्तगजेन्द्र को अपनी स्नेह-श्रृंखला में बांध रखा है। यह वीरांगना प्रमिला अपने प्रेमालाप में उस कालाग्नि-सम रावणि को भुलाए रखती है। इसीसे देवलोक में देव, नागलोक में नाग और नरलोक में नर सुख की नींद सो पाते हैं।"

"सत्य है मित्र, अवश्य ऐसा ही है। दो बार उस दुरन्त रावणि ने मुझे पराभव दिया है। आप मित्रों ने यदि मेरी और सौमित्र की प्राणरक्षा न की होती तो मैं तो समाप्त हो गया था। सात दिन से रावणि काल-समर कर रहा है। अब भोर ही में फिर काल-युद्ध होगा। मैं क्या करूं, कैसे यह रावणि तुरन्त मारा जाए? अरे, अब तो भीमबाहु रावणि के साथ यह भीमा भी मिल गई। अब वह दुर्जय जो न करे सो थोड़ा है। हे मित्र, इस महावीर्यमती प्रमिला से तो मैं भयभीत हो गया हूं। यह रणप्रिया जो न करे, वही थोड़ा। जाओ मित्र, कृपा कर सुग्रीव और लक्ष्मण को साथ ले लो। द्वार-द्वार जाकर सारी सेना का निरीक्षण कर, सबको यथायोग्य व्यवस्थित कर दो। महाकाल कुम्भकर्ण ने ही हमारी समूची सैन्य को अस्त-व्यस्त कर दिया। अब इस अजेयसत्त्व रावण के साथ भोर में काल-संग्राम का हमें साम्मुख्य करना है। इस भिक्षुक राम की लाज तुम्हारे ही हाथ है, मित्र! यहां मैं हूं तुम सारे मोर्चों पर घूम आओ। शत्रु की गतिविधि का भी पता लगाओ।"

राम के वचन सुन गदापाणि विभीषण तुरन्त लक्ष्मण को साथ ले चल दिए। राम व्यग्र भाव से धनुष-बाण ले सावधानी से चारों ओर देखने लगे।

113 देवदूत

इसी क्षण एक चमत्कार हुआ। पश्चिम दिशा उज्ज्वल प्रकाश से भर गई। गम्भीर मेघगर्जन-ध्वनि सुन राम ने भीत होकर मन ही मन कहा—यह अनभ्र वज्रगर्जन कैसा? यह बिना ही दामिनी के प्रकाश कैसा?

सहसा देवसारथि मातुलि ने राम के सम्मुख आकर कहा—"दाशरथि राम की जय हो, मैं मातुलि, देवेन्द्र का सूत, देवेन्द्र का सन्देश लेकर आपकी सेवा में उपस्थित हूं। दाशरथि प्रसन्न हों, देवकुल आपके अनुकूल है। हेमवती उमा भी आपपर सदय हैं। वे सब आपकी जय के अभिलाषी हैं। देवेन्द्र ने इसी कारण मुझे भेजा है।"

राम ने खड़े होकर कहा–"आपके आगमन से तथा देवेन्द्र के और अम्ब उमा के अनुग्रह से सम्पन्न होकर मैं कृतार्थ हुआ। आपको बहुत कष्ट हुआ होगा। देवदूत के बैठाने योग्य मेरे पास स्वर्णासन नहीं है, तथापि मुझ दास पर अनुग्रह कर इस आसन पर बैठिए। मैं अर्घ्य-पाद्य निवेदन करता हूं।"

इतना कह राम ने अपने हाथ से कलश उठाकर, मातुलि को अर्घ्य-पाद्य से सत्कृत कर, आसन पर बैठाया, मधुपर्क दिया, तब देवेन्द्र की कुशल पूछी और कहा–"मुझ दास को देवेन्द्र की क्या आज्ञा है?"

स्वस्थ होकर मातुलि ने कहा–"स्वस्ति रामभद्र, यह तो तुम्हें ज्ञात है कि देव, आदित्य और आर्यों के चार शत्रुकुल थे, जिनमें तिमिरध्वज शम्बर का देवमित्र दिवोदास ने तुम्हारे यशस्वी पिता दशरथ की सहायता से निरन्तर चालीस वर्ष युद्ध कर, उनके सौ दुर्गों का दलन कर हनन किया। इसके अनन्तर दुर्जय वर्चिन को, उसकी एक लाख दानव-सैन्य का हनन कर देवपुत्र सुदास ने समूल नाश कर डाला। इसके बाद महाविक्रमशाली भेद सुदास का शरणागत हो गया। अब रह गया है केवल यह रावण, जो अपने को जगदीश्वर, महिदेव, जगज्जयी कहता है। तुम जानते हो, इसके दुरन्त पुत्र मेघनाद ने देवेन्द्र को बन्दी कर उनसे पृथ्वी के नरपतियों के सम्मुख दासकर्म कराया था। तभी से देवेन्द्र संतप्त हैं। जब तक यह दुरात्मा मेघनाद नहीं मरता, तब तक देवलोक में देवराट् और देव दुःखित हैं और जब तक जगज्जयी रावण जीवित है, आर्य, आदित्य, देव, देवर्षि, ब्रह्मर्षि सभी का अस्तित्व खतरे में है। तो यही विचार, तुम्हारा संकट देख, देवेन्द्र धूर्जटि के सन्निध्य में कैलाश-शिखर पर गए थे और वहां प्रसन्नतामयी अम्ब उमा को प्रसन्न कर, नागपाशयुक्त तूणीर और नागदमन धनुष, जिससे कुमार कार्तिक ने स्वर्गजयी तारक का वध किया था, तुम्हारे लिए मांग लाए हैं। साथ ही इन्द्र ने रौद्रतेजपूर्ण यह अभेद्य ढाल और विकराल खड्ग भी दिया है। सो राघव, तुम इन दिव्यास्त्रों को ग्रहण कर इन दुरन्त राक्षसों का समूल विध्वंस कर दो। इस समय रावण हततेज है। अतः यही समय है, जब रावण सपरिवार मारा जा सकता है। अब उसके सब विषदन्त झड़ चुके हैं। यह दुराचारी मेघनाद शेष है, सो आज तुम इन दिव्यास्त्रों से उसका वध करो। इन महास्त्रों के कारण ही वह रावणि अदृश्य रहकर चहुंमुखी बाण वर्षा करता है, नागपाश में दुर्जय शत्रु को भी बांध लेता है। अब यही कौशल तुम भी कर सकोगे। परन्तु राघव, दिव्य उमा का तुम्हें एक गुप्त संकेत है। उमा ने कहा है कि रावण का निरस्त्र ही वध सम्भव है। दिव्यास्त्रों के रहते उसका वध नहीं होगा। सो हे परंतप जैसे बने, आज तुम उसका निरस्त्र वध करो। यह रहस्य

मत भूलो। इसके अतिरिक्त रावण से तुम बिना रथ के युद्ध नहीं कर सकते थे, सो देवेन्द्र की आज्ञा से इस दिव्य रथ सहित संग्राम की समाप्ति तक मैं तुम्हारी सेवा में उपस्थित हूं। अब तुम प्रसन्न होकर देवों का प्रिय करो।"

राम ने कहा–"देवेन्द्र और अम्ब के प्रति मैं अज्ञ कैसे कृतज्ञता प्रकट करूं?" राम ने धनुष हाथ में लेकर देखा और फिर शोकपूरित स्वर में कहा– "मैंने वैदेही-स्वयंवर में अपने बाहुबल से हर-धनु भंग किया था। किन्तु आज मैं इस धनुष को खींचने में भी असमर्थ हूं।"

इसी समय लक्ष्मण और विभीषण वहां आ पहुंचे। राघवेन्द्र ने उनसे देवदूत के आगमन का समाचार कहा, देवेन्द्र और हेमवती के संदेश-संकेत कहे। फिर वह दिव्य धनुष उन्हें दिखाया। उसे खींचने की अपनी असामर्थ्य पर खिन्न हुए।

इसपर वीर-दर्प से सौमित्रि ने धनुष हाथ में ले, क्षण-भर ही में उसे खींच टंकारा, जिससे दसों दिशाएं ध्वनित हो गईं। राम ने भाई को हृदय से लगाकर कहा–"भाई तू ही अब डूबते रघुवंश का सहारा है। किन्तु इस राक्षसपुरी में अकेले राक्षसराज विभीषण ही हमारी नौका के खिवैया हैं। न जाने आज सूर्य उदय होने पर भूतल पर कौन-सा दृश्य देखेंगे।"

114 समागम

लंका के सिंह-द्वार पर दुन्दुभि गड़गड़ा उठी। असमय में सिंहपौर पर दुन्दुभि निनाद सुन प्रहरी राक्षसों के गुल्म भी गर्जना करने लगे। असमय मेघ- गर्जना के समान गर्जन-तर्जन सुन द्वार-रक्षकों का गुल्मपति विरूपाक्ष और द्वारपालों का नायक तालजंघ गदा उठाकर द्वार की ओर दौड़ चले। गुल्मपतियों ने गुल्मों को तुरन्त तैयार होने के आदेश दिए, घोड़े हिनहिनाने लगे, हाथी चिघाड़ने लगे, रथों का घरघर शब्द होने लगा। दुरन्त कौन्तिक कुन्त घुमाने लगे। धनुर्धर प्राचीरों और कंगूरों पर चढ़ बाण-संधान करने लगे। जनरव और गर्जना से उस अर्धनिशा में लंका हिल उठी। जैसे अभी-अभी ज्वालामुखी का प्रलयंकर विस्फोट हुआ हो, उसी भांति विद्युत्-प्रभा से जगमग मशालों को लिये, शूलधारिणी वामादल को वानर-सैन्य से सिंहद्वार की ओर आते देख राक्षस-दल चल-विचलित हो गया।

द्वार के सम्मुख आ दण्डधारिणी मालिनी ने पुकारकर उच्च स्वर से कहा–"अरे भीरुओ, तुम किस पर अन्धकार में अपने शस्त्र तान रहे हो? आंखें खोलकर देखो, हम राक्षस-शत्रु नहीं, राक्षस-कुलवधुएं हैं। अरिन्दम वीरेन्द्र इन्द्रदमन की वामांगी दानवनन्दिनी प्रमिला सुन्दरी पतिपद पूजने लंका में आई हैं। भयत्रस्त राम ने हमें निरापद मार्ग दे दिया है। अरे मूढ़ो, अब झटपट तुम द्वार खोल दो!"

प्रहरियों ने द्वार में बड़ी-बड़ी चाभियां घुमाईं, चक्र घुमाए। यन्त्र चालित किए, लौह वर्म आच्छादित लंका के सिंहद्वार तुरन्त खुल गए। वामादल ने आनन्द से लंका में प्रवेश किया। दीप-शिखा पर जैसे पतंगा टूटता है उसी प्रकार चारों ओर से पौरजनों ने वामादल को घेर लिया। कुल-वधुएं मंगलध्वनि करके पुष्पवृष्टि करने लगीं। बन्दी बाजे बजाकर वन्दना करने लगे। वाद्यंकरी और विद्याधरी वीणा, बांसुरी और मन्दिरा बजाकर नृत्य करती चलीं, अश्व हिनहिनाते वामादल के खड्ग कोशों में झनझनाते चले। रक्षकुल की स्त्रियां झरोखों से और गोखों से सती सुलोचना को देखने दौड़ चलीं।

पति-मन्दिर में पहुंचकर सुन्दरी प्रमिला प्राणपति से ऐसे मिली, जैसे मणिधारी फणि अपने खोए मणि से। अरिन्दम इन्द्रजित् ने प्रियतमा को हृदय में समेट कर हंसते हुए कहा–"यह क्या रक्तबीज का नाश कर विधुमुखी दुर्गा निज धाम आई हैं? हे देवि, आज्ञा हो तो यह दास तेरे पदतल में गिरे।"

सुलोचना ने अपने मृणाल भुज अरिन्दम के कण्ठ में डालकर कहा–"हे प्रिय, तुम्हारे पद-प्रसाद से यह किंकरी भव-विजयिनी है, किन्तु यह तुम्हारा वियोग नहीं सह सकती। दुःसह वियोग की ज्वाला से वह भस्म हो रही है। अरे निर्दयी, तुम कैसे मुझे अकेली सूनी रात में छोड़ चले आए? ओ प्रियतम, जिसे मन सदा चाहता है, मैं उसीके पास आई हूं। दुरारोध वर्षा-नदी ने सागर के हृदय में प्रवेश किया है।"

"तो प्रिये, अब आनन्द की रात्रि व्यतीत कर!"

प्रमिला सुन्दरी ने मन्दिर में प्रवेश किया। वीर-वेश त्यागा। स्नान-मज्जन किया। रत्नमय अंचल का कौशेय धारण किया। पीन स्तनों पर कंचुकी कसी। कमर में मणिमेखला धारण की। हीरों का हार कण्ठ में पहना। हृदय पर मुक्तमाला धारण की। भाल पर हीरकमणि-ग्रथित मांग दी। कानों में नीलमणि के कुण्डल पहने।

उस समय सहस्र मणिदीपों के उज्ज्वल प्रकाश में मणिमूर्ति के समान प्रभामयी, दीपशिखा-सी ज्योतिर्मयी, कुसुम-गुच्छ के समान सुषमामयी और जीवन के समान प्रेममयी प्रियतमा दानवनन्दिनी सुलोचना प्रमिला को देख राक्षस-चूड़ामणि मेघनाद

आनन्द के समुद्र में डूबकर सुध-बुध खो बैठा। रणरंग, वैरी राम, विपन्न लंका, शोकमग्न राक्षसेन्द्र रावण–सभी को भूल, मेघनाद उस त्रैलोक्यदुर्लभ रूपसुन्दरी दानवेन्द्रनन्दिनी प्रमिला को हृदय से लगा, तृप्त हो उसका यौवनामृत पान करने लगा। जैसे चन्द्र-दर्शन से समुद्र में ज्वार आता है, उसी भांति विरहदग्धा बाला प्रमिला भी इस प्रकार पतिपर्यङ्क पर बिखर गई, तब वह ऐसी थी जैसे शरद् के पूर्ण चन्द्र की चन्द्रिका धवल सौध पर बिखरती है।

बन्दी गान कर रहे थे, गन्धर्वियां नृत्य कर रही थीं, वादक विविध वाद्ययन्त्र बजा रहे थे। फव्वारे जलराशि उछाल रहे थे, सुरभित वसन्तानिल बह रहा था, वसन्त ऋतु वहां मूर्त हो रही थी और अनिन्द्य सुन्दरी प्रमिला मणिपात्र में सुवासित मद भर-भरकर प्राणाधिक प्रियतम के होठों से लगा, मृणाल-भुज कण्ठ में डाल, वक्ष सटा, अपना अधरामृत भी पात्र में लगा अधरामृत के साथ सुरामृत को पिलाती हुई प्राणप्रिय पति को आनन्द-सागर में झकझोर रही थी।

ऐसे सुख-सागर में डूबकर अरिन्दम सो गया। उषा का उदय हुआ। राजद्वार पर दुन्दुभि बजने लगी। पक्षी जगकर कलरव करने लगे। बन्दियों ने विरुद-गान किया। वीरेन्द्र चूड़ामणि मेघनाद ने जगकर देखा–उसके वक्ष पर सोती हुई सुन्दरी प्रमिला ऐसी लग रही थी, जैसे कसौटी पर सोने की लकीर। उसने भुजपाश में भरकर प्रियतमा का चुम्बन लिया और कहा–"उठ प्रिये, यह देख, प्राची में श्वेत रश्मि फैल गई। वनकुसुम झूम-झूमकर हंसते हुए तेरा आह्वान कर रहे हैं। उठ दैत्यराज-नन्दिनी, आज विश्व में अघट घटना घटनेवाली है। आज समुद्र को शिलाओं से बांधने का दुष्कर्म करनेवाले दाशरथि राम को उसके भ्राता के साथ मारकर, मैं उसका हृत्खण्ड पूज्य पिता की सेवा में अर्पण कर परन्तप का ताप दूर करूंगा। उठ चारुलोचने, उठ सुहासिनी! मुझे परिरम्भण दे अपने प्यार से सम्पन्न कर!"

सुलोचना प्रमिला के प्रस्पन्दमान अर्धमुकुलित सुलोचनों में कृष्ण तारिका झांकती-सी ऐसी दीख पड़ी, जैसे मधुलोलुप षडंघ्रि रात को पंकज में कोषबद्ध हो गया हो और अब उषा-बेला में पंकज-कोष खुलते ही वह दीखने लगा हो। उसने नेत्रारविन्द खोल, लज्जा से नमित हो, वस्त्रों को ठीक किया। फिर मन्दहास करती हुई व्याकुल दृष्टि से प्रियतम को निहारकर बोली–"क्या आज इतनी जल्दी प्रभात हो गया, वह सुख-रात्रि इतनी शीघ्र विलीन हो गई?"

मेघनाद ने प्रिया का चुम्बन लिया। फिर उसकी अलकावलियों में खेलते हुए कहा–"प्राणसखी, तू मेरे भाग्य का सर्वोत्तम फल है, मेरे प्राणरूपी सूर्यकान्त की तेज रश्मि है। अब चल, विलम्ब का काम नहीं। जननी के पादपद्म में प्रणाम कर

आशीर्वाद ग्रहण करें। आज मैं निकुम्भलागार में वैश्वानर की विधिवत् पूजा कर कठिन संग्राम में जाऊंगा। आज मैं प्रबल वैरी का आमूल नाश करूंगा।"

इसी समय रावण ने त्रिजटा वेत्रवती को सम्मुख आते देखकर कहा– "अरी सुभगे, आज मैं निकुम्भला यज्ञागार में वैश्वानर का पूजन कर वैरी राम का युद्ध में हनन करूंगा। परन्तु मैं सर्वप्रथम मातृपद-वन्दना करना चाहता हूं। देख तो, महिषी क्या कर रही हैं। उनसे तू ही जाकर निवेदन कर कि उनका अकिंचन दास यह पुत्र और पुत्रवधू उनकी चरण-वन्दना के अभिलाषी खड़े हैं।"

त्रिजटा ने कहा–"आयुष्मन् तेरी जय हो! आज रात महिषी ने रुद्रालय में जागरण-उपवास करके तेरी मंगल-कामना की है और वे देव प्रसाद ले इधर ही आ रही हैं।"

मन्दोदरी ने आकर पुत्र का सिर सूंघ उसे हृदय से लगाया। पुत्र और वधू ने साष्टाङ्ग दण्डवत् किया। महिषी ने अश्रुजल बहाते हुए कहा–"पुत्र, शत्रुजयी हो, अमित-पराक्रम हो!"

मेघनाद ने कहा–"मातः, मुझ दास को आशीर्वाद दे कि आज मैं रक्षकुल-विनाशक पापिष्ठ राम का वध कर सकूं। अम्ब, तू केवल मुझे पद-धूलि दे। फिर मैं देखूं कि मेरे कराल बाणों से कौन उसके प्राणों की रक्षा करता है। तेरे प्रसाद से आज मैं उन दोनों दुरात्मा दाशरथियों को बांध लाकर पितृ-चरण का सब संताप हरण करूंगा।"

मन्दोदरी ने आंखों से अश्रुजल-विमोचन किया। उसने कहा–"अरे पुत्र, अब तो तू ही रक्षकुल का एकमात्र आधार बचा है। कैसे मैं तुझे इस काल-समर में जाने को कहूं? अरे, मेरे हृदय-आकाश का तू ही तो पूर्ण चन्द्र है। तुझे भेजकर अन्धकर में मैं कैसे रहूंगी? अरे, देवबलयुक्त राम और दुरन्त लक्ष्मण के साथ कुलद्रोही विभीषण भी मिल गया। जैसे सर्प अपने ही बच्चों को खा जाता है, उसी भांति यह राज्य-लोलुप विभीषण अपने कुल का घात कर रहा है।"

मेघनाद ने हंसकर कहा–"अम्ब, तू क्यों उन दोनों राज्यभ्रष्ट वनवासियों से डरती है? तेरे पद-प्रसाद से यह दास पृथ्वी में अजेय-अयोध्य है। फिर यह तुच्छ नर क्या है?"

"अरे पुत्र, राम मायावी है, वह मरकर भी जी उठता है। देव उसके सहायक हैं, शिलाएं उसके संकेत पर जल में तैरती हैं, अग्नि बुझ जाती है। अरे पुत्र, उस राक्षसरिपु ने तो महाकाल कुम्भकर्ण को भी मार डाला। महाकाल आदि राजपुत्र भी समर-क्षेत्र में कटे पड़े हैं। अब मैं कैसे तुझे काल-समर में भेजूं?"

मेघनाद ने माता के वक्ष में सिर छिपा लिया। उनके आंसू पोंछकर कहा– "अम्ब, घर में आग लगने पर भला कौन सुख की नींद सोता रहेगा? जब शत्रु ने स्वर्ण-लंका घेर रखी है, तब भला मैं कैसे युद्ध से विरत रह सकता हूं? भला इन्द्रजित् के रहते राक्षस-कुल भयभीत रहेगा? मातामह दनुजेन्द्र मय और मेरे श्वसुर विश्वजित् कालनेमि क्या सोचेंगे? देवेन्द्र हंसेगा। अब पक्षी बोलने लगे, प्रभात में अब देर नहीं। अम्ब, मुझे आज्ञा दीजिए। अरुणोदय से पूर्व ही मैं वैश्वानर की पूजा सम्पन्न करना चाहता हूं।" उसने भूमि में गिर माता को प्रणाम किया। मन्दोदरी ने कहा–"जात, अब मैं क्या कहूं! इस काल-समर में शूलपाणि शंकर तेरी रक्षा करें। जा, भगवान् वैश्वानर को आहुति देकर संतुष्ट कर और वधू तू मेरे नेत्रों को मेरे सामने रहकर शीतल कर। तुझे देखकर मेरे दग्ध प्राण शीतल रह सकते हैं।"

"जा सुलक्षणा माता की पद-वन्दना में। तब तक मैं वैश्वानर के प्रसाद से समर जय कर लौटता हूं।"

सुलोचना सास की लाज छोड़, रोकर कहने लगी–"प्रियतम, शशिकला तो रवि-तेज से ही उज्ज्वल रहती है।"

"जा प्रिये, अब समय नहीं है, पूर्वाकाश में ललाई दीखने लगी। तू लंकेश्वरी के साथ जा, विधाता ने तेरे सुलोचन अश्रु बहाने को नहीं सिरजे। जा शुभे, प्रकाश फैल रहा है। अनुमति दे प्रिये, मैं चला।"

इतना कह रावणि मुंह फेरकर चल खड़ा हुआ। सुलोचना ने दो पद बढ़ा, दोनों हाथ उठाकर, अश्रुपूरित नेत्रों से देखते हुए कहा–"हे कुलदेव लंका पर दया कर, विग्रह में राक्षसकुल की रक्षा कर! हे वैश्वानर, अपने अभेद्य कवच से शूल को परावृत कर! हे कुलदेवी, तुम साक्षी हो, इस छिन्नलता का आश्रय यही तरुराज है, इसे शत्रु का कुठार स्पर्श न कर सके!"

115 वैदेही-वैकल्य

राहु चन्द्रमा को छोड़ देगा, जगत् सुधांशु को देखकर तृप्त होगा, इस आशा में राक्षस घर-बाहर आनन्दमत्त लंका में घूम रहे थे। उनके हर्षनाद, जय-कल्लोल वीणा, मुरज, मुरलि-निनाद, वेदध्वनि, आह्लाद-प्रस्तार देख; हाथी-घोड़ों

का सेना का प्रचण्ड घोष, दुन्दुभि का मेघ-गर्जन, भेरी-स्वर सुन-सुनकर पिंजरबद्ध कुकरी की भांति असहाया, भयत्रस्ता, पतिवियुक्ता, रामसखी सीता–विधुमुखी–जनक-नन्दिनी अशोक कानन में शोकविदग्धा बैठी भाग्य के झकझोरों में उलझी अकेली अश्रुपात कर रही थी। रक्षिका राक्षसियों का दल उत्सव-कौतुक देखने चला गया था। राम-कटक को अकंटक पार कर वामादल सहित वीरांगना प्रमिला सुन्दरी दैत्यनन्दिनी हठात् लंका में आई है। अरिन्दम, दुर्जय, वीरेन्द्रधुरी, इन्द्रजित् आज राम-लक्ष्मण का वध कर लंका का उद्धार करने निकुम्भला यज्ञागार में वैश्वानर की उपासना करेगा, ये सब समाचार उस तक भी कृत-विकृत हो पहुंच रहे थे। इस शत्रुपुरी में कौन उसका सहायक है, कौन उस साध्वी के दुःख को देखनेवाला है? उसके लिए भगीरथ प्रयत्न कर दुर्लंघ्य समुद्र को शिलाओं से बांध, धीर-वीर, दृढ़प्रतिज्ञ राम वानर-कटक लेकर आए हैं। दो-दो बार महाबली दुर्जय रावणि ने उन्हें परास्त कर मृत्युबाणों से बींधा है। आज फिर वह अजेय भीमविक्रम इन्द्रजित् रुद्रसान्निध्य से सम्पन्न, वैश्वानर-वरलब्ध, राघवेन्द्रों के प्राणों का वैरी, सम्पूर्ण राक्षस-कटक सम्भार सम्पन्न कर रहा है। हाय, आज तो प्रलय ही हो जाएगी। कौन काल-समर में आज राघव-बन्धुओं की रक्षा करेगा? अरे, मुझ हतभागिनी के लिए आर्यपुत्र के प्राण दो-दो बार संकट में पड़ चुके हैं। अब आज क्या होगा, कौन जानता! अरे, किसीने भरत को हमारी इस विपदा की सूचना नहीं दी। अभी तक अयोध्या से रघुओं की अक्षौहिणी सेनाएं नहीं आईं। अरे, इस वीर मेघनाद ने तो देवेन्द्र को भी बांध लिया था। अब ऐसा कौन है जो रघुमणि की इस काल-सर्प से रक्षा करे? मैंने ही क्या कुमति की जो जीवित रही और आर्यपुत्र को यहां बुलाकर संकट में डाल दिया। हाय, अब क्या होगा? आज क्या होने वाला है? पवन से इस अशोक वन के पत्ते हिल-हिलकर मर्मर शब्द कर रहे हैं जैसे वे भी मेरे विषाद से हिल-हिलकर विलाप कर रहे हों। शाखाओं में पक्षी जैसे मेरे ही दुःख में रुदन कर रहे हैं। कुसुमराशि तरुमूल में पड़ी है, मानो वृक्षों ने मनस्ताप से तप्त होकर अपना श्रृंगार छिन्न-भिन्न कर डाला है। नदियां जैसे रोती हुई सागर-वक्ष पर पछाड़ खा रही हैं। हाय अब इस विपत् सागर में कौन रघुकुल को उबारेगा?"

वैदेही-वैकल्य-भाव में मग्न, अकेली बैठी अश्रुपात कर रही थी। एक ही मलिन वस्त्र उसके अंग पर था। उसने घुटनों को वक्ष में छिपा लिया था। सिर झुककर वक्ष पर मिल गया था। शोकाशीर्ण उसका क्षीण कलेवर, ग्रीष्म-शुष्क पार्वत्य नदी-सा हो रहा था। इसी समय सरमा राक्षसी आकर रोती हुई सीता के चरणतल में बैठ गई। उन निर्दय राक्षसियों के वृन्द में यही एक उसकी सदय सखी

थी। उसने कहा–"महाभागे, सब दुष्ट चेटियां तुम्हें छोड़कर आज महोत्सव देखने चली गईं। वे सब मद्य पी-पीकर मत्त हो नृत्य-गान कर रही हैं। इसीसे सुयोग पा, मैं तुम्हारी चरण-वन्दना करने आई हूं।"

सीता ने अश्रुपूरित दृष्टि से सरमा को देखकर कहा–"हे सखी, इस राक्षसपुरी में तू ही मुझपर सदय है। हाय, मैंने तो कभी स्वप्न में भी किसी प्राणी का अहित-चिंतन नहीं किया। पिता की आज्ञा से जब आर्यपुत्र राज्य त्याग चुपचाप वन चल दिए, तो छाया की भांति मैं भी उनके पीछे चल दी। हम गोदावरी के तट पर उसी प्रकार रहते थे, जैसे ऊंचे वृक्ष पर कबूतर-कबूतरी घोंसला बनाकर रहते हैं। बिना किसीको दुःख दिए हम कन्द, मूल, फल खाकर रहते थे, दुःखार्तों की सेवा करते थे। आर्यपुत्र के सान्निध्य में मैं तो राज-सुख को भूल ही गई थी। हमारी पर्णकुटी के फूलों का सौरभ वहां के पवन को सुखद बनाता था। मोर-मोरनी हमारी कुटी के द्वार पर नृत्य करते थे। वन के हाथी-हथिनी और मृग-शावक निर्भय मेरे निकट आते थे। पक्षी विविध कलरव कर हमारा मनोरंजन करते थे। मैं फूलों की, फलों की, पक्षियों की, वृक्षों की, पशुओं की, मृगशावकों की समभाव से प्रीति-सहित सेवा करती थी–आदर और यत्न से। सरोवर का निर्मल सलिल मेरा आरसी था। आर्यपुत्र नित्य ताज़े शतदल कमल सरोवर से लाते थे और मेरी वेणी में अपने हाथों से गूंथते थे। हाय! किस दुर्भाग्य से मेरे वे सुदिन लुप्त हो गए! अब क्या मेरे ये दग्ध चक्षु इस जीवन में उन पादपद्मों को देख सकेंगे?"

इतना कहकर वैदेही शराघात से विद्ध पक्षी की भांति सरमा की गोद में गिरकर रोने और छटपटाने लगी।

सरमा ने कहा–"विधुमुखी, इस प्रकार हताश और कातर न हो! मेरी बात सुनो, शिलाएं सागर की लहरों पर तैर रही हैं। महातेज, दुरंत, दुर्जय, सर्वजयी, देव दैत्य-नर-त्रास कुम्भकर्ण का छिन्न-भिन्न शरीर सागर तट पर पड़ा है। रावण के सब पुत्र, परिजन, सुभट, गुल्मपति, अजेय योद्धा मरण-शरण हो गए। त्रिभुवन विजयी योद्धाओं की लाशें सागर तट पर गिद्ध और श्रृंगाल खा रहे हैं। लंका अब वीरशून्या हो गई। रक्षेन्द्र रावण शोकदग्ध, भग्न-मन ठंडी सांसें लेता है। मणि महालय के सब रास-रंग मौन हैं। लंका पर चीलों और गिद्धों के मंडराने से अशुभ छाया छा रही है। अब लंका की विधुमुखी युवतियां मंगल-गान नहीं करतीं, वे अपने नव वैधव्य के दुर्भाग्य में मग्न विलाप करती हैं। लंका के घर-घर शोक मूर्तरूप घूम रहा है। यह अब वह लोकविश्रुत लंका नहीं रह गई है। है रघुवधू रक्षेन्द्र की आशा का आधार अब केवल यही दुरन्त, सर्वजित् मेघनाद है। यह रौद्र तेज से सम्पन्न, दिव्यास्त्रों से

सज्जित, अमित वीर्यवत पुरुष है। इसके मरते ही रक्षेन्द्र को तुम मृतक ही समझो और लंका का यह आज का हर्षोल्लास तो बुझते हुए दीपक की लौ है।"

सरमा के ये वचन सुन सीता आश्वस्त होकर बोली–"किन्तु सखी, यह दुरन्त रिपु दो-दो बार दोनों रघुकुमारों को जय कर चुका है। आज ही सुना है, वह पूर्ण रौद्र तेज से अभिभूत हो, साक्षात् कालरूप समरांगण में जा रहा है।

आज कैसे इस दुरन्त शत्रु से आर्यपुत्र की रक्षा होगी?"

सरमा ने कहा–"देवि, मेरी बात सुनो, दिव्यास्त्रों के रहते रौद्र तेजसम्पन्न इस दुरन्त मायावी का वध असम्भव है। पृथ्वी का कोई वीर, देव, दैत्य, दानव इस अजेय का वध नहीं कर सकता।" फिर उसने सीता के कान के पास मुख लाकर मन्द स्वर में कहा–"अभी कुछ क्षणों में यह दुरन्त रावणि शस्त्ररहित निकुम्भला यज्ञागार में एकाकी जाएगा। यही समय है कि राघवेन्द्र किसी तरह वहां पहुंचकर उसका वध कर डालें। अभी सूर्योदय नहीं हुआ है, परन्तु प्रभात होने में देर नहीं है। मणि-महालय की दुन्दुभियां बज रही हैं। अभी वीरेन्द्र मातृ-पद-वन्दना करने जाएगा। पीछे वह निकुम्भला यज्ञागार में एकाकी निरस्त्र बैठ वैश्वानर को आहुति देगा। इसमें उसे आधा याम समय लगेगा। अभी भी यदि राघवेन्द्र को कोई यह सूचना दे दे और राघवेन्द्र यह दुस्सह साहस कर सकें तो निश्चय ही यह मृत्युञ्जय मरण-शरण हो सकता है।"

सरमा के ये वचन सुन भय से थर-थर कांपती हुई रघुवधू सीता ने धड़कते कलेजे पर हाथ रखकर कहा–"किन्तु सखी, कौन वीर लंका में ऐसा है जो मेरा प्रिय करे? यह गुप्त संदेश रघुमणि को दे? फिर रघुमणि निकुम्भला यज्ञागार तक पहुंचेंगे कैसे? कहां है वह यज्ञागार? वहां तक पहुंचना सुकर होगा भी या नहीं?"

सरमा ने उसी भांति मैथिली के कान से मुंह सटाकर कहा–'रघुवधू, लंका के उत्तर कोण में एक विकट वन है, वहीं एक मनोरम सरोवर है। उसीके मध्यभाग में यह स्वर्णमय निकुम्भला यज्ञागार है। उस सरोवर में दुर्लभ नीलोत्पल खिले हैं। रथीन्द्र भगवान् वैश्वानर को वेद-मन्त्रों से अभिमन्त्रित करके उन्हीं उत्पलों की एक सहस्र आहुतियां देगा वह। उस भयंकर दुर्गम वन में एक सहस्र शूलपाणि राक्षस भट सयत्न चौकसी करते हैं। यदि श्री राम उस वन में साहसपूर्वक प्रविष्ट हो सकें तो मनोरथ पूरा हो सकता है। यह अवसर चूका तो चूका।"

सीता ने विकल भाव से सरमा का हाथ पकड़ लिया। उन्होंने कहा– "सखि, यह सत्य है कि यह अवसर चूका सो चूका। सो सखि, तू ही यह प्राणान्त उद्योग मेरे लिए करे तो हो सकता है, नहीं तो नहीं।"

"मैं ही करूंगी वैदेही, तुम निश्चिन्त रहो। मैं तुम्हारा दुःख नहीं देख सकती। तुम्हारे भाग्य से रघुमित्र गदापाणि धीर विभीषण राम की सेवा में हैं। चाहें तो अनायास ही गुप्त रूप से निरापद राघवेन्द्र को या उनके भ्राता को निकुम्भला यज्ञागार के अगम क्षेत्र में ले जा सकते हैं, जो सहस्र भट-रक्षित है और जहां बिना अनुमति वायु का भी प्रवेश नहीं हो सकता।"

"तो अरी, मेरी प्राणदात्री सखी, एक-एक क्षण बहुमूल्य है, तू अभी जा! हे दिव्या, तू रघुवंश की लाज रख। तुझे वीरमणि मारुति मिले, सौभद्र लक्ष्मण मिले या आर्यपुत्र दीखें, उनसे तेरा साक्षात्कार हो, तू अपना गुह्य निवेदन उन्हीं से कर आ!"

इतना सुन सरमा तुरन्त वहां से अदृश्य हो गई। रह गई वैकल्य-विकल, भाग्यदग्धा, एकाकिनी, प्रिय-वियोगिनी वैदेही–आशा-निराशा के झूले में झूलती-सी।

116 कूट योग

उषा का उदय हो रहा था। राम-कटक सज रहा था। पर राम सब सेनानियों सहित व्याकुल भाव से बैठे परामर्श में मग्न थे। विभीषण, सुग्रीव, अंगद, जाम्बवन्त, नल, नील, गय, द्विपद, ऋक्ष, वृषभ, सभी सेनानायक, गुल्मपति राघवेन्द्र को घेरे, आज होनेवाले काल-समर के सम्बन्ध में परामर्श कर रहे थे। लंका में युद्ध के नगाड़े गड़गड़ा रहे थे। राक्षसों के जयनिनाद और हर्षोल्लास सुन-सुनकर वानर-सैन्य के मन में शंका का भूत बैठ रहा था। राम ने कहा– "मित्र रक्षेन्द्र, यह तो असाध्य-साधन है। भला यह कैसे संभव हो सकता है कि दुर्जय मेघनाद का निरस्त्र वध किया जाए? ऐसा सुयोग हम पा ही कैसे सकते हैं? हाय, यह हमारा दुर्भाग्य ही समझना चाहिए कि सुरेन्द्र का अनुग्रह और उमा हेमवती का प्रसाद पाकर भी हम उससे लाभान्वित नहीं हो रहे। रक्षेन्द्र, कहो, अब तुम्हीं रघुवंश की डूबती नाव को पार लगा सकते हो।" गदापाणि विभीषण गम्भीर सोच में निमग्न हो गए। इसी समय वानर-सैन्य को विस्मित करते हुए मारुति सरमा को राम के सम्मुख ले आए। उन्होंने कहा– "यह राक्षसबाला आपके पादपद्म में कुछ

कूट निवेदन करना चाहती है।" राम ने कहा–"कह भद्रे, मैं तेरा क्या प्रिय कर सकता हूं!"

सरमा ने प्रथम राम-लक्ष्मण को, फिर विभीषण को प्रणाम करके कहा–"धर्मात्मा राक्षसराज विभीषण मुझे पहचानते हैं, पहले ये साक्षी दें तो मैं कूट निवेदन करूं।"

विभीषण ने कहा–"मैं तुझे पहचानता हूं, तू सरमा किंकरी है। मुझे स्मरण होता है, तू अशोक वन की रक्षिका राक्षसी सैन्य की अधिष्ठात्री है।"

"और वैदेही की किंकरी भी।"

"यह भी मैंने सुना था, भगवती से सौहार्द रखने के कारण राक्षसेन्द्र की धर्षणा भी पा चुकी है।"

"तो राघवेन्द्र प्रसन्न हों और किंकरी के वचन पर विश्वास करें। क्या मैं यहां सबके समक्ष कूट निवेदन करूं?"

"कह भद्रे, ये सब हमारे विश्वस्त सेनापति हैं।"

"तो रथीन्द्र मेघनाद इस क्षण एकाकी निकुम्भला यज्ञागार में वैश्वानर की पूजा कर रहा है। राघवेन्द्र साहस करें तो इसी क्षण उसका निरस्त्र वध कर सकते हैं। बस यह क्षण चूके तो चूके।"

यह सुनते ही सौमित्रि उछलकर खड़े हो गए। उन्होंने कहा–"हे कल्याणी क्या तू निकुम्भला यज्ञागार का मार्ग जानती है? क्या तू मार्ग बताकर अपना अनुग्रह शतगुण कर सकती है?"

"गदापाणि राक्षसशिरोमणि धर्मात्मा विभीषण को आपका वरद सान्निध्य प्राप्त है। ये चाहें तो आपको गुप्त रूप से अगम्य यज्ञागार में सशस्त्र निरस्त्र एकाकी रावण के सम्मुख एक मुहूर्त में ही ले जाकर खड़ा कर सकते हैं।"

"तो आर्य, अब विलम्ब मत कीजिए, अनुमति दीजिए, उषा का उदय हो रहा है।"

राम ने आर्द्रनयन होकर कहा–"भाई, जिसे देखकर देव-दैत्य सभी भयभीत होते हैं, जिसने देखते ही वानर-कटक से रक्षित हमें बात की बात में शरविद्ध कर दो-दो बार भूपतित किया, उसके सम्मुख तुम्हें कैसे जाने दूं? जिस विषधर के विष से देव-नर तुरन्त भस्म हो जाते हैं, कैसे मैं उसकी बांबी में तुम्हें अकेला भेजूं? अरे सौमित्रि, सीता के उद्धार का अब कुछ प्रयोजन नहीं है। मैंने व्यर्थ ही समुद्र पर सेतु बांध शत्रु-मित्र के रक्त से पृथ्वी को रंगा। भाग्य-दोष से मैंने राज्यपाद, माता-पिता, बन्धु-बान्धव सभी को खोया। इस मेरे अन्धकारावृत जीवन में एक

जनक-सुता सीता ही दीपशिखा थी, सो अदृष्ट ने उसे भी बुझा दिया। अब एक तुम्हीं मेरी आशा के आधार हो, तुम्हें मैं नहीं खोऊंगा। चलो सौमित्रि, वन को लौट चलें।"

लक्ष्मण ने कहा–"आर्य, ये कैसे वचन मैं आपके मुंह से सुन रहा हूं! लंका का सौभाग्य-सूर्य डूब गया। लंका के जगज्जयी सुभटों के शवों को गिद्ध और श्रृगाल खा रहे हैं। लाइए देवास्त्र, मैं अभी–इसी क्षण रावणि का हनन करता हूं।"

विभीषण ने अब धीर स्वर में कहा–"राघव, सौमित्रि ठीक कहते हैं, मैं उनके साथ हूं, आप चिन्ता न करें। सरमा का कूट निवेदन बहुमूल्य है। यह भगवती की शुभचिन्तिका किंकरी है, इसपर संदेह का कोई कारण नहीं है। यह कूट योग हमें चूकना नहीं चाहिए।"

"मित्र"–राम ने संतप्त स्वर में कहा–"जब मैंने पिता की आज्ञा से वनगमन किया तो वीरवर लक्ष्मण तरुण यौवन में सब सुखों को तिलांजलि दे, स्वेच्छा से मेरे पीछे वन को चल दिए। तब माता सुमित्रा ने नयनाश्रुपात कर कहा था–'राम, मेरे इस नयन-मणि को, मेरे हृदय-धन को यत्न से रखना!" सो मैं अब इस भ्रातृरत्न को कैसे संकट में डालूं अथवा परिणाम जो हो, सो हो, मैं भी तुम्हारे साथ चलूं?"

विभीषण ने कहा–"महाराज, आप कातर न हों। धैर्य के कुछ क्षण ही आते हैं, जब धैर्यवान् की परीक्षा होती है। सरमा का कूट योग बहुमूल्य है, अब आप हमें आज्ञा दीजिए। ये क्षण व्यर्थ ही जा रहे हैं।"

राम ने मस्तक नवा आंखों से अश्रु गिराए और कहा–"लाओ देवास्त्र, मैं अपने हाथों सौमित्रि का वीर-श्रृंगार करूंगा।" उन्होंने दिव्य कवच धारण कर, कमर में कृपाण, पीठ पर उमादत्त ढाल, हाथ में नागसिद्ध दिव्य धनुष, पीठ पर अक्षण तूणीर कस दिया। मस्तक पर लौह त्राण सजा दिया। सौमित्रि ने राघवेन्द्र की प्रदक्षिणा करके साष्टांग दण्डवत् किया और कहा–"आर्य, आशीर्वाद दीजिए, मैं आज दुर्धर शत्रु का संहार करूं!"

"भाई, जैसे पीठ दिखाते हो, वैसे ही मुंह दिखाना। मित्र रक्षेन्द्र विभीषण मेरे जीवन और मृत्यु तुम्हारे ही हाथ हैं। मैं अपना रत्न तुम्हें सौंपता हूं। अब और क्या कहूं? मातुलि, सौमित्रि को तुम ले जाओ और ऐसे ही ले आओ देव!"

इतना कह राम विकल भाव से उद्विग्न मन खड़े रहे। सौमित्रि और विभीषण दिव्य देवरथ में बैठ द्रुतगति से निकुम्भला यज्ञागार में नीलपद्म की मन्त्रपूत आहुति देते हुए यज्ञदीक्षित रावणि का निरस्त्र वध करने चल पड़े।

117 जनरव

कनक-लंका में आनन्दोत्सव होने लगे। दुन्दुभियां गड़गड़ाने लगीं। वीर-वाहिनियां सज-सजकर चतुष्पदों पर एकत्र होने लगीं। घर-घर बाजे बजने लगे, नर्तकियां नाचने लगीं। गन्धर्वियां गान करती चतुष्पदों को पादाघात से मुखरित करने लगीं। आज का प्रभात लंका में आशा और आनन्द के प्रवाह को लेकर आया था। नागरिक परस्पर प्रसन्न मुद्रा में बातें कर रहे थे। गृहस्थों ने अपने गृहद्वार फूलों से सजा दिए, खिड़कियों में मंगल-दीप रख दिए। गृहाग्र में रंग-बिरंगी ध्वजाएं फहराने लगी। अपने सौरभ से पुरी को आपूर्यमाण कर मलय-मारुत पुष्पगन्ध आमोद में व्याप्त हो गया। रात भर लंका ने जागरण किया, यज्ञानुष्ठान किए, वेदध्वनि की। वीरेन्द्र कल राम मारेगा, लक्ष्मण का भी वध करेगा। राक्षस-दल वानर-कटक को मार-मारकर समुद्र के अतल तल में डुबो देगा। लंका के नागरिक आशा के झकोरों में झूम रहे थे। राज-प्रासाद के प्रांगण में सैन्य सज्जित हो रही थी। धौंसे गड़गड़ा रहे थे। हाथी, घोड़े, पैदल पंक्ति बांधे खड़े थे। सेनानायक तालजंघ गुल्मों का व्यूह रच रहा था। विरूपाक्ष नगररक्षा क़ा विधान रच रहा था। खिड़कियों से पौरवधुएं पुष्प और लाजावर्षा कर रही थीं। हाथी चिंघाड़ रहे थे। घोड़े हिनहिना रहे थे। मन्दिरों में वेदगान हो रहा था। तोरण पर प्रभात-राग अलाप ले रहा था। पुरजन इधर-उधर आते-जाते बातें कर रहे थे। एक ने कहा–"जल्दी कर मित्र, प्राचीर पर चढ़ा जाए, जिससे आज का युद्ध देखने को मिल जाए। फिर स्थान नहीं मिलेगा।"

दूसरे ने कहा–"अरे, अभी ठहर, अरिन्दम इन्द्रजित् अभी भगवान् वैश्वानर की उपासना कर रहा है। वह अभी आकर सम्पूर्ण राक्षस-व्यूह का निरीक्षण करेगा। देखता नहीं, तालजंघ महानायक कैसी तत्परता से व्यूह-रचना कर रहा है!"

तीसरे ने कहा–"आज भिक्षुक राम का निस्तार नहीं है। कुलद्रोही महाराज विभीषण भी आज अपने कर्म-फल भोगेंगे।"

चौथे ने कहा–"अरे, वह मायावी राम तो मर-मर कर भी जी उठता हैं। देवगण उसके पक्ष में हैं।"

"तो क्या हुआ, देवराज इन्द्र के वज्र को व्यर्थ करने वाले अरिन्दम रक्षराजपुत्र आज काल-पुरुष की भांति सब देवताओं का प्रयत्न व्यर्थ करेंगे। चलो, प्राचीर पर चढ़कर देखें।"

"प्राचीर पर चढ़कर क्या होगा! अरिन्दम इन्द्रजित् तो पल भर ही में राम को मार डालेगा।"

"सच कहते हो। जैसे अग्नि सूखी घास को भस्म करती है, वैसे ही युवराज शत्रु संहार करता है। उस-सा योद्धा पृथ्वी पर और नहीं है।"

"अरे, देखते रहो, अभी एक मुहूर्त में वह उन दोनों वनवासियों को मार, अधम विभीषण को बांध कर ले आता है।"

"धन्य है महीन्द्र, महिदेव, रक्षपति, पौलस्त्य, जगदीश्वर रावण रक्षेन्द्र, वह जगत् में महिमा का समुद्र है। कहो भला, पृथ्वीतल पर और किसका ऐसा वैभव है? परन्तु इस भिखारी राम ने इस रत्नमयी लंका को विधवा बना दिया। देखा, समुद्र-तीर पर पर्वत के समान कुम्भकर्ण महाराज समरभूमि में पड़े हैं। भला इस बात की भी कोई कल्पना कर सकता था?"

"अरे, तभी तो लंका के हेमकूट के समान गगनचुम्बी प्रासादों की हाथीदांत जड़ी खिड़कियों और स्वर्णद्वारों से निहत वीरों की म्लानवदना राक्षस-वधुएं साश्रुनयन समर-क्षेत्र की ओर देख रही हैं।"

"हां भाई, सच है। लंका की भांति वैभव इस लोक में भला कहां था? पर जगत् में स्थिर कौन है? सागर-तरंग की भांति एक वस्तु आती और दूसरी जाती है। चलो भाई, चलो देखें; अब तो प्राचीर पर नरमुण्ड दीखने लगे।"

118 रथीन्द्र-वध

अगम्य, सहस्र सुभट-रक्षित निकुम्भला यज्ञागार में रथीन्द्र इन्द्रजित् कुशासन पर अकेला बैठा था, रक्त कौशेय और यज्ञोपवीत पहने। भाल पर रक्तचन्दन का लेप, कण्ठ में जपापुष्प की माल। धूमदानों में गन्धद्रव्य जल रहे थे, एक सहस्र घृत के दीपक जल रहे थे। नीलोत्पलों का ढेर लगा था। स्वर्णघटों में समुद्र-जल भरा था। सम्मुख स्वर्णघट था। रत्न-पात्रों में पूजा-सामग्री थी। रथीन्द्र निमीलितनेत्र वेद-मन्त्र-पाठ कर आहुति दे रहा था।

क्षुधातुर व्याघ्र जैसे गोशाला में प्रविष्ट होता है, उसी भांति बली सौमित्रि ने झपटते हुए, विकराल देवदत्त खड्ग कोश से खींच, रथीन्द्र को ललकारा।

ललकार तथा शस्त्रों की झनझनाहट सुन रथीन्द्र मेघनाद ने चौकन्ने होकर नेत्र खोल, सौमित्रि की सौम्य मूर्ति को देखा। उसने समझा, प्रसन्न हो भगवान् वैश्वानर ने ही प्रत्यक्ष दर्शन देने का अनुग्रह किया है। उसने उठकर, दूर ही से भूतल में गिर, साष्टांग प्रणाम कर बद्धांजलि हो कहा–"देव वैश्वानर, यह दास आज आपकी आराधना कर रहा है, क्या इसीलिए आपने इस रूप में प्रकट होकर दास पर अनुग्रह किया है? हे देव, मैं आपको प्रणाम करता हूं!"

लक्ष्मण ने कहा–"सावधान रावणि, मैं वैश्वानर नहीं–तेरा काल सौमित्रि हूं। मैं अभी तेरा वध करता हूं।"

मेघनाद ने भयभीत होकर विस्मित नेत्रों से सौमित्रि को देखकर कहा– "तू सौमित्रि मानव है! कह, किस कौशल से तू इस अगम्य यज्ञागार में घुसा? इसकी प्राचीर दुर्लंघ्य है, असंख्य योद्धा चक्रावलि के रूप में चारों ओर शस्त्रप्राणि घूम रहे हैं, द्वार पर दुर्जय योद्धाओं का पहरा है। देवों और मानवों में ऐसा कौन वीर जन्मा है जो अकेला इस रक्षित आगार में आने का साहस कर सके? नहीं-नहीं, आप अवश्य ही भगवान् वैश्वानर हैं। इस दास को प्रवंचना से मुक्त कर वर दें कि मैं राम का वध कर लंका को निश्शंक करूं। देखिए, सेनाएं श्रृंगनाद कर रही हैं, मैं अब विलम्ब नहीं कर सकता।"

लक्ष्मण ने कहा–"अरे दुरन्त रावणि, मैं तेरा काल यहां उपस्थित हूं। आयुहीन जन को काटने के लिए काल-सर्प धरती फोड़कर निकल आता है। रे देवकुल द्रोही, आज मैं यहीं तेरा हनन करूंगा।"

सौमित्र खड्ग लिए आगे बढ़ा। मेघनाद ने पीछे हटते हुए कहा–"ठहर, तू यदि सत्य ही रामानुज लक्ष्मण है, तो मैं अभी तेरी युद्ध-कामना पूरी करता हूं। हे वीर, तू मेरे धाम में पहली बार आया है, इसलिए शत्रु होने पर भी अतिथि है, क्षण-भर मेरा आतिथ्य ग्रहण कर। मैं तनिक वीर-साज सज लूं अस्त्र ले लूं।"

लक्ष्मण ने गरजकर कहा–"अरे मूढ़, बाघ के जाल में फंसने पर क्या किरात उसे छोड़ देता है? मैं तुझे इसी क्षण निरस्त्र वध करूंगा।"

मेघनाद ने क्रुद्ध होकर कहा–"अरे, अधम मानव, निरस्त्र शत्रु पर आघात करना वीरकुल की मर्यादा नहीं। तूने चोर की भांति मेरे मन्दिर में प्रवेश किया है। ठहर, मैं तुझे चोर ही की भांति दण्ड दूंगा।" उसने एक श्रृंगपात्र उठाकर लक्ष्मण के सिर पर दे मारा।

सिर पर करारा आघात खाकर लक्ष्मण घूमकर भूमि पर गिर पड़े। अब मेघनाद उनकी तलवार लेने को झपटा। इसी समय भीमकाय शूल हाथ में लिए विभीषण ने

उसका मार्ग रोक लिया। विभीषण को सम्मुख देख रावण ने क्रोध और घृणामिश्रित स्वर में कहा–"अहा, अब समझा कि रामानुज ने किस कौशल से शत्रुपुरी में प्रवेश किया। तात, आपको धिक्कार है! अरे, महिदेव जगदीश्वर आपका सहोदर, महातेज कुम्भकर्ण आपका भाई और यह दास आपका भ्रातृपुत्र इन्द्र-विजयी। सो आपने अपने घर का द्वार चोर को दिखाया? क्या कहूं, आप पितृतुल्य गुरुजन हैं। कृपा करके राह छोड़ दीजिए। मैं शस्त्रागार में जाकर शस्त्रपाणि हो, अभी इस चोर रामानुज को मृत्यु की गोद में सुलाकर लंका के कलंक को दूर करूंगा।"

विभीषण ने कहा–"तेरा अनुरोध वृथा है, मैं राम का अनुगत हूं।"

"अहा, यह आपने क्या कहा? हाय, आप! राम के दास! अरे, कहां आप महाकुल में जन्मधारी और कहां अधम राम? यह रामानुज कितना क्षुद्र है जो निरस्त्र योद्धा पर शस्त्राघात करता है? यह क्या महारथियों की प्रथा है? हटिए, मुझे शस्त्र ले आने दीजिए। मैं देखूंगा, इस काल के मुख में आए हुए हतायु रामानुज को अब कौन मेरे हाथ से बचाता है? हटो, द्वार छोड़ो!" परन्तु विभीषण ने द्वार नहीं छोड़ा। उन्होंने कहा–"रावण तो अपने कर्मदोष ही से लंकासहित रक्षकुल को डुबा रहा है। मैंने तो धर्माश्रय लिया है।"

मेघनाद ने गरजकर कहा–"तुमने धर्माश्रय लिया है? किस धर्म के मत से तुमने भ्रातृत्व और जातित्व को तिलांजलि दी है? अरे, अरे!'

इसी क्षण हठात् सौमित्रि ने सावधान हो दिव्य धनुष से बाण-वर्षा आरम्भ कर दी। मेघनाद के शरीर में बाण छिद-छिदकर रक्त की धार बह चली। मेघनाद ने आहत पशु की भांति चीत्कार करते हुए कहा–"अरे अधम चोर, ठहर, ठहर, रे ठहर!" उसने यज्ञपात्र, घंटा उठा-उठाकर लक्ष्मण पर फेंकने आरम्भ किए। लक्ष्मण ने दिव्य धनुष से चौमुखी बाण-वर्षा कर मेघनाद के अंग-प्रत्यंग को छलनी कर दिया। वह बचने को इधर-उधर दौड़ने और चिल्लाने लगा। लक्ष्मण की चतुर्मुख बाण-वर्षा से चमत्कृत होकर आर्तनाद करता हुआ मेघनाद बोला–"हाय-हाय, अब मैं ऐसे मरता हूं जैसे राहु चन्द्र को ग्रस लेता है अथवा जैसे सिंह व्याघ्र के जाल में फंसकर।" लक्ष्मण ने उसके दोनों पैरों को झटपट बींध डाला। रथीन्द्र भूमि पर गिरकर छटपटाने लगा। अब लक्ष्मण धनुष छोड़ खड्ग हाथ में ले उसपर पिल पड़े। उन्होंने बारम्बार निर्दय आघात करते हुए कहा– "मर रे अधम, मर! मर रे देवों के शत्रु, मर! पृथ्वी को अशान्त करने वाले, मर! मर! मर!" रथीन्द्र रावणि के अंग-प्रत्यंग कटकर छिन्न-भिन्न हो गए। वह रक्त में लथपथ छटपटाने और लम्बी-लम्बी सांसें लेने लगा। उसने टूटते स्वर में कहा–"अरे नराधम पामर, मुझे मृत्यु का शोक

नहीं। पर तुझ चोर के आघात से मेरी मृत्यु हुई, इसीकी लज्जा है। अरे नराधम, रक्षेन्द्र जब सुनकर क्रोध करेंगे तो उनसे तेरी रक्षा कौन करेगा? दानवों और मानवों में कौन ऐसा समर्थ है?" वह मृत्यु-यातना से हांफने लगा। कुछ रुककर उसने कहा–"हे पिता, विदा! हे अम्ब, विदा! आपके चरणों में मुझ अपुत्र की विदा! प्रिये सुलोचने, दानव नन्दिनी, चारु-भाषिणी, प्राणाधिके, विदा! चिर विदा!"

उसकी आंखों से अश्रुधारा और शरीर से रक्तधारा अविरल बह चली। अन्त में उसका सिर गिर गया, नेत्र उलट गए। प्राण-पखेरू उड़ गए।

विभीषण शूल फेंक रोते हुए उससे लिपट गए। रोते-रोते वे कहने लगे– "अरे पुत्र, राक्षसराज रावण के आशास्तम्भ, मन्दोदरी के नयनतारे, सुलोचना प्रमिला के प्राण, तुझे यह क्या हो गया? उठ वत्स, उठ! मैंने तो तुझे घुटनों पर खिलाया था। अरे, एक बार उसी भांति हंसकर बोल! प्रिय, मैं कुलांगार विभीषण तेरा पितृव्य हूं। मैं अभी द्वार खोलता हूं तू शस्त्र लेकर लंका का कलंक दूर कर। हाय-हाय, राक्षस-कुल का सूर्य तो मध्याह्न ही में अस्त हो गया। अरे वीरमणि, भूतल में क्यों पड़ा है? अरे, राक्षस-सैन्य जयोल्लास से गरज रही है, श्रृंगीनादी नाद कर रहे हैं। घोड़े भैरवनाद से हिनहिना रहे हैं, राक्षस-सुभट वीर साज सजे तेरी प्रतीक्षा में खड़े हैं। उठ वीर, उठ!"

लक्ष्मण ने विभीषण के कन्धे पर हाथ धरकर कहा–"राक्षसपति, दुःख का दमन कीजिए, वृथा शोक से क्या लाभ! चलिए, अब शीघ्र आर्य राघवेन्द्र की सेवा में पहुंच उनकी आशंका दूर करें।"

उन्होंने गदापति विभीषण को हाथ का सहारा देकर उठाया और गुप्त राह से जैसे आए थे, उसी भांति दोनों वहां से पलायन कर गए।

119 वज्रपात

महीपति रक्षेन्द्र ने आज भोर ही में सभाभवन में आ रत्न-सिंहासन सुशोभित किया। मन्त्री, सभासद् सभी उदग्रमन अपने-अपने आसन पर बैठे। रक्षेन्द्र गम्भीर भाव से मौन बैठा रहा। फिर उसने कहा–"क्या वीरपुत्र का वैश्वानर-यज्ञ सम्पूर्ण हुआ? राक्षस-सैन्य क्या रणक्षेत्र को प्रस्थान कर गई? पुत्र ने राजमहिषी की

तो चरण-वन्दना की, पर मेरे निकट मेरा आशीर्वाद लेने नहीं आया? मैं आशीर्वाद देता हूं–वह आज शत्रु का हनन कर लंका-कंटक दूर करे। परन्तु मैं जय-निनाद नहीं सुन रहा हूं। हाथी नहीं चिंघाड़ रहे, न घोड़े हिनहिना रहे हैं। यह मेरे हृदय में हूक-सी कैसी उठ रही है! सभासदो, मैं तो अब स्वर्णासन पर स्थिर नहीं रह सकता। मेरे प्राण अधीर हो रहे हैं। क्या सेना प्रस्थान कर गई?"

सारण ने अधोमुख हो कहा–"श्रृंगी-नाद तो नहीं सुनाई दे रहा। किन्तु यह कोलाहल कैसा है?"

"यह तो बढ़ता ही जा रहा है। यह सेना का जयनाद नहीं है। अब युद्ध के धौंसे एकबारगी ही कैसे बजने बन्द हो गए? भेरी-नाद कहां सुनाई दे रहा है?"

रावण ने विकल दृष्टि से चारों ओर देखा। इसी क्षण एक चर आकर–'हे परमेश्वर, हे रक्षेश्वर, हे महिदेव' कहता, भूमि में गिरा।

इसके बाद दो-चार-दस-पचास-सौ।

"यह क्या? कोई बोलता क्यों नहीं?" रावण ने गरजकर कहा। परन्तु दूतों के मुख से बात नहीं फूटी। वे–'रक्षा करो, रक्षा करो'–कहकर सिर धुनते हुए भूमि में पड़े रहे।

रावण का मन हाहाकर कर उठा। उसने कहा– "कोई भी कुछ नहीं कहता। ये सब तो अक्षत हैं, निरापद हैं, फिर इतने कातर क्यों हैं?" रक्षेन्द्र मणिपीठ त्याग कर खड़ा हो गया। उसने कहा–"अरे कहो, क्या संवाद है? क्या वीरपुत्र ने प्रस्थान कर दिया? चतुरंगिणी सेना क्या शत्रु के सम्मुख पहुंच चुकी?"

दूत सिर धुनने और विलाप करने लगे।

रावण ने कहा–"अरे कहो, तुम सब इतने शोकातुर क्यों हो? क्या तुम कोई अमंगल वार्ता कहना चाहते हो? यदि अरिन्दम ने राम को मार डाला हो तो कहो, मैं सभी को राजप्रसाद दूंगा।"

एक वृद्ध दूत ने सिर उठा, मुख में तृण दाब कांपते-कांपते कहा–"हे पृथ्वीनाथ, यह अधम दास अमंगल-वार्ता कैसे कहे? हाय! यह बात कहने से पूर्व ही मेरी जीभ कटकर गिर जाए।"

"अमंगल-वार्त्ता? कैसे अमंगल-वार्त्ता? अच्छा शुभाशुभ जो हो वही कह। शुभाशुभ तो विधि का विधान है। झटपट कह–मैं तुझे अभयदान देता हूं।"

"हे जगदीश्वर! मृत्युञ्जय, रथीन्द्र, इन्द्रजित् युवराज का निकुम्भला यज्ञागार में किसी अज्ञात छली ने वध कर डाला। उनका रक्तप्लुत अंग-भंग निष्प्राण शरीर यज्ञभूमि में पड़ा है।"

यह सुनते ही रावण कटे वृक्ष की भांति भूमि पर गिर गया। सभासदों ने दौड़कर मुर्च्छित महिदेव को उठाया।" सहसा सैकड़ों-सहस्रों राक्षस भट रोते-चिल्लाते छाती कूटते सभाभवन में घुस गए।

रावण ने चैतन्य होकर अपने चारों ओर देखा। मन्त्रिवर सारण ने बद्धांजलि निवेदन किया–"हे स्वामी, इस समय आप शोकावेग को न सहेंगे तो राक्षसकुलांगनाओं के चक्षुजल में पृथ्वी डूब जाएगी। हे त्रिलोकजयी, अभी आपको भीमास्त्र से पुत्रघाती का हनन करना है।"

रावण ने उन्मत्त की भांति कहा–"कौन है वह वीर? किसने रणंजय पुत्र का वध किया?"

"महाराज, रामानुज लक्ष्मण ने छद्मवेश में यज्ञागार में प्रविष्ट होकर यह दुष्कृत्य किया। रथीन्द्र जब भगवान् वैश्वानर को वेद-मन्त्रों से अभिमन्त्रित कर नील कमल की आहुति अर्पण कर रहा था, तभी सौमित्रि ने हठात् प्रविष्ट होकर निरस्त्र महारथी का वध कर डाला।"

रावण ने वज्रगर्जना करके कहा–"अरे वीरो, युद्ध-साज सज लो। आज मैं इस शोक-ज्वाला से विश्व को भस्म करूंगा।"

सहसा प्रलय-गर्जन की भांति शत-सहस्र दुन्दुभियां बज उठीं।

महिदेव मत्त गजेन्द्र की भांति लड़खड़ाता हुआ अन्तःपुर में पहुंचा। मन्दोदरी रोते-रोते चित्रांगदा और सखियों-सहित आकर उसके पैरों में लोट गई।

रावण ने आहत पशु की भांति कराहकर कहा–"प्रिये, धैर्य धारण करो। अभी तुम शून्यगृह में बैठो। मैं इस समय रण-यात्री हूं। अभी तो मुझे पुत्र की मृत्यु का बदला लेना है। देवियो, अभी तो मुझे रण-साज सजाकर विदा करो, विलाप के लिए तुम्हें बहुत समय मिलेगा। मैं तनिक उस कपटी चोर सौमित्रि का हृदय विदीर्ण कर उसका हृत्खण्ड निकाल लाऊं। फिर इस निरर्थक राज्य-सुख को तिलांजलि दे, एकान्त में बैठकर तुम्हारे पुत्र का स्मरण करूंगा। अरे महिषियो, रोती क्यों हो? यह रोषाग्नि क्या तुम्हारे अश्रु-जल से बुझ जाएगी? आज तो गिरिशृंग ही चूर्ण हो गया। चन्द्र के खण्ड-खण्ड हो गए। रविमण्डल का तेज ही बुझ गया।"

मन्दोदरी ने कहा–"देव राक्षसकुल के अन्तिम नक्षत्र आप ही तो शेष हैं। भला हम कैसे आपको उस मायावी राम के सम्मुख जाने दें? हे महाराज, कैसे हम धैर्य धारण करें?"

राजमहिषियों के विलाप से विचलित हो रावण ने कहा–"जिसके पराक्रम से देवलोक और नरलोक मैंने जय किया, जिसके भय से अतलतल में नाग भयभीत

रहते थे, देवेन्द्र सुख की नींद नहीं सोता था, जिसके मस्तक पर नृवंश के छत्रपतियों के सम्मुख दास की भांति कंधे पर तीर्थोदक का कलश रख देवराट् ने अभिषेक किया, उस राक्षस-कुलदीप का चोर सौमित्रि ने अन्यायपूर्वक पशु की भांति वध कर डाला! हाय, वीरमणि निरस्त्र ही मारा गया! मैंने व्यर्थ ही देव, दैत्य, नर-कुल को जय किया। झूठ ही जगज्जयी नाम धराया। पर अब विलाप से क्या? इससे क्या पुत्र फिर से जी जाएगा? मैं आज अधर्मी सौमित्रि का वध करूंगा, नहीं तो लंका में नहीं लौटूंगा। अरे, मेघनाद का वध हो गया, यह सुनकर कौन राक्षस जीता रहना चाहेगा? सब कोई चलो, सम्मुख समर में पुत्र का शत्रु के रक्त से तर्पण करें।"

रावण ने अश्रुमोचन किए। मन्त्रिगणों ने सिर झुका लिए। सेना ने सिंहनाद किया।

दानवनन्दिनी सुलोचना प्रमिला ने स्नानादिक से निवृत्त हो अलंकार धारण किए। दासियों ने प्रसाधन किया। एक-एक कर उसके अंगों से अलंकार खिसकने लगे। उसने कहा–"अरे सखियो, यह क्या हुआ? मणिमय भुजबन्ध पहनने से मेरा हाथ क्यों दुखने लगा? अंग में अलंकार क्यों खिसकने लगे? यह मेरा दाहिना नेत्र फड़का। अरी वासन्ती, वीरेन्द्र चूड़ामणि यज्ञागार में वैश्वानर की पूजा कर रहे हैं। तू अभी जाकर उनकी सेवा में मुझ दासी का निवेदन कर कि आज वे रणांगण में न जाएं। आज न जाने क्या हो, मेरा मन तो डूबा जा रहा है।"

वासन्ती ने कहा–"देवि, तनिक सुनो तो, यह आर्तनाद कैसा है? कौन रो रहा है? अरे, शत-सहस्र कण्ठ रो रहे हैं।"

"सुन रही हूं। सेना का हुंकार बन्द हो गया, दुन्दुभि की गर्जना विलीन हो गई, श्रृंगी-नाद नहीं सुनाई दे रहा। हाहाकार और रोदन-ध्वनि बढ़ती आ रही है। अरे, ये सब पुरवासी क्यों रो रहे हैं? रथीन्द्र के रहते लंका पर अब यह कौन-सी विपत्ति आई है। चलूं देखूं तो महिषी के मन्दिर में क्या हो रहा है।"

अधीर हो वह अर्धवस्त्रालंकार पहने ही सखियों-सहित महिषी-सदन की ओर गिरती-पड़ती चली, पीछे-पीछे सब सखियां, जहां वातावरण घोर क्रन्दन से कम्पित हो रहा था, जहां रथीन्द्र के निधन-समाचार शत-सहस्र मुखों के हाहाकार के साथ निकल रहे थे। पतिप्राणा साध्वी प्रमिला सुन्दरी, दानवराज-नन्दिनी प्राणाधिक पति का निधन सुन छिन्न लता की भांति मुर्च्छित हो भूमि पर गिर गई।

120 देवानुग्रह

रुद्र ने क्रुद्ध निःश्वास छोड़कर कहा–"हेमवती प्रिये, तूने यह क्या दुष्कृत्य कर डाला? मेरे अनुगत किंकर रावण और प्रिय रावणि का अहित करने को दिव्यास्त्र दे दिए। अब रावण क्या समझेगा? महातेज बाण सुनेगा तो क्या समझेगा भला!"

"महोदव प्रसन्न हों, मुझे देवहित प्रिय है। देवेन्द्र ने शची-सहित कैलास में आकर मेरी स्तुति की है। आपको भी तो देव प्रिय हैं। रावण और उसके पुत्र पर आपका अनुग्रह है, यह तो ठीक है, परन्तु क्या देव-कुल का पराभव आपको अभीष्ट है?"

"अरी शैलजा, तू इन देवों के पतित जीवन को देखती नहीं क्या? निरन्तर सोमपान कर मत्त हो अप्सराओं के नृत्य-गान, भोग-संभोग में व्यस्त रहते हैं। आत्मसुख ही उनका चरम ध्येय है। इनसे भला नृलोक की भलाई हो सकती है?"

"रावण ही विश्व की कौन-सी भलाई कर रहा है? उसकी रक्ष-संस्कृति से आप सहमत हों, मैं नहीं हूं। क्यों भला वह देव-दैत्य, मानव-दानव सबकी संस्कृतियों को आक्रान्त करता है? रक्त की शुद्धि मुझे मान्य है। मैं वंश-परम्परा पर श्रद्धा रखती हूं। आर्यों ने जो पितृ-संज्ञा स्थापित की है, विवाह मर्यादा बांधी है, सौर-चन्द्र-मंडल स्थापित किए हैं, यज्ञविधि देव-विहित की है, कृषि, वाणिज्य, राज्य-स्थापना, राज्य-व्यवस्था की जो मर्यादाएं बांधी हैं–उन्होंने तो नृवंश में सभ्यता और नीति की मर्यादित संस्कृति स्थापित की है। क्या रावण ने ऐसा किया है? दुरन्त तो अपने परशु ही को सर्वोपरि समझता है। युद्ध ही से सब बातों का निर्णय करता है। विचार भावना उसमें कहां है? जन, जनपद-रक्षण वह कहां कर रहा है? आप उसपर प्रसन्न हैं, मैं नहीं हूं। फिर वह पतित परस्त्री को बलात्-हरण करता है, यह तो अत्यन्त अमर्यादित है, असह्य है, गर्हित है। कैसे आप देव-दैत्य-कुलपूज्य देवाधिदेव उसके इस दुष्कृत्य का समर्थन करते हैं?"

"देवगण ही कौन-सा सुकृत कर रहे हैं। इस पतित देवेन्द्र को ही ले लो। इसने माता को मारा, पिता की हत्या की, यतियों को कुत्तों को खिला दिया, चोरी की, भ्रूण-हत्या की, वृत्र और विश्वरूप का छल से वध किया, इसके अनाचारों का कुछ ठिकाना है? विष्णु की शह पाकर इस दुरात्मा ने महात्मा बलि को बांध सारा

दैत्य-साम्राज्य छिन्न-भिन्न कर दिया। अब ये देव कौन-सा सुकर कार्य कर रहे हैं? यह धूर्त वामदेव नारद, अरे, इलावर्त का वही भुक्खड़ ऋषि जिसे मैंने कैलास में आने की मनाही कर दी है, केवल मधु और सोम के लालच में उस पातकी इन्द्र की स्तुति में ऋचाएं रच रहा है!"

"परन्तु ब्रह्मर्षि वशिष्ठ ने भी तो इन्द्र की स्तुति में ऋचाएं रची थीं, वे भी तो उसका स्तुति-गान करते हैं।"

"दासों के आश्रित हैं ना, इसी से। दिवोदास और सुदास पर देवेंद्र और देवों का अनुग्रह हो, यही तो उनका ध्येय था। सो पूरा हुआ तो उसे छोड़-छाड़ आर्यावर्त में चले गए। मित्रावरुण है, यह जान सूर्यवंशियों ने उसे पुरोहित बना लिया है, परन्तु मैं तो देवेन्द्र की चर्चा कर रहा हूं।"

"वह तो देवाधिदेव की स्तुति करता अघाता नहीं है।"

"तो इससे क्या मैं उसके पातकों पर दृष्टि नहीं दूंगा? विष्णु ही को लो, वह दासों का मित्र था, पर जब इन्द्र ने दासों के नेता वृत्र पर पंचसिन्धु में आक्रमण कर उनके दोनों अवध्य नगर हरिपायु और महेन्द्रद्वार ध्वस्त किए, तब विष्णु ने क्या दासों की मदद की? वह देखता रहा। सो केवल इसी इन्द्र के कहने से। उसने स्पष्ट कह दिया–'वृत्रमिन्द्रो हनिष्यत्सखे विष्णो वितरं विक्रमस्व।' उस समय इलावर्त और सुषा प्रान्तों में आदित्यों का प्राबल्य होने से विष्णु की ही चलती थी। दासों का पराभव कर, उनकी उच्च संस्कृति का विध्वंस कर, उसने चालीस वर्ष तक संग्राम कर, इस पतित चोर ने जब उनका ध्वंस किया और अपने परम हितैषी वज्रनिर्माता त्वष्ट्रा के पुत्र त्रिशीर्ष विश्वरूप को विश्वासघात करके मार डाला, तब उस ब्रह्मा का किसीने क्या कर लिया? उल्टे त्रसदस्यु, पुरुकुत्स ने सहायता देकर इन्द्र का सार्वभौम राज्य स्थापित कर दिया। यदि मैं महातेज बाण को सहायता नहीं देता, तो दैत्यों का तो वंश ही नष्ट हो जाता।"

"सो देव-सान्निध्य में महातेज बाण सम्पन्न तो है!"

इसी प्रकार रावण भी सम्पन्न रहे। अब ये ही तो दो समर्थ वंश रह गए, जो प्राचीन नृवंशों का प्रतिनिधित्व करते हैं। इसीसे मैं उनपर सदय हूं। रावण जो आर्य-अनार्य का भेद मिटाकर समूचे नृवंश की एक वैदिक संस्कृति स्थापित करना चाहता है, सो बुरा क्या है? पृथ्वी के स्वामी ये आदित्य ही रहेंगे? दैत्य-दानवों का, नागों का, प्राचीन वंश ही नष्ट हो जाएगा? मैं कदापि ऐसा न होने दूंगा। आदित्यों ने इलावर्त में देवलोक स्थापित कर लिया और भारतवर्ष में आर्यावर्त। अब वे समूचे भारतवर्ष ही को आर्यावर्त बनाना चाहते हैं। जानती हो, अगस्त्य ने दण्डकारण्य

में उपनिवेश स्थापित किया है। आर्यावर्त के बहिष्कृत आर्य वहां आ-आकर उसे सम्पन्न कर रहे हैं।"

"तो देव, इसमें हानि क्या है? आर्यों की संस्कृति व्यवस्थित है, मर्यादित है।"

"पर वही वैदिक संस्कृति नहीं कही जा सकती। वेद की ऋचाएं केवल आर्यों ही ने नहीं रची हैं। उसमें दासों और एलों का भी उतना ही भाग है, जितना आर्यों का। इन्द्र ने दासों पर आधिपत्य जमा कर उनकी महिदेव की परम्परा भंग कर दी। दासों के राज्य में शासन और यजन महिदेव करते थे। इन्द्र ने इस व्यवस्था को भंग कर दिया। यतियों ने उसका विरोध किया तो उन्हें मरवा कर उनका मांस कुत्तों को खिला दिया और सर्वत्र अपनी पूजा प्रचलित की।"

"परन्तु राक्षसों की संस्कृति में तो नरमांस-भक्षण का प्रचलन है!"

"यज्ञ-बलि का प्रचलन तो इसी इन्द्र ने दास-पराभव के बाद किया था। नर-बलि का भी दायित्व उसी पर है। रावण ने तो बाह्य परम्पराओं को सम्मिलित कर सबका समन्वय किया है। उसने कोई नई परम्परा तो नहीं स्थापित की!"

"आप देवाधिदेव हैं। देव-दैत्यपूजित हैं, फिर आप देवराट् पर सदय क्यों नहीं हैं? देवों का हित-अहित क्यों नहीं विचारते हैं?"

"मैं तो सभी पर सम-भाव रखता हूं। कहो, क्या देवेन्द्र की भांति रावण ने असवा मेरे प्रिय शिष्य रावणि ने भी कोई दुष्कर्म किया है?"

"यह जानकी-हरण क्या दुष्कर्म नहीं?"

"और सूर्पनखा के राज्य में रहकर उसीका बर्बरतापूर्वक अंगच्छेद करना दुष्कर्म नहीं है? कहो तो, सूर्पनखा ने कौन-सा अपराध किया था? उसने तो वैध स्वयंवर का प्रस्ताव किया था।"

"परन्तु एकस्त्रीव्रती राम ने उस कामचारिणी को स्वीकार नहीं किया।"

"तो उस महाप्रतिष्ठ वंश की राजपुत्री के प्रस्ताव का उपहास क्यों किया?" लक्ष्मण के पास जाने का संकेत क्यों किया? प्रस्ताव करने पर लक्ष्मण ने उस राक्षसबाला का अंग-भंग क्यों किया? यह सब तो अत्यन्त गर्हित हुआ।"

"पर इसमें सीता का क्या अपराध था? सीता का हरण क्यों हुआ?"

"मैं तो उसका अनुमोदन नहीं करता। पर रावण को इसके लिए दोषी भी नहीं मानता।"

"तो देव, दाशरथि राम भी महावंशोद्भव है, वह मानवेन्द्र है। सीता के लिए उसका लंका पर अभियान न्याय ही है।"

"सो वह और रावण परस्पर निबटें। देवी ने क्यों उसपर अनुग्रह किया?"

"केवल देवेन्द्र के अनुरोध से और सीता का दुःख समझकर।"

"जिससे वह कपटी देवेन्द्र अकंटक हो देवों सहित आनन्द से सोमपान करे, यौवनोन्मत्त अप्सराओं के नृत्य-गीत में मस्त रहे, आर्यों के यज्ञभाग का भोग करे और मनमाने दुष्कर्म करे?"

"देव, प्रसन्न हों, सोमपान तो देवाधिदेव भी करते हैं। वह विजया सोम ला रही है, स्वर्णकलश में भरे, ऊनी छन्नों में छानकर।"

रुद्र ने हंसकर उमा की ओर देखा। विजया ने सोम-पात्र उनके सम्मुख रखा। उमा ने पात्र में सोम लेकर धूर्जटि को देते हुए कहा–"उस दास सोमपायी देवेन्द्र पर अब तो देवाधिदेव का अनुग्रह होना ही चाहिए।"

धूर्जटि ने सोमपान करते हुए कहा–"प्रिये, जिसे तेरा अनुग्रह प्राप्त है, उसे किसका भय है? तू देवेन्द्र और दाशरथि पर सदय है तो रह। पर मैं रावण पर कृपा करूंगा। मैं अभी लंका जाऊंगा।"

इतना कह, और एक पात्र सोमपान कर, वृषभध्वज कैलासी अपना विकट शूल उठाकर चल दिए।

× × ×

उमा क्षण-भर स्तब्ध रही, फिर उन्होंने कुमार कार्तिक को बुलाकर कहा–"पुत्र, तू मेरी आज्ञा से देवकार्य कर। देवेद्र के अनुरोध से मैं उसपर सदय हुई थी। मैंने दाशरथि राम को दिव्यास्त्र दे दिए थे, जिनसे वह महाबली दुर्जय रावण का हनन कर सके। अब कैलासी स्वयं रावण पर अनुग्रह कर शूलपाणि हो लंका गए हैं। वत्स, तू अभी देवलोक जाकर इन्द्र को इस देवाश्रय से सावधान कर दे। देवेन्द्र से कह कि पुत्र के मरने पर रावण रुद्र का आश्रय पाकर, पुत्रशोक-विदग्ध, समर में प्रलयाग्नि प्रज्वलित कर देगा। देवेन्द्र स्वयं रुद्र, मरुत्, यक्ष और आदित्यों को साथ ले समर-भूमि में दाशरथि की सहायता करे। यदि देवेन्द्र अनुरोध करे, तो पुत्र, तू भी उसके साथ जा। मैं दाशरथि राम की विजय की इच्छुक हूं।"

कुमार ने हंसकर उमा को प्रणाम किया और कहा–"अम्ब, यह दास आपकी आज्ञा के अधीन है। जैसा आपका आदेश है, मैं वही करूंगा। मैं दाशरथि राम और देवेन्द्र पुरन्दर की प्रीति के लिए अभी सुरलोक जाता हूं। आप प्रसन्न हों!"

121 प्रसीदतु देवः!

"रथमानयन्तु पुरुषाः, अद्याहं युगान्तादित्यसन्निभैर्बाणैः राघवं लक्ष्मणं च हनिष्यामि येषां भ्राता हतः, येषां च तनयः, तेषामद्य रिपोर्वधेनाश्रुमार्जनं करोमि। अद्य काकाश्च गृध्राश्चाऽपरे मांसाशिनः, तांस्तर्पयामि सर्वान् शत्रुमांसैः। कल्प्यतां मे रथः शीघ्रं, आनीयतां धनुः, येऽत्र शिष्टा राक्षसाः अनुप्रयान्तु मां, अनुप्रयान्तु माम्।"

"हस्तिमानीयताम्!"

"हयैर्युक्तो रथः स्थाप्यताम्!"

"धनुस्त्वर्यताम्!"

"हा हा, वत्स, जित्वेन्द्रं कथमद्य त्वं लक्ष्मणस्य वशंगतः! ननु क्रुद्धस्त्वं कालान्तकावपि भिन्द्याः। अरे, अद्य मे त्रयो लोकाः कृत्स्ना पृथ्वी, एकेनेन्द्रजिता हीना शून्येव प्रतिभाति। हा पुत्र, यौवनं राज्यं लंङ्कां च, रक्षांसि, मातरं, माञ्च भार्याञ्च विहय क्व गतोऽसि? वीर, मम नाम मृतस्य त्वया प्रेतकार्याणि कार्याणि, तदद्य विपरीतं हि वर्तसे। हा, हा, हा, हा! सुपार्श्व, महाबल, अहं युद्धेऽद्य तव पराक्रमं द्रष्टुमिच्छामि।"

"यदभिरुचितं भवते!"

"रथीन्द्र अकम्पन, तव खलु प्रथमो रथः।"

"बाढम्!"

तब शत-सहस्र-गुल्म-गुल्मपति, भट-सुभट, भीमदर्शन, विकटविक्रम, भीमनाद करते हुए, अपने-अपने वाहनों पर बैठ खड्ग, पट्टिश, शूल, गदा, मुशल, हल, शक्ति, तीक्ष्णधार, कुटमुद्गर ले-लेकर मेदिनी को चरणों की धमक से कंपाते हुए लंका से बाहर चले। उस समय मृदंग, पटह, शंख, कलह के साथ वीर-नाद से लंका कांपने लगी।

इसी क्षण, शूलपाणि रुद्र बाघाम्बर धारण किए राक्षस-सैन्य के सम्मुख आ खड़े हुए। सहसा राक्षस-चमू की गति रुक गई। रावण ने देखा शस्त्र त्याग, रथ से उतर, बद्धाञ्जलि वाष्पानुनयन देवाधिदेव की परिक्रमा की। रुद्र ने कहा–

"एष रावणः?"

"अहं रावणो नाम। येन युद्धे सदानवगणाः शक्रादयोः सुराः निर्जिताः। भग्नः शक्रः, कम्पितो वित्तनाथः मर्दितः सूर्यपुत्रः। हा देव, भाग्यदग्धोऽहमद्य। परमामर्षी

धूम्राक्षः सर्वशास्त्रभृतां वरो अकम्पनः, प्रबुद्धश्च कुम्भकर्णः। एते परसैन्यानां जेतारः, नित्यमपराजिताः वीराः रामेणाक्लिष्टकर्मणा ससैन्यास्ते हताः। हतो मेघनादो महाकायः। कुम्भनिकुम्भौ कुम्भकर्णात्मजावुभौ। हतभाग्योऽहं रावणो नाम जीवामि, हा, हा, हा, हा!"

शूलपाणि ने अश्रुविमोचन किया। वरद हस्त ऊंचा कर कहा–

"कथं नाम रावण वैश्रवणानुजो धैर्यमपास्य पुत्रवधसंतप्तः वैक्लव्यवशं गतः!"

"प्रसीदतु देवः, काले सम्बोधितोऽस्मि, एषोऽहं भवच्छन्दसमनुवर्ते। न ममैव, कुलस्यापि मे भवान् प्रभुः।"

"सम्यगाह, धौतकल्मषाङ्गो रावण, अस्मद्दृष्टिप्रियो हि।" "अनुगृहीतोऽस्मि!"

"एह्येहि पुत्र, खेदमपनय।"

"कृतसाहसोऽस्मि, आज्ञापयतु भगवान् किमनुतिष्ठामि?"

"पुत्र, वाष्पवेगस्तु मां बाधते।"

"कथं, देवोऽपि वाष्पमुत्सृजति?"

"भवतु भवतु!"

"प्रसीदतु भवान्!"

"पुत्र, कार्यमत्र गुरुतमम्, प्राप्तो रामो रणातिथिः।"

"तोषयिष्ये शरैः।

"तद् गृहाण मे शूलम्।"

"सम्पन्नोऽस्मि। यत्र स्थितो रामोऽद्य तत् श्मशानं भविष्यति।"

"भवतु, भवतु!"

शूलपाणि धूर्जटि अन्तर्धान हुए। शूलिदत्त शूल को मस्तक पर स्पर्श कर रावण ने वज्रगर्जना की। देवाधिदेव की विभूति से सम्पन्न रावण की समूची सेना गरज उठी। जय-निनाद, भेरी-नाद, श्रृंगी-रव से आकाश आक्रोश-सा करने लगा।

122 सुसंवाद

सूर्य के समान देदीप्यमान ऐन्द्ररथ अपनी सहस्र स्वर्ण-घण्टिकाओं की रनकार से दिशाओं को ध्वनित करता हुआ राम-कटक में प्रविष्ट हुआ। रथ में अखण्ड

ध्वज देख राम-कटक में हर्ष की लहर दौड़ गई। मातुलि ने अश्वों को ललकारते हुए वीर-गर्जना करके कहा–"अरे, वीरध्वजो, जाओ, रामभद्र से निवेदन कर दो। दुरन्त दुर्जय रावणि इन्द्रजित् मर गया!"

"दुरन्त रावणि मर गया!"

"दुरन्त रावणि मर गया!"

"दुरन्त रावणि मर गया!"

शत-सहस्र, लक्ष-लक्ष कण्ठों से ये स्वर जय-निनाद के साथ हवा में तैरते हुए वहां पहुंच गए, जहां राघवेन्द्र राम अत्यन्त विकल भाव से शिलाखण्ड पर बैठ–'हा सौमित्रि, हा सौमित्रि' कह रहे थे। जय-निनाद के साथ विजय-दुन्दुभि भी बज उठी। हर्षातिरेक से उदग्र हो राम ने कहा–"क्या कहा, क्या कहा? सौमित्रि आ गए? कहां हैं सौमित्रि, सकुशल तो हैं? अरे, वे अक्षत तो हैं?"

शत-सहस्र वानर भटों ने कहा–

"रावणि दुरन्त मर गया!"

"देवताओं का त्रास मर गया!!"

"मृत्युञ्जय मेघनाद मर गया!"

राम ने कांपते हुए दोनों हाथ उठाकर अश्रुओं से धुंधली आंखों से सुग्रीव, हनुमान्, जाम्बवन्त और अंगद को देखकर कहा–"क्या यह स्वप्न है या सत्य है? दुरन्त दुर्जय इन्द्रजित् ....?"

"मर गया! मर गया!!" शत-सहस्र कण्ठों ने कहा। राम ने देखा–स्वर्ण के समान तेजवान् इन्द्र का दिव्य रथ अखण्ड ध्वजा फहराता, सहस्र-घंटियों को रणकारता आकर रुक गया। विभीषण और सौमित्रि रक्त में लथपथ रथ से उतरकर राघवेन्द्र की ओर चले। राम ने दोनों हाथ फैलाकर दौड़ते हुए कहा–"यह मैं क्या सुन रहा हूं? वीर, क्या अघट घटना हो गई? तेरे शरीर से झर-झर रक्त झर रहा है। रक्षपति मित्र विभीषण का शूल भी टूटा हुआ है। अवश्य ही तुमने कठिन युद्ध किया।"

लक्ष्मण ने राम की परिक्रमा कर राघव के चरणों पर मेघनाद का कटा हुआ सिर रख दिया। उन्होंने कहा–"हे रघुकुलमणि, इन चरणों के प्रताप से यह दास जयी हुआ। दुर्जय मेघनाद मारा गया। विषधर फणी को कुचल दिया गया। देव अब निर्भय हुए। रघुकुल की लाज रह गई।"

राम ने रोते हुए, लज्जावनत लक्ष्मण को छाती से लगाकर बारंवार उसका सिर सूंघते और गाढालिंगन करते हुए कहा–"धन्य वीर धन्य, धन्य सौमित्रि धन्य,

तेरी जननी सुमित्रा धन्य, तेरे कारण मैं तेरा ज्येष्ठ भ्राता भी धन्य हुआ। तेरा यश अमर रहेगा।"

राम ने फिर विभीषण को अंक-पाश में बांधकर कहा–"साधु रक्षेन्द्र, असुकरं कर्म कीर्तिवर्धनं कृतम्। तुष्टोऽस्मि रावणेर्हि विनाशेन जितमित्युपधारयामि।"

सहसा लंका सिंहनाद से हिल उठी। राम ने आतंकित होकर कहा–"अरे, यह क्या हुआ? क्या प्रलय होने वाली है? यह प्रलयनाद कैसा है? यह क्षण-क्षण में बिना अभ्र के विद्युत् कैसी चमक रही है? लंका जैसे भूकम्प से बारंवार कांप रही है। घनी धूल के बादल उड़-उड़कर सूर्य को ढांप रहे हैं।"

विभीषण ने भय से पाण्डुमुख होकर कहा–"रघुमणि, राक्षसपति रावण पुत्रशोक से भस्म हो रहा है। वह युद्ध-साज सज रहा है। वीरों के पद-भार से पृथ्वी कांप रही है। यह राक्षस सैन्य गरज रही है। अब कैसे इस विकट संकट से बन्धु लक्ष्मण और कटक की रक्षा होगी? यह देखिए–राक्षस गुल्मपति प्रलयनाद की भांति श्रृंगीनाद कर रहे हैं। अग्नि-वर्णवाले स्वर्ण-ध्वज रथ निर्घोष करते हुए बाहर आ रहे हैं। चतुरंगिणी सेनाओं के व्यूह सज रहे हैं। लंका के वीर इस प्रकार शस्त्रपाणि हो लंका से निकल रहे हैं, जैसे बांबी से काला सर्प निकलता है। उग्र उदग्र रथियों का सेनानायक है। वज्रपाणि इन्द्र के समान पराक्रमी वास्कल जिसेना का नायक है। महावीर अतिलोमा अश्वारोहियों का नायक है। भीमाकृति विडालाक्ष पादातिकों का अधिपति है। महादुर्मद दुर्मद पताकावाहक है। महाराज, यह उग्रचण्डा राक्षस-सेना लंका में युद्ध-सन्नद्ध हो रही है। अब हमें भी तत्परता से तैयार हो जाना चाहिए। आज प्रलय-युद्ध में जगज्जयी जगदीश्वर राक्षसेन्द्र रावण का आपको साम्मुख्य करना है।"

राम ने चिन्ताकुल होकर कहा–"तो मित्र, शीघ्र ही सब सेनानायकों को यहां बुला लाओ अब इस दास की रक्षा देव ही करेंगे।" विभीषण ने जोर से श्रृंगी-नाद किया। अंगद, नील, हनुमान्, जाम्बवन्त, गयंद, गवाक्ष, सुग्रीव आदि सब वानर-सैन्य-सेनानी, गुल्मपति आ आकर राम को घेरकर बैठ गए।

राम ने कहा–"वीरगण, आज रावण पुत्र-शोक विह्वल-हो काल-समर करेगा। तुम सब त्रिभुवनजयी शूर हो। युद्ध-साज सज इस विपद् में राम की रक्षा करो। मित्रो, अब तो लंका में एक रावण ही रथी बचा है। तुम्हींने अपने बाहु-बल से समुद्र को बांधा है। तुम्हींने अमितविक्रम कुम्भकर्ण का वध किया। तुम्हारे ही प्रताप से अजेय मेघनाद मारा गया। हाय! रघु वधू अब भी रावण के कारागार में बन्द है। वीरो, अब रावण को मार उसका उद्धार कर मेरे कुल और मान की रक्षा करो।"

राम की आंखों में आंसू भर आए। सुग्रीव ने राम की आंखों में आंसू देखकर कहा–"रघुमणि, मैं आप ही के प्रताप से राजसुख भोग रहा हूं। सो महाराज, आज या तो मैं रावण को मारूंगा या स्वयं मरूंगा। आप चिन्ता क्यों करते हैं?"

सहस्र-सहस्र उल्कापात की भांति वज्रध्वनि सुन सारी वानर-सैन्य स्तब्ध हो गई। राम ने व्यग्र भाव से पूछा–"अब यह कौन-सी नई विपत्ति आई? अरे वीरेन्द्रो, शस्त्र ले-लेकर सन्नद्ध हो जाओ!"

इसपर मातुलि ने हंसकर कहा–"दाशरथि, प्रसन्न हों। आपकी सहायता के लिए स्वयं वज्रपाणि देवेन्द्र ऐरावत पर आरूढ़ हो आए हैं। उनके साथ कुमार कार्तिक, सहदेव, सब रुद्र, मरुत्, आदित्य और गरुड़ हैं।"

राम ने ससम्भ्रम कहा–"हे राक्षसराज विभीषण, हे वानरेन्द्र सुग्रीव चलो, आगे बढ़कर देवेन्द्र की अभ्यर्थना करें। अर्घ्य-पाद्य से उन्हें सत्कृत करें।"

राम, लक्ष्मण और सब वानर-यूथपति सेनापतियों ने सुग्रीव और विभीषण को संग लेकर देवेन्द्र और कुमार कार्तिकेय का अर्घ्य-पाद्य से सत्कार कर उनकी पूजा की। फिर राम-लक्ष्मण ने बद्धांजलि हो देवेन्द्र और कुमार की परिक्रमा कर कहा–

"अपने पूर्व पुरुषों के सुकृत से इस दास को इस विपत्ति में देव-पदाश्रय प्राप्त हुआ है। इससे मेरा कुल प्रतिष्ठित हुआ। मैं धन्य हुआ!"

देवेन्द्र ने हंसकर कहा–"हे रघुमणि, तुम देवप्रिय हो, अब रथ पर रमासज्जा से सजकर बैठो। आज जगज्जयी रावण काल-समर करेगा। उसमें मैं मरुतों और देव-सैन्य सहित तुम्हारे पृष्ठ की और कुमार सब रुद्रों सहित तुम्हारे अग्रभाग की रक्षा करेंगे।"

वानर-सैन्य ने जय-निनाद से गगनमण्डल को कम्पायमान कर दिया। जुझाऊ बाजे बजने लगे। समस्त वानर-सैन्य व्यूहबद्ध खड़ी हो गई।

123 अस्त्रपाणि रावण

ज्वालामुखी के लावे के समान ज्वलन्त प्रवाह की भाँति राक्षस-सैन्य लंका सिंहद्वार से बाहर निकली–हजारों दुन्दुभियां गड़गड़ाती, शंख-श्रृंगी-नाद करती, जयध्वनि से मेदिनी को कंपाती, हय दल के पदाघात से उड़ी

धूल से सूर्यमण्डल को अन्धकारावृत करती हुई–प्रलयज्वाला-सी, मृत्यु की कराल जिह्वा-सी।

राम ने असंयत होकर विभीषण से कहा–"हे लंकेश्वर, यह प्रलय-मेघ के समान प्रचण्ड राक्षस सैन्य आ रही है। पुत्रशोक-दग्ध रावण इस प्रचण्ड सेना में कौन-सा है, इस वीरवाहिनी के नायक कौन-कौन हैं, सो अनुग्रह करके मुझे बताओ।"

विभीषण ने कहा–"राघव, कटक के आगे-आगे बाल रवि के समान जो तेजस्वी पुरुष स्वर्णखचित पर्वत के समान दिग्गज हाथी पर आ रहा है, वह धीर-वीर मातुलि अकम्पन है, जो लंका का प्रधान मन्त्री है। इसके पीछे सिंह की ध्वजावाले रथ पर आरूढ़ नील मेघ के समान अतिरथी महोदर है। स्वर्ण के साजों से सज्जित चपल अश्व पर जो योद्धा भारी शूल लेकर चल रहा है, वह वज्र है। इसके वाम पार्श्व पर काले अश्व पर सवार त्रिशूलधारी त्रिशिरा है। मेघ के समान स्वरूप वाला, विशाल हाथी पर धनुष-बाण लिये कुम्भ चल रहा है और उसके पीछे स्वर्णरथ पर जो सहस्रों घंटियां बजाता आ रहा है, यह अपराजेय निकुम्भ महारथ है। उसके दायें भाग में अश्व पर सवार अग्नि के समान तेजस्वी पुरुष, जो धनुष-बाण लिये है, नरान्तक है। धनुर्धरों में अग्रगण्य और भयंकर भूतों से परावृत, रत्नजटित रथारूढ़ मन्त्रियों और सेनानायकों से रक्षित, पर्वत के समान अचल, बन्दीजन-वन्दित, जिसके मुकुट- मणि धूप में रवि-रश्मि की भांति देदीप्यमान हैं, और जिसके मस्तक पर चन्द्रमा के समान श्वेत छत्र लगा है, वह रक्षपति महिदेव जगज्जयी रावण है।"

राम ने कहा–"राक्षसराज रावण का तेज तो अपरिसीम है। इसकी अंगसुषमा देवताओं से भी अधिक शोभायमान है, और इसके पार्षद भी बड़े तेजस्वी प्रतीत होते हैं। कौन कहता है कि लंका वीरों से शून्य हो गई है!"

"राघव, जिस प्रकार महातेज रावण इन भयानक आकृति वाले भूतों से घिरा है, उसी प्रकार इसकी अन्तरात्मा भी कलुषित है। यही कारण इसके प्रबल पराक्रम के भंग होने का है।"

राम ने वानर-कटक के व्यूह पर एक विहंगम दृष्टि डाली। दोनों सैन्य परस्पर निकट होने लगीं। दोनों सैन्य वीर-दर्प से गरज रही थीं। राम अविचल भाव से व्यूह में खड़े थे। उनके पीछे लक्ष्मण, हनुमान्, जाम्बवन्त और विभीषण, थे। इसी क्षण सुग्रीव दुर्धर्ष वेग से उछलकर रावण के व्यूह में घुस गया और अपनी वज्रगदा घुमाते हुए रावण के निकट पहुंच, फुर्ती से धनुष की नोक से रावण के मस्तक पर

से मुकुट गिरा दिया। राक्षस सैन्य ने इस हस्तलाघव को लक्ष्य नहीं किया। सुग्रीव ने ललकारकर कहा–"अरे राक्षसों के स्वामी, यह वानरों का राजा सुग्रीव तेरे मस्तक पर चरण रखकर यहां उपस्थित है। कह, क्या तू श्री राम की चरण-शरण आता है?"

रावण ने क्रोधावेशित होकर कहा–"अरे सुग्रीव, ठहर, तुझे अभी अग्रीव करता हूं।" इतना कह उसने झपटकर सुग्रीव को पकड़कर भुजाओं में मसल डाला। परन्तु सुग्रीव ने उसके चंगुल से निकलकर रावण को रथ से खींच लिया। फिर कूदकर उसके वक्ष पर लात मारी। रावण ने सुग्रीव का पैर पकड़ उसे सिर से ऊपर घुमाकर दूर फेंक दिया। इतने में सहस्रों राक्षस शस्त्र ले-ले सुग्रीव पर टूट पड़े। सुग्रीव पर यह महासंकट देख वानर-सैन्य में आतंक फैल गया। राम का संकेत पा तुरन्त ही जाम्बवान्, हनुमान, अंगद, नल, नील, गयन्द, गुल्मपति राक्षसों को चीरते हुए वानरेन्द्र के निकट जा पहुंचे और उसे घेर अपने कटक में ले आए। राम ने सुग्रीव को छाती से लगाकर कहा–"वीरशिरोमणि, तूने यह कैसा दुस्साहस किया, मुझसे बिना ही परामर्श किए? राजा को ऐसा साहस नहीं करना चाहिए। भविष्य में ऐसा न करना। तेरे विपत्ति में पड़ जाने से तो मैं सिद्धि से विमुख हो जाऊंगा। यद्यपि तेरा बल अप्रमेय है, फिर भी तुझे प्राण-संकट हो जाता तो तेरे अभाव में स्वयं मैं भी जीवित न रहता।"

सुग्रीव ने लज्जित होकर कहा–"राघव, दुरात्मा रावण को सम्मुख देख, मैं संयत न रह सका।"

इसी क्षण दोनों सेनाएं आमने-सामने आ गईं। राक्षस सैन्य ने पर्वत के समान अचल वानर-सैन्य को देखा। वानरों ने कालमेघ के समान राक्षस-सैन्य को देखा। दोनों सेनाओं के तुमुल नाद से पृथ्वी कांपने लगी। काल सर्प के समान बाण छूटने लगे। उन्होंने आकाश-मण्डल को छा लिया। दोनों ओर से भट खड्ग-शैल-शक्ति-शूल ले-लेकर एक-दूसरे पर पिल पड़े। एक मुहूर्त के भीतर ही रणभूमि रक्त से भर गई। मित्र शत्रु का भेद भी न रहा। वीरों से वीर परस्पर गुंथ कर लड़ने लगे। अंगद मृत्यु के समान वेग से गिरिशृंग के समान विशाल गदा लेकर नरान्तक पर पिल पड़ा। दोनों में घनघोर गदायुद्ध हुआ। अन्त में गदा का करारा घाव खाकर रक्त वमन करता हुआ नरान्तक भूमि पर गिर गया।

नरान्तक को मरते देख महोदर ने धनुष-टंकार करते हुए अपना रथ आगे बढ़ाया। त्रिशिरा भी शूल हाथ में ले उसके पार्श्व में चला। उसके साथ ही वज्र भी। इन तीनों महारथियों को आता देख हनुमान् हुंकार करते आगे आए। महोदर ने

मारुति को बाणों से ढांप लिया, परन्तु मारुति ने हठपूर्वक आगे बढ़ गदा से उसके घोड़ों और सारथि को मार उसका सिर चूर्ण कर दिया। महोदर को रथ से गिरते देख क्रोध से फुफकारता हुआ त्रिशिरा महाकाल के समान शूल ले हनुमान् पर टूट पड़ा। मुहूर्त भर हनुमान् और त्रिशिरा में लोमहर्षक युद्ध हुआ। अन्त में मारुति ने उसे अश्व से गिराकर उसका सिर चूर्ण कर दिया। तब कुम्भकर्ण के दोनों पुत्र कुम्भ और निकुम्भ राक्षसों के गुल्मों को साथ लेकर प्रचण्ड युद्ध करने लगे। वानरेन्द्रों ने उच्च निनाद करते हुए इन राक्षस वीरों से तुमुल संग्राम किया। कालभैरव की भांति वे परस्पर एक-दूसरे को मार-मारकर भूमि पर ढेर करने लगे। वे ले-ले, दे-दे की हुंकृति कर निर्दय वार करने लगे। कुम्भ ने अमित विक्रम प्रकट किया। उसने अंगद को बाणों से बींधकर व्याकुल कर दिया। तब सुग्रीव ने कनक-भूषण तीक्ष्ण बाणों की वर्षा करके उसके उदर को चीर डाला। वह घोर नाद करता हुआ भूमि पर गिरकर छटपटाने लगा। निकुम्भ ने भाई को इस प्रकार गिरता देखा तो वह क्रोध से जलता हुआ भयंकर विशाल परिघ लेकर सुग्रीव पर टूट पड़ा। उस भीम परिघ की मार से सुग्रीव झूमकर धरती सूंघने लगा। तब बली मारुति भयंकर सिंहनाद कर अपनी गदा घुमाते निकुम्भ पर झपटे। दोनों ने एक ही काल में एक-दूसरे की छाती पर गदा प्रहार किया। निकुम्भ का वर्म फट गया और उसकी छाती से खून की धार बह चली। तब मारुति ने उसे पृथ्वी पर गिराकर पैरों से रूंध डाला। इस प्रकार निकुम्भ को मरते देख अकम्पन ने रथ आगे बढ़ाया। ऋक्षराज जाम्बवन्त ने अकम्पन से विकट समर किया। दोनों महारथियों के द्वन्द्व को दोनों सैन्यों के भट चकित होकर देखने लगे। सहसा ऋक्षराज ने अकम्पन का सिर शिरस्त्राण सहित काट डाला। यह देख वानर गर्जना करने लगे। राम-कटक में दुन्दुभि बज उठी। इस हर्षनाद से अधीर रावण उदग्र हो समरांगण में आगे बढ़ा।

अपने महारथियों का इस प्रकार विनाश होते देख रावण ने अमर्ष में भरकर सारथि से कहा—"अरे, आज पुत्र इन्द्रजित् के हत हो जाने पर इन्द्र लंका में आया है। तनिक देख तो, वह किधर है? हमारा रथ वहां ले चल।"

सारथि ने वायुवेगी रथ आगे बढ़ाया। रावण मायास्त्रों को चलाता, इन्द्र के व्यूह को छिन्न-भिन्न करता हुआ देवेन्द्र की ओर बढ़ता चला गया। हठात् कुमार कार्तिकेय ने अग्निरथ पर बैठकर रावण का मार्ग रोक लिया। कुमार को सम्मुख देख रावण रथ रोक, हाथ जोड़कर बोला—"देवकुमार, यह दास तो भगवान् रुद्र का किंकर है। देवाधिदेव ने मुझे रौद्र तेज से सम्पन्न किया है। आपको मैं कैसे वैरी-दल के साथ देख रहा हूं? नराधम राम पर आपका इतना अनुग्रह क्यों है?

छली सौमित्रि ने अधर्मपूर्वक मेरे पुत्र का निरस्त्र वध कर अपने हीन कुल को कलंकित किया है। आज मैं उस कपटी योद्धा का वध करूंगा। कृपा कर राह छोड़ दीजिए।"

कुमार ने हंसकर कहा–"रक्षपति, आज मैं देवकार्यरत हूं। तू मुझे युद्ध करके आक्रान्त कर।"

तब रावण ने हुंकार कर कुमार पर आग्नेयास्त्र छोड़ा। कुमार कार्तिक शरजाल में छिप गए।

इन्द्र ने पुकारकर कहा—"हे शक्तिधर, रावण रौद्र तेज से परिपूर्ण है। देखो, मैं अभी उसका दर्प दलन करता हूं।" इतना कह देवेन्द्र ने सहस्त्रों गन्धर्वों को रावण पर आग्नेयास्त्र वर्षा करने की आज्ञा दी। रावण ने दुर्धर्ष वेग से दिव्यास्त्र का निवारण कर ऐरावत के मस्तक पर तोमर का प्रहार करते हुए कहा–"अरे निर्लज्ज, तेरी ही कुटिलता से मेरे पुत्र का वध हुआ। अब तूने पुत्र के वध होने पर लंका में आने का साहस किया है। पर आज तू मेरे हाथ से लक्ष्मण की रक्षा नहीं कर सकता।"

इतना कहकर क्रोध से अधीर हो अपना विकराल परशु ले रावण रथ से कूद पड़ा और उसने ऐरावत को परशु की मार से व्यथित कर दिया। ऐरावत भूमि पर गिर गया। तब इन्द्र ने हाथी से कूदकर रावण पर वज्र का प्रहार किया। इसी समय मातुलि इन्द्र का रथ ले आया। रावण भी रथ पर आरूढ़ हुआ। दोनों भयानक महास्त्रों को धनुष पर चढ़ाकर छोड़ने लगे।

इसी समय रावण की दृष्टि दूर क्षेत्र में युद्धरत सौमित्रि लक्ष्मण पर पड़ी। वे कभी रथ पर चढ़कर और कभी रथ से उतरकर युद्ध कर रहे थे। लक्ष्मण को देखते ही रावण ने गर्जना की। उसने कहा–"अरे पुरन्दर देवकुलकलंक, दास, आज मैं तुझसे अब और युद्ध नहीं करूंगा। आज उस कपटी पामर सौमित्रि को मारूंगा। तू इस पृथ्वी पर एक दिन और निर्विघ्न जीवित रह।"

वह भैरव-नाद करता हुआ आगे बढ़ा। यह देख विडालाक्ष का वक्ष चीर मारुति हनुमान् रावण के सम्मुख आ गदा घुमाने लगे।

रावण ने अनवरत बाण मारुति पर छोड़कर कहा–"हट रे बर्बर मार्ग छोड़कर दूर हट!"

"अरे पामर, परदारारत, लोभी, चोर तनिक ठहर तो!" हनुमान् ने गदा घुमाकर रथ पर प्रहार किया। रथचक्र भंग हो गया। इसी समय सुग्रीव भी उदग्र का वध कर वहां आ पहुंचे।

रावण ने घृणा से हंसकर कहा–"अरे, तू भी अपनी भ्रातृवधू तारा को फिर से विधवा करने इसी कुक्षण में मरने को यहां आ पहुंचा। ठहर, अथवा तुझे छोड़ता हूं, हट–मार्ग छोड़ दे। अभी मैं उस पतित सौमित्रि को मारूंगा।"

"अरे अधर्मी, मैं अभी तुझे मारकर मित्र-वधू का उद्धार करता हूं।" सुग्रीव ने वेग से शूल फेंका, साथ ही हनुमान् ने गदा का वज्र प्रहार किया। रावण का रथ भंग हो गया, परन्तु सारथि तुरन्त दूसरा रथ ले आया। रथ पर चढ़कर रावण ने अनेक-विध मन्त्रसिद्ध बाणों से सुग्रीव और हनुमान को वेध डाला। सुग्रीव और हनुमान् मूर्छित होकर भूमि पर गिर गए। रावण गर्जन-तर्जन करता हुआ लक्ष्मण के सम्मुख चला। लक्ष्मण को दूर से ही देखकर रावण ने कहा–"अरे अधम सौमित्रि, इतनी देर में तू मुझे मिला। कह, कहां है तेरा रक्षक राम, इन्द्र और कार्तिकेय, भ्रातृहन्ता सुग्रीव, कुल-कलंक विभीषण? बुला उन सबको अपनी रक्षा करने के लिए। अपनी जननी सुमित्रा को स्मरण कर ले। आज मेरे रसोइए तेरे ही मांस से मेरा भोजन बनाएंगे। आज मैं तेरा हृदय बहिन सूर्पनखा को खाने को दूंगा।"

लक्ष्मण ने धनुष टंकारते हुए कहा–"राक्षसराज, तू पुत्रशोक से अधीर हो रहा है। आ, तुझे अभी तेरे पुत्र के पास पहुंचाकर शोक-रहित करता हूं।"

इतना कह लक्ष्मण ने तीक्ष्ण शरों से रावण का शिरस्त्राण उड़ा दिया। रावण ने भी रणमत्त हो बाण छोड़े। दोनों दिव्यास्त्रों का प्रयोग करने लगे। दोनों एक दूसरे के शस्त्रों को काटते रहे। दोनों युद्ध-विशारद, दोनों महाप्राण, महास्त्रों के प्रयोक्ता, दोनों महारथ क्रुद्ध काल की भांति समरांगण पर छा गए।

अब लक्ष्मण ने सात बाण धनुष पर चढ़ाकर रावण की ध्वजा काट डाली। इसी समय रावण की दृष्टि विभीषण पर पड़ी। उसने तत्काल बिजली की भांति दीप्तिमती महाशक्ति उसपर फेंकी। परन्तु लक्ष्मण ने उसे बीच में ही तीन बाणों से काट डाला। इस प्रकार लक्ष्मण के हाथों विभीषण की रक्षा होते देख रावण क्रोध से सर्प की भांति फुफकारने लगा। उसने कहा–"अरे सौमित्रि, तेरे हस्तलाघव की प्रशंसा करता हूं। तुझमें शक्तिधर कार्तिकेय से भी अधिक सामर्थ्य है। पर आज तू जीवित नहीं बच सकता। ले रे पुत्रघाती, मर!"

इतना कह, उसने रौद्र तेज से आपूरित जाज्वल्यमान अष्टघंट भैरव-रव-ज्वलन्त रौद्र शक्ति को क्रोध से कांपते हुए लक्ष्मण पर फेंका। वह शक्ति बिजली की भांति लक्ष्मण की मूर्द्धा में जा लगी। उसके लगते ही लक्ष्मण कटे वृक्ष की भांति झूमते हुए रथ से भूमि पर जा गिरे। वानर-सैन्य हाहाकार करने लगी। यूथ के यूथ वानर योद्धाओं ने लक्ष्मण के शरीर को घेर लिया। राम ने दूर से लक्ष्मण को गिरते

देखा तो धनुष फेंक, 'हा सौमित्रि' कहते हुए दौड़ पड़े। रावण बादलों की भांति गर्जना करता हुआ, विजय-दुन्दुभि से देवों और दिशाओं को कम्पायमान करता हुआ लंका को लौट गया।

124 विशल्यासंजीवनी

उस दिन काल-समर में राम के अतिरिक्त किसी भांति सुग्रीव, कपिध्वज। हनुमन्त और रक्षपति विभीषण, देवकुमार कार्तिकेय और वज्रपाणि, इन्द्र, ये ही पांच अक्षत बचे थे। विभीषण ने भगीरथ प्रयत्न से घूम-घूमकर सान्त्वना देकर वानरों को एकत्रित किया। वे सब राम के चारों ओर बैठकर विलाप करने लगे।

अंगद, नील, द्विविद, शरभ, जाम्बवान्, सुषेण, मैन्द, नील, ज्योतिर्मुख आदि वीर-शिरोमणि शरविद्ध, क्षत-विक्षत भूमि पर अचेत पड़े थे। विभीषण ने पराक्रमी वीर-शिरोमणि सुषेण को सैकड़ों बाणों से विद्ध पड़े सर्प की भांति भारी-भारी सांस लेते देखा। उन्हें चेताकर कहा–"बड़ी प्रसन्नता की बात है कि आपका जीवन बच गया।"

"हनुमान् तो जीवित हैं?"

"हनुमान् अक्षत हैं।"

"बड़ी बात है। यदि हनुमान् जीवित हैं, तो सारी ही वानर-सैन्य बच गई समझिए।"

"किन्तु सौमित्रि....." विभीषण के नेत्रों में जल भर आया, कण्ठ अवरुद्ध हो गया।

"क्या, नहीं रहे?"

"अभी जीवित हैं, परन्तु मुमूर्षु....."

"तो मुझे आप सौमित्रि के निकट ले चलिए।" सुषेण बड़े कष्ट से उठकर विभीषण के सहारे चलकर वहां आए, जहां रणांगण में सौमित्रि बेसुध पड़े थे। श्री राम लक्ष्मण के निश्चल, रक्तप्लुत शरीर को बाहुओं में समेटे बैठे थे। उन्होंने अश्रुपूरित नेत्रों से विभीषण को देखकर विलाप करते हुए कहा–"अयं

मे भ्राता समरश्लाघी शुभलक्षणो लक्ष्मणः। इमं पाणैः प्रियतरं वीरं शोणितार्द्रं पश्चतः पर्याकुलो मे मनः। यदि भ्राता मे पञ्चत्वमापन्नः, किं मे प्राणैः सुखेन वा! हा, लज्जतीव मे वीर्यं, भ्रश्यतीव धनुः व्यवसीदन्ति सायकाः। देशे देशे कलत्राणि, देशे देशे च बान्धवाः। तं देशं नैव पश्यामि यत्र भ्राता सहोदरः। हा, किन्तु राज्येन लक्ष्मणेन बिना? कथं वक्ष्याम्यहं त्वम्बां सुमित्रां? हा! हा!"

सुषेण ने ध्यान से सौमित्रि को देखकर कहा–

"न-न लक्ष्मीवर्धनो लक्ष्मणः पञ्चत्वमापन्नः। नास्य वक्त्रं विकृतम्, न च श्यामत्वमागतम्। नरशार्दूल! इमां वैक्लव्यकारिणीं बुद्धिं त्यज!"

इतना कह उन्होंने हनुमान् की ओर देखा और कहा–

"हे वीर, यह तेरे पराक्रम का काल उपस्थित है। तू पराक्रम कर महोदय पर्वत पर जा। उसके गन्धमादन नामक दक्षिण देवशृङ्ग पर विशल्या-संजीवनी महौषध है। वह रात को प्रज्वलित रहती है। औषध की प्रदीप्ति के कारण वहां कभी रात्रि नहीं होती। वहीं भगवान् अत्रि का पुनीत धाम है। उसे तू ला और सौमित्रि सहित वानर यूथपतियों को प्राणदान दे!"

हनुमान् ने नेत्रों में जल भरकर राम के चरण छुए, परिक्रमा की।

पवनकुमार हनुमान् तुरन्त ही वेग से संजीवनी बूटी लाने को चल दिए और सुग्रीव सहित विभीषण लक्ष्मण तथा अन्य क्षत वानरों की यत्न से रक्षा करने लगे। पीड़ित और व्यथित वानर विभीषण के धैर्य-वचन और संजीवनी बूटी का माहात्म्य सुन आशा और आशंका से अभिभूत हो हनुमन्त का आसरा तकने लगे।

विभीषण चिन्ता करके क्षितिज की ओर निहारने लगे। इसी समय हनुमान संजीवनी बूटी लेकर आ गए। राक्षसेन्द्र ने उन्हें कण्ठ से लगा लिया। सुषेण की यत्न-विधि से विशल्या-संजीवनी द्वारा लक्ष्मण-सहित सभी वानर विशल्य होकर नीरुज हो गए। एक बार फिर आशा और आनन्द की लहर वानर-सैन्य में व्याप गई। राम ने हनुमान् को हृदय से लगाकर अश्रुपात किया। वानरेन्द्रों को ऐसा प्रतीत हुआ, जैसे सब सोकर जगे हों।

अब सब वानर चैतन्य हो क्रोध और हर्ष में भरकर ज़ोर-ज़ोर से हर्षनाद करने और राक्षसों से बदला लेने की विकट चेष्टाएं करने लगे। सुग्रीव और विभीषण ने भगीरथ प्रयत्न से सब कटक व्यवस्थित किया। सब राम को घेर भावी युद्ध की योजनाओं पर विचार करने बैठे। वानर-सैन्य में युद्ध के धौंसे बज उठे। उन्होंने फिर लंका के चारों ओर अपने सुदृढ़ मोर्चे बांध लिए।

125 सन्धि-भिक्षा

"सारण, वैरी रात भर तो शोकातुर रहे। उनके करुण क्रन्दन से लंका की प्राचीर कांप गई, परन्तु अब यह कैसा आनन्दोल्लास आकाश को विदीर्ण कर रहा है? क्या मूढ़ सौमित्रि फिर जी उठा?" रावण ने विषण्ण-वदन हो मन्त्री सारण से हताश भाव से कहा।

सारण ने बद्धांजलि होकर कहा–"जगदीश्वर, इस माया-संसार में अदृष्ट की माया कौन समझ सकता है?"

"ठीक है, अदृष्ट प्रबल है। अरे, उस मायावी राम ने अविराम सागर को अपने कौशल से बांध डाला। जिसकी माया से जल में शिला तैरती है, जो समर में मर-मरकर बारंवार जी उठता है, उसके लिए असाध्य क्या है? पर इस बार कैसे वह पुत्र घाती जी उठा?"

सारण ने खिन्न होकर सिर नीचा करके कहा–"महिदेव, महोदय शैलकूट के गन्धमादन की विशल्या-संजीवनी औषध के प्रभाव से भिषक् सुषेण ने लक्ष्मण सहित सब वानर-यूथपतियों को प्राण-दान दिया है। अब उसी उल्लास में राम कटक आनन्द नाद कर रहा है।"

"परन्तु यह तो अत्यन्त चमत्कारिक वार्ता है। सुदूर पर्वतराज के अगम शिखर से इतने अल्पकाल में कौन वीर महौषध लाया?"

"मारुति को छोड़ और कौन यह दुस्सह कार्य कर सकता था? महाराज, जैसे हिमान्त में भुजंग तेज से पूर्ण हो जाता है, उसी प्रकार दिव्यौषध के प्रभाव से सौमित्रि-सहित सब वानर-कटक ओज से ओत-प्रोत हो रहा है।"

रावण ने विषाद से गहरी सांस छोड़ी। फिर कुछ देर चुप रहकर उसने कहा–"तूने ठीक कहा सारण, अदृष्ट ही प्रबल है। मैंने सम्मुख समर में देव-मनुष्य सभी को परास्त कर कल जिस-जिस रिपु का वध किया, वह फिर जी उठा! वह फिर भी जी उठेगा! मृत्यु ने अपना धर्म भुला दिया। अब पराक्रम किस काम का? मैं समझ गया, राक्षस कुल का सौभाग्य-सूर्य अस्त हो गया। अरे, शूलीसम भाई कुम्भकर्ण और इन्द्रजित् भी जब काल-कवलित हो गए, तब अब मेरा प्राणधारण वृथा है।" इतना कह रावण शोक-सागर में डूबकर बैठा रह गया। सारण के मुंह से भी बात नहीं निकली। रावण ने फिर डूबते स्वर में कहा–

"जा सारण, तू वैरी राम से जाकर कह कि जगदीश्वर रावण वैरी राम से यह भिक्षा मांगता है कि वह सात दिन तक वैर-भाव त्यागकर सैन्य सहित विश्राम करे। राजा अपने पुत्र की अन्त्येष्टि-क्रिया यथाविधि करना चाहता है। तू जाकर उससे कहना–'हे वीर, तेरे बाहुबल से वीरयोनि लंका अब वीरशून्या हो गई है। तू वीरकुल में धन्य है, अदृष्ट तेरे अनुकूल है और रक्षकुल विपत्ति में है सो तू वीरधर्म का पालन कर। जा सारण, अब तू विलम्ब न कर।"

× × ×

बालिसुत अंगद ने आकर राम की सेवा में विनय की–

"देव! जगदीश्वर, जगज्जयी, महिदेव पौलस्त्य रावण का मन्त्रि-प्रवर सारण समस्त मन्त्रियों एवं प्रमुख राज-सभासदों के साथ शिविर द्वार पर उपस्थित होकर चरण-दर्शन की प्रार्थना करता है। जैसी आज्ञा हो, यह दास जाकर उसे विज्ञापित करे।"

राम ने ससंभ्रम कहा–"युवराज, मन्त्रिप्रवर को आदर सहित यहां ले आ।"

सारण ने सम्मुख आकर बद्धांजलि निवेदन किया–

"राजपदयुगल की मैं तथा ये राज-सभासद् और सचिव वन्दना करते हैं।"

राम ने आसन देकर कहा–"राक्षस-मन्त्रिवर, यह दरिद्र राम तुम्हारे स्वामी की क्या सेवा कर सकता है?"

सारण ने कहा–"देव, राक्षसकुलपति मेरे स्वामी ने आपसे यह भिक्षा मांगी है कि आज से सात दिन तक आप वैर भाव त्यागकर सैन्य-सहित विश्राम कीजिए। राजा अपने पुत्र की सत्क्रिया यथाविधि करना चाहता है। वीर सदैव ही शत्रु का सत्कार किया करते हैं। महाराज, आपके बाहुबल से वीरयोनि स्वर्ण-लंका अब वीर-शून्या हो गई है। अदृष्ट आपके अनुकूल है और राक्षसकुल विपत्तिग्रस्त है। इसलिए आप शत्रु का मनोरथ पूरा कीजिए।"

"मन्त्रिवर, तुम्हारा स्वामी मेरा परम शत्रु है। फिर भी मैं उसके दुःख से दुःखी हूं। विपद् में शत्रु-मित्र मेरे लिए समान हैं। तुम लंका को लौट जाओ। मैं सैन्य सहित सात दिन तक अस्त्र ग्रहण नहीं करूंगा।" राम ने शालीनता से उत्तर दिया।

मन्त्री ने कहा–"रघुमणि, आप धन्य हैं! हे महामते, आपको ऐसा ही उचित है। कुक्षण में जगज्जयी का आपसे वैर हुआ, अदृष्ट प्रबल है।"

इतना कह, राम की प्रदक्षिणा कर, राक्षस-मन्त्री सारण ने सब मंत्रियों और सभासदों के साथ राम-लक्ष्मण की वन्दना की और चला गया। सात वानर गुल्मपतियों ने कटक-द्वार तक जाकर राक्षस-मन्त्री को ससम्मान विदा किया।

राम ने वानर गुल्मनायकों से कहा–“वीरगण, अब आप भी वीर-वेश त्याग सात दिन विश्राम कीजिए। परन्तु मित्रवर विभीषण और सुग्रीव को इस सुयोग में समस्त सेना का निरीक्षण करके उसे भली भांति व्यूहबद्ध कर लेना चाहिए। सात दिन बाद पुत्र-शोक-दग्ध रावण प्राणों पर खेलकर काल की भांति हम पर टूटेगा। युवराज अंगद, तू एक सहस्र योद्धाओं को लेकर मित्र-भाव से राक्षसराज के निकट समुद्र-तट पर जा। सावधान रह वीर, मन में शत्रु-मित्र का विचार न करना। सौमित्रि को इस भय से नहीं भेजता हूं कि कदाचित् रावण को उन्हें देखते ही रोष आ जाए। इससे तू ही जा। तेरे प्रतापी पिता ने एक बार रावण को पराजित किया था, अब तू इस शिष्टाचार से उसे सन्तुष्ट कर।”

अंगद ने स्वीकार किया। सुग्रीव ने कहा–“राघव, राक्षस रावण अब हततेज हो गया है, उसका अन्त निकट है, तथापि हम सब कटक को पूर्ण व्यवस्थित कर लेंगे।”

126 चितारोहण

लंका का पश्चिमी द्वार वज्र-निनाद से खुला। एक लाख राक्षस स्वर्णदण्ड हाथ में लिए बाहर आए। प्रत्येक के हाथ में रेशमी पताका थी। वे राजपथ के दोनों ओर पंक्तिबद्ध चलने लगे। सबसे आगे हाथियों की पीठ पर दुन्दुभि थी। मेघ-गर्जना के समान उनका गम्भीर रव दिगन्त में व्याप्त हो रहा था, उनके पीछे पैदल सेना की कतारें बढ़ीं। उनके पीछे घोड़े और हाथियों पर धनुर्धर। शोकध्वनि में करुण वाद्य बज रहे थे। असंख्य राक्षस वीर स्वर्णवर्म पहने, स्वर्णध्वज लिये, भारी-भारी खड्ग कमर में लटकाए, सिर नीचा किए, शस्त्रों को पृथ्वी पर टेकते आगे बढ़े जा रहे थे।

इनके पीछे दानवपुत्री सुन्दरी सुलोचना प्रमिला काले घोड़े पर वीर-वेश में सवार आई। पीछे किंकरी चमर डुला रही थी। उसके पीछे एक सहस्र चेटी, दासी

किंकरी, पाविका, पैदल, अश्रु बहाती नंगे पैर काले वेश में चलीं। दासियां कौड़ियां और खीलें फेंकती जा रही थीं। गायिका करुण गीत गाती जाती थी।

सागर-तीर पर, जहां अनन्त नील नीर के इस ओर दूर तक स्वर्णबालुका का समतल मैदान सूर्य की धूप में चमक रहा था, वहां महती चिता रची गई। उसमें मनों चन्दन, अगरु और गन्ध-पलाश के ढेर लगे थे। राक्षस वीर नंगी तलवारें ले पंक्तिबद्ध खड़े हो गए। पुरोहित वेदमन्त्र-पाठ करने लगे। सुपूजित शव चिता पर रखा गया। सुलोचना ललाट में सिन्दूर-बिन्दु लगाकर गले में पुष्पमाला पहनकर चिता पर आ बैठी। राक्षस-पत्नियां हाहाकार कर उठीं।

सामने शत-शत चिताएं दूर तक सिकता-सागर पर रची हुई थीं। सबके बीच में महाकाय कुम्भकर्ण की चिता थी। महाकाय, अकम्पन, अतिकाय, महोदर, वज्र, त्रिशिरा, कुम्भ, निकुम्भ, नरान्तक, उदग्र वास्कल, अतिलोमा, विडालाक्ष, दुर्मद आदि महाप्राण राक्षस, कभी जिनके नाम से पृथ्वी के वीर थर्राते थे, अपनी-अपनी चिताओं में चुपचाप अनन्त निद्रा में सो रहे थे। अपने-अपने पतियों के पादपद्म को गोद में लिये राक्षस-कुलवधुएं सहगमन को सन्नद्ध बैठी थीं। चिताओं को घेर कर चेटियां, दासियां, बन्दिनियां उत्सर्ग होने को तैयार खड़ी थीं। सभी के शरीर पर सौभाग्य के चिह्न थे।

सहस्र चेटियों ने स्वर्णपात्रों में भर-भरकर चन्दन, अगरु, कस्तूरी, घृत, केसर, पुष्प चिता पर बखेरे। डफ, ढोल, मृदङ्ग, करताल, झांझ और शंख बज उठे।

रावण श्वेत वस्त्र धारण कर मन्त्रियों सहित आगे आया। अंगद, इन्द्र और कार्तिकेय कुमार ने रावण के साथ आगे बढ़ समवेदना प्रकट की। दिव्य बाजे बजने लगे। वृद्धा सुहागिनों ने सुलोचना के मस्तक पर पुनीत जल का सिंचन किया।

सुलोचना ने आभूषण उतार सखियों और चेटियों को देते हुए कहा–

"अरी प्यारी सहचरियो, आज अचानक ही मेरी जीवन लीला समाप्त होती है। कल तक मुझे इस बात का पता ही न था। तुम सब अब दानवलोक में लौट जाना। अरी वासन्ती, पिता से सब कुछ कह देना। और माता से...." एकाएक उसकी बोली बन्द हो गई, सब स्त्रियां हाहाकार कर उठीं। कुछ ठहरकर प्रमिला ने कहा–"अरी, अरी माता से कहना, जो अदृष्ट में था, वह हो गया। उन्होंने मुझे जिन्हें सौंपा था, उन्हीं के साथ मैं जा रही हूं।"

वेदपाठी वृद्ध राक्षसों का दल वेदपाठ करता हुआ आगे आया। मंगलवाद्य बजने लगे। राक्षस-स्त्रियां मंगल-गीत गाती हुई चिता के चारों ओर घूमने लगीं। राक्षस बाणों से पशुओं को मार-मारकर चिता में चारों ओर रखने लगे।

रावण ने आगे बढ़कर कहा–"अरे मेघनाद, मैंने आशा की थी कि तुझे राज्यभार दे महायात्रा करूंगा। परन्तु अदृष्ट ने कुछ और ही रचना कर डाली। स्वर्ण- सिंहासन की जगह तुझे आज पुत्र-वधू-सहित इस अग्निरथ पर बैठा मैं देख रहा हूं। हाय, इसीलिए मैंने तेरा देवसान्निध्य कराया था? इसीलिए मैंने रुद्राराधना की थी? हा पुत्र! हा वीरश्रेष्ठ!!"

जगज्जयी रावण जगदीश्वर सिर धुनता हुआ भूमि पर गिर पड़ा। अमात्यों ने, वृद्धजनों ने उसे उठाया। रावण ने चिता में अग्नि दी। सहसा चिता जल उठी। इसी समय शत-शत चिताओं में अग्नि दे दी गई। प्रलयाग्नि की भांति उन शत-शत चिताओं से अग्नि की लपटें उठने लगीं। दासी, चेटी, सखियां प्राणोत्सर्ग करने के लिए चिताओं में कूद-कूदकर भस्म होने लगीं। बाजों की गड़गड़ाहट, बदीजनों के जय-जयकार, आर्तजनों के विलाप और योद्धाओं के चीत्कार से समुद्र-तट उस समय प्रलयकाल के अग्नि-समुद्र की भांति भयानक हो उठा।

ध्वनिवेग से आकाश फटने लगा। दस हजार घड़ों की दुग्ध-धार से अतिरथी की चिता बुझाई गई। फिर सब चिताओं की भस्म-राशि सागर में विसर्जित कर लंकापति रावण लुटे हुए पथिक की भांति अधोमुख आंसू बहाता राक्षसों, राक्षस-पत्नियों सहित सूनी और हाहाकार से भरी लंका में लौट आया।

127 वध

राक्षसपुरी सात दिन तक विषाद में रोती रही। सहस्रों राक्षस-शिल्पियों ने वीरेन्द्र की चिता पर गगनस्पर्शी चैत्य स्वर्ण की ईंटों में रचा। सात दिन भी बीत गए। रावण ने सिन्धु में परिजनों-सहित स्नान कर अशौच त्यागा। अब वह अश्रुनीर को क्रोध और अमर्ष की आग में जलाता हुआ रणसाज सजाने लगा। लंका में फिर दुन्दुभि गड़गड़ा उठी। श्रृंगी-नाद होने लगा। रावण अपने रथ पर बैठ मन्दोदरी आदि अन्तःपुर की सब स्त्रियों को पछाड़ खाती, रोती-कलपती छोड़, विषधर सर्प के समान फुफकार मारता हुआ बन्दियों और योद्धाओं से परावृत समरांगण में आ पहुंचा।

सात दिन-रात अनवरत राम-रावण का अप्रतिम, अवर्ण्य संग्राम होता रहा। अन्त में रावण ने राम का सामुख्य किया।

राम ने देखा तो धनुष-टंकार किया। मातुलि दिव्य रथ ले आया। विभीषण आदि महारथी राम को चारों ओर से घेरकर चले। राम ने कहा–"में चिरमभीप्सितः पराक्रमस्य कालोऽयं सम्प्राप्तः। चातकस्य काङ्क्षितं घर्मान्त मेघदर्शनमिव। अस्मिन् मुहूर्ते न चिराद् अरावणमरामं वा जगद् द्रक्ष्यथ।"

इतना कहकर राम ने सारथि से कहा–"हे देवसारथि, अब चलो राक्षसराज के उस श्वेत छत्र के सम्मुख।"

रावण ने भी जब राम के रथ को देखा, तो क्रोध से लाल-लाल आंखें करके धनुष उठाया।

राम ने पुकारकर अपना नाम-गोत्र उच्चारण करके कहा–"मया विरहितां दीनां वैदेहीं हृत्वा शूरोऽहमिति मन्यसे! स्त्रीषु शरण्यविनाथासु परदाराभिमर्शनं कापुरुषकर्म कृत्वा शूरोऽहमिति मन्यसे! भिन्नमर्याद, निर्लज्ज, चारित्रेष्वनवस्थित, शूरोऽहमिति मन्यसे! तस्याद्य गर्हितस्याहितस्य कर्मणः महत्फलं प्राप्नुहीदानीम्?

"रे दुर्मते, शूरोऽहमिति चात्मानमवगच्छसि, सीतां चौरवद् व्यपकर्षतस्ते नाऽस्ति लज्जा। दिष्ट्यासि, अद्य त्वां सायकैस्तीक्ष्णैः मृत्युमुखे नयामि। अद्य ते मच्छरैश्छिन्नं शिरो क्रव्यादा व्यपकर्षन्तु।"

श्री राम ने एकबारगी ही अविरल बाण वर्षा से राक्षसेन्द्र को ढांप दिया। असंख्य वानर-यूथ, यूथपति गुल्मायक, भट-सुभटों ने रावण के रथ को चारों ओर से घेरकर उसपर विविध शस्त्रास्त्रों की वर्षा कर रथ को क्षण-मात्र में जर्जर कर डाला। इस भयानक आक्रमण से भग्नहृदय रावण विचलित हो गया। जब तक वह धनुष पर बाण-संधान करे, तब तक श्री राम ने दस पैने बाण उसके हृदय में मारे। रावण झूमता हुआ मूर्छित हो रथ पर गिर पड़ा। सूत ने यह देखा, तो वह रथ का रुख मोड़ युद्ध-क्षेत्र से भाग खड़ा हुआ। विजय-गर्व-मत्त वानर-सैन्य जयनाद करती हुई भागते राक्षसों का निर्दय संहार करने लगी।

परन्तु रावण तुरन्त ही सावधान हो गया। उसने गुस्से से लाल होकर सूत से कहा–"अरे, तूने बिना ही मेरी आज्ञा के मेरा रथ शत्रु के सामने से कैसे हटा दिया? अरे अनार्य, तूने तो मेरे कुल को ही दाग लगा दिया। मेरा चिरकालोपार्जित यश, वीर्य, तेज, प्रत्यय सभी नष्ट कर दिया। चल, चल शीघ्र मेरा रथ शत्रु के सम्मुख ले चल–आज पृथ्वी रामरहित या रावणरहित होने वाली है।"

सूत ने कहा–"देव, मैं न भयभीत हूं न मूढ़ हूं न मैं शत्रु के प्रभाव में हूं न प्रमत्त हूं न आपकी महिमा से असावधान हूं। मैंने तो आपकी हित-कामना से, आपके यश की रक्षा करने की भावना से प्रसन्नमन यह हितकर कार्य किया था, आपके विश्राम को विचार कर तथा रथ और अश्वों की सुरक्षा के लिए आवश्यक समझकर। मैंने स्वेच्छा से रथ नहीं हटाया।"

"तो चल-चल, जल्दी कर, अब मैं धीरज नहीं रख सकता।"

राम ने जब रावण का स्वर्ण-शैलोपम रथ फिर अपनी ओर आते देखा तो उन्होंने दिव्य ऐन्द्रधनु हाथ में लिया। उसकी टंकार से दसों दिशाएं गूंजने लगीं। इन्द्र ने दक्षिण पक्ष संभाला, कमार कार्तिकेय ने वाम। पृष्ठ भाग पर लक्ष्मण, मुखाग्र पर गदापाणि विभीषण, सुग्रीव, हनुमन्त, नील, नल, गय, गयन्द, जाम्बवन्त आदि सौ प्रमुख, गुल्मपति वानर सुभट। अब राम-रावण का सुप्रसिद्ध चिरस्मरणीय निर्णायक युद्ध होने लगा। दोनों रथ अचल पर्वत के समान एक-दूसरे के सामने डटे थे। दोनों ही अजेय वीर दिव्यास्त्रों का अद्भुत प्रयोग-संहार कर रहे थे। इस अद्भुत युद्ध को देखने के लिए राक्षस और वानर भट भी सन्नद्ध हो गए। कालसर्प की भांति ज्वलन्त नाराच, शितिपक्ष छूट रहे थे, परस्पर टकराकर टूट रहे थे। लक्ष-लक्ष सुभट जड़वत् अचल रह यह अभूतपूर्व युद्ध देख रहे थे। अब राम ने अवसर पाकर चार कालबाणों से रावण के रथ के घोड़ों को मार गिराया। वायुवेगी अश्वों के मरने से क्रोधसंतप्त रावण ने बाणों से राम को बींध डाला। राम ने निरन्तर बाण-वर्षा करके रावण का रथ जर्जर कर दिया। वानर सुभटों ने एकबारगी ही रथ पर टूटकर रथ चूर-चूर कर डाला। इसी समय पांच बाण मार राम ने रावण के सारथि को मार गिराया। इसपर वानर-सैन्य गरज उठी। राक्षसों के हृदय हिल गए। अब रावण हाथ में अपना लोक-प्रसिद्ध विकट परशु लेकर रथ से कूद पड़ा। राम ने भी गदा संभाली। अब दोनों का अद्भुत अतुल्य तुमुल द्वन्द्व होने लगा। दोनों वीर युद्धक्रुद्ध मत्त हाथियों की भांति परस्पर गुंथ गए। शत्रु-मित्र कहने लगे–इस राम-रावण के तुमुल संग्राम की तुलना यह राम-रावण युद्ध ही है।

इसी क्षण सुअवसर जान इन्द्र के संकेत से राम ने फिर दिव्य धनुष उठाया। रथ को ग्रहण किया और सात आशीविष बाण एक साथ ही छोड़ दिए। वे बाण रावण के कण्ठ को फोड़ उसमें ही अटक गए। पर रावण मरा नहीं, गिरा नहीं।

तब राम ने देवसारथि मातुलि से कहा–"यैस्तु बाणैः मया मारीचो निहतः, खरश्च सदूषणो निहतः त इमे मम सायकाः सर्वेऽपि मन्दतेजसः प्रात्ययिकाः।"

मातुलि ने अश्वों को संभालते हुए कहा–"राघव, अजानन्निव किमनुवर्तसे, यन्महद् बाणं ब्रह्मदत्तममोघं भगवानृषिरगस्त्यः प्रादाद् तत्तस्मै प्रहर!"

राम ने वह अमोघ कालबाण हाथ में ले, उसे अभिमन्त्रित कर फुर्ती से कान तक धनुष को खींचकर छोड़ दिया। वह ज्वलन्त अमोघ ब्रह्मशर रावण के हृदयदेश को विदीर्ण कर पार निकल गया। वज्र के समान दुर्धर्ष उस ब्रह्मशर को वज्र-बाहु राम ने कृतान्त के समान वेग से फेंका था। वह अमोघ वज्र ब्रह्मशर रावण के मर्मस्थल को विदीर्ण कर उसके प्राण का संहार करता हुआ पृथ्वी में धंस गया। रावण का रुधिराक्त शरीर बिजली से मारे हुए शैल-शिखर की भांति भूमि में गिर गया।

महाप्राण, महावीर्य, अमिततेज, जगज्जयी, जगदीश्वर रावण को इस प्रकार भूपतित देख इन्द्र ने हर्षोन्मत्त हो हठात् शंखध्वनि की। एकबारगी ही शत-सहस्र शंख बज उठे। राक्षस अनाथ की भांति शस्त्र त्याग युद्धभूमि ही में बैठकर रुदन करने लगे। वानर-सैन्य वारंवार हर्षनाद से पृथ्वी को कम्पायमान करने लगी, सैकड़ों दुन्दुभियां गड़गड़ा उठीं। देव, मनुज, गन्धर्व, यक्ष, नर वानरों ने राम मर पुष्पवृष्टि की। सबने राम का रथ घेर लिया। राम की आज्ञा से युद्ध तत्क्षण बन्द कर दिया गया। इन्द्र बारंवार 'साधु-साधु' कहने लगा। मरुद्गणों ने विजय के बाजे बजाए। तभी लक्ष्मण, विभीषण, सुग्रीव, हनुमान्, अंगद आदि सुहृद्विशिष्टों ने राम की एकत्र हो विधिवत् अर्चना की।

विश्ववन्दित देवदैत्यजित् बड़े भाई को निहत, निर्जित रण में सोते देख शोक संतप्त विभीषण विलाप करने लगा–"हा, हा, वीरविक्रान्त, प्रवीण, नयकोविद, महार्हशयनोपेत किं निहतो भुवि शेषे? यन्मया पूर्वमीरितं तत्काममोहपरीतस्य तव न रुचितम्। आदित्यो भूमौ पतितः, चन्द्रमा तमसि मग्नः, प्रशान्तोऽग्निः, निरुद्यमो व्यवसायः!"

राम ने विभीषण को आकर सान्त्वना दी। उन्होंने कहा–"नैवं विनष्टाः शोच्यन्ते, ये निपतन्ति रणाजिरे ते वृद्धिमाशंसमानाः।

विभीषण ने शोकोद्गार छोड़ते हुए भी कहा–"एष महातपा वेदान्तपारगश्चाग्रशूरः एतस्य प्रेतस्यं यत्कृत्यं तत्ते प्रसादात् कर्तुमिच्छामि।"

राम ने वाष्पपूरित नेत्रों से विभीषण को देखा, फिर कहा–"मरणान्तानि वैराणि, एष यथा तव ममाऽपि तथा। क्रियतामस्य संस्कारः!"

और इसी क्षण रावण की अन्तः पुरवासिनी, मृगलोचनी, मृदुलगात्रा, सुवामा शत-सहस्र अनिन्द्य सुन्दरियां, जो पृथ्वी भर के देव, दैत्य, दानव, यक्ष, ऋक्ष, गन्धर्व,

नर, नागराजों की सुकुमारी कुमारियां, राजपुत्रियां रावण की अंकशायिनी स्वयंवरा थीं, वे सब राज-महिषी मन्दोदरी और चित्राङ्गदा को आगे कर शोकविह्वला, बारंवार भूमि पर पछाड़ खातीं 'हा आर्यपुत्र, हा नाथ' का आर्तनाद करती रणस्थली की रक्त-मज्जामिश्रित पंक को अपने सिरों पर उड़ातीं, मुक्तिकेशिनी, मलिनाङ्गी वहां आ, जगज्जयी, परमेश्वर, सप्तद्वीपपति, राक्षसराज रावण को भूमि पर रक्तप्लुत निष्प्राण पड़ा देख छिन्न लता की भांति उसके अंग पर गिर गईं।

बहुतों ने तो उसे उठाकर अंक में रख लिया। बहुत रोती हुई उसके चरणों पर सिर धुनने लगीं। बहुत उसके कण्ठ में लिपट गईं। किसीने उसकी क्षत-विक्षत भुजा को हृदय में लगाया, बहुत-सी उसे मृतक देखकर मूर्छित ही हो गईं। कितनी ही उसका मुख देख-देखकर रोते-रोते बेहोश हो गईं। मन्दोदरी ने विलाप करते हुए कहा–"त्रैलोक्यमाक्रम्य श्रिया वीर्येण चान्वितमविषह्यं त्वां कथं वनगोचरो मानुषो जघान?"

चित्रांगदा ने कहा–"अथवा रामरूपेण कृतान्तः स्वयमागतः!"

"हा, मे संप्राप्ता पश्चिमा दशा वैधव्यदायिनी। या मया मन्दया न कदाचिदपि सम्बुद्धा। अरे, पिता मे दानवराजः, भर्ता मे जगज्जयी जगदीश्वरः, पुत्रो मे शक्रविजेता, इत्यहं गर्विता। यदा ते तनय इन्द्रजिद्युधि लक्ष्मणेन शस्तः, तदा तु अभिहता तीव्र, अद्य तु निपातिताऽस्मि। नय मामपि न वर्तिष्ये त्वया बिना। अरे कस्मात्त्वं मां विहाय कृपतां गतः। मैथिलीमाहृतां दृष्ट्वा स देवरो मे यदब्रवीत्सत्यवाक्-अयं राक्षसमुख्यानां विनाशः समुपस्थितः। तद्वचनं न श्रुतं त्वया, न विभीषणेनाभिहितं च कृतं त्वया। मारीचकुम्भकर्णाभ्यां वाक्यं, मम पितुस्तथा न कृतं वीर्यमत्तेन त्वया, तस्येदं फलम्। धिगस्तु यदिदं मम हृदयं तर्वायि पञ्चत्वमापन्ने न सहस्रधा भिद्यते।"

मन्दोदरी इस प्रकार विलाप करती हुई मूर्च्छित हो छिन्नलता-सी रावण के वक्ष पर गिर गई। उस समय ऐसा प्रतीत हुआ कि सन्ध्या के लाल जलद में बिजली कौंध गई।

राम ने आदेश दिया–"संस्कारः क्रियताम्, स्त्रीगणः परिसान्त्व्यताम्!" और राम ने धनुष रख दिया।

उपसंहार

चौरासी दिन तक लंका में घोर संग्राम होता रहा। अन्त में पुत्र-परिजन-सहित राक्षसपति रावण मारा गया। राम जयी हुए। युद्ध फाल्गुन आरम्भ हुआ और रावण का वध वैशाख कृष्ण चतुर्दशी या अमावस हुआ। रावण के मरने पर राम ने विभीषण को लंका तथा राक्षसों का स्वामी बना दिया। परन्तु विभीषण और उनके सहयोगी लंकावासियों ने राक्षस-धर्म त्याग, आर्य-मार्ग ग्रहण किया। जो इससे सहमत नहीं हुए उन्होंने लंका त्याग दी।

कुल मिलाकर तेरह मास सीता लंका में रहीं। अब सीता को संग लेकर राम पुष्पक विमान में बैठ दलबल सहित किष्किन्धा में लौटे। वहां कुछ दिन सुग्रीव का आतिथ्य ग्रहण कर दण्डक वन में पहुंचे, जहां अगस्त्य-प्रमुख सभी ऋषियों-तापसियों ने राम की अभ्यर्थना की। विभीषण, सुग्रीव, हनुमान् आदि प्रमुख जन अब भी राम के साथ थे।

उधर भरत ने चौदह वर्ष की वनवास-अवधि पूर्ण हुई जान सुमन्त सचिव को परिकर ले राम को अभ्यर्थना-सहित अयोध्या ले आने को दण्डकारण्य भेजा था। अज्ञात चोर ने रघु-वधू सीता को चुरा लिया है और राम-लक्ष्मण उन्हीं को वन-वन खोजते किष्किन्धा की ओर गए हैं। तब सुमन्त ने किष्किन्धा को दूत भेजा। उसने लौटकर कहा कि लंकापति रावण ने सीता का बलात् हरण किया है और राम की सहायतार्थ सब वानर-कटक लेकर सुग्रीव ने लंका पर अभियान किया है। यह सूचना पाते ही कोशल के धीर-वीर वृद्ध मन्त्री आंसू बहाते तीव्र गति से अयोध्या लौटे। अयोध्या में आकर उन्होंने सीताहरण का दारुण समाचार भरत को सुनाया, जिसे सुनकर अयोध्या के राजमहल हाहाकर से भर गए। अयोध्या शोक-सागर में डूब गई। भरत को यह देखकर बड़ी ग्लानि हुई कि आर्य राम ने इस विपत्काल में मुझे सूचना नहीं दी। वे रघुवंशियों के चतुरंग चमू लेकर, द्रुतगति से कूच पर कूच करते दक्षिणापथ पर चल दिए। परन्तु वे दण्डकारण्य तक तब पहुंच पाए जबकि राम लंका को विजय कर वहां पहुंच चुके थे। भरत को चतुरंग चमू-सहित आया सुन रामभद्र ने अगस्त्य-प्रमुख सब ऋषियों, वानरों और राक्षसेन्द्र विभीषण-सहित आगे बढ़ भरत का अभिनन्दन किया। सब भाई प्रेमाश्रु गिराते मिले। चिर वियोग के दारुण दुःख का अन्त हुआ। वैदेही सहित राम-लक्ष्मण ने माताओं और गुरुजनों

की पदवन्दना की। माताओं ने दोनों पुत्रों को प्रेमाश्रु गिराते हृदय से लगाया। सीता को प्यार से आशीर्वचन कहे।

अब राम, वशिष्ठ, वामदेव, इन्द्र, अगस्त्य, विभीषण, सुग्रीव, सुतीक्ष्ण आदि नरपति वरिष्ठों और नृवंश के नेताओं की सभा दण्डकारण्य में जुड़ी। उत्तरापथ आर्यावर्त और दक्षिणावर्त के सब प्रतिनिधि नेता, देवलोक और मृत्युलोक के प्रतिनिधि, दक्षिण के द्वीपसमूहों के अधिपति, नागकुलपति दण्डकारण्य में आकर इस महती सभा में बैठे। पृथ्वी के राज्यों का यथावत् विभाजन हुआ। रावण का साम्राज्य छिन्न-भिन्न हो गया। विभीषण को लंका का राजराजेश्वर तथा सप्तद्वीपों का संरक्षक स्वीकार किया गया। देवलोक और आर्यावर्त के राज्यों की नई सीमाएं निर्धारित हुई और तब से दक्षिणारण्य तक समूचा ही भारतवर्ष–आर्यावर्त घोषित कर दिया गया। वशिष्ठ और विश्वामित्र ने परामर्श कर आर्यों की इस सम्मिलित जाति का नये सिरे से संगठन कर गुण-कर्म देख उन्हें चार वर्णों में विभाजित कर वर्ण-मर्यादा की ऋचाएं प्रस्तुत कीं और वे सब वेदांग स्वीकार कर ली गईं। अब वेद निश्चित रूप से आर्यों की सांस्कृतिक व्याख्या का धर्मग्रंथ स्वीकार किया गया। चार वर्ण बन जाने से सब छोटे-बड़े, मूर्ख और विद्वान् स्वामी और सेवक परस्पर पृथक् समूह का प्रतिनिधित्व करते हुए भी समष्टि रूप से आर्य कहलाने लगे। विजितों को, अनार्यों को, पतितों को भी शूद्रसंज्ञा से आर्यत्व की जाति-मर्यादा में बांध लिया गया। आर्यों, देवों तथा आर्येतरों में मैत्री सम्बन्ध स्थापित हो गए। आर्यों का सौष्ठव सबने स्वीकार किया तथा वशिष्ठ आर्यों के सबसे बड़े धर्मनेता स्वीकार कर लिए गए। उन्हींकी यज्ञविधि आर्यों ने स्वीकार की। केवल देवगण ने न वर्ण-मर्यादा स्वीकार की, न परिवार-प्रथा, न पितृमूलक कुल-परम्परा, न वशिष्ठ की यज्ञ-विधि। उनके धर्म-नेता नारदर्षि वामदेव ही रहे और उन्हींकी वामविधि देवों ने स्वीकार की। परन्तु दोनों में सद्भाव कायम हो गया।

सब व्यवस्था कर रामभद्र मित्र-परिजनों के साथ भरत को आगे कर नन्दिग्राम में आए और ठीक चौदहवें वर्ष की समाप्ति पर चारों भाइयों ने जटा कटाकर तपस्वी वेश त्याग राजोचित वेश तथा राज-परिच्छद धारण किए। फिर मित्रों, पुरोहितों और ऋषियों सहित अयोध्या में आकर राम ने धूम-धाम से राज्याभिषेक कराया। सम्पूर्ण आर्यावर्त, देवलोक और द्वीप-द्वीप के राजप्रतिनिधियों ने रामाभिषेक में भाग लिया। राम समूचे आर्यावर्त के एकच्छत्र चक्रवर्ती सम्राट् घोषित कर दिए गए। सीता जनकनन्दिनी आर्यों की राजमहिषी बनी।

सब समारोह सम्पन्न होने पर राम ने दान-मान से सत्कृत कर देव, दानव, मानव, नर, नाग, असुर, रक्ष, यक्ष, वानर, ऋक्ष, दैत्य प्रतिनिधियों, राजर्षियों, यतियों, ब्रह्मचारियों, वेदपाठियों, भटों, सुभटों, मित्र बान्धवों को विदा किया, सेवकों को संतुष्ट किया और अयोध्या में रामराज्य संचालित किया।

मथुरा के शासक लवणासुर ने राम का शासन स्वीकार नहीं किया। वह यादव-नरेश भीमसात्वत का प्रतिनिधि था। वह राक्षसधर्मी तथा नरभक्षी था। इसलिए राम ने शत्रुघ्न को उसपर चढ़ाई के लिए भेजा। शत्रुघ्न ने घोर युद्ध कर लवणासुर को मार डाला। रामचन्द्र ने शत्रुघ्न ही को मथुरा के राज्य पर अभिषिक्त कर दिया। यादव-नरेश भीम शत्रुघ्न के भय से सुदूर दक्षिण में हट गया। शत्रुघ्न बारह वर्ष मथुरा की गद्दी पर रहे।

कालान्तर में राम के दो पुत्र हुए–कुश और लव; लक्ष्मण के अंगद और चन्द्रकेतुः भरत के तक्ष और पुष्कर; शत्रुघ्न के सुबाहु और शत्रुघाती।

इसी समय केकय देश के आनव राजा–भरत के मामा युधाजित् को मारकर गन्धर्वों ने उसका राज्य छीन लिया। यह सुन राम ने भरत को चतुरंग चमू दे गन्धर्वों पर चढ़ाई के लिए भेजा। भरत ने गन्धर्वराज को पराजित कर गन्धर्व देश और केकय देश पर अधिकार कर लिया। राम ने भरत को वहां का राजा बनाया। समय पाकर भरतपुत्र पुष्कर ने पुष्करावती नगरी बसा अपनी राजधानी बनाई। ये दोनों प्राचीन महानगर अब तक पेशावर और तक्षशिला के नाम से विख्यात हैं।

राम ने और भी राज्यों को जय करके उन्हें पुत्र परिजनों में बांट सूर्यवंश की अनेक नई गद्दियां स्थापित की। राम ने ज्येष्ठ पुत्र कुश को अपना युवराज घोषित किया तथा विन्ध्य के दक्षिण में कुशस्थली में कुशावती नगर बसाकर उसे वहां का राज्यपाल बना दिया। लव को उत्तर कोशल की राजधानी श्रावस्ती में स्थापित किया, जो गोंडा या बहराइच ज़िले में है। लव ने पंजाब में लवपुर नगर बसाया, जो लाहौर के नाम से प्रसिद्ध हुआ। लक्ष्मण के पुत्र अंगद और चन्द्रकेतु को कारापथ के अन्तर्गत अंगद नगर तथा चन्द्रावती के राज्य दिए, जो मल्ल देश में हिमांचल उपत्यका में थे। सुबाहु को मथुरा तथा शत्रुघाती को विदिशा, जो अब भेलसा कहाता है, का राज्य मिला। इस प्रकार राम ने अपने भाइयों और अपने तथा भाइयों के आठों पुत्रों को पृथक्-पृथक् राज्य बांट दिए, जो सब अयोध्या की मुख्य गद्दी के अधीन थे।

श्री राम ने सुग्रीव, विभीषण और शत्रुघ्न को मिलाकर केवल अपने बाहुबल से ग्यारह राजाओं का अभिषेक किया। अंग, बंग, मत्स्य, भृंगवेरपुर, काशी, सिन्धु,

सौवीर, सौराष्ट्र, दक्षिण कोशल, किष्किन्धा और लंका राम की मित्र शक्तियां थीं। इस समय तक आर्यों के इतिहास में राम से बढ़कर व्यापक, प्रभावशाली सार्वभौम सम्राट् नहीं हुआ था। रामराज्य में आर्यों का प्रभाव सारे नृवंश पर छा गया और आर्यों की जाति सारी पृथ्वी पर श्रेष्ट जाति स्वीकार कर ली गई। गोदावरी के दक्षिण तक आर्यों के प्रबल राज्य स्थापित हो गए। पम्पा, मलय, महेन्द्र तथा लंका सुदूर दक्षिण के सब द्वीप-समूहों में रामनाम की महिमा तथा आर्यों का प्रबल प्रभाव स्थापित हो गया।

राम के बड़े पुत्र कुश को दक्षिण कोशल तथा अयोध्या राज्य मिला। अवध के दो भाग करके राम ने श्रावस्ती लव को दी और अयोध्या कुश को। बड़े होने के कारण उन्हें दक्षिण कोशल भी मिला जो विन्ध्य में था। कुश राम की मृत्यु के बाद कुशावती में रहने लगे थे। इससे अयोध्या उजाड़ होने लगी, तब वहां के निवासियों की प्रार्थना पर वे फिर अयोध्या में चले आए। कुश का विवाह किसी तक्षक नाग की पुत्री कुमुदावती से हुआ था। दुर्जय नामक एक असुर युद्ध करते हुए कुश की मृत्यु हुई। इनका पुत्र अतिथि बड़ा प्रतापी था, उसने पितृहन्ता को मारा। इनके वंशधर पारिपात्र के छोटे भाई सहस्राश्व ने दूसरा राज्य स्थापित किया। पारिपात्र के तीन पुत्र, शल, दल, बल एक-दूसरे के पीछे राजा हुए। बल के वंश में राज्य चला। हिरण्यनाभ इसी वंश में हुए, जिन्होंने जैमिनी से योग सीख याज्ञवल्क्य को सिखाया। इनके पौत्र 'पर' के पीछे इस वंश का राज्य नष्ट हो गया। दूसरी शाखा में सहस्राश्व की छः पीढ़ियां चलीं, जिनके अन्तिम राजा श्रुतायुध महाभारत संग्राम में लड़े थे।

लव श्रावस्ती के नरेश बनाए गए थे। इनका वंश दीर्घकाल तक चला। लव के पौत्र राजा ध्रुवसिन्धु के दो विवाह हुए। प्रथम कलिंगपति की पुत्री मनोरमा से, दूसरा उज्जैनपति युधाजित् की पुत्री लीलावती से। राजा ध्रुवसिन्धु आखेट करते हुए सिंह द्वारा मारा गया और मन्त्रियों ने मनोरमा के पुत्र बालक सुदर्शन को राजा बनाया। इसपर कलिंग और उज्जैन-नरेश अपने-अपने दौहित्रों के पक्ष में लड़ने को तैयार हो गए। श्रृंगवेरपुर में भी युद्ध हुआ, जिसमें कलिंग-नरेश मारा गया और मनोरमा बालक सुदर्शन को लेकर प्रयाग आ भारद्वाज के आश्रम में शरणापन्न हुई। युधाजित् उज्जैनपति ने अपने दौहित्र शत्रुजित् को राजा बना दिया। भारद्वाज के आश्रम में रहकर सुदर्शन बड़ा विद्वान् हो गया। कुछ दिन बाद काशी के राजा सुबाहु की पुत्री शशिकला का स्वयंवर हुआ। शशिकला सुदर्शन का गुण सुन चुकी थी। उसपर मुग्ध थी। उसने चुपके से उसे बुला भेजा।

स्वयंवर में युधाजित्, शत्रुजित् कारुरवपति, भद्रशर, सिंहराज, महिष्मतीपति, पांचालराज, कामरूप, कर्णाटक, विदर्भ, केरल, चोल आदि के राजा एकत्रित थे। युधाजित् ने आपत्ति की कि सुदर्शन कहीं का मुकुटधारी राजा नहीं है। अतः वह स्वयंवर में सम्मिलित नहीं हो सकता, पर केरल नरेश ने उसका पक्ष लेकर कहा कि वह ध्रुवसिन्धु का बड़ा पुत्र है, अतः माननीय राजपुरुष है। पर युधाजित् ने कड़ा विरोध किया। यह देख अनेक राजा उसके पाण्डित्य और सदाचार को देख सुदर्शन के पक्ष में हो गए। स्वयंवर में शशिकला ने जयमाला भी सुदर्शन ही के कण्ठ में डाली। इसपर युधाजित् और शत्रुजित् युद्ध पर सन्नद्ध हो गए। राजा सुबाहु और सुदर्शन के पक्षवाले राजाओं से युधाजित् और शत्रुजित् की सम्मिलित सैन्य का भारी युद्ध हुआ, जिसमें युधाजित् और शत्रुजित् मारे गए। सुदर्शन शशिकला को ब्याह कर श्रावस्ती के राजा बने। यह वंश महाभारत तक चला। महाभारत-संग्राम में इस वंश का बृहद्बल मारा गया था, परन्तु यह राज्य आगे तक चलता रहा। बुद्धकालीन इतिहास प्रसिद्ध अयोध्या-नरेश प्रसेनजित् इसी वंश में हुए।

लक्ष्मण और शत्रुघ्न के पुत्रों के राज्य बहुत जल्दी टूट गए। द्वापर युग में सूर्यवंश दबा रहा। चन्द्रवंश की विशेषता रही। सारे संसार में लव का वंश ही सर्वाधिक काल तक अखण्ड चला।

विभीषण ने राक्षस-धर्म त्यागा और आर्य धर्म में दीक्षित हुए। कृतज्ञतास्वरूप जब राम के पुत्रों का जन्म हुआ तब उसने कुश के नाम पर शिवदानद्वीप का नाम कुशद्वीप रख दिया, जो अब अफ्रीका का महाद्वीप कहाता है। विभीषण ने रावण के सारे अवरोध को अपने अन्तःपुर में दाखिल कर लिया। मन्दोदरी ने भी पुत्र-वधू सुलोचना का अनुकरण न करें कुलद्रोही विभीषण की महिषी बनना स्वीकार कर लिया। परन्तु विभीषण के वंश का प्रताप-सूर्य शीघ्र ही अस्त हो गया। उसके उत्तराधिकारी कमज़ोर रहे। राक्षसों का सारा ही आर्थिक और राजनीतिक ढांचा बिखर चुका था। राक्षसों और दैत्यों के प्रमुख केन्द्र और राज्य नष्ट हो चुके थे। विभीषण कुलघाती था, इससे वह लंका में प्रतिष्ठित न रह सका। राम-युद्ध में प्रायः सभी राक्षस योद्धा मर चुके थे। जो बचे भाग गए। लंका की कला, कौशल, संस्कृति, समृद्धि सब कुछ विलीन हो गई। विलाप करती हुई विधवाएं विभीषण को विष-दृष्टि से देखती थीं। लंका में कोई उसका कल्याणकामी न था। थोड़े ही दिन बाद विभीषण की मृत्यु हो गई। उसके बाद लंका राज्य केवल लंका के छोटे-से द्वीप तक सीमित रह गया।

राम-रावण के इस महायुद्ध में लगभग सम्पूर्ण दैत्य-दानव, नागवंशी राजा और राजप्रतिनिधि रावण की सहायतार्थ आए थे। रावण सप्तद्वीपपति था, जो उस काल लंका के चारों ओर फैले थे। आज की भौगोलिक स्थिति यद्यपि बदल चुकी है, परन्तु वे द्वीप आज आस्ट्रेलिया, जावा, सुमात्रा, मेडागास्कर, अफ्रीका आदि नाम से प्रसिद्ध हैं। ऐसे प्रबल शत्रु को मारना आसान न था। तिमिरध्वज शम्बर और वर्चिन की समाप्ति के बाद रावण का यह निधन ऐसा था, जिसने सम्पूर्ण अनार्य बल तोड़ दिया था। इसीसे राम का नाम और यश इन द्वीपों में फैल गया और भूमण्डल में राम विख्यात हो गए। लोक महिदेव और जगदीश्वर की भांति रावण के स्थान पर राम की ही पूजा करने लगे। चम्पा, कम्बोडिया, थाईलैंड, बर्मा में श्री राम-प्रताप व्याप गया। यूरोप की जातियां किसी न किसी राम प्रभावित प्राचीन जाति से ही सम्बन्धित हैं। अतः यूरोप के प्रमुख देश–जैसे इंग्लैण्ड, स्पेन, स्वीडन, नार्वे, स्कैण्डीनेविया, ग्रीस और इटली भी राम-प्रभाव से मुक्त न रह पाए। इस प्रकार आज के सब देशों में इस आर्य नेता विजेता मर्यादापुरुषोत्तम राम का किसी न किसी रूप में सांस्कृतिक मिश्रण है।

•••